트리콘 세계문학 총서 7

세계문학으로서의
한국문학

하상일 지음

보고사
BOGOSA

책을 내면서

　식민지 시기는 물론이거니와 해방 이후에도 한국문학에 대한 이해
는 일본, 중국과의 관계를 중심으로 동아시아적 지형 위에서 역사적
교섭과 영향 등을 다각적으로 검토해야 그 의미를 체계적으로 논의할
수 있다. 특히 식민지 시기의 경우 독립운동이나 유학 등의 이유로 일
본과 중국으로 이주했던 한국 문인들에게 미친 동아시아적 영향이 당
시 한국문학 지형 안에서 어떻게 구현되었는지를 살펴보는 것은 중요
한 통로가 된다. 따라서 한국문학 연구는 일국적 관점을 넘어서 동아시
아 문학으로, 나아가 세계문학적 지형 위에서 거시적이고 비교문학적
이며 통합적인 관점으로 논의하는 연구 영역의 확대를 모색할 필요가
있다. 이런 점에서 최근 학계의 모습은 민족 단위 혹은 국가 단위로
이루어지던 문학사 연구의 경계를 넘어서, 민족 혹은 국가 간의 교섭이
나 경계의 지점에서 발생한 문학의 의미를 탐색하는 탈민족, 탈국가
담론을 크게 주목하고 있다. 특히 유럽과 미국 그리고 일본에 의한 강
제적 점령으로 식민지 제국의 기억을 공유한 아시아 공동체에 대한
비교 연구 혹은 통합적 연구가 상당히 활발하게 이루어지고 있다. 다양
한 인종, 언어, 문화 그리고 세대 간의 격차에 의해 자연스럽게 형성된
식민지 내부의 혼종성 문제 등 초국가적인 쟁점들이 민족 혹은 국가
단위의 협소한 틀을 넘어서 세계문학적 시각에서 논의되는 비교역사학
적인 문학 연구의 중요성이 특별히 강조되는 것이다.

이러한 문제의식에서 한국문학은 민족문학의 시야를 세계문학적 시각으로 확대하여 그 방향성을 점검하는 창작과 연구의 새로운 관점을 재정립할 필요가 있다. 최근 한국문학이 세계의 주요한 문학상 수상작으로 결정되거나 후보작으로 거론된다는 사실에서 한국문학의 세계성을 인정하고 주목하는 차원에 자족하지 말고, 한국문학이 세계문학을 지향하는 데 있어서 반드시 정립해야 할 문제의식이 무엇인지, 그 내용과 형식 그리고 궁극적 목표와 방향에 대한 생산적인 토론을 이어나갈 필요가 있는 것이다. 이를 위해서는 한국문학 지형 안에서 오래도록 권위를 유지해왔던 유럽중심주의에 경도된 세계문학적 지형에 대한 비판적 인식을 바탕으로, 한국 근대문학 내부의 세계문학적 요소와 의미를 객관적으로 살펴보고 그 의의를 논의하는 것이 우선적인 과제로 제기된다. 물론 우리의 근대문학에는 민족문학으로서의 특수성이 깊이 내재화되어 있다는 점에서 세계문학의 보편성과는 일정한 거리가 있는 주변부적 속성을 지니고 있음은 분명한 사실이다. 하지만 오늘날 세계문학의 보편적 위치가 유럽 중심에서 지구적 차원으로 다변화되고 있고, 주변부의 민족문학적 성격이 공동체적 연대의 가능성을 넓혀가면서 서구 중심의 논리를 넘어서는 전복적 사유를 드러낸다는 점을 주목해야 한다. 따라서 한국 근대문학의 민족문학적 성격은 서구의 일방성과 편협성에 사로잡힌 세계문학의 추상적 규범을 해체하는 의미 있는 결과로서 새롭게 호명될 수 있음을 간과해서는 안 된다.

그렇다면 도대체 '세계문학'은 무엇을 의미하는가에 대한 개념 규정부터 명확히 할 필요가 있다. 우선, 한국문학과 상대적인 것으로 '외국문학'으로서의 세계문학, 그것도 세계문학전집으로 표상된 고전으로서의 정전(canon)이라는 그동안의 세계문학적 개념을 극복해야 한다.

또한 전지구적 자본주의 시대 세계 출판시장에서 통하는 베스트셀러 번역물에 세계문학으로서의 의미를 부여하는 태도도 자본주의 세계 체제의 모순과 무관하지 않다는 점에서 전면적인 재고가 필요하다. 이와는 달리 세계문학을 서구 중심적 정전의 확립이 아니라 '초국적인 운동'의 차원으로 접근해야 한다는 발상은 상당히 중요한 문제의식을 던진다. 세계문학은 특정한 집단과 이데올로기에 의해 선험적으로 결정되고 구성된 완성형으로서의 결과물이 아니라, 전지구적으로 인류의 평화와 생명의 가치를 지켜내기 위해 함께 협력하고 연대하는 국제주의적 운동의 차원에서 그 의미를 재인식할 필요가 있다는 것이다. 각 민족어/지역어로 이룩한 창조적 성과들을 국가의 경계를 넘어서 공유함으로써 공동으로 근대성의 폐해에 맞서고자 한 괴테의 기획이 약 200년의 세월이 지난 지금에 이르러서도 여전히 유효한 의미를 지닌 세계문학의 개념으로 호명되는 이유도 바로 여기에 있다.

세계문학을 초국가적인 운동의 차원에서 접근한다는 것은 국민국가의 정치적 결정과 영향력 아래 강력한 통제와 권위에 의존하던 일국적 문화를 넘어서, 다양한 문화들이 상호 간섭하고 타협하면서 새로운 문화를 생산하는 횡단 문화의 가능성을 주목하는 것이다. 이러한 시도는 오랫동안 한국의 독자들에게 익숙했던 서구의 국민문학을 '전집'의 형식으로 구성한 세계 명작이 곧 세계문학이라는 정전주의의 편협성을 극복하게 한다는 점에서 일차적인 의미가 있다. 또한 지구화 시대 번역 문화의 역동성에 힘입어 세계 출판시장이 다변화됨에 따라 중심이 아닌 주변부에서 활동하는 작가들을 발굴, 번역 소개하는 상호 영양과 교섭의 과정에서, 현재 우리 세계가 직면한 다양한 문제들을 공유하고 토론하는 생산적인 계기를 마련한다는 점에서도 아주 특별한 의미가 있다.

학계의 경우에도 서구 중심의 문학을 기준점으로 삼아 주변부 문학
과의 차이와 영향을 탐색하는 데 집중한 비교문학으로서의 세계문학론
에서 한 걸음 더 나아갈 필요가 있다. 즉 세계문학은 단순히 민족들
간의 문학적 영향이나 비교의 차원을 넘어 민족의 경계를 넘어서 초국
적 문학 현상에 주목하는 한편, 국민/민족문학의 해체 내지 재구성까
지도 고려하는 방향으로 진행되어야 한다는 것이다. 따라서 지금까지
우리가 맹목적으로 수용한 세계문학에 관한 막연하고 추상적인 개념과
환상을 어떻게 비판적으로 극복할 것인가라는 문제의식에서 새로운
세계문학의 시각을 정립해야 한다. 그리고 "세계문학은 대상(object)이
아닌 질문(problem)이다"라고 했던 프랑코 모레티의 발언처럼, '하나이
면서 불균등한 시스템'으로서의 구조적 모순을 지닌 세계가 현실적으
로 고민해야 할 현안들에 대한 지속적인 의문과 물음을 제기할 필요가
있다. 이러한 공동체적 연대의 관점에서 상호 소통의 문화를 열어감으
로써 인류의 미래를 함께 고민하고 성찰하고 실천하는 운동이 바로
세계문학을 구성하는 가장 본질적인 전제 조건이 되어야 하는 것이다.

이런 점에서 민족문학과 세계문학의 관계에 대한 이해와 그 경계를
탐색하는 것은 오늘날 세계문학의 방향성을 논의하는 데 더욱 중요한
쟁점으로 부각된다. 특히 민족의 위기에 대응하는 성격을 지닌 민족문
학을 특정한 국가와 민족의 차원에서 협소하게 인식하지 않고 지구적
차원에서 논의할 때 세계 자본주의 체제의 모순을 경험한 제3세계적
시각과 자연스럽게 만나게 된다는 점도 주목된다. 물론 이때의 민족문
학은 자종족 중심주의의 편협성과 지역적 폐쇄성의 한계를 넘어서야
한다는 전제가 반드시 필요하고, 각 민족문학 간의 연대와 교섭이 불평
등한 세계 체제의 모순을 극복하는 비판적인 운동으로서의 공동체적
성격을 지녀야 한다는 점을 가장 중요한 목표로 삼아야 한다. 이는 민

족문학과 세계문학의 관계를 일방적 영향 관계로 보던 그동안의 유럽 중심적 시각에 대한 비판을 통해 경계의 지점에서 발생하는 복합적이고 다층적인 측면에 초점을 두는 것이다. 그 결과 중심이 아니라 주변부로부터 세계문학의 가능성을 찾고자 함으로써 서구 중심의 세계문학에 대한 전복과 저항의 성격을 지닌다는 점에서도 의미가 있다.

이상과 같은 문제의식에서 한국문학과 세계문학의 관계를 들여다보면, 식민과 분단이라는 역사적 현실을 경험한 특수한 상황, 영미, 유럽, 남미 등과 달리 세계문학의 보편적 언어권과 거리를 둔 데서 비롯된 번역의 어려움과 불가능성, '세계문학은 외무부를 두는가?'라는 프레드릭 제임슨의 의미심장한 강연 제목에서처럼 세계문학을 둘러싼 국가 간의 경쟁과 대립이라는 문학 정치 등 세계문학으로서의 한국문학에 대한 이해와 방향성은 단순하게 일반화할 수 없는 복잡하고 다층적인 문제를 내포하고 있음을 알 수 있다. 여기에 대해 그 문제점의 세부적인 사항과 구체적인 대안을 일목요연하게 제시하는 것은 짧은 시간 안에 필자가 감당할 수 있는 역량 밖의 일임을 솔직히 고백하지 않을 수 없다. 다만 식민과 분단이라는 한국 사회의 특수성이 한국문학의 민족적 성격을 형성하는 데 가장 핵심적인 부분을 차지한다고 할 때, 세계문학으로서의 한국문학이라는 주제를 관념적이고 추상적인 차원이 아닌 실제적인 차원에서 이해할 수 있는 경로를 한국문학 작품에서 찾아보는 것으로 소임을 다하고자 한다. 특히 4월혁명 이후 민주적 정치의식의 성장과 역사를 보는 새로운 시선으로 서구를 객관적 타자로 이해하는 관점을 확보하게 되면서, 세계문학을 민족문학, 제3세계 문학, 동아시아 문학, 지역 문학 등 다각적으로 접근했던 1960년대 이후 한국문학 담론을 주목하고자 했다. 이런 점에서 '낙동강의 파수꾼'으로 명명될 만큼 지역 문학에 토대를 두면서도 동아시아적 시각으로

소설의 주제와 공간을 확대한 김정한의 문제성은 세계문학으로서의
한국문학을 이해하는 방향성을 제시한다고 평가할 만하다.

　본 저서는 이러한 문제의식에 바탕을 두고 한국문학을 세계문학의
관점에서 논의하는 연구 토대를 마련하고자 하는 데 있다. 이를 위해
우선 한국문학 안에서 경계와 이산의 지점을 작품 속에서 보여준 김정
한, 김시종, 심훈이라는 세 작가에 특별히 주목하여 그 실천적 지점을
초점화하여 연구하고자 했다. 또한 시간적, 공간적 경계가 작가의 의식
에 미치는 영향을 초점화하여 김동인, 나혜석, 신동엽의 문제의식을
논의하고, 디아스포라의 관점에서 1960~80년대 현실주의 문학의 장
을 확대 생산한 1962년 일본 동경에서 발간된 재일종합문예지『한양』
을 대상으로 삼아 서지적 기초 정리, 한국문학과의 교섭, 재일조선인문
학의 영향이라는 세분화된 주제로 나누어 살펴보았다. 마지막으로 남
북 문학 통합의 문제를 지속적으로 논의하는 연구 관점의 제고를 목표
로, 북한에서 오랜 시간 검증을 통해 완성된『현대조선문학선집』에서
시문학 분야의 서지 사항과 정전화 작업에 나타난 의미를 전체적으로
정리한 결과를 수록했다. 이상의 연구 내용에 대한 세부적인 중점사항
을 정리하여 소개하면 아래와 같다.
　첫째, 낙동강이라는 지역적 공간에 집중되었던 김정한의 소설을 오
키나와, 남양군도 등으로 확장하여 동아시아적 지형 위에서 검토함으
로써, 지역적 문제가 결국 동아시아적 연대의 과정과 어떻게 결합되어
있는지를 밝혔다. 이 과정에서「잃어버린 山所」라는 미발표 미완성 작
품을 발굴, 소개함으로써, 김정한의 소설이 일국적 시야를 넘어서는
세계문학적 시공간을 확보함으로써 지역적 공간성을 넘어 동아시아적
시각으로 확장해 나아갔음을 실증적으로 보여주고자 했다. 또한 해방

이후 1960년대를 넘어서는 지점에서는 베트남 전쟁, 한일협정 등 국가적 모순에 대응하는 소설적 양상을 구체화했는데, 이러한 문제의식이 베트남이라는 아시아적 공간과 어떻게 결합되었는지, 그리고 식민의 유산 속에서 맹목적 적대화가 아닌 민중적 연대의 관점에서 한일 관계의 새로운 전기를 모색하는 일본 인식의 태도에 대해서도 살펴보았다.

둘째, 재일조선인문학에 대한 논의는 남북 간의 문학적 대립과 갈등을 그대로 재현하는 대리전 양상을 반드시 극복해야 한다는 점에서, 분단 극복과 통일 지향이라는 재일조선인문학의 방향성을 남과 북 그리고 일본이라는 세 지점으로부터 모두 일정하게 거리를 유지했던 작가와 작품을 통해 논의하고자 했다. 재일조선인 시문학에 한정할 때 이러한 문학적 지향성을 두드러지게 드러낸 김시종을 연구 대상으로 삼아, 재일조선인으로서의 역사적 경험과 상처를 그대로 안고 살아온 분단 구조와 재일의 현실이 시인의 작품 속에 의미화된 모습을 분석했다. 김시종은 남과 북 그리고 일본이라는 세 지점 가운데 어느 쪽으로도 구속되지 않으려 했던, 진정한 의미에서 재일조선인의 독자성과 특수성을 구현하려 노력했다는 점에서 중요한 의미가 있다. 분단을 넘어선 통일 시대를 준비해야 하는 당면 과제를 재일조선인 시문학과 연결지을 때, 남과 북 어느 쪽으로부터도 자유롭고자 했던 김시종의 문학은, 그 자체로 분단 극복과 통일 지향의 이정표를 실천적으로 보여줌으로써 한반도의 지형을 넘어선 동아시아적 지향의 열린 의식을 보여주었다고 평가할 수 있다.

셋째, 식민지 시기 조선의 독립운동과 사회주의 사상 형성의 주요 장소였던 중국 상해를 중심으로 한국과 중국의 문학적 교섭 양상을 살펴보기 위해 심훈을 대상으로 연구를 진행했다. 당시 상해는 세계를 이해하는 중요한 통로였고 근대적이고 국제주의적인 도시였다는 점에서, 심훈의 중국 체험과 상해 이주 경험은 서구적 근대와 제국주의적 모순을 이중의 시선으로 바라보게 하는 문제적 지점이었다. 이러한 문제의식에서 심훈과 항주의 관련성, 상해 시절을 배경으로 창작된 미완성 소설 「동방의 애인」을 검토하여, 심훈과 중국의 관계를 통해 세계문학으로서의 심훈의 문학을 논의해 보고자 했다.

넷째, 경계의 지점에서 바라본 한국문학으로 김동인, 나혜석, 신동엽을 주목했다. 식민지 근대문학의 경계를 인식하는 데 있어서 친일청산의 문제는 가장 핵심적인 쟁점이 되는데, 해방 직후 김동인의 행적 속에서 친일 문제의 올바른 청산이라는 난제가 어떻게 의미화되었는지를 집중적으로 논의했다. 나혜석의 경우는 중국 안동(현재 중국 단동)에서 살았던 시절 그의 삶과 문학이 역사와 현실 속에서 어떤 지향성을 지녔는지, 한국과 중국의 공간적 경계를 넘어서는 나혜석의 문학적 지향을 역사적 사실에 바탕을 두고 정리했다. 그리고 1960년대 박정희식 근대화의 도구로 표면화된 한일협정과 베트남파병의 문제를 신동엽의 문제의식과 연결하여, 미국 중심의 아시아 패권 장악과 신제국주의가 한국문학 안에서 어떻게 이해되고 비판적으로 쟁점화되었는지를 살펴보는 데 초점을 두었다.

다섯째, 식민과 분단이라는 역사적 질곡 안에서 현재까지도 남과 북 어느 쪽으로도 온전한 자립을 이루지 못한 재일조선인문학의 양상을, 1962년 일본 동경에서 발간된 『한양』을 통해 전면적으로 살펴보았다. 1974년 문인간첩단사건 연루 이후 국내로의 유입이 금지되는 상황 속에서도 1980년대 초반까지 간행된 이 잡지에는, 한국의 주요 문인들이 대거 작품을 발표했다는 점에서 사실상 한국문학 잡지의 외연 확장으로 봐도 무방하다. 따라서 『한양』 전권의 서지사항을 장르별로 분류하여 정리한 토대 위에서 한국문학과의 교섭, 재일조선인문학의 영향을 종합적으로 논의함으로써 한국문학사의 외연 확장을 이루는 토대를 마련하고자 했다. 이러한 문제의식의 연장선상에서 북한의 문학작품 정전화 작업의 결실로 출간된 『현대조선문학전집』 가운데 《1920년대 시선(1)~(3)》, 《1930년대 시선(1)~(3)》을 중심으로 북한 시문학사의 정전 확정 작업에 대한 개괄적인 정리를 했다. 이러한 작업은 앞으로 남북 통일시문학사 구축에 있어서 양쪽의 입장을 입체적으로 조망하여 그 차이와 격차를 해소함으로써, 남북한 통일 시문학사의 기초적 토대를 마련하는 자료로서의 가치를 지닌다는 점에서 의미가 있다.

　이상의 개괄적 정리를 통해 확인할 수 있듯이, 본 저서는 한국문학의 시야를 일국적 토대 위에 한정하지 않고 동아시아적 지형 나아가 세계 문학적 지형 위에서 확장된 논의를 열어내고자 하는 출발점으로서의 의미를 지닌다. 이를 위해 한국문학 안에서 세계문학적 요소가 어떻게 구현되었는지, 작품 안에서 그 실제적 양상을 분석하고, 작가의 세계관과 문학관에 대한 이해를 바탕으로 문학사적 의미 부여를 하는 데 집중했다. 또한 이러한 문제의식을 지닌 문인들이 실제로 경험하고 작품 속에 구체화한 세계문학적 공간성의 의미를 입체적으로 논의함으로써, 세계문학으로서의 한국문학이라는 입론의 기본적인 토대를 실증적으로 확인해 보고자 했다. 앞으로 이러한 연구 성과에 힘입어 한국문학사의 외연 확장은 물론이거니와, 세계문학 안에서 정작 한국문학을 소외시키는 자기모순적 태도를 넘어서는 주체적이고 통합적인 연구의 방향성을 열어가고자 하는데 본 저서의 궁극적인 목표가 있다.

2023년 9월
하상일

목차

제2부
김시종과 '재일' 그리고 '분단'

제3부
심훈과 중국

심훈과 항주 ··· 217

제4부
경계의 지점에서 바라본 한국문학

제5부
한국문학사의 재인식과 정전의 재정립

제1부

김정한과 동아시아

식민지의 연속성 비판과
동아시아적 시각의 확장

김정한의 미발표작 「잃어버린 山所」와 일제 말의 '남양군도(南洋群島)'

1. 1965년 체제와 김정한의 문단 복귀

1965년은 한일협정과 베트남파병이 이루어진 해다. 5·16 쿠데타 이
후 박정희 정권은 군정(軍政)에서 민정(民政)으로 겉옷만 갈아입고 반공
주의에 입각한 경제적 근대화에 박차를 가했다. 5·16 이후 계속되는
국가의 혼란과 불안을 안정시키기 위해서는 경제적 근대화를 실현하는
것이 무엇보다도 필수적이라는 정치적 계산이 깔려 있었기 때문이다.
그런데 문제는 이를 구체화하는 정책인 경제개발 5개년 계획의 성공을
위해서는 막대한 자본이 필요하다는 점이었다. 따라서 미국을 비롯한
우방 국가의 경제원조에 절대적으로 기댈 수밖에 없는 상황이었다. 결
국 한일협정과 베트남파병은 이러한 박정희 정권의 정치적 계산을 현
실화하는 데 필수적인 요구사항으로, 미국의 아시아 패권 정책을 지지
함으로써 얻어낸 경제 원조의 대가였던 것이다. 당시 미국은 아시아에
서 베트남의 공산화를 막기 위해서는 한국과 일본의 적극적인 협력이
절대적으로 필요한 상황이었다. 즉 미국은 아시아에서 자본주의와 공
산주의의 양극화가 심화되고 있는 현실을 철저하게 경계하면서, 이와

같은 냉전 상황에 효율적으로 대응하기 위해서는 한국과 일본의 우호
협력이 반드시 필요하다고 보았던 것이다. 박정희 정권은 이러한 미국
의 전략적 이해를 적극적으로 지지함으로써 한일 청구권 문제를 경제
원조의 방식으로 해결하는 데 합의를 했다. 그리고 1965년 6월 국회를
통해 이러한 합의를 명문화한 한일기본조약을 통과시켰고, 8월에는
한일협정을 전제로 약속했던 베트남파병동의안마저 국회의 동의를 얻
어 통과시킴으로써, 미국의 아시아 패권 정책을 선도하는 전위부대로
서의 역할을 마다하지 않았던 것이다.

　하지만 한일협정과 베트남파병은 해방 이후 식민지 잔재를 올바르
게 청산하지 못한 남한 정부의 민낯을 그대로 보여주는 사건이 아닐
수 없었다. 태평양전쟁 이후 신식민주의 논리로 아시아를 재편하겠다
는 미국의 신제국주의 전략에 적극적으로 동참하는 굴욕을 스스로 용
인하는 결과가 되고 말았기 때문이다. 즉 1965년 한일협정은 경제 원조
에 의한 식민지 청산과 미국 중심의 세계 질서를 너무도 쉽게 수용하는
아주 심각한 문제점을 안고 있었던 것이다. 이는 아시아에서 미국이
주도하는 반공 블록 형성에 한일협정이 절대적으로 기여하는 아주 기
형적인 상황이었다. 경제 원조라는 허울로 식민의 세월을 모조리 덮어
버리겠다는 박정희 정권의 몰상식이 그대로 노출된 반민족적 사건이
아닐 수 없었다. 특히 이러한 불합리한 정책의 배후에 아시아에서 공산
주의에 대응하는 자본주의의 견고한 결집을 구축하려는 미국의 음험한
전략이 치밀하게 작동하고 있었다는 사실을 간과해서는 안 된다. 그
결과 1965년 당시 우리 국민들은 해방 20년이 지난 시점임에도 불구하
고 여전히 또 다른 식민지를 살아가는 것이나 다름없는 자괴감에 충격
을 받지 않을 수 없었다. 1965년 이후 한국문학이 미국과 소련 중심의
냉전 체제에 맞서는 제3세계의 국제주의적 연대와 실천을 주목함으로

써, 신제국주의에 종속되어 가는 1960년대 우리 사회 내부의 식민성을 비판하는 목소리를 두드러지게 드러낸 이유도 바로 여기에 있었다. 직접적으로든 우회적으로든 한일협정과 베트남파병에서 드러난 동아시아 외교의 정치적 모순은, 1960년대 한국문학이 민족적 주체성을 실천적으로 고민하고 성찰하는 아주 심각한 계기로 작용하기에 충분했다. 이 글의 연구 대상인 김정한이 1966년 소설가로 다시 문단에 등장한 이유를 1965년 한일협정과 베트남파병에 연관 짓는 관점은 바로 이러한 문제의식에 바탕을 둔 것이다.[1]

5·16 군사쿠데타 이후 박정희 정권은 해방 이후부터 지속된 김정한의 활발한 사회 활동을 문제 삼아 부산대학교 교수직을 박탈하고 수배령을 내렸다. 당시 김정한은 수배를 피해 전국을 떠돌다 결국 1961년 8월에 자수하였고, 이후 학교를 떠나 『부산일보』 논설위원으로 재직하면서 신문 논설과 짤막한 시사 논평을 쓰는 언론인으로서의 활동에 주력했다. 1965년 부산대학교 교수직에 복직은 했지만, 5·16 이후 격동의 정치 사회적 현실에 적극적으로 참여하고 발언하는 실천적인 활동을 결코 외면하지는 않았다. 그는 한일협정으로 표면화된 박정희 정권의 신식민주의 정책을 신랄하게 비판함으로써 우리 민족의 주체성과 자주성을 지켜내는 소설가로서의 사명에 대해 깊이 성찰했다. 한일협

---

1) 이상경은 김정한의 문단 복귀를 1965년에 이루어진 한일협정과 베트남파병에서 촉발된 것이라고 보면서, 1969년 발표된 「수라도」를 통해 일본군 위안부 문제에 처음으로 주목한 김정한의 안목이 획기적이라는 점을 높이 평가했다.(이상경, 「한국문학에서 제국주의와 여성」, 강진호 편, 『김정한』, 새미, 2002, 227~250쪽 참조) 또한 김재용도 김정한이 1966년에 작가 활동을 재개한 것은 합일협정의 체결과 밀접한 연관을 가지고 있고, 그 배후에 미국의 동아시아 정책이 있었다는 점을 주목하였다. 당시 김정한은 이러한 동아시아적 식민성을 비판하기 위해서는 일제의 폭압적인 식민지 지배를 소설적으로 드러냄으로써 식민지의 연속성을 강조할 필요가 있다고 보았다는 것이다.(김재용, 「반(反) 풍화(風化)의 글쓰기」, 『작가와사회』 2016년 겨울호, 79~92쪽 참조)

정과 같이 국가에 의해 자행된 반민족적 행태는 식민지 잔재를 올바르
게 청산하지 못한 우리 역사의 모순에서 비롯된 뼈아픈 결과임을 통감
하면서, 식민지 모순에 대한 소설적 증언이 그 어느 때보다도 절실하게
요구된다고 보았던 것이다.[2] 그리고 이러한 문제의식을 소설적으로
구현하는 데 있어서 지식인의 보편주의적 탁상공론을 넘어서 평생 터
를 잡고 살아온 지역적 삶의 구체성을 살려내는 방향으로 실천했다는
점을 무엇보다도 주목해야 한다. 김정한이 식민의 질곡을 첨예하게 겪
은 민중들의 '땅'의 문제를 가장 중요한 소설적 바탕으로 삼은 것도
바로 이러한 문제의식에서 비롯된 당연한 결과이다.

또한 1966년 「모래톱 이야기」로 문단에 복귀한 이후 그가 발표한
작품 대부분이 일제 말을 배경으로 하고 있다는 사실도 특별히 주목할
필요가 있다. 일제 말 토지조사사업을 시작으로 낙동강 일대 땅의 식민
성이 강화되었던 해방 전의 역사와 유력자의 자본과 경제 논리에 의해
민중의 삶터마저 철저하게 훼손당한 해방 후의 현실을 식민지의 연속
성 차원에서 쟁점화한 「평지」(1968), 강제 징용, 위안부, 우리말 폐지와
일본어 사용 강요 등 일제 말의 식민 통치를 낙동강변 마을을 배경으로
서사화한 「수라도」(1969), 「뒷기미 나루」(1969)는, 당시 김정한의 문단

---

2) 김정한은 일본 교과서 속의 한국에 관한 사실 왜곡을 비판하는 글에서 당시 상황을
    이렇게 증언한 바 있다. "새 정부가 들어서자 얼마 못 가서, 친일파 민족 반역자들을
    제거하려던 반민특위(反民特委)가 타력에 의해 갑자기 해산되고, 반민 친일파들이 다시
    기용되면서부터 일본에 대한 우리 정부의 자세는 다시 흔들리기 시작했다. 심지어 일제
    하에서 우리의 독립 투사, 민족 해방 운동자들을 못살게 괴롭혀 오던 고등계 형사들까지
    수사 기술자라 해서 행정 요직에 앉히게 되었으니 민족 정기란 말조차 쓰기 어렵게
    되지 않았던가? 그 뒤 우리 정부가 우리 민족의 자주성을 스스로 무너뜨린 사건은,
    을사보호조약이나 한일합병조약처럼 국민적 합의도 이루어지지 않은 가운데 덜컥 도장
    을 눌러버린 '한일 협정'이라고 말할 수 있다." 『사람답게 살아가라』, 동보서적, 2000,
    34쪽.

복귀가 무엇을 증언하는 데 집중하고자 했는지를 분명하게 보여주는 작품이다. 특히 「지옥변」(1970)에서는 일제 말 일본 최대 기지가 있었던 중부태평양 '남양군도'를 직접적으로 언급함으로써, 60년대에서 70년대로 넘어가면서 김정한의 작품이 무엇을 기억하는 데 초점을 두고자 했는지를 미리 보여주고 있어 의미심장하다. 실제로 그는 1970년대 들어 「산서동 뒷이야기」(1971), 「오끼나와에서 온 편지」(1977)를 발표하여, 일제 말 제국주의를 넘어서는 동아시아 민중 연대의 가능성을 모색하는 소설적 시도를 했음을 기억할 필요가 있다.[3]

본고의 주된 연구 대상인 김정한의 미완성 미발표작 「잃어버린 山所」 역시 김정한 소설의 동아시아적 문제의식을 아주 구체적으로 보여주는 작품으로, 일제 말 중부태평양 지역에 강제 이주된 조선인 근로보국대와 위안부의 현실을 생생하게 증언하고 있다. 비록 태평양전쟁에서 일본의 패배가 가시화되었던 해방 직전 상태에서 소설이 중단되어 일본 패망 이후 조선인 근로보국대와 위안부들이 겪은 실상을 더욱 자세하게 알 수는 없지만, 「잃어버린 山所」는 「오끼나와에서 온 편지」에서 기억의 서사 정도로 언급된 일제 말 중부태평양 지역 조선인의 현실을 아주 구체적이고 사실적인 현장성을 바탕으로 증언하고 있다는 점에서 특별히 주목되는 것이다. 즉 「오끼나와에서 온 편지」가 미군 기지 반환 투쟁에 참여하고 있는 일본 남성과 인력 수출된 한국 여성 그리고 외화벌이로 팔려온 한국 고아와 일본군 위안부 출신 '상해댁'의 만남을 통해 일제 말의 현실을 기억의 서사로 복원하는 데 초점을 두었다면, 「잃어버린 山所」는 일제 말 조선인 징용 노동자와 일본군 위안부

---

3) 이에 대한 자세한 논의는, 하상일, 「요산 소설의 지역성과 동아시아적 시각」, 『영주어문』 제34집, 영주어문학회, 2016. 10, 271~294쪽 참조.

의 현실을 남양군도라는 실제 장소를 배경으로 전면적 서사화를 시도
했다는 점에서 차별성이 두드러진다. 이는 1970년대 우리 소설이 보여
주지 못한, 아니 정확히 말해 보여주기 힘들었던 역사의식을 선명하게
담아낸 것으로, 1970년대 우리 소설사에서 일제 말을 배경으로 한 가장
구체적이고 사실적인 장소성을 지닌 작품으로 평가할 수 있다.

2. 일제 말 배경 소설과 식민지의 연속성 비판

1966년 문단 복귀 이후 김정한의 소설은 일제 식민지 잔재의 청산에
가장 중요한 문제의식을 두고 있었다. 특히 식민지 시기 친일반역자들
이 해방 이후에도 여전히 권력을 누리면서 민중들의 생존과 생활을
억압하고 위협하는 모순된 현실 비판에 초점을 두었다. 따라서 그는
무엇보다도 민중들의 생활 터전인 땅의 문제에 주목했고, 왜곡된 식민
지 권력의 횡포가 만연하는 땅의 모순에 대한 비판을 최우선의 소설적
과제로 삼았다. 그의 문단 복귀작 「모래톱 이야기」는 바로 이러한 문제
의식에서 비롯된 것이다. "우리 조마이섬 사람들은 지 땅이 없는 사람
들이요. 와 처음부터 없기싸 없었겠소마는 죄다 뺏기고 말았지요."(「모
래톱 이야기」, 3권, 25쪽)[4]라는 소설 속 건우 할아버지의 개탄은, 해방
이후 소설 쓰기에 전념하지 않았던 그가 다시 소설가로서 시대 현실에
맞서고자 했던 확고한 이유가 오롯이 담겨 있다. 이와 같은 조마이섬의
모순적 현실은 이후 그가 발표한 대부분의 소설이 일관되게 보여주는

----

4) 이하 작품은 모두 조갑상 외, 『김정한 전집』(작가마을, 2008)에서 인용했으므로, 작품
    명과 전집 권수, 페이지만 밝히기로 한다.

이데올로기적 장소성의 의미를 지닌다. 선조로부터 물려받은 자신들의 땅이 식민지 시절에는 토지조사사업으로 일본인 소유가 되어버렸고, 해방 이후에는 적산(敵産)이고 역둔토(驛屯土)라고 국가 소유로, 한국전쟁 이후에는 국회의원 등 유력자의 소유로 계속해서 둔갑되는 현실 속에서, 실질적인 땅의 주체인 민중들의 생존과 생활에 대한 최소한의 고려는 전혀 찾아볼 수 없었다. 제국과 식민의 기억이 국가와 자본의 전횡으로 그 모양만 바뀌었을 뿐 민중들의 삶이 끊임없이 훼손되는 반민족적 양상은 전혀 달라진 것이 없었던, 그래서 해방 이후에도 여전히 식민지 시대의 역사를 되풀이하는 것이나 다를 바 없는 형국이었던 것이다. 해방이 되었음에도 불구하고 이러한 국가적 모순이 아무렇지 않게 지속될 수 있었던 것은, 식민지 잔재를 올바르게 청산하지 못한 데 가장 큰 이유가 있다는 것이 바로 김정한의 시대 의식이었다. 따라서 그는 일제 말에 대한 소설적 증언으로 해방 이후 식민지의 연속성으로 허덕이는 국가적 모순을 비판하는 데 앞장서고자 했다. 일제 말 조선인의 현실에 대한 구체적이고 사실적인 증언으로부터 식민과 제국의 기억을 재생하는 1960~70년대 국가주의의 모순을 비판하는 소설적 이정표를 명확하게 제시하고자 했던 것이다.

　　죽은 이와모도 참봉의 아들 이와모도 경부보같은 위인들이 목에 핏대를 올려가며 그들의 〈제국〉이 단박 이길 듯 떠들어 대던 소위 대동아전쟁이 얼른 끝장이 나긴커녕, 해가 갈수록 무슨 공출이다, 보국대다, 징용이다 해서 온갖 영장들만 내려, 식민지 백성들을 도리어 들볶기만 했다. 그리고 그것은 〈제국〉의 빛나는 승리를 위해서 불가피한 일이라고들 했다.
　　몰강스런 식량 공출을 위시하여 유기 제기의 강제 공출, 송탄유와 조선(造船) 목재 헌납을 위한 각종 부역과 근로 징용은 그래도 좋았다.

조상 때부터 길러 오던 안산 바깥산들의 소나무들까지 마구 찍겨 쓰러진
다음엔 사람 공출이 시작되었다. 〈전력 증강〉이란 이유로 영장 받은 남
정들은 탄광과 전장으로, 처녀들은 공장과 위안부로 사정없이 끌려 나갔
다. 오봉산 발치 열두 부락의 가난한 집 처녀 총각과 젊은 사내들도 곧잘
이마를 〈히노마루(일본 국기)〉에 동여맨 채, 울고불고 하는 가족들의
손에서 떨어져, 태고 나루에서 짐덩이처럼 떼를 지어 짐배에 실렸다.
                                             -「수라도」, 3권, 204~205쪽.

　「수라도」는 항일독립운동 내력을 가진 오봉선생 집안과 친일협력으
로 권세를 얻은 이와모도 집안의 선명한 대비를 통해, 불령선인으로
낙인찍혀 일제의 감시와 통제를 받는 우리 민족의 현실과 일본 경찰로
탈바꿈하여 일본인보다 더욱 악랄하게 조선인을 탄압하는 또 다른 우
리 민족의 모습을 극명하게 대조하고 있다. 일제 말 창씨개명과 내선일
체에 동조하고 대동아전쟁에 적극 협력했던 이와모도의 큰아들은 당시
일제 치하 "도경 고등계 경부보로 있었"던 데다, 해방 이후에도 "국회의
원이란 보다 훌륭한 감투를 쓰고 있"(183쪽)었음을 강조하는 데서, 해방
이 되었음에도 식민지 권력이 처단되기는커녕 오히려 그 권력이 그대
로 유지되었던 국가적 모순을 비판하고자 했던 것이다. 따라서 김정한
은 이러한 식민지의 연속성을 제대로 부각시키기 위해서는 일제 말의
현실을 사실적으로 고발하는 실증적인 서사의 확충이 절실하게 요구된
다고 보았다. 인용문에서 일제 말 낙동강변 한 마을을 배경으로 일본의
태평양전쟁에 동원된 조선인의 현실을 구체적으로 증언하고 있는 것은
바로 이러한 문제의식을 담아내기 위한 것이었다. "보국대", "징용",
"위안부" 등에서 분명하게 드러나듯이, 일제 말 조선인의 현실은 "〈제
국〉의 빛나는 승리를 위해서", "〈전력 증강〉이란 이유로", 전쟁터와
군수 기지에 무참히 끌려다녀야만 했다. 마을마다 "남자들이 징용 간

곳을 따라 〈보르네오〉댁이니 〈뉴기니〉댁이니 하는 새로운 택호들이"(206쪽) 생겨나고, "속칭 〈처녀 공출〉이란 것으로서 마치 물건처럼 지방별로 할당이 되어" "일본 병정들의 위안부로 중국 남쪽지방으로 끌려갔"(207쪽)던 것이다. 이처럼 「수라도」는 우리 소설사에서 일제 말 강제 징용과 위안부의 역사를 구체적으로 증언한 사실상의 첫 작품으로, 같은 민족에게 이러한 무자비한 고통을 안겨주었던 이와모도 집안과 같은 친일 세력들이 해방 이후에도 여전히 경찰과 국회의원으로 둔갑하여 또 다른 권력의 실세로 행세하는 식민지 역사의 연속성을 그대로 보여주고 있다. 「뒷기미 나루」에서 "일제의 사슬에 허덕이던 강건너 동산, 백산, 명례, 오산 등지의 순한 백성들과 그들의 아들딸들이 징용이다 혹은 실상은 왜군의 위안부인 여자 정신대(挺身隊)다 해서 짐승처럼 끌려 뒷기미 나루를 울며 건너던 억울한 사연들"(3권, 258~259쪽)이 오가는 나루터를 배경으로 일제 말의 현실을 소설적으로 증언한 것도 바로 이러한 문제의식의 결과이다.

차돌이의 아버지 허경출씨는 적도 남쪽에 떨어져 있는, 먼 뉴기니아 섬에서 해방을 맞이했었다. 그것도, 세계에서 크기로 둘째간다는 이 섬의 해안에서 몇 백 킬로나 깊숙이 들어간 – 일찍이 사람이 범접한 자취조차 없는 밀림 속이었기 때문에 전쟁이 끝난 것도 오랫동안 모르고 지냈던 것이다.

불칼이에게 덜미를 잡혀간 지 꼭 5년째 되는 해였다. 보르네오란 섬을 첫작업터로 해서, 비행장 닦기, 길 닦기, 다리 놓기, 그리고 무기, 탄약, 양곡, 기타 온갖 군용물자의 수송에 이르기까지 목숨을 건 위험한 고역들이 줄곧 강요되어 왔었다. 그와 같은 지옥살이를 해 가면서, 서남태평양 일대를 전전하다가, 파죽지세로 내리밀던 일본군의 소위 〈가다르카나르(과달카날)〉의 쟁탈전[5]에서 호되게 얻어맞고서 총퇴각을 할 무렵,

그가 소속해 있던 작업반도 일본 패잔병들과 함께 뉴기니아 섬의 오웬스
탠리란 험한 산맥 속으로 뿔뿔히 도망을 쳐 들어갔던 것이다. (중략)
　다행히 연합군에게 붙들려서(실은 죽이지나 않을까 반신반의를 하면
서 항복을 한 셈이었지만), 비로소 곡기 구경을 했다. 옷과 신발도 얻었다.
　그러나 포로가 된 그들은 다시 일 년 가까이 억울한 전범자로서의 고
역을 치르지 않으면 아니 되었다. 그래서 결국 고국에 돌아온 것은 전쟁
이 끝난 3년 뒤였다.

－「지옥변(地獄變)」, 3권, 298~299쪽.

「지옥변」은 일제 말의 현실과 해방 이후의 상황이 연속적으로 이어
져 있는 국가적 모순을 더욱 극명하게 보여준다는 점에서 상당히 문제
적인 작품이다. 일제 말 대동아전쟁 준비를 위해 중부태평양 지역에
강제 이주 당해 근로보국대로 처참한 생활을 했던 "차돌이의 아버지"는
"전쟁이 끝난 3년 뒤"에야 고국으로 귀환한 뒤, 일본으로부터 받아야
할 강제 노동의 대가를 받지 못한 채 결국 죽고 말았다. 아들 차돌이는
아버지가 자신에게 남긴 '보국근로'의 증서를 갖고 국가의 정당한 보상
을 받는 절차를 강구하지만, 한일청구권을 둘러싼 문제는 해방 이후
다시 권력을 잡은 친일 세력들에 의해 철저하게 외면당할 수밖에 없었
다. "일본 정부에 있을 때의 한국인의 예금 문제를 둘러싸고 패전 일본
이 취하는 오만스런 태도와, 명색 우리 정부의 저자세"(283쪽)는, 해방
이 되었음에도 여전히 식민지를 살아가고 있는 거나 다름없는 우리의

<hr>

5) 남태평양에 있는 솔로몬 군도의 작은 섬인 과달카날에서의 미일 양국의 격돌은 일본
해군이 이 곳에 건설한 조그만 비행장을 두고 시작되었다. 강제 노역으로 끌려간 한국
젊은이들도 포함된 일본 해군 설영대(육군의 공병대에 해당함)가 과달카날에 비행장을
건설한 후 곧 미군에게 빼앗겼으며 이 잃어버린 비행장을 탈환하기 위해 일본군은 여섯
달에 걸쳐 미군과 사투(死鬪)를 벌이게 된다. 권주혁, 『핸더슨 비행장－태평양 전쟁의
갈림길』, 지식산업사, 2001, 5쪽.

현실을 그대로 보여주는 것이 아닐 수 없었다. 강제 징용의 대가로 병이 들어 목숨을 잃은 아버지의 유산을 찾으려는 차돌이를 향해 "일본 정부와 우리 정부 사이에 어떤 협상이 이루어져야만 된다"는 신문기자의 너무도 무미건조한 대답은, "당연히 받을 거 받는데 무슨 협상이란 기 필요합니꺼?"(284쪽)라는 차돌이의 항변에 어떤 그럴듯한 논리도 내세울 수 없음은 당연하다. 1965년 한일협정을 연상시키는 이 대목에서 김정한은, 식민의 고통을 겪은 우리 민족 대다수가 당연히 받아야 할 것을 받지도 못한 상태에서 국가의 이익, 아니 정확히 말해 박정희 정권의 유지를 위해 일본 당국과 비밀 협상을 벌여 식민지 청산을 서둘러 마무리해 버리려 했던 국가의 태도를 결코 용납할 수 없음을 직간접적으로 명시하고자 했던 것이다. 일제 말 "〈국체명징(國體明徵)〉에다 〈내선일체(內鮮一體)〉, 〈인고단련(忍苦鍛鍊)〉이란 소위 식민지 교육의 3대 방침"(285쪽)을 누구보다도 열정적으로 선전하며 황민화교육에 앞장섰던 "곤도오교장"이 해방 직후 친일의 탈을 벗고 "새로운 애국자"(297쪽) 행세를 하는 모습은, 식민의 역사가 해방 이후 어떻게 변질되어 일제 말의 친일협력을 무화시키면서 더욱 승승장구했는지를 분명하게 보여준다. 이러한 식민지 역사의 연속성으로 인해 1965년 한일협정과 베트남파병 같은 식민과 제국의 기억을 재생하는 뼈아픈 결과를 초래하게 된 것이라는 사실을 명백하게 인식하고 있었던 것이다.

이런 점에서 김정한은 1965년 한일협정으로 촉발된 미국 주도의 동아시아 정세에 결코 동의할 수 없었다. 또한 한일협정의 예정된 결과였던 베트남파병으로 미국의 신제국주의에 동조하는 자기모순에 빠진 박정희 정권의 반민족적 외교 정책에 대해서도 절대 용인할 수 없었다. 그가 땅의 문제를 식민지의 연속성과 미국이 주도하는 신제국주의의 음험한 전략에 직접적으로 연결 지어 비판하고자 했던 이유도 바로

여기에 있다. 따라서 「평지」에서 근대화를 내세우며 땅의 강매를 획책
하던 유력자에 맞서 허생원은 월남전 〈참전용사〉인 아들이 돌아오기
만을 기다리며 끝까지 땅을 지켜나갔지만, 맏아들 용이의 전사 소식에
더욱 분개하며 자본과 근대화를 앞세운 정부의 시책에 끝끝내 맞서
싸우는 모습을 보여준 것은 상당히 문제적이다. 이 작품을 통해 김정한
은 1965년 한일협정과 베트남파병에서 일제 말의 현실과 해방 이후
식민지의 연속성이 그대로 이어지고 있음을 분명하게 보여주고자 했던
것이다. 그러므로 "〈법률〉에 가서는 농민은 약한 것이다. 때로는 평지
의 대궁이보다 더 연약했다. 첫째는 몰라서 그랬고, 둘째는 왜놈 때부
터 줄곧 당해 온 경험으로 봐서 그러했다."(「평지」, 3권, 79쪽)고 말하는
데서, 식민지에서 해방 이후로 이어진 민중들의 상처와 고통을 사실적
으로 증언하고 위무하는 것이 1960년대 우리 소설이 진정으로 나아가
야 할 지향점이라는 점을 역설적으로 강조했던 것이다. 1966년 김정한
의 문단 복귀는 이러한 역사의식에 바탕을 두고 일제 말의 현실이 식민
지의 연속성으로 이어지는 1960년대 국가적 모순에 대한 비판적 증언
에 가장 큰 문제의식을 두고 있었음에 틀림없다.

3. 「잃어버린 山所」와 동아시아적 시각의 확장

1970년대 김정한은 식민지의 연속성에 주목한 문단 복귀 이후의 소
설 세계를 동아시아적 시각으로 확장해 나갔다. 한일협정과 베트남파
병의 신식민지 제국의 논리가 아시아의 패권을 장악하기 위한 미국의
음험한 전략에 따른 것이고, 해방 이후에도 여전히 미국 주도의 국가
정책이 민중들의 삶을 끊임없이 훼손시키고 있다고 보았기 때문이다.

즉 미국 중심의아시아 패권 전략이 제국과 식민의 기억을 재생시키고 있다는 점에서 식민지의 연속성 문제를 일국 내의 문제가 아닌 동아시아적 시각으로 확장시켜야 진정성 있는 해결책을 제시할 수 있다고 보았던 것이다. 그리고 이러한 동아시아적 시각을 공론화시키기 위해서는 제국과 식민의 기억을 공유하는 제3세계의 연대가 무엇보다도 중요하다고 판단했다. 따라서 그는 일제 말 아시아를 중심으로 만연되었던 식민지 민중들의 고통과 차별에 특별히 주목했고, 이러한 경험을 공유했던 아시아 민중들의 국제주의적 연대에 깊은 관심을 갖게 되었다. 앞서 언급한 「산서동 뒷이야기」와 「오끼나와에서 온 편지」에서 식민지의 연속성 문제를 동아시아적 시각으로 확장시켜 나가고자 했던 이유도 바로 여기에 있다.

「산서동 뒷이야기」는 일제 말 낙동강변의 한 마을에서 조선인 농부들과 공동체를 이루며 살았던 일본인 농부 "이리에쌍" 가족의 이야기를 통해 한일 간의 대립을 넘어선 민중적 연대의 가능성을 보여준 작품이다. 비록 일본인이었지만 조선 농민들과 동등한 입장에서 일제의 부당한 횡포에 맞서 싸우는 일을 마다하지 않았던 이리에쌍의 모습은, "다같이 못사는 개펄농사꾼이지 민족적인 차별감 같은 건 서로 거의 가지지 않았다"(「산서동 뒷이야기」, 4권, 183쪽)라는 조선인들의 호의적인 평가를 받기에 충분했다. 조선 사람들보다 더 조선 사람처럼 살면서 민중들의 수난만큼은 조선과 일본의 현실이 결코 다르지 않다는 동질적 연대의식을 지니고 있었던 것이다. 이처럼 김정한은 이 작품을 통해 "강렬한 민족주의의 충돌을 넘어서 민중에 기초한 국제적 연대의 가능성을 탐구"[6]하고자 했다.

6) 최원식, 「90년대에 다시 읽는 요산」, 『작가연구』 1997년 4월호, 23쪽.

김정한이 일제 말 배경 소설에서 언급 정도에 그쳤던 강제 징용과 위안부 문제를 70년대로 넘어오면서 더욱 주목한 것도 바로 이러한 문제의식의 결과였다. 당시 오키나와의 현실과 위안부 문제를 제재로 소설을 썼다는 사실만으로도 상당히 의미 있는 성과였다는 점에서, 김정한 소설 연구에서 「오끼나와에서 온 편지」는 그의 동아시아적 시각을 이해하는 가장 중요한 작품으로 평가되기에 충분했다. 일본 내부 식민지나 다름없었던 오키나와에서 미군 기지 반환 투쟁에 참여하고 있는 일본 남성과 인력 수출된 한국 여성, 그리고 외화벌이로 팔려온 한국 고아와 일본군 '위안부' 출신 상해댁의 만남을 통해, "한국과 일본의 관계, 민족주의와 국제주의에 관한 생각거리를 제기"[7]하는, 1970년대 우리 소설사의 문제적 작품임에 틀림없는 것이다. 이러한 문제의식의 연장선상에서 주목해야 할 작품이 바로 미발표 미완성작 「잃어버린 山所」이다. 특히 이 작품의 핵심적인 배경이 일제 말 태평양전쟁의 중심지였던 중부태평양 '남양군도'라는 사실을 특별히 주목할 필요가 있다. '남양군도'를 중심으로 일제 말 제국주의의 실상을 사실적으로 보여주고자 했던 김정한의 소설적 시도는, 1970년대 우리 소설이 쉽게 담아낼 수 없었던 역사적 증언으로서의 실천적 의미를 지니고 있는 것이다.

　　학수가 학업을 중단하게 된 것은 바로 그 다음 다음해 가을의 일이었다. 좀 더 구체적으로 말하자면 중일전쟁의 막바지인 1940년대를 넘어다볼 무렵이었다. 그것도 자기가 학교를 그만둔 것이 아니고 학교 자체가 갑자기 문을 닫게 되었던 것이다. 학수가 다니던 M중학(그 당시는 M고등보통학교라고 불렀다.)은 기독교 계통의 사립학교였다. 사립학교란

---

7) 이상경, 앞의 글, 247쪽.

건 예나 이제나 당국의 말을 잘 안 듣기 마련이다. 가령 무슨 지시를
해도 고분고분하지 않고 안 될 일에도 어거지를 쓴다든가 해서. 그런
가운데서도 학수가 다니던 M중학은 한술 더 뜨는 편이었다. 공교롭게도
때가 또 때였다. 음악 선생이 내지라고 부르던 일본이 소위 노구교사건
(蘆溝橋事件)이란 걸 꾸며가지고 중일전쟁을 일으키고부터 일본과 조선
은 한몸이란 뜻으로 내선일체(內鮮一體)를 더욱 강하게 내세워 조선민
족을 완전히 말살하려고 들 무렵이었다. 조선말을 없애기 위해 학교에서
조선어 과목을 빼고 일본말만 쓰게 하고 황국신민서사(皇國臣民誓詞)란
도깨비 소리 같은 서약문을 만들어 무슨 모임 때마다 강제로 제창시키는
가 하면 각 급 학교에서는 고을마다 면마다 세워 놓은 일본 신사에 초하
루 보름에는 꼭꼭 참배를 하도록 하라, 일본식으로 창씨개명을 하라,
등등… 해괴망측한 지시며 명령들이 빗발치듯 내렸다. 그래서는 언제
나 학교가 앞장을 서야만 된다는 것이었다.

-「잃어버린 山所」[8]

「잃어버린 山所」는 중일전쟁의 막바지인 1940년 전후 일본 주도의
동아시아 신질서가 '대동아공영권'으로 확대되어 갔던 일제 말을 배경
으로 하고 있다. 당시 일본은 서양 제국주의에 맞서는 동양의 주체적
결집이라는 그럴듯한 명분을 내세워 서양 제국주의 열강으로부터 아시
아 지역을 독립시키기 위해서는 전쟁이 불가피하다는 점을 선전하기에
분주했다. 특히 이 전쟁을 '성전(聖戰)'이라고까지 추켜세우면서 징병,
징용, 지원병, 학도병, 정신대 등의 방식으로 전쟁 참여를 강제하였다.
그 결과 수많은 조선인 청년들을 태평양전쟁에 참여시키는 악행을 서
슴지 않았는데, 이 소설에서 주인공 학수가 학교를 그만두고 일제의
징병제를 피해 '근로보국대'에 지원하게 된 사정도 이러한 일제 말의

8) 〈요산문학관〉 전시실 소장 미발표 미완성작.

상황에서 비롯된 불가피한 선택이었다. 인용문에서 알 수 있듯이, 일제
는 '황민화' 정책과 '내선일체'를 실천하기 위한 가장 실질적인 방법으
로 "언제나 학교가 앞장을 서야만 된다는 것"을 강조했다. 물론 일제는
1943년 9월 23일 '필승국내태세강화방책'을 수립하기 전까지 학생들은
징병에서 제외시켜 주었다. 하지만 태평양전쟁의 패색이 짙어가던
1943년 중반에 가서는 마지막 결사항전을 위해 학생들까지도 모두 징
용에 끌고 가는 학병동원을 실시했다. 주인공 학수 일행의 남양군도
행이 결정된 것은 바로 이러한 이유 때문이었다. 학교에 다니고 있는
동안만큼은 지원병에 동원되는 일은 없었지만, 신사참배 거부로 학교
가 문을 닫으면서 학생 신분을 잃어버렸기 때문에 학수 일행 모두는
징병의 대상이 되고 말았던 것이다.

학수 일행은 부산 부두에서 출발하여 남양항로의 기점인 요코하마
를 거쳐 남양군도의 트라크섬[9]에 도착했다. 트라크섬은 당시 일본 제
국이 태평양전쟁의 승리를 위해 해군력을 집결했던 가장 큰 해군 기지
가 있었던 군사적 요충지였다. 소설 속의 트라크섬은 수십 개의 작은
섬들이 무리를 이룬 군도(群島)로, 학수 일행은 '나쯔시마(여름섬)'이란
곳에 내렸다. 일제는 태평양전쟁을 준비하기 위해 트라크섬을 연합함
대 기지로 만들려고 했으므로, 여기에서 그들은 비행장 공사에 투입되

---

9) 「잃어버린 山所」의 배경이 되는 중부태평양 지역은 바로 축 제도(Chuuk Islands)이다.
미크로네시아 연방의 섬 중에서 가장 인구가 많고, 일본인들은 당시 트루크 제도(トラッ
ク諸島)라고 불렀고, 미국도 '트룩(Truk)'으로 부른다. 소설에서 언급되는 '트라크섬',
'하루시마(봄섬)', '나쯔시마(여름섬)', '월요도', '화요도' 등은 이곳의 지명을 그대로 따
른 것이다. 축 제도 섬들은 현재 동쪽은 '春島', '夏島', '秋島', '冬島'의 四季諸島로,
서쪽은 '月曜島', '火曜島', '水曜島', '木曜島', '金曜島', '土曜島', '日曜島'의 七曜諸島
의 명칭을 사용하고 있다. 조성윤, 『남양군도 – 일본제국의 태평양 섬 지배와 좌절』,
동문통책방, 2015 참조.

었다. 김정한은 이러한 역사적 사실에 근거하여 트라크섬을 중심으로 조선인 강제노동자들의 현실을 사실적으로 재현했던 것이다.[10]

> 그들은 벌써 두 달째 비행장 공사에 쫓기고 있었다. 나중에 가서 알게 된 일이지만 중일전쟁에서 소위 태평양전쟁으로 접어들 무렵이라 종전은 그저 일본의 남양방면 해군기지에 불과했던 트라크섬을 부랴부랴 태평양 연합함대기지로 확장하자니까 그럴 수밖에 없었던 것이다. 일요일은커녕 때로는 세수할 시간도 주지 않았다. 기상나팔이 불면 식당으로 달려가기가 바빴다. 뜸도 안 든 밥 한덩이씩 얻어먹기가 바쁘게 일터로 끌려가야만 했다.
> "특공대의 기분을 가져! 특공대의….."
> 조금이라도 떠름한 내색을 보이면 현지 감독관들은 이렇게 위협을 했다. 스콜이 사납게 휘몰아쳐도 비행장은 닦아야 했고 그 빗물에 얼굴을 훔쳐야만 했다. 환자가 아니고는 막사에 누워 있을 수도 없었다. 몸을 심히 다치거나 병이 위중한 사람은 그곳 해군병원으로 실려 갔지만 그 뒤 소식은 대개가 감감하였다. (중략)

---

10) 당시 트라크섬에서 노무자로 일했던 박홍래(1924년생)의 증언을 통해 소설 속 학수 일행의 모습을 짐작해볼 수 있다. "전쟁 초기에는 지원자도 받았으나 나중에는 강제 징용으로 변하였다. 이들은 1942년 1월 마을 사람들이 환송하기 위해 동네 입구에 소나무 가지로 만든 문을 지나 부산까지는 트럭을 타고 갔다. 부산에서는 '브라질마루'라는 선박을 타고 사이판까지 가게 되었는데, 가는 길에 배 위에서 싱가포르가 함락되었다는 소식을 듣고 배에 탄 사람 모두 만세를 외쳤다고 한다. 사이판을 거쳐 다시 이틀 동안 배를 타고 트럭 환초에 도착해 보니 벌써 다른 한국인들이 와서 농사를 짓고 있었다. 당시 일본군 사령부는 나쓰시마에 있었다. 이곳에 있는 농장에서 1년 남짓 동안 벼와 고구마 농사를 하다가 하루시마에 있는 제2농장으로 배속받아 옮겼다. 전쟁초기에는 이들 농장은 모두 남양척식회사에 속해 있었으나 1943년부터는 해군으로 소속이 바뀌었다. (중략) 일부 징용자들은 하루시마, 나쓰시마, 후유시마 등에서 비행장 건설공사에 동원되었다. 이들은 지붕은 함석, 벽은 목재, 방바닥은 마루로 된 숙소에서 생활하며 아침마다 조회(점호)를 하고 일본 천황이 살고 있는 곳을 향해 동방요배(東方遙拜)로 하루 일을 시작하였다. 한국 노무자들 사이에도 한국말 사용은 금지되고 일본어만 쓰도록 되었다." 권주혁, 『베시오 비행장 – 중부태평양전쟁』, 지식산업사, 2005, 186~187쪽.

하루시마에서 비행장 공사를 겨우 끝내자마자 제3조 노무자들은 다시 나쯔시마로 되끌려 가 참호와 지하창고를 수십 군데 파고 그 다음은 수요 도란 섬으로 끌려가 거기서도 참호 파기와 비행장 공사에 뼈가 이치는 고역을 치렀다.

당시 김정한은 일제 말 남양군도 근로보국대의 실상을 아주 구체적으로 알고 있었던 것으로 보인다. 일제는 1936년부터 전쟁을 대비해 남양군도를 개척하려는 목적으로 '남양척식주식회사'를 설립하였고, 트라크섬과 같은 중부태평양의 중심지 팔라우섬에 남양청 본청을 두고 대대적인 개발을 준비하고 있었다. 그리고 1939년 남양청에서는 조선인 노동자 500명을 총독부에 공식적으로 요구하였고, 당시 총독부에서는 그 선발대로 50명을 경남에서 모집하여 강제징용을 실시했다. 또한 조선총독부의 『南洋行勞動者名簿』에 따르면, 경상도와 전라도의 노무자 2백여 명이 트라크섬과 팔라우섬으로 끌려와서 일제의 전쟁을 위한 무자비한 노동에 시달렸다.[11] 그 결과 일제는 남양군도에 태평양 연합함대기지를 세우고 1941년 12월 8일 진주만 공격을 시작으로 태평양전쟁을 일으켰다.

"오늘은 특별히 작업을 중지하고 제군들에게 휴식을 명령한다. 물론 진주만 대 폭격 축하의 뜻이다. 알겠나?"(중략)
노무자들의 찌든 얼굴에는 기쁜 빛이 한결 더해졌다. 수박머리의 사령관이 못내 기뻐하는 하와이 진주만의 대 전과보다 그들에겐 하루를 놀려준다는 것이 무척 반가웠던 것이다. 막사 앞으로 되돌아왔을 때 늑대란 별명의 현장 감독은 "오늘은 맘대로 해!"

11) 김도형, 「중부태평양 팔라우 군도 한인의 강제동원과 귀환」, 『한국독립운동사연구』 제 26집, 독립기념관 한국독립운동사연구소, 2006. 6. 참조.

하고 돌아갔지만 반마다 있는 몇몇 헐렁이를 제외하고는 노무자들은
미리 약속이라도 한 듯이 제각기 막사 안으로 들어갔다. 너무나 지쳐들
있었던 것이다. 무엇보다 우선 팔다릴 쭉 뻗고 쉬고 싶었다. 기무라도
히라야마도 늑대를 따라가고 없었으니까 한결 기분들이 가벼워졌다.
　"오늘밤엔 축하연이 있는 모양이재?" (중략)
　"흥, 망고집 아가씨들 욕 좀 보겠구나."

　일제가 진주만 공격 승전을 축하하기 위해 하루를 맘대로 쉬게 해주
었음에도 불구하고 유흥은커녕 맘 편히 팔다리 뻗고 쉬고 싶은 마음뿐
인 강제 징용 노동자들의 혹독한 현실을 사실적으로 보여준다. 일본이
태평양전쟁에 승리했다는 것은 일본인들의 기쁨은 될지언정 결코 조선
인 노동자들의 즐거움이 될 수 없음은 당연하다. 다만 하루를 휴식하게
해준다는 사실이 더욱 기쁠 수밖에 없었던 처절했던 강제 노동의 실상
을 짐작하고도 남음이 있다. 여기에서 김정한이 한 가지 더 특별히 강
조하고자 했던 것이 바로 "망고집 아가씨"[12], 즉 위안부의 현실이었다.
"이 수요도에는 벌써 여자보국대란 이름으로 그러한 딸애들이 끌려와
있었던 것이었다. 부대가 이동해 갈 전날 밤 같은 때는 한 애가 하룻밤
에 즘생 같은 사내들을 몇 십 명씩이나 받아야 된다던가. 그러니까 얼
굴빛이 모두 호박꽃 같았다."는 묘사[13]를 통해, 당시 김정한이 일제

---

12) 소설에서 망고집은 다음과 같이 묘사되어 있다. "망고집들이란 건 사령부에서 좀 떨어진
　　곳에 산재해 있는 쬐깐 막집들인데 간혹 일본서 온 창녀도 섞여 있었지만 대부분 한국에
　　서 강제로 끌고 온 가난한 집 처녀들 – 소위 군인전용 위안부들의 수용소였다. 주변에
　　망고란 열매 수목들이 많이 서 있어서 붙여진 이름이었다. 망고집 또는 망고촌이라고."
13) '위안부'는 주로 팔라우 트럭섬을 중심으로 집중 배치되었으며 태평양전쟁 말기 미크로
　　네시아 지역이 격전지였던 만큼 일본군의 전세가 불리해지는 가운데 강제 연행된 많은
　　'위안부' 여성들이 목숨을 잃었다. 일본인 '군위안부'의 증언에 따르면 일제의 패망 이후
　　트럭섬에서는 40여 명의 한인 '군위안부'가 학살되었다고 한다. 패전 후 일본군은 정글
　　속에 피신한 한인 여성들을 귀국시켜 주겠다고 속여 트럭에 태운 뒤 기관총으로 쏘아

말 위안부의 현실을 증언하는 소설의 역할에 대해 얼마나 깊이 고민했었는지를 알 수 있다. 앞서 「수라도」와 「오끼나와에서 온 편지」에서는 위안부 문제에 대한 비판적 목소리를 드러내기는 했지만, 대체로 소문이나 기억의 차원에 머무르는, 즉 과거의 사실을 전해주거나 들려주는 방식에 머무르는 한계가 역력했다. 물론 이러한 기억의 방식도 당시 소설이 결코 쉽게 말할 수 없었던 아주 위험한 증언이었다는 사실을 간과해서는 안 된다. 이러한 증언의 실천성이 「잃어버린 山所」에 와서 남양군도에서 조선인 위안부들이 실제로 겪었던 일을 직접적으로 묘사하거나 서술하는 것으로 나아갔다는 점에서, 우리 소설사에서 위안부 문제를 가장 구체적으로 다룬 첫 작품이라는 평가를 할 만하다.

이러한 일제 말 일본의 군국주의적 만행은 결코 오래 가지는 못했다. 미국의 반격에 일본군이 속수무책으로 당하면서 중부태평양 지역 전쟁은 일본의 패전으로 점점 기울었다. "보란 듯이 서남태평양일대의 섬들을 파죽지세로 점령해 가던 일본군의 서슬도 1942년 6월 상순에 있었던 미드웨이 해전의 실패를 고비로 드디어 풀이 꺾이기 시작했"고, 이후 일본은 계속되는 전쟁에서 참패를 거듭하다가 급기야 1944년 2월에는 미군의 대공습으로 일본군 연합함대 기지가 있었던 트라크섬이 궤멸되기에 이르렀다. 소설에서는 이 상황을 "개전 단 사흘만에 그처럼 뽐내던 일본 항공모함 네 척이 미군기의 완강한 폭격에 모조리 박살이 나고 해군이 거의 전멸했다는 소문이 트라크섬에까지 퍼졌다"고 증언

죽었고, 13~14세의 어린 소녀부터 40세가 넘는 사람들도 있었다며 이들 중에는 일본군의 학대에 못 이겨 스스로 목숨을 끊는 사람도 있었다고 한다. 『한국일보』 1990년 5월 8일 자 18면, 「한국인 挺身隊정글서 집단학살」; 남경희, 「1930~40년대 마이크로네시아(Micronesia) 지역 한인의 이주와 강제연행」, 국민대 석사논문, 2005, 44~45쪽에서 재인용.

하였다. 「잃어버린 山所」는 이때의 상황에서 사실상 중단되어 그 이후
의 전개 과정, 즉 일본의 패전 이후 미국의 포로가 되어 조선으로 귀국
하기까지 조선인 노동자들의 힘겨운 여정은 전혀 알 수가 없다.

　앞서 「지옥변」에서 차돌이 아버지가 전쟁이 끝나고 거의 3년 만에
고국으로 돌아온 것을 감안하면, 전쟁 이후 조선인 노동자들의 현실은
식민지 시기 못지않은 참혹한 시절을 견뎌야만 했을 것이다. 아마도
이 소설은 이러한 조선인 노동자들의 귀환 과정과 그 이후 식민지의
연속성을 다시 경험하며 살았던 이야기를 주된 서사로 삼지 않았을까
짐작된다. 이 소설의 제목 「잃어버린 山所」에서 짐작할 수 있듯이, 강
제 징용에서 돌아온 이후 마을에서 벌어지는 '산소'가 있는 땅의 문제를
둘러싼 갈등이 핵심적인 이야기를 이루었을 것으로 생각되는 것이다.
즉 식민지의 연속성이라는 일관된 주제 의식에 바탕을 두고, 친일 지주
세력들이 학수 조상들이 묻혀 있는 산소의 땅을 없애버렸거나 강제로
빼앗은 문제를 둘러싼 첨예한 갈등이 큰 서사를 이루었을 것으로 예견
되는 것이다. 이러한 모티프는 김정한의 소설에서 가장 두드러진 이야
기 구조일 뿐만 아니라, 소설 전반부에서 "나는 시집 올 때부터 박씨
가문의 산소 발치에 묻히기로 작정했고"라고 말하는 학수 어머니의 말
과, 남양군도로 떠나기 전 학수가 "할아버지와 아버지의 산소"를 찾는
장면, 그리고 "학교의 폐교 못지않게 그에게 큰 충격을 준 것은 강 건너
김해 대저면 소작쟁의 사건의 뒷조짐"이라고 서술한 데서 더욱 설득력
을 갖는다. 결국 「잃어버린 山所」는 「모래톱 이야기」, 「평지」, 「독메」
와 마찬가지로 김정한 소설의 큰 줄기인 해방 이전과 이후 식민지의
연속성에서 비롯된 민중들의 땅의 문제를 중심에 둔 장편소설을 의도
했을 가능성이 많다. 식민지의 연속성을 강조하기 위해서 일제 말의
현실을 더욱 구체적으로 증언하고, 식민지 조선인들의 고통이 해방 이

후에도 여전히 이어질 수밖에 없는 모순적 현실에 대한 비판을 서사화
하고자 했던 것이다. 다만 이러한 땅의 문제를 국가적 내부 문제로 한
정할 것이 아니라 동아시아적 시각으로 확장해서 바라봐야 한다는 심
화된 문제의식을 보여주었다는 점에서 두드러진 차이가 있다.

그렇다면 왜 김정한은 이 소설을 끝까지 마무리 짓지 못하고 미완성
인 채로 남겨두었을까 하는 의문이 남지 않을 수 없다. 그가 태평양전
쟁에서 일본이 패전 직전에 몰린 상황에서 이 소설을 중단한 이유를
정확히 짐작하기는 어렵지만, 이후 발표된 그의 소설에서 이러한 동아
시아적인 문제의식이 두드러지지 않는다는 사실이 예사롭지 않게 보인
다. 이러한 결과는 아마도 1970년대에서 1980년대로 넘어가면서 급박
하게 전개되었던 우리의 정치 현실이 강요한 내적 검열의 문제와 관련
이 있지 않을까 생각된다. 즉 1970~80년대 더욱 강화된 국가 이데올로
기의 억압이 이 소설의 다음 이야기를 중단시킨 가장 큰 걸림돌이 되었
을 것으로 짐작되는 것이다. 1977년 발표한 「오끼나와에서 온 편지」가
일본군 위안부 문제에 대한 증언을 소설화한 사실상의 첫 시도였다는
점을 생각해 본다면, 김정한의 이러한 문제의식은 지금의 시점에서 봐
도 한일 간의 국가적 문제를 건드리는 상당히 민감한 문제일 수밖에
없었을 것이다. 70년대 말 극도로 어수선한 정국에서 이러한 국가 간의
문제를 쟁점으로 삼으려면 상당한 후폭풍을 감당하겠다는 결연한 의지
가 있지 않고서는 불가능했음은 자명하다. 이런 점에서 「잃어버린 山
所」는 70년대 우리 소설이 쉽게 발언하기 어려웠던 시대적 증언을 담
은 문제적 작품임은 틀림없다. 따라서 김정한 소설 연구에서 「잃어버
린 山所」는 「산서동 뒷이야기」, 「오끼나와에서 온 편지」와 연속성을
지닌 작품으로 접근할 필요가 있는 문제작이다. 해방 이전과 이후 식민
지의 연속성에 대한 비판을 식민과 제국의 논리를 넘어 동아시아적

시각 위에서 쟁점화 하고자 했던 김정한의 소설적 지평을 엿볼 수 있는 작품이기 때문이다. 이는 그가 66년에 소설가로 다시 등장하게 된 결정적 이유가 되기도 했다. 이런 점에서 「잃어버린 山所」는 1960년대 중반 문단 복귀 이후 1970년대로 넘어가는 과정에서, 김정한의 소설이 동아시아적으로 어떻게 확장되어 나아가고자 했는지를 이해하는 아주 중요한 소설사적 가치가 있다고 평가할 수 있다.

4. 김정한의 미발표작과 새로운 소설적 지평

『김정한전집』 5권에는 희곡 「인가지」를 제외하고 50여 편의 소설이 수록되어 있다. 그가 남긴 산문[14]과 시를 모두 모아 전집 발간을 마무리하면 최소 10권 이상의 분량은 될 것으로 보인다. 이 외에도 김정한은 일기, 식물도감, 낱말사전 등 다양한 글과 자료를 남겼다. 특히 이 글의 연구 대상이 된 「잃어버린 山所」를 비롯한 미완성 미발표작은 작품의 편수는 물론이거니와 그 양도 만만치 않은 분량이다. 완결된 단편 2편, 미완성 장편소설 여러 편을 포함하여 200자 원고지 4,200여 장에 이른다.[15] 「잃어버린 山所」가 「산서동 뒷이야기」, 「오끼나와에서 온 편지」에 이어 일제 말 식민지 현실의 구체적 증언으로서의 소설사적 가치를 지녔다면, 「새양쥐」, 「遺山」 등의 완성된 단편 2편과, 1950년대 피난

14) 생전에 그는 다음과 같은 세 권의 산문집을 출간한 바 있다. 『洛東江의 파숫군』, 한길사, 1978; 김정한, 『사람답게 살아가라』, 1985(재판 동보서적, 2000); 김정한, 『황량한 들판에서』, 황토, 1988.
15) 이하 미발표작에 대한 정리는 황국명, 「요산 김정한의 미발표작 별견」, 〈요산 김정한 선생 탄생 100주년 기념학술발표대회〉 자료집, 한국문학회, 2008. 12. 13. 참조.

지 부산을 배경으로 한 「세월」, 「난장판」(「세월」의 개작으로 추정), 5·16 직후 1960년대를 배경으로 당시 세태를 반영한 큰 제목 없이 소제목으로만 이루어진 장편소설, 1928년부터 1945년까지 김정한의 자전적 삶을 소설화한 것으로 추정되는 「낙동강」, 「오실부락」, 「마르지 않는 강」 등으로 묶이는 장편소설은, 앞으로 김정한 소설 연구가 새롭게 나아가는 데 중요한 자료로서 가치를 지닐 것으로 기대된다. 이상의 미발표작들은 대체로 김정한의 삶과 경험에 토대를 둔 자전적 요소를 많이 포함하고 있는데, 전반적으로 이 소설들이 미발표작으로 남은 이유가 자신의 삶을 직접적으로 서사화하는 데서 오는 자기검열의 곤혹스러움과도 무관하지 않았을 것으로 생각된다.

지금까지 김정한 소설 연구는 그가 남긴 대부분의 작품 무대인 낙동강 주변 토착 민중들의 삶을 주목하는 데 집중했다. 식민지 근대가 강요한 왜곡된 보편주의를 넘어서 지역적 구체성이 살아있는 민중들의 생동감 있는 현실을 담아내는 데 주력한 김정한의 소설 세계에 대한 적절한 평가임에 틀림없다. 해방 이후 국가나 특정 권력에 의해 포섭된 근대의 허구성을 비판적으로 성찰하는 그의 소설 속 주인공들의 모습은, 그의 소설이 궁극적으로 지향하고자 하는 방향성을 아주 선명하게 제시하고 있기 때문이다. 하지만 그의 소설 전체를 이와 같은 일국적 문제의식 안에서만 바라보는 것은 결코 타당하지 않다. 「모래톱 이야기」로 문단에 복귀한 이후부터 그의 소설이 일국의 틀을 벗어나 동아시아적으로 확장해 나가고자 했다는 점을 간과해서는 안 되는 것이다. 한일협정과 베트남파병이 일어난 1965년 체제의 모순이 그로 하여금 다시 소설가로서의 운명을 열어나가게 했던 이유도 바로 여기에 있다. 따라서 그의 소설에서 '낙동강' 주변의 지역적 구체성은 단순히 자신이 평생을 살았던 실재적 장소의 경험적 구체화라는 의미를 넘어서, 왜곡된 보편주의의 허구성을 넘어서는 생활 세계적 구체성이라는 소설적 거점으로서 의미를 지녔음을 반드시 주목해야 한다. 그러므로 지금까지 그의 소설을 민족주의적으로 읽고 지역적으로 사유해온 그동안의 논의들은 일정 부분 타당하면서도, 한편으로는 그의 소설적 지평을 특정 시공간 안에 가두는 동어반복을 답습한 한계가 뚜렷했다고 볼 수도 있다. 이런 점에서 앞으로 그의 소설은 지역적 기표(記標)의 차원을 넘어서 동아시아적 기의(記意)의 차원으로 확장해서 그 의미를 탐색할 필요성이 제기된다. 「잃어버린 山所」는 비록 미완성 미발표작이지만, 「모래톱 이야기」 이전과 이후, 즉 식민지 시기 김정한의 소설과 문단 복귀 이후 그의 소설을 연속적으로 읽게 하는 의미 있는 가교로서 역할을 한다. 식민지의 연속성 비판과 동아시아적 시각의 확대라는 두 가지 문제의식이 결국 한 가지 문제에서 나왔다는, 즉 식민지 잔재의 올바른 청산을 하지 못한 우리 역사의 자기모순을 냉정하게 비판하고 성찰하는 실증적 문제의식이 돋보이는 것이다. 「잃어버린 山所」를 비롯하여 아직 학계에 소개되지 못한 김정한의 미발표 미완성 유작들에 대한 연구가, 앞으로 김정한 소설 연구의 지평을 새롭게 여는 시도가 될 것으로 기대되는 이유도 바로 여기에 있다.

김정한 소설과 아시아

베트남, 오키나와, 남양군도

1. 식민지 청산의 과제와 신제국주의 현실 비판

해방 이전과 해방 이후의 경계에서 볼 때 김정한의 소설은 식민과
제국 그리고 국가 권력의 폭력이라는 두 가지 문제의 연속성에 초점을
두고 제국과 식민의 기억이 국가와 자본의 폭력으로 이어진 모순된
결과를 비판하는 데 집중했다. 『김정한전집』[1]에 수록된 51편의 소설
가운데 해방 이후 발표된 작품 대부분이 식민지 청산의 과제를 올바르
게 이루어내지 못한 역사적 모순과 이에 따르는 국가주의 폭력의 문제
를 주요 제재로 삼고 있다는 사실에서도 이러한 문제의식은 분명하게
드러난다. 김정한은 일제 말 「묵은 자장가」[2] 발표를 끝으로 사실상
소설 쓰기를 중단[3]했다가 1966년 「모래톱 이야기」로 문단에 복귀했는

1) 조갑상 외, 『김정한전집』 1~5권, 작가마을, 2008. 이하 소설 인용은 모두 이 책에서
   했으므로, 제목과 권수, 페이지만 밝히기로 한다.
2) 『춘추』 제2권 제11호, 1941. 12.
3) 해방 이후 「옥중회갑」(『전선』 창간호, 1946년 3월)에서부터 「개와 소년」(『자유민보』,
   1956년 9월 2일)에 이르는 여러 편의 소설과 콩트가 발표되었다는 사실이 확인됨으로써
   절필과 복귀를 둘러싼 작가의 진정성이 상당히 훼손된 측면이 있다. 특히 1943년 9월
   『춘추』에 발표된 희곡 「인가지」가 친일적 요소가 있는 국책극이라는 비판(박태일, 「김

데, 당시 그가 다시 소설을 쓸 수밖에 없었던 가장 큰 이유는 1960년대 중반 한일협정과 베트남 파병으로 표면화된 미국 주도의 신제국주의 현실에 대해 더 이상 침묵하고 있을 수만은 없었기 때문이었다. 해방 이후 전쟁과 분단 그리고 독재로 이어진 역사의 모순이 계속되었던 것은 식민지 잔재를 올바르게 청산하지 못한 데 가장 큰 원인이 있다고 판단함으로써, 1960년대 이후 미국에 의해 점점 강화되어 갔던 신제국주의 현실에 대한 저항이라는 소설가로서 책임을 다하고자 했던 것이다. 문단 복귀 이후 김정한의 소설이 대체로 일제 말을 배경으로 서사화되었다는 사실은 이러한 역사의식과 시대정신을 반영한 당연한 결과였다고 할 수 있다.

이런 점에서 1966년 문단 복귀 이후 김정한 소설에 대한 논의는 해방 이전 제국과 식민의 기억이 해방 이후 국가주의 폭력으로 이어진 역사적 모순에 대한 소설적 대응 양상에 초점을 둘 필요가 있다. 또한 일제 말 제국주의 모순을 넘어서는 역사적 진실을 올바르게 기록하고 증언하고자 했던 소설 전략이 일국적 차원이 아닌 동아시아적 시각으로 확장되고 있음도 주목해야 한다. 즉 베트남, 오키나와, 남양군도의 역사적 장소성을 통해 한국과 일본 그리고 미국의 관계를 입체적으로 이해하는 서사의 확대를 특별히 문제시할 필요가 있는 것이다. 이러한

정한 희곡 '인가지' 연구」, 『우리말글』 제25호, 우리말글학회, 2002. 8)까지 제기됨에 따라, 일제 말 친일을 합리화했던 수많은 문인들과는 달리 식민주의에 저항했던 올곧은 작가라는 그동안의 평가를 둘러싼 논란이 첨예하게 쟁점화 되기도 했다. 하지만 이 시기의 작품은 문단 내외의 어떤 억압과 회유로 인한 타율적인 결과였거나 여러 인연으로 얽힌 문단 상황에 불철저했던 인간적인 관계에서 비롯된 소극적인 결과였을 것으로 짐작된다. 게다가 당시 발표한 작품 목록을 보면, 「농촌세시기」 외 몇 편을 제외하면 대개 콩트 형식의 소품에 불과하다는 점에서, 이 시기의 작품을 김정한 소설의 본령으로 삼기에는 무리가 따르는 측면도 있다.

문제의식은 앞으로 김정한 소설 연구가 낙동강 주변의 서사라는 지역적 차원을 넘어서 아시아적 상상력의 차원에서 새로운 문제의식을 열어갈 필요가 있다는 문제 제기의 성격도 아울러 지니고 있다. 표면적인 서사의 층위에서는 부산과 경남 지역의 특정 공간에 한정된 서술로 구조화되어 있지만, 심층적인 서사의 층위에서는 제국과 식민의 기억을 공유하는 아시아 공동체의 민중적 연대 의식이 내재되어 있었다는 점에서, 문단 복귀 이후 김정한 소설의 아시아적 시각을 특별히 주목해서 살펴보아야 하는 것이다.

「모래톱 이야기」 이후 김정한이 발표한 소설 가운데 이러한 문제의식을 직접적으로 드러낸 작품은 다음과 같다. 일제 말 토지조사사업을 명목으로 강제되었던 식민의 논리가 해방 이후에는 자본과 경제 논리를 앞세워 민중의 삶터를 빼앗는 상황으로 이어진 현실을 비판한 「평지」(1968), 우리 소설사에서 강제 징용, 위안부 문제를 처음으로 쟁점화한 「수라도」(1969)와 「뒷기미 나루」(1969), 일제 말 조선인 강제 징용 문제를 해방 이후 세대의 시각에서 비판한 「지옥변」(1970), 낙동강 주변 한 마을에서 조선인 농부들과 공동체를 이루며 살았던 일본인 농부의 이야기를 통해 한일 간의 대립을 넘어서는 민중적 연대의 가능성을 보여준 「산서동 뒷이야기」(1971), 일본 내부 식민지나 다름없는 오키나와에서 미군기지 반환 투쟁에 참여하고 있는 오키나와 청년과 계절노동자로 인력 수출된 한국 여성, 그리고 일본군 위안부의 고통을 짊어지고 살아온 식민지 조선의 여성을 같은 장소에서 만나게 한 「오끼나와에서 온 편지」(1977), 중부태평양 남양군도(南洋群島)를 배경으로 태평양전쟁의 실상과 위안부의 현실을 구체적인 장소성에 바탕을 두고 증언한 미완성 미발표작 「잃어버린 山所」 등이다. 본고에서는 식민지 청산의 과제와 신제국주의 현실 비판에 초점을 두었던 이들 작품을 주된 연구 대상으로 삼아 김정한 소설의 아시아적 시각과 문제의식을 중점적으로 논의하고자 한다.

2. 한일협정과 베트남 파병
그리고 국가주의에 대한 통렬한 반어

1965년 한일협정과 베트남 파병은 해방 이후 식민지 청산의 과제를 제대로 수행하지 못한 국가적 모순과 한계를 여실히 드러낸 사건이 아닐 수 없었다. 5·16 군사 쿠데타로 권력을 잡은 박정희 정권은 군정(軍政)에서 민정(民政)으로 사실상 겉옷만 갈아입고 반공주의에 토대를 둔 경제적 근대화에 박차를 가했다. 군사 쿠데타로 이룬 정부라는 민심의 이반을 잠재우기 위한 가장 효과적인 방법은 국가 경제를 일으키는 것 이외에는 다른 대안이 없다는 판단하에 경제개발의 실현과 성공에 모든 수단과 방법을 총동원하고자 했던 것이다. 그런데 이러한 경제개발을 실질적으로 추진하기 위해서는 막대한 자본이 필요했는데, 당시 박정희 정권으로서는 이러한 경제력을 뒷받침할 만한 어떤 준비도 되어 있지 않았다는 데 커다란 문제가 있었다. 결국 박정희 정권은 미국이라는 우방 국가에 경제 원조를 요청하는 선택을 할 수밖에 없었고, 미국은 이러한 요청에 베트남전 전투병 파병을 연계시키는 교묘한 전략을 협상 테이블에 올렸다. 당시 미국은 태평양 전쟁 이후 자신들이 주도하는 아시아 신질서를 구축하기 위해서 베트남의 공산화를 무조건 막아야 했으므로, 전쟁 물자를 공급하는 일본의 지원과 전투 병력 확보에 있어서 한국의 도움이 절대적으로 필요하다는 현실적인 계산을 했던 것이다. 따라서 미국은 이러한 전략을 현실화하기 위해서는 무엇보다도 한일 관계를 회복시키는 것이 급선무라고 보고, 일본으로 하여금 식민지 보상을 비롯한 한일 청구권 문제를 경제 원조의 방식으로 해결하는 한일협정을 승인하도록 요구했다고 할 수 있다.

이처럼 1965년 한일협정은 아시아에서의 패권을 장악하고자 했던 미국의 전략에 한국과 일본이 각자의 이해 방식으로 협력한 결과였다. 이에 따라 우리나라는 제국과 식민의 기억과 상처를 누구보다도 잘 알면서도 베트남에 전투병을 파병함으로써 또 다른 제국주의 폭력에 가담하는 자기모순을 정당화하고 말았다. 한일협정과 베트남 파병이 이루어진 바로 그 이듬해였던 1966년 김정한이 오랜 침묵을 깨고 소설가로 문단에 복귀한 것은 바로 이러한 신제국주의를 합리화하는 국가적 모순에 저항하는 소설가적 양심의 발로였다고 할 수 있다.[4] 따라서 그의 문단 복귀 작품인 「모래톱 이야기」를 제국과 식민의 기억이 국가와 자본의 폭력으로 이어지는 저항적 장소성의 측면에서 이해할 필요가 있다. 일제 말 친일 세력이 해방 이후 경찰과 같은 공권력을 가진 세력으로 둔갑하여 토착 민중들을 억압하고 통제하는 역사적 모순을 땅의 식민성에 대한 비판으로 구체화했던 것이다. 이러한 시각은 「모래톱 이야기」에 이어 발표된 「평지」를 더욱 문제적으로 읽어야 하는 이유가 되기도 하는데, 비록 몇 군데 언급한 정도에 불과하지만 당시의 상황에서 베트남 파병에 관한 이야기를 서사의 한 부분으로 삽입했다는 사실만으로도 상당히 중요한 의미가 있다. 낙동강을 중심으로 한 김정한의 지역적 실천이 특정 지역에 한정된 장소성을 넘어 아시아적 상상력으로 확장되는 출발점을 보여준다는 점에서도 특별히 주목하지

---

4) 이러한 문제의식에서 김정한의 문단 복귀를 주목한 연구로, 이상경의 「한국문학에서 제국주의와 여성」(강진호 편, 『김정한』, 새미, 2002, 227~250쪽)과 김재용의 「반(反) 풍화(風化)의 글쓰기」(『작가와사회』 2016년 겨울호, 79~92쪽)가 있다.

않을 수 없다.

> 허생원은 다섯 식구의 앞날이 캄캄했다. 벌써 누구누구는 쥐꼬리만
> 한 돈을 받기로 하고 시부저기 연고권을 내어 놓기로 했다는 소문도 있었
> 지만, 그는 고스란히 땅을 뺏겼음 뺏겼지 호락호락 내놓진 않겠다고 속
> 으로 버티었다. 거기엔 허생원 자신대로 한 가지 믿는 데가 있었다. ―
> 다행히도 맏아들이 이른바 월남전의 〈참전용사〉란 것이었다.
> '아들만 돌아오면……'
> 만사가 자기 뜻대로 해결될 것만 같이 느껴졌다. 그는 아직도, 소위
> 유력자란 사람들의 비상한 힘을 모르고 사는 〈순쩍 백성〉이었던 것이다.
> ― 「평지」, 3권, 69쪽.

> 멀리서 지켜보던 누르고 여위고 시들은 얼굴들이 쓰러진 허생원의 곁
> 으로 헐레벌떡 줄달음질을 쳤다. ― 〈파월 용사〉였던 허생원의 맏아들
> 용이의 전사 기사가, 바로 반장이 들고 있는 그 신문에 쬐께 실려 있었던
> 것이다.
> ― 「평지」, 72쪽.

> 어두운 구룻간을 벗어나도 걸음은 조금도 가벼워지지를 않았다. 먼지
> 가 푹신대는 신작로를 터벅거리면서 그는 내처 먼 월남 쪽 하늘을 넋
> 없이 바라보곤 하였다. 오봉산 위에서 울어 대는 뻐꾹새 소리가 어쩜
> 월남이란 데서 숨진 아들의 넋같이도 생각되었다.
> ― 「평지」, 80쪽.

「평지」는 낙동강 주변 토착 민중들의 땅의 소유를 둘러싼 갈등과
투쟁을 그린 「모래톱 이야기」의 서사와 기본적인 서사 구조에 있어서
는 큰 차이가 없다. 전자의 '갈밭'이 후자에는 '유채밭'으로 바뀌었을
뿐 해방 이전 일본인 소유의 땅이 해방 이후 유력자의 손에 넘어가는,
그래서 실질적으로는 그 땅에서 평생 노동을 하며 살아온 민중들의

삶의 장소성이 철저하게 무시되는 왜곡된 근대에 대한 고발적 성격을
지니고 있다는 점에서 공통점이 많은 것이다. 하지만 「평지」는 한 가지
점에서 「모래톱 이야기」와 분명한 차별성을 지니고 있는데, 허생원으
로 대변되는 민중의 비극이 땅의 불평등이라는 문제에만 원인이 있는
게 아니라 "파월 용사"인 아들의 죽음과도 연결되어 있다는 사실을 명
시적으로 제시하고 있다는 점이다. 주인공 허생원이 "고스란히 땅을
뺏겼음 뺏겼지 호락호락 내놓진 않겠다고 속으로 버티었"던 것은, "월
남전의 〈참전용사〉"로 국가에 협력한 아들에 대한 남다른 자부심을 갖
고 있었기 때문이다. 즉 국가에 충성한 국민이라는 이유가 민중들의
삶을 지켜주고 보호해 줄 거라는 확고한 믿음으로 이어지고 있었던
것이다. 이러한 허생원의 모습은 "만사가 자기 뜻대로 해결될 것"이라
고 생각하는, 그래서 "소위 유력자란 사람들의 비상한 힘을 모르고 사
는 〈순쩍 백성〉"과 같은, 국가주의 모순을 제대로 인식하지 못한 시대
적 결함을 지닌 민중의 순수성을 그대로 보여준다. 실제로 허생원은
베트남전에서 전사한 아들의 소식을 듣고서도 "오봉산 위에서 울어 대
는 뻐꾹새 소리가 어쩜 월남이란 데서 숨진 아들의 넋 같"다는 감상적
슬픔을 토로하는 것 외에는 어떠한 행동도 하지 못한다. 베트남 파병이
국가를 위해 개인이 철저하게 희생당했던 국가주의 모순을 명백하게
보여주는 사건이었음에도 불구하고, 이러한 모순적 현실에 대한 비판
은커녕 "논을랑 어짤라꼬 주, 죽었노"(73쪽)라는 탄식만 하고 있을 따름
이었던 것이다. 이 때문에 "더러운 세상!"(74쪽)이라고 냉소적으로 말하
며 유력자에 맞서 싸우는 허생원의 투쟁조차 공허하게 보이는 것이
사실이다. 결국 허생원은 평지밭에 불을 지르고 도끼로 나무를 찍어버
리는 것으로 최소한의 저항을 시도하지만, 이 또한 죽은 아들의 영혼이
깃든 평지밭에 대한 사무친 원한을 해소하기 위한 개인적 복수의 차원

을 크게 넘어서지 못하는 한계가 뚜렷하다고 하지 않을 수 없다.

그렇다면 김정한은 허생원을 통해 드러난 민중들의 모습에서 진정
으로 무엇을 말하고자 했던 것일까? 이러한 물음에 "허생원의 버팀목
용이가 베트남전쟁의 용병으로 죽어간 이 통렬한 반어는 한국과 베트
남, 두 나라 민중의 비틀린 연계를 그대로 드러내"는 것이라고 보는
시각은 아주 적확한 답이 되지 않을까 싶다. "베트남전이 우리 소설에
반영된 최초의 예"5)라는 사실은 좀 더 엄밀한 확인이 필요하겠지만,
김정한의 문단 복귀에 대한 여러 정황을 고려할 때 당시 김정한이 이
소설을 통해 1960년대 중후반 우리나라의 상황을 한일협정과 베트남
파병이라는 국가주의 기획과 연계하여 비판적으로 바라보고 있었음은
분명하다.6) 식민지 청산의 실패가 미국에 의한 신제국주의로 이어지
고, 이에 전략적으로 편승한 국가주의가 개인의 희생을 암묵적으로 강
요하는 현실에 대한 통렬한 반어를 서사화한 것으로 볼 수 있는 것이
다. 그리고 이러한 반어적 서사 전략은 해방 이후 경제적 근대화를 내
세운 국가 주도 정책들이 지닌 모순과 허위성을 부각시키는 저항의
방식이었다고 할 수 있다.

---

5) 최원식, 「요산 김정한 문학과 동아시아」, 『작가와사회』 2016년 겨울호, 26쪽.
6) 1965년 한일협정에 대해 김정한은 다음과 같은 생각을 밝힌 바 있다. "새 정부가 들어서
   자 얼마 못 가서, 친일파 민족 반역자들을 제거하려던 반민특위(反民特委)가 타력에
   의해 갑자기 해산되고, 반민 친일파들이 다시 기용되면서부터 일본에 대한 우리 정부의
   자세는 다시 흔들리기 시작했다. 심지어 일제 하에서 우리의 독립 투사, 민족 해방 운동
   자들을 못살게 괴롭혀 오던 고등계 형사들까지 수사 기술자라 해서 행정 요직에 앉히게
   되었으니 민족 정기란 말조차 쓰기 어렵게 되지 않았던가? 그 뒤 우리 정부가 우리
   민족의 자주성을 스스로 무너뜨린 사건은, 을사보호조약이나 한일합병조약처럼 국민적
   합의도 이루어지지 않은 가운데 덜컥 도장을 눌러버린 '한일 협정'이라고 말할 수 있다."
   『사람답게 살아가라』, 동보서적, 2000, 34쪽.

3. 오키나와 계절노동자의 실상과
일본군 위안부 현실의 역사적 동질성

1970년대 중반 한국 언론은 오키나와에 파견된 한국인 계절노동자
들의 실상에 대해 주목했다. 당시 오키나와 현지에 특파원을 파견하여
〈오키나와 속 한국〉이란 연속 기사를 쓴『매일경제』[7]를 비롯하여『경
향신문』,『동아일보』,『조선일보』등에서 오키나와 계절노동자에 대한
기사를 써서 이들의 현지 상황을 국내에 알리는 데 앞장섰다. 1973년
8월 오키나와 파인애플통조림조합은 노동력 부족 문제를 해결하기 위
해 한국국제기능개발협회[8]와 한국인 노동력 채용을 협의했고, 한국
정부는 현지 조사를 거쳐 오키나와에 노동자를 파견하기로 결정했다.
당시 오키나와의 대표적인 기간산업이었던 사탕수수 농장과 파인애플
공장에는 많은 노동자가 필요했는데, 1972년까지는 대만에서 노동자
를 유입했지만 대만과의 국교 단절이 이루어진 1972년 이후에는 그
자리를 대신해 한국인 노동자를 고용했던 것이다. 그런데 한국인 계절
노동자들의 처우에 대한 약속이 제대로 이행되지 않는 차별적 문제에
대한 기사가 국내 언론을 통해 계속 보도되고, 남북 분단의 대리전 양
상을 노골적으로 드러낸 재일조선인 조직 〈민단〉과 〈총련〉의 갈등이
계절노동자들의 생활에까지 직접적으로 영향을 미치게 되면서 당시
오키나와는 더욱 국민적 관심을 받았다. 특히 1975년『류큐신보』,『오

---

7) 『매일경제』 1974년 7월 22일.
8) 한국국제기능개발협회는 정부와 민간이 공동으로 투자한 재단법인으로, 베트남과 서인
도, 오키나와 등으로 노동력을 파견하는 중개를 맡았던 단체이다. 김정한의 소설「오끼
나와에서 온 편지」의 〈기능개발협회〉가 바로 이에 해당한다. 오세종, 손지연 옮김,『오
키나와와 조선의 틈새에서』, 소명출판, 2019, 256쪽 참조.

키나와타임스』등 현지 언론을 통해 일제 말 위안부로 살았던 조선인 여성에 관한 기사가 보도되었는데, "태평양 전쟁 말기에 오키나와에 '위안부'로 연행되어, 종전 후에는 불법체류자로 조용히 몸을 숨기고 살아온 한국 출신 노년의 여성"[9] '배봉기'의 존재가 비로소 세상에 알려지게 된 것이다. 그 결과 오키나와 속 조선인 역사에 대한 관심은 더욱 확산되었고, 오키나와 계절노동자들에 대한 차별과 불평등에 대한 문제 역시 더욱 쟁점적으로 부각되었다고 할 수 있다.

1961년 6월 5·16 군사정변으로 부산대학에서 해직된 김정한은 1965년 복직하기 전까지 『부산일보』상임논설위원으로 활동했는데, 이러한 언론인으로서의 이력은 당시 오키나와의 상황을 다른 사람들보다 좀 더 가까이에서 접할 수 있는 계기가 되지 않았을까 짐작된다. 김정한은 오키나와가 지닌 장소성을 크게 두 가지 점에서 주목했는데, 첫째는 일제 말의 상황과 1960년대 중반 이후 강화되어 갔던 신제국주의 현실을 연속성의 관점에서 이해함으로써 국가주의에 희생된 오키나와 계절노동자의 실상을 비판하는 것이었고, 둘째는 당시 오키나와에 계절노동자로 파견된 여성들의 열악한 노동 현실이 일제 말 오키나와를 비롯하여 중국과 중부태평양 등으로 끌려간 일본군 위안부의 현실에 대응되는 점이 많다는 사실을 부각하는 것이었다. 즉 "속칭 〈처녀공출〉이란 것으로서 마치 물건처럼 지방별로 할당이 되어 왔다. 즈이들 말로는 전력 증강을 위한 〈여자 정신대원(女子挺身隊員)〉이란 것인데, 일본 〈시즈오까〉라든가 어딘가에 있는, 비행기 낙하산 만드는 공장과 또 무슨 군수공장에 취직을 시킨다고 했었지만, 막상 간 사람들로부터 새어 나온 소식에 의하면, 모조리 일본 병정들의 위안부로 중국 남쪽지방

9) 『류큐신보』, 1975년 10월 22일. 오세종, 위의 책, 264쪽에서 재인용.

으로 끌려갔다는 것이었다.”(「수라도」, 3권, 205~206쪽)라는 일제 말 위
안부의 현실과 오키나와 계절노동자의 실상을 제국주의 폭력이 국가주
의 폭력으로 이어지는 연속성의 차원에서 동질적인 문제의식으로 바라
보고자 했던 것이다.

　「오끼나와에서 온 편지」는 일제 말 일본군 위안부의 현실을 증언한
우리 소설사의 첫 번째 작품에 해당한다고 평가된다. 물론 그 이전에
발표한 「수라도」에서도 일제 말 일본군 위안부의 현실을 언급하기는
했지만, 구체적인 인물을 등장시켜 직접적으로 문제 삼은 것은 사실상
이 작품이 처음이었다. 즉 이전의 소설에서는 위안부의 현실을 걱정하
는 가족이나 주변 인물들의 기억이나 증언을 통해 전달되는 추상적
서사에 머물러 있었던 데 반해, 「오끼나와에서 온 편지」는 일본군 위안
부 출신 ‘상해댁’을 등장시켜 “일본 놈들은 입이 열 개라도 내게는 할
말이 없어. 누가 나를 이랬다고!”(4권, 283쪽)라는 직접적인 비판의 목소
리를 담아냈던 것이다.

　　　“그때에 비하면 너희들의 나라는 많이 발전은 한 셈이지. 열두 살부터
　　마흔 살까지의 처녀 미혼들을 무려 2십만 명이나 여자정신대(女子挺身
　　隊)란 이름으로 끌고 와서 군수공장 노무자로 일본군인 아저씨들의 오물
　　받이로 상납했더랬는데, 지금은 처녀들이 이렇게 딸라를 벌기 위한 인력
　　으로 동원되고 있으니까 말야. 안 그래?”(중략)
　　　하지만 “한국 처녀 한 사람이 하루에 일본군인 몇 사람을 상대해야
　　됐는지 알아? 자그마치 3백 명 꼴이래, 3백 명!”하는 데는 분하고 창피해
　　서 차마 낯을 들 수가 없었습니다. (중략)
　　　하긴 우리 고향에는 정선댁 딸이라든가 함백댁 딸처럼 여자정신대에
　　끌려가서 아직도 못 돌아온 처녀들이(인제 거의 할머니들이 됐을 걸요)
　　있기 했지만…….
　　　　　　　　　　　　　　　　　　　－「오끼나와에서 온 편지」, 277쪽.

당시 김정한은 오키나와 계절노동자로 일하는 한국인 여성들의 문
제를 다룬 신문 보도를 접하면서 조선인 여성 배봉기의 존재를 알게
되었을 것으로 짐작된다. 그리고 배봉기의 사연을 통해 일제 말 오키나
와 속 조선인의 현실과 일본군 위안부의 역사를 실증적으로 확인하려
는 노력을 하지 않았을까 생각된다.[10] "전후 오키나와에서 작은 술집을
경영하는 나이든 조선인 여성과 알고 지냈다. 그녀도 속아서 '위안부'
가 되었고, 중국 대륙으로 끌려갔다가 오키나와로 연행된 후 그대로
눌러앉게 된 조선인 여성이다"[11]라는 한 일본인의 증언에서도 알 수
있듯이, 김정한의 「오끼나와에서 온 편지」에서 '상해댁'은 구체적인
사실에 입각한 실증적인 인물이었을 가능성이 많다는 점에서 배봉기와
의 연관성은 아주 큰 것으로 판단되는 것이다. 이처럼 김정한은 오키나
와 조선인 여성들이 처한 역사적 상황에 주목하여 일제 말 일본군 위안
부의 현실과 1970년대 오키나와 계절노동자의 실상을 연속적으로 읽
어내는 문제의식을 확보하고자 했던 것이다. 즉 해방 이전과 해방 이후
여성들이 처한 현실을 식민지적 구조에 갇혀 있는 동질적인 상황으로
이해함으로써, 제국의 폭력이 국가의 폭력으로 이어지는 현실을 오키
나와 계절노동자의 실상을 통해 신랄하게 비판했던 것이다. 소설 속
화자가 "대동아전쟁 당시에 여자정신대라 해서 우리나라 처녀들을 강

---

10) 일제 말 일본군 위안부 피해자였던 오키나와의 조선인 배봉기가 오키나와 반환 이후
    일본으로부터 '자기증명'이라는 이유로 또다시 받아야만 했던 일본의 국가주의 폭력과,
    이러한 민족의 차별적 현실을 제대로 보호해주지 못한 채 분단 이데올로기에 사로잡혀
    있었던 남북의 국가주의 폭력은, 식민과 제국의 폭력이 해방 이후 국가주의 폭력으로
    여전히 이어졌음을 분명하게 보여주는 사건임에 틀림없다. 이에 대한 자세한 내용은,
    김미혜, 「오키나와의 조선인 – 배봉기 씨의 '자기증명'의 이중적 의미를 중심으로」, 이
    정은·조경희 엮음, 『'나'를 증명하기 – 아시아에서의 국적·여권·등록』, 한울아카데미,
    2017, 145~179쪽.
11) 오세종, 앞의 책, 113쪽에서 재인용.

제로 끌고 가던 예길 하시면서 몹시 걱정을 하셨"던 어머니에게 "이번
은 절대로 그렇지는 않으니까 안심하세요. 사탕수수를 베는 게 일이랍
니다."(4권, 269쪽)라고 말했던 것은, 표면적으로는 일본군 위안부의 현
실과 오키나와 계절노동자의 실상이 전혀 다르다는 점을 강조하는 것
으로 보이지만, 이러한 서사 구조는 오히려 이 두 문제를 동일선상에서
바라보고 이해해야 한다는 작가의식을 의도적으로 드러낸 역설적 장치
로 해석하는 것이 더욱 타당할 듯하다. "한국에서 수출되는 우리 계절
노동자들은 무슨 짐 덩어리처럼 다른 거추장스런 짐짝들과 함께 마구
배에 실렸지요."(4권, 269쪽)라는 데서도, 제국의 폭력이 국가의 폭력으
로 이어지고 있는 현실에 대한 강한 비판을 그대로 노출하고 있음을
더욱 분명하게 확인할 수 있다.

　오키나와에 파견된 계절노동자들이 가족들에게 보낸 편지 내용이
당시 『동아일보』를 비롯한 국내 신문에서 소개되었다는 사실도 특별히
주목할 필요가 있다. 「오끼나와에서 온 편지」의 서간체 서사 형식은
이러한 언론 보도와 직간접적으로 연결되어 있다고 할 수 있기 때문이
다. 그런데 이러한 서간체 형식은 "어느 평론가가 나를 두고, 체험하지
못한 것은 잘 못 쓰는 사람이라고 평한 글을 읽고 꽤 알아맞힌 말이라고
생각했다"[12]라는 김정한의 소설 의식을 통해 볼 때 상당히 예외적인
결과가 아닐 수 없다. 그럼에도 불구하고 체험의 소설화라는 자신의
소설 쓰기 방식이 아닌 간접적 증언에 기대어서라도 일제 말 위안부의
현실을 소설화할 수밖에 없었던 것은, 식민지 청산의 과제를 궁극적인
방향으로 삼은 그의 소설적 지향이 결코 외면할 수 없는 가장 중요한
시대적 과제였기 때문이다. 따라서 그는 증언과 기록에 의존하는 간접

---

12) 김정한, 「진실을 향하여 – 문학과 인생 ①」, 『황량한 들판에서』, 황토, 1989, 69쪽.

체험이 지닌 한계를 극복하기 위해 더욱 치밀한 자료 조사를 통해 현장성과 구체성을 확보해 나가려고 했을 것으로 짐작된다. 그리고 이러한 현실적 한계를 일정 부분 해소하는 서사 구조의 방식으로 서간체 형식이라는 간접화된 서사를 선택했다고 할 수 있다. 이처럼 1970년대 중반 이후부터 김정한의 소설은 경험의 서사를 넘어서 증언과 기록의 서사를 포괄하는 소설적 진실을 추구하는 방향으로 심화되어 갔다. 이런 점에서 「오끼나와에서 온 편지」 이후 창작된 것으로 추정되는 「잃어버린 山所」가 미완성 상태로 중단되어 버렸다는 사실은 너무도 안타까운 일이 아닐 수 없다. 아마도 「잃어버린 山所」가 완결된 작품으로 발표되었더라면 경험의 서사를 넘어 증언과 기록의 서사로 나아가는 김정한 소설의 리얼리티를 더욱 구체적으로 보여주지 않았을까 싶다.

4. 중부태평양 남양군도의 제국주의와
경험을 넘어선 증언과 기록의 리얼리티

김정한의 미완성 미발표작 「잃어버린 山所」는 일제 말 중부태평양 지역에 강제 이주된 조선인 근로보국대와 위안부의 현실을 생생하게 증언하고 있는 작품이다. 다만 이 소설은 태평양전쟁에서 일본의 패배가 가시화되었던 해방 직전 상태에서 중단되어 미완성 상태로 남아 있다는 점에서, 일본 패망 이후 조선인 근로보국대와 위안부들이 겪은 실상을 더욱 자세하게 알 수 없어 아쉬움이 남는 작품이다. 하지만 「잃어버린 山所」는 「오끼나와에서 온 편지」에서 기억의 서사 정도로 언급된 일제 말 중부태평양 지역 조선인의 현실을 아주 구체적이고 사실적으로 증언하고 있다는 점에서 특별히 주목된다. 즉 「잃어버린 山所」는

일제 말 조선인 징용 노동자와 일본군 위안부의 현실을 남양군도라는
실제 장소를 배경으로 구체적으로 서사화했다는 점에서 상당히 진전된
소설 세계를 보여주었던 것이다.

물론 김정한은 「수라도」, 「지옥변」 등의 작품에서 이미 일제 말 강제
징용의 역사에 대한 문제의식을 드러낸 바 있다. 일제 말 낙동강 주변
한 마을을 배경으로 태평양전쟁에 동원된 조선인의 현실을 증언한 「수
라도」는, "보국대", "징용", "위안부" 등을 직접적으로 말하고 있을 뿐
만 아니라, "남자들이 징용 간 곳을 따라 〈보르네오〉댁이니 〈뉴기니〉
댁이니 하는 새로운 택호들이"(3권, 206쪽) 생겨나고, "속칭 〈처녀 공출〉
이란 것으로서 마치 물건처럼 지방별로 할당이 되어" "일본 병정들의
위안부로 중국 남쪽지방으로 끌려갔"(207쪽)던 사실에 대해 직접적으
로 언급했다. 또한 「지옥변」에서 "2차대전 때 일본군의 징용노무자로
끌려갔다 돌아온 후 곧장, 그리고 몸져누워서는 더더구나, 통장에 든
돈을 찾으려고 애를 쓰다 쓰다 결국 한 푼도 찾지 못한 채 돌아갔"(3권,
283쪽)던 아버지가 남긴 '보국근로'의 증서를 갖고 국가의 정당한 보상
을 요구하는 차돌이의 모습을 통해 식민지 청산의 문제를 구체적으로
쟁점화하기도 했다. 다만 이러한 선행 작품과 비교할 때 「잃어버린 山
所」는 일제 말 태평양전쟁의 중심지였던 중부태평양 '남양군도'[13]를 중
심으로 전쟁과 폭력의 역사적 현장을 사실적으로 보여주었다는 점에서
더욱 특별한 의미를 가진다고 할 수 있다.

「잃어버린 山所」는 1940년 전후 일본 주도의 동아시아 신질서가 '대
동아공영권'으로 확대되어 갔던 일제 말을 배경으로 하고 있다. 태평양

---

13) 이에 대한 자세한 소개는 조성윤의 『남양군도 – 일본제국의 태평양 섬 지배와 좌절』(동
   문통책방, 2015)을 참조할 것.

전쟁에서 패색이 짙어가던 1943년 중반 일본은 마지막 결사항전을 위해 학병동원을 실시함에 따라 주인공 '학수' 일행은 학병을 피해 '근로보국대'에 지원하면서 남양군도로 가게 되었다. 그리고 그들은 부산 부두에서 출발하여 남양 항로의 기점인 요코하마를 거쳐 일본 제국이 태평양전쟁 승리를 위해 해군력을 집결했던 가장 큰 해군 기지가 있었던 트라크섬에 도착했다. 소설 속의 트라크섬은 수십 개의 작은 섬들이 무리를 이룬 군도(群島)로, 학수 일행은 '나쯔시마(여름섬)'이란 곳에 내렸다. 여기에서 그들은 비행장 공사에 투입되었는데, 당시 트라크섬은 일제가 태평양전쟁을 준비하기 위해 연합함대 기지로 만들려고 했던 곳이었다.

그들은 벌써 두 달째 비행장 공사에 쫓기고 있었다. 나중에 가서 알게 된 일이지만 중일전쟁에서 소위 태평양전쟁으로 접어들 무렵이라 종전은 그저 일본의 남양방면 해군기지에 불과했던 트라크섬을 부랴부랴 태평양 연합함대기지로 확장하자니까 그럴 수밖에 없었던 것이다. 일요일은커녕 때로는 세수할 시간도 주지 않았다. 기상나팔이 불면 식당으로 달려가기가 바빴다. 뜸도 안 든 밥 한덩이씩 얻어먹기가 바쁘게 일터로 끌려가야만 했다. (중략)

"오늘은 특별히 작업을 중지하고 제군들에게 휴식을 명령한다. 물론 진주만 대 폭격 축하의 뜻이다. 알겠나?"(중략)

노무자들의 찌든 얼굴에는 기쁜 빛이 한결 더해졌다. 수박머리의 사령관이 못내 기뻐하는 하와이 진주만의 대 전과보다 그들에겐 하루를 놀려준다는 것이 무척 반가웠던 것이다. 막사 앞으로 되돌아왔을 때 늑대란 별명의 현장 감독은 "오늘은 맘대로 해!"

하고 돌아갔지만 반마다 있는 몇몇 헐렁이를 제외하고는 노무자들은 미리 약속이라도 한 듯이 제각기 막사 안으로 들어갔다. 너무나 지쳐들 있었던 것이다. 무엇보다 우선 팔다리 쭉 뻗고 쉬고 싶었다. 기무라도 히라야마도 늑대를 따라가고 없었으니까 한결 기분들이 가벼워졌다.
"오늘밤엔 축하연이 있는 모양이재?" (중략)
"흥, 망고집 아가씨들 욕 좀 보겠구나."

－「잃어버린 山所」[14]

일제는 1936년부터 전쟁을 대비해 남양군도를 개척하려는 목적으로
'남양척식주식회사'를 설립하였고, 트라크섬과 같은 중부태평양의 중
심지 팔라우섬에 남양청 본청을 두고 대대적인 개발을 준비했다. 이에
따라 1939년 남양청에서는 조선인 노동자 500명을 총독부에 공식적으
로 요구하였고, 당시 총독부에서는 그 선발대로 50명을 경남에서 모집
하여 강제징용을 실시했다. 또한 경상도와 전라도의 노무자 2백여 명
이 트라크섬과 팔라우섬으로 끌려와서 일제의 전쟁을 위한 무자비한
노동에 시달렸다.[15] 그 결과 일제는 남양군도에 태평양 연합함대기지
를 세우고 1941년 12월 8일 진주만 공격을 시작으로 태평양전쟁을 일으
켰던 것이다. 당시 김정한은 이러한 남양군도 근로보국대의 실상을 아
주 구체적으로 알고 있었던 것으로 보이는데, 일제가 진주만 공격 승전
축하를 위해 휴식을 주는 장면에서 "망고집 아가씨", 즉 위안부의 현실
을 구체적으로 알리고 있는 장면은 특별히 주목해서 살펴볼 필요가
있다. "이 수요도에는 벌써 여자보국대란 이름으로 그러한 딸애들이
끌려와 있었던 것이었다. 부대가 이동해 갈 전날 밤 같은 때는 한 애가
하룻밤에 즘생 같은 사내들을 몇 십 명씩이나 받아야 된다던가. 그러니
까 얼굴빛이 모두 호박꽃 같았다."는 묘사를 통해 일제 말 위안부의

---

14) 〈요산문학관〉 전시실 소장 미발표 미완성작.
15) 김도형, 「중부태평양 팔라우 군도 한인의 강제동원과 귀환」, 『한국독립운동사연구』 제
    26집, 독립기념관 한국독립운동사연구소, 2006. 6. 참조.

현실을 생생하게 증언하고자 했던 것이다. 이처럼 「잃어버린 山所」는 남양군도에서 조선인 위안부들이 실제로 겪었던 일을 직접적으로 묘사하거나 서술하고 있다는 점에서 「수라도」와 「오끼나와에서 온 편지」에서 한 발짝 더 나아가 일제 말 위안부 현실을 구체적으로 서사화한 아주 문제적인 작품이라고 할 수 있다.[16]

김정한의 소설은 1970년대 후반 「오끼나와에서 온 편지」에서부터 경험의 서사를 넘어 증언과 기록의 서사를 소설화하기 시작했다는 점을 앞에서 밝힌 바 있다. 경험하지 못한 서사의 한계를 증언과 기록에 대한 면밀한 확인과 실증적 이해를 바탕으로 극복함으로써, 식민지 청산의 과제를 부산 경남의 지역적 장소성을 넘어 동아시아적 시각으로 확대해서 바라보기 시작했던 것이다. 이러한 식민지 청산을 통한 역사적 진실 회복에 있어서 가장 우선적으로 주목한 장소가 오키나와였다. 그리고 이러한 오키나와를 바라보는 시선을 통해 중부태평양 남양군도의 현실로 이어지는 외연 확대를 할 수 있었다. 이처럼 오키나와와 남양군도는 1970년대 중후반 김정한의 소설이 동아시아적 시각에서 식민지 청산의 과제를 새롭게 인식하는 중요한 전환점이 되었다고 할수 있다. 식민지 시대를 읽어내는 방식에서 있어서 한중일의 세 지점이

---

16) '위안부'는 주로 팔라우 트럭섬을 중심으로 집중 배치되었으며 태평양전쟁 말기 미크로네시아 지역이 격전지였던 만큼 일본군의 전세가 불리해지는 가운데 강제 연행된 많은 '위안부' 여성들이 목숨을 잃었다. 일본인 '군위안부'의 증언에 따르면 일제의 패망 이후 트럭섬에서는 40여 명의 한인 '군위안부'가 학살되었다고 한다. 패전 후 일본군은 정글 속에 피신한 한인 여성들을 귀국시켜 주겠다고 속여 트럭에 태운 뒤 기관총으로 쏘아 죽였고, 13~14세의 어린 소녀부터 40세가 넘는 사람들도 있었다며 이들 중에는 일본군의 학대에 못 이겨 스스로 목숨을 끊는 사람도 있었다고 한다. 『한국일보』 1990년 5월 8일 자 18면, 「한국인 挺身隊 정글서 집단학살」; 남경희, 「1930~40년대 마이크로네시아(Micronesia) 지역 한인의 이주와 강제연행」, 국민대 석사논문, 2005, 44~45쪽에서 재인용.

만들어낸 긴장과 갈등을 주목하지 않고서는 식민지 청산이라는 시대적
과제를 담은 소설의 역사적 의미를 제대로 이해할 수 없다고 판단했기
때문이다. 따라서 경험하지 못한 것은 쓰지 못한다는 자신의 소설적
한계를 뛰어넘어 증언과 기록의 리얼리티를 추구하는 방향으로 심화
확대된 김정한의 소설은, 일국적 장소와 특정 지역에 한정된 우리 소설
사의 한계를 뛰어넘어 동아시아적 시각이라는 방향성을 열어냈다는
점에서 상당히 중요한 의미를 지닌다고 평가할 수 있다.

5. 역사적 진실의 회복과 아시아 민중 연대의 가능성

1966년 김정한의 문단 복귀는 식민지 청산을 제대로 하지 못한 데서
비롯된 국가주의 모순과 이에 따른 신제국주의 현실에 대한 비판이라
는 소설가로서의 책임을 다하고자 하는 데 가장 큰 이유가 있었다. 문
단 복귀 이후 김정한의 소설 대부분이 일제 말을 배경으로 하고 있는
이유도 바로 여기에 있거니와, 강제 징용과 위안부 현실 등을 한일협정
과 베트남 파병 등의 문제와 연계하여 부각시킴으로써 일본에 의한
식민주의가 미국에 의한 신제국주의로 변해 가는 역사적 모순에 대한
비판에 초점을 두고자 했던 것도 바로 이 때문이다. 그리고 이러한 신
제국주의 현실은 미국의 아시아 패권주의와 직결되는 문제였다는 점에
서, 피식민의 경험을 공유하고 있는 아시아 민중들의 공동체적 연대라
는 동아시아적 시각으로 확장해서 바라볼 필요가 있다고 판단했다. 물
론 이와 같은 김정한의 소설적 지향은 1970년대 초반 「산서동 뒷이야
기」에서부터 이미 그 단초를 확인할 수 있는데, 한국과 일본의 관계를
피식민/식민의 구조로만 바라보는 시각을 넘어서 피지배/지배라는 계

급적 구조와 연결함으로써 조선인이든 일본인이든 피지배의 계급적 위치에서 민중 연대의 가능성을 열어간 점을 주목하고자 했던 것이다. 「산서동 뒷이야기」는 일제 말 낙동강 주변의 한 마을을 배경으로 그곳에서 살았던 일본인 가족의 이야기를 통해 한일 간의 민중적 연대의 모습을 서사화 했는데, "다 같이 못사는 개펄농사꾼이지 민족적인 차별감 같은 건 서로가 거의 가지지 않았다"(4권, 183쪽)라는 데서 알 수 있듯이 "한국과 일본의 근현대사에 가로놓인 '민족 감정'이나 '식민 지배와 피지배의 기억' 같은 것을 뛰어넘어 일종의 '민중적 연대'의 가능성을 열어 보이고 있"[17)는 작품으로 평가하기에 충분한 것이다.

　1970년대 중반 이후 발표된 「오끼나와에서 온 편지」에서도 이러한 문제의식은 그대로 유지되었다고 할 수 있다. 오키나와에서 미군기지 반환 투쟁에 참여하는 일본인 남성 다께오와 태평양전쟁 당시 홋카이도 탄광에서 일했던 그의 아버지를, 오키나와 계절노동자로 일하는 주인공 복진과 일제 말 강제징용에 끌려간 복진의 아버지와 연결 짓는 데서 소극적이나마 한일 관계를 넘어서는 민중 연대의 가능성을 엿볼 수 있는 것이다. 또한 「잃어버린 山所」에서 일본군 '후지다'를 통해, 비록 식민지 속국과 종주국의 국민이라는 차별성을 지녔다 하더라도 제국주의의 희생양이라는 점에서는 사실상 동일한 처지에 있음을 보여 주고자 했던 점도 같은 맥락에서 이해할 수 있다. 김정한의 소설 속에서 일본인의 모습은 군경, 공무원, 관리 등 식민지 권력의 충실한 전파자로서의 역할에 집중되었다는 점에서 대체로 부정적으로 묘사되었는데, 이러한 소설들 속에 등장하는 일본인은 가해자가 아닌 조선 민중들

---

17) 한수영, 「김정한 소설의 지역성과 세계성 – 문단 복귀 후의 김정한 소설의 문학사적 의미」, 『사상과 성찰』, 소명출판, 2011, 315쪽.

과 마찬가지로 피해자의 위치에 있었다는 점에서 전혀 다른 차원으로
인식하고 있었던 것이다. 아마도 이러한 차이는 일본 전체를 가해자의
시선으로 보는 적대적 관점으로만 식민지 청산의 과제를 이해해서는
안 된다는 점을 특별히 강조한 결과가 아닐까 생각된다. 즉 진정한 의
미에서 식민지 청산은 가해자와 피해자를 가르는 문제의식에 있는 것
이 아니라, 국가의 일방적 정책에 의해 수단화되거나 도구화되는, 그래
서 여전히 국가 권력의 억압과 착취의 대상이 될 수밖에 없는 민중들의
현실을 직시해야 하는 데 있다고 보았던 것이다. 김정한의 1960년대
문단 복귀에서 드러난 국가주의 비판을 식민지 청산의 문제와 직접적
으로 연결해서 읽어야 있는 이유가 바로 여기에 있다. 그리고 이러한
비판적 문제의식을 통해 김정한의 소설 세계는 식민과 제국의 폭력을
공통적으로 경험한 아시아 민중들의 연대에 주목하는 동아시아적 시각
으로 확장되었음을 반드시 기억할 필요가 있다.

김정한 소설에 나타난
'남양군도(南洋群島)'의 제국주의와 폭력의 양상

1. 김정한 소설의 장소성과 아시아적 시각

　　김정한의 소설에서 장소는 아주 특별한 의미를 갖는다. 특히 소설 속 배경의 대부분이 그가 태어나고 자란 고향과 체험적 공간의 역사적 장소성을 의미화하고 있다는 점에서 더더욱 중요한 의미를 갖지 않을 수 없다. 그가 태어난 경남 동래군 북면(현재 부산시 금정구 남산동)에서의 유년 시절, 울산의 대현공립보통학교 교사 시절 일본의 민족적 차별에 맞서 조직한 교원연맹 사건, 일본 동경에서 와세다대학을 다니다 귀국하여 양산 농민봉기사건에 관련되어 피검 되었던 일, 학업을 중단하고 남해의 초등학교에서 보냈던 교사 생활, 교사 생활을 그만두고 부산으로 돌아와 『동아일보』 동래지국을 인수하였다가 치안유지법 위반으로 피검된 이력, 그리고 해방과 더불어 건국준비위원회 경남지부 문화부 책임자 활동 등 해방 전후 김정한의 사회 문화 활동은 그의 소설이 특정한 장소를 바탕으로 우리 민족이 겪은 수난의 현장을 사실적으로 서사화하는 핵심적인 토대였음이 틀림없다. 따라서 김정한은 이러한 장소성에 토대를 두고 제국주의 폭력과 친일 세력들의 횡포에 맞서 투쟁하는 민중 의식의 형상화를 가장 중요한 소설적 주제로 삼았

다. 그에게 장소는 물리적인 공간으로서의 외적 의미를 넘어서 식민의
현실과 민중의 생활에 뿌리내린 서사적 진실을 담아내는 소설적 장치
로서 제국주의 폭력을 넘어서는 역사의 방향성을 구체화하는 서사적
거점이었다고 할 수 있는 것이다. 이처럼 '낙동강의 파수꾼'으로 불릴
정도로 오로지 지역의 삶과 현실을 자신의 소설 쓰기의 근본 바탕으로
삼아온 김정한의 소설에서 장소는 그의 소설을 이해하는 가장 기본적
인 출발점이 되지 않을 수 없다.

　따라서 김정한의 소설에서 무엇보다도 주목해야 하는 것은 '낙동강'
을 중심으로 형성된 토착 민중들의 삶과 이를 통한 일제 말의 역사적
현실에 대한 비판적 서사화가 어떻게 이루어졌는지 그 구체적 양상을
살펴보는 데 있다. 역사적 사실에 토대를 두고 식민지 근대의 왜곡된
보편주의에 대한 비판과 해방 이후 국가주의 기획의 폭압적 제도화에
대한 거부를 핵심적 주제로 삼은 그의 소설 전략이 어떻게 서사화되었
는지를 중점적으로 이해할 필요가 있는 것이다. 이와 같은 김정한의
소설 세계는 중앙 중심의 특정 권력에 의해 포섭된 왜곡된 역사가 암묵
적으로 조장해온 식민지 근대의 허구성을 넘어서는 것이야말로 진정한
의미에서 당대의 소설이 나아가야 할 방향이 되어야 한다는 확고한
신념의 결과였다. 물론 낙동강을 중심으로 한 이러한 지역적 사유는
식민 혹은 분단이 제도화한 중앙 중심의 왜곡된 근대가 조장한 특정
지역의 '소외' 담론의 차원으로만 국한시켜 이해해서는 안 된다. 김정한
에게 있어서 낙동강을 중심으로 한 지역적 기표는 특정한 장소나 공간
의 지리적 의미 차원을 넘어서 왜곡된 추상성과 식민화된 보편성에
의해 폭력적으로 제도화되고 억압된 아시아 민중들의 공동체적 연대를
지향하는 목소리를 담고자 했다는 사실을 결코 간과해서는 안 되기
때문이다. 즉 제국과 식민의 상처와 기억이 국가주의 기획으로 이어진

아시아 국가들의 공동체적 장소성을 특별히 주목함으로써, 이러한 경험을 공유했던 아시아 민중들의 국제주의적 연대를 지향하는 아시아적 시각을 열어내고자 했음을 특별히 주목할 필요가 있는 것이다.[1]

이런 점에서 요산 소설에서 낙동강을 중심으로 한 지역적 사유와 장소성의 의미는 단순히 자신이 평생을 살았던 체험적 장소의 구체화라는 의미를 넘어서 아시아적 시각으로 확장하여 읽어내는 것이 무엇보다도 중요한 과제가 아닐 수 없다. 물론 김정한이 생전에 아시아적 시각을 정교하게 구축하고 있었다거나 이러한 서사지향성을 뚜렷한 소설 전략으로 견지했었다고 보기에는 어려움이 있다. 그에게 있어서 아시아라는 문제의식은 주변부 공간의 서사화라는 자신의 소설 세계를 확장하는 하나의 가능성으로 촉발된 것이었지 처음부터 체계화된 사상적 거점으로 기획된 결과물은 아니었던 것으로 보인다. 그런데 이러한 그의 소설적 가능성이 비로소 구체적인 역사적 쟁점으로 부각되기 시작한 것은 1970년 전후 '오키나와'를 주목하면서부터이다. 김정한의 지역적 사유와 실천이 가장 중요하게 생각했던 것은 특정한 장소가 지닌 외적 의미가 아니라는 점에서, 식민지 시기 낙동강 주변의 역사적 현실과 오키나와의 역사를 겹쳐서 읽어내는, 그래서 제국과 식민의 상

---

[1] 2차 세계대전 이후 '구식민지'에서 정치적으로 독립한 신생독립국 지도자들의 한결같은 국가 아젠다가 '근대화'였음은 1960년대 박정희 정권의 근대화 정책과 그대로 연결된다. 아시아를 비롯하여 아프리카, 라틴 아메리카 신생 독립국 지도자 대부분이 전후 극복이라는 명분을 내세워 경제개발과 근대화 정책으로 민중들을 억압하고 통제함으로써 국가적 폭력을 정당화하고 제도화했던 데서 그 유사성을 쉽게 확인할 수 있는 것이다. 이처럼 특정 국가의 일국적 단위를 넘어서 국제주의적 민중 연대의 가능성을 발견하고자 했던 것이 김정한 소설이 궁극적으로 나아가고자 했던 '세계성'의 방향이었다고 할 수 있다. 이러한 관점에서 문단 복귀 이후 김정한 소설의 의미를 논의한 것으로, 한수영의 「김정한 소설의 지역성과 세계성 – 문단 복귀 후의 김정한 소설의 문학사적 의미」(『사상과 성찰』, 소명출판, 2011, 297~321쪽)가 있다.

처를 공유한 아시아의 여러 장소들을 동일선상에서 사유하고 실천적으로 바라보는 문제의식의 단초를 마련하는 데 있어서 당시 오키나와는 아주 문제적인 장소였다고 할 수 있는 것이다.

김정한의 오키나와에 대한 관심은 5·16 군사정변으로 부산대학에서 해직된 이후 복직하기 전까지 『부산일보』 상임논설위원으로 활동했었다는 사실과 밀접한 관련이 있을 것으로 추정된다. 이러한 언론인으로서의 이력은 외신 보도를 접할 수 있는 기회를 충분히 확보하게 함으로써 오키나와의 역사적 상황을 문제적으로 인식하는 결정적 계기로 작용하지 않았을까 생각된다. 김정한은 오키나와가 지닌 장소성을 크게 두 가지 점에서 주목했는데, 첫째는 일제 말의 상황과 1960년대 중반 이후 강화되어 갔던 신제국주의 현실을 연속성의 관점에서 이해함으로써 국가주의에 희생된 오키나와 계절노동자의 실상을 비판하는 것이었고, 둘째는 1970년대 중반 오키나와에 계절노동자로 파견된 여성들의 열악한 노동 현실이 일제 말 오키나와를 비롯하여 중국과 중부 태평양 등으로 끌려간 일본군 위안부의 현실과 연결된다는 사실을 부각하는 것이었다. 즉 일제 말 위안부의 현실과 오키나와 계절노동자의 실상을 연속성의 시각에서 읽어냄으로써 제국주의 폭력이 국가주의 폭력으로 이어지는 식민지의 연속성 문제를 비판적으로 쟁점화하고자 했던 것이다.[2]

이러한 문제의식에서 본고는 그동안 집중적으로 논의된 김정한 소설의 지역적 장소성을 아시아적 시각으로 확장하여 이해함으로써, 일제 말의 역사에 대한 올바른 평가와 이를 바탕으로 한 식민지 청산이라

---

2) 하상일, 「김정한 소설과 아시아 : 베트남, 오키나와, 남양군도」, 『한민족문화연구』 제68집, 한민족문화학회, 2019. 12, 110쪽.

는 김정한 소설의 궁극적인 방향성을 중점적으로 살펴보고자 한다. 특
히 이와 같은 김정한 소설의 문제의식이 오키나와를 출발점으로 2차
세계대전의 격전지였던 남양군도로 이어져 나갔다는 점에서 미완성
미발표작 「잃어버린 山所」[3]를 중심으로 일제 말 제국주의 폭력의 양상
을 구체적으로 논의하고자 한다. 김정한 소설의 이와 같은 외연 확장은
식민지 청산이라는 소설적 과제를 수행하는 데 있어서 지역적 장소성
의 한계를 넘어서기 위하여 경험의 서사와 기록의 서사 사이에서 소설
적 진실을 새롭게 찾아가는 창작 과정의 변화를 드러낸 것으로 이해할
수 있다. 즉 김정한의 소설은 경험의 서사가 미치지 못하는 역사적 진
실의 한계를 기록의 서사를 통해 구체적으로 증언하고 고발함으로써
일제 말 제국주의 폭력의 양상을 사실적으로 서사화하고 기록하는 소
설의 방향성을 새롭게 정립하고자 했던 것이다.

2. 일제 말의 서사화와 식민지 청산의 과제

1966년 「모래톱 이야기」로 문단에 복귀한 이후 김정한의 소설은 일
제 말의 현실을 서사화하는데 무엇보다도 초점을 두었다. 그가 일제
말을 배경으로 한 소설 쓰기에 집중했던 것은 식민과 제국의 폭력을
올바르게 청산해 내지 못한 해방 이후의 모순된 현실에 대한 철저한

---

3) 김정한의 미발표작은 「잃어버린 山所」 이외에도 완결된 단편 2편, 미완성 장편소설
여러 편을 포함하여 200자 원고지 4,200여 장에 이른다. 이에 대한 개략적인 논의는,
황국명, 「요산 김정한의 미발표작 별견」, 〈요산 김정한 선생 탄생 100주년 기념 학술발
표대회 자료집〉, 한국문학회, 2008. 12. 13. 참조. 「잃어버린 山所」는 다른 미발표작들
과 함께 현재 〈요산문학관〉 2층 전시실에 소장되어 있는데, 200자 원고지 분량으로
225쪽에 달하는 작품이다.

반성에 가장 큰 이유가 있었다. 한국전쟁 이후 미국의 신제국주의 전략에 편승해간 국가 주도의 반민중적 반민주적 폭력에 대한 비판과 저항의 목소리를 역사적 증언의 형식으로 서사화하고자 했던 것이다. 일제 말 토지조사사업으로 강요되었던 식민의 논리가 해방 이후 자본과 경제 논리를 앞세워 민중들의 생존을 직접적으로 위협하는 상황으로 이어진 현실을 비판한 「평지」(1968), 우리 소설사에서 일제 말 강제 징용의 현실과 위안부 문제의 상처와 고통을 쟁점화한 「수라도」(1969)와 「뒷기미 나루」(1969), 그리고 이러한 조선인 강제 징용 문제가 해방 이후 세대에게 고스란히 이어지고 있음을 비판한 「지옥변」(1970), 일제 말 조선인 농부들과 공동체를 이루며 살았던 일본인 농부의 모습을 통해 한일 간의 대립을 넘어서는 민중적 연대의 가능성을 보여준 「산서동 뒷이야기」(1971) 등이 바로 이러한 문제의식을 구체적으로 서사화한 작품들이다. 그리고 이러한 작품들은 앞서 언급한 「오끼나와에서 온 편지」(1977), 「잃어버린 山所」(1970년대 후반 작으로 추정) 등으로 이어짐으로써 식민지 청산의 과제를 일국적 문제가 아닌 아시아적 문제로 확대해 나가는 디딤돌로 삼았다고 할 수 있다.

「수라도」는 식민지 시기 독립운동에 헌신했던 오봉선생 집안과 일제에 협력하여 권력을 누리고 유지해온 친일세력 이와모도 집안을 극명하게 대조함으로써, 식민과 제국의 폭력으로 극심한 고통을 겪어야만 했던 우리 민족의 현실과, 그럼에도 불구하고 일본 경찰의 위세를 등에 업고 일본인보다 더 폭력적인 방식으로 조선인을 탄압했던 친일세력들의 폭력을 사실적으로 보여주고자 했다. 그리고 이러한 일제 말의 현실이 해방 이후에도 그대로 이어져 식민과 제국의 기억이 또 다른 제국의 논리에 편승한 국가 주도 폭력으로 재현되고 있는 현실을 분명하게 부각시키고자 했다.

죽은 이와모도 참봉의 아들 이와모도 경부보같은 위인들이 목에 핏대를 올려가며 그들의 〈제국〉이 단박 이길 듯 떠들어 대던 소위 대동아전쟁이 얼른 끝장이 나긴커녕, 해가 갈수록 무슨 공출이다, 보국대다, 징용이다 해서 온갖 영장들만 내려, 식민지 백성들을 도리어 들볶기만 했다. 그리고 그것은 〈제국〉의 빛나는 승리를 위해서 불가피한 일이라고들 했다.

몰강스런 식량 공출을 위시하여 유기 제기의 강제 공출, 송탄유와 조선(造船) 목재 헌납을 위한 각종 부역과 근로 징용은 그래도 좋았다. 조상 때부터 길러 오던 안산 바깥산들의 소나무들까지 마구 찍겨 쓰러진 다음엔 사람 공출이 시작되었다. 〈전력 증강〉이란 이유로 영장 받은 남정들은 탄광과 전장으로, 처녀들은 공장과 위안부로 사정없이 끌려 나갔다. 오봉산 발치 열두 부락의 가난한 집 처녀 총각과 젊은 사내들도 곧잘 이마를 〈히노마루(일본 국기)〉에 동여맨 채, 울고불고 하는 가족들의 손에서 떨어져, 태고 나루에서 짐덩이처럼 떼를 지어 짐배에 실렸다.

                              - 「수라도」, 3권, 204~205쪽.[4]

일제 말 창씨개명과 내선일체에 동조하고 대동아전쟁에 적극 협력했던 이와모도의 큰아들이 일제 치하에서는 "도경 고등계 경부보로 있"다가 해방 이후에는 "국회의원이란 보다 훌륭한 감투를 쓰고 있"(183쪽)었음을 강조한 데서 알 수 있듯이, 「수라도」는 해방이 되었음에도 식민지 권력에 대한 올바른 청산은커녕 오히려 그 권력이 더욱 악랄하게 유지되고 강화되었던 국가 주도의 반민주적이고 반민중적인 신제국주의 현실을 비판적으로 서사화하는 데 집중했다. 민족 구성원 내부를 향해 총칼을 겨누었던 이와모도 집안이 해방 이후에도 여전히 경찰과

---

4) 이하 작품 인용은 모두 조갑상 외, 『김정한 전집』(작가마을, 2008)에서 인용했으므로, 작품명과 전집 권수, 페이지만 밝히기로 한다.

국회의원으로 둔갑하여 또 다른 권력의 실세로 행세했다는 사실에서, 식민과 제국의 역사적 동일성과 연속성이 두드러졌던 해방 전후의 모순된 상황을 서사화하고자 했던 김정한의 소설적 의도가 분명하게 드러나는 것이다. "보국대", "징용", "위안부" 등에서 분명하게 드러나듯이, 일제 말 조선인의 현실은 "〈제국〉의 빛나는 승리를 위해서", "〈전력 증강〉이란 이유로" 전쟁터와 군수 기지에 무참히 끌려다녀야만 했던 일제 말 강제 징용과의 현실과, 마을마다 "남자들이 징용 간 곳을 따라 〈보르네오〉댁이니 〈뉴기니〉댁이니 하는 새로운 택호들이"(206쪽) 생겨나고 "속칭 〈처녀 공출〉이란 것으로서 마치 물건처럼 지방별로 할당이 되어" "일본 병정들의 위안부로 중국 남쪽지방으로 끌려갔"(207쪽)던 위안부의 현실을 사실적으로 증언하고자 했던 것이다. 이처럼 「수라도」는 일제 말 식민과 제국의 폭력 양상 가운데 가장 중요한 쟁점인 조선인 강제 징용과 위안부 문제를 처음으로 우리 소설 속에 서사화했다는 점에서 상당히 중요한 의미가 있다.

일제 말의 현실과 해방 이후의 상황이 연속적으로 이어져 있는 국가적 모순에 대한 비판은 김정한 소설의 핵심 주제라고 할 수 있는데, 아버지와 아들로 이어지는 세대적 연속성을 통해 해방 이전과 이후의 식민지적 동일성을 비판한 「지옥변」을 통해 이러한 문제의식을 더욱 직접적으로 확인할 수 있어 특별히 주목된다.

> 차돌이의 아버지 허경출씨는 적도 남쪽에 떨어져 있는, 먼 뉴기니아 섬에서 해방을 맞이했었다. 그것도, 세계에서 크기로 둘째간다는 이 섬의 해안에서 몇 백 킬로나 깊숙이 들어간 - 일찍이 사람이 범접한 자취조차 없는 밀림 속이었기 때문에 전쟁이 끝난 것도 오랫동안 모르고 지냈던 것이다.

불칼이에게 덜미를 잡혀간 지 꼭 5년째 되는 해였다. 보르네오란 섬을 첫작업터로 해서, 비행장 닦기, 길 닦기, 다리 놓기, 그리고 무기, 탄약, 양곡, 기타 온갖 군용물자의 수송에 이르기까지 목숨을 건 위험한 고역들이 줄곧 강요되어 왔었다. 그와 같은 지옥살이를 해 가면서, 서남태평양 일대를 전전하다가, 파죽지세로 내리밀던 일본군의 소위 〈가다르카나르(과달카날)〉의 쟁탈전[5]에서 호되게 얻어맞고서 총퇴각을 할 무렵, 그가 소속해 있던 작업반도 일본 패잔병들과 함께 뉴기니아 섬의 오웬스탠리란 험한 산맥 속으로 뿔뿔이 도망을 쳐 들어갔던 것이다.

사실은 그러고부터 전쟁도, 그것을 위한 노동도 포기됐던 것이다. 징용에 끌려간 사람들은 더욱 그러했다. 그들은 되도록 그곳 파푸아인들도 안 들어가는 원시림 속으로 깊숙이 들어가서 그야말로 원시인 같은 생활을 했다. 물론 밥이란건 생각도 구경도 못했다. 그저 뱀과 들쥐와 그리고 천연의 실과나 초근목피로써 신기하게도 목숨들을 이어 왔었다. 그러니 사람의 꼴들이 아니었다. 뼈만 앙상하게 남은 몸에 옷조차 제대로 걸치지 못했었다.

다행히 연합군에게 붙들려서(실은 죽이지나 않을까 반신반의를 하면서 항복을 한 셈이었지만), 비로소 곡기 구경을 했다. 옷과 신발도 얻었다.

그러나 포로가 된 그들은 다시 일 년 가까이 억울한 전범자로서의 고역을 치르지 않으면 아니 되었다. 그래서 결국 고국에 돌아온 것은 전쟁이 끝난 3년 뒤였다.

－「지옥변(地獄變)」, 3권, 298～299쪽.

「지옥변」은 일제 말 대동아전쟁 준비를 위해 중부태평양 지역에 강

5) 남태평양에 있는 솔로몬 군도의 작은 섬인 과달카날에서의 미일 양국의 격돌은 일본 해군이 이곳에 건설한 조그만 비행장을 두고 시작되었다. 강제 노역으로 끌려간 한국 젊은이들도 포함된 일본 해군 설영대(육군의 공병대에 해당함)가 과달카날에 비행장을 건설한 후 곧 미군에게 빼앗겼으며 이 잃어버린 비행장을 탈환하기 위해 일본군은 여섯 달에 걸쳐 미군과 사투(死鬪)를 벌이게 된다. 권주혁, 『핸더슨 비행장 - 태평양 전쟁의 갈림길』, 지식산업사, 2001, 5쪽.

제 이주 당해 근로보국대로 처참한 생활을 했던 "차돌이의 아버지"가
"전쟁이 끝난 3년 뒤"에야 고국으로 귀환했지만 일본으로부터 받아야
할 강제 노동의 대가를 받지 못한 채 결국 죽어버린 한 가족의 비극적
삶을 배경으로 하고 있다. 아버지가 죽은 이후 아들 차돌이가 아버지가
자신에게 남긴 '보국근로'의 증서를 갖고 국가의 정당한 보상 절차를
강구하는 과정을 통해 한일청구권을 둘러싼 해방 이후 친일 세력들의
문제를 직접적으로 비판하고 있어 상당히 문제적인 작품이 아닐 수
없다. 1965년 한일협정을 연상시키는 이 소설에서 김정한은, 권력의
유지를 위해 일본 당국과 비밀 협상을 벌여 식민지 청산을 서둘러 마무
리해 버리려 했던, 그래서 식민의 상처와 고통을 직접적으로 겪었던
민족 구성원들에 대한 진정한 보상을 철저히 외면했던 국가 권력의
부당함에 정면으로 맞서고자 했던 것이다. 강제 징용에서 돌아온 이후
병이 들어 목숨을 잃은 아버지의 식민지 유산을 찾으려는 차돌이가
"일본 정부와 우리 정부 사이에 어떤 협상이 이루어져야만 된다"는 국
가 주도의 식민지 청산 논리에 맞서 "당연히 받을 거 받는데 무슨 협상
이란 기 필요합니꺼?"(284쪽)라고 항변하는 데서, 당시 제국과 식민의
폭력에 희생당한 민중들의 목소리를 대변함으로써 식민지의 올바른
청산이라는 과제를 올바르게 수행하고자 했던 김정한의 목소리가 그대
로 드러난다. 즉 식민지 청산이라는 역사적 과제를 올바르게 실천하지
못한 데서 1965년 한일협정과 베트남파병 같이 식민과 제국의 기억을
재생하는 뼈아픈 결과를 초래하게 되었음을 비판적으로 부각시키고자
했던 것이다. 그리고 이러한 김정한의 비판적 역사의식은 자본과 국가
의 폭력에 의해 여전히 상처와 고통을 강요당하고 있는 동아시아 민중
들의 공동체적 연대로 확장해서 나아가는 중요한 발판이 되었음에 틀
림없다. 1970년대 중후반 김정한의 소설이 낙동강을 중심으로 한 지역

적 장소성을 넘어서 오키나와를 주목하고 나아가 남양군도에 대한 소설적 증언을 시도했던 이유는 바로 여기에 있다.

3. '남양군도'의 제국주의와 폭력에 관한 서사적 기록

「잃어버린 山所」의 중심 배경은 일제 말 태평양전쟁의 격전지였던 중부태평양 '남양군도'[6]이다. 기독교계열 중학교에 다니던 주인공 박학수가 일제 말 신사참배 강요를 거부해 학교가 강제 폐교된 이후, 지원병에 끌려가는 것을 피해 '근로보국대'에 지원하여 남양군도의 트라크섬[7]에서 강제 노역을 했던 이야기를 30여 년이 지난 시점에서 회상하는 구조로 서사화 되어 있다. 작품 제목에 명시된 '잃어버린 山所'의

---

6) 남양군도(南洋群島)는 적도 이북의 태평양상 동경 130도부터 170도, 북위 22도까지의 바다에 산재한 섬을 일컫는다. 그 가운데 남양군도는 오가사하라(小笠原) 군도와 함께 중부태평양 지역을 말하는데, 지금의 필리핀 동쪽 마리아나군도, 캐롤린군도, 마샬군도를 포함하는 지역이다. 현재 지도상으로는 미크로네시아(Micronesia) 지역으로 표시된 곳으로, 일제 말 조선인들이 많이 끌려간 곳으로는 사이판(Saipan), 팔라우(Palau), 티니안(Tinian), 트룩(Truk), 포나페(Ponape), 야루트(Jaluit) 등의 섬이 있다. 김도형, 「중부태평양 팔라우 군도 한인의 강제동원과 귀환」, 『한국독립운동사연구』 제26집, 독립기념관 한국독립운동사연구소, 2006. 6. 참조.

7) 「잃어버린 山所」는 태평양 지역의 여러 섬들을 거쳐 트럭(Truk)에 도착하여 일본군 비행장과 방공호 건설 등에 강제 동원된 조선인 근로보국대의 이야기를 중심으로 서사화 되어 있다. 이 소설의 주요 배경이 되는 중부태평양 지역은 바로 축 제도(Chuuk Islands)이다. 미크로네시아 연방의 섬 중에서 가장 인구가 많고, 일본인들은 당시 트루크 제도(トラック諸島)라고 불렀고, 미국도 '트룩(Truk)'으로 부른다. 소설에서 언급되는 '트라크섬', '하루시마(봄섬)', '나쯔시마(여름섬)', '월요도', '화요도' 등은 현재까지도 사용되는 이곳의 지명을 그대로 따른 것이다. 축 제도 섬들은 현재 동쪽은 '春島', '夏島', '秋島', '冬島'의 四季諸島로, 서쪽은 '月曜島', '火曜島', '水曜島', '木曜島', '金曜島', '土曜島', '日曜島'의 七曜諸島의 명칭을 사용하고 있다. 조성윤, 『남양군도 – 일본 제국의 태평양 섬 지배와 좌절』, 동문통책방, 2015 참조.

의미는 김정한 소설의 중요한 주제 가운데 한 가지인 토지 문제를 중심 서사로 삼았음을 추정하게 하는데, 일본 패망 이후 고향으로 돌아온 주인공 학수가 조상의 산소가 있는 땅의 소유를 둘러싸고 벌이는 국가 권력과의 투쟁을 다루었을 것으로 짐작된다. 하지만 소설의 내용이 연합군의 남양군도 일본 기지 폭격으로 주인공을 비롯한 강제 징용자들이 간신히 목숨을 연명하는 열악한 상황을 묘사한 데서 중단되어, 주인공의 귀환 이후 토지 문제로 국가 권력과 갈등을 일으키는 내용을 의도했을 것으로 추정되는 중심 서사는 미완성 상태로 남아 있다.

> 학수가 학업을 중단하게 된 것은 바로 그 다음 다음해 가을의 일이었다. 좀 더 구체적으로 말하자면 중일전쟁의 막바지인 1940년대를 넘어다볼 무렵이었다. 그것도 자기가 학교를 그만둔 것이 아니고 학교 자체가 갑자기 문을 닫게 되었던 것이다. 학수가 다니던 M중학(그 당시는 M고등보통학교라고 불렀다.)은 기독교 계통의 사립학교였다. 사립학교란 건 예나 이제나 당국의 말을 잘 안 듣기 마련이다. 가령 무슨 지시를 해도 고분고분하지 않고 안 될 일에도 어거지를 쓴다든가 해서. 그런 가운데서도 학수가 다니던 M중학은 한술 더 뜨는 편이었다. 공교롭게도 때가 또 때였다. 음악 선생이 내지라고 부르던 일본이 소위 노구교사건(蘆溝橋事件)이란 걸 꾸며가지고 중일전쟁을 일으키고부터 일본과 조선은 한몸이란 뜻으로 내선일체(內鮮一體)를 더욱 강하게 내세워 조선민족을 완전히 말살하려고 들 무렵이었다. 조선말을 없애기 위해 학교에서 조선어 과목을 빼고 일본말만 쓰게 하고 황국신민서사(皇國臣民誓詞)란 도깨비 소리 같은 서약문을 만들어 무슨 모임 때마다 강제로 제창시키는가 하면 각 급 학교에서는 고을마다 면마다 세워 놓은 일본 신사에 초하루 보름에는 꼭꼭 참배를 하도록 하라, 일본식으로 창씨개명을 하라, 등등… 해괴망측한 지시며 명령들이 빗발치듯 내렸다. 그래서는 언제나 학교가 앞장을 서야만 된다는 것이었다.
> 　　　　　　　　　　　　　　　　　　　　　　－「잃어버린 山所」[8]

이 소설에서 주인공 학수가 일제의 징병제를 피해 근로보국대에 지원하게 된 사정은 신사참배 거부로 인한 학교의 폐교와 그에 따른 학생 신분의 상실로 일제의 강제 징집 대상자가 되었기 때문이었다. 일제는 1943년 9월 23일 '필승국내태세강화방책'을 수립하기 전까지 학생들의 경우에는 징병에서 제외시켜 주었으므로 학수는 학교를 다니는 동안에는 지원병에 동원되지 않을 수 있었지만, 신사참배 거부로 학교가 강제로 문을 닫으면서 학생 신분을 잃어버려 징병의 대상이 되고 말았던 것이다. 결국 "왜놈의 총알받이로 개죽음을 당하는 기보다는 차라리 근로보국대에 나가서 살 구멍을 찾도록 하는 기 좋을끼라"와 같은 판단 속에서 주인공 학수는 남양군도 행이라는 불가피한 선택을 하지 않을 수 없었던 것이다. 이러한 학수의 결정에는 또 한 가지 중요한 이유가 있었는데, 하와이로 이민 시집을 간 누이에 대한 그리움이 내면 깊숙이 자리 잡고 있었기 때문이었다. 그리고 이러한 이민 시집에 대한 언급은 당시 강제 징용과 함께 제국주의 폭력의 가장 악랄한 행태였다고 할 수 있는 조선인 여성들의 위안부 동원과 겹쳐서 바라보게 하는 일종의 복선과 같은 역할을 한다는 점에서도 의미가 있다. 실제로 학수는 남양군도로 끌려가는 과정에서 누이가 살고 있는 하와이를 계속해서 호출하고 있을 뿐만 아니라, 일본의 진주만 공격 승전 소식에 누이의 생존을 걱정하는 모습 등에서 남양군도에 산재한 위안부 여성들과 동일선상에서 누이의 존재를 바라보는 시선을 갖게 하는 것이다.

학수 일행은 부산 부두에서 출발하여 "제국의 동남 끝인데 남양항로의 기점"인 요코하마를 거쳐 "오가사와라 제도 그리고 사이판 섬들을 거쳐서 트라크섬"에 도착했다. 트라크섬은 당시 "대일본제국의 해군기

지가 있는" 곳으로, "사이판 섬에서 서태평양에서 가장 깊다는 마리아
나 심연을 넘어"야 도착하는 아주 먼 곳으로 묘사되어 있다. 트라크섬
은 "물에 잠겼다 떴다 하는 산호더미가 성벽처럼 멀리 에워 싼 호수
같은 바다에 무려 수십 개의 소위 중앙도란 대소의 섬들이 여기 저기
흩어져 있었"는데, 학수는 그 섬들 가운데 "트라크제도의 중심지, 일본
해군기지의 본부가 있는 요지였"던 '나쓰시마(여름섬)'이란 곳에 내렸
다. 당시 일제는 태평양전쟁을 준비하기 위해 "남양방면 해군기지에
불과했던 트라크섬을 부랴부랴 태평양 연합함대 기지로 확장하"려고
했으므로, 조선인 강제 징용 노동자들을 비행장 공사에 투입해 매일같
이 열악한 노동을 강요했던 것이다.[9]

　　그들은 벌써 두 달째 비행장 공사에 쫓기고 있었다. 나중에 가서 알게
된 일이지만 중일전쟁에서 소위 태평양전쟁으로 접어들 무렵이라 종전
은 그저 일본의 남양방면 해군기지에 불과했던 트라크섬을 부랴부랴 태
평양 연합함대기지로 확장하자니까 그럴 수밖에 없었던 것이다. 일요일

---

9)　당시 트라크섬에서 노무자로 일했던 박홍래(1924년생)의 증언을 통해 소설 속 학수 일행
　　의 모습을 짐작해볼 수 있다. "전쟁 초기에는 지원자도 받았으나 나중에는 강제 징용으로
　　변하였다. 이들은 1942년 1월 마을 사람들이 환송하기 위해 동네 입구에 소나무 가지로
　　만든 문을 지나 부산까지는 트럭을 타고 갔다. 부산에서는 '브라질마루'라는 선박을
　　타고 사이판까지 가게 되었는데, 가는 길에 배 위에서 싱가포르가 함락되었다는 소식을
　　듣고 배에 탄 사람 모두 만세를 외쳤다고 한다. 사이판을 거쳐 다시 이틀 동안 배를
　　타고 트럭 환초에 도착해 보니 벌써 다른 한국인들이 와서 농사를 짓고 있었다. 당시
　　일본군 사령부는 나쓰시마에 있었다. 이곳에 있는 농장에서 1년 남짓 동안 벼와 고구마
　　농사를 하다가 하루시마에 있는 제2농장으로 배속받아 옮겼다. 전쟁초기에는 이들 농장
　　은 모두 남양척식회사에 속해 있었으나 1943년부터는 해군으로 소속이 바뀌었다. (중략)
　　일부 징용자들은 하루시마, 나쓰시마, 후유시마 등에서 비행장 건설공사에 동원되었다.
　　이들은 지붕은 함석, 벽은 목재, 방바닥은 마루로 된 숙소에서 생활하며 아침마다 조회
　　(점호)를 하고 일본 천황이 살고 있는 곳을 향해 동방요배(東方遙拜)로 하루 일을 시작하
　　였다. 한국 노무자들 사이에도 한국말 사용은 금지되고 일본어만 쓰도록 되었다." 권주
　　혁, 『베시오 비행장 – 중부태평양전쟁』, 지식산업사, 2005, 186~187쪽.

은커녕 때로는 세수할 시간도 주지 않았다. 기상나팔이 불면 식당으로 달려가기가 바빴다. 뜸도 안 든 밥 한덩이씩 얻어먹기가 바쁘게 일터로 끌려가야만 했다.

"특공대의 기분을 가져! 특공대의⋯."

조금이라도 떠름한 내색을 보이면 현지 감독관들은 이렇게 위협을 했다. 스콜이 사납게 휘몰아쳐도 비행장은 닦아야 했고 그 빗물에 얼굴을 훔쳐야만 했다. 환자가 아니고는 막사에 누워 있을 수도 없었다. 몸을 심히 다치거나 병이 위중한 사람은 그곳 해군병원으로 실려 갔지만 그 뒤 소식은 대개가 감감하였다. 니꾸의 경우도 그랬다. 공사장에서 다리를 심히 다쳐 실려 가고는 그만 강원도 포수가 되고 말았다. 늑대란 별명을 가진 감독관의 말로는 다른 병원으로 이송되었다고 했지만 들리는 소문인즉 시일이 걸릴만한 중환자는 밤중에 바다에 갖다 던져 버린다는 것이었다. 그런 환자를 치료하느니보다는 조선에 가서 다시 끌고 오는 편이 훨씬 수월하다던가, 그러니까 웬만큼 몸이 편찮더라도 꾸벅꾸벅 일터로 나가지 않을 수가 없었다.

하루시마에서 비행장 공사를 겨우 끝내자마자 제3조 노무자들은 다시 나쯔시마로 되끌려 가 참호와 지하창고를 수십 군데 파고 그 다음은 수요도란 섬으로 끌려가 거기서도 참호 파기와 비행장 공사에 뼈가 이치는 고역을 치렀다. 닌꾸는 간 곳이 없어졌으니 이젠 닌꾸단렌이라고 빈정거릴 사람도 없었고 딱부리도 익살은커녕 염병 앓고 일어난 놈처럼 기가 딱하게 눈이 푹 들어가 있었다.

일제는 1936년부터 전쟁을 대비해 남양군도를 개척하려는 목적으로 '남양척식주식회사'를 설립했다. 트라크섬과 같은 중부태평양의 중심지 팔라우섬에 남양청 본청을 두고 대대적인 개발을 준비했던 것이다. 이를 위해 1939년 남양청에서는 조선인 노동자 500명을 총독부에 공식적으로 요구하였는데, 조선총독부의 『南洋行勞動者名簿』에 따르면, 경상도와 전라도의 노무자 2백여 명이 트라크섬과 팔라우섬으로 끌려

와서 일제의 전쟁 준비를 위한 무자비한 노동에 시달렸다.[10] 그 결과 일제는 남양군도에 태평양 연합함대 기지를 세울 수 있었고 마침내 1941년 12월 8일 진주만 공격을 시작으로 태평양전쟁을 일으키게 되었던 것이다. 김정한은 이러한 남양군도 강제 징용의 현실을 상당히 구체적으로 알고 있었던 것으로 보이는데, 일제의 진주만 공격 승전에 대한 묘사에서 트라크섬 일대의 위안부 상황을 구체적으로 언급함으로써 강제 징용 문제와 함께 제국주의 폭력의 가장 적나라한 양상인 위안부 현실을 폭로하고 증언하는 서사적 기록을 남기고자 했다.

> 1941년 12월 8일!
> 　그것은 아마 트라크섬이 생긴 이후 최대의 축제일이었을 것이다. 미국의 최대 군항인 하와이 진주만이 일본군 특공대에 의해 순식간에 박살이 난 날이었다. 날도 채 밝기 전에 라디오의 확성기가 파천황의 대폭격 사건을 고래고래 되풀이했다. 보도의 사이사이에는 거리를 메울 듯한 만세 소리도 곁들여 울려 퍼졌다. 아무튼 새벽 세 시에는 미국에 대한 선전포고가 잇달아 있었다. 어디 덤벼보라…다.
> 　기상나팔은 종전대로 울렸지만 그날은 작업장으로는 내몰리지 않았다. 조반을 마치자 노무자들 ─ 천만에! 대일본 남방 건설부대원들은 모두 현지의 해군 사령부 앞 광장에 모였다. 제법 어깨들을 으쓱거리는 것 같았지만 똥구멍에 재갈을 먹인 훈도시 꼬락서니들이 가관이었다. 머리통이 수박처럼 둥근 사령관은 한층 으스대는 틀거지로 훈시를 늘어놓았다.
> 　"차려─ㅅ 쉬엇! 에 ─ 또 충용무쌍한 우리 신풍공격대는 세계에 자랑하던 미국의 주력함대들을 단번에 박살냈단 말이다. 알겠나?"
> 　그는 마치 제가 그러기라도 하듯이 흥분했다.

---

10) 김도형, 앞의 논문 참조.

"그래서, 그래서 말이다! 오늘은 특별히 작업을 중지하고 제군들에게 휴식을 명령한다. 물론 진주만 대 폭격 축하의 뜻이다. 알겠나?"

말끝마다 '알겠나?'를 붙이는 것이 이자의 버릇이었다.

노무자들의 찌든 얼굴에는 기쁜 빛이 한결 더해졌다. 수박머리의 사령관이 못내 기뻐하는 하와이 진주만의 대 전과보다 그들에겐 하루를 놀려준다는 것이 무척 반가웠던 것이다. 막사 앞으로 되돌아왔을 때 늑대란 별명의 현장 감독은 "오늘은 맘대로 해!"

하고 돌아갔지만 반마다 있는 몇몇 헐렁이를 제외하고는 노무자들은 미리 약속이라도 한 듯이 제각기 막사 안으로 들어갔다. 너무나 지쳐들 있었던 것이다. 무엇보다 우선 팔다리 쭉 뻗고 쉬고 싶었다. 기무라도 히라야마도 늑대를 따라가고 없었으니까 한결 기분들이 가벼워졌다.

"오늘밤엔 축하연이 있는 모양이재?"

딱부리도 쉰다니까 시부렁거릴 힘이 나는 모양이었다.

"누가 그러카더노?"

곁에 있던 놈이 물었다.

"아까 돌아올 때 기무라 녀석이 그라더만, 사령부 식당에서 진주만 폭격 축하연이 있을끼라고…."

그런 소문은 곧잘 듣고 다니는 딱부리였다.

"홍, 망고집 아가씨들 욕 좀 보겠구나."

소설 속의 "망고집"은 "사령부에서 좀 떨어진 곳에 산재해 있는 쬐깐 막집들인데 간혹 일본서 온 창녀도 섞여 있었지만 대부분 한국에서 강제로 끌고 온 가난한 집 처녀들 – 소위 군인전용 위안부들의 수용소"였는데, "주변에 망고란 열매 수목들이 많이 서 있어서" "망고집 또는 망고촌"으로 불리는 곳이었다. 트라크섬[11] 가운데 "수요도"에 있었던

----

11) '위안부'는 주로 팔라우 트럭섬을 중심으로 집중 배치되었으며 태평양전쟁 말기 미크로네시아 지역이 격전지였던 만큼 일본군의 전세가 불리해지는 가운데 강제 연행된 많은

조선인 위안부들은 "부대가 이동해 갈 전날 밤 같은 때는 한 애가 하룻밤에 즘생 같은 사내들을 몇십 명씩이나 받아야" 해서 "얼굴빛이 모두 호박꽃 같았"던 치욕적인 고통을 견디며 살았던 것이다. 김정한은 「수라도」와 「오끼나와에서 온 편지」에서 이미 위안부 문제를 직접적으로 거론하기는 했지만, 이것은 대체로 누군가에 의해 전해진 소문이거나 기억과 회상의 차원에서 사실상 언급 정도에 머무르는 한계가 있었다. 하지만 「잃어버린 山所」에서는 남양군도 트라크섬 수요도라는 실제적인 장소에서 조선인 위안부들이 겪었던 일을 구체적으로 서술하고 있다는 점에서, 우리 소설사에서 위안부 문제를 가장 본격적으로 다루었다는 평가를 내릴 만한 작품이 아닐까 판단된다.

이처럼 김정한의 소설은 1970년대 후반 「오끼나와에서 온 편지」를 발표하면서부터 경험적 장소성을 넘어서 증언과 기억의 기록적 서사를 주목하는 방향으로 심화 확장되기 시작했다. 일제 말 제국과 식민의 올바른 청산을 위해서는 경험적 장소성이 지닌 한계를 넘어서는, 즉 경험이 미치지 못한 서사의 한계를 넘어서는 증언과 기록에 대한 실증적 확인과 면밀한 조사가 필요하다는 새로운 문제의식을 갖게 되었던 것이다. 당시 국내의 여러 신문 기사에서 오키나와 계절노동자가 고향의 부모님이나 지인들에게 보내는 편지 형식으로 일제 말의 실상을

'위안부' 여성들이 목숨을 잃었다. 일본인 '군위안부'의 증언에 따르면 일제의 패망 이후 트럭섬에서는 40여 명의 한인 '군위안부'가 학살되었다고 한다. 패전 후 일본군은 정글 속에 피신한 한인 여성들을 귀국시켜 주겠다고 속여 트럭에 태운 뒤 기관총으로 쏘아 죽였고, 13~14세의 어린 소녀부터 40세가 넘는 사람들도 있었다며 이들 중에는 일본군의 학대에 못 이겨 스스로 목숨을 끊는 사람도 있었다고 한다. 『한국일보』 1990년 5월 8일 자 18면, 「한국인 挺身隊정글서 집단학살」; 남경희, 「1930~40년대 마이크로네시아(Micronesia) 지역 한인의 이주와 강제연행」, 국민대 석사논문, 2005, 44~45쪽에서 재인용.

증언했다는 점에 주목하여 「오끼나와에서 온 편지」를 서간체 소설 형식으로 서술한 것이나, 「잃어버린 山所」에서 일제 말 강제 징용에 끌려간 노동자가 30여 년이 지난 시점에서 그때의 기억을 회상하는 방식으로 서술한 것에서, 낙동강을 중심으로 전개된 김정한 소설의 체험적 장소성이 내용과 형식 모두에서 새로운 확장성을 보여주고 있음을 분명하게 확인할 수 있다.

4. 경험의 서사를 넘어선 소설적 진실

1966년 문단 복귀 이후 김정한의 소설은 경험의 서사가 지닌 한계를 넘어서 증언과 기록의 서사를 창작방법론으로 삼아 일제 말의 역사에 대한 소설적 진실을 추구하는 새로운 방향성을 보여주었다. 또한 이러한 서사적 방법론의 변화는 제국과 식민의 기억을 자신이 경험한 장소성에 한정하여 일국적 시각에 머무르지 않고 식민지 경험을 공유한 아시아 민중들의 연대로 확장해서 바라보려는 새로운 소설 전략을 마련하는 것이기도 했다. 특히 해방 이전 일제에 의해 가해졌던 제국과 식민의 폭력을 올바르게 청산하기는커녕 해방 이후에 이르러 이러한 모순을 국가 폭력으로 계속해서 이어갔던 신제국주의 현실을 극복하려는 비판적 시각을 열어냈다는 점에서 우리 소설사에서 아주 특별한 의의를 지녔다고 평가하지 않을 수 없다.

김정한은 "어느 평론가가 나를 두고, 체험하지 못한 것은 잘 못 쓰는 사람이라고 평한 글을 읽고 꽤 알아맞힌 말이라고 생각했다"[12]라고 말

12) 김정한, 「진실을 향하여 – 문학과 인생 ①」, 『황량한 들판에서』, 황토, 1989, 69쪽.

한 바 있다. 이러한 평가는 김정한의 소설이 대체로 경험적 현실에 대한 고발과 저항의 태도를 일관되게 수행해 왔다는 사실에 대한 적확한 지적임에 틀림없다. 그만큼 실제로 김정한은 낙동강 주변, 즉 부산과 경남의 여러 장소를 배경으로 제국의 기억과 국가의 폭력을 견뎌온 토착 민중들의 삶을 자신의 체험 속에서 서사화하는 데 초점을 두었던 것이 사실이다. 생전에 그가 발표한 중단편 소설 50여 편 가운데 이러한 체험적 장소를 직간접적 배경으로 삼은 작품은 앞에서 언급한 여러 작품을 포함하여 등단작 「사하촌」(1936)을 필두로 「굴살이」(1969), 「독메」(1970), 「위치」(1975) 등 수십여 편에 달한다. 그런데 이러한 그의 체험적 장소성은 1966년 문단 복귀 이후부터 증언과 기록의 역사성으로 확장하기 시작했다는 사실을 특별히 주목할 필요가 있다. "우리 정부가 우리 민족의 자주성을 스스로 무너뜨린 사건은, 을사보호조약이나 한일합병조약처럼 국민적 합의도 이루어지지 않은 가운데 덜컥 도장을 눌러버린 '한일협정'이라고 말할 수 있다"[13]라는 한일협정에 대한 김정한의 직접적인 비판에서 잘 드러나듯이, 해방 20년이 지난 시점에서도 일본에서 미국으로 제국의 주체만 바뀌었을 뿐 여전히 식민지 권력에 짓눌린 국가 권력의 자기모순이 폭력적으로 자행되고 있음을 비판하는 데 가장 초점을 두었던 것이다. 즉 1960년대 중반 한일협정과 베트남파병으로 표면화된 미국 주도의 신제국주의 현실에 대해 더 이상 침묵할 수 없었던 소설가로서의 책무가 문단 복귀를 통해 당시 정권에 대한 강한 비판과 저항의 목소리를 다시 표면화하는 결정적인 계기가 되었다고 할 수 있는 것이다.

　이런 점에서 문단 복귀 이후 김정한의 소설은 지역적 장소성에 바탕

---

13) 김정한, 『사람답게 살아가라』, 동보서적, 2000, 34쪽.

을 둔 체험적 리얼리티의 구현이라는 이전의 소설 전략으로는 당면한
현실에 맞서는 저항과 투쟁의 서사를 제대로 구현해 낼 수 없다는 점을
분명하게 인식했다. 자신의 경험적 현실이 미치지 못하는 일제 말 강제
징용 노동자들과 일본군 위안부의 문제를 구체적으로 서사화하는 데
있어서 증언과 기록의 중요성이 무엇보다도 새롭게 요구된다고 보았던
이유도 바로 여기에 있다. 특히 이러한 간접 체험이 지닌 서사적 한계
를 극복하기 위해서는 더욱 치밀한 자료 조사를 통해 현장성과 구체성
을 확보해 나갈 필요가 있으므로, 오키나와, 남양군도를 비롯한 아시아
적 장소성의 확대를 통해 제국과 식민의 폭력을 사실적으로 서사화하
는 실증적 토대를 확보하고자 했던 것이다. 비록 미완성에 그쳤지만
일제 말 중부 태평양 지역에 강제 이주된 조선인 근로보국대와 일본군
위안부의 현실을 생생하게 증언한 「잃어버린 山所」를 통해 '남양군도
트라크섬'이라는 역사적 현장을 실증적으로 재구해 내려는 노력을 기
울인 것은 바로 이러한 문제의식에서 비롯된 결과임에 틀림없다. 김정
한의 소설에서 경험의 서사를 넘어선 이러한 서사지향성은 제국과 식
민의 폭력을 올바르게 청산하려는 그의 소설 의식이 궁극적으로 지향
했던 소설적 진실 찾기의 방향과 과제였다고 할 수 있는 것이다. 특히
이러한 서사 지향성이 일국적 차원에서 제국과 식민의 기억을 비판하
는 차원을 넘어서, 식민지 경험을 공유한 아시아 민중들의 연대로 확장
하여 나아가는 중요한 토대가 되었다는 사실도 반드시 기억해야만 한
다. 이처럼 「잃어버린 山所」를 통한 일제 말 남양군도의 제국주의와
폭력의 양상, 즉 강제 징용의 현실과 위안부 문제에 대한 소설적 증언
은, 1970년대 중후반 김정한의 소설이 아시아적 시각에서 식민지 청산
의 문제를 새롭게 인식하는 중요한 전환점이 되었다는 점에서 상당히
중요한 소설사적 의의를 지닌다고 평가할 수 있다.

김정한 소설의 소수자 의식과
동아시아 민중 연대

1. 머리말

지금까지 한국현대문학사는 김정한의 소설에 대해 낙동강을 중심으로 한 지역적 장소성을 바탕으로 제국과 식민의 기억, 국가의 근대적 폭력을 넘어서는 농민문학, 민중문학, 민족문학으로서의 뚜렷한 이정표를 남겼다고 정리했다. 특히 1935년 〈카프〉 해산 이후 모더니즘 문학이 전방위적으로 확산되는 가운데 발표된 김정한의 등단작 「사하촌」(『조선일보』, 1936년)은 "단절된 카프 전통의 복원"[1]을 기대할 만한 의미 있는 문학사적 결과라고 평가되었다. 임화가 1930년대 중반 신예 소설가들을 평가하는 자리에서 정비석과 김동리를 "낭만적 반동"이라고 비판했던 것과는 달리, 김정한의 소설을 "건전하고 시대를 노기(怒氣)를 띠고 내려다보는 듯한 정신의 산물"[2]이라고 하면서 "호기적(好奇的)인 기대를 두어"[3]본다고 했던 데서 잘 알 수 있듯이, 그의 소설은 1930년

---

1) 최원식, 「90년대에 다시 읽는 요산」, 『작가연구』 제4호, 1997년 하반기호, 9쪽.

2) 임화, 「방황하는 문학정신 – 정축(丁丑) 문단의 회고」, 임화문학예술전집 편찬위원회 편, 『임화문학예술전집 3 – 문학의 논리』, 소명출판, 2009, 204쪽.

3) 임화, 「소화(昭和) 13년 창작계 개관」, 위의 책, 254쪽.

대 모더니즘의 유행에 편승했던 젊은 문학인의 태도와는 일정하게 거
리를 두는 리얼리즘의 성격을 뚜렷이 보여주었다. 「사하촌」 이전에 발
표된 그의 첫 소설 「그물」이 프로문학 계열 잡지 『문학건설』(1932년
2월)에 게재되었다는 사실에서만 보더라도, 김정한의 소설은 사라진
카프의 정신을 잇는 리얼리즘 소설의 가능성으로 평가받기에 충분했던
것이다. 이러한 평단의 기대와 믿음은 김정한이 울산에서의 초임 교사
시절 관여했던 조선인교원연맹 조직 사건(1928년), 일본 와세다대학 유
학 시절 재일조선인 유학생 중심으로 결성한 동지사(同志社) 조직 활동
(1931년), 방학을 맞아 일본에서 잠시 귀국했다가 가담했던 양산 농민봉
기 사건(1932년) 등으로부터, 그의 소설이 자신의 실제적 경험에 기초한
실천적 운동의 결과였다는 데 대한 신뢰와 무관하지 않았을 것이다.
　일제 말과 해방을 거치면서 친일 여부와 절필 문제를 둘러싼 논란은
여전히 쟁점으로 남아 있지만, 1966년 「모래톱 이야기」를 발표하며
문단에 재등장한 김정한의 소설적 지향은 해방 이전의 상황과 본질적
인 면에서는 크게 다르지 않았다. 해방의 감격으로 식민과 제국의 실체
는 분명 사라졌지만, 그것을 올바르게 청산하지 못한 데서 비롯된 국가
권력의 모순과 근대화라는 이름으로 자행되었던 국가 폭력의 양상은
여전히 그의 소설을 비판적 리얼리즘의 세계로 이끌어냈던 것이다. 특
히 그의 소설은 해방 이전과 이후 역사적 모순의 연속성에 특별히 초점
을 두었는데, 일본이 미국으로 대체되고 친일 계급이 자본가, 국회의원
등과 같은 유력자로 바뀐 것에 불과한 지배 권력 구조의 영속성을 더욱
첨예하게 부각했다는 사실을 주목할 필요가 있다. 따라서 1960년대
이후 김정한의 소설 속 인물들은 식민지 하위주체로서의 농민이라는
제한적 범주를 넘어서, 노인, 여성, 도시빈민, 한센인 등 중심 권력으
로부터 소외되고 억압된 주변부 민중의 삶을 사실적으로 담아내는 소

수자 의식을 더욱 문제적으로 드러냈다. 결국 해방 이후 김정한의 소설
은 중심 권력으로부터 고통받는 주변부 소수자들의 궁핍한 현실이라는
근본 배경에 있어서는 해방 이전과 전혀 달라진 점이 없었다. 오히려
이러한 지배 권력으로부터의 소외와 차별이 국가의 근대화로 인해 파
생된 자본의 독점과 맞물려 더욱 교묘하고 치밀해졌다는 점에서, 1960
년대 이후 김정한의 소설은 토지 소유에 한정된 경제적 차원을 넘어서
정치적이고 사회적인 불평등 문제로까지 심화되었다고 할 수 있다.

이런 점에서 본고는 김정한의 소설에서 중심 권력으로부터 소외된
위치에 있는 소수자들의 의식과 행동에 주목하고자 한다. 이는 농민
혹은 민중으로 대변되어 온 식민지 계급구조의 희생자들이 1960년대
이후 근대화의 이면에 은폐된 국가 권력의 지배 구조 안에서 어떻게
그 희생을 영속화할 수밖에 없었는지를 밝히는 데 주된 목적이 있다.
그리고 이러한 소수자 의식이 특정 국가와 민족에 대한 혐오와 비판에
목표가 있는 것이 아니라, 인간으로서 누려야 할 최소한의 가치와 행
복을 공유하는 아주 근본적인 세계관에 바탕을 두고 있음을 확인하는
데 있다. 즉 김정한의 소설에서 지역적 로컬리티(Locality)에 기반한
구체적 역사의 증언은 인물과 사건의 전형성에 기초한 보편적 서사의
실현에 목표가 있었다는 사실과, 이러한 로컬리티의 서사 전략은 중
심 권력으로부터 극심한 차별과 소외를 겪었던 역사적 모순 현장을
사실적으로 보여주기 위한 엄밀한 과정이었다는 것이다. 따라서 그의
소설에서 로컬리티의 실현은 국가나 민족의 차원을 넘어서 인간 해방
과 평화의 장소성이라는 보다 근본적인 세계관으로 접근할 필요가 있
는데, 이러한 보편적 이해는 그의 소설을 "단순한 민족주의를 넘어 한
일 관계를 새롭게 사유하"[4]는 동아시아적 시각의 해석적 근거가 될 수
있다.

이런 점에서 김정한의 소설을 지역주의적이고 민족주의적으로만 접근하는 것은 표층적인 해석의 반복을 크게 벗어나지 못하는 결과가 되고 만다. 그에게 있어서 지역과 민족을 거점으로 한 로컬리티의 실현은 휴머니즘에 토대를 둔 보편적 세계성을 구현하기 위한 가장 기본적인 토대였다. 물론 이러한 소설 의식은 국가와 민족을 넘어선 사유의 확장이 현실적으로 불가능했던 시대 상황 탓에 소재적으로든 주제적으로든 아주 선명하게 실현되었다고 보기는 어렵다. 그의 소설이 이와 같은 현실적 한계를 넘어서 동아시아적 시각을 구체화할 수 있었던 것은 1960년대 중반 한일협정과 베트남 파병에 대한 비판적 대응에서부터였는데, 1970년대 중반 오키나와라는 거울을 통해 위안부와 강제징용이라는 제국의 기억을 다시 불러냈던 것도 이러한 문제의식의 결과였다. 이때부터 김정한은 대동아공영권이라는 제국의 시선에 철저하게 희생되었던 아시아의 식민지 현실을 공동체적 시각에서 바라봄으로써, 국가와 민족을 넘어선 민중 연대의 차원에서 주변부 소수자들이 겪어야만 했던 역사적 모순의 연속성을 비판적으로 서사화하는 데 주력했다. 그의 소설에서 미완성작으로 남아 있는 「잃어버린 山所」가 지역적 장소성을 넘어 '남양군도[5]'로 그 배경을 확장된 것도, 「평지」에서 베트남 참전용사인 아들과 연관 지어 땅의 소유를 둘러싼 갈등을 부각한 것도, 「수라도」에서 일제 말 보국대, 징용, 위안부의 현실을 보르네

---

4) 최원식, 앞의 글, 23쪽.

5) 1914년부터 제2차세계대전 종전(1945년)까지 일본의 통치를 받은 중서태평양 지역의 632개 섬을 지칭한다. 동서로 약 4,900km, 남북으로 약 2,400km의 해역에 흩어져 있다. 사이판, 팔라우는 현재 열대 휴양지가 됐지만, 당시에는 일본이 설탕을 얻기 위한 사탕수수 재배지 및 남태평양 진출을 위한 전략적 거점으로 이용했다. 제2차세계대전이 발발하면서 일본은 군사시설 건설 및 농장 개척을 위해 수많은 조선인을 강제로 동원했다. 김호경 외, 『일제 강제동원, 그 알려지지 않은 역사』, 돌베개, 2010, 312쪽.

오댁, 뉴기니댁과 같은 택호로 호명되는 여성의 현재와 연결시킨 것도 결국 이러한 문제의식의 결과이다. 이런 점에서 본고는 두 번째 과제로 김정한 소설의 소수자 의식이 동아시아 민중 연대로 확장되는 지점을 주목해서 살펴보고자 하는데, 이는 김정한 소설 연구에서 지역적 로컬리티의 문제가 보편적 세계성을 구현하는 서사 전략과 만나는 지점에 대한 새로운 문제 제기가 될 것으로 기대한다.

2. 주변부 소수자로서의 민중의 현실과 근대화의 희생자들

해방 이전 김정한의 소설 속 인물은 대부분 제국의 그늘 아래 고통받는 가난한 민중으로서의 식민지 백성의 모습이었다. 특히 민중의 최소한의 삶의 기반인 토지 문제가 생활과 생존의 중심에 놓여 있었는데, 이는 식민지 수탈의 가해자와 피해자라는 이원적 대립 구조로 선명하게 드러났다. 김정한의 첫 소설 「그물」에서 마름의 횡포에 고통받는 소작인 '또쭐이'와 위선적 사회주의자로서의 지식인 비판과 맞물려 마름의 횡포에 맞서는 「항진기」의 '두호'가 그 피해자의 위치를 선명하게 보여주었고, 그의 대표작 「사하촌」에서는 '성동리'와 '보광리'라는 대립적 장소를 설정하여 식민지 농촌 사회의 권력적 불평등과 친일 불교의 폐단에 대해 구조적으로 비판했다. 그리고 이러한 대립 구조에서 김정한은 언제나 권력자의 편이 아닌 민중의 편에서 식민지 하위주체인 주변부 소수자들의 상처와 고통을 대변하는 계급의식을 드러냈다.[6]

6) 이에 대해 구모룡은, 김정한의 소설 속 민중은 "오늘날 소수자, 사회적 약자, 하위주체 (subaltern) 등으로 그 개념이 이월되면서 재인식될 수 있을 것"이라고 하면서, "요산의 민중문학은 이제 하위주체의 문학이 된다"라고 보았다. 그리고 "신자유주의적 세계화로

또한 이러한 식민지 수탈 구조가 토지의 문제에만 한정된 것이 아니라 인간으로서의 최소한의 윤리마저 무참히 무너뜨리는 결과로 이어지는 현실을 비판하기 위해, 「옥심이」에서 남성적 시선에 의해 왜곡된 '옥심이'의 삶을 초점화하거나, 「기로」에서 권력 구조가 성적 침탈로 이어지는 모순된 현실을 '은파'라는 식민지 여성 주체의 행동을 통해 부각하기도 했다.

물론 김정한의 소설에서 이러한 소수자 의식은 해방 이전에만 국한된 것은 결코 아니었다. 1960년대 중반 문단에 재등장한 이후에도 식민과 제국의 기억을 소환하는 가운데 주변부 소수자로서 민중의 형상은 더욱 구체적으로 서사화되었으며, 근대화라는 권력적 욕망을 위해 무조건적 희생을 강요당했던 민중의 모습은 이전보다 훨씬 더 처참하게 그려졌다. 그의 재등단작 「모래톱 이야기」를 시작으로 「평지」, 「굴살이」, 「독메」, 「산거족」 등 대부분의 소설이, 주변부 소수자로서 민중들이 겪어야만 했던 근대적 국가 폭력을 역사적 연속성의 시각으로 비판했던 것이다. 이처럼 해방 이전과 이후 김정한의 소설을 관통하는 핵심적인 주제는, 부당한 권력이 인간의 기본적 인권마저 유린하는 모순된 현실에 대한 비판에 있었다. 그것이 해방 이전에는 식민지 권력으로 초점화되었다면, 해방 이후에는 국가 권력으로 대체되었을 뿐 근본적인 구조에 있어서 큰 차이를 보이지 않은 데 대한 문제 제기였던 것이다. 이런 점에서 김정한 소설의 일관된 주제 의식은, 제국과 식민의 기억이 국가와 자본의 전횡으로 그 모양만 바뀌었을 뿐 민중들의 삶은 여전히 고통받는, 그래서 해방 이후에도 사실상 식민지 역사를 되풀이

자본과 국가로부터 소외되는 하위주체는 더욱 늘어날 것"이므로, "'따라지'들을 천착해 온 요산의 문학은 이제 하위주체에 대한 탐문으로 나아가야 한다"는 점을 강조했다. 「21세기에 던지는 김정한 문학의 의미」, 『창작과비평』 2008년 가을호, 373~374쪽.

하는 것과 다를 바 없는 신식민지적 구조에 대한 비판에 있었음에 틀림 없다.[7]

김정한의 소설에서 식민지 수탈 구조와 국가의 근대적 폭력이 그대로 이어지는 지점은 「모래톱 이야기」와 「평지」에서 연속적으로 확인할 수 있다.

> 조마이섬은, 몇백 년, 아니 몇천 년 갖은 풍상과 홍수를 겪어 오는 동안에, 모래가 밀려서 된 나라 땅인데, 일제 때는 억울하게도 일본 사람의 소유가 되어 있다가, 해방 후부터는 어떤 국회의원의 명의로 둔갑이 되었는가 하면, 그 뒤는 또 그 조마이섬 앞강의 매립허가를 얻은 어떤 다른 유력자의 앞으로 넘어가 있다든가 하는 – 말하자면, 선조 때부터 거기에 발을 붙이고 살아온 사람들과는 무관하게 소유자가 도깨비처럼 뒤바뀌고 있다는, 섬의 내력을 적은 글이었다.
> – 「모래톱 이야기」, 3권, 12~13쪽.[8]

> 옛날 일인들의 소유로서 〈휴면법인재산〉인가 뭔가가 되어 있는 그 평지밭들이, 별안간 〈농업근대화〉의 물결을 타고 어떤 유력자에게로 넘어간다는 소문이 마침 자자했기 때문이었다.
> 「평지」, 3권, 69쪽.

인용문은 해방 이전과 이후 민중들의 삶터인 땅의 소유가 그곳에서

---

7) 김정한은 자신의 〈창작노트〉에서 "역사를 과거의 일로서만 묻어 버리지 않고 현재와 긴밀한 관련을 맺어보고 싶었다."라고 했는데, "작가 스스로 과거와 현재를 의식적으로 단절시키려는 듯한 경향을 나는 아주 싫어한다고 잘라서 말한 것을 보면 역사의 인과관계를 예리하게 투시하는 신념의 작가"로서의 김정한의 역사의식을 분명하게 확인할 수 있다. 박철석, 「김정한의 삶의 양식」, 요산 김정한 선생 고희기념사업회 편, 『요산 문학과 인간』, 오늘의문학사, 1978, 103쪽.

8) 조갑상 외, 『김정한 전집』 3권, 작가마을, 2008. 이하 김정한의 소설 인용은 모두 이 책에서 했으므로 각주는 생략하고 제목, 권수, 쪽수만 표기함.

살아가는 사람들의 의지와는 전혀 무관하게 자본과 권력에 의해 어떻게 휘둘려 왔는가를 여실히 보여주는 부분이다. "선조 때부터 거기에 발을 붙이고 살아온 사람들"로서 누릴 수 있는 권리는 아무것도 없고, 오로지 "조마이섬 앞강의 매립허가"나 "농업근대화" 같은 자본과 결탁한 국가 주도의 개발 정책이 최우선이었을 뿐이다. 따라서 토지의 소유 변경이라는 중차대한 결정을 내리는 과정에서 "나라 땅"을 매매하는 공식적 절차이므로 합법적이라고 강조하는 국가 권력의 태도는, 인간으로서 누려야 할 최소한의 질서를 유지하고 보호해야 할 법이 오히려 인간을 관리하고 통제하는, 사실상 합법을 가장한 불법적 악행이 아닐 수 없다. 하지만 이와 같은 국가의 폭력 앞에서 민중의 현실은 언제나 권력으로부터 소외당한 주변부 소수자의 위치에 있을 수밖에 없었으므로, 부당한 권력에 맞서 생존을 지키려는 이들의 절박한 호소와 몸짓은 위법적 행위로 낙인되는 악순환을 거듭할 뿐이었다. 그 결과 「모래톱 이야기」에서 '갈밭새 영감'의 투쟁은 살인죄 누명으로 감옥살이를 하는 상황으로 이어졌고, 「평지」에서 '허생원'은 폭행죄로 구류를 살고 나와 특수농작물 단지로 변한 평지밭을 불태워버리는, 그래서 "〈법률〉에 가서는 농민은 약한 것"(3권, 79쪽)이라는 불가항력을 재확인하게 될 뿐이었다. 김정한 소설의 결말이 "대체로 주인공이 벌여오던 있어야 할 삶이 꺾이고 좌절된 상태를 보여주는 것"처럼, "사회의 부조리가 득세하고 비리가 선의(善意)를 짓눌러 파멸의 상태를 드러내는"[9] 소극적 투쟁 밖에 보여주지 못했던 것은 바로 이러한 현실적 한계를 직시한 데서 비롯된 결과가 아닐까 싶다.

---

9) 김중하, 「요산 소설에 대한 단상 몇 가지」, 요산 김정한 선생 고희기념사업회 편, 앞의 책, 140쪽.

이처럼 김정한의 소설은 언제나 권력자의 반대편에 선 소수자의 시선으로 역사와 현실을 비판적으로 들여다보고자 했다. 그리고 이러한 비판적 서사를 통해 너무도 완고한 권력에 의해 포섭된 현실의 모순을 타개하는 의미 있는 방향을 찾을 수 있기를 기대했다. 이러한 문제의식이 해방 이후 친일 유산을 올바르게 청산하지 못한 우리 역사의 모순이 친일 권력의 영속성으로 이어진 데 대한 비판에 초점을 두었음은 분명하다. 하지만 이보다 더 중요하게 생각한 문제는, 민족과 국가라는 틀 속에 갇힌 담론적 차원을 넘어 지배 권력에 대한 저항이라는 계급적 불평등 해소에 있었음을 간과해서는 안 된다. 「사하촌」에서 "일본서 탄광밥 먹다 온 까막딱지 또출"(1권, 62쪽)로부터 들은 소작쟁의에 대한 얘기와 보광리의 횡포에 맞선 성동리 사람들의 집단행동을 서사화한 것이나, 「수라도」에서 위안부로 끌려갈 위험에 처한 '옥이'와 사위 '박서방'을 혼인시킴으로써 봉건적 계급의식을 넘어선 인간 평등의 실현을 보여준 데서, 그리고 「산서동 뒷이야기」에서 일본인 '이리에쌍'과 '박수봉'의 관계를 민족과 국가의 경계를 넘어 농부와 소작인으로서의 동지적 연대로 결속시켜 농민 투쟁에 함께 참여하게 한 것은, 김정한 소설의 민족문학적 특징이 농민문학, 민중문학, 계급문학적 바탕 위에 있었다는 점을 분명하게 말해준다. 실제로 김정한은 "내 일생의 운명을 결정지은 중대한 원인"[10]으로 '양산 농민봉기사건'을 언급하기도 했는데, 농민들의 피해 조사와 농사조합 재건 등에 개입하다 옥고를 치르면서 일본 유학까지 그만두어야 했던 경험이 자신의 인생을 결정하는 중요한 사건이었음을 직접적으로 밝힌 것이라는 점에서 특별히 주목된다.

10) 김정한, 『낙동강의 파수꾼』, 한길사, 1985, 83쪽.

이런 점에서 김정한은 주변부 소수자로서 민중들이 겪어야 하는 불평등이 개인의 문제 때문이 아니라 식민과 제국의 폭력에 의해 철저하게 왜곡된 결과이며, 이러한 왜곡된 시선이 해방 이후에도 국가의 근대적 폭력으로 계속해서 이어지는 현실을 절대로 용납할 수 없었다. 더군다나 이러한 국가 권력의 횡포가 한 개인의 삶을 극단적 나락의 세계로 내몰아버림으로써, "동물원이 된다는 터에서 쫓겨나는 인간은 필연 거기에 살게 될 동물들보다도 더 처참한 모습"(「굴살이」, 3권, 241쪽)이 되는 비인간적 상황을 결코 묵인할 수 없었다. "황폐한 모래톱 – 조마이 섬을 군대가 정지를 하고 있다는 소문"(「모래톱 이야기」, 3권, 40쪽)이 한낱 소문에 불과한 것이 아니라 1960년대 이후 개발 독재의 서슬퍼런 현실이었다는 점에서, 그의 소설은 근대화의 폭력에 희생된 소수자들의 삶을 집요하게 파고드는 실천적 서사에 더욱 주력했던 것이다.

> 윤서방의 이러쿵저러쿵 하는 말을 종합해 보면, – 그의 처가댁, 즉 점이의 수양아버지 강노인 댁의 산소가 있는 독메가 구포에 사는 어떤 사업가에게 팔리게 되었다는 것이다. 물론 강노인 댁의 산소 일대는 강노인 개인의 산판이었지만 독메의 대부분은 국유 임야인데, 그 국유 임야를 불하받는 사업가가 그 산 전체를 자기들의 가족묘지로 하기 위해서 나머지 개인 소유까지 적당한 시세로써 사들이련다는 것이었다.
>
> – 「독메」, 4권, 20쪽.

> 그들이 법원에 제출했던 〈소유권 반환소송〉은 결심공판이 일시 보류되었기 때문에 다행히 황거칠씨의 수도시설은 〈즉시파괴〉의 운명을 면했지만 대신 바로 그 수원(우물) 가까이까지 땅이 깊이 파헤쳐지고 있었다. 만약 거기까지 외양간이 들어선다면 수도용 우물 – 〈마삿등〉 사람들의 식수에까지 지장이 올 것은 명약관화한 일이었다. (중략)

황거칠씨는 순순히 단념할 수는 없었다. 백성을 마소보다 못하게 다루
는 법과 권력이라면 지기가 싫었다. 그는 이미 어떤 각오가 되어 있는
듯한 말눈치였다.

"덮어놓고 법을 지키는 게 그렇게도 소중하거든 독립운동을 하다가
돌아간 사람들의 무덤까지 모조리 파헤쳐 보라지!"

수정암 뒷산 공사장에서 발파 소리가 메아리쳐 올 때마다 황거칠씨는
더욱 화가 치밀었다. 마치 그의 산수도의 우물이 온통 내려앉는 듯한
기분이었다.

- 「산거족」, 4권, 146~147쪽.

- 그가 살던 곱은돌이와 그곳 문전옥답들이 골프장으로 둔갑한 것은
근대화를 지향하는 국가의 체면을 위한 만부득이한 처사라 하자. 그러나
〈식량증산〉은 말로만 내세우는 국책인지, 냉전재 밑 넓은 들녘이 〈수출
산업〉을 빙자한 소위 재벌들의 명의로 슬쩍슬쩍 넘어가게 된 것은 도무
지 알 수 없는 일이었다. 더구나 최초로 정부로부터 공장부지용으로 매
입인가를 받을 때는 불과 기천 기만 평이었는데 실제 그들이 사들인 면적
은 그것의 몇 배 몇십 배씩이나 된다는 것, 그리고 이 농토들이 거의
그렇게 팔리고 난 다음에야 건설부 고시 4백 6십 몇 혼지 뭔지로 뒤늦게
야 공업 용지로 책정되었다는 것이 일반인에게 알려졌다는 사실(송노인
은 이것을 건설부가 재벌이란 사람들에게 눌렸거나 아니면 서로 짜고
한 일일 거라고 믿고 있다), 게다가 논밭을 팔아넘긴 사람들로 보아서는
어차피 뺏길 땅이니(사실 토지 수용령에 의해서 그렇게 된 예가 많았으
니까) 공장이 서면 아이들 취직을 시켜준다는 바람에 더러는 시가보다
오히려 싸게 팔았다는 얘기 등…… 암만해도 아리송한 점이 많았다.

- 「어떤 유서」, 4권, 215쪽.

「독메」는 3.1만세운동 때 일제와 맞서 싸운 희생자가 "진주·하동
다음 셋째"로 많고 "다른 지방에는 잘 없는 〈3·1 독립운동 기념비〉까지

서 있"(12쪽)는 김해와, "아직 햇구멍도 채 안 막혔는데 곳곳에 네온과
샨데리아가 찬란하게 일렁거"리는, "강 건너 구포"(27쪽)의 대비 속에
서, '점이'의 수양아버지 '강노인' 댁의 산소가 있는 독메가 구포 지역의
사업가에 팔리면서 벌어지는 사건이 주요 내용이다. 이는 김정한 소설
의 핵심 주제인 토지의 소유를 둘러싼 이권의 개입과 그로 인해 증폭되
는 갈등이 주요 서사라는 점에서 특별히 새로운 점은 없다. 다만 이러
한 토지 문제를 조상이나 가족의 전통을 상징적으로 표상하는 산소(山
所)와 연관 짓고 있는 점이 해방 이전의 소설과는 다소 차이를 보인다.
독메이 소유권이 유력자에게 넘어가면서 점이의 수양어머니 '녹산댁'
의 매장 허가가 나올지 말지에 대한 논란이 또 다른 이야기의 중심을
차지하는 것과, "독립운동을 하다가 돌아간 사람들의 무덤"에 대한
"〈마샛등〉 사람들"의 자존심을 유독 강조하는 「산거족」의 '황거칠'의
태도에서도, 토지 소유와 개발에 관한 문제가 가족가 조상의 산소 문제
와 연결되어 있음을 확인할 수 있다. 또한 1970년대 말 작품으로 추정
되는 미발표작 「잃어버린 山所」에서도, 표제에서 분명하게 드러나듯
이 조상의 무덤이 있는 산소의 소유를 둘러싼 해방 이후의 갈등이 중심
내용일 것으로 추정된다.[11] 이러한 갈등의 부각은 "근대화를 지향하는
국가의 체면"이 개발 독재로 이어지면서 "〈수출산업〉을 빙자한" 막대
한 희생을 농민과 민중들에게 무조건 강요했던 국가 폭력이, 민족정신
과 가족 전통마저 아무렇지 않게 훼손했음을 고발하고자 한 데 있다.[12]

---

11) 이에 대한 자세한 내용은, 하상일, 「김정한의 미발표작 「잃어버린 山所」연구」, 『국어국
   문학』 제180호, 국어국문학회, 2017. 9, 561~588쪽 참조.

12) 1960년대 농업정책은 '농민 부재'의 불균형 정책으로, 농민 이익은 국가 권력의 예속성
   과 계급성에 의하여 노골적으로 억압·은폐되었으며, 농민은 국가 안보와 경제 성장이
   라는 미명하에 침묵과 굴종을 강요받았다. 또한 농촌에서는 여전히 지역 유지·관료들
   이 지배력을 행사하고 있었고, 농촌의 빈곤과 소외를 견디지 못한 수많은 농민들이 이농

특히 이러한 과정에서 주변부 소수자로서 농민이나 도시 빈민들이 겪어만 했던 상처와 고통은 극단적인 결말로 이어지고 있어 상당히 문제적이다. 「어떤 유서」의 송노인은 골프장 건설로 자신이 평생 살아온 '곱은돌'이 개발되면서 강제로 쫓겨났을 뿐만 아니라, 공업단지 조성과 농업진흥공사의 전천후 사업 등으로 경지 정리 공사가 실시되어 막대한 피해를 입기도 했다. 그 결과 근대화로 농토가 황폐화되는 것을 더 이상 지켜볼 수 없어 농약을 먹고 스스로 목숨을 끊는 극단적 선택을 하고 만다. "내가 죽거든 내 땅을 뺏은 〈오리엔탈 골프장〉이나 농진공사 ××사업소에 묻어 달라"(226쪽)고 쓴 그의 유서는, "백성을 마소보다 못하게 다루는 법과 권력이라면 지기가 싫었"던 '황거칠'을 비롯한 근대화의 희생자들이 공통적으로 내뱉는 마지막 목소리였다. 그럼에도 불구하고 국가 주도의 근대화는 "건설부가 재벌이란 사람들에게 눌렸거나 아니면 서로 짜고 한" 온갖 비리로 농토가 하루아침에 공업 용지로 바뀌는 부정부패를 조장하기만 할 뿐, 그리고 "공장이 서면 아이들 취직을 시켜준다는 바람에 더러는 시가보다 오히려 싸게 팔았다는 얘기"에서처럼 자본의 축적이나 개인의 영달 같은 현실적인 이득에 대한 세속적 계산만이 만연되었을 뿐, 평생을 살아온 가족과 조상의 삶터에 대한 인간적 존중이나 그곳 사람들의 생존권 침해에 대한 어떠한 윤리적 판단도 처음부터 고려사항이 아니었다.

김정한의 소설에서 근대화의 희생자들은 땅의 문제에만 국한되지 않는다는 점에서 더욱 문제적이다. 1960년대 후반 김정한의 소설은 인간의 생명을 지켜내는 질병의 문제와 이를 치유하는 과정에서 주변

하여 도시로 몰려들어 열악한 도시 빈민층으로 편입되었다. 박재범, 「김정한 소설의 진보담론 연구」, 『현대소설연구』 제36집, 한국현대소설학회, 2007. 12, 150쪽에서 재인용.

부 소수자들이 겪어야 했던 차별과 소외를 쟁점화했다. 아이를 낳고
젖이 불어 위급 상황에 빠진 아내가 인간을 치료하는 병원이 아닌 가축
병원 수의사에게 수술을 받을 수밖에 없었던 안타까운 이야기를 담은
「축생도」, 장질부사에 걸린 어머니를 간호하기 위해 전염병동인 제3병
동에 들어온 '강남옥'이 자신도 장질부사에 감염된 채 어머니의 죽음을
맞이하는 가난한 가족사의 아픔을 그린 「제3병동」, 음성 나환자 수용
소 '자유원'과 부랑아 수용소 '희망원'의 갈등을 매개로 나환자들의 집
단 거주지인 '인간단지'를 조성하려는 '우중신'과 이를 파괴하려는 자
본가 '박원장'의 대립을 다룬 「인간단지」는, 인간의 근원적 윤리 파탄
에 대한 비판을 집중적으로 서사화한 소설이다. 이를 통해 김정한은
"제길 근대화 두 번만 했으면 집까지 뺏어갈 거 앙이가!"(「평지」, 69쪽)라
고 분노했던 '허생원'의 목소리처럼, 국가 주도의 근대화 정책이 인간
의 행복을 위한 필요충분조건이 되기는커녕 '집'이라는 최소한의 생존
조건마저 처참하게 무너뜨리는 국가 폭력의 모순을 강하게 비판했다.
즉 근대화의 모순과 역설이 우리 사회의 양극화를 더욱 노골화함으로
써, '3등 인간 취급당하는' '전염병동'과 같은 격리 사회가 점점 당연시
되는 현실을 적나라하게 보여주었던 것이다. 따라서 김정한은 주변부
소수자로서 제국의 폭력과 근대화의 희생이 맞물리는 지점을 해소하기
위해 작가로서 가져야 할 근본적인 고민과 성찰을 하지 않을 수 없었
다. 이러한 문제가 식민의 유산으로부터 이어진 역사적 모순과 한계에
서 비롯된 것임을 더욱 분명하게 직시함으로써, 식민지 하위주체로서
소수자의 계급의식을 역사적으로 재인식하는 방향으로 나아가고자 했
던 것이다. 1960년대와 1970년대의 경계에서 김정한의 소설이 민족과
국가의 경계를 넘어 동아시아 민중 연대의 가능성을 고민하는 구체적
인 변화를 보였던 이유는 바로 이러한 문제의식에서 비롯된 결과였다.

3. 민족과 국가의 경계를 넘어선 동아시아 민중 연대의 가능성

지금까지 살펴봤듯이 김정한의 소설은 제국의 기억과 국가의 근대
적 폭력에 철저하게 희생당한 민중들의 이야기에 초점을 두었다. 그리
고 이러한 민중 주체의 시각은 민족과 국가라는 경험적 토대 위에서
지역적 장소성의 구체화를 통해 서사화된 것으로 논의되었다. 이러한
평가는 김정한의 소설 전반을 꿰뚫는 핵심을 정리한 것이란 점에서
분명 타당한 해석이다. 그런데 이제는 한 걸음 더 나아가 그의 소설이
국가와 민족을 넘어서 동아시아적으로 시야를 넓히고자 했던 가능성에
대해서도 주목할 필요가 있다. 김정한의 소설에서 두드러진 지역적 기
표는 특정한 장소나 공간으로서의 한정된 소재 차원에 머무르는 것이
아니라 식민주의의 왜곡된 추상성과 보편성을 비판적으로 성찰하는
동아시아 역사의 공동체적 공간으로서 더욱 의미가 있음을 기억해야
하는 것이다. 그의 소설은 지역적 문제의식이 동아시아적 시각과 맞물
리는 지점에서부터 식민지 하위주체로서 민중의 현실을 극복하는 국제
주의적 연대의 가능성을 열어내고자 했다. 물론 이러한 문제의식은
1970년대에 와서야 그의 소설에서 구체적인 서사로 부각되는 것이 사
실이지만, 처음부터 김정한의 소설을 관통하는 서사적 토대의 한 축을
차지했다고 볼 여지도 있다. 그의 초기작 「사하촌」에서 성동리 농민들
이 야학당에 모여 보광사에 차압 취소와 소작료 면제를 탄원하러 가는
집단행동이, '또쭐이'에게 일본 탄광에서의 소작쟁의에 관한 이야기를
들었던 사실과 전혀 무관하지 않다는 데서, 비록 암시되는 정도에서
그치는 한계는 있지만 농민들의 주체적 자각과 자발적 저항에 있어서
또쭐이가 들려주는 일본 탄광 이야기를 통해 '국제주의적 민중연대'의
가능성을 읽어낼 수도 있는 것이다.[13] 이처럼 일본의 소작쟁의에 대한

김정한의 관심은 그의 소설이 일본에 대한 인식을 어떻게 하고 있었느냐에 대한 집중적인 논의의 필요성을 제기하기도 한다. 동래고보 시절 동맹 휴교로 경찰서에 구금되었을 때 일본인 교장 후지다니(藤谷)의 도움으로 풀려났던 경험이나, 일본 와세다대학 유학 시절 『학지광』 편집에 참여하면서 사회주의 유학생들과 교류했던 실제적 경험으로부터, 한일 관계를 단순한 대립적 시각이 아닌 상대적이고 중층적인 시각에서 바라보고자 했던 김정한 소설의 가능성을 조심스럽게 유추해 볼 수 있는 것이다.

김정한의 소설에서 "한일 관계를 새롭게 사유하고 있는", 즉 "한일 민중 연대의 경험"[14]을 소설화한 대표적 작품은 「산서동 뒷이야기」이다. 이 소설은 앞에서 언급한 대로 김정한 스스로가 자신의 운명을 결정지은 근거가 되었다고 고백한 '양산농민봉기사건'을 배경으로 한다는 점에서 더욱 문제적이다. 낙동강 하구의 조선인 빈촌인 명매기 마을의 실제 배경이 현재 양산 남부동이라는 사실과, 소설 속에서 '박수봉'과 '이리에쌍' 두 주인공이 수해를 겪은 갑술년 일본인 부재지주들의 지세와 소작료 징수에 반대하는 투쟁에 앞장선 것, 그리고 그들이 "산서동이 선 지 바로 이태 뒤" "ㄹ군 농민봉기사건"(「산서동 뒷이야기」, 4권, 184쪽)에 가담했다가 경찰서에 갇히는 사건을 통해, 김정한의 실제적 삶과 소설 속 주인공의 일치를 그대로 보여준다.

산서동에서 박수봉씨를 비롯해서 농조에 관계했던 사람들은 모조리 경찰에 끌려갔다. 일본인인데도 불구하고 〈이리에쌍〉도 물론 체포되었

---

13) 구모룡, 「21세기에 던지는 김정한 문학의 의미」, 앞의 책, 364쪽.
14) 최원식, 앞의 글, 23쪽.

다. 뿐 아니라 그와 박수봉씨는 다른 사람이 풀려나온 뒤에도 오래도록
경찰에 갇혀 있었다.

"〈이리에〉란 자는 나쁜 사상 가진 노미여, 일본서도 그러다가 쫓겨났
단 말이다."

심지어 일본인 순경들까지 산서동 사람들을 보고 〈이리에쌍〉을 이렇
게 욕했다. 그러나 산서동 사람들은 순경들이 그런다고 〈이리에쌍〉을
결코 나쁜 사람이라고 생각하지 않았다. 그와 박수봉씨가 풀려 나왔을
때는 오히려 온 부락민이 그들을 위로하는 잔치까지 벌였다. 물론 요즘
선거 때 곧잘 벌어지는 그 따위 탁주 파티와는 질이 달랐다.

아무튼 이 ㄹ군 농민 봉기사건을 계기로 해서 그는 단 한 사람뿐인
일본인 가담자로 산서동만이 아니라 전 군에 널리 알려졌다. 해방 후
그가 일본으로 돌아갈 때 일부 지방 농민들이 그를 부산 부두까지 전송을
한 것도 실은 이러한 여러 가지 일들이 있었기 때문이었다.

– 「산서동 뒷이야기」, 185쪽.

「산서동 뒷이야기」는 일제 말 낙동강 주변의 한 마을을 배경으로
'박수봉'으로 대표되는 조선인 농부와 일본인 농부 '이리에쌍'을 통해
한일 관계의 대립을 넘어선 민중의 공동체적 연대를 잘 보여준다. 일본
과 일본인에 대한 편견과 저항에 사로잡혀 있을 수밖에 없었던 일제
말의 상황 속에서, 일본인임에도 불구하고 조선 농민들의 편에서 일제
의 부당한 횡포에 맞서 함께 싸웠던 이리에쌍의 모습은, "다 같이 못
사는 개펄 농사꾼이지 민족적인 차별감 같은 건 서로 가지지 않"(183쪽)
는 한일 관계의 새로운 가능성을 보여주기에 충분했던 것이다. 즉 "나
도 논부의 아들이요, 소작인의 아들이란 말이요. 그래서 못살아 이곳에
나와 봤지만, 소작인의 아들은 오데로 가나 못 사루긴 한가지야!"(184
쪽)라고 항변한 이리에쌍의 목소리에는, 일본인과 조선인이라는 편견
과 차별을 넘어서 농부와 소작인으로서의 계급적 동질성이 더욱 선명

하게 부각된다. 식민지 하위주체로서 가난한 농민이 감당해야 하는 상처와 고통은 한국과 일본의 경우가 전혀 다르지 않다는 사실을 예상하게 하는 것이다. 따라서 김정한은 이 소설을 통해 주변부 소수자로서의 민중적 계급의식에 대한 올바른 각성을 촉구하는 기본 전제하에, "강렬한 민족주의의 충돌을 넘어서 민중에 기초한 국제적 연대의 가능성을 탐구"[15]하고자 했다. 이는 해방 이후 식민지 권력이 국가 권력으로 대체되는 과정에서 친일 잔재의 청산이 가해자로서의 일본에 대한 비판에 가장 중요한 방향성이 있었다는 사실을 명확히 하면서도, 식민의 상황을 벗어났음에도 불구하고 주변부 소수자로서의 계급적 불평등은 여전히 해소되지 않은 민중의 현실을 더욱 심각한 문제로 인식했음을 말해준다. 해방 당시 신의주고보에 재직하고 있었던 후지다니 교장을 "3·8선까지는 이북의 동래고보 출신들이 보호하고 3·8선에서는 이남의 동래고보 출신들이 인계해서 부산에서 곱게 배 태워 보내드린"[16] 사실을 연상시키듯, 해방 후 일본으로 돌아가는 이리에쌍을 각별한 마음으로 보내주었던 산서동 농민들의 모습은 김정한의 일본 인식에 내재된 심층적 측면을 이해하는 중요한 실마리를 제공한다. 즉 협력과 저항의 관점에서 제국의 시선과 민중적 시선을 철저하게 구별해야 한다고 본 것인데, 이러한 문제의식이 「오끼나와에서 온 편지」를 통해서는 해방 이후 근대적 국가 폭력에 희생된 민중들의 현재적 상황과 연결되어 소수자 의식과 동아시아적 시각이 만나는 민중 연대의 가능성을 더욱 구체적으로 보여주었다.

---

15) 최원식, 앞의 글, 23쪽.
16) 김정한·최원식(대담),「그 편안함 뒤에 대쪽」,『민족문학사연구』제3호, 창작과비평사, 1993, 291쪽.

막순이란 년이 괜스레 돌아가신 아버지의 얘길 꺼내자,

"머 광산사고로 돌아가셨다고? 산일은 언제부터 했는데 - ?"

하야시 노인은 갑자기 눈을 커다랗게 뜨시더군요. 그리고 내 얼굴을 뚫어지듯 내려다보는 것 같았습니다.

나는 솔직히 말을 해주었지요.

"어릴 때부터랍디다. 열여섯 살 때라던가요. 징용으로 북해도에 끌려가서 북탄(北炭)이라던가 어딘가 하는 탄광에서 처음으로 버럭통도 지고, 막장일도 배웠답니다. 그때 일본 사람들은 한국 노동자들을 머 〈다꼬〉(문어새끼)라고 불렀다지요? 한국인 합숙소를 〈다꼬베야〉(문어수용소)라 하고요."

들은 풍월로 이렇게 대답했더니,

"머 북해도? 다꼬베야?"

하야시 노인은 눈이 더욱 휘둥그레지면서 느닷없이 내 거칠어진 손을 덥석 쥐다 말고, 자기 방으로 휭 돌아가더군요. 그리고 한참 동안 방에서 나오지 않았어요. (중략)

그때 마침 내처 기가 죽어 있는 내 표정을 눈치 챈 다께오씨가 가까이 오더니,

"봇진쌍(복진이), 걱정 필요 없어."

하고 모든 걸 털어놓습데다. - 그의 아버지 하야시 노인 역시 젊었을 때 북해도의 탄광에서 막장일을 했다나요. 그런 기억이 되살아났기 때문에 아버지 얘기에 별안간 어떤 충격을 받아서 그랬을 거라고요. 듣고 보니 그런 것 같기도 하죠.

아닌 게 아니라, 그런 일이 있고부터 하야시 노인은 광부들의 딸인 우리들에게 한결 친절한 태도를 보였습니다.

"제국(일제) 말년에 국민 징용령이 발표되고부터 십육 세 이상 오십삼 세까지의 한국인 노무자가 7십여만 명이나 일본에 끌려왔다지만, 적어도 그 중 2십만 명가량은 아마 북해도 탄광들이나 땅굴 파는 일에 동원됐을 거야. 봇진이 아버지도 틀림없이 그 중의 한 사람이었을 거야. 어쩜 나와도 만났을는지도……."

하야시 노인은 이틀 전과는 아주 달리 담담한 어조로 당시의 일을 이
야기 해주었습니다.

– 「오끼나와에서 온 편지」, 4권, 275~276쪽.

「오끼나와에서 온 편지」는 일본의 내부 식민지인 오키나와 미군 기
지 반환 투쟁에 참여하고 있는 일본인 남성 '다께오'와 국가의 근대화
정책 일환으로 오키나와 사탕수수 농장에 계절노동자로 인력 수출된
한국인 여성 '복진', 그리고 국가의 외화벌이로 팔려 온 한국인 고아와
일본군 위안부 출신 '상해댁'의 우연한 만남을 매개로, "한국과 일본의
관계, 민족주의와 국제주의에 관한 생각거리를 제기"[17]한 상당히 문제
적인 작품이다. 우리나라 소설사에서 일본군 위안부의 현실을 직접적
으로 증언한 첫 번째 작품[18]이거니와, 김정한의 소설 배경이 낙동강을
중심으로 한 지역적 장소성을 넘어 동아시아의 공간으로 확대된 것도
사실상 처음이었다. 게다가 "어느 평론가가 나를 두고, 체험하지 못한
것은 잘 못 쓰는 사람이라고 평한 글을 읽고 꽤 알아맞힌 말이라고
생각했다"[19]라는 직접적인 언급에서처럼, 경험적 서사를 넘어 증언과
기록[20]의 서사라는 소설 쓰기 방식을 시도한 것도 새로운 지점이었다.

---

17) 이상경, 「한국문학에서 제국주의와 여성」, 강진호 편, 앞의 책, 247쪽.
18) 「수라도」에서도 일제 말 일본군 위안부의 현실을 언급하기는 했지만, '상해댁'이라는
　구체적인 인물을 등장시켜 직접적으로 문제 삼은 것은 「오끼나와에서 온 편지」가 처음
　이라고 할 수 있다.
19) 김정한, 「진실을 향하여 – 문학과 인생 ①」, 『황량한 들판에서』, 황토, 1989, 69쪽.
20) 1961년 6월 5·16 군사정변으로 부산대학에서 해직된 김정한은 1965년 복직하기 전까지
　『부산일보』 상임논설위원으로 활동했다. 이때 그는 언론인으로서의 이점을 최대한 활
　용하여 오키나와의 신문 매체를 두루 섭렵했고, 당시 오키나와 현지에 특파원을 파견하
　여 「오키나와 속 한국」이라는 연속 기사를 쓴 『매일경제』를 비롯하여 『경향신문』, 『동
　아일보』, 『조선일보』 등에 게재된 오키나와 계절노동자에 관한 기사를 충분히 접할
　수 있었을 것이다. 이에 대한 자세한 내용은, 하상일, 「김정한 소설과 아시아 : 베트남,

이 소설은 「산서동 뒷이야기」의 박수봉과 이리에쌍의 관계 설정과 흡사하게 한국인 복진의 아버지와 일본인 다께오의 아버지 '하야시'가 북해도 탄광 노동자라는 공통의 경험을 가졌다는 사실을 통해, 식민과 제국의 기억이 조선인의 상처로만 남아 있는 것이 아니라 일본의 내부 식민지인 오키나와인의 상처와도 겹쳐 있음을 보여주고 있어 주목된다. 일제 말 조선인 강제징용의 역사를 말하는 하야시가 복진의 아버지에 대해 "어쩜 나와도 만났을는지도"라고 말하는 대목에서, 다께오와 복진의 현재가 일본과 한국이라는 민족과 국가의 경계를 넘어서 제국의 희생이었던 광부의 아들과 딸이라는 동질적 연대감으로 이어지고 있음을 강조하고 싶었던 것이다.[21] 이처럼 김정한의 소설은 1970년대 중후반부터 경험의 서사를 넘어서 증언과 기록의 서사를 포괄하는 동아시아 민중 연대의 가능성에 대해 깊은 관심을 자졌는데, 그가 남긴 미완성 미발표작 「잃어버린 山所」[22]에서 이러한 관계는 주인공 '학수'

오키나와, 남양군도」, 『한민족문화연구』 제68집, 한민족문화학회, 2019. 12, 109~110 쪽 참조.

21) 물론 오키나와인 다께오의 태도에서 식민지 조선에 대한 왜곡과 차별의 시선이 여전히 내재되어 있음을 간과해서는 안 된다. 오키나와인으로서가 아니라 제국 일본인으로서의 무의식을 드러낸 다께오의 태도에서, "일본 내국식민지 오끼나와에서 모처럼 열린 독특한 민중의 연대의 가능성은 민족주의 또는 나라 사이의 경계라는 애물에 걸려 좌초하고 말았"고, "일제 식민지 시대에 존재하였던 식민자 일본(오끼나와) – 피식민자 조선인의 구조가 인식상에서 여전히 존재하고 있"음을 확인할 수 있는 것이다. 이에 대해서는, 최원식의 「오끼나와에 온 까닭」(『제국 이후의 동아시아』, 창비, 2009, 175~176쪽)과 조정민의 「오끼나와 기억하는 전후」(『일어일문학』 제45집, 대한일어일문학회, 2010. 2, 336~337쪽) 참조.

22) 김정한의 미발표작은 「잃어버린 山所」 이외에도 완결된 단편 2편, 미완성 장편소설 여러 편을 포함하여 200자 원고지 4,200여 장에 이른다. 이에 대한 개략적인 설명은, 황국명, 「요산 김정한의 미발표작 별견」(요산 김정한 선생 탄생 100주년 기념 학술발표대회, 한국문학회, 2008. 12. 13)에서 처음 소개되었고, 제20회 요산문학축전 심포지엄에서 5편의 논문으로 발표되었다. 손남훈, 「요산 미발표작 「새앙쥐」, 「遺産」 고찰」; 하상일, 「식민지의 연속성 비판과 동아시아적 시각의 확장 – 김정한의 미발표작 「잃어

와 일본인 군인 '후지다'의 대화를 통해서도 그대로 드러난다.

"박 군, 아버지가 안 계시다지?"
후지다는 난간에 허리를 기대며 물었다. 내처 눈두덩을 끔뻑끔뻑하면서.
"야."
학수는 서슴없이 말했다. 그저 누구에게서 들은 게로구나 싶었을 따름이었다.
"일찍 돌아가셨나."
"야."
"몇 살 때?"
"난 아버지 얼굴도 잘 모릅니더."
치근치근한 놈이다 싶었다.
"나와 비슷하군. 나는 세 살 때 어머니를 여위었어. 만주서."
후지다는 목소리가 별안간 낮아졌다. 학수는 곧 그러한 그의 마음속을 촌탁해 보았다.
"그럼 고향에는 어머니 혼자 계시는구먼."
후지다는 학수를 다시 돌아보았다.
"야."
학수는 내처 예사롭게만 대답했다.
"그러나 나보다 낫네."
후지다는 담배를 한 대 피어 물더니
"나는 아버지도 죽었어. 만주사변 때 제자리서 출장해서 말이다. 전쟁이란 건 무서운 거야. 우리도 언제 어디서…… 아무튼 우린 다 때를 잘못

버린 山所」와 일제 말의 '남양군도(南洋群島)'」; 김성환, 「피난지 부산의 현실을 향한 시선 : 『세월』, 『난장판』의 경우」; 박대현, 「5·16 군사정권과 김정한 소설의 내적 모랄의 양상 – 미발표작 『갈매깃집』을 통해 본 내적 분열과 자기 검열에 대하여」; 김경연, 「김정한 미발표 장편 자전소설 연구 – 식민지 근대의 기억과 자기 재현의 정치학」.

타고 났어!"

그는 방금 피어 물었던 담배를 물 위로 던져버리고 바다 쪽을 향해 돌아섰다. 호호한 달빛이 바다를 향해 넓게 펼쳐 보였다.

'우리'란 말과 '때'란 단어가 학수의 기억 속에 스미듯 하며 그로 하여금 후지다에게 별안간 어떤 친근감 같은 것을 느끼게 했다.

－「잃어버린 山所」[23)

일제 말 지원병을 피하기 위해 근로보국대에 지원한 주인공 학수가 남양군도로 끌려가는 배 위에서 자신의 가족에 대해 스스럼없이 물어보는 후지다를 보면서 "치근치근한 놈"이라고 경계하는 태도에는, 제국의 폭력을 일상적으로 경험한 데서 비롯된 한일 관계의 무거운 편견이 내면화되어 있다. 그래서 후지다의 물음에 "내처 예사롭게만 대답했"던 학수와는 달리, 후지다는 어린 나이에 일본 제국의 희생양이 되어 남양군도 트라크섬 비행장 건설에 강제 징용되는 어린 학수를 연민의 시선으로 바라보았다. 물론 이러한 태도는 조선인 학수에 대한 연민과 동정도 있었지만, "전쟁이란 건 무서운 거야. 우리도 언제 어디서…… 아무튼 우린 다 때를 잘못 타고 났어!"라는 말처럼, 비록 일본인이지만 제국의 전쟁에 동원되어 언제 죽을지도 모르는 위험 속을 살아가고 있는 자신의 삶에 대한 한탄이 짙게 투영되어 있는 것도 사실이다. 하지만 후지다는 만주사변으로 부모를 모두 잃은 자신의 상처와, 어머니와 헤어져 남양으로 끌려가는 학수의 현재적 상황에 막연한 동질감을 느낌으로써 '우리'라는 공동체적 정서에 흔들리게 된다. 그리고 후지다에 거리를 뒀던 처음의 태도와 달리 학수 역시 "'우리'란 말과

23) 인용문은 현재 〈요산문학관〉 전시실에 소장된 원고에서 발췌한 것으로, 200자 원고지 분량 225쪽에 달하는 내용의 일부분이다.

'때'란 단어"에 이끌려 "후지다에게 별안간 어떤 친근감 같은 것을 느끼게" 된다. 일제 말 강제징용과 위안부의 현실을 남양군도의 트라크섬이라는 구체적인 장소를 배경으로 생생하게 전하는 이 소설은, 김정한의 작품 가운데 일제 말 제국주의 폭력의 실상을 가장 직접적이고 사실적으로 증언한 작품이다. 그런데 이러한 서사의 참혹함을 전하기에 앞서 남양군도로 가는 배 위에서 우연하게 이루어진 후지다와 학수의 만남을 통해 김정한은 어떤 작가적 메시지를 담고자 했던 것일까. 「산서동 뒷이야기」의 '이리에쌍', 「오끼나와에서 온 편지」의 '하야시 노인', 그리고 이 소설의 일본인 군인 '후지다'는, 자신들의 국가인 일본의 제국주의를 위해 강제적으로 희생당한 민중의 표상이라는 점에서, 일제 말 식민지 권력과 해방 이후 국가 권력에 희생된 우리 민중의 모습과 크게 다르지 않다는 사실을 분명하게 보여주고자 한 의도가 두드러진다. 물론 민족과 국가의 경계를 넘어서 이들 간의 관계를 무조건 동질적으로 보는 것은, 자칫하면 한일 간의 역사적 쟁점을 의도하지 않게 왜곡하는 다소 위험한 결과로 흐를 소지가 있음을 경계해야 한다. 하지만 해방 이후 김정한 소설의 일관된 주제인 진정한 의미에서의 친일 청산 과제는, 민족과 국가의 경계를 넘어 권력에 의해 일방적으로 도구화되고 수단화된 한일 민중들의 공통된 현실에 특별히 주목할 필요가 있다. 김정한의 소설에서 1960년대 낙동강을 중심으로 전개된 지역적 로컬리티의 서사가 1970년대로 넘어오면서 동아시아적으로 확대되어 간 것은 바로 이러한 국제적 민중 연대의 가능성을 모색하기 위한 과정이었다고 할 수 있다. 그의 소설에서 지역은 특정 장소나 공간에 한정된 일국적 시야를 넘어서 식민과 제국의 기억을 공유하는 아시아 민중들의 공동체적 연대를 실현하는 전략적 장소로서 새롭게 부각되었던 것이다.[24]

4. 맺음말

지금까지 김정한의 소설에 대한 연구는 식민과 제국의 폭력에 노출되어 있었던 낙동강 주변 토착 민중들의 궁핍한 생활상에 초점을 두고 있었다. 그리고 해방 이후 이러한 식민의 유산이 국가 주도의 개발 독재로 이어지면서 주변부 소수자로서 민중의 삶을 차별하고 소외시키는 근대화 정책의 허위성을 신랄하게 비판하는, 해방 이전과 이후의 역사적 모순의 연속성에 특별히 주목하였다. 이러한 평가는 식민지 근대가 강요한 왜곡된 보편주의를 넘어서 지역적 구체성에 바탕을 둔 소수자 의식을 핍진하게 담아낸 김정한 소설의 핵심 주제를 명확히 정리한 것임에 틀림없다. 하지만 이와 같은 그동안의 시각은 김정한을 '낙동강의 파수꾼'으로 불러온 데서 알 수 있듯이, 그의 소설을 지역적 장소성에 가두는 협소한 관점을 반복 재생산했다는 데서 명백한 한계가 있는 것도 사실이다. 김정한의 소설에서 낙동강을 비롯한 부산 경남 지역의 구체적 장소성은 자신이 평생 살았던 경험적 장소의 구체화라는 점에 기인하지만, 이러한 지역적 기표는 제국과 국가의 폭력에 희생된 민중의 현실을 핍진하게 그려내려는 리얼리티의 전략일 뿐이었다. 즉 김정한의 소설에서 지역적 로컬리티의 실현은 근대화의 허위성에 포섭된 국가주의의 폭력과 모순을 가장 구체적으로 보여주기 위한 것으로, 이러한 근대적 국가 폭력에 철저하게 희생당하고 소외당한 민중들의 차별과 고통을 생동감 있게 담아내는 가장 실제적인 근거였다고 할 수 있다. 그리고 이러한 지역적 특수성은 식민과 제국의 기억을 경험적으

24) 이러한 관점에서의 논의는, 한수영, 「김정한 소설의 지역성과 세계성」, 『사상과 성찰』, 소명출판, 2011, 313쪽 참조.

로 공유한, 민족과 국가의 경계를 넘어선 아시아를 비롯한 제3세계 국가 민중들의 차별과 고통을 환기하는 보편적 장소로서의 의미도 아울러 지니고 있었다.

　본고는 이러한 문제의식에서 김정한 소설의 근본 토대인 농민 혹은 민중의 시각에서 식민지 하위주체로서의 소수자 의식을 중점적으로 살펴보고, 이와 같은 주변부 소수자에 대한 억압과 차별이 국가 주도의 근대화 정책으로 이어지는 과정을 통해 식민과 제국의 역사적 모순이 영속화되었음을 비판적으로 논의했다. 이는 제국의 기억이 근대화의 희생으로 그대로 대물림된 것으로, 권력과 자본의 교묘한 결합이 차별과 소외를 더욱 가속화 함으로써 주변부 소수자로서 민중의 현실은 식민지 시대보다 더욱 가혹한 상황에 직면했다. 따라서 1960년대 문단 재등장 이후 김정한의 소설은 식민지 수탈의 상징인 토지 문제라는 제재에 한정되지 않고, 도시빈민, 여성, 한센인 등 인간의 보편적 인권이 미치지 못하는 사각지대에까지 특별한 관심을 기울였다. 그리고 제국의 폭력이 근대화의 희생으로 이어진 역사적 모순의 결정적 이유가 식민지 유산을 올바르게 청산하지 못한 데 있음을 더욱 분명하게 직시함으로써, 1970년대에 들어서면서부터 한일 관계를 새롭게 사유하는 「산서동 뒷이야기」, 「오끼나와에서 온 편지」와 같은 문제적 소설을 발표했다. 이때부터 그의 소설은 낙동강 혹은 부산과 경남이라는 제한된 지역적 장소성을 넘어 소설의 배경을 동아시아적으로 확장하기 시작했는데, 이러한 소설 배경의 확대는 일본 혹은 일본인에 대한 대립적 관계 설정만으로는 식민지 유산을 근본적으로 치유할 수 없다는 변화된 인식의 결과이다. 즉 식민과 제국의 기억을 경험적으로 공유한 아시아 민중들의 공동체적 인식 속에서, 국가 주도의 근대화에 저항하는 동아시아 민중 연대의 가능성을 새롭게 열어나가고자 했던 것이다. 이러한 시도는 해방 이후 식민과 제국의 근거가 사라졌음에도 불구하고 주변부 소수자로서 민중의 현실은 전혀 달라지지 않았다는, 그래서 지배와 피지배의 암묵적 구조 속에서 식민지 유산을 등에 업은 권력이라는 절대악이 여전히 군림하고 있음을 비판했다. 즉 제국의 폭력이 국가의 폭력으로 대체되었을 뿐 권력과 민중의 관계는 사실상 그대로 이어져 있다는 역사적 모순의 확인으로부터, 해방 이전과 이후를 관통하는 가장 본질적인 문제가 주변부 소수자로서의 민중의 현실을 직시하는 데 있음을 말하고자 한 것이다. 앞으로 김정한의 소설에서 지역적 로컬리티의 실현을 민족과 국가의 경계를 넘어 동아시아적으로 읽어야 하는 이유도 바로 여기에 있다.

김정한 소설에 나타난 일본 인식

1. 머리말

　김정한의 소설은 제국과 식민의 폭력으로 상처받고 고통받은 낙동강 주변 토착 민중들의 삶을 구체적으로 서사화하는 데 초점을 두었다. 또한 이러한 민중들의 현실이 해방 이후에는 자신들의 실제적 삶과는 무관한 이데올로기의 희생을 겪어야 했으며, 1960년대에 이르러서는 근대화라는 국가 주도 개발 정책에 의해 또다시 차별당하고 소외당한 역사적 모순의 연속성을 일관되게 주목하고자 했다. 여기에는 친일 청산을 올바르게 이루어내지 못한 우리 역사의 현재에 대한 근본적 비판이 전제되어 있었는데, 식민 권력이 국가 권력으로 대체된 것에 불과한, 그래서 일본에 의한 제국의 폭력이 미국에 의존하는 사대주의로 이어진 신제국주의적 현실에 맞서는 저항의 양상으로 나타났다. 김정한이 해방 전후 본격적인 창작 일선에서 한 발짝 물러났다가 1966년 「모래톱 이야기」로 문단에 재등장했던 이유는 바로 이러한 문제를 실천적으로 고민하고 성찰해야 한다는 작가적 책임에서 비롯된 것이었다. 즉 한일협정과 베트남 파병이라는 충격적인 사건에 직면하면서 국가의 근대화 정책이 식민의 기억과 어떻게 연결되어 있는지, 즉 제국의 폭력이 국가의 폭력으로 연속되는 역사적 모순의 중심에 미국이 있는 정치적 상황에 대한 소설적 대응의 필요성이 제기되었던 것이다. 다만 이러한 정치적이고 국제적인 이해관계는 민중들에게 있어서 자신들의 생활 현실과는 거리가 먼 추상적이고 관념적인 상황으로 받아들여질 수밖에 없었기 때문에, 실제적 경험에 기반한 소설 쓰기를 창작의 방향으로 삼아온 김정한으로서는 토지 소유를 둘러싼 갈등과 대립이라는 해방 이전 소설의 연장선상에서 가진 자와 못 가진 자의 대립 구조를 더욱 선명하게 부각하는 방향으로 이 문제를 더욱 구체화했다. 그리고 이러한 갈등과 대립의 근본 원인이 '일본'이라는 근원적 뿌리를 올바로 제거하지 못한 데 있음을 서사적으로 구조화하는 데 집중했다. 1960년대 중반 문단 재등장 이후 그의 소설 대부분이 제국과 식민의 기억을 다시 소환하거나, 이러한 역사적 모순을 가족이나 조상이라는 세대적 연속성을 중심으로 서사화한 이유도 바로 여기에 있다.

　이런 점에서 김정한의 소설을 이해하는데 있어서 일본에 대한 인식에 주목하여 그 세부적 양상을 분석하는 것은 상당히 중요한 의미를 지닌다. 그의 소설은 일본과 일본인이어서 무조건 비판의 대상으로 삼거나, 반대로 조선과 조선인이어서 언제나 희생의 공동체로 여겼던 것은 아니었다. 다시 말해 일본인이어도 조선인보다 더 존중받는 공동체적 인간으로 평가되기도 했고, 조선인이어도 일본인보다 더욱 폭력적인 인간으로 묘사되기도 했다. 결국 그의 소설에서 일본과 일본인은 국가나 민족의 차원에서 그 자체로 비판의 대상이 되었다기보다는, 일본의 제국주의에 대한 협력과 희생이라는 양면적 차원에서 중층적으로 인식되었음을 알 수 있다. 이러한 문제의식은 해방 이전의 친일 세력이 해방 이후에도 여전히 권력을 유지했던 역사적 모순을 서사화하는 데 집중했던 그의 소설의 전기적 특징에서도 분명하게 확인할 수 있다. 그리고 해방 이후 김정한의 소설이 제국과 식민의 기억을 다시 소환하

는 가운데 제국주의 폭력에 희생된 민중들의 연대를 보여주고자 했는
데, 그 연대의 주체와 대상이 조선인만이 아니라 일본인도 포함되었다
는 사실에서 상당히 문제적인 시각을 엿볼 수 있다. 본고는 이와 같은
문제의식으로부터 김정한 소설에 나타난 일본 인식의 중층적인 양상과
그 의미를 살펴보는 데 목적이 있다.

2. 일본과 일본인, 제국주의의 폭력과 국가주의의 희생

"어느 평론가가 나를 두고, 체험하지 못한 것은 잘 못 쓰는 사람이라
고 평한 글을 읽고 꽤 알아맞힌 말이라고 생각했다"[1]라고 직접적으로
밝혔듯이, 김정한의 소설은 대체로 자신이 살아온 경험적 현실에 토대
를 두고 제국의 기억과 국가의 폭력을 견뎌온 낙동강 주변 토착 민중들
의 삶을 서사화하는 데 집중했다. 따라서 김정한의 전기적 요소는 그의
소설을 이해하는데 있어서 실제적 근거가 되기에 충분하고, 이러한 경
험적 사실과 소설의 상동 관계는 그의 일본 인식을 살펴보는 데도 중요
한 기준이 될 수 있다.

김정한의 삶에 있어서 일본에 대한 인식이 구체적으로 드러난 첫
번째 사건은, 동래고보 재학 시절 일제의 식민지 교육정책에 반대하는
동맹휴학에 가담했다가 일경에 체포되어 구금되었던 일이다. 당시 반
일 저항 의식이 투철했던 동래고보에서의 집단행동이었기는 했지만,
유년 시절 범어사를 통해 알게 된 만해 한용운의 영향과 김법린이 교사
로 있었던 명정학교 시절부터 형성된 민족의식이 발현된 결과였다고

---

1) 김정한, 「진실을 향하여 – 문학과 인생 ①」, 『황량한 들판에서』, 황토, 1989, 69쪽.

할 수 있다.[2] 동래고보를 졸업한 이후에는 울산 대현공립보통학교 교원으로 발령을 받았지만, 일본인 교사와 조선인 교사의 차별 대우에 분개하여 조선인교원연맹 결성을 염두에 두고 교사들에게 엽서를 보낸 일로 피검되어 결국 교사를 그만두는 일을 겪기도 했다. 이후 일본으로 건너가 도쿄 제일외국어학원을 거쳐 와세다대학 부속 제일고등학원 문과에 입학했지만, 여름방학을 맞이하여 일시 귀국했다가 양산농민조합운동에 가담한 일로 옥살이를 하게 되어 와세다대학에서도 퇴학 처분을 당하고 말았다. 신사참배와 조선어 교육 폐지 등이 강요되었던 일제 말에는 남해에서의 초등학교 교원 생활을 그만두고 고향 동래로 돌아와 『동아일보』 동래지국을 맡았지만, 이 일로 인해 치안유지법 위반으로 경찰에 체포되어 유치장에서 『동아일보』의 폐간 소식을 들었다. 그리고 해방 이후 미군정 하에서도 일경에 의해 '불령선인'이었다는 이유로 예비검속 대상이 되거나, 〈건국준비위원회〉의 후신인 〈인민위원회〉 활동으로 미군정에 피검되는 등 언제나 권력의 반대편에서 수난을 겪은 격동의 세월을 살았다.[3]

이러한 전기적 사실로 미루어 볼 때 김정한에게 일본과 일본인은 그 자체로 적대적 대상이 될 수밖에 없는 필연성을 지녔다고 할 수

---

2) "만해는 1910년 불교의 일본 장악을 반대하여 송광사와 범어사를 오가며 승려들의 반대 궐기 대회를 주도하면서 조선 임제종 종무원을 범어사에 설치했"고, 김법린은 "만해를 스승으로 하여 범어사에서 중이 되어 3·1운동에 참가하고 1926년 파리대학 철학과를 졸업한 엘리트로서 1938년 만당(卍黨) 사건과 1942년 조선어학회 사건으로 옥고를 치른 불교 운동가"로, 1919년 김정한이 명정학교에 입학했을 때 부인과 같이 명정학교 교사로 있었다. 이하 김정한의 생애에 대해서는, 조갑상, 「시대의 질곡과 한 인간의 명징함」(강진호 편, 『김정한』, 새미, 2002, 11~38쪽)과 『김정한 전집』(조갑상 외 엮음, 작가마을, 2008)의 각권 말미에 수록된 '작가 해적이'를 참고했음.

3) 이러한 전기적 사실은 모두 김정한 소설의 직간접적 배경이 되었는데, 순서대로 「어둠 속에서」, 「산서동 뒷이야기」, 「위치」, 「슬픈 해후」 등의 작품이 이에 해당한다.

있다. 일본과 일본인은 청산의 대상이고 저항의 목표가 되지 않을 수
없었으므로, 가해자와 피해자의 대립 구조가 그의 소설 전반에 지배적
인 서사 구조가 되는 것은 당연한 결과였다. 그런데 해방 이전에 발표
된 김정한의 소설 가운데 일본과 일본인에 대해 직접적으로 부정적
묘사를 한 작품으로는 「낙일홍」외에 크게 두드러진 것이 없다는 사실
이 상당히 의외가 아닐 수 없다. 교사 시절 그가 직접 경험했던 일본인
교사와 조선인 교사의 차별 문제를 비판적으로 담은 이 소설에서, 산골
분교장 박재모의 반대편에 나까무라 교장과 새 분교장으로 부임하는
요다 사부로를 배치한 것이 사실상 전부였던 것이다. 물론 「사하촌」에
서 일본인 파출소 순사가, 「기로」에서는 저수지 공사장 사무소의 일본
인 사무원 등이 등장하는데, 이들에 대한 작가의 표면적 인식이 부정적
인 것만은 분명한 사실이지만 이들 일본인은 서사의 중심에 놓인 인물
이 아니었다. 오히려 작가의 시선에서 이들 일본인보다 더욱 부정적으
로 인식된 대상은 "〈시끼시마〉(일본담배) 껍데기에 낙서만 하고 있"는
"보광사 농사조합 이사"(「사하촌」, 1권, 68쪽)[4]와 같이 일본의 식민 정책
에 협력하는 친일 조선인이었다. 「기로」에서 가네꼬라는 이름의 조선
인 김민식이 그러하고, 「지옥변」에서 곤도오 와다노스께라는 이름의
권동준 교장, 보꾸모도라는 박씨, 하세가와라는 윤가 등이 바로 그러하
다. 대체로 이들은 비도덕적이고 교활하고 신체적으로도 볼품없는 인
간으로 묘사되어 주인공과 대립하는 인물로 설정되었던 것이다. 이처
럼 해방 이전 김정한의 소설에서는 일본인에 대한 직접적인 비판이
두드러지지 않았을뿐더러, 비판의 대상이 되었다 하더라도 "일본의 군

---

4) 이하 김정한의 소설 인용은 모두 『김정한 전집』(조갑상 외 엮음, 앞의 책)에서 했으므로
   각주는 생략하고 인용문 끝에 제목, 권수, 쪽수만 표기함.

경, 공무원, 관리 등 공적 인물에 대해서는 거의 언급을 피하고, 사적
인물만을 부정적 모습으로 형상화"5)하는 데 그쳤던 것이 사실이다. 하
지만 이러한 사정은 일제의 검열과 통제라는 근본적 한계를 의식한
식민지 소설의 불가피한 결과였다. 따라서 해방 이전 김정한의 소설에
나타난 일본 인식을 이해하는 데 있어서는 토지 문제를 중심에 두고
가난한 민중들의 삶을 전경화한 그 이면을 분석할 필요가 있다. 즉 일
본과 일본인 그리고 친일 권력에 대한 비판이 친일 조선인들을 통해
어떻게 투사되어 나타났는지를 밝혀내는 것이 그의 소설의 일본 인식
을 이해하는 가장 유효한 방법이 될 수 있을 것이다.

  김정한의 소설에서 일본과 일본인에 대한 직접적인 비판이 본격적
으로 시작된 것은, 해방 이전의 소설이 아니라 해방 이후, 특히 1960년
대 문단 재등장 이후 발표한 소설에서였다. 해방 이전과 달리 일제의
검열과 통제가 사라졌기 때문에 현실적으로 가능한 일이었지만, 그보
다도 그의 문단 재등장 이유이기도 했던 한일협정과 베트남 파병이
불러온 신식민지 현실이 가장 직접적인 근거가 되었던 것으로 보인
다.6) 즉 해방 이후 20여 년이 지났음에도 불구하고 일본의 자리를 미국
이 대체하는 제국주의 폭력이 여전히 계속되고 있는 현실과, 이러한
역사의 모순을 근대화를 내세워 교묘히 악용하는 국가 폭력의 현실을
도저히 묵과할 수 없었기 때문이다.7) 실제로 1960년대 이후 김정한의

---

5) 곽근, 「김정한 소설에 나타난 일본인상」, 『동악어문논집』 제36집, 동악어문학회, 2000,
    504쪽.
6) 이상경, 「한국문학에서 제국주의와 여성」, 강진호 편, 앞의 책, 230~231쪽; 김재용,
    「반(反) 풍화(風化)의 글쓰기」, 『작가와사회』 2016년 겨울호, 82쪽 참조.
7) 1965년 한일협정에 대해 김정한은 다음과 같은 생각을 밝힌 바 있다. "새 정부가 들어서
    자 얼마 못 가서, 친일파 민족 반역자들을 제거하려던 반민특위(反民特委)가 타력에
    의해 갑자기 해산되고, 반민 친일파들이 다시 기용되면서부터 일본에 대한 우리 정부의

소설은 해방 이전과 이후의 연속선상에서 식민과 제국의 폭력이 근대 국가 체제로 어떻게 이어져 왔는지에 대한 비판적 문제 제기를 가장 중요한 소설적 방향으로 삼았다. 이는 해방 이후 친일 청산을 올바르게 이루어내지 못한 결과가 1960~70년대 근대적 국가 폭력의 뿌리 깊은 근원이 되고 말았다는 역사적 모순에 대한 분명한 자각에서 비롯된 것이었다. 따라서 그의 소설은 제국과 식민의 기억을 다시 소환하여 근대적 국가 폭력과 연결시킴으로써, 평생을 권력과 무관한 삶을 이어 온 주변부 소수자로서 토착 민중들의 상처와 고통이 해방 이후에도 여전히 지속되고 있는 현실을 서사화하는 데 무엇보다도 집중했다.

　　허생원의 걸음은 내처 터덜거리기만 했다. 말하자면 〈의욕적〉이 아니었다. 나이가 든 탓만이 아니었다. 봄철이라 나른해서 그런 것도 아니었다. 실은 엉뚱한 걱정이 생겼던 것이다. ― 옛날 일인들의 소유로서 〈휴면 법인재산〉인가 뭔가가 되어 있는 그 평지밭들이, 별안간 〈농업근대화〉의 물결을 타고 어떤 유력자에게로 넘어간다는 소문이 마침 자자했기 때문이었다.
　　정말 터무니없는 일들이 너무나 많은 세상이라고 생각했다.
　　'제길 근대화 두 번만 했으면 집까지 뺏아갈 거 앙이가!'
　　허생원은 다섯 식구의 앞날이 감감했다. 벌써 누구누구는 쥐꼬리만 한 돈을 받기로 하고 시부저기 연고권을 내어놓기로 했다는 소문도 있었지만, 그는 고스란히 땅을 뺏겼음 뺏겼지 호락호락 내놓진 않겠다고 속

자세는 다시 흔들리기 시작했다. 심지어 일제 하에서 우리의 독립 투사, 민족 해방 운동 자들을 못 살게 괴롭혀 오던 고등계 형사들까지 수사 기술자라 해서 행정 요직에 앉히게 되었으니 민족 정기란 말조차 쓰기 어렵게 되지 않았던가? 그 뒤 우리 정부가 우리 민족의 자주성을 무너뜨린 사건은, 을사보호조약이나 한일합병조약처럼 국민적 합의도 이루어지지 않은 가운데 덜컥 도장을 눌러버린 '한일 협정'이라고 말할 수 있다." 김정한, 『사람답게 살아가라』, 동보서적, 2000, 34쪽.

으로 버티었다. 거기엔 허생원 자신대로 한 가지 믿는 데가 있었다. ―
다행히도 맏아들이 이른바 월남전의 〈참전용사〉란 것이었다.

'아들만 돌아오면…….'

만사가 자기 뜻대로 해결될 것만 같이 느껴졌다. 그는 아직도, 소위
유력자란 사람들의 비상한 힘을 모르고 사는 〈순쩍 백성〉이었던 것이다.

― 「평지」, 3권, 69쪽.

　허생원의 평지밭은 평생 그곳을 삶터로 살아온 자신과는 무관하게
일본인―국가―유력자로 권력에 따라 소유가 바뀌는 상황을 거듭해 왔
는데, 그는 이런 상황을 "정말 터무니없는 일"로 여겨 순순히 받아들이
기 힘들다. 하지만 "다섯 식구의 앞날이 감감"할 정도로 생존권만은
지켜야 한다는 절박함에도 불구하고, "벌써 누구누구는 쥐꼬리만 한
돈을 받기로 하고 시부저기 연고권을 내어놓기로 했다는 소문" 앞에서
걱정은 깊어질 뿐이다. 그럼에도 불구하고 "'제길 근대화 두 번만 했으
면 집까지 뺏아갈 거 앙이가!'"라며 "고스란히 땅을 뺏겼음 뺏겼지 호락
호락 내놓진 않겠다고 속으로 버티었"던 것은, "맏아들이 이른바 월남
전의 〈참전용사〉란 것", 즉 국가를 위해 희생을 아끼지 않은 아들을
둔 가족에 대해서만큼은 국가가 함부로 하지 못할 것이라는 순진한
믿음이 있었기 때문이다. 그러나 허생원은 "소위 유력자란 사람들의
비상한 힘을 모르고 사는 〈순쩍 백성〉이었던" 탓에, 그가 마주하게 된
현실은 아들의 전사 소식과 "〈법률〉에 가서는 농민은 약한 것"(79쪽)이
라는 억울한 사실을 거듭 확인하는 것뿐이었다. 결국 허생원은 이러한
부당한 현실에 맞서다가 폭행죄로 구류를 살고 나와 특수농작물단지로
변한 평지밭을 불태워버리는데, "왜놈 때부터 줄곧 당해 온 경험으로
봐서"(79쪽)라는 그의 말에서 김정한의 일본 인식을 보여주는 이 소설
의 핵심 전언을 직접적으로 확인할 수 있다. 즉 제국주의 일본의 폭력

과 근대화를 앞세운 국가 폭력이 사실상 동일하다는 역사적 모순의 연속성을 강조하고자 했던 것이다. 이처럼 김정한은 해방 이전과 이후 역사적 모순의 연속성에 주목하여, 제국주의 폭력에 직접적으로 가담하거나 적극적으로 협력한 일본인과 조선인, 그리고 이러한 친일 권력을 그대로 유지한 채 국가의 근대화에 앞장섰던 유력자들의 폭력을 동일선상에서 비판적으로 서사화하는 데 가장 초점을 두었다.[8]

그런데 김정한의 소설에서 이러한 제국주의 폭력과 근대적 국가 폭력의 희생이 반드시 조선인에만 국한되는 것은 결코 아니었다. 가해자와 피해자의 대립 구조를 선명하게 드러낸 그의 소설에서, 일본은 가해자고 조선은 피해자라는 일반적인 공식과는 다른 예외적 상황도 있었다. 즉 일본인이 아닌 조선인이면서도 제국의 폭력에 적극적으로 협력함으로써 가해자로서의 친일 권력이 있었던 것처럼, 국가의 제국주의 정책에 부응하기 위해 전쟁과 노동 현장에 강제로 동원되었던 피해자로서의 일본인도 분명 있었던 것이다. 결국 일본인과 조선인의 위치는 가해자의 시선에서도 동질적인 측면이 있었고, 반대로 피해자의 시선으로 볼 때도 공동체적인 희생을 겪었던 양면성이 있었음을 확인할 수 있다. 특히 1970년대 김정한의 소설은 이 가운데 후자에 특별히 주목하여 일본과 일본인을 바라보는 새로운 인식을 열어갔다는 점에서

---

8) 이 외에도 일제 말 징용에 끌려갔다가 돌아온 아버지가 물려준 예금통장과 전시 보국 채권증서를 갖고 보상 절차를 찾으려는 차돌이와, 3·15부정선거를 배경으로 친일파 교장의 유세와 대일청구권 문제로 붙잡혀간 울산이 아저씨 등의 일을 주요 사건으로 다룬 「지옥변」, 3.1만세운동 때 일제와 맞서 싸운 무지렁이들이 모여 사는 김해와 근대화를 이룬 강 건너 구포의 장소적 대비를 통해 토지 소유를 둘러싼 갈등과 근대화의 허위성을 비판한 「독메」, 일제 시대 친일 분자였던 호동팔과 일제 시대 독립운동을 하다 옥사한 외할아버지를 둔 황거칠이 산수도가 설치된 토지 문제를 둘러싸고 갈등을 벌이는 「산거족」 등 김정한의 대부분의 작품이 바로 이러한 문제의식을 직접적으로 표출하고 있다.

상당히 문제적이었다. 「오끼나와에서 온 편지」에서 동아시아 민중 공
동체의 장소로 일본의 내부 식민지였던 오키나와를 설정하고, 오키나
와와 식민지 조선의 관계를 통해 일본인과 조선인의 관계와는 전혀
다른 인식을 보여주었던 것이다.

막순이란 년이 괜스레 돌아가신 아버지의 얘길 꺼내자,
"머 광산사고로 돌아가셨다고? 산일은 언제부터 했는데 - ?"
하야시 노인은 갑자기 눈을 커다랗게 뜨시더군요. 그리고 내 얼굴을
뚫어지듯 내려다보는 것 같았습니다.
나는 솔직히 말을 해주었지요.
"어릴 때부터랍디다. 열여섯 살 때라던가요. 징용으로 북해도에 끌려
가서 북탄(北炭)이라던가 어딘가 하는 탄광에서 처음으로 버럭통도 지
고, 막장일도 배웠답니다. 그때 일본 사람들은 한국 노동자들을 머 〈다
꼬〉(문어새끼)라고 불렀다지요? 한국인 합숙소를 〈다꼬베야〉(문어수용
소)라 하고요."
들은 풍월로 이렇게 대답했더니,
"머 북해도? 다꼬베야?"
하야시 노인은 눈이 더욱 휘둥그레지면서 느닷없이 내 거칠어진 손을
덥석 쥐다 말고, 자기 방으로 휭 돌아가더군요. 그리고 한참 동안 방에서
나오지 않았어요. (중략)
그때 마침 내처 기가 죽어 있는 내 표정을 눈치 챈 다께오씨가 가까이
오더니,
"봇진쌍(복진이), 걱정 필요 없어."
하고 모든 걸 털어놓습데다. - 그의 아버지 하야시 노인 역시 젊었을
때 북해도의 탄광에서 막장일을 했다나요. 그런 기억이 되살아났기 때문
에 아버지 얘기에 별안간 어떤 충격을 받아서 그랬을 거라고요. 듣고
보니 그런 것 같기도 하죠.
아닌 게 아니라, 그런 일이 있고부터 하야시 노인은 광부들의 딸인

우리들에게 한결 친절한 태도를 보였습니다.

-「오끼나와에서 온 편지」, 4권, 275~276쪽.

"제국(일제) 말년에 국민 징용령이 발표되고부터 십육 세 이상 오십 삼 세까지의 한국인 노무자가 7십여만 명이나 일본에 끌려왔다지만, 적어도 그 중 2십만 명가량은 아마 북해도 탄광들이나 땅굴 파는 일에 동원됐을 거야. 봇진이 아버지도 틀림없이 그 중의 한 사람이었을 거 야. 어쩜 나와도 만났을는지도……."(276쪽)라는 하야시 노인의 말에서, 일제 말 제국주의 팽창을 위한 전쟁 준비에 강제 동원되어 온갖 고통을 당했던 사람이 조선인만이 아니었고 일본인도 있었다는 사실을 알려준 다. 하야시 노인은 "대동아전쟁 때는 라바울이란 섬에까지 가서 죽다가 살아"(270쪽) 돌아온 적이 있는 제국의 폭력을 직접 경험한 일본인으로, "어쩜 나와 만났을는지도"라고 말하는 그의 말에서 오키나와인으로서 의 자신과 오키나와 사탕수수 농장에 계절노동자로 온 한국인 복진의 아버지가 일제 말 북해도 탄광에서 같이 일했던 제국주의 피해자로서 아픈 역사를 공유했을지도 모른다는 공동체적 인식을 엿볼 수 있다. 여기에서 김정한의 일본 인식이 이전 소설과는 전혀 다른 지점을 보여 주고 있음을 알 수 있는데, 일본과 조선이라는 민족 혹은 국가적 관점 이 아닌, 가해자와 피해자의 시선이라는 민중 주체의 관점에서 일본인 에 대한 공동체적 인식과 연대의 가능성을 새롭게 열어나가는 가능성 을 발견할 수 있는 것이다. 따라서 1960년대 이후 김정한의 소설에 나타난 일본 인식은 민족과 국가의 경계를 넘어서 제국주의에 대한 협력과 국가주의의 희생이라는 양가적 시선으로 바라볼 필요가 있다. 물론 이러한 시선은 자칫 일본과 일본인의 태도를 제국의 폭력과 전혀 다른 예외적 지점으로 오인함으로써, 제국과 식민의 기억 자체를 왜곡하거나 합리화할 위험성이 있음을 반드시 경계해야 한다. 실제로 오키나와인으로서 하야시와 다께오의 내면을 자세히 들여다보면, 일본의 내부 식민지인으로서 자신들이 겪은 차별과 소외의 시각에서는 식민지 조선인의 현실을 공동체적으로 바라보면서도, 오키나와 계절노동자로 온 복진의 현재와 외화벌이로 팔려 온 한국인 고아, 그리고 일본인 위안부 출신 상해댁의 모습을 타자화하는 시선에서는 오키나와인이 아닌 일본인으로서의 우월성을 숨기지 않는다는 점을 결코 간과해서는 안 되는 것이다.[9]

3. 친일 청산의 역사적 과제와 한일 관계의 새로운 가능성

김정한의 일본 인식은 제국의 기억을 현재화하여 그것을 비판적으로 성찰하는 친일 청산의 역사적 과제를 실천하는 과정에서 구체적으로 드러난다. 제국의 폭력이 국가의 폭력으로 이어지는 근대화의 모순도 결국은 친일 청산을 올바르게 이루어내지 못한 데서 비롯되었다는 점에서, 일본을 어떻게 인식하고 바라볼 것인가라는 문제의식으로 제국과 식민의 역사를 근본적으로 치유하는 방향성을 찾고자 했던 것이다. 해방 이후 그가 발표한 대부분의 작품에서 일제 말과 현재의 교차점을 보여주었던 것도 바로 이 때문인데, 특히 1960년대 중반 이후 그의 소설은 과거와 현재의 선명한 대비 속에서 친일 권력의 영속화에 대한 본질적인 문제 제기를 하고 있어 주목된다. 앞서 논의한 「평지」는

---

9) 이에 대한 자세한 논의는 최원식의 「오끼나와에 온 까닭」(『제국 이후의 동아시아』, 창비, 2009, 175~176쪽)과 조정민의 「오키나와 기억하는 전후」(『일어일문학』 제45집, 대한일어일문학회, 2010. 2, 336~337쪽)를 참고할 만하다.

물론이거니와 「수라도」, 「지옥변」, 「뒷기미 나루」, 「독메」, 「어둠 속에서」, 「사밧재」, 「회나뭇골 사람들」, 「위치」 등 거의 대부분의 소설에서 일본인과의 직접적인 관계에서 비롯된 갈등과 대립이 서사적 구조의 중심을 차지하고 있다. 이 가운데 김정한의 일본 인식이 친일 청산의 역사적 과제와 맞물려 첨예하게 드러난 대표적인 소설이 바로 「수라도」이다.

「수라도」는 시할아버지 때부터 독립운동을 했던 가야부인 집안과 큰아들이 도경 고등계 경부보로 있다가 해방 이후 국회의원이 된 이와모도 참봉 집안의 선명한 대비를 통해, 일제 말 근로보국대, 강제징용, 위안부 등 제국주의 폭력의 실상이 해방 이후에도 전혀 해결되지 않은 채 오히려 친일 계급의 권력 유지라는 모순적 상황으로 치닫는 현실에 대한 비판을 담은 작품이다.

> "돈 주고 산 참봉이라 카이……."
> 가야부인도 그 가문을 대견스럽게 여기지는 않았었다. 그러한 할머니의 이야기로서는 이녁 시아버지 오봉선생이 그 집 앞을 지나갈 때는 괜히 침을 퉤퉤 뱉기도 했다는 것이다. 그 엄청난 참봉을 지내면서 그렇게 치부를 했다는 것도 심히 수상스런 일이었지만 그보다 오봉선생에게는, 그가 합방을 계기로 해서 왜왕이 내주는 소위 〈합방은사금〉이란 걸 받고서도 숫제 양반인 체하는 꼴이 못내 아니꼬웠다는 것이다. (중략)
> 그렇게 사이가 서먹한 집을 가야부인이 새삼 빼물고 찾아가야겠다는 데는 그럴 만한 이유가 있었다. - 바로 그 이와모도 참봉의 큰아들이(지금은 국회의원이란 보다 훌륭한 감투를 쓰고 있지만) 그때 시아버지 오봉선생이 갇혀 있는 도경 고등계 경부보로 있었기 때문이었다.
> ─「수라도」, 3권, 181~182쪽.

「수라도」는 해방 이전 김정한의 소설과 마찬가지로 일본인을 직접적인 비판 대상으로 전면화하지는 않았지만, 친일 권력을 행세하는 이와모도 참봉 집안을 통해 일본과 일본인에 투사된 작가의 부정적 시선이 노골적으로 드러난다. 그리고 이러한 부정적 시선은 친일 청산의 역사적 과제와 그대로 연결되어 구체화 되는데, 일제 말 창씨개명과 내선일체에 동조하고 대동아전쟁에 적극적으로 협력했던 이와모도의 큰아들이 일제 치하에서는 도경 고등계 경부보로 있다가 해방 이후에는 민족의 죄인으로 처단되기는커녕 오히려 국회의원으로 군림하는, 즉 해방이 되었음에도 불구하고 식민지 권력이 제대로 된 심판을 받기는커녕 더 큰 권력을 누리는 모순된 상황을 비판하고 있다. 또한 집행 유예로 풀려난 오봉 선생이 일제의 고문 후유증으로 목숨을 다하고, 일제 말 보국대, 징용, 위안부 등으로 탄광과 전장으로 강제로 끌려갔던 제국의 폭력과 희생을 전면화하여, 해방 이후 친일 청산의 과제가 올바르게 해결되지 못하고 좌초되어버린 현재의 모습을 친일 권력이 국가 권력으로 대체된 역사의 모순을 통해 극명하게 보여주고자 했다. 그런데 이 소설에서 일본인과 조선인의 대립 구조를 선명하게 구조화하지 않고 친일 권력을 등에 업은 이와모도 참봉 집안과 항일 독립운동을 이어온 오봉 선생 집안의 갈등이라는 조선인 간의 대립 구조를 전면화했다는 사실이 주목된다. 이는 김정한 소설의 일본 인식이 일본과 일본인 그 자체에 대한 비판에 있었다기보다는, 친일 청산을 올바르게 이루어내지 못한 역사의 모순이 현재까지 어떻게 연속적으로 이어지고 있는지에 대한 비판에 초점을 두었음을 보여주는 것이다. 해방으로 인해 일본과 일본인의 직접적인 폭력은 사실상 사라졌지만, 여전히 일본과 일본인의 권력을 이어받은 국가 권력의 폭력이 더 큰 희생과 복종을 강요하는 악순환을 거듭하고 있음을 직시하고자 했기 때문이다.

　이런 점에서 김정한은 친일 청산의 과제를 실천하는 데 있어서 일본과 일본인에 대한 무조건적 비판을 앞세운 민족과 국가의 관점으로는 근본적인 해결책을 찾을 수 없다고 보았다. 즉 친일 청산의 과제는 동아시아 민중의 인권과 평화라는 관점에서 새롭게 논의해야 하는 것으로, 더 이상 가해자로서의 일본과 피해자로서의 조선이라는 이분법을 극단적으로 강조하는 방식을 답습하는 데 머물러서는 안 된다는 것이다. 결국 일본인이든 조선인이든 제국의 폭력에 희생된 피해자의 역사에 공동체적 시선을 가짐으로써, 주변부 소수자로서의 민중 연대의 가능성을 새롭게 열어갈 필요가 있다고 보았던 것이다. 앞에서 논의한 「오끼나와에서 온 편지」에서 해방 이후 세대인 복진의 아버지와 하야시 노인의 관계에서 보여준 한일 관계를 넘어선 민중적 공동체의 재인식을, 복진과 다께오라는 해방 이후의 세대로 이어주는 연속성을 강조하고자 했던 이유도 바로 여기에 있다. 이러한 김정한의 일본 인식은 「오끼나와에서 온 편지」가 발표되기 이전인 1970년대 초반 「산서동 뒷이야기」에서부터 그 가능성을 열어가기 시작했던 것으로 보인다.

(가)
대부분의 사람들은 지금의 이 산서동이란 데로 자리를 옮겨 잡았다. 아니, 바로 그들이 산서동이란 새 부락을 만든 셈이었다.
말은 쉬우나 마을 터를 잡는 데도 난관이 있었던 것이다. 산서동이 자리 잡은, 그 이름도 없던 독메는 원래 그 야산 동쪽에 있는 부락의 공동 산판이었던 만큼, 그곳 토박이들이 쉬 들어줄 리 만무하였다. 물론 근본을 따져 들어가면 당연한 국유지였지만.
아무튼 그 야산 서쪽 비탈을 승낙 받는데도 박수봉씨와 〈이리에쌍〉은 적어도 열 번 이상 동쪽 부락 사람들을 만나러 갔었다.
"제 혼자만 살려고 했더라면야 그렇게까지 안 나부대도 됐을 텐데 ……."

박노인과 〈이리에쌍〉은 가끔 가다 이런 술회를 했었지만, 그들의 검질긴 노력에는 개펄 사람치고 고맙게 안 여기는 사람이 없었다.

-「산서동 뒷이야기」, 4권, 181쪽.

(나)

〈나미오〉의 어머니도 꼭 그런 식으로 살아 왔다.

"이상체? 일분 사람이 머리에 다 이는 거 보래……."

같은 마을 아낙네들은 처음에는 놀랐다. (일본인들은 원래 머리에 잘 이지 않았으니까.) 그러나 오히려 더 친근감을 느끼게 되었다. 더구나 한국 아낙네들과 품앗이까지 같이 하게 되자, 이건 일본 사람이란 생각보다 자기들처럼 못사는 농사꾼의 마누라란 생각이 앞섰다. 그리고 그 많은 일본 사람들이 한국인들을 보고 툭하면 〈요보〉라고 깔보아도 〈나미오〉의 어머니가 그러는 것을 보고 들은 사람은 없었다. 게다가 한국말도 곧잘 했으니까 다 같이 못사는 개펄 농사꾼이지 민족적인 차별감 같은 건 서로가 거의 가지지 않았다.

-「산서동 뒷이야기」, 4권, 183쪽.

(다)

"〈이리에〉란 자는 나쁜 사상 가진 노미여, 일본서도 그러다가 쫓겨났단 말이다."

심지어 일본인 순경들까지 산서동 사람들을 보고 〈이리에쌍〉을 이렇게 욕했다. 그러나 산서동 사람들은 순경들이 그런다고 〈이리에쌍〉을 결코 나쁜 사람이라고 생각하지 않았다. 그와 박수봉씨가 풀려 나왔을 때는 오히려 온 부락민이 그들을 위로하는 잔치까지 벌였다. 물론 요즘 선거 때 곧잘 벌어지는 그 따위 탁주 파티와는 질이 달랐다.

아무튼 이 ㄹ군 농민 봉기사건을 계기로 해서 그는 단 한 사람뿐인 일본인 가담자로 산서동만이 아니라 전 군에 널리 알려졌다. 해방 후 그가 일본으로 돌아갈 때 일부 지방 농민들이 그를 부산 부두까지 전송을 한 것도 실은 이러한 여러 가지 일들이 있었기 때문이었다.

-「산서동 뒷이야기」, 4권, 185쪽.

「산서동 뒷이야기」는 김정한의 소설에서 "한일 관계를 새롭게 사유하고 있는", 즉 "한일 민중 연대의 경험"[10]을 소설화한 대표적 작품으로 평가된다. 일제 말 낙동강 주변의 한 마을을 배경으로 '박수봉'으로 대표되는 조선인 농부와 '이리에쌍'이라는 일본인 농부를 통해 대립과 갈등으로 첨예화된 한일 관계를 넘어선 민중의 공동체적 연대를 잘 보여준다는 것이다. (가)에는 홍수로 이재민이 된 마을 사람들이 '산서동'이라는 새 터전에 정착하는 과정에서, 박수봉과 이리에쌍 두 사람이 이전 비용 청구 투쟁과 산서동 토박이를 설득하는 일 등 모든 일을 협력하여 이루어낸 데 대한 마을 사람들의 감동과 감사의 마음이 잘 나타나 있다. "제 혼자만 살려고 했더라면야 그렇게까지 안 나부대도 됐을 텐데……."라는 그들의 공통된 목소리에서, 일본과 일본인에 대한 민족적 편견과 저항에 갇혀 있을 수밖에 없었던 일제 말의 상황과는 전혀 다른 인식을 발견할 수 있다. 즉 (다)에서처럼 일본인임에도 불구하고 조선 농민들의 편에서 일제의 부당한 횡포에 맞서 함께 싸웠던 이리에쌍의 모습은, "다 같이 못 사는 개펄 농사꾼이지 민족적인 차별감 같은 건 서로 가지지 않"는 한일 관계의 새로운 가능성을 보여주기에 충분했던 것이다. "나도 논부의 아들이요, 소작인의 아들이란 말이요. 그래서 못살아 이곳에 나와 봤지만, 소작인의 아들은 오데로 가나 못 사루긴 한가지야!"(184쪽)라고 항변한 이리에쌍의 목소리를 통해, 일본인과 조선인이라는 민족적 경계를 넘어서 농부와 소작인으로 살아온 계급적 동질성을 확인할 수 있는 것이다. (나)에서 산서동 아낙네들이 이리에쌍의 아내인 나미오의 어머니에 대해서 "일본 사람이란 생각보다 자기들처럼 못사는 농사꾼의 마누라란 생각이 앞섰다"고 말했던

10) 최원식, 「90년대에 다시 읽는 요산」, 『작가연구』 제4호, 1997년 하반기호, 23쪽.

이유도 이와 같은 맥락에서다.

이 소설은 김정한이 와세다대학 시절 방학을 맞아 일시 귀국했을 때 가담했다가 감옥까지 갔었던 '양산농민봉기사건'을 배경으로 한 작품이다. 이 사건으로 유학 생활마저 그만두어야 했지만 스스로 "내 일생의 운명을 결정지은 중대한 원인"[11]이라고 고백했을 정도로, 김정한의 소설을 이해하는 가장 핵심적인 주제 의식과 세계관을 담고 있다는 점에서 상당히 문제적인 작품이다. 일본과 일본인을 무조건적 적대자로 설정하여 이들과의 갈등과 대립에 집중했던 이전의 작품과는 달리, 식민지 하위주체로서 가난한 농민들이 겪어야만 했던 상처와 고통은 조선인 농부나 일본인 농부나 전혀 다르지 않았다는 공동체적 운명을 사실적으로 보여주고자 했던 것이다. 이때부터 김정한은 민족과 국가의 경계를 넘어 민중적 계급의식에 대한 올바른 각성에 바탕을 두고 "강렬한 민족주의의 충돌을 넘어서 민중에 기초한 국제적 연대의 가능성을 탐구"[12]하고자 했다. (다)에서처럼 해방 이후 이리에쌍 가족이 일본으로 돌아갈 때 "농민들이 그를 부산 부두까지 전송을 한 것"은, 해방 당시 신의주고보에 재직하고 있었던 후지다니 교장을 "3·8선까지는 이북의 동래고보 출신들이 보호하고 3·8선에서는 이남의 동래고보 출신들이 인계해서 부산에서 곱게 배 태워 보내드린"[13] 작가의 실제적 경험과도 그대로 겹쳐진다. 앞에서 언급했듯이 동래고보 동맹휴교 사건에서 경찰서 유치장에 있는 조선인 학생들을 모두 석방시킨 장본인이 바로 후지다니 교장이었던 사실과 연결시켜 본다면, 김정한의 일본

11) 김정한, 『낙동강의 파수꾼』, 한길사, 1985, 83쪽.
12) 최원식, 앞의 글, 23쪽.
13) 김정한·최원식(대담), 「그 편안함 뒤에 대쪽」, 『민족문학사연구』 제3호, 창작과비평사, 1993, 291쪽.

인식이 단순히 일본과 일본이라는 민족적 편견에 사로잡혀 있지 않았음을 분명하게 확인할 수 있다.

이러한 김정한의 일본 인식은 「오끼나와에서 온 편지」를 거쳐 1970년대 말 창작된 것으로 추정되는 미완성 미발표작 「잃어버린 山所」[14]에 이르러서는, 제국의 첨병이었던 일본 군인을 공동체적 시선으로 바라보는 단계로까지 심화된다. 앞에서 살펴본 대로 「산서동 뒷이야기」, 「오끼나와에서 온 편지」에서만 하더라도, 일본인에 대한 공동체적 시각은 제국의 임무를 수행하는 주체적 위치의 일본인을 대상화한 것이 아니라 제국의 폭력을 공통으로 경험한 민중으로서의 사적 대상에 국한되는 것이었다. 즉 일본 경찰이나 공무원 같은 공적 대상으로서의 일본인에 대해서는 그 이전 소설에서도 일관되게 부정적으로 묘사했다는 점을 생각한다면, 이 소설에서 일본 군인을 공동체적 대상으로 설정했다는 자체는 상당히 문제적으로 받아들여질 수밖에 없는 것이다. 심지어 이 소설이 일제 말 태평양전쟁 준비를 위해 '남양군도'로 끌려가는 조선인 근로보국대와 그를 인솔하는 일본인 군인 사이에서 "친근감"을 느끼는 "우리" 의식을 표면적으로 부각하고 있어서 더욱 놀라운 지점을 보여준다고 하지 않을 수 없다.

"박 군, 아버지가 안 계시다지?"
후지다는 난간에 허리를 기대며 물었다. 내처 눈두덩을 끔뻑끔뻑하면서.
"야."
학수는 서슴없이 말했다. 그저 누구에게서 들은 게로구나 싶었을 따름

14) 이에 대한 자세한 내용은, 하상일, 「김정한의 미발표작 「잃어버린 山所」 연구」, 『국어국문학』 제180호, 국어국문학회, 2017. 9, 561~588쪽 참조.

이었다.

"일찍 돌아가셨나."

"야."

"몇 살 때?"

"난 아버지 얼굴도 잘 모릅니더."

치근치근한 놈이다 싶었다.

"나와 비슷하군. 나는 세 살 때 어머니를 여위었어. 만주서."

후지다는 목소리가 별안간 낮아졌다. 학수는 곧 그러한 그의 마음속을 촌탁해 보았다.

"그럼 고향에는 어머니 혼자 계시는구면."

후지다는 학수를 다시 돌아보았다.

"야."

학수는 내처 예사롭게만 대답했다.

"그러나 나보다 낫네."

후지다는 담배를 한 대 피어 물더니

"나는 아버지도 죽었어. 만주사변 때 제자리서 출장해서 말이다. 전쟁이란 건 무서운 거야. 우리도 언제 어디서…… 아무튼 우린 다 때를 잘못 타고 났어!"

그는 방금 피어 물었던 담배를 물 위로 던져버리고 바다 쪽을 향해 돌아섰다. 호호한 달빛이 바다를 향해 넓게 펼쳐 보였다.

'우리'란 말과 '때'란 단어가 학수의 기억 속에 스미듯 하며 그로 하여금 후지다에게 별안간 어떤 친근감 같은 것을 느끼게 했다.

－「잃어버린 山所」[15]

「잃어버린 山所」는 김정한의 소설 가운데 일제 말 강제징용과 위안부의 현실을 남양군도의 트라크섬[16]이라는 구체적인 장소를 배경으로

---

15) 인용문은 현재 〈요산문학관〉 전시실에 소장된 원고에서 발췌.

16) 조성윤, 『남양군도 － 일본제국의 태평양 섬 지배와 좌절』, 동문통책방, 2015 참조.

가장 사실적으로 전달하고 있는 작품이다. 일제 말 제국주의 폭력의 실상이 가장 직접적으로 드러난 서사의 참혹함에도 불구하고, 남양군도로 가는 배 위에서 후지다와 학수의 만남을 설정한 것은 그 자체로 상당히 문제적이다. 인용 부분은 일본인 군인 후지다와 남양군도 트라크섬 비행장 건설에 강제 징용되는 주인공 학수가 태평양 한가운데 떠 있는 배 위에서 나누는 대화 장면이다. 후지다는 어린 나이에 어머니와 헤어져 전장으로 끌려가는 학수를 보면서 자신의 처지와 비슷한 데서 오는 연민과 동정의 감정을 드러내지만, 그의 내면에는 "전쟁이란 건 무서운 거야. 우리도 언제 어디서…… 아무튼 우린 다 때를 잘못 타고 났어!"에서처럼 제국의 전쟁에 동원되어 죽음에 대한 두려움을 안고 살아가는 일본인으로서 자신에 대한 한탄이 더욱 깊숙이 담겨 있다. 그리고 학수는 만주사변으로 부모를 잃은 이런 후지다의 모습을 처음에는 "치근치근한 놈이다 싶"어 "내처 예사롭게만 대답"하는 경계심을 가졌지만, 어머니와 헤어져 남양으로 끌려가는 자신을 '우리'라고 부르는 그의 말을 듣고는 "후지다에게 별안간 어떤 친근감 같은 것을 느끼게" 된다. 일본 군인과 조선인 근로보국대라는 가장 적대적인 관계에서조차 제국의 희생이라는 동질적 연결고리가 있음을 보여주려는 작가의 의도를 읽을 수 있는 장면이다. 이처럼 「산서동 뒷이야기」의 '이리에쌍', 「오끼나와에서 온 편지」의 '하야시 노인', 그리고 이 소설의 일본인 군인 '후지다'는, 자신들의 국가 일본의 제국주의를 위해 강제적으로 희생당한 피해자로서의 민중이었다는 점에서 공통된 성격을 가진 인물이다. 따라서 김정한은 이들 일본인이 겪었던 제국주의의 희생을 공동체적 시선으로 바라봄으로써, 가해자로서의 일본인이 아닌 조선인과 같은 피해자의 시선으로 겹쳐 보고자 했던 것이다.

이상에서처럼 해방 이후 김정한의 소설은 친일 청산이라는 역사적 과제를 올바르게 수행하기 위해 일본과 일본인에 대한 민족적 편견을 넘어선 새로운 관계 설정을 시도했다고 할 수 있다. 즉 민족과 국가의 경계를 넘어 권력에 의해 일방적으로 도구화되고 수단화된 한일 민중들의 공통된 현실에 대한 문제적 시각을 열어내고자 했던 것이다. 김정한의 소설이 1960년대에서 1970년대로 넘어오면서 낙동강을 중심으로 토착 민중들이 겪어 온 민족적 수난을 넘어서, 동아시아적 시각에서 제국의 폭력을 경험한 민중들의 공동체적 연대를 모색한 이유도 바로 여기에 있다. 다시 말해 그의 소설은 특정 장소나 공간에 한정된 일국적 시야를 넘어서 제국의 폭력에 희생된 피해자로서의 경험적 동질성을 공유하는 아시아 민중들의 공동체적 연대를 실현하는 가능성으로 나아갔던 것이다. 이러한 과정에서 김정한의 일본 인식은 한일 관계를 이분법적으로 바라보는 무조건적 대립 구조를 벗어나 민족과 국가의 경계를 넘어서 제국의 폭력에 대한 저항과 희생이라는 민중 주체의 관점에서 새로운 관계 설정을 시도했다. 이런 점에서 김정한 소설에 나타난 일본 인식의 변화를 자세히 분석하는 것은, 제국과 식민의 기억을 현재화함으로써 진정한 의미에서의 친일 청산을 완수하고자 했던 김정한 소설의 궁극적인 주제 의식과 세계관을 파악하는 가장 중요한 통로가 된다고 할 수 있다.

4. 맺음말

지금까지 김정한 소설에 나타난 일본 인식을 일본과 일본인을 바라보는 태도의 변화를 중심으로 살펴보았다. 대체로 그의 소설은 식민과 제국의 시절을 비판적으로 증언하는 경험적 서사가 중심을 이루었고,

실제로 자신이 발 딛고 살았던 구체적 장소를 배경으로 주변부 소수자로서 민중들의 소외와 차별을 고발하는 저항의 목소리를 직접적으로 부각하는 데 집중했다. 그 결과 그의 소설 속에 나타난 일본인의 모습은 대부분 일그러진 외형이나 불쾌함을 주는 극단적 행동으로 묘사되었을 뿐만 아니라, 반인권적이고 폭력적인 행태를 서슴지 않는 아주 부정적인 양상을 노골적으로 드러냈다. 이는 일제 말의 현실을 사실적으로 증언하고 기록하고자 했던 김정한의 리얼리즘적 창작 방법과 그대로 일치하는 것으로, 소설과 현실의 상동 관계를 통해 제국과 식민의 기억을 비판적으로 서사화하는 데 목적이 있었다. 그런데 해방 이전 그의 소설에서는 추악한 일본인에 대한 직접적인 비판을 담은 작품이 소수에 지나지 않고, 오히려 제국주의 일본에 협력하는 친일 조선인에 대한 비판이 더욱 전면화되었다는 사실이다. 이러한 결과는 그의 소설에 나타난 일본 인식이 일본과 일본인 그 자체를 대상으로 삼는 데 초점을 두었다기보다는, 제국주의 폭력에 적극적으로 협력하는 친일 조선인의 태도를 통해 간접적이고 우회적으로 전달되는 경우가 많았기 때문이다. 물론 이러한 점은 일제의 검열과 통제로부터 자유로울 수 없었던 해방 이전의 시대 상황에서 비롯된 당연한 결과였겠지만, 이러한 현실적 제약보다는 김정한의 일본 인식이 처음부터 친일 청산의 문제를 어떻게 비판적으로 해결해 나갈 것인가라는 현재의 문제에 초점을 둔 결과였다라고 보는 것이 더욱 타당하다. 즉 그의 소설은 일본과 일본인이라는 민족과 국가의 틀 안에서 인물을 극단적으로 대상화하는 방식이 아니라, 제국의 폭력 앞에서 철저하게 도구화되고 수단화된 피해자의 시선에서 친일 청산의 과제를 민중 주체의 공동체적 관점에서 해결해 나가야 한다고 생각했던 것이다.

김정한의 소설은 해방 이후, 특히 1960년대 중반 문단에 재등장한

이후부터 일본과 일본인을 대상화한 작품을 본격적으로 창작하기 시작
했는데, 이때부터 그의 소설은 일본과 일본인 그 자체를 전면에 내세운
대립 구조를 강조하기보다는, 일본인보다 더 일본인 같은 친일 조선인
의 말과 행동에 투사된 일본 인식을 더욱 문제적으로 부각하고자 했다.
이는 제국과 식민의 기억을 그대로 이어온 역사적 모순의 연속성을
비판하려는 것으로, 식민 권력이 국가 권력으로 대체된 것에 불과한
현실의 모순이 친일 청산을 올바르게 이루어내지 못한 데 원인이 있음
을 분명하게 말하고자 한 것이다. 하지만 이러한 일본 인식 역시 갈등
과 대립의 극단화라는 그의 소설의 구조적 한계를 완전히 해소하지는
못했다는 점에서, 친일 청산이라는 역사적 과제를 진정성 있게 해결해
나가는 궁극적인 방향이 될 수는 없었다. 따라서 김정한은 민족과 국가
라는 완고한 경계를 넘어서 일본인과 조선인의 동질적 경험에 바탕을
둔 식민지 하위주체로서 민중의 공동체적 연대의 가능성을 찾는 방향
으로 나아갔다. 또한 이러한 가능성의 실현은 특정 지역과 국가의 차원
을 넘어서 제국의 기억을 공유하는 동아시아 민중들의 공통된 경험과
도 연결된다는 점에서, 민족과 국가의 경계를 넘어서는 동아시아 민중
연대의 가능성을 새롭게 열어나가는 방향으로 확대하고자 했다. 이러
한 김정한의 일본 인식의 변화는 갈등과 대립으로 증폭되어 온 한일
관계를 새롭게 사유하도록 함으로써, 친일 청산이라는 역사적 과제의
현재적 의미와 방법에 대해 근본적으로 성찰하게 했다는 점에서도 특
별한 의미가 있다. 본고에서는 1960년대에서 1970년대로 넘어가는 지
점에서 김정한의 소설이 특정 지역과 국가를 넘어 동아시아적으로 확
대되었던 소설에 특별히 주목해 보았다. 김정한 소설의 일본 인식 변화
를 집중적으로 살펴보고자 했던 이유도 바로 이러한 문제의식으로부터
김정한의 소설을 읽는 새로운 방향성을 열어나가고자 했던 데 있다.

제2부

김시종과 '재일' 그리고 '분단'

김시종과 '재일(在日)'의 시학

1. 머리말

해방 이후 재일조선인 시문학 연구에 있어서 반복적으로 논의된 가장 중요한 쟁점은 언어, 민족, 국가 등의 이데올로기와 작품 창작의 관련성에 대한 문제였다. 이러한 관점은 재일조선인 시문학의 개념과 범주 그리고 주제를 구속하고 통제하는 도그마로 작용했고, 그 결과 재일조선인 시문학에 대한 논의는 '재일'의 독자성과 특수성에 주목하기보다는 조선어와 일본어, 남과 북, 민단과 총련 등의 대립과 갈등에 초점을 둘 수밖에 없었다. 물론 역사적으로든 이데올로기적으로든 '재일'의 문제는 재일조선인 사회의 현실적 문제들과 밀접하게 연관되어 있었다는 점에서, '재일'의 독자성과 특수성을 주목하는 것과 이러한 현실적 문제에 초점을 두는 것은 전혀 별개의 차원에서 논의될 사항은 아니다. 하지만 이와 같은 대립과 갈등의 문제를 재일조선인 사회 내부의 특수한 주체의 시선으로 바라보지 않고, 남과 북에 의해 규정되고 통제된 재일조선인 사회 외부의 시선으로 획일화하고 제도화하는 것은 상당히 왜곡된 접근이 아닐 수 없다.

이런 점에서 앞으로 재일조선인 시문학 연구는 언어, 민족, 국가에 의해서 규정되었던 왜곡된 주체의 시선을 넘어서, '재일'의 생활과 실

존의 문제에 토대를 둔 새로운 주체의 시선으로 문학사적 의미를 재정
립할 필요가 있다. 이를 위해서는 무엇보다도 '일본에 산다' 또는 '일본
에 있다'와 같은 수동적 차원에서 '재일'의 문제를 바라볼 것이 아니라,
'재일한다[在日する]', 즉 '재일을 살아간다'라는 능동적 차원에서 '재일'
의 주체성을 분명하게 인식하는 적극적인 변화가 요구된다. 다시 말해
재일조선인 시문학은 재일조선인이 살아온 지난 역사에 대한 증언과
기록의 차원을 넘어서 재일조선인 사회를 주체적으로 재구성하는, 즉
지금 재일조선인이 발 딛고 서 있는 지점에서부터 새로운 문제의식을
이끌어내야 하는 것이다. 해방 이후 재일조선인 사회에서 이와 같은
문제의식을 시적으로 형상화하는 데 평생을 헌신하면서 가장 두드러진
성과를 도출한 시인이 바로 김시종이다. 그에 의해 쟁점화된 '재일을
살아간다'라는 문제의식이야말로 재일조선인 시문학이 언어, 민족, 국
가를 포괄하면서도 문학의 예술성과 독자성을 잃지 않는, 즉 '재일'의
시학(詩學)을 독자적으로 열어가는 뚜렷한 가능성과 이정표가 되었다
고 해도 과언이 아니다.

　김시종의 시를 통해 '재일'의 시학을 규명하는 방향은 크게 세 가지
로 정리될 수 있다. 첫째는 김시종의 시 세계를 형성하는 데 있어서
절대적인 영향을 미친 일본의 시인 오노 도자부로[小野十三郎]의 『시론』
이 표방한 '비평'으로서의 서정이 지닌 의미이고, 둘째는 이러한 시론
혹은 시학적 방향 정립이 '재일'의 실존적 근거를 형상화하는 도구로서
일본어를 어떻게 인식했는가 하는 점이며, 셋째는 '재일'의 근거와 '일
본어'에 대한 문제의식을 토대로 '단가적 서정'이라는 일본의 전통적
정감의 세계를 배격하고 '비평'으로서의 시학으로 나아가는 과정에 대
한 이해이다. 이 세 가지 관점은 언어, 민족, 국가에 가로막힌 '재일'을
극복하고, 분단, 이념, 세대를 넘어서는 '재일'의 가능성을 새롭게 열어

가는 핵심적인 문제의식을 담고 있다. '재일'의 독자성을 유지하면서 재일조선인의 실존에 토대를 둔 시학적 지평을 열어나간 김시종의 시 세계는, 식민과 분단의 세월이 남긴 갈등과 대립 속에서 살아가고 있는 재일조선인 사회의 현실을 극복하는 통합적 방향을 보여주는 것이다. 김시종의 시와 시론을 통해 '재일'의 시학이라는 재일조선인 시문학의 독자적 성격을 분석하고 이해하려는 이유도 바로 여기에 있다.

2. 김시종과 오노 도자부로의 『시론』

김시종은 부산에서 태어나 제주에서 자랐고, 광주에서 학생 시절을 거친 후 다시 제주로 돌아왔지만, 제주 4.3항쟁에 가담했다가 수배를 당하여 일본으로 밀항해 오사카에 정착했다. 식민과 해방의 역사적 소용돌이를 직접적으로 경험해야만 했던 우리 민족구성원들 대다수가 그러했던 것처럼, 김시종의 삶 역시 조국과 고향을 등진 채 유민(流民)으로서의 삶을 살아가야만 했던 디아스포라적 운명을 지니고 있었던 것이다. 아무런 연고도 없이 무조건 조국으로부터 떠남을 강요받아야 했던 김시종에게 낯선 땅 일본에서의 정착은 결코 쉬운 일이 아니었다. 특히 제주 4.3항쟁에 연루된 자신을 철저하게 숨기지 않으면 언제 다시 조국으로 송환될지 모르는 불안과 두려움을 억누르며 살아야만 했던 세월은, 재일조선인으로 살아가는 김시종의 의식을 송두리째 지배하는 억압인 동시에 원죄로 내면화되지 않을 수 없었다. 그에게 조국과 고향은 영원히 잊어서는 안 되는 근원적 그리움의 장소임에도 불구하고, 다시는 기억해서는 안 되는 망각의 장소로 여길 수밖에 없는 내적 고뇌를 짊어지고 살아가야만 했던 것이다. 그리고 이러한 양가적 감정

과 태도는 재일조선인으로 살아가는 자신의 삶의 방향에 극심한 혼란
을 가중시켰고, 특히 조국과 고향을 그리워하는 근원적 정감의 세계를
마주하는 시인으로서의 자기모순을 심화시켰다. 즉 당위적 진실로서
의 '조국'에 대한 지향과 일상적 진실로서의 '재일'의 현실 사이에서
재일조선인으로 살아가는 시인으로서의 올바른 방향성을 찾는다는 것
은 지독한 자괴감에 시달리는 일이 되지 않을 수 없었던 것이다. "나를
묶고 있는 운명의 끈은 당연히 내가 자라난 고유의 문화권인 조선으로
부터 늘어져 있"지만, "내게 묶인 일본이라는 나라 역시 또 하나의 기점
이 되어 나의 사념 안으로 운명의 끈을 늘어뜨리고 있"다는, 그래서
"나는 양쪽 끈에 얽혀, 자신의 존재 공간을 포개고 있는 자"[1]였다는
고백에서 재일조선인으로 살아가는 김시종이 직면했던 혼란과 모순을
충분히 짐작하고도 남음이 있다.

　이러한 김시종의 내적 모순과 갈등은 일본의 아나키즘 시인 오노
도자부로와의 만남을 계기로 극적인 전환점을 맞이하게 된다. 김시종
은 1950년대 초반 일본 공산당에 가입하여 민전 오사카 본부에서 문선
대 활동을 했었는데, 그 무렵 도톤보리[道頓堀] 거리의 '덴규[天牛]'라는
헌책방에서 오노 도자부로의 『시론』이라는 책과 운명적으로 만나게
되었던 것이다. "그 때의 당혹과 충격은 그 후의 나를 결정했다고 말해
도 좋을 정도"[2]라고 스스로 고백할 만큼, 김시종에게 오노 도자부로의
『시론』은 재일조선인 시인으로서 '재일을 살아가는' 데 있어서 절대적
인 가치와 지향점이 되었다고 할 수 있다.

1)　김시종, 윤여일 옮김, 『조선과 일본에 살다』, 돌베개, 2016, 234쪽.
2)　김시종, 윤여일 옮김, 위의 책, 239쪽.

시란 이런 것이고 미란 이런 것이라는 나의 믿음을 뿌리부터 뒤집은 것으로 『시론』과 오노 도자부로는 내게 존재합니다. 고향에서 멀어진 자, 고국에서 떨어져 나온 자에게 가향(家鄕)이란 것은 감상을 흠뻑 적셔주는 정서를 불러일으킵니다. 낯선 이국에서의 괴로운 생활 가운데 향수는 사실 고독한 나를 위로해주기도 했습니다. 그러한 내가 '고향'이라는 문자에 매료되어 무심코 읽은 단장(短章)의 한 구절에 늘씬하게 두들겨 맞았던 것입니다.

"고향이란 구마모토라든가 신슈라든가 도호쿠라고 말하는 놈들이 있다. 나는 언제까지고 구마모토나 신슈나 도호쿠를 향해 복수할 작정이다." 이웃하여 "위안의 욕구로서의 향토는 향토에 값하지 않는다."고도 나와 있습니다. 나의 심정을 들여다보고 있는 것처럼, 나를 감싸주는 어딘지 모를 정감과 정념의 '고향'을 가차 없이 잘라버렸던 것입니다. 위안은커녕 오히려 복수해야 할 것이라는 말을 듣노라면, 겨우 기댈 만한 곳마저 헐리는 것 같아 나의 고독감은 갈 곳 잃은 나그네처럼 격화되는 것이었습니다.[3]

조국과 고향에 대한 근원적 죄의식과 부채감에 사로잡혀 있는 김시종에게, "정감과 정념의 '고향'"을 "위안은커녕 오히려 복수해야 할" 비판적 대상으로 사유하는 오노 도자부로의 시적 인식과 태도는, "늘씬하게 두들겨 맞"아 "겨우 기댈 만한 곳마저 헐리는 것 같"은 충격과 혼돈으로 다가오지 않을 수 없었다. "만약 내가 일본으로 오지 않았다면 이 시인의 시적 사상이 열어 보이는 서정의 내질은 짐작도 못 해본 채 끝났"을 것이고, "그야말로 자유롭게 영탄의 정감을 싸질러대는 역겨운 '서정시인'이 되었을지도 모릅니다."[4]라는 김시종의 직접적인 말

3) 김시종, 윤여일 옮김, 위의 책, 240~241쪽.
4) 김시종, 윤여일 옮김, 위의 책, 240쪽.

에서, 영탄적 서정의 세계가 아닌 현실의 중심을 가로지르는 비판적 성찰로서의 김시종의 시세계가 오노 도자부로의 절대적 영향으로부터 형성되었다는 사실을 확인할 수 있다.

오노 도자부로는 1926년에 제1시집 『반쯤 열린 창[半分開いた窓]』을 발표하며 아나키즘 시인으로 출발했고, 1947년 『시론』, 1953년 『현대시수첩』, 1954년 『단가적 서정(短歌的抒情)』 등을 발표하여 시대의 문학적 상황을 개척하며 오사카를 중심으로 활동한 프롤레타리아 시인이다.[5] 그는 "어떤 의미에서 일본의 전통 시가야말로 악질의 정신주의의 마지막 아성이라 할 수 있다"[6]라며 일본 시가의 전통적 미학에 대한 극언을 서슴지 않았는데, "시의 모든 문제가 시인이 품은 사상 내지는 비평에 의해 해결된다"는 점에서 "시의 리듬에 비평을 발견함으로써 저항의식이 예술로 승화되"[7]는 것이 무엇보다도 중요하다는, 즉 '비평'으로서의 시의 의미와 역할을 무엇보다도 강조했기 때문이다. 이처럼 오노 도자부로는 '서정'으로 표상되는 현대시의 영탄적 정감의 세계는 당면한 현실의 문제를 철저하게 외면하고 왜곡하는 감상적이고 허위적인 포즈에 지나지 않는다고 강하게 비판했다.

　　내가 생각하고 있는 서정이란 대체 무엇일까. 그리고 그와 같은 성질을 가진 시의 언어는 무릇 소위 음악적인 유동미를 갖추고 있으며 감각적으로 세련되어 있는 것처럼 보여, '우아'하기도 하고 '순수'하기도 해서 나는 음악적으로 유로되는 시, 우아한 시, 순수한 시는 싫어하는 것이

5) 심수경, 「재일조선인 문예지 『진달래』의 오노 도자부로 수용 양상」, 『일본문화연구』 제64집, 동아시아일본학회, 2017, 183쪽.

6) 김광림, 「小野十三郎(오노 도자브로)의 편향성 – 정신주의 배격한 비평의식」, 『일본현대시인론』, 국학자료원, 2001, 168쪽.

7) 김광림, 위의 책, 177쪽.

된다. 시가 기도에 가까울수록 언어가 순화된다는 것은 많은 시인이나 비평가나 시 애호가의 이상일지는 몰라도 나는 자신의 시의 언어가 그와 같은 방향에 있어서 순화되고 단순화되어도 즐겁지 않다. 왜냐하면 나는 현대시는 그러한 기도의 헛됨, 속임수를 알고 있으며 그곳에 몰아넣는 일을 당하지 않기 위해 저항하고 있는 시라고 믿고 있기 때문이다. 기도를 거절하는 시라고 여기기 때문이다.[8]

"기도의 헛됨, 속임수"라는 말에서 극단적으로 드러나듯이, 오노 도자부로는 서정시가 감정과 정서를 직접적으로 토로하는 정감의 독백 혹은 기도와 같은 것이 되어서는 안 된다는 아주 완고한 입장을 지니고 있었다. "음악적으로 유로되는 시, 우아한 시, 순수한 시는 싫어하는 것이 된다"는 말에서처럼, 이러한 서정시의 형식 미학은 감각적으로 세련된 것처럼 보이게 하는 데만 기여하는 허위에 불과하다는 것이다. 따라서 시의 올바른 방향은 이러한 서정에 내재된 거짓을 걷어냄으로써 "저항하고 있는 시"로서의 형식과 내용을 갖추는 데서 구체적으로 실현된다고 보았다. 이때 '저항'은 형식적으로는 주정적(主情的)인 정감의 세계를 토로하기에 급급한 일본 시가의 음률적 전통을 부정하는 데 있고, 내용적으로는 사상 혹은 사고의 표현에 초점을 두는, 즉 '시=비평'을 가시화하는 데서 의미화 될 수 있음을 주장했다.

이러한 오노 도자부로의 시론은 1950년대 이후 김시종의 시 혹은 시론과 사실상 그대로 일치한다고 해도 과언이 아니다. '바라보는' 대상이 아닌 '살아가는' 대상으로 자연을 의미화 함으로써, 자연이라는 대상을 외경이 아닌 실존의 문제로 인식했던 것도 바로 이러한 이유에서이다. 또한 고향이나 조국과 같은 근원적 그리움의 세계를 향수와

---

8) 김광림, 위의 책, 178쪽에서 재인용.

동경의 정감적 세계로 형상화하지 않고 모순과 부정의 현실적 공간으로 인식했던 것도 이와 같은 문제의식에서 비롯된 것이다. 이러한 시적 인식은 일본 전통 하이쿠[俳句]의 '계절어에 대한 저항'과 '단가(短歌)에 대한 부정'으로 구체화 되는데, 이것은 일본 전통 시가의 정감적 세계에 대한 총체적 비판이라는 점에서 '비평'으로서의 시를 의도한 결과라고 할 수 있다. 또한 이러한 일본적 서정의 세계에 대한 저항과 부정은 일본어를 통해 일본어에 복수하려는 김시종 시인의 언어의식과도 자연스럽게 연결된다. 즉 '일본어에 대한 복수'라는 김시종 시인의 언어적 혁명은 '비평'으로서의 시학이라는 재일조선인 시문학을 정립하는 데 있어서 아주 유효한 방법과 전략이 되었던 것이다.

이처럼 김시종은 오노 도자부로의 『시론』을 자신의 시 창작의 방법론으로 삼아 '재일'의 독자적인 시학을 정립하는 근본적 토대로 삼고자 했다. "재일조선인에게 '조선'이란 '재일'입니다."[9]라는 말에서 알 수 있듯이, '재일'과 '조선'은 절대 분리할 수 없는 운명적 결집체라는 점에서 '재일'의 현실에 깊숙이 뿌리박는 것이야말로 재일조선인 시문학의 본질이 되어야 한다고 보았던 것이다. 따라서 김시종은 "일본에서의 정주를 자명시하면서, 또한 '한국', '조선'을 따라가야 하는 종속의 생을, 나는 거부한다."는 것, 즉 "재일을 사는 나의 주동적 의지"[10]를 관철시키는 저항의 목소리를 통해 재일조선인의 현실을 온전히 대변하는 '재일'의 시학을 정립해 나가고자 했다.

---

9) 김시종, 윤여일 옮김, 『재일의 틈새에서』, 돌베개, 2017, 339쪽.
10) 김시종, 윤여일 옮김, 위의 책, 348쪽.

3. '재일'의 틈새와 '재일조선인어'로서의 일본어

식민지 해방과 좌우의 극심한 대립 그리고 한국전쟁을 거치면서 재일조선인은 그 출발부터 '분단시대'를 살아가는 비극적 운명을 짊어진 존재였다. 그 결과 재일조선인은 남과 북 그리고 일본이라는 세 국가의 틈새에서 정체성의 혼란을 겪으며 살아갈 수밖에 없었다. 따라서 김시종은 "길들여 익숙해진 재일(在日)에 머무는 자족으로부터/ 이방인인 내가 나를 벗어나/ 도달하는 나라의 대립 틈새를 거슬러 갔다 오기로 하자"(「돌아가리」[11])라고, 자신이 서 있는 현재 위치인 이방인의 처지를 벗어나 궁극적으로 나아가야 할 방향으로 "도달하는 나라의 대립 틈새"를 강조했다. 여기에서 "도달하는 나라"는 남과 북을, 그리고 "틈새"는 "조선에는/ 나라가/ 두 개나 있고/ 오늘 나간 건/ 그 한쪽이야./ 말하자면/ 외발로/ 공을 찬 거지."(「내가 나일 때」[12])에서처럼 두 개의 나라로 대립하고 있는 조선의 분단 현실을 그대로 안고 살아가는 '재일'의 장소성을 의미한다. 김시종에게 '재일'은 분단 현실을 넘어서는 통일 조선의 모습을 지향하는 것과 다름없었다. 따라서 그에게 있어서 '재일'은 '남'도 아니고 '북'도 아닌, 오히려 그 틈새를 파고드는 독자적인 장소성을 지닌 공간이라는 점에서 특별한 의미를 지닌다. 그의 말대로 "본국을 흉내 내서 '조선'에 이르는 게 아니라, 이를 수 없는 조선을 살아 '조선'이어야 할 자기를 형성"[13]할 수 있다고 확신했던 것이다.

해방 이후 재일조선인의 민족운동과 노동운동을 이끌어나가기 위해

---

11) 김시종, 유숙자 옮김, 『경계의 시』, 소화, 2008, 172쪽.
12) 김시종, 유숙자 옮김, 위의 책, 31~32쪽.
13) 김시종, 윤여일 옮김, 『재일의 틈새에서』, 339쪽.

1945년 설립됐던 재일본조선인연맹(조련)이 일본 요시다 내각에 의해
강제 해산됨에 따라 일본공산당은 재일조선인과의 연대 강화를 위해
1951년 재일조선통일민주전선(민전)을 결성했다. 하지만 민전 역시 재
일조선인을 민족국가의 독립적인 구성원으로까지는 인정하지 않았으
므로, 1955년 일본과 북한의 국교정상화를 계기로 북한을 사회주의
조국으로 하는 재일조선인총연합회(총련)이 결성되었다. 이때부터 총
련은 재일조선인 조직과 문화 운동에 있어서 북한의 직접적인 지시와
통제를 강화했고, 이에 따라 문학 창작 역시 조선어로 이루어져야 한다
는 공식적인 방침이 정해졌다. 이때 김시종은 조직의 방침에 강력하게
반발하여 총련과의 심각한 갈등을 겪어야만 했는데, 당시 그가 재일조
선인 사회에서 가장 중요한 문제는 '조국', '민족', '국가'와 같은 추상적
이데올로기가 아니라 조국을 떠나 일본에서 살아갈 수밖에 없는 '재일'
의 실존에 대한 비판적 성찰이라고 보았기 때문이다. 즉 그는 '재일'의
근거는 남과 북이라는 이데올로기적 문제가 아닌 인간 존재의 차원에
서 찾아야 한다는 점에서, '재일'의 실존적 위치를 남과 북의 대립과
경계를 넘어서는 창조적인 위치로 의미화해야 한다고 판단했던 것이
다. 그의 첫 시집 『지평선』은 이러한 근본적 의식을 형성하는 시적 토
대를 형상화한 것이라고 할 수 있는데, "다다를 수 없는 곳에 지평이
있는 것이 아니다./ 네가 서 있는 그곳이 지평이다./ 틀림없는 지평이
다."[14]에서 '재일'의 실존적 위치에 대한 김시종의 지향성과 실천적 의
지를 분명하게 이해할 수 있다. 두 번째 시집 『니이가타』에서 이러한
의식은 더욱 구체적으로 드러나는데, 분단의 상징인 38도선을 한반도
가 아닌 일본 땅에서 넘어간다는 상징적 사건을 통해 재일조선인의

14) 김시종, 곽형덕 옮김, 「자서」, 『지평선』, 소명출판, 2018, 11쪽.

조국 지향에 대한 문제의식을 선명하게 드러냈다.

이처럼 김시종은 "재일이야말로 통일을 산다"[15]라는 말을 통해 직접적으로 밝히고 있듯이, 민족 분단과 대립을 넘어서는 길이 '재일'이 궁극적으로 지향하는 방향이 되어야 한다는 사실을 명확하게 인식하고 있었다. 하지만 정작 자신은 총련과의 갈등으로 인해 조국으로의 귀국마저 포기할 수밖에 없는 이데올로기의 희생을 견뎌야만 했다. 따라서 그는 일본에서 살아가면서 남과 북의 대립으로 격화된 분단 현실을 넘어서는 '재일'의 근거를 찾는데 무엇보다도 주력했다. 이것이 바로 '재일을 살아간다'라는 말로 표상된 재일조선인으로서의 주체적 실존을 정립하는 것이었다. 그리고 이러한 실존의 정립은 '조선'이라는 기호를 끝까지 지켜내는, 즉 남도 북도 아닌 일본에서 살아가는 재일조선인으로서의 틈새에 자신의 생산적인 위치를 설정함으로써, 남과 북의 대립이라는 민족 분단 현실을 극복하는 창조와 생성의 역사적 장소성을 구체화하고자 했던 것이다. 이처럼 김시종에게 "'조선'이라고 말할 때의 지리적 상상력은 국경보다는 생활에 입각해 있"[16]었다. 해방과 분단을 거친 재일조선인의 실존적 의미를 가장 잘 대변하는 '이카이노'는 바로 이러한 장소성을 상징적으로 형상화했다는 점에서 특별히 주목할 필요가 있다.

없어도 있는 동네. / 그대로 고스란히/ 사라져 버린 동네./ 전차는 애써 먼발치서 달리고/ 화장터만은 잽싸게/ 눌러앉은 동네./ 누구나 다 알지만/ 지도엔 없고/ 지도에 없으니까/ 일본이 아니고/ 일본이 아니니까/

---

15) 김시종, 윤여일 옮김, 『재일의 틈새에서』, 358쪽.

16) 이진경·카케모또 쓰요시, 「서정에 반하는 서정, 녹슨 시간 속으로」, 김시종, 이진경·카케모또 쓰요시 옮김, 『잃어버린 계절』, 창비, 2019, 109쪽.

사라져도 상관없고/ 아무래도 좋으니/ 마음 편하다네.// (중략)// 시끌벅적 툭 터놓고/ 호들갑을 떨어도/ 음침한 건 딱 질색/ 한물간 시대가 유유자적/ 관습 고스란히 살아남아/ 되돌릴 수 없는 것일수록/ 중히 여겨/ 한 주에 열흘은 줄줄이 제사/ 사람도 버스도 저만치 돌아가고/ 경관마저 드나들지 못해/ 한번 다물었다하면/ 열리지 않는 입이라/ 가벼이/ 찾아오기엔/ 버거운/ 동네.// 어때, 와 보지 않을 텐가?/ 물론 표지판 같은 건 있을 리 없고/ 더듬어 찾아오는 게 조건./ 이름 따위/ 언제였던가./ 와르르 달려들어 지워버렸지./ 그래서 '이카이노'는 마음속./ 쫓겨나 자리 잡은 원망도 아니고/ 지워져 고집하는 호칭도 아니라네./ 바꿔 부르건 덧칠하건/ 猪飼野는 이카이노./ 예민한 코라야 찾아오기 수월해.// (중략)// 바로 그것./ 이카이노가 이카이노가 아닌 것의/ 이카이노의 시작./ 스쳐 지나는 날들의 어둠을/ 멀어지는 사랑이 들여다보는/ 옅은 마음 후회의 시작./ 어디에 뒤섞여/ 외면할지라도/ 행방을 감춘/ 자신일지라도/ 시큼하게 고인 채/ 새어 나오는/ 아픈 통증은/ 감추지 못한다./ 토박이 옛것으로/ 압도하며/ 유랑의 나날을 뿌리내려 온/ 바래지 않는 고향을 지우지 못한다./ 이카이노는/ 한숨을 토하는 메탄가스/ 뒤엉켜 휘감는/ 암반의 뿌리./ 으스대는 재일(在日)의 얼굴에/ 길들여지지 않는 야인(野人)의 들녘./ 거기엔 늘 무언가 넘쳐 나/ 넘치지 않으면 시들고 마는/ 일 벌이기 좋아하는 조선 동네./ 한번 시작했다 하면/ 사흘 낮밤./ 징소리 북소리 요란한 동네./ 지금도 무당이 날뛰는/ 원색의 동네./ 활짝 열려 있고/ 대범한 만큼/ 슬픔 따윈 언제나 날려 버리는 동네./ 밤눈에도 또렷이 드러나/ 만나지 못한 이에겐 보일 리 없는/ 머나먼 일본의/ 조선 동네.

　　　　　　　　　－「보이지 않는 동네」(『이카이노 시집』) 중에서[17]

이카이노는 일본 최대의 재일조선인 거주지로 조국의 모습을 기억

---

17) 김시종, 유숙자 옮김, 앞의 책, 85~92쪽.

하고 보존하는 장소였다는 점에서 '일본 내의 조선'과 같은 의미를 지닌
곳이었다. 1920년대 초부터 이미 '朝鮮町'이라 불릴 정도로 조선인들이
집단을 이루며 살아갔던 곳으로, 비록 재일조선인으로서의 역사적 상
처와 생활의 고통이 고스란히 남아 있다 하더라도 남과 북으로 이원화
된 이데올로기의 추상성과 관념성을 뛰어넘어 민족이 하나 되는 '재일'
의 실존을 온전히 구현해내는 문제적 장소임이 틀림없었다. "없어도
있는 동네"라는 모순을 안고 살아가는, 그래서 지도에도 없고 이름도
없고 표지판도 없는, 일본의 행정구역에서 이미 사라진 지 오래인, "예
민한 코라야 찾아오기 수월한 곳"이 바로 '이카이노'였던 것이다. 여기
에서 "예민한 코"는 재일조선인의 혈연적 동질성을 드러낸 것으로, 재
일조선인으로서의 공동체적 경험과 감각만이 찾을 수 있는 장소임을
상징적으로 보여준다. 또한 "한 주에 열흘은 줄줄이 제사"에서 짐작할
수 있듯이, 식민과 해방 그리고 분단으로 이어진 역사적 상처와 고통이
오롯이 새겨진 아픔의 장소일 뿐만 아니라, "전차는 애써 먼발치서 달
리고/ 화장터만은 잽싸게/ 눌러앉은" 것처럼 일본의 차별과 불평등이
극단적으로 자행된 장소이기도 했다.[18]

　　하지만 김시종은 자신이 서 있는 바로 그 지점이 새로운 역사를 열어
가는 지평이 되어야 한다는 의식으로 이카이노의 현실을 부정적으로만
바라보지 않고 재일의 현실을 변화시키는 생산적인 의미를 지닌 장소
로 재인식하고자 했다. "활짝 열려 있고/ 대범한 만큼/ 슬픔 따윈 언제

---

18) 이카이노의 장소성과 재일조선인 그리고 재일조선인 문학의 관련에 대해서는 다음 논문
　　을 참고할 만하다. 유숙자, 「오사카 이카이노의 재일한국인문학」, 『한국학연구』 제12
　　집, 고려대 한국학연구소, 2000. 7, 123~146쪽; 문재원·박수경, 「'이카이노'의 재현을
　　통해 본 재일코리안 디아스포라 공간의 로컬리티」, 『로컬리티 인문학』 제5집, 부산대학
　　교 한국민족문화연구소, 2011. 4, 125~165쪽; 양명심, 「재일조선인과 '이카이노'라는
　　장소」, 『동악어문학』 제67집, 동악어문학회, 2016. 5, 153~176쪽.

나 날려 버리는 동네"라고 말하고 있듯이, 이카이노의 역사적 현실을 재일조선인의 상처와 고통 밖으로 이끌어내고자 했던 것이다. 다시 말해 이카이노라는 '재일'의 현실에 철저하게 발붙이고 살아가면서도 이카이노의 역사를 정직하게 응시하고 비판적으로 성찰하는, 즉 이카이노에서부터 이카이노를 넘어서는 '재일'의 실존을 실천적으로 열어나가고자 했던 것이다. 이와 같은 문제의식에서 남과 북의 이데올로기적 대립은 재일조선인 사회의 본질적인 문제가 될 수 없었다. 즉 이카이노는 남과 북으로 이원화된 이데올로기적 대립의 장소가 아니라 이들 사이의 갈등이 만들어 놓은 균열과 틈새를 메우는 통합의 방향을 지향하기 때문이다. 이것이 바로 '재일'이라는 '틈새'이고, 이 틈새를 깊이 사유하고 언어화하는 것이야말로 '재일'의 시학이 지향해야 할 진정한 가치라고 보았던 것이다.

> 나를 묶고 있는 운명의 끈은 당연히 내가 자라난 고유의 문화권인 조선으로부터 늘어져 있습니다. 그런데 지식을 한창 늘려야 할 나이였던 내게 묶인 일본이라는 나라 역시 또 하나의 기점이 되어 나의 사념 안으로 운명의 끈을 늘어뜨리고 있습니다. 말하자면 나는 양쪽 끈에 얽혀, 자신의 존재 공간을 포개고 있는 자입니다. 일본에서 태어나고 자란 세대들만이 '재일'의 실존을 기르고 있는 것이 아니라 일본으로 돌려보내진 나도 못지않게 '재일'의 실존을 양성하고 있는 한 명인 것입니다. 확실히 그것이 나의 '재일'임을 깨닫습니다. 일본에서 정주한다는 것의 의미와 재일조선인으로서의 존재 가능성을 파고들도록 이끈 '재일을 산다'라는 명제는, 이리하여 나에게 들어앉았습니다.[19]

---

19) 김시종, 윤여일 옮김, 『조선과 일본에 살다』, 234쪽.

이처럼 김시종은 남과 북 그리고 일본이라는 세 국가의 경계와 혼돈
을 넘어서는 재일의 '틈새'를 사유하고 실천함으로써 '재일'의 실존을
형상화하는 것을 가장 중요한 시적 방향으로 삼았다. 그리고 이러한
'재일'의 실존은 민족, 국가와 같은 이데올로기의 차원을 넘어서 언어
의 중층성 혹은 독자성을 실현하는 데서 더욱 의미 있게 형상화될 수
있다고 보았다. 그가 "재일조선인이 지닌 '일본어'는 '재일조선인어'로
서의 '일본어'"[20]가 되어야 한다고 했던 이유도 바로 여기에 있다. 일본
어라는 식민지 종주국의 언어를 선택할 수밖에 없었던 재일조선인의
현실적 상황을 맹목적으로 비판하기에 앞서, 이러한 현실을 넘어서기
위해 일본어를 무기로 오히려 일본어에 저항하는 역설적 태도를 갖출
필요가 있다고 판단했던 것이다. 다시 말해 일본어이지만 정통의 일본
어가 아닌, '재일'의 틈새를 실천적으로 사유하고 행동하는 '재일조선
인어'로서의 일본어가 저항적 언어가 되도록 하는 시적 전략을 정립하
고자 했던 것이다.

　해방 이후 재일조선인들에게 언어의 문제는 그들의 실존과 정체성
을 대변하는 상징적 성격을 지니고 있었다. 조국의 해방은 곧 언어의
해방을 의미했으므로, 해방 이전까지 일본어를 사용했다 하더라도 해
방 이후까지 계속해서 일본어를 사용하는 것은 그 자체로 민족을 배반
하는 행동으로 낙인찍힐 수밖에 없었다. 하지만 당시 재일조선인들 상
당수가 처한 실제적 현실은 이러한 민족적 당위성 앞에서 무기력할
수밖에 없었다. 1938년 일제가 조선어 교육을 사실상 폐지한 이후 제도
교육을 통해 제대로 된 조선어 교육을 받지 못한 사람들이 너무도 많았
기 때문이다. 특히 일본에서 열악한 생존과 생활을 이어 나갔던 재일조

---

20) 김시종, 윤여일 옮김, 『재일의 틈새에서』, 295쪽.

선인으로서는 해방 이전 일본어의 사용은 이데올로기의 차원이 아닌
자신들의 생명과 직결되는 현실적 언어 선택이었음을 간과해서는 안
된다. 따라서 해방 이후 조선어의 사용은 그 당위성은 충분히 인정한다
하더라도 실제로 조선어를 자유롭게 구사하는 것이 사실상 불가능했던
측면이 많았다. 총련 결성 이후 조선어로만 창작을 해야 한다는 조직의
일방적 방침에 맞서 일본어 사용을 고수했던 김시종의 현실적 선택은
바로 이러한 재일조선인의 현실을 철저하게 외면하는 민족적 당위성과
이데올로기 정책에 대한 강력한 반기였다. "일본이 패함으로써 조선인
으로 되돌아가 소위 '해방된' 국민이 되긴 했으나, 종전이 될 때까지
나는 제 나라의 언어 '아'자 하나 쓸 줄 모르는 황국 소년이었습니다."[21]
라는 자신의 모습에서, 재일조선인 사회가 처한 자기모순을 정직하게
응시하고 이해하지 않을 수 없었기 때문이다.

실제로 김시종은 보통학교 2학년까지 일주일에 겨우 한 시간 정도
조선어 공부를 했던 것이 전부였으므로 '국어'는 '조선어'가 아닌 '일본
어'가 될 수밖에 없었다. 그 결과 그의 정신과 의식을 지배하는 제1의
언어는 일본어가 되어 버린 현실을 결코 부정할 수 없었던 것이 사실이
다. 해방 이후 "그야말로 손톱으로 벽을 긁는 심정으로 제 나라의 언어
를 '가나다'부터 배우기 시작했"지만, "사고의 선택이나 가치 판단이
조선어에서 오는 것이 아니라, 일본어에서 분광되어 나"[22]오는 자기모
순을 극복한다는 것은 너무도 어려운 숙제였다. 따라서 김시종은 일본
어를 사용하면서도 일본어를 무너뜨리는, 일본어이면서도 일본어가
아닌 '재일조선인어'를 사용함으로써 일본인으로 굳어지는 감성과 사

21) 김시종, 「내 안의 일본과 일본어」, 『아시아』 2008년 봄호, 101쪽.
22) 김시종, 「내 안의 일본과 일본어」, 101~102쪽.

유를 전복시키는 방법을 적극적으로 찾을 수밖에 없었다. "일본어로 일본어에 보복을 자행하는 독특한 형태"로서의 "이단의 일본어"[23]는 바로 이렇게 탄생했다. 그리고 그의 시가 지향하는 '재일'의 실존은 이와 같이 "잔잔하고 아름다운 일본어임과 동시에 어딘가 삐걱대는 문체", "장중하면서도 마치 부러진 못으로 긁는 듯한 이화감이 배어나오는 문체"[24]를 통해 '재일'의 시학이라는 독특한 시적 세계를 열어나갈 수 있었다.

> 나빠지게 몸에 감춘 야박한 일본의 아집을 쫓아내고, 더듬더듬한 일본어에 어디까지나 사무쳐서 숙달한 일본어에 잠기지 않는 내가 되어야 한다는 것, 그것이 내가 껴안고 있는 나의 일본어에 대한 보복입니다. 나는 일본에 보복할 것을 언제나 생각하고 있습니다. 일본에 익숙한 자기에 대한 보복, 내 의식의 밑천을 차지하는 일본어에 대한 보복, 이런 보복이 결국에는 일본어의 내림을 다소나마 펼쳐서, 일본어에 없는 일본어의 기능을 갖출 수 있을까 모르겠습니다만, 나의 일본어에 대한 오랜 보복은 그때야 비로소 완성될 것입니다.[25]

김시종에게 '재일조선인어'로서의 일본어는 "숙달한 일본어에 잠기지 않는", "일본어에 없는 일본어의 기능을 갖"춘, "일본어에 대한 보복"을 실천하는 저항적 언어이다. 그리고 그것은 결국 일본어를 사용하면서도 절대 일본인의 의식과 감성에 동화되지 않는, 그래서 끊임없이 일본어의 규범을 위반하거나 이화 하는 언어이다. 그의 시가 "자꾸만

---

23) 김시종, 유숙자 옮김, 위의 책, 8쪽.
24) 호소미 가즈유키, 오찬욱 옮김, 「세계문학의 가능성 – 첼란, 김시종, 이시하라 요시로의 언어체험」, 『실천문학』 1998년 가을호, 303~304쪽.
25) 김시종, 「나의 문학, 나의 고향」, 『제주작가』 2006년 하반기호, 88쪽.

딱딱하게 굳어지고 문장은 점점 짧아집니다"26)라고 말하는 데서 알 수 있듯이, 일본어의 아름다움을 배격하기 위해 의도적으로 가장 일본어답지 않은 일본어를 사용함으로써 일본어에 대한 보복을 실천하고자 했던 것이다. 이처럼 김시종의 시가 '재일'의 시학을 구체화하는 데 있어서 '재일조선인어'로서의 독특한 일본어를 사용했다는 사실 그 자체부터가 저항적이고 실천적인 의식과 태도를 드러낸 것이 아닐 수 없다. "나는 언어를 펼치기보다 자신을 형성해온 언어를, 의식의 웅덩이 같은 일본어를 시의 필터로 걸러내는 작업에 몰두합니다"27)라는 말에서 이러한 문제의식은 선명하게 부각된다. 남과 북 그리고 일본이라는 세 국가의 혼란과 혼돈의 틈새를 살아가는 재일조선인으로서, 자신의 의식과 감성을 일본이라는 현실로부터 걸러내는 필터와 같은 역할을 하는 데 '시'라는 무기가 절대적으로 필요했던 것이다. 이처럼 김시종에게 시는 '재일'이라는 틈새를 살아가는 재일조선인의 실존을 담은 역사적 성찰의 목소리였다는 점에서, '재일'의 시학은 재일조선인의 역사와 시대를 증언하고 기록하며 비판하는 가장 강력한 성찰적 무기가 되었음이 틀림없다.

4. '단가(短歌)적 서정'의 부정과 '비평'으로서의 시학

앞에서 살펴봤듯이 '재일'과 '시'의 결합, 즉 '재일의 시학'을 올바르게 정립하고 실천하려는 김시종의 시와 시론의 핵심은 자신의 삶을

26) 김시종, 「내 안의 일본과 일본어」, 113쪽.
27) 김시종, 「내 안의 일본과 일본어」, 113쪽.

규정하는 '재일'의 실존과 언어 의식에 밀접하게 연관되어 있었다. 그
리고 이러한 문제의식을 구체적으로 실천하기 위해서는 무엇보다도
주정적 정감에 기초한 동일성의 서정을 극복하는 '비평'으로서의 서정
이라는 새로운 시 의식이 절대적으로 요구되었다. 이를 위해 김시종은
오노 도자부로의 『시론』에 기대어 서정시의 전통에 대한 보편적 인식
과 미학적 규범에 대한 편견을 근본적으로 전복시키는 새로운 시학적
방향을 열어나가고자 했다. 즉 동일성의 세계관에 입각하여 자연과 인
간의 조화를 추구하는 일본 전통 서정시인 '단가'를 철저하게 부정하는
오노 도자부로의 시론[28]에서, '재일을 살아가는' 시인으로서 일본어로
일본어에 보복하는 저항적 언어의 가능성을 발견할 수 있었던 것이다.
따라서 김시종은 일본의 전통 서정에 대한 부정을 통해 혁명적 세계관
을 실천하는 방향으로 나아가는 것이 '재일'의 시학이 지향해야 할 가장
올바른 이정표가 되어야 한다고 주장했다. 다시 말해 7·5조의 전통적
율격에 갇혀 있는 일본 전통 '단가'의 서정적 세계를 부정하는 것이야말
로, 비판적 현실 인식에 바탕을 둔 '재일'의 시학이 '비평'으로서의 서정
이라는 새로운 미학적 지평을 열어내는 의미 있는 방향이 될 수 있다고
확신했던 것이다.

　　확실히 일본은 자연의 혜택을 받은 나라입니다. 아름다운 사계가 있
　　고, 노래에나 나올 것처럼 산은 푸르고 물이 깨끗한 나라입니다. 그렇기
　　에 단가나 하이쿠는 국민적 시가의 지위를 전통적이라 해도 좋을 정도로

---

28) 오노 도자부로는 "단가의 정형화된 31자의 음수율 속에 거대한 공룡 같은 것이 골격을
　　이루고 있으며, 그것은 외부에서 들어오는 그 어떤 혁명적인 것도 그 의미를 소멸시켜
　　버리고 종래의 세계관과 사회관에 용해되어 버리는 강력함이 있다고 지적하며 새로운
　　시는 단가적 서정에서 벗어난 새로운 서정 즉 "현실로 하여금 부르짖게 한다"는 방법의
　　새로운 리얼리즘이어야 한다"라고 보았다. 심수경, 앞의 논문, 186쪽.

계속 유지하고 있습니다. 도시화 현상 속의 과소화(過疎化)라 함은 사람의 정감을 얽매는 자연이, 사람의 마음을 치유해야 할 자연이 흔한 곳일수록 사실 사람이 살아갈 수 없는 상태와 이어집니다. 그러니 그것은 그대로 소중한 자연을 소외시키고 있음에 다름 아닙니다. 그런데도 일본의 단시 형태의 문학 대부분은 그 자연에 마음을 가득 담아서 정감 넘치게 찬양하고 있습니다. 그러므로 서정시라는 것은, 정확히 말하자면 근대풍의 서정시라 함은 자연의 아픔을 뒤돌아보지 않는 것이기에 '비평'을 안고 있는 창조 의식과는 동떨어진 미의 소산입니다. 요컨대 정감이 빚어낸 '자연'입니다. (중략)

자연을 사랑하여 금방이라도 감정이입이 가능한 그런 일본인의 정감이 과다한 감수성은 관련을 맺기보다는 바라보고, 깊이 비평하기보다는 감상하는 방관자적인 기풍을 뿌리내리는 데 유효하게 작용하고 있다고 저는 보고 있습니다. 그런 기풍을 밑바탕으로 해서 일본의 시적 서정성은 이어져 왔으니 사회의 동향이라든가 자기 응시라고 하는 활동적인 문제의식은 시라는 형태로는 좀처럼 익숙하지 않아 이상합니다.[29]

단가적 서정의 부정은 일본어의 세계에 깊숙이 침윤된 김시종 자신과 같은 재일조선인의 경험적 현실을 의식적으로 극복하기 위한 전략적 선택이기도 했다. 즉 "나에게 닥쳐온 식민지라는 것은, 아주 정다운 일본의 동요였고, 창가(唱歌)였고, 다키 렌타로[瀧廉太郎]의 '꽃'과 '황성(荒城)의 달'"이었으므로, "정감이 풍부한 일본의 노래는 내 몸을 완전히 감싸 안아, 아무런 저항도 없이 나를 신생 일본인으로 만들어 주었"[30]

---

29) 김시종, 곽형덕 옮김, 「시는 현실 인식의 혁명」, 『지평선』, 소명출판, 2018, 204~205쪽.
30) 김시종, 「지금 있는 장소」, 『김시종의 시 – 또 하나의 일본어』, 우카이 사토시, 「김시종의 시와 일본어의 미래」, 미우라 노부타카·가스야 게이스케 엮음, 이연숙 외 옮김, 『언어제국주의란 무엇인가』, 돌베개, 2005, 516~517쪽에서 재인용.

다는 엄연한 사실을 결코 부정할 수 없었기 때문이다. 그 결과 자신의
시 창작에서 "운율을 맞춘 음수율 없이는 시가 아니"라는 보편적 서정
시의 미학을 그대로 따르려고 했고, "그 때문에 일본어는 아름다운 언
어라고 진심으로 생각"[31]하기도 했던 것이다. 그만큼 김시종을 비롯한
상당수의 재일조선인들에게 단가의 정형시적 율격은 일본 전통 서정의
미학에 무의식적으로 침윤되게 하는 아름다운 형식 미학으로 내면화되
기에 충분했던 것이다.

따라서 김시종은 '재일'의 시학은 일본 전통의 자연 의식에 바탕을
두고 보편적 정감의 세계를 형상화한 '단가적 서정'을 강하게 부정하는
데서부터 출발해야 한다는 점을 무엇보다도 강조했다. 일본어의 가장
아름다운 규범처럼 인식되어 온 단가를 부정하여 스스로 일본 시가의
무의식적 전통에 깊숙이 침윤되지 않도록 하는 것, 그래서 의식적으로
일본 서정시의 음률적 전통을 깨뜨리는 방향으로 일본어에 대한 보복
을 실현하는 것이 필요하다고 보았던 것이다. 이러한 시도는 자연을
관조와 감상의 대상으로만 인식함으로써 자연과 더불어 살아가는 인간
의 생활을 철저하게 외면해온 전통 시학의 미학적 허위성에 대한 강한
비판을 담고 있다. 따라서 김시종은 "자연은 마음을 편안하게 해준다/
라는 말은 수정되어야 한다", "자연은 아름답다, 라는/ 지나가는 여행자
의 감상은 젖혀두어야 한다."라고 단호하게 말했다. "거기 살고 싶어도
살 수 없던 사람과/ 거기 아니면 이어갈 수 없는 목숨 사이에서/ 자연은
항상 다채롭고 말이 없다"(「마을」)[32]는 사실을 직시해야만 했던 것이다.
"자연에 마음을 가득 담아서 정감 넘치게 찬양하"는 데만 골몰하는 "단

31) 김시종, 유숙자 옮김, 위의 책, 9쪽.
32) 김시종, 이진경·카케모토 쓰요시 옮김, 위의 책, 10쪽.

가나 하이쿠"와 같은 일본의 "국민적 시가"가 내포하고 있는 서정적
전통은, 자연과 함께 살아가는 인간의 실존을 송두리째 외면해 버림으
로써 자연을 인간의 삶과 무관한 추상적이고 관념적인 대상으로 왜곡
하는 결정적 한계를 드러냈기 때문이다. 따라서 김시종은 '재일'의 생
활 혹은 실존의 문제를 담은 리얼리티를 철저하게 외면한 채 오로지
자연을 평화롭고 아름다운 상징으로만 형상화하는 왜곡된 시적 태도에
대해 강한 불만을 표명했다. 다시 말해 "정감이 빚어낸 '자연'"이라는
미학적 허위성에 대한 비판적 성찰을 통해 자연과 인간이 함께 어우러
지는 현실적이고 구체적인 시선을 요구했던 것이다. 이러한 그의 시학
적 방향은 오노 도자부로의 시론에 반영된 자연 의식에 크게 기대고
있다.

> 나무 이름도
> 풀 이름도
> 그다지 모른다.
> 새 이름도 곤충 이름도 모른다.
> 모두 잊었다.
> 지독히 부정확한 지식과 기억을 더듬어
> 野外의 초목을 본다. 농작물을 가리킨다.
> 작은 새들의 이름을 부른다.
> 자연은 대꾸하지 않는다.
> 나는 벌써 오랫동안 그것 없이 지내왔다.
> 오늘 아침 나는 저 埋立地에서
> 불쑥 종달새 같은 것이 하늘로 날아오르는 것을 보았다.
> (아마 그것은 종달새겠지)
> 세상에는 나무도 풀도 새도 곤충도 존재하지 않는다.
> 완전한 기억 상실 속에서

모리[森]라든가 노구치[野口]라든가
아유카와(鮎川)라든가
그런 이름을 많이 외웠다.

　　　　　　　　　　　- 오노 도자부로, 「자연혐오」[33]

　　인용한 오노 도자부로의 시는 '자연 혐오'라는 제목에서 직접적으로
드러나듯이, 인간과 전혀 교감을 나누지 못하는 망각과 부재의 대상으
로서의 자연의 모습에 대한 부정과 혐오의 의미를 담고 있다. 화자가
"나무", "풀", "새", "곤충"과 같은 자연의 세계를 전혀 기억하지 못하고
오래전부터 그것들을 부재의 대상으로 인식할 수밖에 없었던 것은, 실
제로 자연이 현실 속에서 부재했거나 인간과 함께 존재하지 못했기
때문이 아니라 "모리[森]라든가 노구치[野口]라든가/ 아유카와(鮎川)라
든가/ 그런 이름"이 더욱 중요한 기억의 대상으로 자신들의 내면을 억
압해 왔기 때문이다. 즉 화자의 자연 혐오는 자연 그 자체에 대한 혐오
라기보다는 자연을 혐오하게 만든, 그래서 "완전한 기억 상실 속에서"
"세상에는 나무도 풀도 새도 곤충도 존재하지 않는다."라고 극단적으
로 인식하게 만든 거짓된 현실에 가장 큰 원인이 있었던 것이다. 특히
이러한 현실의 모순은 "모리[森]라든가 노구치[野口]라든가/ 아유카와
(鮎川)라든가/ 그런 이름", 즉 일본 신흥재벌을 대표하는 이름이 암묵적
으로 강요하는 억압에 결정적 이유가 있었다. 이를 통해 화자는 자본에
의해 축적된 근대의 이면에 인간과 자연의 순수한 교감을 억압하고
통제하는 권력적 장치가 있다는 사실을 알레고리적으로 비판하고 있는
것이다. 여기에서 오노 도자부로는 현대시가 지녀야 할 가장 중요한
문제의식을 상징적으로 제시하고 있는데, 그것은 중심 권력에 의해 소

---

33) 김광림, 앞의 글, 177쪽에서 재인용.

외받고 차별받는 세계에 대한 비판과 저항의 목소리를 담아내는 것이다. 현대시의 모든 문제를 시인의 사상을 담은 비평적 관점과 시각으로 바라보아야 한다는, 즉 '비평'으로서의 서정으로 나아간 오노 도자부로의 시론은 바로 이러한 문제의식에서 비롯된 것이다.

> 시를 그저 막연한 '음악'의 상태로 인식하는 것이 아니라 '비평'으로 감지할 수 있는 능력, 이것이 문제이다. 솔직히 말하면 현대시란 서정의 내부에 있는 이 비평의 요소를 자각하는 데서 출발하는 시라고 보아도 좋다. (중략) 지금까지의 시적 개념에서 말하면 감정에 호소하는 것, 즉 서정의 작용은 사물을 생각하는 것이고, 비판하는 작용이란 다른 마음의 질서에 속하는 것처럼 보이면서 거기에서 이자택일 식으로 시의 본질은 서정이라는 결론이 쉽게 도출되었지만, 오늘날에는 생각하는 일, 비판하는 일은 서정의 작용 그 자체와 무관하지 않을 뿐 아니라 실로 그 서정의 성질을 좌우하고 결정하는 중대한 요소라는 견해가 점차 유력해지고 있다. 그리고 비평이라는 것은 사상이 암묵 속에 활동하는 상태를 의미하므로 이것은 다시 말하면 시와 사상의 관계 문제로 귀착한다고 해야 한다.[34]

오노 도자부로의 비판적 서정으로서의 시 의식은, 앞서 살펴본 "누구나 다 알지만/ 지도엔 없고/ 지도에 없으니까/ 일본이 아니고/ 일본이 아니니까/ 사라져도 상관없"다라고 여겨지던 '이카이노'의 현실에 그대로 대입된다. 단가적 서정의 세계가 보여주는 '자연' 혹은 '고향'의 세계가 권력에 의해 규범화되고 재단되어 버린 추상적이고 허위적인 실체에 지나지 않는다는 점에서, 김시종은 일본에 의해 철저하게 외면

---

34) 오노 도자부로, 「시의 본질」, 『현대시수첩』, 1953, 3~4쪽. 심수경, 앞의 논문, 185쪽에서 재인용.

당하는, 그래서 존재 자체를 부정당하는 것과 같은 극심한 차별을 겪고 있는 '이카이노'의 장소성을 통해 재일조선인의 현실을 알레고리적으로 보여주고자 했던 것이다. 김시종의 시가 '계절어에 대한 저항'[35]으로 사회역사적 자아의 모습을 두드러지게 형상화한 것도 바로 이러한 의식 때문이다. 일본 전통 시가에서 자주 사용되는 계절 이미지를 철저하게 거부함으로써, 여름을 계절의 시작으로 삼아 봄이라는 계절의 끝에 이르는 역사적 의미로 재해석된 자연 혹은 계절의 의미를 시적으로 형상화한 것이다. 여기에서 '계절'은 단순히 자연의 순환을 의미하는 것이 아니라 해방 이후 우리 역사의 슬픔과 고통이 오롯이 새겨진 역사적 의미를 내포하고 있다. 따라서 김시종의 시에서 '자연'은 찬미의 대상이 아니라 일본에서 살아가는 '재일'의 생활과 실존을 비추는 거울과 같은 상징적 의미로 형상화된다.[36] '계절어에 대한 저항'을 통해 "죽음마저도 미화되며, 그것에 의해 현실 인식이 뒤틀려버려 전해져야 할 역사적 기억의 계승이 불가능해지"[37]는 재일조선인의 모순적 현실을 정직하게 응시하고자 했던 것이다.

이처럼 김시종은 "오늘날에는 생각하는 일, 비판하는 일은 서정의

---

35) 우카이 사토시는 김시종의 시가 "계절어의 쾌락에 대한 저항이라는 고투(苦鬪)를 거쳐 태어난" 것으로 보고, 그가 공유할 수 없었던 1945년 8월의 여름, 제주도 4·3항쟁과 5월 광주민중항쟁, 관동대지진(9월 1일), 재일조선인연맹 해산(9월 8일), 조선인학교폐쇄령(10월 19일)을 겪은 가을, 그리고 마지막으로 재일의 혹한을 견뎌야 했던 겨울에 이르기까지, 일본의 국민 정서를 대변하는 단가나 하이쿠의 계절적 세계의 공감과는 전혀 다른 '재일의 시간'을 통해 '저항'의 의미를 생성하고자 했던 것이다. 우카이 사토시, 앞의 글, 518쪽 참조.
36) 김시종의 시에서 '계절'이 형상화하는 뒤틀린 이미지의 역사적·경험적 의미에 대해서는, 하상일, 「김시종의 '재일'과 제주 4·3의 시적 형상화」, 『한민족문화연구』 제65집, 한민족문화학회, 2019, 73~98쪽 참조.
37) 오세종, 「위기와 지평 - 『지평선』의 배경과 특징」, 『지평선』, 앞의 책, 222쪽.

작용 그 자체와 무관하지 않을 뿐 아니라 실로 그 서정의 성질을 좌우하
고 결정하는 중대한 요소"라는 오노 도자부로의 견해에 절대적으로 기
대어, '재일'의 시학이 역사와 현실에 대한 날카로운 비평의 성격을 표
방해야 한다고 보았다. "서정의 내부에 있는 이 비평의 요소를 자각하
는 데서" 재일의 시학이 출발되어야 한다는 점에서, 재일조선인의 삶과
유리된 허위적 자연의 세계에 포섭된 서정적 자아의 내면을 외부로
확장시킬 필요가 있다는 것이다. 이는 시정신과 비평정신이 만나는 지
점에서 '재일'의 역사적 현실과 정직하게 마주할 필요가 있다는 것으
로, "시와 사상의 관계 문제"가 '재일'의 시학에 있어서 가장 본질적인
토대가 되어야 한다는 점을 강조한 것이다. 이때 '사상'은 정치사회적
측면의 외적 문제에 초점을 둔 것이라기보다는 역사와 현실 앞에 서
있는 서정적 주체의 내면세계에 더욱 집중하는 것을 의미한다. '서정=
비평'이라는 문제의식은 바로 이러한 내적 세계의 형상화가 보여주는
시와 사상의 관계에서 비롯된 실천적 개념이라고 할 수 있다.

5. 맺음말

김시종은 재일조선인의 역사적 현실과 실존적 상황에 맞선 '부정'과
'저항'의 정신을 사상적 토대로 삼아 '재일'의 시학이 나아가야 할 올바
른 방향을 정립하고자 했다. 따라서 그는 '재일'을 살아가는 시인으로
서 재일의 실존을 외면한 채 동일성의 세계에 바탕을 둔 관념화되고
추상화된 자연을 형상화하는 데 몰두하는 것을 가장 우선적으로 경계
했다. 즉 일본의 정감 어린 미학적 전통을 담은 단가적 서정의 음률적
지향을 넘어섬으로써 재일조선인 사회의 당면 현실을 비판적으로 성찰

하는 저항의 목소리를 담아야 한다고 보았던 것이다. 시의 리듬에 비평을 결합함으로써 저항의식을 예술로 승화시켜야 한다는 오노 도자부로의 '비평'으로서의 시학은, 이러한 '재일'의 시학을 올바르게 정립하는데 있어서 가장 유효한 방법적 전략으로 수용되었다.

　김시종의 '재일'의 시학은 일본어가 아닌 일본어, 즉 '재일조선인어'라는 독특한 언어 의식에 바탕을 두고 있다는 점도 상당히 문제적이었다. 만일 그의 시가 여느 일본어와 전혀 다를 바 없는 일본어로 재일조선인의 삶을 형상화했다면, 굳이 그의 시를 두고 '재일'의 시학이라고 명명할 이유가 없을지도 모른다. 하지만 일본어로 일본어를 파괴한다는 역설적 논리 그 자체가 김시종의 시를 구조화하는 시적 방법론이므로, 그의 시에서 '재일조선인어'로서의 일본어는 권력화된 식민의 언어인 일본어가 강요한 일차적 기호 체계를 넘어서는 중층적이고 복합적인 언어로 재구조화되었다는 점에서 특별한 의미가 있다. 즉 '재일조선인어'로서의 김시종의 시적 언어는 재일조선인 사회의 차별과 불평등을 비판하는 아주 유효한 시적 장치가 됨으로써, 재일조선인 사회 깊숙이 억압되고 은폐되어 있었던 여러 가지 문제에 균열을 내는 의미심장한 주제 의식으로 구현되었던 것이다.

　'의식의 정형화'라는 이데올로기적 구속 역시 재일의 독자적인 의식과 실존적 경험을 담아내는 데 있어서 커다란 장애가 된다는 사실을 분명히 한 점도 김시종의 '재일'의 시학에서 중요한 문제이다. 이에 대해 김시종은 "영광을 바치겠습니다/ 신년의 영광을/ 조국의 깃발이며 승리를 나타내는/ 우리들의 수령 앞에!/ 이와 같은 시는 나에게는 무감각 이상의 혐오조차 느껴지고, 이 이상 나는 거짓으로라도 똑같은 시를 쓸 수 없습니다. 그뿐만 아니라 읽고 싶지도 않습니다"[38]라는 단호한 입장을 피력했다. 1955년 총련 결성 이후 자신이 만든 『진달래』 잡지의

시 창작 방향을 둘러싸고 치열한 논쟁[39]을 벌일 수밖에 없었던 가장
큰 이유도, '재일'의 시학을 올바르게 정립하는 데 있어서 조직의 강령
에 구속된 의식화된 정형의 탈피는 반드시 해결해야 한다고 보았기
때문이다. 이는 '재일'의 시학을 이데올로기의 차원이 아닌 재일조선인
의 실존적 차원에서 접근해야 한다는 근본적 인식을 보여주는 것이
아닐 수 없다. 따라서 김시종은 '재일을 살아간다'라는 명제를 통해 언
어, 민족, 국가라는 '재일'의 '틈새'를 통합적으로 인식하고 사유함으로
써 재일조선인의 자기 정체성을 올바르게 정립하는 것이 무엇보다도
중요한 과제라고 보았다. 이러한 근본적 토대 위에서 오노 도자부로의
'단가적 서정'의 부정과 '비평'으로서의 서정을 시적 전략으로 삼아 '재
일'의 시학을 독자적으로 열어 나가고자 했던 것이다.

---

38) 김시종, 「盲と蛇の押問答:意識の定型化と詩を中心に」, 『ヂンタレ』 18호, 1957, 3쪽. 이
   한정, 「김시종과 일본어, 그리고 '조선어'」, 『현대문학의 연구』 제45집, 한국문학연구학
   회, 2011, 93쪽에서 재인용.
39) 이에 대한 자세한 논의는 하상일, 「김시종과 진달래」, 『한민족문화연구』 제57호, 한민
   족문화학회, 2017, 61~90쪽 참조.

김시종의 '재일'과
제주 4·3의 시적 형상화

1. 머리말

김시종은 1929년 부산에서 태어나 1935년 제주도로 이주하였고, 1942년 광주에 있는 중학교에 진학하기 전까지 줄곧 제주도에서 성장했다. 해방 이후 다시 제주도로 돌아와 〈제주도 인민위원회〉 활동을 시작했으며, 1947년 〈남조선노동당〉 예비당원으로 입당하여 제주 4·3 항쟁에 가담했는데, 1948년 5월 '우편국 사건' 실패 후 검거를 피해 은신하며 지내다가 이듬해 1949년 5월 아버지가 준비해준 밀항선을 타고 제주도를 탈출하여 일본 고베 앞바다 스마[須磨] 부근으로 밀항했다. 이후 일본공산당에 가입하여 본격적으로 재일조선인 조직 운동에 참여하기 시작했고, 1950년 5월 26일 『신오사카신문』의 '노동하는 사람의 시(働く人の詩)' 모집에 '직공 하야시 다이조[工員林大造]'라는 이름으로 일본어 시 「꿈같은 일(夢みたいなこと)」을 발표하였으며, 1951년 〈오사카재일조선인문화협회〉에서 발간한 종합지 『조선평론』 창간호에 「유민애가(流民哀歌)」를 발표한 것을 시작으로 2호부터 편집에 참여하다가 4호부터는 김석범에 이어 편집 실무를 책임졌고, 1953년 2월에는 조직의 지시에 의해 〈오사카조선시인집단〉을 결성하고 시 전문 서

클지 『진달래(チソダレ)』를 창간했다.[1]

특히 『진달래』는 일본 공산당 산하 민족대책본부의 지령으로 김시종이 편집 겸 발행인이 되어 창간했는데, 문학을 통해 오사카 근방의 젊은 조선인들을 조직한다는 정치적 목적을 지니고 있었다. 하지만 모더니스트 시인 정인(鄭仁)을 배출하는 등 점차 문학 자체를 추구하는 장으로 변화해 갔고, 1955년 5월 〈재일본조선인총연합회〉(이하 조총련) 결성 이후 좌파 재일조선인 운동의 방침이 크게 전환되면서 북한의 직접적인 감시와 통제 속에서 조직의 거센 비판을 받게 되어 1958년 10월 20호로 종간되었다. 이후 1959년 6월 김시종, 정인, 양석일 3명이 『진달래』의 정신을 이은 『가리온』을 창간했으나 이 역시 조직의 압력으로 불과 3호만 발간하고 중단되고 말았다. 이처럼 재일조선인 조직과의 첨예한 대립과 갈등은 김시종의 이후 활동과 시집 발간 등에도 상당히 악영향을 미쳤는데, 1955년 첫시집 『지평선』, 1957년 두 번째 시집 『일본풍토기』를 발간했지만, 세 번째 시집으로 기획되었던 『일본풍토기Ⅱ』는 『진달래』 문제로 〈총련〉과의 갈등이 깊어지면서 그 원고마저 분실하여 발간하지 못했다. 1970년 『니이가타』를 출간하면서 다시 시 창작 활동을 활발히 이어갔는데, 『삼천리』에 연재했던 『이카이노 시집』(1978)을 비롯하여 『광주시편』(1983), 『들판의 시』(1991), 『화석의 여름』(1998) 등을 지속적으로 출간했다. 이처럼 김시종은 해방 이후

---

1) 지금까지 출간된 대부분의 책에서 김시종의 출생지를 '원산'으로 명기했으나, 최근 출간된 자전에서 그는 "나는 항만도시 부산의 해변에 있는 '함바[飯場]'에서 태어났다"고 새롭게 밝혔다. '원산'은 아버지의 고향을 그대로 이어받은 것으로, 김시종은 유년 시절 그곳에 있는 친가에 잠시 맡겨진 적은 있지만 태어난 곳은 '원산'이 아니라 '부산'인 것이다. 김시종에 관한 자세한 연보는 다음 책들을 참고할 만하다. 김시종, 윤여일 옮김, 『조선과 일본에 살다』, 돌베개, 2016; 윤건차, 박진우 외 옮김, 『자이니치의 정신사』, 한겨레출판, 2016; 김시종, 윤여일 옮김, 『재일의 틈새에서』, 돌베개, 2017.

재일조선인 시인 가운데 가장 활발한 시작 활동을 펼친 것은 물론이거니와, 재일조선인 조직 운동과 재일조선인 시문학 운동의 중심에서 보여준 그의 면모는 재일조선인이 책임져야 할 시대정신을 가장 선도적으로 이끌어 왔다고 평가할 수 있다.

본고에서는 김시종의 시를 제주 4·3과의 연관성 속에서 그 의미를 정리해 보고자 하는 데 주된 목적이 있다. 즉 그가 민족 혹은 국가 이데올로기의 억압과 폐쇄성을 넘어서 '재일'의 독자성과 주체성을 무엇보다도 강조해 왔다는 점에 주목하여, '재일한다[在日する]'라는 적극적인 의지로 심화된 그의 언어 의식과 실존 의식이 제주 4·3을 증언하는 역사의식과 어떻게 만나는지에 대해 살펴보고자 하는 것이다. 다만 실제로 그가 제주 4·3의 직접적 체험을 세상에 알리기 시작한 것이 2000년에 이르러서야 비로소 가능했다[2]는 점에서, 그의 시에 형상화된 제주 4·3의 모습은 현장성이 강화된 직접적인 성격을 드러내기보다는 폭력의 시대가 자행한 유사한 다른 사건들에 기대어 간접적이고 암시적으로 형상화된 경우가 대부분이었다. 따라서 김시종과 제주 4·3의 시적 형상화는 다분히 상징적이고 비유적인 방식으로 부당한 시대에 대한 저항의 목소리를 드러내는 성격을 지녔다. 이러한 특징은 김시종에게 있어서 제주 4·3이 자신의 삶과 시를 규정하는 근원적 바탕이 되어 왔음을 의미하는 동시에, 오랜 세월 그로부터 받은 상처와 고통을 원죄처럼 감추고 살아올 수밖에 없었던 자신의 비극적 운명에 대한 비판적 성찰에서 비롯된 결과이다. 이런 점에서 그동안 김시종의 삶과

---

[2] 김시종이 제주 4·3의 경험을 처음 공공장소에서 언급한 것은 〈제주도 4·3사건 52주년 기념 강연회〉(2000년 4월 15일)에서이다. 이때의 강연 내용은 『図書新聞』 2487호 (2000년 5월)에 게재되어 있다. 김석범·김시종, 문경수 편, 이경원·오정은 역, 사회과학연구소 편, 『왜 계속 써왔는가 왜 침묵해 왔는가』, 제주대학교출판부, 2007, 15쪽.

제주 4·3을 연결 짓는 지속적인 논의 위에서 그의 시가 제주 4·3을 어떻게 형상화했는지를 이해하려는 시도는, '재일'의 역사를 짊어진 채 살아온 김시종의 시와 삶을 총체적으로 이해하는 길잡이가 될 수 있을 것으로 기대된다.

2. '재일'의 근거와 '비평'으로서의 시적 지향

제주 4·3에 가담했다는 이유로 일본으로 밀항을 선택할 수밖에 없었던 김시종은 자신과 제주 4·3의 관련성을 철저하게 숨기며 살아야만 했다. "설령 죽더라도, 내 눈이 닿는 곳에서는 죽지 마라. 어머니도 같은 생각이다."[3]라는 마지막 말로 자신을 떠나보낸 아버지의 뼈저린 심정에서 충분히 알 수 있듯이, 그에게 일본으로의 밀항은 생활이 아닌 생존을 위한 최후의 수단이었으므로 자신의 신분을 노출하는 상황을 초래하는 일은 결코 없어야 했기 때문이다. 만일 신분이 탄로나 붙잡히게 되면 오무라[大村] 수용소로 보내지고 그 이후 본국으로 송환되어 처형당할 지도 모른다는 불안감이 그의 일본 생활 내내 벗어날 수 없는 고통으로 남겨져 있었다. 따라서 그는 조국의 운명을 등지고 도망친 자신의 행동에 대한 자책감과 일본 정착에서 비롯된 불안감을 넘어서는 방편으로 일본 공산당에 가입하여 조직적인 운동의 차원에서 문학 활동을 전개해 나갔다. 하지만 그는 1955년 조총련 결성 이후 재일조선인 조직이 문화 운동에 있어서 북한에 의한 직접적인 지시와 통제를 강화함에 따라, 문학 창작 역시 조선어로 이루어져야 한다는 공식적인

---

3) 김시종, 윤여일 옮김, 『조선과 일본에 살다』, 앞의 책, 223쪽.

방침에 반발하여 조총련과의 심각한 갈등을 겪어야만 했다. 당시 김시
종이 무엇보다도 강조한 것은 '조국', '민족', '국가'와 같은 추상적인
이데올로기가 아닌 조국을 떠나 일본에서 살아갈 수밖에 없는 '재일'의
실존에 대한 비판적 성찰에 있었다. 즉 '재일'의 근거는 인간 존재의
차원에서 찾아야 한다는 점에서, "일본인이 일본에 살고 있는 것, 즉
인간으로서 존재한다는 것이 무엇인가 하는 문제와 같은 정도로 무거
운 문제"[4]라는 사실을 절대 간과해서는 안 된다는 김석범의 견해와 일
치하는 문제의식을 견지하고자 했던 것이다. 따라서 그는 '재일'의 실
존적 위치를 남과 북의 대립과 경계를 넘어서는 창조적인 위치로 의미
화하는 김석범의 문제적 시각[5]을 전적으로 수용함으로써 제주 4·3이
라는 비극적 운명을 극복하는 길은 민족 분단을 허물어뜨리는 '재일'의
독자적인 공간을 확보하는 데 있다고 보았다. 그의 첫 시집 『지평선』은
이와 같은 의식의 기본적인 토대를 마련하려는 시도였다고 할 수 있는
데, "다다를 수 없는 곳에 지평이 있는 것이 아니다. / 네가 서 있는
그곳이 지평이다. / 틀림없는 지평이다."[6]라는 단정적 어법에서 '재일'
의 실존적 위치에 대한 그의 확고한 신념과 의지를 읽어낼 수 있다.
그리고 이와 같은 '재일'의 근거에 대한 문제의식은 두 번째 시집 『니이

4) 김석범, 「'在日'とはなたか」, 『季刊三千里』 18호, 1979년 여름, 28쪽; 김계자, 「김시종 시의 공간성 표현과 '재일'의 근거」, 『동악어문학』 제67집, 동악어문학회, 2016. 5, 180 쪽에서 재인용.
5) 김석범은 "'재일'은 남북에 대해서 창조적인 위치에 있다. 이는 남북을 초월한 입장에서 조선을 봐야 한다는 의미이고, 또 의식적으로 그 위치 즉 장(場)에 적합한 스스로의 창조적인 성격을 형성할 필요가 있다."고 하면서, '재일'의 위치를 "남북을 총체적으로 혹은 객관적으로 볼 수 있는 장소에 있기 때문에 그 독자성이 남북통일을 위해 긍정적으로 작동하지 않으면 안 된다."라고 했다. 김석범, 앞의 글, 35쪽. 김계자, 앞의 글, 180~181쪽에서 재인용.
6) 김시종, 곽형덕 옮김, 「자서」, 『지평선』, 소명출판, 2018, 11쪽.

가타』에서 분단의 상징적 경계인 38도선을 넘어가는 재일조선인의 조국 지향을 통해 더욱 구체적인 의미를 드러낸다. 하지만 정작 자신은 조총련과의 갈등으로 인해 북한으로의 귀국을 포기할 수밖에 없었다. 따라서 그는 일본에서 살아가면서 남과 북의 분단 현실을 넘어서는 '재일'의 근거를 찾는데 주력했는데, 이것이 바로 '재일을 산다'라는 재일조선인으로서의 주체적 실존을 정립하는 것이었다.

> 북조선으로 '귀국'하는 첫 번째 배는 1959년 말, 니이가타항에서 출항했는데, 『장편시집 니이가타』는 그때 당시 거의 다 쓰여진 상태였다. 하지만 출판까지는 거의 10년이라는 세월이 흐르지 않으면 안 됐다. 나는 모든 표현 행위로부터 핍색(逼塞)을 강요당했던 터라, 오로지 일본에 남아 살아가고 있는 '재일'의 의미를 스스로 생각해 발견해야만 하는 입장에 서게 되었다. 이른바 『장편시집 니이가타』는 내가 살아남고 생활하고 있는 일본에서 또다시 일본어에 맞붙어서 살아야만 하는 "재일을 살아가는(在日を生きる)" 것이 갖는 의미를 자신에게 계속해서 물었던 시집이다.[7]

이처럼 김시종은 "재일을 살아가는" 시인으로서, 제주 4·3의 기억을 극복해 나가는 '재일'의 근거 찾기에 주력하며 시작 활동을 전개해 나갔다. 그리고 이러한 시적 지향은 "내가 살아남고 생활하고 있는 일본에서 또다시 일본어에 맞붙어서 살아야만 하는" 이유와 근거를 자신에게 끊임없이 되묻는 과정이었다. 여기에서 그는 일본어로서 일본어에 보복하는 것, 즉 숙달된 일본어를 의식적으로 뒤틀어버리는 데서 일본어로부터 구속된 자신을 벗어나려는, 그래서 일본에서 일본인 되기를 강

---

7) 김시종, 곽형덕 옮김, 「시인의 말」, 『니이가타』, 글누림, 2014, 7~8쪽.

요당하지 않으려는 '비평'으로서의 시 의식을 정립하고자 했다. 이러한 그의 의식적 노력에는 동일성으로서의 세계관에 입각하여 자연과 인간의 조화를 추구하는 전통 일본 서정시인 '단가(短歌)'를 부정하는 오노 도자부로의 『시론』으로 받은 영향이 절대적이었다.

김시종은 1949년 일본으로 밀항해 오사카 이카이노에서 임대조라는 이름으로 생활할 때 오사카 난바에 있는 헌책방에서 오노 도자부로의 『시론』을 발견하고서, '재일'을 살아가는 시인으로서의 운명이 나아가야 할 방향성을 정립했다고 여러 차례 밝힌 바 있다. 즉 '재일'과 '시'의 결합으로서의 김시종의 운명은 일본의 시인 오노 도자부로의 시론을 만나면서 비로소 결정되었다고 해도 과언이 아닌 것이다. 그렇다면 오노 도자부로의 시론에서 무엇이 김시종의 시적 방향과 운명을 결정짓는 중요한 요인이 되었던 것일까. 이러한 물음에 대한 답은 김시종의 시와 시론의 핵심을 관통하는 형식과 내용을 설명하는 것인 동시에, 그의 삶을 규정하는 '재일'의 실존과 언어 의식과도 밀접한 연관성이 있다. 실제로 김시종은 『'재일'이라는 협곡에서』에서 "시란 이런 것이고, 아름답다는 것은 이런 것이다, 라는 나의 편견을 저 밑바닥부터 완전히 뒤집어 버린 것이 『시론』과 오노 도자부로의 존재였습니다."[8] 라고 말할 정도로, 김시종에게 끼친 오노 도자부로의 영향은 그의 삶과 시를 총체적으로 규정하는 근거가 되었던 것이다.

오노 도자부로는 오사카를 중심으로 일본 프롤레타리아 문학 운동을 했던 시인이다. 그는 "현대시란 서정의 내부에 있는 비평의 요소를 자각하는 데서 출발한다"라고 하면서, "오늘날에는 생각하는 일, 비판

8) 심수경, 「재일조선인 문예지 『진달래』의 오도 도자부로 수용 양상」, 『일본문화연구』 제64집, 동아시아일본학회, 2017, 184쪽에서 재인용.

하는 일은 서정의 작용 그 자체와 무관하지 않을 뿐만 아니라 실로
그 서정의 성질을 좌우하고 결정하는 중대한 요소"라고 주장한다. 이는
"시를 그저 막연한 '음악'의 상태로 인식하는 것이 아니라 '비평'으로
감지할 수 있는 능력"[9]의 문제로 파악하는 것으로, 여기에서 '비평'이
란 시가 사상과의 밀접한 연관 속에서 이루어져야 한다는 점을 강조하
려는 의도를 포함하고 있다. 즉 '전통 서정'에 대한 부정을 통해 혁명적
인 세계관을 실천적으로 구현하는 현실 인식이야말로 '서정'으로서의
시가 갖추어야 할 가장 중요한 방향이 되어야 한다고 보았던 것이다.
그가 7·5조의 전통적 율격에 갇혀 있는 일본 전통시 '단가'의 서정적
세계를 부정하고 새로운 서정으로 나아가고자 한 것은, 바로 이러한
'비평'으로서의 시적 지향이 보여주는 비판적 현실 인식에 바탕을 두고
서정의 새로운 가능성을 탐색하고자 했기 때문이다.

> 제가 경애하는 오노 도자부로의 『시론』을 보면 시적 행위 – 요컨대
> 시에 주력하는 의지적인 행위라 받아들여도 될 것 같습니다만 – 라 함은
> "느슨하고 지루한 시간인 일상생활의 바닥에 보이는 항상적인 저항의
> 자세"라고 설명하는 구절이 나옵니다. 익숙해진 일상으로부터의 이탈과
> 그렇게 익숙해진 일상과 마주하는 것이 시를 낳는 원동력이라고 말하고
> 있음에 다름 아닙니다. 적어도 자의적인, 우연한 사념조작(思念操作)이
> 그려내는, 혹은 그려낼 요량으로 있는 추상 능력으로는 시적 행위를 만
> 들어낼 수 없다는 뜻이기도 합니다.[10]

이처럼 김시종은 오노 도자부로의 시론으로부터 '단가적 서정의 부

---

9) 오노 도자부로, 『현대시수첩』, 창원사, 1953, 3~4쪽. 심수경, 앞의 글, 185쪽에서 재
    인용.
10) 김시종, 「시는 현실 인식의 혁명」, 『지평선』, 앞의 책, 198쪽.

정'[11]과 '정형화된 의식의 탈피'[12]라는 두 가지 '저항'의 의미를 발견했
다. 앞서 살펴봤듯이 그는 자신의 시가 일본어에 대한 보복이 되어야
한다는 점을 무엇보다도 중요한 과제로 설정했는데, 이를 구체화하는
데 있어서 일본 시의 전통성과 고유성을 파괴하고 전복하는 것이야말
로 상당히 유효한 시적 전략이 되었던 것이다. 따라서 그는 일본어의
가장 아름다운 규범처럼 인식되어 온 단가를 부정하여 스스로 일본
시가의 무의식적 전통에 깊숙이 침윤되지 않도록 함으로써, 의식적으
로 일본시의 음률적 전통을 깨뜨리는 방향으로 일본어에 대한 보복을
실현하고자 했던 것이다. 또한 이러한 일본어와 일본 시에 대한 전복은
'재일'이라는 실존적 상황과 조건 속에서 조국과 민족이라는 관념적
이데올로기가 강요하는 '의식의 정형화'를 탈피하여 '재일'의 특수성을
구현하는 방향으로 나아가야 한다고 보았다. 다시 말해 정치적인 것과
문학적인 것의 차이를 도외시한 채 조직의 통제와 지시 안에서 문학의
자율성을 잃어버리는 것은 결국 '재일'의 실존을 외면하는 결과가 된다
는 점에서 결코 받아들일 수 없었던 것이다. 따라서 김시종은 '부정'과
'저항'으로서의 사상적 지향을 담은 오노 도자부로의 '비평'으로서의
시론을 토대로 그것을 구체적으로 실천하고 형상화하는 데서 '재일'을

---

11) 오노 도자부로는 "단가의 정형화된 31자의 음수율 속에 거대한 공룡 같은 것이 골격을
   이루고 있으며, 그것은 외부에서 들어오는 그 어떤 혁명적인 것도 그 의미를 소멸시켜
   버리고 종래의 세계관과 사회관에 용해되어 버리는 강력함이 있다고 지적하며 새로운
   시는 단가적 서정에서 벗어난 새로운 서정 즉 "현실로 하여금 부르짖게 한다"는 방법의
   새로운 리얼리즘이어야 한다"라고 보았다. 심수경, 앞의 글, 186쪽.
12) 김시종은 "민족 혹은 국가 이데올로기가 강요하는 시의 정형성, 즉 획일화된 형상적
   체계와 이미지는 재일의 삶과 문제의식에는 맞지 않는 것이므로, 재일의 시와 조국의
   시는 분명 달라야 한다"고 하면서, 이러한 '정형화된 의식의 탈피'에서부터 재일조선인
   시문학의 주체적 방향을 모색해야 한다고 주장했다. 하상일, 「김시종과『진달래』」, 『한
   민족문화연구』제57집, 한민족문화학회, 2017, 73~74쪽.

살아가는 시인으로서의 올곧은 시적 방향을 정립하고자 했다. 즉 동일
성을 구현하는 조화와 찬미의 세계에 바탕을 둔 자연을 제재로 한 전통
서정이 보여주는 음률적 지향을 넘어, 현실을 사유하고 비판하는 '비평'
으로서의 시적 지향을 새로운 서정의 태도로 정립해야 한다고 보았던
것이다. 이는 제주 4·3이라는 근원적 죄의식과 불안을 극복해야만 했
던 평생의 과제를 실천하는 가장 의미 있는 시와 시론의 방향이 되었다.

3. 제주 4·3의 기억과 시적 형상화 : 여름에서 봄까지

김시종은 시집 『잃어버린 계절』에서 "'4월'은 4·3의 잔혹한 달이며,
'8월'은 찬란한 해방(종전)의 백일몽의 달이다."[13]라고 했다. 이 두 계절
은 그에게 있어서 자신의 존재를 송두리째 앗아간 잃어버린 기억이면
서 동시에 결코 잊어서는 안 되는 시간이 아닐 수 없다. 8·15 해방부터
4·3까지, 그는 이 잃어버린 시간을 증언하기 위해 지금까지 '재일'의
근거를 찾으며 시를 써 왔다고 해도 과언이 아니다. 그는 일본 전통
시가에서 자주 사용되는 계절 이미지를 철저하게 거부하는 '계절어에
대한 저항'을 방법적 전략으로 삼아 여름에서 봄에 이르는 역사로서의
계절을 시적으로 형상화하는 데 주력했다. 그에게 있어서 '계절'은 단
순히 자연의 순환을 의미하는 것이 아니라, 해방 이후 우리 역사의 슬
픔과 고통이 오롯이 새겨진 뼈아픈 순간이었기 때문이다. 또한 그에게
있어서 '자연'이란 찬미의 대상이 아니라 일본에서 살아가는 '재일'의
생활과 실존의 대상이었으므로, 그는 '계절어에 대한 저항'을 통해 "죽

---

13) 윤여일, 「부재의 재」, 김시종, 윤여일 옮김, 『조선과 일본에 살다』, 앞의 책, 278쪽.

음마저도 미화되며, 그것에 의해 현실 인식이 뒤틀려버려 전해져야 할 역사적 기억의 계승이 불가능해지"[14]는 현실을 강하게 비판하고자 했던 것이다. 그래서 김시종의 시는 봄에서 겨울에 이르는 일반적인 계절의 순서가 아닌 '여름에서 봄까지'의 계절을 따라가며 그 시간에 투영된 역사를 증언하고자 했다. 그리고 그 역사의 중심에는 그가 평생 말하고 싶었지만 침묵할 수밖에 없었던 제주 4·3의 기억이 있었음에 틀림없다. 김시종에게 "여름은 계절의 시작"(「여름」, 『잃어버린 계절』)[15]이 될 수밖에 없었던 것이다.

> 이대로 다시 여름이 오고/ 여름은 다시 메마른 기억으로 하얗게 빛나/ 발산하는 도시에서 곶[岬]의 끄트머리로 물러나는가./ 염천에 메말라 버린 목소리의 소재는/ 거기선 그저, 나른한 광장의 이명(耳鳴)이며/ (중략)/ 허공에 아우성은 끊기고/ 이글거리던 열기도/ 아지랑이일 뿐인 여름에/ 벙어리매미가 있고/ 개미가 꾀어드는/ 벙어리매미가 있고,/ 반사되는 햇살의/ 통증 속에서/ 한 가닥 선향(線香)이/ 가늘게 타오르는/ 소망의/ 여름이 온다./ 여름과 더불어/ 가 버린 세월의/ 못 다한 백일몽이여.
>
> ‒「여름이 온다」 중에서[16]

김시종의 시에는 '벙어리매미'의 형상이 자주 등장한다. "나는 겨우 스물여섯 해를 살았을 뿐이다./ 그런 내가 벙어리매미의 분노를 알게 되기까지/ 100년은 더 걸린 듯한 기분이 든다."(「먼날」, 『지평선』)[17]에서

14) 오세종, 「위기와 지평‒『지평선』의 배경과 특징」, 『지평선』, 앞의 책, 222쪽.
15) 김시종, 유숙자 옮김, 「'경계' 위의 서정 : 在日 시인 김시종 四時 시집 『잃어버린 계절』」, 『서정시학』 23(3)호, 2013, 74~75쪽.
16) 김시종, 유숙자 옮김, 『경계의 시』, 소화, 2008, 108~109쪽.

알 수 있듯이, 그의 시에서 "벙어리매미"의 형상은 자신을 표상하는
상징적 등가물이라고 할 수 있다. 인용시에서 화자는 여름이 올 때마다
매미 울음소리에 의식적으로 귀를 기울이는데, "염천에 메말라 버린
목소리"를 발산하듯 모든 목소리를 다하고 죽어버리는 매미를 보면서
재일의 현실 속에서 아무런 목소리도 내지 못한 채 살아가는 자신의
모습을 발견한다. 즉 생명을 다해 울부짖고 싶은 매미의 절규, 하지만
그것을 마지막 순간까지는 내적으로 감추고 살아가는 "벙어리매미"의
모습에서, "여름은 다시 메마른 기억으로 하얗게 빛나"지만 "허공에
아우성은 끊기고/ 이글거리던 열기도/ 아지랑이일 뿐인 여름"이라는
계절의 안타까움과 슬픔을 내면화하는 것이다. 이러한 계절의 의미에
는 뜨거운 여름인 8월의 해방이 4·3의 봄을 초래한 원죄가 되었고,
그 결과로 부모와 고향을 등지고 일본으로 도망쳐 온 자신의 목소리마
저 철저하게 숨기고 살아야만 했던 '재일'의 현실에 그대로 대입된다.
다시 말해 김시종이 "벙어리매미"를 통해 말하고 싶었던 것은, 제주
4·3의 역사적 사실을 증언하고자 하는 목마름인 동시에, 이러한 역사
적 상처의 근원적 원인이 해방 이후 미국에 의한 또 다른 식민지적
지배에 있음을 직시해야 한다는 데 있었다. 결국 김시종에게 여름은
"고향인 제주도에서 황국 소년으로 일본의 '패전'을 맞이하고 동포에게
뒤처졌다가 겨우 조선인이라는 자각을 되찾은 그 '여름'"이고, 봄은 "초
목이 싹트는 일반적인 '봄'이 아니라 저 4·3 사건의 검은 기억과 하나가
된 '봄'"[18]을 의미하는 것이다. 그래서 김시종의 잃어버린 계절은 여름
에서 시작하여 봄에 이르는, 그리고 다시 여름에 다다르는 4·3에 뿌리

17) 김시종, 곽형덕 옮김, 『지평선』, 앞의 책, 47쪽.
18) 호소미 가즈유키, 동선희 옮김, 『디아스포라를 사는 시인 김시종』, 어문학사, 2013,
    241쪽.

내린 역사를 살아왔고, 지금도 이러한 뒤틀린 계절의 순환 속에서 살아
가고 있는 것이다.

이처럼 김시종은 "떠나갈 듯한 가을 노랫소리에/ 허위의 껍질은 벗
겨집니다./ 가을비에 백귀(百鬼)의 민낯이 드러나기 시작합니다."(「가을
노래」, 『지평선』, 139쪽)라며 가을을 지나, "어김없이 오는 겨울", 그것도
"더욱이 기다려야 할 봄의 겨울"(「여름 그 후」)[19]을 맞이하려는 뚜렷한
지향점을 드러낸다. 여기에서 그는 '봄'을 그저 '봄'이라고 하지 않고
'봄의 겨울'이라고 말하고 있음을 주목할 필요가 있다. 그에게 '봄'은
여전히 겨울의 시간을 극복하지 못한 채 지독한 추위를 견디는 상처와
고통의 시간으로 남아 있기 때문이다. 지난 90년대 말부터 그는 기나긴
겨울의 시간을 뒤로 하고 고통스러운 제주 4·3의 봄을 정면으로 마주
하기 시작했다. '재일'의 세월을 지나오는 동안 4·3의 기억을 내면 깊
숙이 간직하며 살아왔으므로 한시도 그것을 외면한 적은 없지만, 언제
나 4·3을 증언하는 방식은 간접적이거나 우회적인 경로를 통한 상징적
체계를 벗어나지 못했음에 대한 속죄의 시간이 비로소 시작된 것이다.
침묵[20]의 세월을 넘어서기 위한 속죄양으로서의 그의 시 쓰기는 '비평'

19) 김시종, 유숙자 옮김, 「'경계' 위의 서정 : 在日 시인 김시종 四時 시집 『잃어버린 계절』」,
   앞의 책, 81~83쪽 참조.
20) 김시종의 제주 4·3에 대한 침묵의 이유에 대해서는 윤여일의 앞의 글, 287쪽을 참고할
   만하다. "남로당 연락책이었던 자신이 겉으로 드러나면 군사정권이 강변해온 공산폭동
   운운을 괜히 뒷받침해 주민봉기의 정당성을 훼손할 수 있으며, 홀로 도망쳐 나왔다는
   죄의식으로 자신을 주어 삼아 말할 수 없었다는 것이다. 또한 일본으로 불법입국 한
   사실이 밝혀져 강제송환 될까봐 두려웠다. 그는 일본에 온 일을 '부득이한 사정'이라는
   식으로 얼버무리며 지내왔다. 4·3을 말하기 시작한 1990년대 후반은 한국에서 4·3이
   역사적으로 복권되는 시기였다. 2000년 1월에는 진상규명과 명예회복을 위한 4·3특별
   법이 통과되었다. 그리고 그해 4월, 도쿄에서 개최된 '제주도 4·3사건 52주년 기념
   강연'에서 그는 청중들에게 4·3때 겪은 일을 직접 말했다. 한국에서 4·3이 터부시된다
   면 그 역시 말하기 어려웠을 것이다."

으로서의 시적 지향을 올곧게 실천해왔다. 그에게 있어서 "봄은 장례의 계절"(「봄」, 『지평선』, 106쪽)이었지만, 이제는 이러한 봄의 치유를 통해 잃어버린 계절을 되찾으려는 투쟁을 멈추지 않고 있는 것이다.

성조기를/ 갖지 않은/ 임시방편의/ 해구(海丘)에서/ 중기관총이/ 겨누어진 채/ 건너편 강가에는/ 넋을 잃고/ 호령그대로/ 납죽 엎드려/ 웅크린/ 아버지 집단이/ 난바다로/ 옮겨진다./ 날이 저물고/ 날이/ 가고/ 추(錘)가 끊어진/ 익사자가/ 몸뚱이를/ 묶인 채로/ 무리를 이루고/ 모래사장에/ 밀어 올려진다./ 남단(南端)의/ 들여다보일 듯한/ 햇살/ 속에서/ 여름은/ 분별할 수 없는/ 죽은 자의/ 얼굴을/ 비지처럼/ 빚어댄다./ 삼삼오오/ 유족이/ 모여/ 흘러 떨어져가는/ 육체를/ 무언(無言) 속에서/ 확인한다./ 조수는/ 차고/ 물러나/ 모래가 아닌/ 바다/ 자갈이/ 밤을 가로질러/ 좌르릉/ 울린다./ 밤의/ 장막에 에워싸여/ 세상은/ 이미/ 하나의/ 바다다./ 잠을 자지 않는/ 소년의/ 눈에/ 새까만/ 셔먼호가/ 무수히/ 죽은 자를/ 질질 끌며/ 덮쳐누른다./ 망령의/ 웅성거림에도/ 불어터진/ 아버지를/ 소년은/ 믿지 않는다./ 두 번 다시/ 질질 끌 수 없는/ 아버지의/ 소재로/ 소년은/ 조용히/ 밤의 계단을/ 바다로/ 내린다.
— 『니이가타』 제2부 〈해명(海鳴) 속을〉 중에서[21]

김시종은 제주 4·3에 대한 침묵의 세월을 살아왔기 때문에 4·3을 직접적으로 형상화하는 시는 거의 쓴 적이 없음을 여러 차례 언급했다. "『니이가타』라는 시집 안에서 한 장 정도 제주도의 해변은 모래사장이 아니라 자갈해변인데 거기에 철사로 손목이 묶여 바다에 던져진 희생자의 사체가 밀려온 상태를 쓴 것과, 그것과 관련해 바다에 가라앉은 아버지를 아이가 찾아다닌다고 하는 것을 쓴 정도지요"라고 고백하거

21) 김시종, 곽형덕 옮김, 『니이가타』, 앞의 책, 98~102쪽.

나, "4·3 사건과 직접적인 것은 아니지만, 4·3사건 체험자로서의 마음
의 빚, 트라우마가 역으로 움직여 제가 작품으로 할 수 있었던 것으로
『광주시편』(1983년)이라는 시집이 있습니다. 광주시민의거를 새긴 이
시집은 4·3사건과의 균형이 없었다면 쓸 수 없었던 것입니다."[22]라고
말한 데서 이러한 사정을 잘 알 수 있다. 인용시는 첫 번째 고백에 해당
하는 부분으로, 4·3의 희생자였던 제주의 수많은 아버지의 죽음과 가
족들의 상처와 고통을 사실적으로 보여주고 있다. 특히 제주 4·3의
기억과 1866년 제너럴셔먼호 사건을 겹쳐 바라봄으로써, 해방 이후
일본에서 미국으로 식민의 주체만 바뀐 한반도의 현실이 결국 제주
4·3의 참극을 가져온 결정적 원인이 되었음을 암묵적으로 제시하고
있다. 일제 강점의 시간을 지나 해방과 미군정 그리고 4·3에 이르기까
지 역사적 격변의 세월을 살아온 민중들의 '주체' 찾기의 과정이, 권력
을 앞세운 자들의 굴레와 억압 속에서 어떻게 상처와 고통을 감내하며
견뎌왔는가에 대한 역사의 비극을 형상화하고 있는 것이다. 그리고 이
러한 역사적 상처와 질곡이 계속 이어져 한국전쟁과 분단을 초래했고
재일조선인의 이데올로기 강요로 굳어졌으며, 그 결과 '니이가타' 항구
에서의 북송 사업으로 이어졌음을 실증적으로 보여주는 시집이 바로
『니이가타』이다.[23] 다시 말해 김시종에게 제주 4·3은 해방 이후 제주

----

22) 김석범·김시종, 문경수 편, 『왜 계속 써왔는가 왜 침묵해 왔는가』, 앞의 책, 156~157쪽.
23) 이러한 문제의식에서 시집 『니이가타』를 통해 조총련의 귀국 사업과 재일조선인의 장소
표상으로서의 문학지리를 논의한 박광현의 글을 참고할 만하다. 그는 "'니이가타'라는
기호는 일본과 조국, 조국과 재일, 재일과 일본, 분단조국과 나, 식민지의 기억과 재일
등 다양한 관계성을 규정하는 역할을 하고 있다"고 하면서, 2장 〈해명 속을〉에서 "일본
에 의한 징용, 우키시마마루(浮島丸) 사건, 4·3사건, 5·10남한단독선거, 한국전쟁" 등
의 역사를 서사화했음을 주목했다. 그리고 "시의 화자는 니이가타의 바다를 바라보며,
4·3사건에 살육되어 바다로 버려진 시체들"이 흐르는 "제주도의 바다, 그리고 아오모리
(青森)의 오나모토(大湊)항에서 부산으로 향하던 우키시마마루가 침몰하여 600여명 가

의 역사적 상처에 국한되는 것이 아니라, 지금도 '재일'을 살아가는 수
많은 사람들에게 자신들의 삶을 규정하는 '근거'가 되고 있으며, 이러
한 제주 4·3의 기억을 증언하고 위무하는 것이야말로 재일조선인으로
서의 그의 삶과 시가 지향해야 할 근원적이면서 궁극적인 가치라고
인식하고 있는 것이다.

> 봄은 장례의 계절입니다./ 소생하는 꽃은 분명히/ 야산에 검게 피어
> 있겠죠.// 해빙되는 골짜기는 어둡고/ 밑창의 시체도 까맣게 변해 있을
> 겁니다.// 나는 한 송이 진달래를/ 가슴에 장식할 생각입니다./ 포탄으
> 로 움푹 팬 곳에서 핀 검은 꽃입니다.// 더군다나, 태양 빛마저/ 검으면
> 좋겠으나,// 보랏빛 상처가/ 나을 것 같아서/ 가슴에 단 꽃마저 변색될
> 듯합니다.// 장례식의 꽃이 붉으면/ 슬픔은 분노로 불타겠지요./ 나는
> 기원의 화환을 짤 생각입니다만······.// 무심히 춤추듯 나는 나비도/ 상
> 처로부터 피의 분말을 날라/ 암꽃술에 분노의 꿀을 모읍니다.// 한없는
> 맥박의 행방을/ 더듬거려 찾을 때,/ 움트는 꽃은 하얗습니까?// 조국의
> 대지는/ 끝없는 동포의 피를 두르고/ 지금, 동면 속에 있습니다.// 이
> 땅에 붉은색 이외의 꽃은 바랄 수 없고/ 이 땅에 기원의 계절은 필요하지
> 않습니다./ 봄은 불꽃처럼 타오르고 진달래가 숨 쉬고 있습니다.
>
> -「봄」 전문[24)]

인용시의 "봄"은 분명 제주 4·3의 봄이다. 세상 모두가 봄을 일컬어
"기원의 계절", 즉 계절의 시작이라고 말하지만 시인에게 "봄은 장례의
계절"일 따름이다. 그래서 봄은 "검게 피어" 있고, "해빙되는 골짜기는

까이 사망한 마이즈루(舞鶴)의 앞바다 등 민족의 비극이 어린 바다를 연상한다"고 보았
다. 박광현, 「귀국사업과 '니가타' - 재일조선인의 문학지리」, 『동악어문학』 제67집, 동
악어문학회, 2016. 5, 224쪽.
24) 김시종, 곽형덕 옮김, 『지평선』, 앞의 책, 106~108쪽.

어둡고/ 밑창의 시체도 까맣게 변해 있"으며, "포탄으로 움푹 팬 곳에
서 핀 검은 꽃"으로 뒤덮여 있을 뿐이다. "태양 빛마저/ 검으면 좋겠"다
고 말하는 이 지독한 어둠의 시간을 지나가기 위해서 그는 봄을 향한
"분노"의 감정을 드러낸다. "장례식의 꽃이 붉으면/ 슬픔은 분노로 불
타겠지요"라고 하면서, "불꽃처럼 타오르"는, "동포의 피를 두"른 듯한
"진달래"의 형상에 자신의 분노를 투영한다. 그리고 "무심히 춤추듯
나는 나비도/ 상처로부터 피의 분말을 날라/ 암꽃술에 분노의 꿀을
모"으듯, 제주 4·3의 기억을 소환하여 이를 세상에 증언하는 '비평'으
로서의 시적 방향을 추구하는 것이 자신이 일본에서 살아가는 '재일'의
근거가 되어야 한다고 확언하는 것이다. 앞서 언급했던 "시는 현실 인
식의 혁명"이라는 그의 말은 바로 이러한 문제의식으로부터 명명된 김
시종의 '시론'이다. 그는 시가 혁명의 중심에 서서 부조리한 현실의 한
가운데를 파고드는 '저항'의 목소리를 담아내야 한다는 점을 일관되게
강조했다. 그가 평생 '벙어리매미'의 심정으로 살아오면서 진정으로
말하고 싶었지만 끝끝내 말할 수 없었던, 그래서 죽음의 순간이 다가와
서야 마지막으로 외칠 수 있게 된 목숨을 담보한 목소리가 바로 제주
4·3의 역사적 상처와 고통에 대한 저항의 목소리인 것이다.

숲은 목쉰 바람의 바다였다/ 숨죽인 호흡을 짓눌러/ 기관총이 베어
낸 광장의 저 아우성까지 흩뿌리며/ 시대는 흔적도 없이 엄청난 상실을
실어갔다/ 세월이 세월에 방치되듯/ 시대 또한 시대를 돌아보지 않는다
// 아득한 시공을 두고 떠난 향토여/ 남은 무엇이 내게 있고 돌아갈 수
있는 무엇이 거기 있나/ 산사나무는 여전히 우물가에서 열매를 맺고/
뻥 하니 뚫린 문짝은 어느 누가 어찌 손질해/ 그 어느 봉분 속에서 부모님
은 흙 묻은 뼈를 앓고 계시는가/ 서툰 음화 흰 그림자여// 아무튼 돌아가
보기로 하자/ 오래 인적 끊긴 우리 집에도/ 울타리 국화꽃이야 씨앗 영글

어 흐드러지겠지/ 영영 빈집으로 남은 빗장을 벗겨/ 요지부동의 창문을
부드러이 밀어젖히면/ 갇힌 밤의 사위도 무너져/ 내게 계절은 바람을
물들여 닿으리라/ 모든 게 텅빈 세월의 우리(檻)/ 내려 쌓이는 것이 켜켜
이 쌓인 이유임을 알 수도 있으리라// 송두리째 거부되고 찢겨 나간/
백일몽의 끝 그 처음부터/ 그럴듯한 과거 따위 있을 리 없어/ 길들여
익숙해진 재일(在日)에 머무는 자족으로부터/ 이방인인 내가 나를 벗어
나/ 도달하는 나라의 대립 틈새를 거슬러 갔다 오기로 하자// 그렇다,
이젠 돌아가리/ 노을빛 그윽이 저무는 나이/ 두고 온 기억의 품으로 늙은
아내와 돌아가리

- 「돌아가리」 중에서²⁵⁾

김시종은 1998년 3월, 제주 4·3사건에 가담했다는 이유로 일본으로
밀항한 이후 처음으로 고향 제주에 입국하여 부모님의 묘소를 참배했
다. "살아남았다 해도/ 사라질 건 벌써 사라져 갔습니다"(「먼 천둥」, 『광
주시편』, 21쪽)²⁶⁾라는 탄식에서처럼, 그가 간절히 보고 싶어 했던 부모님
과 고향의 모습은 사라지고 없음이 당연했다. 하지만 그는 "시대는 흔
적도 없이 엄청난 상실을 실어갔다/ 세월이 세월에 방치되듯/ 시대
또한 시대를 돌아보지 않"을 만큼 오랜 시간이 흘러갔지만, 이제 "두고
온 기억의 품으로" "돌아가리"라고 말한다. "길들여 익숙해진 재일(在
日)에 머무는 자족으로부터/ 이방인인 내가 나를 벗어나/ 도달하는 나
라의 대립 틈새를 거슬러" 가는 새로운 모색을 꿈꾸고자 하는 것이다.
이후 그는 제주 4·3의 기억을 증언하는 일에 혼신의 노력을 다했고,
'재일'의 근거로서의 4·3의 의미를 찾는 데 자신의 삶과 시의 대부분을
헌신했다. 여기에서 그가 무엇보다도 "틈새를 거슬러" 가는 선택을 했

25) 김시종, 유숙자 옮김, 『경계의 시』, 앞의 책, 170~172쪽.
26) 김시종, 김정례 옮김, 『광주시편』, 푸른역사, 2014, 21쪽.

음을 주목할 필요가 있다. "조선에는/ 나라가/ 두 개나 있고/ 오늘 나간 건/ 그 한쪽이야./ 말하자면/ 외발로/ 공을 찬 거지."(「내가 나일 때」, 『경계의 시』, 31~32쪽)[27]에서처럼, 더 이상 분단 시대라는 조국의 현실 앞에서 침묵하거나 방조하지 않고 그 대립의 틈을 가로지르는 새로운 가능성을 향해 나아가고자 하는 것이다. "송두리째 거부되고 찢겨 나간 / 백일몽의 끝"을 "그 처음부터"라고 인식하는 데서 이미 '틈새'를 거슬러 오르는 김시종의 혁명은 시작되었음에 틀림없다.[28] 그리고 그 출발점이 제주 4·3의 기억을 증언하고 시적으로 형상화하는 것이 됨은 너무도 당연한 결과가 아닐 수 없다.

4. 맺음말

최근 한 일본 연구자는 "김시종을 읽는다는 것은 그것을 읽고 있는 '나'의 서정과 대면하고 그것을 건드리는 일과 연결된다."[29]라고 말했다. 이는 김시종의 시가 일본인인 자신에게 '일본'의 의미를 끊임없이 묻고 있음을 의미하는 것으로, 일본에서 살아가는 재일조선인으로서 일본을 말함으로써 일본을 비판해온 김시종의 시적 지향에 대한 내적 충격을 고백한 것이다. 김시종의 시는 "대다수의 일본인들이 자명하게

27) 김시종, 유숙자 옮김, 『경계의 시』, 앞의 책, 31~32쪽.

28) 김시종에게 '틈새'는 "여러 분단선이 겹쳐 파이는 곳이다. 거기로 여러 힘이 가해진다. 따라서 틈새는 불확정적이고 유동적이다. 거기서 세계는 뒤틀린다. 김시종은 그 틈새에 몸을 두고 '틈새에 있음'을 내적 성찰에 나서야 할 상황으로 전유하고자 했다." 윤여일, 「틈새와 지평」, 『재일의 틈새에서』, 앞의 책, 370~371쪽.

29) 가게모토 츠요시, 「서정, 생활의 깊이에서 연대로 – 김시종 시를 2018년 한국에서 읽는다는 것」, 『작가들』 2018년 여름호, 166쪽.

생각하는 일본어로 된 시집이 아니라 일본어적 세계를 안으로부터 파괴해서 바깥으로 확장하려는 시도로 가득 차 있"[30]다. 따라서 김시종은 지금까지 일본에서 살아가는 '재일'의 실존에 대한 집요한 탐색을 일관되게 실천해 왔고, 역사적으로든 정치적으로든 모순으로 가득 찬 '재일'의 현실을 비판하고 저항하는 것을 무엇보다도 중심에 두고 실천했다. 그의 시가 자연의 조화로움과 계절의 미학에 탐닉해 온 '단가적 서정'을 부정함으로써 '비평'으로서의 시의 혁명성을 무엇보다도 강조한 것도 바로 이러한 문제의식을 실천하기 위한 시적 전략이었음에 틀림없다.

김시종의 시는 재일조선인의 역사를 그 중심에서 읽어내도록 하는 중요한 텍스트이다. 그는 해방 이후 남로당에 가입하여 제주 4·3에 가담했고, 일본으로 밀항해 일본공산당에 가입하는 것을 시작으로 조총련 활동에 주력했던 좌파 운동가이자 시인이었다. 하지만 '재일'의 생활과 실존을 외면한 채 조직의 강령과 통제에 길들여져 가는 좌익 조직과의 극단적 대립을 겪으면서 북쪽도 남쪽도 아닌 '조선'적을 유지한 채 '재일을 살아가는' 재일조선인으로서의 운명을 짊어져 왔다. 남과 북의 이데올로기적 대립을 그대로 답습했던 재일조선인 사회의 이원화를 비판적으로 성찰하는 경계의 지점에서 재일조선인으로서의 자신의 삶과 시의 가능성을 열어왔던 것이다. 또한 모국어와 모어 사이에서 갈등하는 재일조선인의 이중 언어 현실을 직시함으로써, 일본어가 아닌 일본어, 즉 일본어의 아름다움을 파괴하는 이단의 일본어를 사용하는 문제적인 시인이기도 했다. 이 모든 것은 재일조선인 사회의 민족적 관념성을 넘어서 '재일'의 독자성과 주체성을 실천하기 위해서였다.

---

30) 곽형덕, 「분단과 냉전의 지평 너머를 꿈꾸다」, 『지평선』, 앞의 책, 241쪽.

그럼에도 불구하고 그의 삶과 시는 '재일'의 근거로서의 제주 4·3에 대한 기억을 증언하고 시적으로 형상화하는 데 침묵하거나 우회적인 방식을 선택할 수밖에 없는 명백한 한계를 지니고 있었다. 2000년 이후 김시종의 삶과 시는 바로 이러한 한계를 넘어서는 데 자신의 모든 것을 헌신했다고 해도 과언이 아니다.

김시종에게 제주 4·3은 근원적 세계이면서 궁극적인 세계이다. 이러한 양가성은 그의 삶과 시가 언제나 제주 4·3의 기억 속에서 살아왔고 지금도 살아가고 있음을 의미한다. 비록 그가 4·3의 기억을 다시 현실로 불러온 것이 2000년 이후에 이르러서이지만, 첫 시집 『지평선』에서부터 『니이가타』, 『광주시편』에 이르기까지 미국에 의해 자행된 유사한 사건들에 대한 비판에 기대어 우회적으로 증언해 왔다는 사실을 간과해서는 안 된다. 즉 "『장편시집 니이가타』에 담긴 제주 4·3 항쟁의 묘출은, 예를 들면 오키나와 전투라는 사건과 겹쳐질 수 있는 보편성을 획득하고 있"[31]는 것처럼, 그동안 그의 시는 내면 깊숙이 4·3의 기억을 간직한 채 제국주의와 식민주의 권력을 향해 투쟁하는 보편성을 추구해 왔던 것이다. 따라서 앞으로 그의 시에서 제주 4·3의 문제의식을 '제주'라는 특정한 장소성에 한정하여 바라보기보다는 식민의 역사를 공유해온 동아시아적 시각에서 쟁점화하려는 시도가 필요하다. 이는 그의 시가 역사와 현실의 모순을 넘어서는 비판적 저항으로서의 증언의 성격과 혁명적 지향을 일관되게 실천해 왔다는 점에서 문제적이기 때문이다. 또한 이러한 혁명적 실천은 '비평'으로서의 시라는 '재일'의 시학을 정립해 온 김시종의 시학적 방향을 이해하는 데 있어도 가장 핵심적인 근거가 될 것이다.

---

31) 오세종, 「위기와 지평 – 『지평선』의 배경과 특징」, 앞의 책, 232쪽.

분단 극복과
통일 지향의 재일조선인 시문학

김시종의 시를 중심으로

1. 분단 구조와 재일(在日)의 현실

해방 이후 약 200만 명에 달했던 재일조선인 가운데 140만 명 정도
가 귀국하고 대략 60만 명 정도가 일본에 잔류했다. 일제 36년 동안
그토록 간절히 염원했던 해방을 맞이했음에도 불구하고 60만 명 이상
이 조국으로 귀국하지 못했던 것은, 좌우 대립의 격화로 혼란에 휩싸인
조국의 정치사회적 상황과 귀국 이후 생활의 전망이 불투명했던 경제
적 어려움에서 비롯된 불가피한 결정이었다. 더군다나 얼마 지나지 않
아 한국전쟁이 발발해 남북 분단이 고착화되면서 재일조선인 사회 역
시 남과 북의 이데올로기를 대변하는 극심한 분열로 치달았고, 그 결과
국가이데올로기의 장막에 갇혀 조국으로의 귀환이 사실상 불가능한
상황에 직면하기도 했다. 결국 재일조선인들은 남과 북으로 이원화된
분단 구조와 일본의 민족 차별 정책에 맞서는 재일의 현실이라는 이중
고를 겪으며 디아스포라(diaspora)의 운명을 짊어지지 않을 수 없었다.
남과 북 그리고 일본이라는 세 국가의 틈새에서 민족 정체성의 혼란을
겪으면서 분단 구조에서 비롯된 이념 대립과 갈등 그리고 재일의 생활
과 현실에서 비롯된 온갖 상처와 모순 속에서 살아왔던 것이다.

이러한 역사적 상황으로 인해 재일조선인문학은 남과 북 어느 한쪽
으로의 선택을 강요당했을 뿐만 아니라, 모어(母語)와 모국어(母國語)라
는 이중 언어 상황 속에서 민족어로서의 조선어와 생활어로서의 일본
어 사이에서 심각한 혼란을 겪어야만 했다. 더군다나 '역사'와 '민족'을
강조하는 재일 1~2세대와 '생활'과 '현실'을 더욱 중요시 여기는 재일
3세대 이후 사이에서 민족 정체성이라는 당위와 재일의 현실이라는
실존이 충돌하는 세대 간의 대립과 갈등을 초래하기도 했다. 이와 같은
문제의 모든 원인은 결국 분단 구조와 재일의 차별적 현실에 있었으므
로, 재일조선인문학에 대한 이해는 이러한 모순적 상황과 현실에 재일
조선인 문인들이 어떻게 저항하고 실천해 왔는가를 주목해서 살펴보는
것이 무엇보다도 중요하다. 실제로 재일조선인문학의 역사적 방향성
은 분단 구조와 재일의 현실을 극복하는 민족과 언어라는 두 가지 쟁점
을 가장 중요한 문제의식으로 인식했던 것이 사실이다. 하지만 이 문제
를 실천하는 구체적인 방법론에 있어서는 남과 북의 분단 구조를 그대
로 답습하는 민단(재일대한민국거류민단)과 총련(재일본조선인총연합회)
사이에서 극심한 균열과 대립의 양상을 드러냈다. 재일조선인 사회에
서 이 두 단체는 남과 북의 분단 구조만큼이나 완고해서, 재일조선인문
학의 현재는 남과 북 그리고 일본이라는 세 지점에서 각각의 방식으로
수용되고 소통되는 결정적 한계를 극복해내지 못하고 있는 것이다. 따
라서 분단 극복과 통일 지향을 궁극적 목표로 하는 재일조선인문학은
이 두 단체의 협력과 조화, 나아가서는 통합을 열어가는 미래지향적인
방향성을 정립하는 것이 가장 중요한 과제임에 틀림없다.

재일조선인문학의 개념과 범주 설정에서부터 민족과 국가 그리고
언어에 가로막힌 자의적 구분을 하나로 통합하는 새로운 접근이 요구
된다. 일본문학계에서는 재일조선인이 일본인 독자를 대상으로 일본

어로 창작한 주변부 소수자 문학으로, 북의 문학인들은 총련 산하 문예동(재일조선인문학예술가동맹) 출신 문인들이 창작한 우리말 문학으로, 그리고 남의 문학인들은 두 경우를 포괄하는 관점에서 재일조선인문학을 규정하는 경향이 뚜렷하지만, 국가이데올로기의 감시와 통제가 완전히 해소되지 않은 현실적 제약으로 인해 총련 계열 작품과 직접적인 관련성을 맺는 것은 여전히 어려운 측면이 있다. 결국 재일조선인문학의 현재는 남과 북 그리고 일본의 시각에서 제각각의 방식으로 인식되고 소개되는 기형적인 상황에 놓여 있다고 해도 과언이 아니다. 물론 이러한 구분의 상황을 굳이 하나로 통합하려는 시도 자체가 재일조선인들에게 민족과 국가 그리고 언어를 강조하는 또 다른 강요의 방식이 될 수도 있다는 사실을 반드시 유의해야 한다. 따라서 재일조선인문학을 이해하는데 있어서 가장 중요한 문제의식은 '재일'의 주체성과 독립성이라는 현실적 토대를 그대로 인정하는 데 있다. 즉 남과 북 그리고 일본이라는 선험적인 구속을 넘어서 '재일' 그 자체로 민족과 국가를 대체하는 현실적인 이해가 요구되는 것이다. 언어의 문제에 있어서도 우리말과 일본어라는 이중 언어의 경계에서만 바라볼 것이 아니라, 우리말이든 일본어든 재일조선인들 각자의 생활 속에서 실현되는 언어로서 '재일조선인어'라는 독자적인 영역을 그대로 인정해주는 유연한 태도가 필요한 것이다.

이상의 문제의식에서 앞으로 재일조선인문학에 대한 논의는 남북 간의 문학적 대립과 갈등을 그대로 재현하는 대리전 양상을 반드시 극복해야 한다. 따라서 분단 극복과 통일 지향이라는 재일조선인문학의 방향성은 남과 북 그리고 일본이라는 세 지점으로부터 모두 일정하게 거리를 유지했던 작가와 작품을 특별히 주목할 필요가 있다. 재일조선인 시문학에 한정할 때 이러한 문학적 지향성을 두드러지게 드러낸

시인으로 강순[1]), 김윤[2]), 김시종[3])이 있다. 이들 세 시인 역시 재일조선

---

1) 강순의 본명은 강면성(姜冕星)이다. 그는 1948년 결성된 〈재일조선문학회〉의 주축 그 룹이었던 『백민(白民)』의 핵심 인물 가운데 한 사람이었다. 경기도 강화에서 태어나서 1936년 일본으로 건너가 1937년 와세다대학 불문과에 입학했고, 해방 이후 교사 생활을 하다가 〈조선신보사〉 편집국 기자로 활동했다. 1964년 〈조선신보사〉에서 『강순시집』 을 내놓고서는 총련 내부에서 벌어지기 시작한 좌경적인 비판사업에 반발하여 〈조선신 보사〉를 퇴직하고, 이후 어떤 단체에도 가담하지 않은 채 재일조선인들의 실존을 구체 화하는 창작 활동과 김지하, 양성우, 신경림, 김수영, 신동엽, 조태일, 이성부 등 남한의 진보적 시인들의 작품을 일본어로 번역 소개하는 데 남은 생을 다 바쳤다. 그가 낸 시집 으로는 한글시집으로 『조선부락』(1953), 『불씨』(등사판, 1956), 허남기, 남시우와 함께 펴낸 3인 공동시집 『조국에 드리는 노래』(북한: 조선작가동맹출판사, 1957), 『강순시 집』(일본: 강순시집발간회 편, 조선신보사, 1964), 『강바람』(일본: 강순국문시집간행위 원회, 梨花書房, 1984), 일본어시집 『날라리(なるなり)』(일본: 思潮社, 1970), 『斷章』 (일본: 書肆かいおん, 1986) 등이 있다.

2) 김윤은 경남 남해에서 태어나 진주에서 성장하면서 진주농림고등학교를 졸업했고 동국 대학을 중퇴했다. 1950년대 전쟁 중에 부산에 모여 있었던 대학생들을 중심으로 결성되 었던 『신작품』의 동인(고석규, 천상병, 송영택, 김재섭, 김소파, 이동준)으로 활동했고, 1951년 한국전쟁 중에 일본으로 건너가 명치(明治)대학 농학부를 졸업했으며, 민단 중 앙본부 선전국장 및 기관지 『한국신문』 편집국장을 역임했고, 『현대문학』의 일본지사 장을 맡기도 했다. 시집으로는 『멍든 계절』(현대문학사, 1968)과 『바람과 구름과 태양』 (현대문학사, 1971)이 있다. 그는 총련 소속이 아니면서도 우리말로 시를 썼는데, 이러 한 그의 특이한 이력은 북한문학의 노선을 충실히 반영한 총련의 시문학과도 다르고, 일본어 글쓰기를 통해 재일의 독자성을 드러낸 민단 소속의 재일조선인 시문학과도 다르다는 점에서 해방 이후 재일조선인 시문학의 독특한 지점을 보여준다.

3) 김시종은 1929년 부산에서 태어나 1935년 제주도로 이주하였고, 1942년 광주에 있는 중학교에 진학하기 전까지 줄곧 제주도에서 성장했다. 해방 이후 다시 제주도로 돌아와 〈제주도 인민위원회〉 활동을 시작했고, 1947년 〈남조선노동당〉 예비당원으로 입당하 여 제주 4·3항쟁에 가담했는데, 1948년 5월 '우편국 사건' 실패 후 검거를 피해 은신하 며 지내다가 이듬해 일본으로 밀항했다. 이후 일본공산당에 가입하여 본격적으로 재일 조선인 조직 운동에 참여하기 시작했고, 1950년 5월 26일 『신오사카신문』의 '노동하는 사람의 시(働く人の詩)' 모집에 '직공 하야시 다이조[工具林大造]'라는 이름으로 일본어 시 「꿈같은 일(夢みたいなこと)」을 발표하였으며, 1951년 〈오사카재일조선인문화협회〉 에서 발간한 종합지 『조선평론』 창간호에 「유민애가(流民哀歌)」를 발표한 것을 시작으 로 2호부터 편집에 참여하다가 4호부터는 김석범에 이어 편집 실무를 책임졌고, 1953년 2월에는 조직의 지시에 의해 〈오사카조선시인집단〉을 결성하고 시 전문 서클지 『진달 래(チソダレ)』를 창간했다. 특히 『진달래』는 1955년 5월 총련 결성 이후 좌파 재일조선 인 운동의 방침이 크게 전환되면서 북한의 직접적인 감시와 통제 속에서 조직의 거센

인으로서의 역사적 경험과 상처를 그대로 안고 살아왔다는 점에서 분
단 구조와 재일의 현실로부터 결코 자유로울 수는 없지만, 이들은 남과
북 그리고 일본이라는 세 지점 가운데 어느 쪽으로도 구속되지 않으려
했던, 진정한 의미에서 재일조선인의 독자성과 특수성을 구현하려 노
력했다는 점에서 중요한 의미가 있다. 분단을 넘어선 통일 시대를 준비
해야 하는 당면 과제를 재일조선인 시문학과 연결 지을 때, 남과 북
어느 쪽으로부터도 자유롭고자 했던 세 시인의 자리는 그 자체로 분단
극복과 통일 지향의 이정표를 실천적으로 보여준 결과라고 할 수 있는
것이다. 본고에서는 이들 시인 가운데 우선 현재 한국문학 지형 안에서
가장 활발하게 번역 소개되고 있는 김시종의 시를 중심으로 분단 극복
과 통일 지향의 재일조선인 시문학의 방향성을 논의해 보고자 한다.

비판을 받게 되어 1958년 10월 20호로 종간되었다. 이후 1959년 6월 김시종, 정인, 양석일 3명이 『진달래』의 정신을 이은 『가리온』을 창간했으나 이 역시 조직의 압력으로 불과 3호만 발간하고 중단되고 말았다. 이처럼 재일조선인 조직과의 첨예한 대립과 갈등은 김시종의 이후 활동과 시집 발간 등에도 상당히 악영향을 미쳤는데, 1955년 첫 시집 『지평선』, 1957년 두 번째 시집 『일본풍토기』를 발간했지만, 세 번째 시집으로 기획되었던 『일본풍토기Ⅱ』는 『진달래』 문제로 〈총련〉과의 갈등이 깊어지면서 그 원고마저 분실하여 발간하지 못했다. 1970년 『니이가타』를 출간하면서 다시 시 창작 활동을 활발히 이어갔는데, 『삼천리』에 연재했던 『이카이노 시집』(1978)을 비롯하여 『광주시편』(1983), 『들판의 시』(1991), 『화석의 여름』(1998) 등을 지속적으로 출간했다. 재일조선인 시문학에서 김시종의 시집은 가장 활발하게 소개되었는데, 현재 『일본풍토기』, 『일본풍토기Ⅱ』와 최근작 『등의 지도』를 제외하고 모두 한국에서 번역 출판되었다. 유숙자 편, 『경계의 시』, 소화, 2008; 김정례 역, 『광주시편』, 푸른역사, 2014; 곽형덕 역, 『니이가타』, 글누림, 2014; 곽형덕 역, 『지평선』, 소명출판, 2018; 이진경 외 역, 『잃어버린 계절』, 창비, 2019; 이진경 외 역, 『이카이노시집, 계기음상, 화석의 여름』, 도서출판b, 2019.

2. 제주 4·3의 기억과 뒤틀린 계절의식

김시종의 시는 해방의 혼란과 제주 4·3의 기억 그리고 이로 인해 조국을 떠나 낯선 일본에 정착할 수밖에 없었던 재일조선인으로서의 상처와 고통에 토대를 두고 있다. 특히 그의 시는 민족 혹은 국가 이데 올로기의 억압과 폐쇄성을 넘어서 '재일'의 독자성을 강조함으로써, 이러한 역사적 문제를 남과 북 그리고 일본의 시각이 아닌 재일조선인 의 주체적 관점에서 해결해 나가려는 적극적인 의지를 보였다는 점에 서 주목된다. 물론 민족 정체성의 문제와 재일의 현실은 무조건 분리해 서 생각할 것이 아니라는 점에서, 김시종에게 이 두 가지 쟁점은 한쪽 을 일방적으로 강조하거나 다른 한쪽을 철저하게 배제하는 논리로 귀 결되지는 않았다. '재일한다[在日する]'라는 적극적인 의지로 심화된 그 의 언어 의식과 실존 의식은 '재일'의 차원에 국한된 것이 아니라 제주 4·3을 증언하는 역사의식과도 깊숙이 맞닿아 있다는 점에서, 그에게 '재일'과 '민족' 혹은 '국가'의 문제는 결코 분리할 수 없는 통합된 실천 의 영역이었다고 할 수 있는 것이다.

김시종은 제주 4·3의 직접적 경험을 50여 년이 지난 2000년에 와서 야 비로소 세상에 밝힐 수 있었다.[4] 그 이전까지만 하더라도 그의 시에 형상화된 제주 4·3은 국가 폭력의 역사적 사건들에 기대어 다분히 상 징적이고 비유적인 방식으로 추상화된 정도에 머물러 있었다. 하지만 김시종에게 제주 4·3은 평생 감추고 살아야 할지도 모르는 원죄와 같

---

4) 김시종이 제주 4·3의 경험을 처음 공공장소에서 언급한 것은 '제주도 4·3사건 52주년 기념 강연회'(2000년 4월 15일)에서였다. 이때의 강연 내용은 『図書新聞』 2487호(2000 년 5월)에 게재되어 있다. 김석범·김시종, 문경수 편, 이경원·오정은 역, 사회과학연구 소 편, 『왜 계속 써왔는가 왜 침묵해 왔는가』, 제주대학교출판부, 2007, 15쪽.

은 것으로, 재일조선인으로서의 자신의 비극적 운명을 넘어서는 가장
근원적인 출발점이 되지 않을 수 없었다. 그래서 김시종의 시는 봄에서
겨울에 이르는 일반적인 계절의 순서가 아닌 여름에서 봄까지의 계절
을 따라가며 그 시간에 투영된 역사를 증언하는 뒤틀린 계절의식을
가질 수밖에 없었던 것이다. 그의 시에 형상화된 계절의 시작은 '여름'
이고 마지막은 '봄'이다. 이러한 뒤틀린 계절의식은 일본 전통 시가의
주요 제재인 계절 이미지가 표상하는 서정성을 철저하게 거부하는 '계
절어에 대한 저항'을 드러낸 것으로 볼 수 있는데, 여기에서 '여름'은
곧 '해방'을 의미하고 '봄'은 '제주 4·3'을 기억하는 상징적 의미를 지닌
다. 이러한 시간의식은 분단 구조와 재일의 현실이 뒤엉켜 있는 재일조
선인의 내면을 형상화한 것이란 점에서 상당히 문제적이다. 이 두 계절
은 그에게 있어서 잃어버린 기억이면서 동시에 결코 잊어버려서는 안
되는 시간으로, 8·15 해방부터 제주 4·3까지의 잃어버린 세계를 기억
하고 증언하는 것이 그에게 있어서 가장 중요한 '재일'의 근거였음이
틀림없다. 자연의 순환이라는 일본 전통 시가의 '계절'적 의미를 넘어
서 해방 이후 재일조선인의 역사적 슬픔과 고통의 상징으로 여름에서
봄에 이르는 뒤틀린 계절의 상징성을 내면화하는 데서 재일조선인 시
문학의 주체성과 독립성을 찾을 수 있다고 본 것이다.

　　이대로 다시 여름이 오고/ 여름은 다시 마른 기억으로 하얗게 빛나고/
터져 나온 거리를 곶[岬]의 끄트머리로 빠져나갈 것인가./ 염천에 쉬어
버린 목소리의 소재 따위/ 거기서는 그저 찌는 광장의 이명(耳鳴)이며/
십자로 울리는 배기음(排氣音)이 되기도 하고/ 선글라스가 바라보는/
할레이션의 오후/ 지나가는 광경에 불과한 것인가./ 허공에 아우성 끊어
지고/ 북적거리던 열기도/ 아지랑이에 불과한 여름/벙어리매미가 있
고,/ 개미가 꼬여드는/ 벙어리매미가 있고,/ 되쏘는 햇살의/ 아픔 속에

서/ 한 줄기 선향(線香)이/ 가늘게 타는/ 소망일뿐인/ 여름이 온다./ 여름과 함께/ 지나간 해의/ 끝내 보지 못한 낮 꿈이여./ 뭉개진 얼굴의/ 사랑이여./ 외침이여./ 노래에 흔들린/ 새하얀/ 뭉게구름의/ 자유여.
                                                    –「여름이 온다」 중에서[5]

　김시종의 계절적 저항의 중심에는 황국소년으로 살아왔던 자신의 유년 시절을 한순간에 무너뜨려버린 해방의 순간 곧 '여름'이 있다. 그래서 그는 해마다 "이대로 다시 여름이 오고/ 여름은 다시 마른 기억으로 하얗게 빛나고"에서처럼, 평생을 뜨거운 여름의 상징 안에 갇혀 살아올 수밖에 없었다. 인용시에서 '벙어리매미'의 형상은 곧 김시종 자신을 표상하는 상징적 기표라고 할 수 있는데, 여름이 오면 의식적으로 매미 울음소리에 귀 기울이는 화자의 모습에서 "염천에 쉬어버린 목소리", "광장의 이명(耳鳴)"과 같이 제목소리를 잃어버린 채 살아온 재일조선인으로서의 자신의 모습이 상징적으로 투영되어 있는 것이다. 평생 동안 진정으로 말하고 싶었지만 결국 침묵하며 살아올 수밖에 없었던 제주 4·3의 기억이 해방 곧 '여름'으로부터 시작되었기에 그에게 '계절의 시작'은 바로 '여름'이었던 것이다. 그리고 이토록 고통스러운 기억과 침묵의 계절로 내면화된 여름을 계속해서 살아간다는 것은, 제주 4·3의 봄을 초래한 원죄이기도 했던 8월의 해방 그 뜨거운 여름이 분단으로 이어진 역사의 모순에 대한 철저한 비판을 내재하고 있음을 간과해서는 안 된다. '벙어리매미'처럼 끝끝내 침묵으로 자신의 목소리를 철저하게 숨기고 살아왔던, 그래서 일본의 냉소와 차별 속에서도 남과 북의 꼭두각시로만 살아왔을 뿐 진정으로 통일된 저항의 모습을

---

5) 김시종, 이진경 외 옮김, 『이카이노시집, 계기음상, 화석의 여름』, 앞의 책, 124~126쪽.

온전히 보여주지 못했던 '재일'의 현실을 냉정하게 성찰할 필요가 있다
는 것이다. 따라서 김시종은 "고향인 제주도에서 황국 소년으로 일본의
'패전'을 맞이하고 동포에게 뒤처졌다가 겨우 조선인이라는 자각을 되
찾은 그 '여름'"이었음에도 불구하고, 남북의 대립과 갈등으로 그 여름
의 기억을 송두리째 잃어버리고 "초목이 싹트는 일반적인 '봄'이 아니
라 저 4·3 사건의 검은 기억과 하나가 된 '봄'"[6]을 불러오고야 말았던
해방 직후의 역사적 상처와 모순을 정직하게 응시하고자 한다. 따라서
그는 "소생하는 계절에/ 올 것이 오지 않는다. / 필 것이 피지 않는다."
(「봄에 오지 않게 된 것들」)[7]라고 뒤틀린 계절의 순환을 계속해서 노래할
수밖에 없었다. '여름'의 상처를 온전히 해소하지 못한 상태에서 계속
해서 찾아오는 '봄'의 기억이 지금도 그에게 혹독한 추위를 견뎌야만
하는 "기다려야 할 봄의 겨울"(「여름 그 후」)[8]로 남아 있기 때문이다.
이처럼 '봄'을 '겨울'로 인식하는 뒤틀린 감각뿐만 아니라 '봄'을 일컬어
"장례의 계절"이라고 극단적으로 명명했던 태도에는, 제주 4·3의 기억
에 뿌리내린 김시종 시의 근원적 세계가 상징적으로 투영되어 있음에
틀림없다.

> 봄은 장례의 계절입니다. / 소생하는 꽃은 분명히/ 야산에 검게 피어
> 있겠죠.// 해빙되는 골짜기는 어둡고/ 밑창의 시체도 까맣게 변해 있을
> 겁니다./ 지난해와 같이 검은 죽음일 겁니다.// 나는 한 송이 진달래를/
> 가슴에 장식할 생각입니다./ 포탄으로 움푹 팬 곳에서 핀 검은 꽃입니

6) 호소미 가즈유키, 동선희 옮김, 『디아스포라를 사는 시인 김시종』, 어문학사, 2013,
    241쪽.
7) 김시종, 이진경 외 옮김, 『잃어버린 계절』, 앞의 책, 89~91쪽.
8) 김시종, 이진경 외 옮김, 위의 책, 47~50쪽.

다.// 더군다나,/ 태양 빛마저/ 검으면 좋겠으나,// 보랏빛 상처가/ 나을 것 같아서/ 가슴에 단 꽃마저 변색될 듯합니다.// 장례식의 꽃이 붉으면/ 슬픔은 분노로 불타겠지요,/ 나는 기원의 화환을 짤 생각입니다만 …….// 무심히 춤추듯 나는 나비도/ 상처로부터 피의 분말을 날라/ 암꽃 술에 분노의 꿀을 모읍니다.// 한없는 맥박의 행방을/ 더듬거려 찾을 때,/ 움트는 꽃은 하얗습니까?// 조국의 대지는/ 끝없는 동포의 피를 두르고/ 지금, 동면 속에 있습니다.// 이 땅에 붉은색 이외의 꽃은 바랄 수 없고/ 이 땅에 기원의 계절은 필요하지 않습니다./ 봄은 불꽃처럼 타오르고 진달래가 숨 쉬고 있습니다.

-「봄」 전문[9]

봄을 노래한 시 가운데 이토록 음산하고 차가운 이미지로 가득한 시가 또 있을까. "기원의 계절"이라는 '봄'에 대한 보편적인 인식을 송두리째 무너뜨려 버리는 "장례의 계절"이라는 전도된 명명은, 그 자체로 봄의 생명성을 "죽음"의 상징으로 변화시켜 버리는 침울한 기억을 떠올리게 할 따름이다. "소생하는 꽃"으로 만발하는 봄의 생명성은 전혀 찾아볼 수 없고 오히려 "검게 피어 있"어 "까맣게 변해 있는" "시체"가 봄의 자리를 대신하는 음울한 상징만이 끊임없이 기억되고 있는 것이다. 이처럼 "태양 빛마저/ 검으면 좋겠"다고 말하는 화자의 지독한 허무의식의 근원에는 제주 4·3의 기억이 깊숙이 내면화되어 있다. 해마다 어김없이 찾아오는 봄이 "지난해와 같이 검은 죽음"의 연속일 뿐이라는 문제의식은 제주 4·3의 상처와 고통을 치유하지 않고서는 결코 따뜻한 봄을 기대할 수 없다는 절박함이 내재되어 있는 것이다. 따라서 화자는 "한 송이 진달래를/ 가슴에 장식"함으로써 제주 4·3의 원혼들

9) 김시종, 곽형덕 옮김, 『지평선』, 앞의 책, 106~108쪽.

을 위무하는 의식을 갖추고 "장례식의 꽃이 붉으면/ 슬픔은 분노로 불
타"오를 수 있다는 신념으로 "상처로부터 피의 분말을 날라/ 암꽃술에
분노의 꿀을 모"으는 "나비"와 같은 존재가 되고자 한다. 그리고 "조국
의 대지는/ 끝없는 동포의 피를 두르고/ 지금, 동면 속에 있"으므로
"이 땅에 붉은색 이외의 꽃은 바랄 수 없고/ 이 땅에 기원의 계절은
필요하지 않습니다"라고 단호하게 말한다. 일본 전통 시가에서 상투적
으로 묘사하는 "기원의 계절"로서의 봄의 이미지를 전복시킴으로써,
"분노"의 감정을 발산하는 저항의 형상으로 재일조선인의 내면을 상징
적으로 표상한 것이다. 이러한 봄의 상징성이야말로 김시종이 진정으
로 말하고 싶었지만 끝끝내 말할 수 없었던, 그래서 평생 '벙어리매미'
처럼 살아왔던 재일조선인으로서 자신의 목숨과도 바꿀 수 있는 마지
막 절규와 같은 것이 아닐 수 없다. 봄의 전도된 세계가 주는 충격적
아이러니는 제주 4·3의 역사적 상처와 고통에 뿌리내린 재일조선인의
뒤틀린 봄의 소리에 다름 아닌 것이다.

  김시종은 시가 역사와 현실을 올바르게 선도하는 혁명의 언어가 되
어야 한다고 주장했다. 시가 혁명의 중심에서 부조리한 현실의 한 가운
데를 파고드는 저항의 목소리가 되어야 한다는 것이다. 이러한 그의
시 의식은 자연의 정감에 호소하는 일본 단가(短歌)의 서정성에 대한
전면적 부정이라는 시 창작방법론으로 구체화 되었는데, 이는 일본의
아나키즘 시인 오노 도자부로와의 만남이 결정적인 계기가 되었다. "정
감과 정념의 고향"을 "위안은커녕 오히려 복수해야 할"[10] 비판적 대상
으로 사유하는 오노 도자부로[11]의 시적 인식과 태도로부터, 해방의 여

---

10) 김시종, 윤여일 옮김, 『조선과 일본에 살다』, 돌베개, 2016, 240쪽.
11) 오노 도자부로는 1926년에 제1시집 『반쯤 열린 창[半分開いた窓]』을 발표하며 아나키즘

름과 제주 4·3의 봄이라는 역사적 시간을 정감의 세계가 아닌 '비평'의 언어로 재인식하는 '재일의 시학'을 정립해 나갔던 것이다. 여기에서 말하는 '비평'은 현대시의 모든 문제를 시인의 사상을 담은 비평적 관점과 시각으로 인식해야 한다는 것으로, 서정의 본질을 시와 사상의 관계를 중심으로 접근하고 이해해야 한다는 시론적 개념이라고 할 수 있다.

이런 점에서 김시종은 계절어가 지닌 관습적 의미를 송두리째 전복시킴으로써 자연의 서정성에 함몰된 여름과 봄의 계절적 의미를 해방과 제주 4·3의 역사적 상징으로 변용시켰다. 그리고 이러한 계절어에 대한 저항을 궁극적으로 고향 제주를 향한 근원적 향수로 이어지게 함으로써, 남과 북 그리고 재일로 구분된 현재를 하나로 통합하는 시간의식을 담아내고자 했다. "시대는 흔적도 없이 그 엄청난 상실을 싣고 갔다/ 세월이 세월에게 버림받듯/ 시대 또한 시대를 돌아보지 않는다"라고 할 만큼 오랜 시간이 흘러갔지만, "아득한 시공이 두고 간 향토여/ 남은 무엇이 내게 있고 돌아갈 무엇이 거기에 있는 걸까"를 자문하면서 이제는 "두고 온 기억의 곁으로 늙은 아내와 돌아가야 하리라"고 다짐하고 싶었던 것이다. 따라서 김시종은 "길들어 친숙해진 재일에 눌러앉은 자족으로부터/ 이방인인 내가 나를 벗고서/ 가당은 나라의 대립

시인으로 출발했고, 1947년 『시론』, 1953년 『현대시수첩』, 1954년 『단가적 서정(短歌的 抒情)』 등을 발표하여 시대의 문학적 상황을 개척하며 오사카를 중심으로 활동한 프롤레타리아 시인이다. 그는 '서정'으로 표상되는 현대시의 영탄적 정감의 세계는 당면한 현실의 문제를 철저하게 외면하고 왜곡하는 감상적이고 허위적인 포즈에 지나지 않는다고 강하게 비판했다. 서정시가 감정과 정서를 직접적으로 토로하는 정감의 독백 혹은 기도와 같은 것이 되어서는 안 된다고 보고, 서정시의 형식 미학은 감각적으로 세련된 것처럼 보이게 하는 데만 기여하는 허위에 불과하다고 비판했다. 따라서 시의 올바른 방향은 이러한 서정에 내재된 거짓을 걷어냄으로써 '저항하고 있는 시'로서의 형식과 내용을 갖추는 데서 구체적으로 실현되어야 한다고 주장했다. 하상일, 「김시종과 '재일'의 시학」, 『국제한인문학연구』 제24호, 국제한인문학회, 2019. 8, 11~12쪽 참조.

사이를 거슬러갔다 오기로 하자"(「이룰 수 없는 여행 3 – 돌아가다」)¹²⁾라
고, 남과 북 그리고 재일의 '사이'를 넘어서 자신의 근원적 정체성을
회복하는 통일된 세계를 지향하고자 했다. "재일이야말로 통일을 산
다"¹³⁾라는 김시종의 명제는 바로 이러한 문제의식을 구체적으로 실천
하기 위한 선언적 명명이었다고 할 수 있다.

3. 재일(在日)의 틈새와 통일의 지평

김시종은 "조선에는/ 나라가/ 두 개나 있고/ 오늘 나간 건/ 그 한쪽
이야./ 말하자면/ 외발로/ 공을 찬 거지."(「내가 나일 때」)¹⁴⁾라고 재일조
선인의 현재적 위치를 상징적으로 제시했다. "두 개"의 "나라"와 "외발"
에서 분명하게 알 수 있듯이, 재일조선인으로서의 삶은 언제나 둘 사이
에서 갈등하고 대립하는, 그래서 결국 어느 한쪽만을 선택한 "외발"의
상태에 머물러 있을 수밖에 없었다는 현실적 한계를 무엇보다도 강조
한 것이다. 이처럼 재일조선인의 역사는 남과 북 그리고 일본이라는
세 국가의 틈새에서 심각한 정체성의 혼란을 겪으면서 세대적 갈등과
이방인의 차별적 현실을 이어왔던 것이 사실이다. 따라서 김시종은 이
러한 완고한 대립과 갈등의 경계를 넘어서기 위해서는 남도 북도 아닌
'재일'의 특수성을 역설적으로 주목하는 '틈새'¹⁵⁾ 혹은 '사이'의 전략을

---

12) 김시종, 이진경 외 옮김, 『이카이노시집, 계기음상, 화석의 여름』, 앞의 책, 262~264쪽.
13) 김시종, 윤여일 옮김, 『재일의 틈새에서』, 돌베개, 2017, 358쪽.
14) 김시종, 유숙자 옮김, 앞의 책, 31~32쪽.
15) 김시종에게 '틈새'는 "여러 분단선이 겹쳐 파이는 곳이다. 거기로 여러 힘이 가해진다.
    따라서 틈새는 불확정적이고 유동적이다. 거기서 세계는 뒤틀린다. 김시종은 그 틈새에
    몸을 두고 '틈새에 있음'을 내적 성찰에 나서야 할 상황으로 전유하고자 했다." 윤여일,

가질 필요가 있다고 보았다. 즉 '재일'의 궁극적 지향성으로 분단 현실을 넘어서는 통일 조선의 가능성에 가장 큰 무게를 둠으로써, '재일'은 '남'도 아니고 '북'도 아닌, 오히려 그 틈새를 파고드는 독자적인 장소성을 지닌 공간이라는 문제의식을 이끌어냈던 것이다. 이는 '재일'의 주체성을 특별히 강조하는 것으로, "본국을 흉내 내서 '조선'에 이르는 게 아니라, 이를 수 없는 조선을 살아 '조선'이어야 할 자기를 형성"[16]하는 데서 진정한 의미에서 재일조선인의 민족 정체성을 확립할 수 있다는 것을 의미한다. 따라서 김시종은 '재일'의 실존적 근거는 '통일'에 있다고 보고 재일의 틈새를 파고들어 남과 북의 경계를 무너뜨리는 통일의 가능성을 열어내는 것이 재일조선인 시문학이 가야 할 올바른 방향성이라고 생각했다. 그의 시가 무엇보다도 '재일'의 사상적 근거 찾기와 장소적 의미에 깊이 천착했던 이유도 바로 여기에 있다.

> 나는 당신/ 당신 속의/ 분리된 두 사람./ 나눌 수 없는 간격을/ 서로 나누고 있어/ 이렇게 금을 그어놓고/ 만날 수 없는 만남에/ 울타리를 친다./ 나에게는 그것이 사상이지만/ 당신에게는 양보할 수 없는 지조일 뿐이다./ 지조와 사상./ 어느 것도 하나를/ 가리키고 있고/ 따로 따로/ 완전히 같은 것을 서로 주장하고 있다./ 아무튼 우리에게/ 대극(對極)은 없다./ 재일 세대인/ 너와 내가/ 끝없이 증거를 표명하기 위해/ 같은 심(芯)을 서로 깎고 있다./ 나는 조선이고/ 너는 한국./ (중략)/ 재일을 살고/ 등을 맞대고/ 한국이 아니지만/ 조선도 아닌/ 알다시피/ 서로 모르는 사이야.
>
> —「재일의 끝에서 1」 중에서[17]

「틈새와 지평」, 『재일의 틈새에서』, 앞의 책, 370~371쪽.

16) 김시종, 윤여일 옮김, 「전망하는 재일조선인상」, 『재일의 틈새에서』, 339쪽.

17) 김시종, 이진경 외 옮김, 『이카이노시집, 계기음상, 화석의 여름』, 앞의 책, 91~99쪽.

김시종은 남과 북의 대립으로 격화된 분단 현실을 넘어서기 위해서는 무엇보다도 '재일'의 근거를 찾는 것이 가장 중요하다고 생각했다. '조선'이라는 추상화된 기호를 끝끝내 고수함으로써 이를 실체적 기호로 바꾸는 데 평생을 헌신한 것도 이러한 근거를 찾기 위한 구체적 실천의 과정이었다. '재일을 살아간다'라고 표상된 재일조선인으로서의 주체적 실존에 대한 정립은, 그가 생각하는 재일의 근거를 압축적으로 제시한 말이라고 할 수 있다. 인용시에서 상징적으로 말하는 '재일'은 "나"와 "너"라는 "분리된 두 사람"으로 표상되고 있지만, "나는 당신"이고 더군다나 "당신 속의 분리된 사람"이 "나"라는 점에서 "나"와 "너"의 관계는 처음부터 '둘'이 아닌 '하나'였음을 강조하고 있다. "금을 그어놓"기도 하고 "울타리를 친다" 해도 그것은 각자의 "사상"이고 "지조"일 수는 있을지 모르지만 근본적으로 서로를 구분하고 경계 짓는 대립과 갈등의 논리가 될 수는 없다는 것이다. 특히 일본어에서 사상과 지조의 발음이 '시소'로 동일하다는 점에서 "지조와/ 사상/ 어느 것도 하나를/ 가리키고 있"다는 아주 독특한 의미론적 통일성을 이끌어내는 시도는, 일본어를 통해 일본에 저항해온 그의 언어 의식의 본질이 남과 북의 대립과 갈등을 허무는 틈새의 언어를 실천하는 데 있었음을 분명하게 보여준다. 그래서 비록 지금은 "따로 따로"의 현실적 처지에 놓여 있다 하더라도, 궁극적으로는 "완전히 같은 것을 서로 주장하고 있다"는 점에서 "대극은 없다"라고 자신 있게 말할 수 있는 것이다. 그리고 "재일 세대"로서 이러한 민족 정체성을 지켜내기 위해서 "너와 내가/ 끝없이 증거를 표명하기 위해/ 같은 심을 서로 깎"아야 한다는 점을 무엇보다도 강조하는데, "나는 조선이고/ 너는 한국"이지만 "재일을 살"아간다는 것은 "등을 맞대고/ 한국이 아닌/ 조선도 아닌" '재일'의 근거를 명확히 인식해야 한다는 것을 의미한다. 결국 김시종이 말하는

"재일의 끝"은 남과 북의 이데올로기에 묶여 "서로 모르는 사이"로 살아가는 재일조선인 사회의 분단 구조를 반드시 극복해야 한다는 일관된 방향성을 내재하고 있다. 재일을 살아가는 것은 통일을 살아가는 것이라는 말로 '재일을 산다'라는 명제의 실천적 근거를 제시한 데서, '재일의 끝'은 바로 남과 북의 진정한 화합과 통일에 있음을 분명하게 말하고자 했던 것이다.

> 나를 묶고 있는 운명의 끈은 당연히 내가 자라난 고유의 문화권인 조선으로부터 늘어져있습니다. 그런데 지식을 한창 늘려야 할 나이였던 내게 묶인 일본이라는 나라 역시 또 하나의 기점이 되어 나의 사념 안으로 운명의 끈을 늘어뜨리고 있습니다. 말하자면 나는 양쪽 끈에 얽혀, 자신의 존재 공간을 포개고 있는 자입니다. 일본에서 태어나고 자란 세대들만이 '재일'의 실존을 기르고 있는 것이 아니라 일본으로 돌려보내진 나도 못지않게 '재일'의 실존을 양성하고 있는 한 명인 것입니다. 확실히 그것이 나의 '재일'임을 깨닫습니다. 일본에서 정주한다는 것의 의미와 재일조선인으로서의 존재 가능성을 파고들도록 이끈 '재일을 산다'라는 명제는, 이리하여 나에게 들어앉았습니다.[18]

남북의 통일을 지향하는 재일의 근거는 남과 북 어느 한쪽을 강요당하고 선택해야만 하는 '외발'의 사유나 태도를 통해서는 절대 이룰 수 없다. 오히려 남과 북 그 어느 쪽도 아닌 '조선'이라는 기호, 즉 '재일'의 근원적 실존을 현재화하는 데서 남과 북 모두를 비판적으로 극복하는 통일의 가능성을 열어낼 수 있다고 본 것이다. 따라서 그는 남과 북 그리고 일본이라는 세 국가의 경계와 혼돈을 넘어서는 재일의 '틈새'를

---

18) 김시종, 윤여일 옮김, 『조선과 일본에 살다』, 234쪽.

사유하고 실천함으로써 '재일'의 실존을 형상화하는 것을 가장 중요한
시적 방향으로 삼았다. 하지만 이러한 통일의 상상력이 맹목적 이데올
로기 편향이나 일방적 국가주의에 갇혀 "일본이라는 나라 역시 또 하나
의 기점이 되"고 있는 재일의 현실을 의식적으로 외면하거나 부정하는
방향으로 이루어져서는 결코 안 된다는 데 특별한 문제의식이 있다.
'재일'의 실존은 민족, 국가와 같은 이데올로기의 차원을 넘어서 '재일
을 산다'와 같은 명제에서 상징적으로 암시하듯이 재일의 주체성과 독
립성을 구체적으로 실천하는 데서 그 의미를 찾아야 한다고 보았기
때문이다. 즉 재일조선인의 현재가 안고 있는 민족 정체성의 혼란과
언어의 중층성 혹은 독자성을 외면하지 않고 바로 그 위치에서 이를
비판적으로 극복하는 방향성을 찾아 나가는 데서 재일의 시학은 더욱
의미 있게 실현될 수 있다고 보았던 것이다.

1955년 재일조선인총연합회(총련) 결성 이후 북한의 직접적인 지시
와 통제를 바탕으로 재일조선인 운동이 일방적으로 끌려가고 있을 때,
김시종은 이데올로기 수단으로서의 정형화된 형식의 탈피와 일본어가
아닌 조선어 창작만이 가능하다는 식의 총련의 지침에 강력하게 반발
했다. 재일조선인 사회에서 가장 중요한 문제는 '조국', '민족', '국가'와
같은 추상적 이데올로기가 아니라 조국을 떠나 일본에서 살아올 수밖
에 없었던 '재일'의 실존에 대한 비판적 성찰에 있음을 절대 잊어서는
안 된다고 판단했던 것이다. "재일조선인이 지닌 '일본어'는 '재일조선
인어'로서의 '일본어'"[19]라는 김시종의 뒤틀린 일본어 의식은 바로 이러
한 문제의식에서 비롯된 시적 전략이었다. 일본어를 무기로 오히려 일
본어에 저항하는 역설적 언어의식, 즉 일본어이지만 정통의 일본어가

----

19) 김시종, 윤여일 옮김, 『재일의 틈새에서』, 295쪽.

아닌, 그래서 '재일'의 틈새를 실천적으로 사유하고 행동하는 '재일조선인어'로서의 저항적 일본어를 시적 언어로 형상화하고자 했던 것이다. 결국 김시종에게 '재일'의 실존적 근거는 남과 북의 대립과 경계를 넘어선 바로 그 지점으로서의 재일 그 자체의 통일 지향에 궁극적인 방향성이 있었다. "다다를 수 없는 곳에 지평이 있는 것이 아니다. / 네가 서 있는 그곳이 지평이다. / 틀림없는 지평이다."[20]에서 분명하게 알 수 있듯이, 재일조선인 시문학은 '재일'의 실존적 위치를 정직하게 응시하는 틈새의 사유와 실천으로 구체화 되어야 한다고 보았던 것이다. 이런 점에서 분단의 상징인 38도선을 넘어가는 의지적 행위를 판문점이나 비무장지대와 같은 한반도 내의 대립과 경계의 장소가 아닌 일본 내의 장소 안에서 넘어가는 사건, 즉 "본국에서 넘을 수 없었던 38도선을 일본에서 넘는다고 하는 발상"[21]을 서사적으로 형상화한 『니이가타』는, 분단 극복과 통일 지향의 재일조선인 시문학의 방향성을 가장 상징적으로 보여주었다고 평가할 만하다.

봄이 늦는/ 이 땅에/ 배는/ 비에/ 도연히 흐린 편이 좋다. / 크게 휘어진/ 북위 38도의/ 능선(稜線)을 따라/ 뱀밥과 같은/ 동포 일단이/ 흥건히/ 바다를 향해 눈뜬/ 니이가타 출입구에/ 싹트고 있다. / 배와 만나기 위해/ 산을 넘어서까지 온/ 사랑이다. / 희끗해진 연세에/ 말씀까지도/ 얼어붙은/ 어머니다. / 남편이다. / 현해탄의 좌우 흔들림에/ 쉬어 버린 것은/ 억지로 처넣은/ 콩나물/ 시루였다. / 노골적으로/ 서로 엉킨/ 이별이/ 잡아 떼버릴 정도의 뿌리 수염을 떨며/ 희미한 불빛 아래/ 무리지어 있다. / 이만 번의 밤과/ 날에 걸쳐/ 모든 것은 지금 이야기돼야 한다. /

20) 김시종, 곽형덕 옮김, 「자서」, 『지평선』, 소명출판, 2018, 11쪽.
21) 김시종, 곽형덕 옮김, 「시인의 말 : 『장편시집 니이가타』 한국어판 간행에 부치는 글」, 『니이가타』, 글누림, 2014, 7쪽.

하늘과 땅의/ 앙다문 입술에 뒤얽힌 바람이/ 이슥한 밤에 누설한/ 중얼
댐을/ 어렴풋이/ 어둠을/ 밀어 올리고/ 솟아오르는 위도를/ 넘어오는
배가 있다.
　　　　　　　－『니이가타』 제3부 「위도(緯度)가 보인다」 중에서[22]

　김시종은 "고향이/ 배겨 낼 수 없어 겨워낸/ 하나의 토사물로/ 일본
모래에/ 숨어들었"던 "지렁이"와 같은 존재로 살았던 재일조선인으로
서의 삶과 역사를 넘어서는 방법은, "지렁이의 습성을/ 길들여준"인
일본을 떠나 조국으로 가는, 그래서 "인간부활"을 반드시 이루어내는
데 있다고 생각했다. 즉 일본 땅에 길들여진 지렁이와 같은 모습으로부
터 벗어나 "인간부활은 이뤄지지 않으면 안 된다./ 아니/ 달성하지 않
으면 안 된다"는, 그래서 "오로지/ 동북(東北)을 향해서/ 지표(地表)를
기어 다"니면서 "숙명의 위도를/ 나는/ 이 나라에서 넘"(『니이가타』 제1
부 「간기[雁木]의 노래」, 32~33쪽)어야 한다고 확신했던 것이다. 재일의
근원인 제주 4·3의 봄이 여전히 잃어버린 계절이듯이 "봄이 늦는/ 이
땅", 즉 일본에서 "뱀밥과 같은" '지렁이'의 형상으로 살아온 재일조선
인들에게 "크게 휘어진/ 북위 38도의/ 능선(稜線)을 따라" 넘어간다는
것은, 짐승과도 같은 취급을 당하며 살아온 재일조선인들이 비로소 '인
간'으로 부활하는 절실한 과제요 목표가 되지 않으면 안 되었다. 비록
"희끗해진 연세에/ 말씀까지도/ 얼어붙은" "어머니"가 되고 "남편"이
될 만큼 "이만 번의 밤과/ 날에 걸쳐" 세월은 무심히 흘러 버렸지만,
"어둠을/ 밀어 올리고/ 솟아오르는 위도를/ 넘어오는 배"를 타는 희망
만 놓치지 않는다면 "노골적으로/ 서로 엉킨/ 이별"은 곧 해소될 수

있음을 확신했던 것이다. "현해탄의 좌우 흔들림"처럼 남과 북의 대립과 경계는 틈새를 전혀 허락하지 않는 아주 완고한 장벽으로 이어져 있어서 언제나 서로를 향해 총칼을 겨누고 있지만, 재일조선인의 조국 지향은 일본 땅을 벗어나 남과 북의 경계인 38도선을 자유롭게 넘는 통일의 여정을 꿈이 아닌 현실로 가능하게 한다는 점에서 분단 구조를 넘어서는 주체적이고 독립적인 장소성을 획득하고 있기 때문이다. 김시종은 자신이 『니이가타』를 쓸 당시의 상황에 대해 "나는 모든 표현행위로부터 핍색(逼塞)을 강요당했던 터라, 오로지 일본에 남아 살아가고 있는 '재일'의 의미를 스스로 생각해 발견해야만 하는 입장에 서게 되었다"고 하면서, 『니이가타』는 "내가 살아남고 생활하고 있는 일본에서 또다시 일본어에 맞붙어 살아야만 하는 '재일을 살아가는' 것이 갖는 의미를 자신에게 계속해서 물었던 시집"[23]이라고 했다. 일본에서 일본인 되기를 강요당하지 않기 위해서는 '재일=통일'이라는 실존적 근거를 절대 잃어버리지 말아야 한다는 강한 신념이 통일을 상상력의 차원이 아닌 현실의 모습으로 마주하게 했음에 감격하고 있는 것이다.

이처럼 김시종은 '조선'이라는 기호를 끝까지 지켜내는, 즉 남도 북도 아닌 일본에서 살아가는 재일조선인으로서의 틈새에 생산적인 위치를 설정하여 분단 극복과 통일 지향이라는 역사적 장소성을 구체화하는 데 자신의 모든 시적 역량을 집중했다. 해방과 분단을 거친 재일조선인의 실존적 의미를 가장 잘 대변한 장소인 '이카이노'를 특별히 주목했던 이유도 바로 여기에 있다. 남과 북으로 이원화된 이데올로기의 추상성과 관념성을 뛰어넘어 민족이 하나 되는 '재일'의 실존을 가장

---

23) 김시종, 곽형덕 옮김, 「시인의 말 : 『장편시집 니이가타』 한국어판 간행에 부치는 글」, 『니이가타』, 글누림, 2014, 7~8쪽.

사실적으로 구현하는 문제적 장소가 바로 '이카이노'였기 때문이다.
즉 "없어도 있는 동네"라는 모순을 안고 살아올 수밖에 없었지만, "예민
한 코라야 찾아오기 수월한 곳"으로 재일조선인으로서의 공동체적 경
험과 감각을 공유하는 '재일'의 실존적 장소였던 것이다. 따라서 김시
종은 자신이 서 있는 바로 그 지점이 새로운 역사를 열어가는 지평이
되어야 한다는 문제의식으로, 이카이노의 역사 안에 갇혀 있는 재일조
선인의 상처와 고통을 의식적으로 밖으로 끄집어내고자 했다. 이카이
노라는 '재일'의 장소성에 근본적 토대를 두면서도 이카이노의 역사를
비판적으로 성찰하는, 즉 이카이노에서부터 이카이노를 넘어서는 '재
일'의 실존적 근거를 실천적으로 열어나가고자 했던 것이다. 이와 같은
문제의식에서 바라본 이카이노는 남과 북으로 이원화된 이데올로기적
대립과 경계를 넘어서 그 '사이'의 갈등이 만들어 놓은 균열과 틈새를
메우는 통합의 방향을 지향하는 문제적 장소로 재창조되었다. 이것이
바로 '재일'이라는 '틈새'이고, 이 틈새를 깊이 사유하고 언어화하는
데서 '재일'의 시학이 궁극적으로 지향해야 할 통일의 가능성을 열어낼
수 있었던 것이다.

4. 재일조선인 시문학의 방향과 과제 : '재일'에서 '통일'로

재일조선인 시문학은 남과 북의 이데올로기적 대립과 경계를 넘어
서는 통합의 사유를 보여주는, 그래서 진정한 통일 시대를 열어가는
이정표와 같은 역할과 실천적 방향을 제시할 수 있어야 한다. 즉 재일
조선인 시문학은 재일조선인이 살아온 지난 역사에 대한 증언과 기록
의 차원을 넘어서 지금 재일조선인이 발 딛고 서 있는 지점에서부터

새로운 문제의식을 이끌어낼 필요가 있는 것이다. 이러한 방향성은 과거의 역사와 현재의 경험을 동시에 아우르는 것이어야 할 뿐만 아니라 미래로 나아가는 연속성의 측면도 아울러 지녀야 한다. 남과 북의 이데올로기적 대립을 답습해온 재일조선인 사회의 극단적 이원화를 넘어서 그 경계에서 생성되는 창조적 의미를 생산적으로 인식할 필요가 있는 것이다. 서두에서 언급했듯이 재일조선인 시문학 가운데 이러한 역사성과 현재성 그리고 남과 북의 이데올로기적 대립을 넘어선 재일의 독립성과 주체성으로 자신의 시세계를 열어간 지점으로 강순, 김윤, 김시종의 시세계를 특별히 주목하고자 했던 이유도 바로 여기에 있다.

강순은 재일조선인의 실존은 남북의 이데올로기에 대한 맹목에 있는 것이 아니라, "절박한 동포들의 정직한 심정과 속임없는 내실의 형상"[24]에 있다고 했다. 그리고 김윤은 "잘라진 허리를/ 마음과 마음을/ 산천과 하늘을/ 접붙일 새해를 맞을 날 위한 노래를"[25] 부르는, 즉 재일조선인 스스로가 남북의 이념적 대리전의 선봉장 역할을 과감하게 청산하고 오로지 통일을 향한 과제에 헌신해야 한다고 했다. 비록 살아온 이력과 이념은 달랐을지언정, 재일조선인 사회의 분열과 대립을 남과 북 각각의 탓으로 돌리기에 앞서 지금 자신이 발 딛고 서 있는 재일조선인 사회 내부에서부터 진정한 화합과 통일을 위한 구체적인 노력과 실천을 해야 한다는 것이 두 시인의 동일한 생각이었다. 이와 같은 맥락에서 김시종 역시 언어, 민족, 국가라는 이데올로기의 경계를 넘어서 '재일'의 '틈새'를 인식하고 사유함으로써, 재일조선인으로서의 민족 정체성을 올바르게 정립하는 '재일'의 근거를 견지해야 한다

---

24) 강순, 「시집을 엮어놓고」, 『강바람』, 일본: 梨花書房, 1984, 317~318쪽.
25) 김윤, 「新年頌② - 1968년을 맞으며」, 『멍든 계절』, 현대문학사, 1968, 26~27쪽.

고 주장했다. 이러한 세 시인의 주장은 모두 재일조선인 시문학이 특
정 이데올로기와 언어, 그리고 민족과 국가의 추상적 관념을 넘어서,
재일조선인의 생활과 현실에 근본적인 토대를 두고 남과 북을 기점으
로 한 대립과 경계를 무너뜨리는 화해와 통합의 상상력을 지향해야
한다는 것으로 일치한다. 이러한 시적 지향이야말로 재일조선인 시문
학이 분단 극복과 통일 지향의 시적 지평을 열어내는 가장 생산적인
방향임에 틀림없다.

식민과 분단의 역사를 안고 살아가고 있는 우리 민족에게 통일은
가장 중요한 과제요 목표가 아닐 수 없다. 여전히 남과 북의 대립과
갈등은 한반도의 현실을 규정하는 도그마가 되고 있고, 이러한 분단
구조의 이데올로기는 남과 북 그리고 재일조선인 사회를 비롯한 해외
한인 사회의 생활과 생존을 위협하는 결과가 되고 있는 것도 사실이다.
따라서 이와 같은 이데올로기의 경직성을 전면화하지 않는 '틈새'의
사유는 대립과 경계의 지점을 생산적으로 변화시키는 아주 유효한 방
법론이 될 수 있을 것으로 판단된다. 특히 식민지 종주국 일본의 국가
적 차별과 불평등을 겪으면서 인간으로서의 최소한의 주권과 생존권을
심각하게 위협받으며 살아온 재일조선인의 현실을 이해하는데 있어서
이러한 방법론적 시도는 아주 의미 있는 변화의 지점을 열어낼 것으로
기대된다. 즉 남과 북이라는 이데올로기의 경계를 과감하게 허물어뜨
린 바로 그 지점, 김시종이 말한 재일조선인이 서 있는 바로 그 지점에
서부터 재일조선인 사회가 안고 있는 문제를 새롭게 바라보는 전향적
인 태도가 요구되는 것이다. 지금 재일조선인 문제는 남, 북, 민단,
총련의 이데올로기적 대립을 넘어서 '재일' 그 자체의 문제라는 인식이
가장 중요하다. 따라서 국가주의 혹은 이데올로기적으로 규정된 왜곡
된 주체의 시선이 아닌 타자화된 시선으로 '재일'의 문제를 새롭게 바라

볼 필요가 있다는 것이다.

최근 들어 중심과 권력으로 위계화된 왜곡된 주체의 바깥에서 외부 혹은 타자의 시선으로 중심의 식민성과 허위성을 비판하는 주변부 담론이 크게 주목받고 있다. 즉 중심과 주변의 획일화된 불평등 구조를 넘어서 왜곡된 중심의 다원화를 모색함으로써 다양한 경계의 지점에서 새롭게 생성되는 사회역사적 의미를 재발견하고자 하는 것이다. 이는 경계의 문제를 '갈등'과 '대립'의 차원으로만 인식했던 그동안의 이분법적 담론을 벗어나, 경계의 지점에서 발생하는 다양한 문제들을 생산적인 담론으로 재인식하는 전향적인 태도를 보여준다는 점에서 특별한 의미가 있다. 더군다나 이러한 문제의식은 여전히 분단 구조를 공고히 하고 있는 우리나라의 현실에 비춰볼 때, 남과 북의 완고한 대립과 경계의 지점을 갈등의 장이 아닌 통합의 장으로 변화시키는 생산적인 장소성을 지녔다는 점에서 더더욱 문제적이다. 특히 남과 북의 분단 구조를 사실상 그대로 답습하고 있는 재일조선인 사회를 이해하는 데 있어, 주변부 담론이 강조하는 틈새의 전략은 가장 근본적이면서 현실적인 문제 해결의 실마리를 제공하는 것이 될 수도 있다. 김시종의 '재일은 통일'이라는 명제가 추상적 당위론이 아닌 가장 실제적이고 현실적인 목소리로 들리는 이유도 바로 여기에 있다.

제3부

심훈과 중국

심훈과 항주

1. 심훈의 중국행

심훈은 1919년 경성고보 재학 중 3·1운동으로 옥고를 치르고 나온 이후 중국으로 망명 유학을 떠났다. 심훈의 중국행 시기에 대해서는 지금까지 1919년 겨울과 1920년 겨울 두 가지 견해가 있었다. 우선 1919년 겨울이라는 견해는, 심훈이 남긴 글과 시에 적힌 날짜와 윤석중의 회고에 근거하여 신빙성 있는 사실로 추정되었다. 심훈은 "기미년(己未年) 겨울 옥고를 치르고 난 나는 어색한 청복(淸服)으로 변장하고 봉천을 거쳐 북경으로 탈주하였었다. 몇 달 동안 그곳에 두류(逗留)하며 연골에 견디기 어려운 풍상을 겪다가 성암(醒庵)의 소개로 수삼차 단재를 만나 뵈었는데 신교(新橋) 무슨 호동(胡同)엔가에 있는 그의 우거(寓居)에서 며칠 저녁 발칫잠을 자면서 가까이 그의 성해(聲骸)를 접하였었다."[1] 라고, 1919년 겨울 중국 북경에서 겪었던 일을 비교적 상세하게 기록하였다. 또한 "나는 맨 처음 그 어른에게로 소개를 받아서 북경으로 갔었다. 부모의 슬하를 떠나보지 못하던 십구 세의 소년은 우당장(于堂丈)과

---

1) 심훈, 「필경사잡기(筆耕舍雜記) – 단재(丹齋)와 우당(于堂)(1)」, 김종욱·박정희 엮음, 『심훈 전집 1 : 심훈시가집 외』, 글누림, 2016, 323~324쪽. 이하 심훈의 글 인용은 이 전집에서 했으므로 제목과 전집 권수, 쪽수만 밝히기로 한다.

그 어른의 영식인 규용(奎龍) 씨의 친절한 접대를 받으며 월여를 묵었었다."[2]라고 한 데서, 북경으로 갔던 당시의 나이를 "십구 세"로 밝혔다. 그리고 북경에서 지낼 때 심훈은 「북경의 걸인」, 「고루(鼓樓)의 삼경(三更)」 두 편의 시를 남겼는데, 작품 끝부분에 적어 놓은 창작 날짜와 장소를 보면 "1919년 12월 북경에서"라고 되어 있다. 이후 그가 시집 출간을 위해 묶은 『沈熏詩歌集 第一輯』(京城世光印刷社印行)에서도 '1919년에서 1932년'까지 창작한 시를 모은 것으로 표기하고 이 두 편을 1919년 작품으로 명시하였다.[3] 만일 그가 1920년 겨울 북경으로 간 것이 사실이라면, 심훈은 자신의 중국행과 관련한 행적에 대해 같은 오류를 반복하고 있다고 볼 수밖에 없다. 하지만 현재로서는 이렇게 판단할 만한 명확한 근거를 제시하기 어렵다는 점에서, 그의 중국행 시기를 1919년으로 보는 견해를 무조건 부정할 수는 없을 듯하다. 더군다나 "그가 3·1運動 당시 第一高普(京畿高)에서 쫓겨나 中國으로 가서 亡命留學을 다섯 해 동안 한 적이 있는데"[4]라는 윤석중의 회고에서 "다섯 해"에 주목한다면, 1919년을 포함해야 1923년 귀국까지의 기간과 일치한다는 점에서 1919년 설은 일정 부분 설득력을 지닌다는 사실도 간과해서는 안 되는 것이다.

다음으로 1920년 겨울 중국으로 떠났다는 견해는, 그가 1920년 1월 3일부터 6월 1일까지 5개월 남짓의 일기[5]를 남겼다는 데 근거를 두고 있다. 일기의 내용은 이희승, 박종화, 방정환 등 여러 문인들과의 교류

2) 「필경사잡기(筆耕舍雜記) – 단재(丹齋)와 우당(于堂)(2)」, 『심훈 전집 1 : 심훈시가집 외』, 326쪽.
3) 『심훈 전집 1 : 심훈시가집 외』, 148~151쪽.
4) 윤석중, 「인물론 – 沈熏」, 『신문과 방송』, 한국언론진흥재단, 1978, 74쪽.
5) 『심훈전집 8 : 영화평론 외』, 413~475쪽.

와 습작 활동 등 당시 한국에서의 일상적인 생활에 대한 기록을 비교적 상세하게 담고 있어서, 1919년에 이미 중국으로 떠났다는 견해는 전혀 신빙성이 없다는 주장을 뒷받침한다. 지금까지 심훈에 대한 연보는 대부분 이 일기에 근거하여 1920년 북경으로 떠난 것으로 정리하였고, 최근 학계의 논의 역시 대체로 이 견해를 따르는 것으로 일반화되어 있다. 결국 1919년 중국행에 대한 심훈 자신의 기록은 오류일 것이라는 추정을 기정사실로 받아들인 셈인데, 그가 남긴 글과 기록이 서로 어긋나는 점이 많고 혼선도 있다는 점에서 이러한 판단은 일면 타당하다. 하지만 앞서 언급한 대로 1919년 설을 논리적으로 부정할 만한 명확한 근거가 현재로서는 없다는 점에서 무조건 1920년 설을 인정하는 것도 바람직하다고 볼 수는 없다. 따라서 심훈의 중국행에 대한 논의는 앞으로 실증적인 자료를 보완함으로써 더욱 명확하게 정리될 필요가 있다.

그렇다면 심훈의 중국행은 무슨 이유와 목적을 가지고 이루어진 것일까? 심훈은 자신의 중국행 목적에 대해 "북경대학의 문과를 다니며 극문학을 전공하려던"[6] 것이었다고 밝힌 바 있다. 하지만 이러한 그의 말은 정치적 목적을 은폐하기 위한 위장술이 아니었을까 짐작된다. 그가 줄곧 언급했던 일본으로의 유학 계획을 접고 갑자기 중국으로 유학을 갔다는 점도 이러한 추정을 뒷받침한다.[7] 게다가 심훈이 북경에

---

6) 「무전여행기 : 북경에서 상해까지」, 『심훈 전집 1 : 심훈시가집 외』, 340쪽.

7) 그는 1920년 1월의 일기에서 일본 유학에 대한 결심을 분명히 말했었다. "나의 일본 유학은 벌써부터의 숙망(宿望)이요, 갈망이다. 여기만 있어 가지고는 아주 못할 것은 아니나 내가 목적하는 문학 길은 닦기가 극난하다. 아무리 원수의 나라라도 서양으로 못갈 이상에는 동양에는 일본밖에 가 배울 곳이 없다. 그러나 내 주위의 사정은 그를 용서치 않는다. 그러나 나는 기어이 올 봄 안으로는 가고야 말 심산이다. 오는 3월 안에 가서 입학을 하여도 늦을 것인데 ……어떻든지 도주를 하여서라도 가고야 말란다."(『심

도착해서 이회영, 신채호 등 항일 망명인사들을 접촉하고 그들의 집에
서 머물렀다는 점을 주목할 필요가 있는데, 우당과 단재의 사상적 실천
은 심훈의 문학과 사상이 형성되는 중요한 토대가 되었을 것으로 추정
된다.[8] 당시 심훈은 민족운동에서 출발해서 무정부주의로 나아갔던
신채호, 이회영 등 아나키스트들의 사상을 많이 동경했던 것으로 보인
다. 따라서 심훈의 중국행은 어떤 정치적 목적을 수행하기 위해 유학으
로 가장한 위장된 행로였을 가능성이 많다.[9] 식민지 청년으로서 조국
의 현실을 올바르게 직시함으로써 새로운 시대를 열어나가고자 했던
그의 정치적 목표 의식이 중국행을 결심하는 데 결정적으로 작용했다
고 할 수 있는 것이다.[10]

훈전집 8 : 영화평론 외』, 433쪽) 그런데 3월의 일기에서 "나의 갈망하던 일본 유학은
3월에 들어 단념하게 되었다."라고 하면서 네 가지 이유를 말했다. "1. 일인(日人)에
대한 감정적 증오심이 날로 더해감이요, 2. 학비 문제니 뒤를 대어줄 형님이 추호의
성의가 없음, 3. 2·3년간은 일본에 가서라도 영어를 준비해야 하겠는데 그만큼은 못하
더라도 청년회관에서 배울 수 있는 것, 4. 영어와 기타 기초 교육을 닦은 뒤에 서양유학
을 바람 등이다. 부친도 극력 반대이므로."(『심훈전집 8 : 영화평론 외』, 465~466쪽)
이런 사실로 미루어볼 때, 만일 그의 중국행이 진정 유학을 목적으로 한 것이었다면
굳이 중국으로 가지는 않았을 것으로 판단된다.

8) 「필경사잡기(筆耕舍雜記) - 단재(丹齋)와 우당(于堂)(2)」, 앞의 책, 326쪽; 「필경사잡
기(筆耕舍雜記) - 단재(丹齋)와 우당(于堂)(1)」, 앞의 책, 324쪽; 이덕일, 『이회영과 젊
은 그들』, 역사의아침, 2009, 198쪽 참조.

9) 하상일, 「심훈의 중국에서의 행적과 시세계의 변화」, 〈2014 越秀-中源國際韓國學硏討
會 발표논문집〉, 절강월수외국어대학 한국문화연구소, 2014. 12. 13, 207쪽.

10) 심훈의 중국행이 1920년 말에 이루어진 것이 분명하다면, 그가 중국으로 떠나기 직전
사회주의 성향의 잡지 『공제(共濟)』 2호(1920. 10. 11.)의 '현상노동가' 모집에 투고한
「노동의 노래」를 보면 당시 그가 사회주의에도 깊은 관심을 가지고 있었음을 알 수
있다. 한기형의 「습작기(1919~1920)의 심훈 - 신자료 소개와 관련하여」(『민족문학사
연구』 제22호, 민족문학사학회, 2003) 참조.

2. 심훈의 중국 인식과 복잡한 이동 경로

심훈의 중국 생활은 북경을 시작으로 상해, 남경을 거쳐 항주에 정착하는 아주 복잡한 여정으로 이루어졌다. 그가 중국에 머문 기간이 2년 남짓에 불과하다는 점을 고려하면, 그의 중국 생활은 순탄하지 못한 여러 사정이 있었던 것으로 짐작된다. 게다가 유학을 목적으로 중국으로 갔다는 그의 증언에 따를 때, 가장 오랫동안 머물렀던 항주 지강대학을 졸업도 하지 않은 채 서둘러 귀국을 했다는 점도 중국에서의 행적이 지닌 여러 의혹들을 증폭시킨다. 따라서 심훈의 중국행이 치밀하게 계산된 일종의 "트릭"[11]일 가능성이 많다고 보는 시각은 상당히 설득력이 있다. 심훈이 북경에 잠시 머물다 상해로 이동하는 과정을 보면 이러한 추정은 더욱 신빙성 있는 사실로 드러난다. 그는 북경대학에서 극문학을 전공하겠다던 애초에 밝힌 계획을 접으면서, "그 당시 나로서는 그네들의 기상이 너무나 활달치 못함에 실망치 않을 수 없었다"라고 석연찮은 변명을 했다. 하지만 1920년대 북경대학의 사정을 보면, 심훈의 이러한 논평은 전혀 사실과 부합되지 않은 억지스러운 발언임을 알 수 있다. 1920년 말 북경대학은 천두슈(陳獨秀), 리다자오(李大釗), 후스(胡適) 등 신문화 운동의 주역들이 포진해 있어 그 어느 때보다 활기가 넘치는 곳이었으므로,[12] 이러한 심훈의 논평은 정치적 의도를 은폐하기 위한 일종의 담론적 수사였을 가능성이 많다.[13]

주지하다시피 1920년대 초반 중국 상해는 동아시아 사회주의 운동

11) 한기형, 「'백랑(白浪)'의 잠행 혹은 만유 – 중국에서의 심훈」, 앞의 책, 447쪽.
12) 이에 대한 자세한 내용은 백영서, 「교육독립론자 차이위안페이 – 중국의 대학과 혁명」, 『전환의 시대 대학은 무엇인가』, 한길사, 2000 참조.
13) 하상일, 「심훈과 중국」, 『비평문학』 제55호, 한국비평문학회, 2015. 3. 31, 208~209쪽.

의 중심지였다. 심훈이 중국으로 가기 직전에 보인 사회주의에 대한
관심과, 그의 경성고등보통학교 동창생 박헌영[14]이 당시 상해에 있었
다는 사실 등이 주목되는 이유도 바로 여기에 있다. 하지만 실제로 그
가 마주한 중국 상해의 모습은 식민지 현실을 극복하기 위한 혁명 도시
로서의 기대감과는 전혀 다른 실망감을 안겨주었다. 당시 상해는 여러
분파로 대립하는 임시정부의 노선 갈등으로 혼란스러웠을 뿐만 아니
라, 근대 자본의 유입에 따른 세속적 타락이 난무하는 혼돈의 도시로
다가왔기 때문이다. 1921년 중국 공산당이 제1차 대회를 가졌던 공산
주의혁명의 발상지라고는 믿기 어려울 정도로, 제국주의 열강들이 자
국의 이익을 위해 각축전을 벌이는 가장 식민지적 장소이기도 했던
곳이 바로 상해였던 것이다. 이러한 상해의 이중성과 양가성을 인식한
데서 비롯된 심훈의 절망과 탄식은 그의 시 「상해의 밤」에 고스란히
담겨 있다.

우중충한 '농당(弄堂)' 속으로
'훈둔'장사 모여들어 딱따기 칠 때면
두 어깨 웅숭그린 연놈의 떠드는 세상,
집집마다 마작판 뚜드리는 소리에
아편에 취한 듯 상해의 밤은 깊어가네

발벗은 소녀, 눈먼 늙은이를 이끌며
구슬픈 호궁(胡弓)에 맞춰 부르는 맹강녀(孟姜女) 노래,
애처롭구나! 객창(客窓)에 그 소리 장자(腸子)를 끊네

---

14) 심훈의 소설 「동방의 애인」과 시 「박군의 얼굴」은 박헌영을 모델로 쓴 작품이다.

사마로(四馬路) 오마로(五馬路) 골목골목엔
'이쾌양듸', '량쾌양듸' 인육(人肉)의 저자,
단속곳 바람으로 숨바꼭질하는 '야―지'의 콧잔등이엔
매독이 우글우글 악취를 풍기네

집 떠난 젊은이들은 노주(老酒)잔을 기울여
걷잡을 길 없는 향수에 한숨이 길고
취하여 취하여 뼛속까지 취하여서는
팔을 뽑아 장검(長劍)인 듯 내두르다가
채관(茶館) 소파에 쓰러지며 통곡을 하네

어제도 오늘도 산란(散亂)한 혁명의 꿈자리!
용솟음치는 붉은 피 뿌릴 곳을 찾는
'까오리' 망명객의 심사를 뉘라서 알고
영희원(影戲院)의 산데리아만 눈물에 젖네

―「상해(上海)의 밤」 전문[15]

　서구적 근대와 제국주의적 근대가 착종된 1920년대 상해의 어두운
밤을 적나라하게 보여주는 작품이다. 당시 상해의 모습은 마작, 아편,
매춘 등이 난무하는 자본주의적 모순 공간으로서의 폐해를 그대로 노
출하고 있었다. 특히 "사마로 오마로 골목골목"은 다관과 무도장, 술집
과 여관 등이 넘쳐났고, 기방들이 줄지어 들어서 있어 떠돌이 기녀들이
엄청난 무리를 이루어 호객을 하는 곳이었다.[16] 이처럼 심훈이 진정으
로 동경했던 조국 독립과 혁명을 준비하는 성지가 아니라 "산란한 혁명

---

15) 『심훈 전집 1 : 심훈시가집 외』, 153~154쪽.
16) 니웨이(倪偉), 「'마도(魔都)' 모던」, 『ASIA』 25, 2012년 여름호, 30~31쪽.

의 꿈자리!"로 실망감을 안겨주는 곳이 바로 상해였으므로, 그는 "망명
객"으로서의 깊은 절망과 탄식에 빠질 수밖에 없었을 것이다. 아마도
그가 상해에도 오래 머물지 않은 채 항주로 떠났던 이유와 그곳에서
지강대학(之江大學)[17]에 입학하게 된 사정은, 식민지 청년으로서 조국
독립에 대한 남다른 포부를 가지고 북경을 거쳐 상해로 왔던 자신의
행보에 대한 실망과 좌절이 크게 작용한 결과가 아니었을까 생각된다.

물론 심훈이 상해를 떠나 항주에 정착한 까닭이 무엇이었는지, 어떤
이유에서 지강대학을 다니게 되었는지는 현재로서는 정확히 알 길이
없다. 다만 그가 항주에서 보낸 시절이 상해에서의 경험에서 비롯된
중국에 대한 인식이 정치적으로나 사상적으로 상당한 혼란을 가져왔다
는 점은 충분히 짐작하고도 남음이 있다.

> 항주는 나의 제2의 고향이다. 미면약관(未免弱冠)의 가장 로맨틱하던
> 시절을 이개성상(二個星霜)이나 서자호(西子湖)와 전당강변(錢塘江邊)
> 에 두류(逗留)하였다. 벌써 10년이나 되는 옛날이언만 그 명미(明媚)한
> 산천이 몽침간(夢寐間)에도 잊히지 않고 그 곳의 단려(端麗)한 풍물이
> 달콤한 애상과 함께 지금도 머릿속에 채를 잡고 있다. 더구나 그 때에
> 유배나 당한 듯이 호반(湖畔)에 소요(逍遙)하시던 석오(石吾), 성재(省
> 齊) 두 분 선생님과 고생을 같이 하며 허심탄회로 교유하던 엄일파(嚴一
> 波), 염온동(廉溫東), 정진국(鄭鎮國) 등 제우(諸友)가 몹시 그립다. 유
> 랑민의 신세 - 부유(蜉蝣)와 같은지라 한 번 동서로 흩어진 뒤에는 안신

---

17) 지강대학은 현재 절강(浙江)대학교 지강캠퍼스로 편입된 곳으로 미국 기독교에 의해
세워진 대학이다. 당시 중국의 13개 교회대학 가운데 가장 먼저 세워진 학교로 화동(華
東) 지역의 5개 교회대학(金陵, 東吳, 聖約翰, 滬江, 之江) 가운데 거점 대학이었다.
당시 이 대학은 서양을 향한 중국 내의 중요한 통로로 역할을 했으며, 학생들은 5·4운동에
도 적극 가담하는 등 서구적인 문화와 진보적인 의식을 동시에 배양하고 있는 곳이었다.
張立程, 汪林茂, 『之江大學史』, 杭州出版社, 2015 참조.

(雁信)조차 바꾸지 못하니 면면(綿綿)한 정회가 절계(節季)를 따라 간절
하다. 이제 추억의 실마리를 붙잡고 학창시대에 끄적여 두었던 묵은 수
첩의 먼지를 털어본다. 그러나 항주와는 인연이 깊던 백낙천(白樂天),
소동파(蘇東坡) 같은 시인의 명편(名篇)을 예빙(例憑)치 못하니 생색(生
色)이 적고 또한 고문(古文)을 섭렵한 바도 없어 다만 시조체(時調体)로
십여 수(十餘首)를 벌여볼 뿐이다.[18]

심훈은 항주를 "제2의 고향"이라고 말할 정도로 아주 특별한 곳으로
생각했고, 실제로 그가 중국에서 보낸 2년 남짓의 기간 동안 가장 오랜
시간을 보낸 곳도 항주이다. 그에게 중국 유학이 애초부터 특별한 의미
가 있는 것이었다면, 지강대학 시절에 대한 간단한 소개나 감상기라도
있을 법한데 무슨 이유에서인지 어떤 글도 찾을 수 없다. 심훈이 그의
아내에게 보낸 편지[19]를 보면, 그는 1922년부터 귀국할 생각이었지만
사정이 여의치 않아서 1923년이 되어서야 귀국하게 되었음을 알 수
있다. 이처럼 그의 항주 시절은 망명객의 처지에서 비롯된 자기 회의에
깊이 빠져 있었던 방황의 시절이었다. 그 결과 북경, 상해에서 쓴 시와
남경, 항주에서 쓴 시 사이에 일정한 괴리를 보이는데, 즉 남경과 항주
에서 쓴 시들은 역사적 주체로서의 자각보다는 조국을 떠나 살아가는

---

18) 『심훈 전집 1 : 심훈시가집 외』, 156쪽.
19) "그동안 지난 일과 모든 형편은 어찌 다 쓸 수 있으리까마는 고통도 많이 당하고 모든
일이 마음 같지 않아 실패도 더러 하였으며 지금도 마음 상하는 일은 많으나 그 대신
많은 경험도 하였고, 다 일시의 운명이라 인력으로 어찌 하리까마는 그대의 간곡한 말
씀과 같이 결코 낙심하거나 실망할 리 없으며 또는 그리 의지가 박약한 사나이는 아니
니 아무 염려 말아 주시오. 다만 내가 무슨 공부를 목적 삼아하며, 그것이 어떤 학문이
며 장차 어찌해야 할 것인데 지금 내 신세는 어떠하며, 어떤 길을 밟아 나아가서 입신하
고 출세하려 하는가 하는 데 대하여 그대에게 자세히 알게 하여 드리지 못함은 참으로
큰 유감이외다." 「나의 지극히 사랑하는 해영씨!」, 『심훈전집 8 : 영화평론 외』, 478~
479쪽.

망향객으로서의 비애와 향수 등 개인적인 정서가 두드러지게 드러나는
것이다. 이에 대해 "상해가 공적 세계라면 항주는 감각과 정서에 기초
한 사(私)의 발원처"이고, "북경과 상해가 잠행의 공간인 것에 반해 항
주는 만유의 장소였다"20)라는 견해가 있는데, "공적 세계"와 "사(私)의
발원처"라는 대비는 일리가 있지만 "잠행(潛行)"과 "만유(漫遊)"로 보는
시각은 인정하기 어렵다. 그가 항주 시절 교류했던 석오 이동녕, 성재
이시영을 비롯하여 엄일파, 염온동, 정진국21) 등의 면면을 봐도, 그의
항주 시절을 단순한 만유의 과정으로 보는 것은 설득력이 떨어지는
것이다. 앞서 언급한 대로 심훈의 항주행은 상해에서의 정치적 좌절과
절망이 결정적인 영향을 미친 것으로 보인다. 즉 항주에서 보인 심훈
시의 변화는 '정치적'인 것으로부터의 좌절에서 비롯된 것이라는 점에
서, 오히려 '정치적'인 것에 대한 성찰이라는 시각으로 이해하는 것이
타당할 것이다. 그러므로 〈항주유기〉를 비롯한 '항주' 제재 시편의 서
정성은 당시 중국 내의 정치적 현실에 대한 비판의식을 내면화한 시적
전략으로 이해할 필요가 있다.22)

20) 한기형, 「'백랑(白浪)'의 잠행 혹은 만유 – 중국에서의 심훈」, 453쪽.
21) 엄일파는 엄항섭(嚴恒燮)으로 보성전문학교 상과를 마치고 3·1운동 직후 중국으로 망
　명하였으며, 1919년 9월 임시정부의 법무부 참사(參事)와 서기(書記)에 임명되었고,
　1923년 6월경 지강대학 중학과를 졸업하였다. 염온동은 보성전문학교에서 수학하고
　3·1운동에 적극 참여하여 옥고를 치른 다음, 1921년 상해로 망명하여 임시정부와 임시
　의정원, 독립운동 정당에 관여하였다. 정진국은 1921년 북경에서 기독교청년회에 관여
　하였고, 상해에서 한국노병회(韓國勞兵會)에 참여하였으며, 1929년에는 국내에서 무정
　부주의 계열 비밀결사 동인회사건(同人會事件)으로 재판을 받은 바 있다. 최기영,
　「1910~1920년대 杭州의 한인유학생」, 『서강인문논총』 제39집, 서강대 인문과학연구
　소, 2014. 4, 216~220쪽 참조.
22) 하상일, 「심훈의 〈杭州遊記〉와 시조 창작의 전략」, 『비평문학』 제61호, 한국비평문학
　회, 2016. 9. 30, 210쪽.

3. '항주(杭州)' 시절 작품의 서정성과 시조 창작의 전략

심훈이 항주에서 지내는 동안 썼던 시, 그리고 항주와의 관련성을
지닌 시는 〈항주유기〉 연작 14편[23]과 그의 첫 번째 아내 이해영에게
보낸 편지에 동봉된 「겨울밤에 내리는 비」, 「기적(汽笛)」, 「전당강(錢塘
江) 위의 봄밤」, 「뻐꾹새가 운다」 4편[24]을 포함해서 모두 18편이다. 이
가운데 「겨울밤에 내리는 비」, 「뻐꾹새가 운다」는 시의 끝에 '남경(南
京)'이라고 시를 쓴 장소를 밝히고 있어서, 심훈이 북경을 떠나 상해를
거쳐 항주로 가는 과정에 잠시 남경에 머무를 때 쓴 작품으로 보인다.
〈항주유기〉 연작의 경우에도 1931년 6월 『삼천리』에 〈천하의 절승(絶
勝) 소항주유기(蘇杭州遊記)〉라는 제목으로 발표하면서 "이제 추억의 실
마리를 붙잡고 학창시대에 끄적여 두었던 묵은 수첩의 먼지를 털어본
다."[25]라고 밝힌 것으로 보아, 실제 이 작품들을 항주 시절에 쓴 것인지
아니면 그때의 초고나 메모를 바탕으로 1930년대 초반에 다시 창작한
것인지는 정확히 알 수가 없다. 이처럼 항주 관련 18편의 작품들은 심

23) 「평호추월(平湖秋月)」, 「삼담인월(三潭印月)」, 「채연곡(採蓮曲)」, 「소제춘효(蘇堤春
曉)」, 「남병만종(南屛晚鐘)」, 「누외루(樓外樓)」, 「방학정(放鶴亭)」, 「행화촌(杏花村)」,
「악왕분(岳王墳)」, 「고려사(高麗寺)」, 「항성(杭城)의 밤」, 「전단강반(錢塘江畔)에서」,
「목동(牧童)」, 「칠현금(七絃琴)」. 이 시들은 모두 일본 총독부 검열본 『沈熏詩歌集 第一
輯』(京城世光印刷社印行, 1932)을 토대로 발간한 『심훈문학전집① 그날이 오면』(심훈
기념사업회 편, 차림, 2000, 156~173쪽)에 수록되어 있다. 그리고 『沈熏文學全集』 1권
(詩)(탐구당, 1966, 123~134쪽)에도 실려 있는데, 「목동」과 「칠현금」은 제목이 누락되
어 있고, 「전당강(錢塘江) 위의 봄밤」이 「전당강상(錢塘江上)에서」로 제목이 다르게
되어 있으며, 「겨울밤에 내리는 비」, 「기적(汽笛)」, 「뻐꾹새가 운다」와 함께 〈항주유기〉
로 묶여 수록되어 있다. 최근 발간된 『심훈 전집 1 : 심훈시가집 외』에도 이 작품들은
실려 있는데, 〈항주유기〉 연작 가운데 「행화촌(杏花村)」은 누락되어 있다.
24) 「나의 지극히 사랑하는 해영씨!」, 『심훈전집 8 : 영화평론 외』, 480~484쪽; 『심훈 전집
1 : 심훈시가집 외』, 232~238쪽.
25) 「항주유기(杭州遊記)」, 『심훈 전집 1 : 심훈시가집 외』, 156쪽.

훈이 항주 시절 쓴 작품이라고 명확하게 볼 근거는 없지만, 그가 항주
에 체류할 당시의 생활이나 정서를 이해하는 데 있어 아주 중요한 단서
가 되는 것은 분명한 사실이다. 특히 심훈이 북경과 상해를 거쳐 항주
로 정착하기까지 겪었던 심경의 변화를 유추할 만한 근거는, 그가 항주
시절 쓴 작품으로 추정되는 18편의 시 외에는 사실상 없다고 해도 과언
이 아니다. 그가 평소에 일기나 산문 등을 쓸 때 사소한 일상 한 가지도
놓치지 않고 꼼꼼하게 기록하는 습관을 지녔다는 사실을 생각한다면,
항주에서 보낸 시절에 대한 기록을 거의 남기지 않았다는 점은 상당히
큰 의혹으로 남지 않을 수 없다.

심훈의 항주 시절 시 가운데 무엇보다도 주목해야 할 작품은 〈항주
유기〉 연작이다. 시조 형식으로 이루어진 14편의 작품은, 대체로 독립
을 염원하는 식민지 청년으로서 역사나 현실에 대한 자각이나 의지를
직접적으로 드러내기보다는 개인적 서정성을 두드러지게 표상하고
있다.

(1)
중천(中天)의 달빛은 호심(湖心)으로 쏟아지고
향수는 이슬 내리듯 마음속을 적시네
선잠 깬 어린 물새는 뉘 설움에 우느뇨

(2)
손바닥 부르트도록 뱃전을 뚜드리며
'동해물과 백두산' 떼를 지어 부르다가
동무를 얼싸안고서 느껴느껴 울었네.

(3)
나 어려 귀 너머로 들었던 적벽부(赤壁賦)를

운파만리(雲波萬里) 예 와서 당음(唐音) 읽듯 외단 말가
우화이귀향(羽化而歸鄕)하여서 내 어버이 뵈옵과저
　　　　　　　　　　　－「평호추월(平湖秋月)」 전문[26]

　〈항주유기〉는 서호 10경(西湖十景)의 아름다운 풍광과 정자, 누각 그
리고 전통 악기 등을 소재로 자연을 바라보는 화자의 심경을 내면화한
서정적 시풍의 연작시조이다. 심훈이 항주에 머무르면서 서호의 주변
을 돌아보고, 그곳의 자연과 역사 그리고 인물들에 자신의 마음을 빗대
어 선경후정(先景後情)이라는 전통 시가(詩歌) 형식으로 형상화한 작품
이다. 인용시 「평호추월」은 〈항주유기〉의 주제의식을 응축하고 있는
대표적인 작품으로, 『삼천리』에 발표될 당시에는 2연의 끝에 "三十里
周圍나 되는 湖水, 한복판에 떠있는 조그만 섬 中의 數間茅屋이 湖心亭
이다. 流配나 當한 듯이 그곳에 無聊히 逗留하시든 石吾 先生의 憔悴하
신 얼골이 다시금 뵈옵는 듯하다."라는 자신의 심경을 덧붙여 놓았다.
즉 항주의 절경 가운데 한 곳인 호심정에서 서호를 바라보면서 자신이
존경했던 독립운동가 가운데 한 사람인 석오 이동녕을 떠올리는 작품
으로, 〈항주유기〉 연작을 표층적 차원의 서정성에만 함몰되어 이해해
서는 안 되는 중요한 지점을 보여준다. 즉 조국 독립을 갈망하던 식민
지 청년이 진정으로 따라가고자 했던 이정표의 초췌한 모습을 바라보
는 데서, 항주에 이르는 과정에서 온갖 상처를 경험하고 절망에 부딪쳤
던 심훈 자신의 안타까운 심정을 상징적으로 투영시키고 있는 것이다.
　「평호추월」에서 화자는 조국에 대한 "향수"와 망명객으로서의 "설
움"을 직접적으로 토로할 정도로 이국에서의 생활을 몹시 힘들어하지

26) 『심훈 전집 1 : 심훈시가집 외』, 157쪽.

만, "동무를 얼싸안고서 느껴느껴" 우는 동지적 연대감으로 이러한 현실을 극복하려는 강한 의지를 드러낸다. "손바닥 부르트도록 뱃전을 뚜드리며/ '동해물과 백두산' 떼를 지어 부르"는 행위를 통해 절망적 현실과 결코 타협하지 않으려는 결연한 모습을 보이고 있는 것이다. 그럼에도 불구하고 "나 어려 귀 너머로 들었던 적벽부를/ 운파만리 예 와서 당음 읽듯 외단 말가"에서 알 수 있듯이, 화자가 처한 현실은 중국의 풍류나 경치를 외우고 있는 자신의 무기력한 모습과 마주할 따름이다. 그의 중국행이 조국 독립을 위한 실천적 방향성을 찾는 데 뚜렷한 목표가 있었다는 사실을 염두에 둔다면, 이러한 꿈과 이상이 철저하게 무너지는 경험으로 인해 그의 내면에는 아주 극심한 상처가 자리 잡았기 때문이다. 결국 "우화이귀향하여서 내 어버이 뵈옵과저"에서처럼, 화자는 중국에서의 생활을 정리하고 조국으로 돌아가고자 하는 바람을 가질 수밖에 없다. 이러한 화자의 내면의식은 항주에서의 심훈의 내면의식에 그대로 대응된다. 따라서 「평호추월」은 자연의 아름다움에 젖어 유유자적하는 개인적 서정의 세계를 형상화한 것이 아니라, 중국에서 머무는 동안 그가 겪어야만 했던 무기력한 현실에서 비롯된 좌절을 내면화한 자기성찰적 서정의 세계를 보여준 것이라고 할 수 있다.

> 운연(雲烟)이 잦아진 골에 독경(讀經)소리 그윽코나
> 예 와서 고려태자(高麗太子) 무슨 도를 닦았던고
> 그래도 내 집인 양하여 두 번 세 번 찾았었네.
> ─「고려사(高麗寺)」 전문[27]

〈항주유기〉 연작 가운데 「고려사」도 주목해야 할 작품으로, 화자가

---

27) 『심훈 전집 1 : 심훈시가집 외』, 171쪽.

자신이 처한 현실에 대한 회한과 탄식의 정서를 표면화한 시이다. 이는
더 이상 중국에 머물러 있지 않고 조속히 조국으로 돌아가고 싶어 했던
항주 시절 심훈의 내면을 대변하고 있다고 할 수 있다. '고려사'는 고려
태자 의천이 머물렀던 곳으로, 화자는 당시 의천에게 "무슨 도를 닦았
던"지를 직접적으로 물음으로써 지금 자신이 무엇을 위해 항주에 머무
르고 있는지를 자문한다. 이는 중국에서의 생활이 가져다준 깊은 회의
를 우회적으로 드러낸 것으로, 심훈이 중국행이 지닌 목적과 역할이
사실상 상실되어 버린 데서 오는 안타까움과 허망함을 의천의 마음에
빗대어 표현한 것으로 볼 수 있다. 이러한 절망적 현실인식은 독립운동
에 대한 의지를 다시 한번 일깨우는 역설적 태도로 기능한다는 점에서
상당히 문제적이다. 즉 당시 항주의 독립운동가들에게 '고려사'가 지닌
역사적 의미에 대한 재발견[28]은 민족의식을 새롭게 자극하는 중요한
기폭제 역할을 했기 때문이다. "그래도 내 집인 양하여 두 번 세 번
찾았었네"라는 데서 알 수 있듯이, 오랫동안 잊혀있었던 '고려사'의 재
발견을 통해 임시정부를 비롯한 독립운동 단체들의 내부적 분열과 대
립을 극복함으로써 민족의식의 통합을 지향하는 방향성을 찾고자 했던
것이다.

〈항주유기〉 연작이 모두 시조의 형식으로 이루어졌다는 점도 특별

----

[28] 일제의 침략이 노골화되었던 1919년 무렵 상해와 항주 중심의 유학생, 독립운동가 등은
항주 '고려사'를 참배하고 조선인들에게 그 중건을 호소하였다. 그 일에 앞장섰던 사람
이 바로 엄항섭으로, 그는 1923년에 '고려사'를 답사하고, 『東明』에 「高麗寺!」라는 제목
으로 3회 연재를 하였다. 이 글에서 그는 "고려사람들아! 中國 絕勝恒州에서 '고려사'를
찾자! 그 중에도 승려들아! 불교의 자랑인 '고려사'를 함께 일으키자!"라고 하면서, 고려
사의 재발견은 민족의식을 일으키는 중요한 일임을 강조하였다. 조영록, 「일제 강점기
恒州 高麗寺의 재발견과 重建籌備會」, 『한국근현대사학회』 제53집, 2016. 6, 40~72쪽
참조.

히 주목할 필요가 있다. 〈항주유기〉를 발표할 무렵인 1930년대로 접어
들면서 심훈은 시조를 집중적으로 창작했다. 〈농촌의 봄〉이란 제목
아래 「아침」 등 11편, 「근음삼수(近吟三數)」, 「영춘삼수(詠春三數)」, 「명
사십리(明沙十里)」, 「해당화(海棠花)」, 「송도원(松濤園)」, 「총석정(叢石
亭)」 등 많은 시조를 남겼던 것이다. 이러한 시조 창작은 〈항주유기〉
연작이 모두 시조 형식으로 되어있다는 사실과 밀접한 연관이 있을
것으로 판단된다. 또한 그의 항주 시절의 시작 활동에서 서정적인 경향
성이 두드러졌던 사실을 정치적으로 이해하는 의미 있는 논거가 되기
도 한다.

> 그 형식이 옛것이라고 해서 구태여 버릴 필요는 없을 줄 압니다. 작자
> 에 따라 취편(取便)해서 시조의 형식으로 쓰는 것이 행습(行習)이 된 사
> 람은 시조를 쓰고 신시체(新詩體)로 쓰고 싶은 사람은 자유로이 신체시
> 를 지을 것이지요, 다만 그 형식에다가 새로운 혼을 주입하고 못하는
> 데 달릴 것이외다. 그 내용이 여전히 음풍영월식이요 사군자 뒤풀이요
> 그렇지 않으면
> "배불리 먹고 누워 아래 윗배 문지르니
> 선하품 게게트림 저절로 나노매라
> 두어라 온돌 아랫목에 뒹구른들 어떠리"
> 이 따위와 방사한 내용이라면 물론 배격하고 아니할 여부가 없습니다.
> 시조는 단편적으로 우리의 실생활을 노래하고 기록해두기에는 그 폼이
> 산만한 신시보다는 조촐하고 어여쁘다고 생각합니다. 고려자기엔들 풍
> 풍 솟아오르는 산간수(山澗水)가 담아지지 않을 리야 없겠지요.[29]

심훈은 시조 장르가 민중들의 생활과 일상을 정제된 형식에 담아내

29) 「프로문학에 직언 2」, 『심훈전집 8 : 영화평론 외』, 229~230쪽.

는 소박한 '생활시'로서 의미를 지닌다고 보았다. 또한 시조는 "그 형식
에다가 새로운 혼을 주입하고 못하는데"서 현재적 의미를 찾아야 한다
는 점에서, "여전히 음풍농월식이여 사군자 뒤풀이요" 하는 식의 전통
적 안이함에 갇혀서는 안 된다는 점을 분명히 하였다. 이러한 시조의
현재성에 대한 문제의식을 통해 그가 1930년대 이후 시조 창작에 집중
한 이유를 짐작할 수 있는데, "우리의 실생활을 노래하고 기록해 두"는
데 유효한 형식으로 시조 장르의 의미를 강조하고 있는 것이다. 앞서
언급한 대로 〈항주유기〉 연작이 발표된 시점인 1930년대에 심훈은 서
울에서의 기자 생활을 모두 정리하고 부모님이 계신 충청남도 당진으
로 내려와 「영혼의 미소」, 「직녀성」, 「상록수」 등의 소설을 창작하는
데 집중했다. 1930년 발표했던 시 「그날이 오면」과 소설 「동방의 애
인」, 「불사조」 등이 일제의 검열로 인해 작품이 훼손되거나 중단됨에
따라, 이러한 일제의 검열을 피하는 우회 전략에 대해 깊이 고민했던
시기였을 것으로 짐작된다. 그 결과 그의 소설은 일제의 검열을 넘어서
는 서사 전략으로 '국가'를 '고향'으로 변형시키는 뚜렷한 변화를 시도
했는데[30], 1930년대 시조 창작에 주력했던 심훈 시의 전략적 선택 역시
이와 같은 맥락에서 이해할 수 있다. 즉 식민지 검열로부터 비교적 자
유로운 자연과 고향을 제재로 삼아 현실에 대한 비판적 문제의식을
우회적으로 드러내는 시조 장르의 특성을 적극적으로 활용했다고 할
수 있는 것이다. 1930년대 농촌 현실의 피폐함과 고달픈 노동의 일상을
제재로 삼은 그의 시조 작품이 강호한정(江湖閑情) 류의 개인적 서정의

---

30) 「상록수」로 대표되는 심훈의 후기 소설을 단순히 계몽 서사로 읽을 것이 아니라, 식민지
　　내부에서 허용 가능한 사회주의 서사의 변형 혹은 파열로 이해하는 문제의식이 필요하
　　다. 이에 대한 자세한 논의는, 한만수, 「1930년대 '향토'의 발견과 검열우회」, 『한국문학
　　이론과비평』 제30집, 한국문학이론과비평학회, 2006 참조.

형식을 띤 전통 시조의 모습과는 전혀 다른 이유도 바로 여기에 있다.

> 항성의 밤저녁은 개가 짖어 깊어가네
> 비단 짜는 오희(吳姬)는 어이 날밤 새우는고
> 뉘라서 나그네 근심을 올올이 엮어주리
>
> — 「항성(杭城)의 밤」 전문[31]

> 황혼의 아기별을 어화(漁火)와 희롱하고
> 임립(林立)한 돛대 위에 하현달이 눈 흘길 제
> 포구에 돌아드는 배에 호궁(胡弓)소리 들리네.
>
> — 「전당강반(錢塘江畔)에서」 전문[32]

「항성의 밤」은 망향객으로서의 "나그네 근심"을 해소해줄 누군가를 기다리는 화자의 심정을 담아낸 작품이다. 선경후정의 전통 시조의 구성 방식을 그대로 따르고 있지만, 외적 풍경을 내면화하는 화자의 심경을 주목해 본다면 단순한 풍경시나 정물시로만 볼 수 없는 의미심장한 문제의식이 내재되어 있다. "개가 짖어 깊어가는" 항주의 "밤"에서 느낄 수 있는 시적 긴장과 "어이 날밤 새우는고"에 나타나는 인물의 내적 갈등에서, 식민지 청년의 내면에 각인된 긴장과 갈등이라는 시대의식이 상징적으로 투영되어 있기 때문이다. "뉘라서"라는 표현에서 화자의 현실을 공감하는 공동체적 연대에 대한 갈망이 두드러진다는 점에서 이러한 문제의식은 더욱 뚜렷이 부각된다. 결국 이 시조는 항주에서의 심훈의 내면의식을 절제된 형식에 담아낸 것으로, 정치적 혼란이 가중되는 중국에서의 생활과 현실에 대한 깊은 회의를 우회적으로 드

---

31) 『심훈 전집 1 : 심훈시가집 외』, 172쪽.
32) 『심훈 전집 1 : 심훈시가집 외』, 174쪽.

러낸 것으로 볼 수 있다. 이러한 내면의 상처와 고통은, 그가 다녔던 지강대학에서 바라본 전당강의 모습을 형상화한 「전당강반에서」에서 도 그대로 드러나는데, 전당강 위의 유유자적하는 자연의 모습과는 대 조적으로 구슬픈 "호궁소리"를 듣는 화자의 마음에서 이국땅에서 식민 지 청년이 느끼는 망향의 정서와 절망적 현실인식이 감각적으로 형상 화되어 있는 것이다.

이처럼 심훈의 시조 창작은 표면적으로는 전통적 서정에 바탕을 둔 자연친화적 세계관을 답습하고 있는 것처럼 보이지만, 그 이면을 들여 다보면 중국 생활에서 경험한 절망적 현실인식과 1930년대 이후 농촌 현실에 대한 비판적 인식을 효율적으로 드러내기 위한 전략적 장치로 적극 시도된 것으로 볼 수 있다. 결국 심훈의 시조 창작은 식민지 검열 의 허용 가능한 형식에 관한 고민의 결과로, 식민지 청년으로서 주체의 좌절과 당대 사회의 모순을 비판하는 우회 전략에 대한 성찰의 결과라 고 할 수 있다. 따라서 심훈의 항주 시절은 혁명을 꿈꾸는 식민지 청년 이 온갖 갈등과 회의를 거쳐 비로소 올바른 주체를 형성해가는 성숙의 과정으로 이해할 필요가 있다. 〈항주유기〉 연작을 비롯한 그의 항주 시절 작품에 나타난 서정성을 '변화'나 '단절'이 아닌 '성찰'과 '연속'으 로 읽어야 하는 이유도 바로 여기에 있다.[33]

4. 식민지 시기 '항주'의 역사적 의미와 심훈의 문학사적 위치

식민지 시기 중국 항주는 대한민국임시정부가 있었던 상해와 더불

33) 하상일, 「심훈의 〈杭州遊記〉와 시조 창작의 전략」, 앞의 책, 213~214쪽.

어 독립운동을 위한 거점 도시로서의 역할을 했다. 1932년 윤봉길 의거 이후 임시정부가 상해에서 항주로 옮겨온 것만 봐도 당시 항주가 지닌 정치적 의미를 짐작하게 한다. 하지만 1920년대만 해도 항주는 임시정부의 거점이었던 상해에 비해서는 크게 주목받지 못했다. 앞서 언급한 것처럼 '고려사' 중건에 대한 논의와 화동 지역 대학과 유학생들에 대한 연구에서 식민지 시기 항주의 현황과 역사적 의미에 대해 소략하게 다루고 있는 정도이다. 물론 중국 화동 지역 전체를 보면 상해와 남경에서 유학한 학생들에 비해 항주에는 소수의 유학생들이 있었을 뿐이다. 하지만 상해 임시정부와 직간접적으로 연결되어 독립운동을 목적으로 한 유학생들과 항주의 연관성은 상당히 큰 것으로 추정된다. 심훈이 〈항주유기〉 서문에서 언급했던 엄일파(엄항섭)가 항주 지강대학에 다녔다는 사실처럼, 당시 지강대학을 비롯한 항주 지역 대학과 유학생들의 활동은 독립운동사의 측면에서도 중요하게 논의되어야 할 지점인 것이다. 아마도 심훈이 북경과 상해를 거쳐 항주로 정착하는 과정과 북경대학 유학이라는 표면적인 이유를 접고 항주 지강대학에 다니게 된 사정에도 상해 임시정부와 밀접한 관련이 있었을 것이고, 이러한 과정을 도운 중요한 인물 중의 한 사람이 엄항섭이 아니었을까 추정되기도 한다. 또한 심훈이 항주 시절을 회고하면서 석오 이동녕과 성재 이시영을 언급한 점도 지강대학 시절을 정치적으로 이해하지 않으면 안 되는 중요한 근거가 되기도 하는 것이다.

심훈이 1920년 겨울 중국으로 떠났다고 한다면, 햇수로는 4년이고 만으로는 2년 반 정도 머무르다 1923년 중반에 귀국한 것으로 정리된다.[34] 이 기간 동안 항주에서만 거의 2년 정도를 보냈다는 점에서 심훈

---

34) 현재 『심훈전집』 9~10권 작업을 진행 중인 김종욱 교수에 의하면, 『매일신문』에 '1923

과 항주의 관련성은 앞으로 좀 더 실증적인 연구가 이루어질 필요가 있다. 하지만 그의 항주 시절은 〈항주유기〉 연작을 비롯한 십여 편의 시와 그의 아내에게 보낸 편지 외에는 어떤 기록도 찾을 수 없다. 그가 북경을 떠나 상해로 가는 과정이 경성고보 동창생 박헌영이 상해로 이동했던 시기와도 겹친다는 사실과, 중국에 체류하는 동안 이회영, 신채호, 여운형, 이동녕, 이시영 등 독립운동가들과 직접적인 교류를 이어갔다는 점에서, 그의 중국에서의 행보는 여러 가지 비밀스러운 사정으로 인해 의도적으로 왜곡되거나 은폐된 것이 상당히 많았던 것으로 짐작된다. 아마도 항주 시절의 기록이 거의 없는 것도 이러한 이유와 전혀 무관하지는 않을 것으로 생각된다.

이처럼 심훈의 중국에서의 활동은 귀국 이후 그의 문학 창작에 아주 큰 영향을 미친다. 1930년 발표한 「동방의 애인」은 1920년대 상해 지역 공산주의 조직의 활약상을 담은 작품으로, 김원봉의 〈의열단〉과 상당히 깊은 관련이 있는 것으로 추정된다. 중심인물 가운데 한 사람인 '박진'이 황포군관학교를 졸업했고 공산주의계열 독립운동 조직에 속해 있었으며, 국내로 잠입하는 과정이 치밀하게 그려진 데서 〈의열단〉의 활동과 상당한 관련성이 있음을 짐작하게 하는 것이다. 이 작품의 주인공 '김동렬'이 박헌영의 모델로 했다는 점도 이러한 정치적 의도를 뒷받침한다. 1920~30년대 심훈의 문학을 상해임시정부를 중심으로 한 독립운동과 중국을 거점으로 한 동아시아적 시각에서 논의해야 하는 이유도 바로 여기에 있다. 즉 독립운동사, 공산주의운동사, 화동지역 대학 교육과 유학생 활동 등 역사적 사실들에 대한 실증적인 확인을

년 4월 30일 심대섭 씨 귀국'이라는 기사가 실렸다고 하므로, 전집 발간 이후 정확한 사항을 확인할 것을 미리 밝혀둔다.

통해 더욱 구체적인 논의를 이어갈 필요가 있는 것이다. 그의 시 「박군의 얼굴」, 「R씨의 초상」을 비롯하여 1930년에 발표한 대표시 「그날이 오면」 등에 대한 접근도, 심훈의 중국에서의 활동에 내재된 동아시아적 시각에 대한 이해에 바탕을 두지 않으면 그 의미를 정확히 해석해 내기 어렵다. 따라서 심훈의 문학은 1919년 기미독립만세운동 이후 동아시아와의 관련 속에서 한국문학이 어떤 양상과 의미를 확장해 나갔는지를 이해하는 중요한 문학사적 위치에 있다. 이런 점에서 심훈의 문학과 사상의 토대가 되었다고 할 수 있는 중국에서의 활동에 대한 더욱 면밀한 연구가 요구된다. 자료의 미확인과 실증성의 한계로 인해 아직까지 대부분의 사실들이 논리적 추정에 머무르고 있다는 점은 앞으로 심훈 연구가 반드시 해결해 나가야 할 과제임에 틀림없다.

심훈의 상해 시절과 「동방의 애인」

1. 심훈과 상해

심훈은 1919년 경성제일고등보통학교 4학년 재학 중에 기미독립만세운동에 가담하여 3월 5일 체포되었고, 서대문형무소에 투옥되어 같은 해 11월 6일에 집행유예로 출옥되었다.[1] 그리고 이듬해인 1920년 중국으로 가서 북경, 상해, 남경을 거쳐 항주에 정착하였고, 1921년 지강대학(之江大學)[2]에 입학하여 2년 정도 다니다가 졸업도 하지 않은 채 1923년 중반에 귀국하였다.[3] 이처럼 심훈은 1920년 겨울부터 1923

---

[1] 대전정부청사 국가기록원에 보존되어있는 〈심대섭 판결문〉(大正 八年 十一月 六日)에 따르면, 심훈은 당시에 김응관 외 72명과 함께 보안법 위반과 출판법 위반으로 재판을 받았다. 이때 심훈은 치안방해죄로 '懲役 六月 但 未決拘留日數 九十日 各本刑算入 尚三 年間 形執行猶豫'를 선고받았는데, 이 판결에 근거하여 국가보훈처에서는 심훈이 1919년 11월 6일 집행유예로 풀려난 것으로 정리하였다. 안보문제연구원, 「이 달의 독립운동가 ─ 문학작품을 통해 항일의식을 고취시킨 심훈」, 『통일로』 157호, 2001. 9, 106쪽.

[2] 지강대학은 현재 절강(浙江)대학교 지강캠퍼스로 편입된 곳으로 미국 기독교에 의해 세워진 대학이다. 당시 중국의 13개 교회대학 가운데 가장 먼저 세워진 학교로 화동(華東) 지역의 5개 교회대학(金陵, 東吳, 聖約翰, 滬江, 之江) 가운데 거점 대학이었다. 당시 이 대학은 서양을 향한 중국 내의 중요한 통로 역할을 했으며, 학생들은 5・4운동에도 적극 가담하는 등 서구적인 문화와 진보적인 의식을 동시에 배양하는 곳이었다. 張立程, 汪林茂, 『之江大學史』, 杭州出版社, 2015 참조.

[3] 현재 『심훈전집』 9~10권 작업을 진행 중인 김종욱 교수에 의하면, 『매일신문』에 '1923년 4월 30일 심대섭 씨 귀국'이라는 기사가 실렸다고 하므로, 전집 발간 이후 정확한

년 여름 무렵까지, 햇수로는 4년에 걸쳐 만 2년 남짓을 중국에서 보냈
다. 비교적 짧은 기간이었음에도 불구하고 북경에서 항주에 이르는 아
주 복잡한 여정을 거쳤는데, 표면적으로는 유학이 목적이었다고 밝혔
지만 이회영, 신채호 등 당시 중국에서 활동하던 독립운동의 거목들과
직접적으로 교류를 했다는 점에서 실제로는 독립운동과 관련된 어떤
중요한 역할을 수행하기 위한 목적이 아니었을까 추정된다.[4] 게다가
심훈이 북경에서 상해로 이동하는 과정이 그의 경성고보 동창생 박헌
영의 동선(動線)과 겹친다는 사실[5]과 상해 시절 그가 여운형과 밀접한

사항을 확인할 것을 미리 밝혀둔다.

4) 실제로 심훈은 "나는 맨 처음 그 어른에게로 소개를 받아서 북경으로 갔었다"(「필경사잡
기(筆耕舍雜記)-단재(丹齋)와 우당(于堂)(2)」, 김종욱·박정희 엮음, 『심훈 전집 1 : 심
훈시가집 외』, 글누림, 2016, 326쪽)라고 밝혔는데, 여기에서 "그 어른"은 우당 이회영
을 가리킨다.(이하 심훈의 작품과 산문 인용은 모두 전집에서 했으므로 제목과 전집
권수, 쪽수만 밝히기로 한다) 그리고 "성암(醒庵)의 소개로 수삼차 단재를 만나 뵈었는
데 신교(新橋) 무슨 호동(胡同)엔가에 있는 그의 우거(寓居)에서 며칠 저녁 발칫잠을
자면서 가까이 그의 성해(聲咳)를 접하였다."(「필경사잡기(筆耕舍雜記)-단재(丹齋)와
우당(于堂)(1)」, 『심훈 전집 1』, 324쪽)라고도 적어두었는데, 여기에서 "성암"은 이광(李
光)으로 이회영과도 아주 가까운 혁명 동지였다. 일본 와세다대학과 중국 남경의 민국
대학을 졸업한 이광은 신민회 회원이었고, 이회영과 함께 경학사와 신흥무관학교를
운영한 가까운 동지였다. 그는 임정 임시의정원 의원과 외무부 북경 주재 외무위원을
겸임하며 한중 양국의 외교적 사항을 처리할 만큼 중국통이었다.(이덕일, 『이회영과
젊은 그들』, 역사의아침, 2009, 198쪽)
5) 박헌영은 1920년 11월 동경을 떠나 나가사키를 경유하여 상해로 망명하여 1921년 3월
이르쿠츠파 공산당의 지휘를 받는 고려공산청년단 상해회 결성에 참가했고, 같은 해
5월에 안병찬, 김만겸, 여운형, 조동우 등이 주도하는 이르쿠츠파 고려공산당에 입당했
다.(임경석, 『이정 박헌영 일대기』, 역사비평사, 2004, 65~68쪽 참조) 심훈의 시 「박
군(君)의 얼굴」(『심훈 전집 1』, 69~70쪽)에는 3명의 '박 군'이 등장하는데 박헌영, 박열,
박순병이 실제 인물이다. 박헌영과 박열은 경성고보 동창생이었고, 박순병은 『시대일
보사』에서 같이 근무했던 친구였다. 박열은 '천황 암살 미수사건'으로 무기형을 선고받
아 당시 복역 중이었고, 박순병은 조선공산당 사건으로 구속되어 취조 중에 옥사했으며,
박헌영은 조선공산당 사건으로 구속되었다가 1927년 11월 22일 병상보석으로 출감했다.
이 시는 당시 출감하는 박헌영의 처참한 모습을 보고 동지들의 고통과 슬픔을 형상화한
것이다.(하상일, 「심훈의 중국 체류기 시 연구」, 『한민족문화연구』 제51집, 한민족문화

교류를 나누었다는 점[6]을 특별히 주목한다면, 심훈의 중국행은 단순히 유학을 목적으로 한 것이 아니라 식민지 청년으로서 조국 독립을 위한 정치적 목적을 수행하기 위한 과정이었을 것으로 유추할 수 있다.

물론 당시 심훈이 북경에서 상해로 이동하게 된 명확한 이유를 실증할 만한 자료는 현재로서는 남겨진 것이 전혀 없다. 다만 그가 중국으로 가기 직전 사회주의에 깊은 관심을 가지고 있었다[7]는 점에서, 1920년대 초반 동아시아 사회주의 운동의 중심지로 급부상했던 상해로의 이동은 필연적인 수순이 아니었을까 생각된다. 1920년 8월 상해에서는 상해사회주의청년단이 설립되었고, 1921년 7월에는 중국공산당 창립 제1대회가 개최되었다. 5·4운동의 영향을 받은 청년학생들이 『성기평론(星期評論)』, 『각오(覺悟)』, 『신청년(新青年)』 등의 급진적인 매체를 중심으로 모여들었고,[8] 조선인 사회주의자들의 움직임도 활발하여 이동휘를 중심으로 한 상해파 공산당이 1920년 5월경 조직되었으며, 이를

학회, 2015. 10. 31, 89쪽) 그리고 본고의 연구 대상인 심훈의 소설 「동방의 애인」의 두 주인공 김동렬과 박진은, 독립운동을 목적으로 상해로 온 심훈 자신이나 박헌영과 같은 식민지 청년의 모습을 형상화한 것으로 추정된다.

6) 「朝鮮新聞發達史」(『新東亞』 1934년 5월호)에 의하면, 『中央日報』는 1933년 2월 대전에서 출옥한 여운형을 사장으로 추대하고 같은 해 3월에 『朝鮮中央日報』로 제호를 바꾸었다. 여운형은 상해에 있을 때부터 심훈을 대단히 아끼던 처지로서, 심훈이 「영원의 미소」와 「직녀성」을 『朝鮮中央日報』에 연재하여 생활의 곤경을 조금이라도 면할 수 있도록 적극적으로 도왔다. 심훈의 영결식에서 그의 마지막 시 작품인 『絶筆』을 울면서 낭독한 사람이 여운형이었을 정도로 두 사람의 관계는 아주 각별했다.(유병석, 「심훈의 생애 연구」, 앞의 글, 18~19쪽 참조) 이런 사실로 미루어 볼 때, 심훈의 시 가운데 「R씨의 초상(肖像)」(『심훈 전집 1』, 129~130쪽)은 여운형을 모델로 한 것으로 보인다.

7) 심훈은 중국으로 떠나기 직전 사회주의 성향의 잡지 『공제(共濟)』 2호(1920. 10. 11.)의 '현상노동가' 모집에 「노동의 노래」를 투고하였다. 이 작품에 대해 한기형은, "민족주의적 구절"과 "사회주의적 노동예찬이 공존하고 있"는 것으로 해석하였다. 한기형, 「습작기(1919~1920)의 심훈 - 신자료 소개와 관련하여」, 『민족문학사연구』 제22호, 민족문학사학회, 2003.

8) 백영서, 『중국현대대학문화연구』, 일조각, 1994, 259~260쪽 참조.

확대 개편하여 1921년 5월 고려공산당이 결성되기도 했다.[9] 이처럼
1920년대 초반 상해는 심훈에게 있어서 자신의 사상적 토대를 형성하
고 문학적 실천의 발판을 마련하는 가장 이상적인 장소가 되기에 충분
했을 것이다.

하지만 1920년대 상해의 모습은 사회주의 독립운동의 방향성을 모
색했던 심훈이 이상적으로만 바라볼 수 없는 이중성을 지닌 도시이기
도 했다. 즉 상해임시정부를 중심으로 한 독립운동 내부의 첨예한 갈등
과 상해파와 이르쿠츠크파[10]로 노선 투쟁을 했던 사회주의 운동의 분
파주의가 극단적 상황으로 치달았던 때이기도 했던 것이다. 게다가 조
선 독립의 이정표라는 기대감으로 찾아온 동아시아 사회주의 운동의
중심지 상해가 '조계지'[11]라는 식민지적 상황을 그대로 노출하고 있었
다는 점도 결코 외면할 수 없는 사실이었다. 당시 상해의 모습은 사회
주의적 이상향이라는 표면에 가려진 채 식민지 근대의 모순을 고스란

9) 반병률, 『성재 이동휘 일대기』, 범우사, 1998, 265~266쪽 참조.

10) 두 그룹은 혁명노선 상의 본질적 차이가 있었다. 상해파는 민족혁명을 일차과제로 한
   연속 2단계 혁명노선을 취하면서 독자적인 한인공산당 건설을 지향했던 반면, 이르쿠츠
   크파는 즉각적인 사회주의 혁명을 목표로 한 1단계 혁명노선을 견지하면서 러시아공산
   당에 가입한 인물들이 주축이었다. 반병률, 「진보적인 민족혁명가, 이동휘」, 『내일을
   여는 역사』 제3집, 2000, 165쪽.

11) 1842년 8월 청나라 정부는 아편전쟁의 패배에 대한 책임으로 영국과 남경조약을 체결했
   는데, 이 조약으로 廣州, 福州, 廈門, 寧波, 上海 등 다섯 개 항구를 통상 항구로 개항하
   기로 했다. 그리고 1843년 주상해 영국영사 밸푸어가 상해에 도착함으로써 공식적인
   개항 절차가 마무리되었다. 밸푸어는 1843년 청정부와 체결한 虎門條約 제7조 "중국의
   지방관리들은 영사관과 함께 각 지방의 민정을 살피고, 거주지 혹은 기지로 사용할 지역
   을 의논·결정하여 영국인에게 주도록 한다"는 내용에 근거하여, 上海道臺에게 영국인
   거주지의 설립을 요구하였다. 이후 두 사람의 협상으로 『上海土地章程』을 체결하였는
   데, 그 결과 영국인은 洋涇浜(현재 延安中路) 이북, 李家莊(현재 北京東路 부근) 이남의
   토지를 임대하였고, 가옥도 건축할 수 있게 되어 영국인 거류지로 되었다. 이는 서양
   식민주의 국가가 중국에 설치한 첫 번째 거류지였다. 손과지, 『上海韓人社會史 1910~
   1945』, 한울, 2011, 28쪽 참조.

히 안고 있는 곳이었음을 직시하지 않을 수 없었던 것이다. 따라서 심훈은 서구적 근대와 제국주의적 근대가 착종된 상해에서 식민지 조선과 전혀 다를 바 없는 절망적이고 비관적인 현실을 경험해야만 했다. 이러한 상해의 이중성과 모순에 대한 경험은 귀국 이후 그의 문학적 행보에 아주 중요한 계기로 작용하기도 했다. 심훈에게 있어서 상해 시절은 혁명을 꿈꾸던 식민지 청년이 서구적 근대와 제국주의적 근대의 모순 속에서 올바른 사상과 독립의 방향을 찾아가는 의미 있는 성찰의 기회가 되었다고 할 수 있기 때문이다. 따라서 그는 상해 시절의 경험을 토대로 독립운동 내부와 외부의 갈등과 모순을 통합적으로 해소하는 정치적 방향을 서사적으로 담아내는 것을 중요한 소설적 과제로 삼았다. 비록 일제의 검열로 인해 미완의 상태로 중단되고 말았지만, 심훈 소설의 사상적 토대와 이데올로기적 지향을 이해하는 가장 문제적인 작품으로 「동방의 애인」[12]을 특별히 주목해야 하는 이유는 바로 여기에 있다.

2. 식민지 시기 상해의 이중성과
   독립운동의 노선 갈등에 대한 비판

식민지 시기 중국 상해는 '동방의 파리', '동방의 런던' 등으로 명명

[12) 1930년 10월 21일부터 1930년 12월 10일까지 『조선일보』에 총 39회 연재되었고, 삽화는 안석주가 그렸다. 이 작품은 아무런 언급 없이 연재가 중단되었는데, 다만 이듬해 「불사조」연재를 예고하면서 심훈을 "얼마 전에 어떠한 사정으로 중단된 「동방의 애인」을 집필하였던"(『조선일보』 1931. 8. 12.) 작가라고 소개하는 것으로 볼 때, 이 작품이 타의에 의해 중단되었음을 짐작할 수 있다. 〈작품 서지 해제〉, 『심훈 전집 2 : 동방의 애인·불사조』.

될 정도로 서구 근대 문명을 이해하고 수용하는 핵심적인 통로 역할을
했던 동양 최대의 국제도시였다. 또한 1921년 중국 공산당이 제1차 대
회를 개최하면서 사회주의 혁명의 거점 도시로서의 저항적 특성도 아
울러 지닌 곳이었다. 따라서 식민지 조선의 지식인과 청년들은 이러한
상해의 양면성을 주목함으로써 근대 문명에 대한 이해를 바탕으로 급
변하는 세계정세에 올바르게 대응하는 혁명 전략을 세우고자 했다. 특
히 당시 상해에는 대한민국임시정부가 있었다는 점에서 근대 교육을
바탕으로 한 독립운동의 새로운 방향을 설정하고 준비하는 가장 이상
적인 장소가 되기에 충분했다.[13]

하지만 이러한 국제도시 상해의 두 가지 측면은 그 내부에 또 다른
식민성을 은폐하고 있었음을 간과해서는 안 된다. 즉 당시 상해가 보여
준 서구적 근대의 모습 안에는 제국주의적 시선이 깊숙이 침투되어
있었던 것이다. 따라서 식민지 조선의 지식인과 청년들이 상해를 바라
보는 시각에는 국제도시로서의 '세계성'에 대한 동경과 조계지의 현실
이 보여주는 굴욕적인 '식민성'의 폐해에 대한 비판이 혼재된 이중적
태도가 공존했다. 게다가 상해임시정부를 중심으로 한 조선 독립운동
의 양상이 민족주의, 공산주의, 무정부주의 등 이념과 노선의 차이에서
비롯된 대립과 갈등이 노골화됨에 따라, 그들에게 식민지 조선의 독립
이라는 혁명적 과제는 심각한 자기모순을 지닌 한계상황으로 다가오지
않을 수 없었을 것이다.

1920년대 중국으로 건너간 심훈은 바로 이러한 상해의 이중성과 독
립운동 내부의 분파주의적 갈등에 크게 실망했던 것으로 보인다. 동양

13) 하상일, 「근대 상해 이주 한국 문인의 상해 인식과 상해 지역 대학의 영향」, 『해항도시
문화교섭학』 제14호, 한국해양대학교 국제해양문제연구소, 2016. 4, 97~125쪽 참조.

최대의 국제도시이면서 조선의 독립이라는 혁명을 꿈꾸는 도시였던
상해에 대한 절대적인 동경은, 자본주의의 타락과 제국주의의 음험한
지배가 만연된 현실을 목격하면서 철저하게 좌절되었다. 또한 조선 독
립이라는 공통의 목표를 지향하면서도 국가나 민족보다는 권력화된
개인의 모습을 앞세우는 독립운동가들의 태도를 비판하지 않을 수 없
었다. 「상해의 밤」은 이러한 심훈의 복잡한 심경을 담은 것으로, 당시
상해로 이주한 식민지 청년과 지식인들의 비판적 현실 인식과 내적
고통을 형상화하고 있는 작품이다.

> 우중충한 '농당(弄堂)' 속으로
> '훈둔'장사 모여들어 딱따기 칠 때면
> 두 어깨 옹숭그린 연놈의 떠드는 세상,
> 집집마다 마작판 뚜드리는 소리에
> 아편에 취한 듯 상해의 밤은 깊어가네
>
> 발벗은 소녀, 눈먼 늙은이를 이끌며
> 구슬픈 호궁(胡弓)에 맞춰 부르는 맹강녀(孟姜女) 노래,
> 애처롭구나! 객창(客窓)에 그 소리 장자(腸子)를 끊네
>
> 사마로(四馬路) 오마로(五馬路) 골목골목엔
> '이쾌양듸', '량쾌양듸' 인육(人肉)의 저자,
> 단속곳 바람으로 숨바꼭질하는 '야—지'의 콧잔등이엔
> 매독이 우글우글 악취를 풍기네
>
> 집 떠난 젊은이들은 노주(老酒)잔을 기울여
> 걷잡을 길 없는 향수에 한숨이 길고
> 취하여 취하여 뼛속까지 취하여서는
> 팔을 뽑아 장검(長劍)인 듯 내두르다가

채관(茶館) 소파에 쓰러지며 통곡을 하네

어제도 오늘도 산란(散亂)한 혁명의 꿈자리!
용솟음치는 붉은 피 뿌릴 곳을 찾는
'까오리' 망명객의 심사를 뉘라서 알고
영희원(影戲院)의 산데리아만 눈물에 젖네
                          ─「상해(上海)의 밤」 전문[14]

이 시는 그의 소설 「동방의 애인」에 삽입되어있는 작품으로, 주인공
김동렬과 박진이 기미독립만세운동으로 옥고를 치르고 출옥한 이후
본격적으로 독립운동에 헌신할 목적으로 중국 상해로 이동하여 처음으
로 마주한 상해 거리의 모습을 담은 것이다. "상해! 상해! 흰옷 입은
무리들이 그 당시에 얼마나 정다이 부르던 도회였던고! 모든 우리의
억울과 불평이 그곳의 안테나를 통하여 온 세계에 방송되는 듯하였고
이 땅의 어둠을 헤쳐 볼 새로운 서광도 그곳으로부터 비춰올 듯이 믿어
보지도 않았던가?"[15]에서처럼, 그들은 당시 상해를 식민지 조선의 현
실을 극복하는 "새로운 서광"을 안겨줄 가장 이상적인 도시로 인식하였
다. 두 주인공이 서대문 감옥을 나오자마자 "넓은 무대를 찾자! 우리가
마음껏 소리 지르고 힘껏 뛰어볼 곳"[16]을 외치며 상해로 향했던 것도
바로 이러한 상해의 모습에 대한 무한한 동경 때문이었다. 하지만 실제
로 그들이 마주한 상해의 현실은 마작, 아편, 매춘 등이 난무하는 등
타락한 자본의 폐해로 들끓고 있었는데, 당시 "사마로(四馬路) 오마로(五

---

14) 『심훈 전집 1』, 153~154쪽.
15) 「동방의 애인」, 『심훈 전집 2』, 37쪽. 이하 「동방의 애인」을 인용한 경우는 모두 이
    책에서 한 것이므로 제목과 쪽수만 밝히기로 한다.
16) 「동방의 애인」, 36쪽.

馬路)"를 중심으로 펼쳐진 상해 중심가의 모습은 서구적 근대 내부에
도사린 제국주의가 상업적이고 소비적인 문화를 조장함으로써 '환각
상태'¹⁷⁾에 빠져 있는 것과 같은 모습이었다고 해도 과언이 아니다. 이처
럼 문명의 도시이면서 혁명의 도시라고 생각했던 상해가 오히려 절망
의 도시이면서 암울의 도시일지도 모른다는 근대적 모순에 대한 발견
은, 식민지 조선의 청년들에게 "노주(老酒)잔을 기울"이고 "한숨"과 "통
곡" 속에서 살아갈 수밖에 없는 극심한 좌절을 안겨주었다. "어제도
오늘도 산란(散亂)한 혁명의 꿈자리!"로 인해 "눈물"을 흘리는 "'까오리'
망명객"의 처지로 전락하지 않을 수 없었던 것이다.

따라서 당시 상해로 이주한 식민지 청년들은 이러한 상해의 모순을
직시하면서 이를 어떻게 극복할 것인가에 대한 자기성찰의 과정을 내
면화하는 데 주력했다. 상해로 표상된 왜곡된 근대의 내부에 은폐된
자본주의적 모순과 제국주의적 시선을 냉정하게 비판함으로써, 타락
과 분열로 표면화된 식민지 근대의 폐해를 극복하는 진정한 주체의
모습을 찾고자 했던 것이다. 이는 식민지 조국의 현실을 극복하는 새로
운 가능성을 발견하고자 했던 궁극적 목적에도 부합하는 일이었다. 심
훈이 「동방의 애인」 첫머리에서 〈작자의 말〉을 통해 밝혔듯이, "남녀
간에 맺어지는 연애의 결과는 조그만 보금자리를 얽어놓는 데 지나지
못하"므로 "보다 더 크고 깊고 변함이 없는 사랑 가운데 살아야 하겠"다
는 다짐을 하고, "우리 민족과 같은 계급에 처한 남녀노소가 사랑에
겨워 껴안고 몸부림칠 만한 새로운 공통된 애인을 발견치 않고는 견디
지 못할 것"¹⁸⁾이라고 강조한 이유도 바로 여기에 있다. 결국 여기에서

17) 니웨이(倪偉), 「'마도(魔都)' 모던」, 『ASIA』 25, 2012년 여름호, 30~31쪽.
18) 「동방의 애인」, 15쪽.

말하는 '공통된 애인'이란 민족이나 계급보다는 개인을 앞세우는 독립
운동 노선의 대립과 갈등을 해소하고 통합하는 새로운 길을 제시하고
자 한 것으로 볼 수 있다. 또한 심훈은 조선독립을 위해 무엇보다도
중요하게 해결해야 할 과제는 "무산대중이 짓밟히는 계급"의 문제라는
점을 강조했다. 이를 통해 심훈은 계급투쟁을 통한 무산자계급의 승리
와 해방을 가져오는 것이야말로 조선독립을 위한 필수적인 과정이 되
어야 한다는, 그래서 사회주의 독립운동의 방향을 명확하게 설정하고
자 했던 의도를 드러낸 것으로 이해할 수 있다.

　　X씨를 중심으로 동렬이와 또 진이와 그리고 그들의 동지들은 지난날
의 모든 관념과 '삼천리강토'니 '이천만 동포'니 하는 민족에 대한 전통적
애착심까지도 버리고 새로운 문제를 내걸었다.
　　"왜 우리는 이다지 굶주리고 헐벗었느냐"
하는 것이 그 문제의 큰 제목이었다. 전 세계의 무산대중이 짓밟히는
계급이 모두 이 문제 밑에서 신음하고 있는 것은 확실하다. 이 문제를
먼저 해결치 못하고는 결정적 답안이 풀려나올 수가 없다 하였다. 따라
서 이대로만 지내면 조선의 장래는 더욱 암담할 뿐이라 하였다.
　　'왜 ××를 받느냐?'
하는 문제는 '왜 굶주리느냐?' 하는 문제와 비교하면 실로 문젯거리도
되지 않을 만한 제삼 제사의 지엽 문제요, 근본 문제가 해결됨을 따라서
자연히 소멸될 부칙(附則)과 같은 작은 조목이라 하였다.
　　－ 과학적으로 또는 논리학(論理學)적으로 설명은 되지 못하여 대단히
간단하나마 그럭저럭하여 그 당시 그 곳에 재류하던 일부의 지도자들과
또 그들을 따르는 청년들은 앞으로 나아갈 목표를 바꾸고 의식(意識)을
전환하였던 것이다.
　　그 새로운 길로 매진하기 위하여는 무엇보다도 굳은 단결과 세밀한
조직이 필요하였다.

×

얼마 후에 동렬과 진이와 세정이는 X씨가 지도하고 모든 책임을 지고 있는 ○○당 ××부에 입당하였다. 세정이는 물론 동렬의 열렬한 설명에 공명하고 감화를 받아 자진하여 맨 처음으로 여자 당원이 된 것이었다.

……어느 날 깊은 밤에 X씨의 집 아래층 밀실에서 세 사람의 입당식이 거행되었다. 간단한 절차가 끝난 뒤에 X씨는 세 동지의 손을 단단히 쥐며(그 때부터는 '동포'니 '형제자매'니 하는 말을 집어치우고 피차에 '동지'라고만 불렀다)

"우리는 이제로부터 생사를 같이 할 동지가 된 것이요! 동시에 비밀을 엄수할 것은 물론 각자의 자유로운 행동은 금할 것이요. 당의 명령에 절대 복종할 것을 맹세하시오!"

하고 다 같이 X은테를 두른 XX의 사진 앞에서 손을 들어 맹세하였다.

－「동방의 애인」, 81~82쪽.

「동방의 애인」은 1920년대 상해를 배경으로 활동했던 공산주의 계열 독립운동 조직의 활약상을 담은 작품이다.[19] 인용문에서 'X씨'로 거명된 인물은 당시 상해 지역 한인공산당 중앙위원장이었던 이동휘로 추정되는데, 그는 1921년 5월 개최된 상해 고려공산당(상해파) 위원장으로 선출되기도 했다.[20] 앞서 언급했듯이 1920년대 상해 지역 한국 공산주의 운동은 이동휘를 중심으로 한 상해파와 러시아 공산당원들을 주축으로 한 이르쿠츠크파 사이의 노선 갈등이 첨예하게 부각되었다.

19) 이 작품을 1928년 12월 코민테른집행위원회에서 결의한 「조선문제에 대한 코민테른집행위원회 결의」, 즉 '12월 테제'와 관련지어 논의한 이해영의 논문은 주목할 만하다. 12월 테제는 당시 사회주의 운동의 강령적 문서로 작용했다는 점에서, 1930년 발표된 「동방의 애인」은 이와 밀접한 연관이 있을 것으로 보고 있다. 이해영, 「'12월 테제'와 심훈 '주의자 소설'의 거리」, 중국해양대학교 해외한국학 중핵대학사업단 2단계 제4회 국제학술대회 논문집, 중국해양대학교 한국학연구소, 2018. 5. 19, 211쪽.
20) 반병률, 『성재 이동휘 일대기』, 범우사, 1998, 265~266쪽 참조.

한국 공산주의 운동사에 적지 않은 해악을 끼친 이 두 노선의 갈등과
대립은, 상해 지역 공산주의 운동의 주도권을 쥐고 있었던 상해파와
이를 빼앗으려 했던 이르쿠츠크파 사이의 권력 다툼에서 비롯되었다.
그 결과 당시 상해파는 이동휘를 비롯한 핵심 간부가 러시아 공산당에
는 가입하지 않았을 정도로 한국 민족혁명운동의 전통을 강조하는 독
자적인 노선을 추구했던 데서, 두 노선 간의 갈등은 더욱 극으로 치달
았던 것이다.[21)]

하지만 심훈의 「동방의 애인」의 서사적 양상은 이러한 역사적 사실
과는 전혀 다르게 전개된다는 점에서 그의 소설적 의도를 주목할 필요
가 있다. 즉 상해파와 이르쿠츠크파로 각각 노선을 달리했던 이동휘와
박헌영의 실제적 관계를 소설 속에서는 "공통된 애인"을 지향하는 동지
적 관계로 설정하고 있다는 점에서 상당히 문제적인 것이다. 이는 당시
상해를 중심으로 노골화되었던 사회주의 독립운동의 분파주의를 극복
하는 통합의 방향을 제시하고자 했던 심훈의 소설적 의도를 드러낸
것으로 볼 수 있다. 이동휘와 박헌영의 실제적 대립을 X씨와 김동렬,
박진의 동지적 연대로 묶어 두 세력 간의 통합을 시도하고, 이들이 X씨
의 주선으로 공산당에 입당하는 과정을 보여줌으로써, 두 노선 간의
극심한 대립과 갈등이 첨예하게 부각되었던 역사적 상황을 뒤집는 새
로운 문제의식을 서사적으로 형상화하고자 했던 것이다. 이에 대해 "심
훈은 박헌영의 행적을 서사적인 골격으로 삼으면서도 혁명운동의 방향
은 이동휘의 민족적 사회주의 노선을 지지했던 것"[22)]으로 파악한 견해

21) 반병률, 「이동휘 ─ 선구적 민족혁명가·공산주의운동가」, 『한국사 시민강좌』 제47호,
    일조각, 2010, 9~11쪽 참조.
22) 한기형, 「서사의 로칼리티, 소실된 동아시아 ─ 심훈의 중국체험과 『동방의 애인』」, 『대
    동문화연구』 제63집, 성균관대 대동문화연구원, 2008, 432쪽.

는 상당히 설득력이 있다. 일제의 검열로 인해 주인공 김동렬 일행이 모스크바에서 상해로 돌아온 시점에서부터 연재가 중단되어 그 이후의 서사적 전개를 알 수는 없지만, 소설 속에 구현된 X씨와 이들의 동지적 연대는 당시 상해 지역 독립운동의 노선 갈등을 해소하고 통합함으로써 새로운 사회주의 독립운동의 방향을 제시하고자 했던 작가 의식의 결과라고 할 수 있는 것이다.[23]

이처럼 「동방의 애인」은 상해임시정부를 비롯한 민족주의계열, 공산주의계열, 무정부주의계열의 정치 조직, '상해대한인민단', '상해거류민단' 등의 교민 단체, '의열단', '한인애국단' 등 상해 지역 비밀결사 조직이 펼쳤던 독립운동의 활약상에 대한 직접적인 관심 속에서 이루어졌다. 즉 식민지 시기 상해는 해외 한인 독립운동의 거점 역할을 했다는 점에서, 1920년대 상해임시정부를 중심으로 형성되었던 독립운동의 실상에 대한 비판적 문제의식은, 제재적 차원이든 주제적 차원이든 심훈의 소설에 있어서 가장 중요한 문제 제기가 되었음에 틀림없는 것이다. 특히 이러한 그의 시도가 계급이나 이념을 직접적으로 표출하는 카프 식의 창작방법과 일정한 거리를 두고 대중의 관심과 이해를 기반으로 하는 대중 서사의 형식으로 구체화 되었다는 점에서 더욱 문제적이다. 그 결과 심훈의 소설은 민족주의 진영과 사회주의 진영 모두로부터 비판받으면서 통속적 사회주의 경향의 작가로 치부되기까지 했다. 남녀 간의 연애 문제를 중심 서사 구조로 삼아 민족과 계급이라는 사회 문제에 대한 대중들의 관심과 이해를 이끌어내고자 했던 「동방의 애인」은 당시로서는 상당히 논쟁적인 작품이 되지 않을 수

---

23) 하상일, 「심훈과 중국」, 〈中韓日 文化交流 擴大를 위한 韓國語文學 및 外國語敎育硏究 國制學術會議 발표논문집〉, 절강수인대학교, 2014. 10. 25, 65~66쪽.

없었을 것이다. 동지적 연대로서의 사회주의 공동체를 지향했던 소설적 의도를 온전히 실현하기 위해서는 무엇보다도 대중 독자와의 관계를 염두에 두지 않으면 안 된다는 심훈의 문제의식은, 1930년대 이후 우리 소설의 서사적 변화와 이데올로기적 특성을 이해하는 데도 상당히 중요한 의미를 지녔다고 할 수 있다.

3. 연애 서사의 대중화 전략과 사회주의 공동체 지향

「동방의 애인」의 기본적인 서사 구조는 연애소설의 형식으로 이루어져 있다. 김동렬과 세정, 박진과 영숙의 연애를 표층적인 서사구조로 삼으면서 이들의 동지적 연대와 그에 따른 자본주의적이고 통속적인 연애에 대한 비판적 문제의식을 드러낸다. 즉 "남녀 간에 맺어지는 연애"가 아닌 "우리 민족과 같은 계급에 처한 남녀노소가 사랑에 겨워 껴안고 몸무림칠 만한" 사랑을 강조함으로써, 식민지 청년들에게 조국 독립을 위해 헌신하는 과정 속에서 성취되는 동지적 연대로서의 연애의 참모습을 제시하고자 했던 것이다. 특히 민족과 계급에 기초한 사랑이라는 문제의식은 자본주의적 타락으로 표면화된 상해의 세속적 현실에 대한 비판과 무관하지 않은 듯하다. 연애의 낭만성이 자본주의적으로 왜곡된 폐해를 가장 적나라하게 드러낸 곳이 바로 상해라는 점에서, 민족과 계급을 사랑과 연애의 가장 본질적인 토대로 삼은 동지적 연대에 기반한 사회주의적 연애의 가능성을 서사적으로 실현하고자 한 것이다.

심훈은 민중이 요구하는 바람직한 영화의 모습을 언급하면서 "프롤레타리아의 영화가 아니면 안 될 것"이라고 말한 바 있다. 또한 "아무의식도 없고 현실을 앞에 놓고도 들여다볼 줄 모르는 '청맹과니'들이 애상적 센티멘털리즘의 사도로 한갓 유행기분으로써 청춘과 사랑을 구가하고 혈가의 비극을 보여주는 그따위 작품이란 것들을 단연히 일소해버리는 것 또한 당연히 해야 할 일"[24]이라고 강조하기도 했다. 이러한 문제의식에서 엿볼 수 있듯이, 그는 연애의 형식을 자신의 소설적 의도를 효과적으로 드러내기 위한 대중 서사 전략으로 사용하는 데 초점을 두었다. 즉 계급주의적 목적성을 과도하게 드러내기보다는 연애의 통속성을 의도적으로 노출함으로써, 자본주의의 폐해가 노골화된 세속적 사랑을 역설적으로 비판하고자 했다. 「동방의 애인」에서 동렬과 세정의 사랑은 동지적 연대를 모범적으로 실천하는 바람직한 관계로 설정하면서, 세속적이고 자본주의적인 태도를 벗어나지 못하는 영숙을 냉정하게 비판하는 박진의 모습을 대비적으로 서술하고 있는 것도 바로 이러한 문제의식을 더욱 선명하게 부각하려는 의도에서 비롯된 것이다.

　　진이는 고생살이에서 더 상큼해진 세정의 콧날과 핏기 없는 얼굴을 유심히 바라다보며
　　"세정 씨도 퍽 상했구려!"
　　세정이는 그 말의 뜻을 '영숙이는 그동안 어디 가 있나요?'하는 말로 약삭빨리 번역을 해서 들었다.
　　"줄곧 몸이 성치 않아요. 저─ 그런데 영숙이는요 지금 동경 가 있어요. 어린애는 시골집에 맡기고요. 벌써 아셨는지도 모르지만⋯."
　　진이는 소리 없이 이를 갈며 깊은 한숨을 입술로 깨물었다. '흥 이번에

24) 「우리 민중은 어떠한 영화를 요구하는가? ─를 논하여 '만년설' 군에게」, 『심훈 전집 8 : 영화평론 외』, 77~78쪽.

는 또 어떤 놈하고 갔노?' 하는 독백(獨白)이 터져 나올 뻔했던 것이다. 세정이는 동정을 지나쳐 몹시 가여운 생각에 눈두덩이 뜨거워짐을 깨닫고 고개를 돌렸다. ―영숙이란 여자는 불과 수 년 전에 박진이와 결혼식까지 하고 귀여운 아들까지 낳은 여자의 이름이었다.

― 「동방의 애인」, 32~33쪽.

「동방의 애인」은 박진이 어떤 정치적 목적을 갖고 국내로 잠입하는 과정에서 일본 경찰의 검문을 극적으로 모면하고 김동렬에게 찾아오는 것으로 시작된다. 소설의 첫머리에서 인물들이 처한 상황과 지난 이야기의 줄거리는 미완성작인 이 작품의 중단된 이후부터의 서사가 있어야 정확히 알 수 있다. 즉 상해를 중심으로 한 식민지 청년들의 동지적 연대와 러시아에서 개최된 국제당 청년대회 참가 이후 김동렬과 박진의 정치적 행보, 그리고 세정과 영숙의 구체적인 활동 양상은 역전 구조로 이루어진 서사 구조상 소설의 첫머리에서 대략적으로 짐작만 할 수 있을 뿐이다. 아마도 동렬과 세정의 동지적 연대를 소설 전체의 핵심적 서사 구조로 삼으면서, 박진과 영숙의 관계를 병렬적으로 제시하여 영숙의 연애관에 내재된 자본주의적 세속성을 비판하는 방향으로 전개되었을 것으로 보인다. 그 결과 동렬과 세정은 국내로 돌아와 조선 독립을 위해 열정적으로 헌신하는 인물로 그려지고, 박진은 X씨의 주선으로 군관학교를 졸업하고 중국에서 무장활동을 통해 독립운동을 이어나간 반면, 영숙은 낭만적 사랑과 자본주의적 연애의 통속성을 벗어나지 못한 채 이들과의 동지적 연대를 외면하며 살아가는 인물로 그려졌을 것이다. 하지만 이러한 부정적 인물로서의 영숙의 존재는 심훈이 대중과의 소통을 넓히기 위한 방편으로 불가피하게 선택한 인물 설정으로, 세속적 사랑의 폐해를 비판함으로써 사회주의에 기초한 동지적 연대의 중요성을 강조하기 위한 전략적 장치로 기능하고 있는 것이다. 즉 당시 카프가 추구했던 민족과 계급에 토대를 둔 식민지 현실 비판이 일제의 검열을 통과하지 못하는 현실적 한계에 직면했다는 점에서, 세속적이고 자본주의적으로 타락해 가는 조선의 현실을 우회적으로 비판하는 방식으로 연애 서사의 통속성을 의도적으로 부각시킨 것으로 볼 수 있는 것이다. 연애와 사랑 그리고 결혼에 내재된 자본주의적 속성이 가장 순수한 인간관계마저 상품화의 영역으로 왜곡시켜버리고, 민족과 계급의 현실에 기초한 '동지'라는 근본적 관계마저 외면하는 세속적 타락을 끊임없이 조장하고 있음을 비판하고자 했던 것이다.

　사실 이러한 문제의식은 카프와의 논쟁 과정에서 심훈이 서사의 대중적 형식에 대해 밝힌 주장에서 이미 제시된 바 있다. 그는 카프 초창기 활동에도 불구하고 한설야, 임화 등과 계급문예의 올바른 방향을 두고 격론을 주고받으면서, 이후 카프와 일정한 거리를 두고 독자적 노선을 추구했다.[25] 카프 측의 입장은 대체로 심훈의 소설을 두고 마르크스주의적 문제의식을 갖고는 있지만 그것을 형상화하는 방식에 있어서는 지나치게 통속적이라는 비판이 지배적이었다. 이에 대해 심훈은 연애 서사의 형식은 대중과의 소통을 시도하는 의미 있는 소설 창작 전략이므로, 계급의식을 직접적으로 노출하는 카프 작가의 이념적 노선은 오히려 대중으로부터 외면당하기 일쑤임을 비판하는 데 초점을 두었다. 이는 김기진의 통속소설론과 일정 부분 같은 맥락을 지닌 것으로, "마르크스주의 문예는 무엇보다도 첫째 독자 대중을 붙잡지 않으면

25) 만년설, 「영화예술에 대한 管見」, 『중외일보』 1928. 7. 1. ~ 7. 9.; 심훈, 「우리 민중은 어떠한 영화를 요구하는가? - 를 논하여 '만년설' 군에게」, 『중외일보』 1928. 7. 11. ~ 7. 27.; 임화, 「조선 영화가 가진 반동적 소시민성」, 『중외일보』 1928. 7. 28. ~ 8. 4.; 임화, 「통속소설론」, 『문학의 논리』, 학예사, 1940, 399쪽.

아니 된다. 이 의미에 있어서 마르크스주의 문예가의 통속소설로의 진
전은 필요하다."[26]는 논리와 거의 일치한다. 다만 심훈은 이러한 통속
소설에서 대중에 영합하는 타락의 양상에 대해서만큼은 반드시 경계해
야 한다는 점을 분명하게 인식하고 있었다. 「동방의 애인」에서 영숙이
라는 인물의 설정을 사회주의 청년들이 동지적 연대의 과정에서 무엇
을 경계하고 비판해야 하는지를 명확하게 제시하기 위한 전략적 장치
라고 보는 이유도 바로 여기에 있다.

이처럼 심훈은 연애 서사의 형식을 민족과 계급의 문제와 연결 지어
식민지 현실과 자본주의적 타락을 극복하는 서사 전략으로 삼고자 했
다. 이는 그가 상해 시절 경험한 서구적 근대 내부에 은폐된 자본주의
의 폐해와 제국주의의 속성을 비판적으로 의식한 결과라고 할 수 있다.
심훈은 연애의 결과인 결혼이라는 제도가 "소유의 원리"에 기반을 두는
데서 아주 큰 모순을 지니고 있다는 점에서 결혼의 자본주의적 속성을
강하게 비판했다. 따라서 그는 "남녀의 양성을 서로 결합시키는 것은
결혼이 아니요 연애"라고 하면서, "연애가 일종의 예술인 동시에 그
실현도 또한 예술적이 되지 않으면 안 된다"는 "예술로서의 결혼"이라
는 "창조"의 가치를 "소유"를 넘어서는 참된 지향으로 보았다.[27] 결국
그는 연애 서사의 대중화 전략을 통해 자본주의적 통속성을 넘어서

---

26) 김기진, 「문예시대관 단편 (4) 대중의 영합은 타락」, 『조선일보』 1928. 11. 13; 임규찬,
   한기형 편, 『카프비평자료총서 Ⅲ : 제1차 방향전환과 대중화 논쟁』, 태학사, 1995, 488쪽.
27) 「편상(片想) : 결혼의 예술화」, 『심훈 전집 1』, 241~247쪽. 이처럼 심훈이 연애 서사의
   형식을 통해 민족과 계급의 문제를 낭만주의적이고 이상주의적 관점으로 바라본 것은
   무로후세 코신(伏代高信)의 영향이 컸다고 보는 연구가 있어 주목된다. 실제로 심훈은
   무로후세 코신의 저작들을 다수 소장하고 있었으며, 그의 글 「결혼의 예술화」 말미에
   무로후세 코신의 논문을 참고했음을 밝히기도 했다. 권철호, 「심훈의 장편소설에 나타
   나는 '사랑의 공동체' – 무로후세 코신(伏代高信)의 수용 양상을 중심으로」, 『민족문학
   사연구』 제55호, 민족문학사학회, 2014, 179~209쪽 참조.

진정한 의미에서 사회주의 공동체를 실현하는 구체적인 방향을 찾고자
했다. 이러한 사회주의 공동체의 지향은 소설 속에서 동렬과 세정이
당시 상해 지역 독립운동의 노선 갈등에 대해 한목소리로 비판하는
데서 더욱 분명하게 드러난다.

조금 있으려니 여기저기서 이상한 소리가 들린다. 그것은 연못 속의
금붕어들이 뛰어올라 던져주는 미끼를 따먹는 소리 같으나 구석구석에
숨어 앉은 남쪽 구라파의 젊은 남녀들이 정열을 식히는 소리였다.

동렬이는 그 곁에 수건을 깔고 앉으며 심호흡을 하듯 기다란 한숨을
내뿜는다. 그 한숨은 '우리가 언제까지나 이렇게 로맨틱한 풍경화 속에
들어 있을까' 하는 달콤하고도 묵직한 탄식이었다.

세정이는 발끝으로 갈대 잎새를 가닥질하면서

"여기 형편이 그렇도록 한심한 줄은 몰랐어요. 무슨 파(派) 무슨 파를
갈라 가지고 싸움질을 하는 심사도 알 수 없지만, 북도 사람이고 남도
사람이고 간에 우리의 목표는 꼭 한 가지가 아니에요? 왜들 그럴까요?"

"모두 각자위대장이니까 우선 앞장을 나선 사람들의 노루꼬리만한 자
존심부터 불살라 버려야 할 것입니다. 다음으로는 단체운동에 아무런
훈련도 받지 못한 과도기(過渡期)의 인물들이 함부로 날뛰는 까닭도 있
지요."

"몇 시간 동안 말씀을 들은 것만으로는 쉽사리 이해할 수 없지만 제
생각 같아서는 그네들의 싸움이란 전날의 ××를 망해놓던 그 버릇을 되
풀이하는 것 같구먼요. 적어도 몇 만 명이 ×린 붉은 ×를 짓밟으면서
그 위에서 싸움이 무슨 싸움이야요?"

"나는 그들이 하는 일은 듣기만 해도 속이 상합니다. 가공적(架空的)
민족주의! 환멸(幻滅)거리지요. 우리는 다른 길을 밟아야 할 것입니다!"
－「동방의 애인」, 65~66쪽.

심훈은 동렬과 세정의 목소리를 통해 독립운동에 가담한 사람들이

조직보다는 개인을 앞세움으로써 각자 대장 노릇을 하려는 권력지향적 태도가 파벌을 조장하고 조직 내외의 갈등과 대립을 확산시키고 있음을 철저하게 비판했다. 그리고 이러한 노선 갈등은 결국 "몇 만 명이 (흘)린 붉은 (피)를 짓밟"는 "가공적 민족주의"의 허위성을 드러낸 것이라는 점에서 "환멸거리"가 되지 않을 수 없다고 보았다. 따라서 그들은 "전날의 ××를 망해놓던 그 버릇을 되풀이하는" 독립운동의 전철을 되밟지 않기 위해서 "다른 길"을 가야 한다고 굳게 다짐한다. 여기에서 말하는 "다른 길"은 가장 우선적으로는 독립운동 세력의 분파주의를 극복하여 통합적인 방향으로 나아가는 것이고, 그 다음으로는 독립운동의 지향점을 무산계급의 해방과 연결 지어 사회주의 혁명으로 나아가도록 하는 것이다. 동렬과 세정이 공산당에 입당한 후 "세정이는 동렬이가 지시하는 대로 스크랩북에 무산계급운동에 관한 기사를 오려 붙이기도 하고 세계 약소민족의 분포(分布)와 생활 상태며" "각 도시의 공장 노동들의 노동시간과 임금 기타에 관한 통계를 세밀하게 뽑는"[28] 일을 하는 데서, 이러한 사회주의적 지향성은 더욱 뚜렷하게 부각된다. 이처럼 동렬과 세정의 연애는 "남쪽 구라파의 젊은 남녀들이 정열을 식히는 소리"나 "로맨틱한 풍경화"와 같은 세속적이고 통속적인 방향을 철저하게 경계하면서, 남녀 간의 개인적 연애를 넘어서 동지적 연대의 과정으로 성숙되는 공동체적 지향성을 확고하게 보여주었다. "연애는 인생에게 큰일인 것이 틀림없다. 그러나 우리는 달콤한 사랑을 속삭이고 있을 겨를도 없거니와 큰일을 경륜하는 사람으로는 무엇보다도 여자가 금물이니 가장 큰 장애물"[29]이라고까지 생각하는 동렬의 입장

---

28) 「동방의 애인」, 84쪽.
29) 「동방의 애인」, 54쪽.

에서, 그가 지향하는 '새로운 길'과 '공통된 애인'을 찾는 연애의 형식은 자연스럽게 사회주의 공동체의 '동지적 연대'의 과정으로 통합되고 있는 것이다.

앞서 언급한 대로 1920년대 초반 중국 상해는 동아시아 사회주의 운동의 중심지였다. 그리고 심훈은 중국으로 떠나기 직전 사회주의 성향의 잡지 『공제(共濟)』에 「노동의 노래」를 투고할 정도로 사회주의에도 깊은 관심을 가졌었다. 또한 「동방의 애인」의 후속 작품인 「불사조」[30]에는 이러한 무산계급 청년들의 급진적 행동주의와 계급투쟁 그리고 사회주의 운동 노선이 더욱 직접적으로 드러난다. 결국 심훈은 '연애 서사'라는 대중적 형식에 대한 비판적 성찰을 바탕으로 민족주의와 계급주의 양 진영과도 일정한 거리를 두면서 사회주의 독립운동의 실천적 성격을 강화하는 뚜렷한 목적과 방향을 제시하고자 했던 것으로 보인다. 이런 점에서 비록 미완의 작품으로 서사의 전모를 상세하게 파악할 수는 없지만, 계급과 민족을 통합하는 사회주의 공동체의 바람직한 모델로서 '공통된 애인'의 모습을 서사적으로 구현한 「동방의 애인」은, 심훈의 소설 세계에서 특별히 주목해야 하는 작품임에 틀림없다.

4. 「동방의 애인」 이후 사상적 실천과 문학적 방향

앞에서 살펴봤듯이 식민지 시기 상해는 근대적 도시로서의 '세계성'을 전유하는 긍정적 측면과 '식민성'의 굴욕을 환기하는 부정적 측면이

---

30) 『조선일보』 1931년 8월 16일~1932년 2월 29일.

공존하는 역사적 장소였다. 심훈은 이러한 상해의 모순적 현실을 동시에 바라보는 이중적이고 양가적인 시선으로 근대 문명의 이면에 담긴 퇴폐성과 식민성을 비판하는 데 주력했다. 즉 식민지 근대의 이면에 가려진 궁핍과 억압을 통해 상해의 이중성과 모순을 자각함으로써, 이러한 식민지 근대의 모순을 고스란히 안고 있는 조국의 현실을 비판하는 사상적 실천과 문학적 방향에 대한 깊은 성찰을 했던 것이다. 귀국 이후 그가 기자 생활을 하면서 영화와 문학 창작 활동 등 다양한 분야로 활동 영역을 넓혀 간 것은, 상해의 이중성과 모순을 뛰어넘어 자기만의 방식으로 독립운동을 전개하겠다는 새로운 결심을 구체적으로 실천하는 과정이었다고 할 수 있다. 즉 최승일, 나경손, 안석주, 김영팔 등과 교류하면서 신극연구단체인 〈극문회〉를 조직하고, 1924년 『동아일보』 기자로 입사하여 당시 신문에 연재 중이던 번안소설 「美人의 恨」 후반부 번안을 맡기도 하는 등 활발한 활동을 이어갔던 것이다. 1930년 발표한 소설 「동방의 애인」과 시 「그날이 오면」[31]은, 이와 같은 그의 문제의식이 정점에 이르렀을 때의 결과물이었다고 할 수 있다.

심훈은 1931년 사상 문제로 경성방송국을 그만둔 이후 서울에서의 모든 일을 정리하고 1932년 그의 부모님이 계신 충남 당진군 송악면 부곡리로 내려갔다.[32] 이때 그는 그동안 썼던 시를 모아서 시집 『그날

---

31) 1930년 3월 1일 기미년독립만세운동을 기념하여 쓴 이 작품의 발표 당시 제목은 「斷腸二首」였고, 2연의 마지막 행이 "그 자리에 거꾸러져도 願이 없겠소이다."로 되어 있었는데, 발표 이후 심훈 자신이 제목과 마지막 행을 고쳐 시집으로 묶었다. 『심훈 전집 1』, 37쪽.

32) 류양선은 당시 심훈의 낙향 이유로 사회적 요인과 개인적 요인 두 가지를 언급했다. "첫째, 사회적 요인으로서 1931年 만주사변 이래 위축된 KAPF의 활동 대신 각 신문사를 중심으로 '브-나로드' 운동이 크게 일어났다는 점이고, 둘째, 개인적인 이유로서 都市生活에 혐오감을 느끼고 있던 沈熏이 1930年 安貞玉과 再婚하여 가정의 안정을 찾은 후 새로운 출발을 결심하게 되었다는 점이다." 「심훈론」, 『관악어문연구』 제5집, 서울대

이 오면』을 출판하려고 준비했으나 일제의 검열을 통과하지 못해 시집 출간을 이루지 못했다. 1930년대에 접어들면서부터 그의 삶과 문학에 밀어닥친 이러한 사상 검열은, 이후 그의 문학적 행보가 표면적으로는 역사와 현실의 전면으로부터 한 발짝 물러서게 되는 결정적 계기로 작용하였다. 일제의 검열이 자신의 문학 활동을 여지없이 가로 막는 상황에서, 자신의 사상적 실천을 일정하게 유지하면서도 검열을 통과할 수 있는 우회적인 방식으로의 문학적 방향을 모색하지 않을 수 없었던 것이다. 따라서 그는 시 「그날이 오면」과 소설 「동방의 애인」, 「불사조」 등이 일제의 검열을 통과하지 못해 완성된 세계를 창출해 내지 못했다는 현실적 한계를 넘어서기 위해, '국가'를 '고향'으로 변형시키는 문학적 변화를 두드러지게 드러냈다. 1930년대 이후 그의 시가 전통서정의 방식으로 기울어져 가는 점이나, 고향의 풍경과 생활을 제재로 삼은 시조 창작을 집중적으로 보였던 점, 그리고 그의 소설이 농촌 계몽을 주제로 한 고향 서사의 양상으로 변화된 것은 바로 이러한 이유에서 비롯된 결과였다.

이런 점에서 1930년대 이후 심훈의 문학적 변화를 일제 검열에 굴복한 현실 타협의 결과물로 보거나, 정치적이든 개인적이든 현실과의 대결에 실패한 작가 의식에서 비롯된 한계로 보는 시각은 다소 편협한 관점이 아닐 수 없다. 「상록수」로 대표되는 그의 후기 소설을 단순히 계몽의 서사로만 읽어낼 것이 아니라, 식민지 내부에서 허용 가능한 사회주의 서사의 변형 혹은 파열로 이해하는 문제의식을 가질 필요도 있는 것이다.[33] 즉 1930년대 심훈의 작품에 내재된 식민지 검열을 넘어

국어국문학과, 1980, 52쪽.
33) 한만수, 「1930년대 '향토'의 발견과 검열우회」, 『한국문학이론과비평』 제30집, 한국문

서는 우회의 전략은, 당대 사회의 모순을 직간접적으로 비판하는 정치적 성격을 지녔음을 간과해서는 안 되는 것이다.

심훈은 36년간의 짧은 생애에도 불구하고 시, 소설, 수필, 일기, 비평, 시나리오 등 여러 분야에 걸쳐 전집 8권[34] 분량의 많은 글을 남겼다. 하지만 지금까지 한국문학 연구자들은 심훈을 주요 연구 대상으로 삼는데 상당히 인색했다. 또한 그의 대표작 「상록수」에 압도된 나머지 다른 작품들에 대한 논의도 상대적으로 부족했던 것이 사실이다. 특히 시, 시조, 산문, 비평 등에 대한 논의는 몇몇 논문에서 소략하게 언급되었을 뿐만 아니라, 본고의 연구 대상인 「동방의 애인」에 대한 논의 역시 거의 이루어지지 않았다. 최근 들어 『심훈 전집』이 재출간된 것을 계기로 그의 문학 세계를 집중적으로 논의하는 학술대회가 열리고, 그가 남긴 여러 장르의 작품들에 대한 다양한 논문이 제출되고 있어 상당히 고무적이다.[35] 다만 최근 연구에 있어서도 특정 작품이나 주제에 한정된 논의를 크게 벗어나지는 못하고 있는 것 같아 아쉬움이 남는다. 심훈의 문학 세계는 크게 세 시기로 정리될 수 있다. 첫째 시기는 1923년 중국에서 귀국하기 전까지이고, 둘째 시기는 중국에서 귀국하여 1930년대 초반 충남 당진으로 낙향하기 전까지이며, 셋째 시기는 낙향 이후 농촌 계몽 서사와 시조 창작에 전념하다 생을 마감한 때까지이다.[36] 앞으로 심훈 연구는 이 세 시기를 통시적으로 분석하고 이해하는

학이론과비평학회, 2006, 379~402쪽 참조.

34) 1966년 탐구당에서 출간된 전집은 3권으로 되어 있었으나, 2016년 김종욱, 박정희에 의해 재편집되어 글누림에서 간행된 전집은 모두 8권으로 구성되어 있다.

35) 그동안 심훈 연구의 성과에 대한 개괄적 정리는 다음 논문을 참고할 만하다. 정은경, 「심훈 문학 연구현황과 과제 – 2000년대 이후 새로운 연구 동향을 중심으로」, 〈심훈 연구 어디까지 왔나〉, 심훈선생기념사업회 출범기념포럼 자료집, 2017. 12. 19, 24~40쪽.

36) 하상일, 「심훈의 생애와 시세계의 변천」, 『동북아문화연구』 제49호, 동북아시아문화학

연구 방향으로 심화될 필요가 있다. 본고에서 그의 상해 시절을 배경으로 삼은 「동방의 애인」을 주목하여 그의 초기 문학 활동의 사상적 토대가 되었던 사회주의 독립운동의 방향을 대중 서사의 형식과 관련지어 살펴보고자 했던 것은, 바로 이러한 연구 방향으로 나아가기 위한 출발점에 대한 이해를 새롭게 정립할 필요가 있다고 보았기 때문이다. 따라서 앞으로 심훈의 소설에 대한 연구는 특정한 시대나 이념에 편중되거나 특정 작품의 주제 의식에 한정된 논의를 넘어서서, 그의 문학 세계 전체를 일관되게 분석하고 평가하는 종합적인 연구가 요구된다는 점을 특별히 강조해 두고자 한다.

회, 2016. 12. 30. 참조.

제4부

경계의 지점에서 바라본 한국문학

해방 이후 김동인의 소설과
친일 청산을 위한 자기합리화

1. 해방 이후 친일 청산의 과제와 소설 쓰기

중일전쟁(1937)과 태평양전쟁(1941)으로 이어진 일본의 군국주의는
일제 말 우리 문인들의 내적 혼란을 가중시켰다. 상당수의 문인들이
내선일체와 대동아공영권으로 표면화된 제국주의 정책에 협력하는 것
이 민족의 앞날을 위해 유리하다고 판단함으로써 자발적 친일 협력의
태도를 공공연하게 드러냈던 것이다. 물론 일제 말 친일 협력 문인들이
수년 사이에 조국이 해방될 것이라는 사실을 예측만 할 수 있었더라면,
대부분의 문인들이 친일로부터 자유롭지 못한 우리 문학사의 오욕은
어느 정도 겪지 않아도 되었을지 모른다. 하지만 일제 말 식민지 조선
의 현실은 더 이상 해방이 불가능하다는 생각이 팽배해 있을 정도로
암담했고, 그래서 상당수의 문인들이 일제의 차별과 탄압으로부터 민
족을 구원하는 길은 적극적인 협력을 통해 일본과 조선의 동질성을
확보하는 길밖에 없다는 자기모순의 함정에 쉽게 빠져들었다. 따라서
그들은 동조동근(同祖同根)의 논리를 앞세운 내선일체를 적극적으로 받
아들임으로써 미국과 유럽에 맞서는, 즉 반서구의 결집체로서 아시아
의 독립을 희구하는 대동아공영권의 논리에 편승하고 말았던 것이다.

이러한 친일 협력의 논리는 일제의 치밀하고 교묘한 제국주의 전략에서 비롯된 것으로, 민족주의의 논리마저 제국주의를 합리화하는 근거로 변질시켜 버렸다는 데 심각한 문제가 있다.

일제 말 친일 협력 문인들은 해방을 맞이하여 식민지 시기 자신들의 행위가 일제의 외압과 민족적 차별을 넘어서기 위한 불가항력적인 선택이었음을 강조함으로써 자발적인 측면보다는 타율적인 측면이 많았음을 주장했다. 하지만 해방 이전과 해방 이후 그들의 글쓰기 양상을 동시에 주목해보면, 이러한 논리는 친일 청산이라는 과제를 무조건 관철시켜야만 했던 해방 이후의 절박한 상황에 대한 강박을 드러낸 것이 아닐 수 없다. 즉 일제 말 친일 협력 문인들에게 있어서 해방 이전 친일 협력적 글쓰기와 해방 이후 친일 청산의 과제는 당면한 현실의 위기로부터 자신을 보호하려는 자발적 생존 전략의 결과였다는 점에서 사실상 동질적인 의미를 지녔다고 할 수 있기 때문이다. 따라서 그들은 해방 이후 자신들의 친일 청산 과제를 수행하기 위해 당시 친일 문인으로 지탄받았던 다른 문인들에 대한 비판에 적극적으로 동참했다. 친일 문인으로 표면화된 작가들의 행적과 자신들의 행적이 분명한 차별성이 있음을 부각시킴으로써 해방 이후 친일 청산의 혼란으로부터 자신들을 어느 정도 보호할 수 있는 근거를 마련할 수 있다고 판단했던 것이다. 이런 점에서 일제 말 친일 협력에 대한 비판적 문제 제기는 친일 문인들의 해방 이후의 글쓰기에 나타난 망각과 왜곡의 서사를 주목함으로써 그 실체적 진실에 한 발짝 더 다가설 수 있을 것이다.

해방 이후 발표된 김동인의 소설 「反逆者」(『白民』, 1946. 10.)는 이광수를 주인공으로 내세워 그의 친일 행적을 비판하는 데 초점을 두었다. 일제 말 김동인 자신의 행적은 친일과 무관하다는 점을 강조하기 위해 당시 친일 문인 비판의 중심에 있었던 이광수와의 철저한 거리두기를 시도했던 것이다. 또한 김동인은 「亡國人記」(『白民』, 1947. 3.), 「續 亡 國人記」(『白民』, 1948. 3.) 등의 자전소설을 연속적으로 발표하기도 했 는데, 이 두 소설을 통해 자신은 평생을 정치적인 것과는 무관한 자리 에서 문학이라는 순수성을 지켜오는 데 힘썼다고 주장했다. 특히 그는 일제에 영합하지 않기 위해 끝까지 조선어를 사용하여 민족정신을 알 리는 데 모든 공력을 쏟은 문학주의자였음을 무엇보다도 강조했는데, 이러한 자기합리화에 바탕을 둔 김동인의 소설 쓰기는 일제 말 자신의 친일 행적에 대해 쏟아질 비판을 최우선적으로 씻어내려는 치밀한 계 산에서 비롯된 것이었다. 따라서 그는 "작가로서 재출발함에는 춘원에 게는 '진실'이 요망되고 민족의 일원으로 재출발함에는 참회와 회오와 솔직한 사죄가 요망된다. 요망을 지나쳐서 명령된다."[1]라는 비판을 통 해, 이광수에게 요구한 '진실', '참회', '회오', '사죄' 등과 자신은 전혀 무관하다는 점을 의도적으로 부각하고자 했다. 이는 일제 말 자신의 친일 행위를 전면적으로 부인하는 자기방어의 논리를 마련하는 데 있 어서 이광수에 대한 직접적인 비판만큼 현실적인 유효성을 지닌 것은 없다고 판단했기 때문이다.

2. 이광수의 친일 행적에 대한 비판과 변명의 이중성 : 「반역자」

「반역자」는 평안도 선비 집안에서 태어나 어릴 때부터 신동이란 소 문을 듣고 자란 '오이배(吳而培)'라는 인물을 주인공으로 하여 해방을 맞이하기까지 그의 생애 전반을 요약적으로 서사화한 소설이다. 주인

---

1) 김동인, 「춘원의 『나』」, 『신천지』 1948년 3월, 120~122쪽.

공 '오이배'라는 이름은 수단과 방법을 가리지 않고 자신의 이익만을 좇아 살아가는 사람을 부정적으로 일컫는 '모리배'와 해방 직후 친일 비판의 중심에 있었던 이광수의 필명인 '고주(孤舟)'의 우리말인 '외배'를 의도적으로 조합한 것이다. 또한 양친이 '쥐통'으로 모두 사망하고 졸지에 고아가 되어 방황하다 한 애국지사가 설립한 학교에 입학하고, 교장의 총애를 받아 그 집에서 숙식을 해결하면서 공부했으며, 동경 유학에서 돌아와 신문사 부사장 겸 주필을 맡았다는 주인공 오이배의 행적은 이광수의 전기적 사실과 거의 동일하다. 이처럼 김동인은 「반역자」에서 식민지 시기 이광수의 삶을 전기적으로 요약 정리해 가면서 해방 이전 '민족주의자'가 해방 이후 '반역자'로 낙인찍히는 현실을 비판적으로 들여다보고자 했다.

「반역자」라는 제목에서 명백하게 드러나듯이, 이 소설은 이광수의 친일 행적에 대한 직접적인 비판을 의도한 것은 분명하다. 1920년대 이후 줄곧 이광수 비판을 통해 자신의 소설적 거점을 마련하고자 했던 김동인의 태도를 염두에 둘 때, 이러한 비판은 상당히 자연스러운 과정으로 이해되기도 한다. 하지만 이러한 표면적인 서사 전개와는 달리 김동인의 실제 창작 의도는 이광수에 대한 비판과 변명이라는 이중성이 있었음을 간과해서는 안 된다. 즉 오로지 민족을 위해 살아왔다고 생각하는 이광수의 생애가 해방 이후에 이르러서는 '반역'의 삶으로 규정되는 상황에 대한 안타까움과 냉소 역시 깊숙이 내재되어 있었던 것이다. 이러한 이중적 태도에는 김동인 자신의 친일 행적을 합리화하는 근거를 이광수의 친일에 대한 비판에서 찾음과 동시에, 이광수에 대한 변명이 곧 자신의 친일 행적에 대한 변호가 될 수도 있다는 이중적 계산이 깔려 있었다. 즉 김동인이 「반역자」를 통해 이광수에 대한 비판이라는 표면적인 의도와 함께 동시에 말하고 싶었던 것은, "일찌기 추호도 조선을 반역할 생각을 품어 본 일이 없고, 내 생명보다도 귀히 여기던 조국 조선이거늘, 반역이란 웬 말인가. 독립되는 조국에 나는 반역자로 그 기쁨을 함께할 권리도 없는 인생인가."[2]라는 이광수를 위한 변명에 있었기 때문이다. 이러한 비판과 변명의 이중적 태도가 이광수와의 거리두기를 통해 자신의 친일 행적을 무화시키는 데 있어서 더욱 효과적이라고 판단했던 것이다. 당시 이광수에게 쏟아진 비판은 결국 김동인 자신에게 그대로 돌아오고 말 것이라는, 그래서 이광수와 마찬가지로 자신도 일제 말의 친일 행적에 대한 비판으로부터 결코 자유로울 수 없다는 사실을 누구보다도 잘 알고 있었기 때문이다. 다시 말해 이광수에 대한 비판은 이광수를 위한 변명으로 귀결됨으로써, 이러한 변명의 논리는 김동인 자신의 친일 행적을 합리화하는 또 다른 근거로 작용할 수 있다고 보았던 것이다. 「반역자」가 일제 말, 즉 중일전쟁 이후 이광수의 친일 행적에 초점을 두지 않고 그 이전 민족주의자로서의 이광수의 생애에 초점을 두었던 이유도 바로 여기에 있다.

> 중등학교의 교원이던 그는, 동경에서 중학교에 입학하여, 코흘리는 일본 애들과 책상을 나란히 공부하였다. 중학교를 마치고는 어떤 사립대학의 정치과에 적(籍)을 두었다.
> 여전히 마음속에는 불타는 민족애의 사상을 품은 채 학업에 정진하면서 그가 가장 강렬하게 느낀 바는 무한한 실망이었다. 실망에 따르는 마음의 고통이었다.
> 일본은 나날이 자란다. 그런데 조국 조선은 일본의 고약한 정책교육 아래 나날이 위축되어 들어간다.

---

2) 김동인, 「반역자」, 『김동인전집 4』, 조선일보사, 1988, 298쪽. 이하 김동인의 소설 작품에 대한 인용은 모두 이 책에서 했으므로 제목과 인용한 페이지만 밝히기로 함.

조선도 자란다 할지라도 앞서 자란 일본을 따르기 힘들겠거늘, 이렇
듯 나날이 위축되어 들어가니, 일본과 조선의 간격의 차이는 나날이 멀
어간다.

조국의 회복? 그것은 지금의 형편으로 보아서는 절대로 희망이 없었다.

이것은 이배에게 있어서는 끝없는 실망일 밖에 없었다. 일본이 자진하
여 조선을 놓아주기 전에는, 조선은 언제까지든 일본의 더부살이를 면할
날이 없을 것이다.

– 「반역자」, 295쪽.

해방 이후 김동인은 이광수에 대한 비판과 변명이라는 이중적 태도
를 통해 친일 청산을 의도한 망각과 왜곡의 서사를 적극적으로 생산하
는 데 전력을 다하고자 했다.[3] 그래서 그는 "지금의 그에게는 다만 민
족 밖에 아무 것도 없었다. 민족 문제가 가장 귀하였다. 민족 문제와
관련이 없는 학문은 존재할 가치도 없었다. 열정적이요 감격적인 그는
느끼느니 민족이요 생각하느니 민족이요 오직 민족 밖에 아무 것도
없었다."[4]라고, 투철한 민족정신으로 무장했던 청년 오이배의 삶을 보
여주는 데 집중했다. 인용 부분은 1919년 3월 1일 기미독립만세운동의
도화선이 되었던, 일본 동경 유학생들 중심의 2·8 독립선언이 일어나
기 직전 주인공 오이배의 내면이 일제와 조선을 어떻게 상대화하고
있는지를 잘 보여준다. 그리고 이러한 오이배의 내면을 통해 2·8 독립
선언에 가담했던 이광수가 기미독립만세운동 이전부터 일본과 조선을

---

3) 대체로 이러한 의도의 소설은 '회고'의 형식으로 이루어져 있는데, 이때 "회고는 단순한
    사실의 기록일 뿐 아니라 헤게모니 장악이나 담론 투쟁, 혹은 자신의 행적(과오)에 대한
    합리화라는 정치적인 성격을 지니는 행위를 담은 텍스트"라는 점에서, "김동인의 여러
    문단 회고는 사실관계에 대한 미묘한 서술적 차이와 해석적 차이를 면밀히 비교할 수
    있는 매우 중요한 텍스트로 탈바꿈한다."는 점을 주목해야 한다. 김준현, 「해방 후 문학
    장의 변화와 김동인의 문단 회고」, 『한국근대문학연구』 제26집, 2012. 10, 236쪽.
4) 「반역자」, 294쪽.

우열의 관계로 바라보고 민족 갱생을 통한 실력 양성을 끊임없이 주장
해 왔음을 드러내고자 했다. 식민지 조선의 현실적 상황을 제국주의의
폭력이 아닌 민족의 열등에서 그 원인을 찾았던 이광수의 민족주의가
지닌 오류를 의도적으로 부각시키고자 했던 것이다. 당시 이광수는 "일
본이 자진하여 조선을 놓아주기 전에는, 조선은 언제까지든 일본의 더
부살이를 면할 날이 없을 것"이라는, 조선의 현실에 대한 지독한 허무
주의와 비관론에 빠져 있었다. 윌슨의 민족자결주의에 힘입은 기미독
립만세운동마저 실패로 귀결됨으로써 사실상 조선의 독립은 불가능하
다고 판단했던 것이다. 따라서 이러한 식민지 현실을 극복하는 길은
오로지 조선의 발전을 도모하여 일본과 동등한 위치에 올라서는 방법
밖에 없다고 보았다. 또한 "조선도 자란다 할지라도 앞서 자란 일본을
따르기 힘들겠"다고 말함으로써, "일본의 고약한 정책교육"을 시급히
고쳐 일본과 조선의 차별을 해소하기 위해서는 친일 협력을 하는 편이
민족의 장래를 위해 더욱 현실적인 방법이라고 생각했다. 이처럼 당시
이광수의 계몽주의적 민족주의는 친일 협력을 앞장서서 승인하는 현실
타협의 논리가 되기에 안성맞춤이었다. 결국 김동인은 민족주의자로
서의 이광수를 특별히 강조함으로써 일제 말 그의 친일 협력에 내재된
모순과 오류를 비판함과 동시에, 이러한 모든 행위가 민족을 위한 불가
피한 선택이었음을 결코 외면해서는 안 된다는 이중적 태도를 드러냈
던 것이다.

> 조선이 일본에 약간의 협력이라도 하면 승리의 아침에는, 여덕이 조선
> 에도 흘러 넘어 올 것이다. 조선 민족의 행복을 위하여, 이 기회를 놓치지
> 말고 일본에 협력하자.
> 협력의 깃발은 높이 들리었다. 협력의 호령은 크게 외쳐졌다.

조선 민족은 어리둥절하였다. 지금껏 민족주의자로 깊이 믿었던 이배가 일본에게 협력하자고 외칠 줄은 천만뜻밖이므로.

그러나 이 길만이 조선 민족을 행복되게 할 유일의 길이라 믿는 이배는, 그냥 성의를 다하여 부르짖었다.

일본은 미국과 영국에까지 선전을 포고하였다. 만약 이 전쟁에 이기기만 하면 일본은 세계의 패자(霸者)가 된다.

조선이 일본에 협력을 하여, 전승자의 하나이 되면 그때 조선의 몫으로 돌아올 보수는 막대할 것이다. 한 빈약한 독립국가로 근근히 생명만 부지하기보다는 일본의 일부로서 승리의 보좌에 나란히 해 앉는 편이 훨씬 크리라.

-「반역자」, 297쪽.

주인공 오이배, 즉 이광수에게 친일은 절대로 패망하지 않을 것으로 믿었던 강대국 일본으로부터 "조선 민족을 행복되게 할 유일의 길"이었다. 즉 친일 협력은 "한 빈약한 독립국가로 근근히 생명만 부지하"고 있는 조선의 현실을 극복할 수 있는 가장 현실적인 대안이라고 확신했던 것이다. 따라서 오이배의 친일은 일신의 안위를 위한 것이 아니라 민족의 장래를 걱정하는 우국충정의 결과였다고 말하고 싶었던 것이 바로 김동인의 진짜 속내가 아니었을까 싶다. 즉 이광수의 친일은 민족적 계몽의 차원에서 이루어진 것이었으므로, 해방 이전 '민족'을 위해 선택한 일이 해방 이후에 와서는 '반역'으로 비판되는 현실을 그대로 승인해서는 안 된다고 보았던 것이다.

물론 김동인은 민족주의자로서의 이광수에 대한 변명으로만 일관한 것은 아니었다. 그가 이광수의 친일을 적극적으로 문제 삼은 이유가 자신의 친일 행적을 철저하게 무화시키는데 있었으므로, 그를 보호하는 것이 주된 목적은 분명 아니었기 때문이다. 따라서 김동인은 민족주의의 과잉으로 심각한 자기모순에 빠진 이광수의 자발적 친일 협력과 가난한 식민지 현실에서 비롯된 고육지책으로서 자신의 친일 행위 사이의 명백한 차이를 부각시키는데 무엇보다도 초점을 두고자 했다. 이러한 의도를 효과적으로 이끌어내기 위해서 김동인은, 이광수의 친일 행적에 대한 공과(功過)를 엄밀하게 따져 '공'의 측면은 자신의 친일 행적을 합리화는 동일성의 근거로 삼고, '과'의 측면은 이광수와 자신의 명백한 차이를 드러내는 근거로 삼는 이중적 태도를 드러냈던 것이다. 이광수의 친일 행적이 합리화되는 그럴듯한 근거를 제시하거나, 이광수의 친일과 자신의 친일이 내적 논리에서 명확한 차이가 있음을 두드러지게 드러낼 수 있다면, 일제 말 자신의 친일 행적에 대한 비판은 어느 쪽으로든 크게 우려할 만한 일이 되지 않을 거라는 자기 보호의 전략을 숨기고 있었다고 할 수 있다. 따라서 김동인은 「반역자」를 통해 이광수의 친일 행위가 민족주의의 과잉에서 비롯된 것임을 특별히 강조함으로써, 자신의 친일 행위는 이러한 민족적 차원에서 책임질 만한 중대한 결함은 아니라는 식으로 면죄부를 주려고 했다. 다시 말해 '이광수'라는 친일 텍스트를 자신의 친일을 합리화하는 해석적 근거로 구축하는 것이야말로, 일제 말의 친일 행적과 확실한 거리두기를 함으로써 자신을 보호하는 가장 유효한 전략이 된다고 확신했던 것이다.

3. 망각의 서사와 왜곡된 증언 : 「망국인기」, 「속 망국인기」

「망국인기」와 「속 망국인기」는 김동인 자신을 주인공이자 서술자로 직접 등장시켜 해방 이후 망국인이 처한 문제를 초점화하고 있다. 「반역자」에서 서술자인 김동인의 태도가 어딘가 모르게 이광수에 대한 불철저한 비판으로 일관했던 것은, 결국 「망국인기」에서 김동인 자신의 친일 행적을 직접적으로 변호하거나 면죄부를 주는 방향으로 노골화하고 있는 것이다.[5] 「망국인기」는 해방 직후 서울의 주택난을 제재로 김동인 자신에 대한 세간의 평가를 표면화하고 있고, 「속 망국인기」는 해방 이후 들어선 미군정으로 인해 여전히 망국인의 처지를 벗어나지 못했다는, 그래서 해방 이전 식민지적 주체였던 자신을 피식민지적 주체로서의 피해자로 왜곡하여 서사화하고 있다. 이는 「반역자」에서 이광수에 대한 비판 혹은 변명으로 자신의 친일 행적을 무마하고자 했던 시도를 더욱 직접적이고 구체적인 발언으로 합리화하려는 의도를 전면화한 것으로 볼 수 있다. 다시 말해 망각의 서사와 왜곡된 증언의 방식으로 식민지 시기 진정으로 민족을 위해 헌신한 사람은 김동인 자신임을 부각시키고자 했던 것이다.

이처럼 해방 이후 김동인은 일제 말 친일 행적으로부터 자신을 합리화하는 서사와 증언의 진정성을 확보하기 위해서라면 어떠한 왜곡도 주저하지 않았다. 이광수의 친일에 대한 비판 이후 자신에게 닥쳐올 비난을 더 이상 우회적으로 피하려고도 하지 않는 대담성을 드러냈던 것이다. 따라서 그는 식민지 시기 정치권력에 야합하거나 휘둘리지 않고 오로지 순수한 문학 활동에만 집중하며 살아왔다는 식으로 망각과 왜곡을 통해 자신의 지난 행적에 대한 직접적인 해명에 집중했다. 이러한 그의 변화는 겉으로는 친일 비판에 대처하는 자신감처럼 보이지만, 사실 그 속을 들여다보면 친일 청산을 위한 자기합리화의 한계를 스스로 절감한 데서 비롯된 극도의 불안과 두려움이 노출된 결과라고 보는 것이 오히려 타당할 듯하다.

---

5) 유철상, 「해방기 민족적 죄의식의 두 가지 유형」, 『우리말글』 제36집, 우리말글학회, 2006. 4, 355쪽.

"저 김동인이는 내 평소에 가까이 사귄 일도 없고, 나는 문학이라는 것에는 전혀 문외한(門外漢)이다. 그러나, 나는 이런 일을 안다. 즉 그 김동인이는 과거 오십 년간 단 한 가닥의 길(영리행위가 아닌)만을 걸어 왔고, 더욱이 최근 한동안은, 조선어 사수(死守)를 위하여 총독부 정보 과(情報課)와 싸우고 싸우고, 8·15 그 날까지도 이 일로 싸워 온 사람임 을, 조선이라는 국가가 있고, 그 국가에서 과거의 공로자에게 어떤 보상 을 한다 하면, 마땅히 김동인이에게는 어떤 정도의 보상이 있어야 할 것이다. 지금 해방되었다는 이때, 집 한 간 없이 가족이 이산하게까지 된다면 이것은 도리가 아니요 대접이 아니다. 광공국에서 일본의 사택 (社宅)을 접수하여서, 가지고 있는 것이 백여 채가 있다. 국가 보상으로 서 집을 거저 주지는 못하는 우리 애달픈 처지나마, 그 광공국 접수 사택 중에서나마, 마음에 드는 집이 있거든 한 채 골라 가지라자. 집세(稅)를 내는 셋집이나마, 집 없을 때는 이것도 '없는 것'보다는 나을 것이요, 우리의 환경이 현재, 이 이상은 할 수 없으니, 이만한 것으로나마 미의 (微意)를 표하자."

― 「망국인기」, 300~301쪽.

김동인은 해방 이후 겪게 된 자신의 처지에 대해 "사십 육년의 전생 을 아무 야심도 없이, 허심탄회(虛心坦懷), 오직 소설도(小說道)에만 정 진해 왔고, 지금 천하이 모두 정치적 야망이거나 매명(賣名)적 야망이거 나, 모리적 야망에 뒤끓는 판국에서도 그런 데서는 멀리 떠나서 다만, 내 가족이 몸을 쉬고 또는 조용히 앉아서 글 쓸 만한 집 한 채를 구하고 자 하는, 말하자면 지극히 담박한 욕망이거늘, 이 욕망 하나도 이루어 지지 않는 사정이 진실로 딱하고 한심스러웠소."[6]라고 자조적으로 논 평한다. 이러한 논평은 자신은 평생 정치적 권력이나 경제적 이득을

---

6) 「망국인기」, 300쪽.

좇아 허명을 팔아온 사람들과는 달리 오로지 '문학주의자'로서의 소박한 삶을 살아왔다는 데 대한 자부심을 강조함으로써, 해방 이후 자신이 정당하게 평가받지 못하는 현실에 대한 불만을 직접적으로 드러낸 것으로 볼 수 있다. 이는 군정청 광공국장의 목소리를 빌어 "조선어 사수(死守)를 위하여 총독부 정보과(情報課)와 싸우고 싸우고, 8·15 그 날까지도 이 일로 싸워 온 사람"이라는, "공로자"로서의 자신을 추켜세우는 설득력 있는 근거를 제시하기 위한 전략적 수순이었다. "조선이라는 국가가 있"는 지금, 이러한 공로자에게는 "어떤 정도의 보상이 있어야 할 것"인데 "우리의 환경이 현재, 이 이상은 할 수 없으니, 이만한 것으로나마 미의(微意)를 표하자."라고, 해방 이후 자신에게 특별한 보상이 주어지는 것은 너무도 당연하다는 논리를 펼쳐야만 했기 때문이다.[7] 심지어 더 큰 보상을 하는 것이 마땅하지만 "집세(稅)를 내는 셋집이나마" 하는 최소한의 성의를 보일 따름이라는 광공국장의 말을 통해 자신에 대한 낯부끄러운 논평을 서슴없이 하고 있는 것을 보면, 그 자체로 친일 청산을 위한 눈물겨운 사투를 벌여야만 했던 해방 이후 김동인이 처한 절박한 상황을 숨길 수 없을 듯하다.

김동인이 「망국인기」를 통해 특히 강조하고자 한 것은 "한 가닥의 길", "조선어 사수", "총독부 정보과(情報課)와 싸우고 싸우고 8·15 그 날까지도 이 일로 싸워 온 사람"이라는 세 가지이다. 첫째는 순수한 문학에의 열정만을 갖고 정치적 허명과는 거리가 먼 길을 걸어왔다는 점에서 자신은 일제에 영합하는 도덕적 순결함을 잃지 않은 사람이라

---

7) 해방 이후 '조선어 사수'라는 민족에 대한 충성과 그 보상으로서의 '집'의 의미를 주목하여 김동인의 소설을 논의한 것으로, 이민영, 「해방기 소설에 나타난 '국가–집' 표상 연구 – 김동리, 김동인, 엄흥섭의 소설을 중심으로」(『현대소설연구』 제49집, 한국현대소설학회, 2012. 4, 239~263쪽)가 있다.

는 것이고, 둘째는 평생을 조선어로 문필 활동을 한 데서 민족을 배반
하지 않은 작가로서의 소신을 몸소 실천해 왔다는 것이며, 셋째는 총독
부와의 적대 관계를 노골적으로 드러내어 피해를 입은 적이 많다는
점을 강조하고자 한 것이다. 결론부터 말하자면, 이 세 가지는 사실상
모두 자신의 지난 행적에 대한 철저한 망각과 왜곡을 드러낸 어처구니
없는 발언이 아닐 수 없다. 일제 말 그가 남긴 무수한 친일 협력적 활동
과 글쓰기 그리고 「백마강」을 비롯한 소설 창작은 그의 주장이 명백하
게 거짓임을 증명하고 있기 때문이다.

　　첫째의 경우는 1939년 '북지황군위문사절단'으로 중국을 다녀온 일[8]
과 1941년 총독부 외곽 단체였던 〈조선문인협회〉 주최 '국민문학(國民
文學)의 실천을 위한 내선작가간담회' 참석, 1941년 7월부터 1942년 1
월까지 『매일신보』에 연재했던 친일 소설 「백마강」[9], 1943년 〈조선문
인보국회〉 출범 당시 '소설희곡부회' 상담역을 맡았던 것 등 일제 말
누구보다도 친일 협력에 앞장섰던 전력을 볼 때 전혀 설득력을 갖기
어려운 주장임을 분명하게 알 수 있다. 둘째의 경우는 '편협한 언어민
족주의'를 드러낸 것으로, 식민지 시기 일본어로 쓴 작품은 모두 친일
로 비판했던 당시의 분위기에 편승해서 자신을 보호하는 결정적 논리
로 내세운 것이다. 실제로 1945년 12월 『예술사』 주최 '문학자의 자기
비판'이라는 좌담회에서 이태준과 김사량 사이에 벌어진 논쟁의 핵심

---

8) 김동인, 「北支戰線을 향하여」, 『삼천리』 제11권 제7호, 1939년 7월, 232~234쪽 참조.
　　이하 김동인의 친일 행적에 대해서는 민족문제연구소, 『친일인명사전』의 '김동인(창씨
　　명 同文仁)' 항목 참조.
9) 이에 대한 비판적 논의는 한수영, 「고대사 복원의 이데올로기와 친일문학 인식의 지평
　　- 김동인의 『백마강』을 중심으로」, 『실천문학』 2002년 봄호, 186~207쪽. 허병식, 「폐
　　허의 고도와 창조된 신도(神都)」, 『한국문학연구』 제36집, 동국대학교 한국문학연구소,
　　2009. 6, 79~105쪽 참조.

이 바로 '일본어 쓰기'에 대한 것[10]이었다는 점에서 짐작할 수 있듯이, '조선어 사수'의 문제는 식민지 시기 작가의 윤리를 규정하는 결정적 문제로까지 인식되었다는 것을 김동인 스스로는 누구보다도 잘 알고 있었기 때문이다. 하지만 조선어 사수를 주장하는 김동인의 우월의식 은 조선어가 담아낼 내용과는 무관하게 오로지 조선어로만 쓰면 된다 는 식의 궤변으로 흐르고 있어 이러한 문제의식과는 다소 거리가 있는 것이 사실이다. 즉 조선어로 일본 정신을 찬양하는 소설은 조선어를 지켰다는 이유만으로도 긍정적으로 평가하고, 반대로 일본어로 일본 의 침략을 비판하는 소설은 일본어로 썼다는 이유만으로 부정적으로 평가되는 극단적 모순에 빠져 있었던 것이다. 셋째의 경우는 사실관계 의 확인만으로도 왜곡된 증언임을 쉽게 알 수 있다. 앞서 언급한 대로 김동인이 '북지황군위문단사절'로 선발되어 중국으로 가게 된 것은 스 스로 총독부 학무국 사회교육과를 찾아가 문단사절을 조직해 중국 화 북 지방에 주둔한 황군(皇軍)을 위문할 것을 제안했기 때문이었고, 총독 부 산하 〈조선문인협회〉, 〈조선문인보국회〉 등을 조직하고 참여하는 데 적극적인 역할을 했으며, 그리고 1945년 8월 15일 해방 당일까지도 총독부 정보과장 겸 검열과장 아베 다쓰이치(阿部達一)를 만나 '시국에 공헌할 새로운 작가단'을 만들 수 있게 도와 줄 것을 부탁하는 등 일제 말 누구보다도 열성적으로 총독부와의 협력 관계를 유지했던 장본인이 바로 김동인이었음을 부정할 수 없다.

그럼에도 불구하고 김동인은 「망국인기」를 통해 일제로부터 나라를 빼앗긴 망국인으로 자신의 위치를 굳게 세움으로써 일제에 어떤 식으 로든 영합하지 않은, 그래서 해방 직후 가족들이 함께 살아갈 집 한

---

10) 이에 대해서는 김윤식, 『한국현대문학사상사론』, 일지사, 1995, 194~213쪽 참조.

채 마련하지 못하는 식민지 피해자로서의 망국인의 한을 읍소하는 데 집중했다. 그리고 이러한 피해자 의식은 「속 망국인기」에서는 "엎어져 도 망국인 자빠져도 망국인"[11]이라는 자조적 논평으로 이어짐으로써, 일제 치하에서나 미군정 통치하에서나 전혀 다를 바 없이 망국인으로 살아가는 자신에 대한 한탄을 토로하는 뻔뻔함을 드러낸다. 이러한 지 독한 망각과 왜곡의 서사에는 친일 행적에 대한 대응 담론으로서의 글쓰기라는 해방 이후 김동인의 소설 쓰기 전략에 내재된 이중적 태도 가 교묘하게 은폐되어 있다. 일제 치하가 미군정보다 오히려 낫다는 식의 생각을 가감 없이 노출하고 있는 데서 충분히 알 수 있듯이, 김동 인에게 친일 협력과 친일 청산의 상반된 글쓰기는 결국 시대의 변화에 따라 자신을 보호하려는 자발적 측면이 강했다는 점에서 사실상 동질 적인 행위였다고 해도 과언이 아닌 것이다.

　　내가 세상에 다녀갔다는 표적을 남기기 위해서라도 한 개의 대작은 써야겠는데, 나이가 오십이 내일모레고 게다가 만날 몸이 약하여 언제 죽을지 모르는 위태로운 삶을 살아가는지라, 조급한 생각이 날 때가 있 소. 쓸 만한 적임자도 얼른 생각나지 않거니와 그런 일을 소설화할 의도 (意圖)거나 흥미를 가진 작가가 대체 있기나 한지.
　　그런지라, 민족적 대기록으로 남기어야 할 1910~1945년간의 사실은 내가 남기지 않으면 혹은 조선총독부의 공문이거나 수필(隨筆)식 기록은 있을지나 소설화된 기록은 남지 못할는지도 모르오. 그 시대를 몸소 겪 은 한 작가로서, 이 대사실을 소설화하지 못하는 것은 작가적 양심이 허락하지 않는 배오. (중략)
　　그러나 기대하던 봄에 들어서면서부터 우리 집 근처 일대에는 불길(不 吉)한 소식이 들리기 시작하고 그 소문은 나날이 커 가고 나날이 농후해

11) 「속 망국인기」, 323쪽.

갔소.

즉 이 근처의 일인 가옥은 다 이십사군에서 **빼앗는다.** 일본인에게서 양도를 받은 집이건 또는 군정청에서 제정한 양식 수속(그 법령은 다시 없이했지만)을 밟은 집이건 또는 일인에게서 **빼앗은** 집이건을 막론하고 본시 일인이 집이던 집은 이십사군에서 **빼앗는다** 하는 것이오.

매일 이른 아침부터 밤까지 미 군용차는 이 일대를 요란스럽게 드나들며 시민들의 안돈을 위협하고 있었소. 뉘집도 내란다 뉘집도 내란다, 앞집 뒷집 차례차례로 명도령을 받았소.

-「속 망국인기」, 317~319쪽.

김동인은 앞서 「망국인기」에서 해방 직후 자신이 집을 얻게 된 것이 일제 치하에서 정치와는 일정한 거리를 두고 조선어를 사수하며 문필 활동을 한 데 대한 정당한 평가라는 점을 유독 강조했다. 하지만 「속 망국인기」에서 미군정이 적산가옥의 배분을 담당하게 됨에 따라 다시 자신의 집을 내줄 수밖에 없는 처지에 내몰린 김동인은, "민족적 대기록으로 남기어야 할 1910~1945년간의 사실"을 글로 "쓸 만한 적임자"로서 자신의 위치를 장황하게 이야기하는 궁색함으로 눈앞의 상황을 해결하는 방법을 찾고자 했다. 김동인 자신이 속편이라고 제목에서부터 이미 밝히고 있듯이 이 두 소설은 연속적으로 읽어야 그 의미를 정확히 이해할 수 있는데, 전자는 철저한 망각의 방식으로 일제 말 자신의 친일 행위를 합리화하는 왜곡의 서사라고 한다면, 후자는 이러한 망각과 왜곡으로도 친일 행적에 대한 자기합리화가 불가능하게 된 상황에 대한 불안과 두려움을 미군정에 대한 날선 비판을 통해 드러낸 것으로 볼 수 있다.

「속 망국인기」의 주인공이자 서술자인 김동인은 "일제(日帝)시절에는 그래도 서로 말, 언어가 통하여 이쪽 의사를 저쪽에 알릴 수 있고

저쪽 의사를 이쪽이 알 수 있었으니 서로 오해는 없이 살아 왔"[12]다고
말한다. 이는 미군정과의 의사소통의 단절로 인해 "오해"를 초래하여
'집'을 빼앗겨 버린다면, 일제 말 자신의 친일 행적에 대한 비판을 변호
할 만한 소통의 가능성을 송두리째 잃어버릴지도 모른다는 과도한 불
안을 드러낸 것이 아닐 수 없다.[13] 해방 직후 자신에게 공로의 대가로
주어진 '집'은 자신의 친일 행적을 합리화하는 친일 청산의 상징적 의미
를 갖는 것으로 여겼기에, 다시 집을 빼앗긴다는 것은 결국 자신을 친
일 비판으로부터 보호할 만한 결정적 근거를 잃어버리는 것과 같은
결과가 되고 만다고 생각했던 것이다. 이러한 현실적 위기를 모면하기
위해 김동인은 "과거 일제 시대보다도 글 쓰는 관문은 어떤 방면으로는
더 좁아져서 걸핏하면 처벌이오. 이 글도 더 진전하다가는, 처벌받을
근심이 있으니 이만치 하고"[14]라며, 미군정 하에서 자신을 정당하게
예우하지 않는 것에 대한 불평불만을 노골적으로 드러냈다. 따라서 오
로지 민족의 역사를 올바르게 기록하는 데 남은 인생을 바치는 것이
자신에게 남은 마지막 소임이라는 점을 강조함으로써, 문학주의자로
서의 자신의 역사적 정통성을 인정해주는 '집'이라는 장소에 대한 집착
을 강하게 부각시키고자 했던 것이다. "서로 말이 통하지 못하는 행정
자와 민중이 새에 끼여 있는 비서관의 충성으로 민중 새의 오해는 생기

---

12) 「속 망국인기」, 321쪽.

13) 이에 대해 이혜령은, "식민지 시대에 저널리즘과 문단에서 문필업에 종사한 다수의 지식
인들은 김동인처럼 근대적 지식의 대부분을 일본어를 통해 습득한 존재들"이라는 점에
서, "김동인의 발언이 문제적인 것은 애초에 일본어의 지배가 강제된 기원의 역사성,
더불어 자신이 알게 모르게 일본어를 매개한 문화적 헤게모니의 형성에 동참했으며,
그 수혜자이기도 했다는 사실을 망각했다는 점"에 있다고 비판했다. 「채만식의 〈미스터
방〉과 김동인의 〈망국인기〉, 해방 후 일본어가 사라진 자리」, 『내일을 여는 역사』 제32
집, 내일을 여는 역사재단, 2008. 6. 153쪽.

14) 「속 망국인기」, 321쪽.

고 커 가는 것이오."라거나, "통역자란 사람들이 또한 다만 형적 망국인 근성을 가진 뿐이지, 이쪽으로의 민족애도 저쪽으로의 진실한 충심도 없는 사람이라"고, "행정자"와 "통역자", 즉 일제 시대 친일 세력들과 다를 바 없는 인물들을 비판함으로써 자신과의 거리두기를 시도하는 것도 이러한 문제의식과 크게 다를 바 없는 의도의 결과이다.

이처럼 김동인은 「망국인기」와 「속 망국인기」를 연속적으로 발표하여 일제 치하 자신의 문학적 공로를 거듭 인정받기를 강요하는 망각과 왜곡의 서사를 공공연하게 유포했다. 즉 이광수의 민족주의적 오류에 의한 자발적 친일 협력과는 달리, 자신은 일제 치하를 살아가면서 오로지 조선어로 문학을 지키는 데 헌신한 나머지 '집' 한 채 소유하지도 못한, 그래서 극심한 가난으로 불가피한 친일 협력의 순간이 있었을 뿐이라는 동정론을 펼치고자 했던 것이다. 더군다나 일제 치하와 미군정을 사실상 동일하게 바라보고 자신을 두 시기 모두에서 '피해자'의 위치로 규정하는 일관된 태도를 보임으로써, 해방 이후 친일 청산의 과제를 망각과 왜곡의 서사를 통해 교묘하게 피해 가려는 모습을 드러냈다. 따라서 김동인의 친일 행적을 논하는 데 있어서 해방 이후 발표한 그의 소설은, 역으로 그의 친일 행적을 비판하는 명백한 근거가 되기도 한다는 점에서 김동인의 일제 말 친일 텍스트와 연장선상에서 함께 주목할 필요가 있다.

4. 김동인의 친일과 '동인문학상'을 통한 선양

지금까지 다른 작가들에 비해 김동인의 친일에 대한 논의는 상대적으로 부족했던 것이 사실이다. 이는 해방 이후 그의 글쓰기가 표방했던 친일 청산의 자기합리화를 비판 없이 그대로 승인한 데서 비롯된 심각한 왜곡이 아닐 수 없다. 일제 말 김동인의 친일 행적은 오로지 일신의 안위를 위해 자행된 철저하게 '개인적인 것'에 불과했다는 점에서, 민족주의적이고 계몽주의적이었던 이광수의 친일과는 무게감에서 전혀 다른 위치에 놓일 수밖에 없었다. 그에게 있어서 친일 협력과 친일 청산은 민족을 위한 것도 조선어를 지키기 위한 것도 아닌 오로지 권력으로부터 자신을 인정받아 보호하려는 소아주의적 행동에 지나지 않았던 것이다. 결국 김동인의 친일 행적은 내적 논리가 부재했다는 이유로 인해 오히려 친일 비판의 대상으로 주목되지 못하는 아이러니한 결과를 초래하지 않을 수 없었다.

하지만 일제 말 김동인의 친일 협력적 글쓰기와 해방 이후 이광수 비판으로 표면화된 친일 청산의 글쓰기는 사실상 동전의 양면과 같다는 점을 간과해서는 안 된다. 해방 이전 김동인의 친일 행적에 대해서는 그 자체로 심각한 문제임을 상당수 인정하고 있는 것이 사실이지만, 해방 이후 이러한 친일 행적을 은폐하기 위해 시도되었던 망각과 왜곡의 서사에 대해서는 비판은커녕 오히려 김동인의 친일 행적에 정당성을 부여하는 왜곡된 근거로 삼고 있어 문제가 아닐 수 없다. 이는 해방 이후 친일 청산을 제대로 이루어내지 못한 우리 역사의 과오가 현재까지도 수많은 문제의 근원으로 작용하고 있음을 말해주고 있다. 따라서 해방 이전의 친일 협력과 해방 이후의 친일 청산 사이에 놓인 모순과 괴리를 엄밀하게 규명하고 평가하는 일은 지금 우리가 시급히 해결해 나가야 할 중요한 과제임에 틀림없다. 그럼에도 불구하고 지금도 여전히 이들을 선양하는 문학상을 제정하는 일을 아무런 자의식 없이 앞세우고 있고, 이러한 친일 문인의 이름으로 주어지는 문학상을 수상하는 일에 대해 진정서 있는 자기성찰의 태도를 보이지 않는 문인들이 있어 정말 심각한 문제가 아닐 수 없다. 이러한 친일 문학상 문제에서 가장 고질적인 병폐와 오래된 숙제로 남아 있는 것이 바로 '동인 문학상'이다.[15]

일제 말 친일 행적을 제대로 청산하지 못한 우리의 역사적 과오로 인해, 해방 이후부터 지금에 이르기까지 수많은 문제들이 자기모순과 오류 속에서 방향을 잃고 좌초한 상태에 머물러 있다. 한국문학사에서도 1940년대, 즉 일제 말에서부터 해방 직후에 이르는 시기를 '암흑기'로 규정하여 그 논의 자체를 무화시키려했던 것은, 일제 말 친일 문인들이 해방 이후 한국 문단의 주류를 형성했던 역사적 아이러니로 인해 친일 문학에 대한 논의 자체가 원천적으로 차단되어 버렸던 사실에 그 이유가 있다. 그 결과 친일 문학 혹은 친일 문인에 대한 비판적 논의는 한동안 한국문학사 연구에서 의식적으로 외면당하거나 소외되었던 일종의 금기와 억압의 영역이 되어 왔던 것이 사실이다. 게다가 해방 이후 친일 문인들에 의해 적극적으로 수행되었던 친일 청산을 위한 자기합리화라는 절박한 과제는, 일제 말 자신들의 행적에 대한 망각과 왜곡의 서사를 의식적으로 유포하는 데 집중함으로써, 친일에 대한 논의는 비판과 변명 사이에서 또 한 번 갈 길을 잃고 좌초하는 혼란을 답습해야만 했다. 지금도 친일 문학에 대한 비판적 논의는 여러 국면의

---

15) 필자는 2004년에 〈동인문학상〉의 문제점을 『조선일보』와의 유착 관계를 중심으로 비판을 제기한 바 있다. 십여 년이 지났음에도 불구하고 〈동인문학상〉에 대한 당시의 비판적 문제 제기는 지금도 여전히 유효할 만큼 전혀 변화된 것이 없다. 오히려 작가들에게 〈동인문학상〉 수상은 더할 나위 없이 영예로운 것이라는 암묵적 전통이 더욱 굳어져 가고 있지 않나 하는 우려를 금할 수 없는 것이 사실이다. 지금 〈동인문학상〉이 안고 있는 제도적 문제점에 대해서는 이 글을 읽어볼 것을 권한다. 하상일, 「문언유착과 문학권력의 제도화 – 조선일보와 〈동인문학상〉을 중심으로」, 『작가와 비평』 2004년 상반기, 44~63쪽 참조.

반비판으로 역공을 받고 있는 실정이고, 이로 인해 친일 청산은 아직까지도 우리 문학이 해결해야 할 엄중한 숙제로 남겨져 있다. 일제 말 친일 문학을 어떻게 이해하고 평가할 것인가의 문제는 우리의 지난 역사와 문학을 정직하게 성찰함으로써 그 과오를 명명백백하게 밝히는 데 있다. 그리고 이러한 과오에 대한 솔직한 인정과 진정성 있는 사과와 반성을 이끌어내는 것이 무엇보다도 중요한 일이 아닐 수 없다. 지금 우리가 친일 문인에 대한 냉정한 평가와 이를 기리는 문학상에 대한 문제점을 무겁게 각인해야만 하는 이유는 바로 여기에 있다.

나혜석과 중국 안동

1. 머리말

나혜석은 식민지 조선을 살았던 최초의 여성 서양화가이자 1920년 대를 대표하는 여성 소설가이며, 자신의 삶과 경험에 바탕을 둔 실천적 여성해방론자였다. 하지만 나혜석의 삶과 예술은 미술과 문학 방면에서 두드러진 성과를 거두었음에도 불구하고, 「이혼 고백장 – 청구(靑 邱) 씨에게」[1]를 둘러싼 세속적 논란으로 인해 식민지 조선의 한 여성이 보인 파격적 행보라는 개인사에 거의 묻혀버리고 말았다. 또한 봉건적 남성 중심 사회의 권력화에 맞서는 여성해방의 논리와 실천 역시 신여성의 일탈과 불륜이라는 세속적 가십거리로 전락하는 심각한 왜곡을 겪어야만 했다. 결국 나혜석의 삶과 예술 그리고 문학은 가족들에게는 물론이거니와 사회 전반에 걸쳐 철저하게 외면당했고, 시대를 너무 앞서갔던 여성해방론자로서의 모습은 그 어디에도 안착하지 못한 채 행려병자로 죽음을 맞이하는 비운의 인생을 살아갈 수밖에 없었다.

이처럼 남성 중심적 봉건 윤리에 사로잡힌 개인사로 인해 나혜석의 삶과 예술에 대한 논의와 연구가 이루어지는 것은 결코 쉬운 일이 아니

---

1) 나혜석, 『삼천리』 1934년 8~9월호. 9월호에는 「이혼 고백서」로 제목을 달리하고 있다.

었다. 1970년대 중반 미술계에서부터 나혜석의 삶과 미술에 대한 정리
작업이 시작되기는 했지만[2], 본격적인 관심과 논의는 1990년대 중반
나혜석 탄생 100주년을 기념하는 '나혜석예술제'가 고향 수원에서 개
최되면서부터이다. 그 이후 1999년 4월 〈나혜석기념사업회〉가 주관하
는 '제1회 나혜석 바로 알기 심포지움'을 시작으로 문학과 역사, 미술
방면에서 다양한 연구가 체계적으로 진행되었고, 2000년 문화관광부
에서 '2월의 문화인물'로 지정됨으로써 식민지 근대를 살았던 여성해
방론자로서의 나혜석의 면모가 제대로 평가받는 계기를 마련하였다.
그 결과 여성문학연구자들을 중심으로 전집 발간[3] 등 본격적인 정리와
연구 작업이 이루어졌고, 소설을 비롯한 다양한 콘텐츠로 제작되어 나
혜석의 삶과 예술이 끼친 영향과 문제의식이 여러 분야에서 주목받기
에 이르렀다.

　하지만 나혜석에 대한 논의가 여성해방론자로서의 면모에 집중됨에
따라 중국 안동, 즉 지금의 단동[4]에서 보낸 시절과 정치적 활동의 상관
성에 대한 논의는 상대적으로 부족했다. 즉 "경성서 3년간, 안동현에서
6년간, 동래에서 1년간, 구미에서 1년 반"[5]에 이르는 그의 결혼 생활
가운데 절반 이상을 보낸 안동에서의 일과, 그곳에서 남긴 글과 그림을

---

2)　이구열, 『에미는 선각자였느니라』, 동화출판공사, 1974.
3)　이상경, 『나혜석 전집』, 태학사, 2000; 서정자, 『(원본)정월 나혜석 전집』, 국학자료원,
　　2001.
4)　압록강 하구 신의주 맞은편 단동은 북·중 접경지역인 국경도시이다. 원래 명칭은 '안동
　　(安東)'이었으나 1965년 '단동(丹東)'으로 변경되었다. '안동'이라는 명칭은 고구려 멸망
　　이후 당나라가 평양에 설치한 '안동도호부(安東都護府)'에서 유래하였는데, 1965년 중
　　국은 북한과의 우호관계를 고려하여 안동의 명칭을 '붉은 색의 동쪽 도시'라는 의미의
　　'단동'으로 개칭하였다. 오병한, 「1900~1920년대 日本의 安東領事館 설치와 운영」, 『한
　　국독립운동사연구』 제64호, 독립기념관 한국독립운동사연구소, 2018. 11, 165쪽 참조.
5)　나혜석, 위의 글. 본고에서는 이상경, 『나혜석 전집』, 위의 책, 401쪽에서 재인용.

중심으로 안동의 장소성에 초점을 둔 나혜석 연구가 아직까지 본격화 되지는 못했다고 할 수 있다. 식민지 조선에서 중국 안동은 한인 이주 사의 측면에서나 독립운동사의 측면에서 아주 중요한 의미를 지닌 장 소라는 점에서, 당시 안동이 지닌 역사적 장소성에 주목하여 안동 주재 일본영사관 부영사의 부인이었던 나혜석을 이해하는 것은 상당히 의미 있는 접근이 되지 않을 수 없다. 특히 결혼제도의 불합리에서 비롯된 모순과 차별 속에 놓인 여성의 현실에 대해 비판하면서 주체적 여성의 식 정립을 위한 다양한 활동을 실천적으로 수행한 곳도 안동이었음을 주목할 필요가 있다.

본고는 이러한 사실에 초점을 두고 나혜석의 안동 시절을 독립운동 과의 연관성 속에서 살펴보는 토대 위에서, 이러한 민족의식이 여성해 방론과 만나는 지점에서 구체화 된 실천적 운동과 예술 활동을 실증적 으로 논의하고자 한다. 또한 나혜석의 안동 시절에 발표한 글과 그림에 반영된 여성 주체의 표상에 주목하고, 구미 여행으로 이어진 직접적인 경험을 통해 더욱 뚜렷하게 각인된 주체적 여성의식의 정립을 문제적으 로 살펴보고자 한다. 이는 그동안 계급적 여성해방론자로서의 나혜석 의 모습에 압도되어 민족주의자로서의 면모를 다소 주변화한 것에 대한 문제 제기인 동시에, 식민지 근대를 살았던 신여성으로서 서구적 경험 을 가능하게 했던 안동에서 여성 주체로서의 자기 정체성을 어떻게 실천해 나갔는지에 대한 문제의식을 살펴보려는 데 주된 목적이 있다.

2. 식민지 조선과 중국 안동의 정치적 의미

식민지 조선에서 중국 안동은 한인들의 이주가 활발하게 이루어진 곳이면서 상해임시정부와도 직간접적으로 연결되어 독립운동과도 밀접하게 연관된 지역이었다. 또한 안동은 러일전쟁 이후 일본이 만주 침략 과정에서 건설한 "특별한 시가(市街)"[6]였으므로, 1906년 5월 안동 주재 일본영사관과 영사관경찰서가 설치된 것을 시작으로 일본군 헌병대, 수비대, 남만철도주식회사(南滿鐵道株式會社) 지방사무소, 일본인 거류민단 사무소 등 일본의 행정과 치안이 집중되었던 곳이기도 했다. 이처럼 식민지 시기 안동은 일본의 감시와 통제가 극심한 곳인 동시에 조선의 독립을 위해서는 반드시 거쳐야만 했던 곳이라는 점에서 한시도 긴장을 놓칠 수 없는 문제적인 장소였다. 특히 1911년 11월 안동과 신의주를 연결하는 압록강철교가 개통된 이후로는 안동을 거쳐 봉천(奉天, 지금의 심양)으로 가려는 한인들과 독립운동가들이 일본의 감시를 피해 은밀하게 활동했던 곳이었다는 점에서 더욱 중요한 장소가 아닐 수 없었다.

상해임시정부는 국내외에 흩어져 있는 동포들에게 독립운동에 관한 소식을 올바르게 전달하기 위해서는 여러 지역을 원활하게 연결하는 통신망과 연락 체계를 갖추어야 한다고 보고, 1919년 5월 조선에서 중국으로 이동하는 핵심 경로인 안동의 이륭양행(怡隆洋行) 2층에 교통부 산하 임시교통국을 설치했다. 이륭양행은 영국 국적의 아일랜드인이었던 죠지 엘 쇼우(George L. Show)가 경영하던 곳으로, 영국계 회사의 안동 지역 대리점을 맡고 있었기 때문에 일본 경찰의 감시와 통제로부터 비교적 자유로울 수 있었다.[7] 따라서 상해임시정부는 안동의 임시

---

6) 『安東縣及新義州』, 경인문화사, 1989, 191쪽; 오병한, 위의 글, 166쪽에서 재인용.

7) 실제로 김구는 1919년 4월 재목상으로 변장하고 신의주역에서 인력거를 타고 압록강철교를 건너 어떤 여관에 7일간 머물다가, 죠지 쇼우가 경영하는 이륭양행의 윤선(輪船)을 타고 4일간의 항해 끝에 상해 푸동 선창에 도착했다. 이후 임시정부 요인들은 대부분

교통국을 거점으로 죠지 쇼우의 집과 사무실을 상해와 조선을 오가는 독립지사들의 은신처로 삼았고, 상해임시정부에서 발간한 『독립신문』을 비롯한 인쇄물과 우편물 운반은 물론 폭탄과 무기 반입에 이륭양행을 적극적으로 개입시켜 의열단 활동을 지원했으며, 국내에서 모금한 독립운동 자금을 상해임시정부로 전달하는 비밀 창구 역할도 담당하도록 했다.[8]

> 봉천(奉天)서 밤 아홉 시에 경성을 향하여 떠난 특별 급행열차는 그 이튿날 동이 틀 무렵에 안동현(安東縣) 정거장 안으로 굴러들었다.
>
> 국경을 지키는 정사복경관, 육혈포를 걸어 멘 헌병이며, 세관(稅關)의 관리들은 커다란 버러지를 뜯어먹으려고 달려드는 주린 개미 떼처럼, 플랫폼에 지쳐 늘어진 객차의 마디마디로 다투어 기어올랐다.
>
> 차 속이 부퍼서 새우잠들을 자다가 마지못해서 눈을 비비고 일어난 승객들은 짐이며 가방 등속을 내려놓고 깡그리 검사를 맡기 시작한다. 일등이나 이등에 버티고 앉은 양반사람들 앞에 가서는 공손히 모자를 벗고 "대단히 수고로우시겠습니다만 가지신 물건을 잠시 보여줍시오."
>
> 하고 선문을 놓고 나서 수박 겉핥기로 가방 뚜껑만 떠 들어보는 척 하던 세관리는, 삼등 찻간으로 들어서면서부터는 졸지에 그 태도가 엄숙(?)해지며 죽은 사람의 물건 다루듯 닥치는 대로 발길로 굴려가며 엎어

이 루트를 활용해 신의주와 안동을 거쳐 이륭양행의 배편이나 기차를 이용해 상해로 이동했다. 김구, 도진순 주해, 『백범일지』, 돌베개, 1997, 284, 299쪽 참조.

8) 최낙민, 「일제강점기 안동을 통한 조선인의 이주와 기억」, 권경선·최낙민 편저, 『단절과 이음의 해항도시 단동』, 선인, 2018, 318쪽. 상해임시정부와 이륭양행의 활동에 대해서는, 한철호, 「1920년대 전반 조지 엘 쇼(George L. Show)의 한국독립운동 지원 활동과 그 의의」, 『한국독립운동사연구』 제43집, 독립기념관 한국독립운동사연구소, 2012; 유병호, 「대한민국임시정부의 안동교통국과 이륭양행 연구」, 『한국민족운동사연구』 제62집, 한국민족운동사학회, 2010; 김영장, 「대한민국임시정부의 안동교통국과 이륭양행 연구 : 한청년단연합회 연대를 중심으로」, 『한국독립운동사연구』 제62집, 독립기념관 한국독립운동사연구소, 2018 참조.

놓고 제쳐놓고 하다가 두세 명씩이나 붙어 다니는 형사가 등 뒤에서 무어라고 귀를 불기만 하면 그 승객의 짐은 따로 끌어내어 시멘트 바닥에 넝마전을 벌여놓고 속샤쓰까지 낱낱이 들추어 보는 것이었다.[9]

1920년대 상해를 배경으로 활동했던 공산주의 계열 독립운동 조직의 활약상을 담은 심훈의 미완성작 「동방의 애인」의 첫 장면이다. 소설의 중심인물 가운데 한 사람인 박진이 어떤 정치적 목적을 갖고 중국에서 조선으로 잠입하는 과정에서 안동현에 이르러 일본 경찰의 검문을 받게 되지만, 극적으로 이를 모면하고 주인공 김동렬을 찾아가는 모습을 담은 〈국경의 새벽〉이란 소제목의 도입부이다.[10] 봉천에서 안동, 즉 안봉선(安奉線)을 타고 압록강철교를 건너 신의주에 도착했다가 경성으로 가는 노선은 당시 중국과 조선을 오가는 독립운동가들의 가장 일반적인 경로였는데, 국경지대인 안동에서의 검문검속이 다른 지역보다 훨씬 강화되었던 당시 상황을 사실적으로 보여주는 장면이다. 즉 독립운동을 위해 국경을 넘는 애국지사들에게 안동을 통과해서 신의주로 건너간다는 것은 국경을 넘어 비로소 안심 지역으로 진입하느냐 못하느냐가 결정되는 극적 순간을 경험하는 일이었던 것이다. 식민지 조선의 수많은 사람들이 압록강 철교를 건너 안동을 오갔지만 실제로 안동에 정착하는 사람은 소수에 불과했고, 대부분 봉천이나 대련, 하얼빈 등에 거점을 마련했다는 사실에서도 당시 안동에서 일본의 감시와 통제가 상당히 심했음을 짐작하게 한다. 일본이 만주 일대 여러 지역 가운데 안동에 영사관을 설치한 것도 국경지대에 대한 검문검속을 강

9) 심훈, 「동방의 애인」, 『심훈문학전집』 2, 탐구당, 1966, 539쪽.
10) 이에 대한 자세한 논의는 하상일, 「심훈의 상해 시절과 「동방의 애인」」, 『국학연구』 제36집, 한국국학진흥원, 2018. 7, 515~548쪽 참조.

화하는 제도적 장치를 마련하기 위함이었던 것이다.

안동영사관은 일본이 중국 동북 지역에 설치한 두 번째 영사관으로 안동뿐만 아니라 인근의 집안(輯安), 임강(臨江), 통화(通化) 등을 관할하는 사실상 남만주 일대의 핵심 기관이었다. 특히 영사 업무만을 책임지는 차원을 넘어서 영사관 내에 경찰서까지 설치하여 단순한 외교 기관이 아닌 경찰 기관으로서의 강력한 권한을 지니고 있었다. 일본은 안동영사관 설치를 통해 1920년 '경신사변(庚申事變)' 이후 임강, 집안, 통화 등을 중심으로 활발하게 전개되었던 무장독립투쟁을 방어하는 전진기지로 삼고자 했던 것이다.[11] 이처럼 당시 안동은 비밀리에 독립운동을 전개해야만 하는 식민지 조선의 입장에서나, 이러한 활동을 통제하고 그 가담자를 검거하려는 일본의 입장에서나 동시에 중요한 정치적 장소였다. 그런데 이곳 안동영사관의 부영사라는 막강한 지위와 권력을 지닌 사람으로 조선인, 그것도 나혜석의 남편 김우영이 임명되었다는 사실은 아주 문제적인 사건이 아닐 수 없었다. 일본의 입장에서도 중국 침략과 조선독립을 막기 위한 교두보로 설립한 영사관의 부영사로 조선인을 임명한다는 것은 아주 이례적인 일이었다. 이러한 결정을 내리게 된 데는 당시 만주 일대의 조선인 이주민의 증가로 일본인 거주자와의 사이에 여러 가지 문제가 야기되었으므로, 일본은 이들 지역에 대한 감시와 통제를 강화하는 현실적인 목적을 달성하는 데 조선인 부영사를 임명하는 것이 더욱 효율적이라고 판단했기 때문이다. 따라서 일본은 "조선인으로서 대학과 기타 상당한 학교를 졸업한 자 또는 상당의 학식경험이 있는 자를 이런 관리에 합당하다고 생각되는 자가 많이

---

11) 안동영사관의 설치와 정치적 의미에 대해서는 다음 논문을 참고할 만하다. 오병한, 「1900~1920년대 日本의 安東領事館 설치와 운영」, 위의 글, 165~200쪽; 이홍석, 「안동 일본영사관과 부영사 김우영」, 『나혜석연구』 제5집, 나혜석학회, 2014. 12, 102~137쪽.

있다."라고 하면서 조선총독부에 추천을 부탁했는데, 그중에서 김우영이 가장 적임자로 거론되어 임명되었던 것이다.[12]

이와 같이 조선인 김우영을 안동영사관 부영사로 임명하자 함께 주목받은 사람이 바로 나혜석이었다. 당시 『매일신보』는 "新夫人의 一人 羅惠錫女史가 그 夫君과 交際場裡에 出入하야 女史 獨特의 華美한 外交手려을 發揮할지니 此點에서 今回의 領事任命은 비록 男子 二人이지만은 羅 女史의 無職牒 領事를 加하야 合三人이 되는 計算이다"[13]라고 소개하면서, 나혜석의 안동 이주가 또 한 사람의 영사가 동반하는 일이 될 만큼 중요한 결과를 가져올 것이라는 기대를 감추지 않았다. 하지만 총독부 기관지 『매일신보』의 기대와는 달리 안동에서의 나혜석의 활약이 전혀 다른 방향에서 두드러질 것이라는 사실은 예견하지 못했다. 1919년 3·1운동으로 검거되어 옥살이까지 하고 나온 나혜석의 전력과 여성 교육에 남다른 열정을 갖고 있던 이력을 모르는 바는 아니었지만, 일본 총독부의 절대적인 지원 속에서 임명된 부영사 김우영의 부인이라는 지위가 일본의 중국 동북 지역 감시와 통제에 허점을 남기는 결정적 과오가 될 것이라고는 결코 예상하지 못했던 것이다. 식민지 조선에서 국경도시 안동이 지닌 정치적 의미가 특별하지 않았던 적은 사실상 없었지만, 나혜석의 안동 시절이 지닌 독립운동사적 의미를 더욱 중요하게 이해해야 하는 이유도 바로 여기에 있다. 본고에

---

12) 일본 정부가 김우영을 안동부영사로 파견한 현실적인 목적은 크게 세 가지로 정리될 수 있다. 첫째, 안동영사관 관할구역의 조선인을 잘 '안무'함으로써 그들의 조선으로의 귀환을 방지하기 위한 것, 둘째, 조선총독부 내에서의 일본인과 조선인 사이의 민족모순을 완화하려는 의도, 셋째, 만주지역의 한국독립지사들을 귀순시키려는 목적으로 그들을 회유시키는 역할을 김우영에게 맡긴 것이다. 이홍석, 위의 글, 116~122쪽 참조.
13) 『매일신보』 1921년 9월 25일; 전갑생, 「青邱 金雨英의 '정치적 활동'과 羅惠錫」, 『나혜석연구』 제2집, 나혜석학회, 2013. 6, 145쪽에서 재인용.

서 나혜석이 안동 시절에 남긴 글과 그림 등 여러 텍스트를 주목하여 민족의식과 주체적 여성의식이 만나는 지점을 중점적으로 살펴보려는 것도 이러한 안동의 정치적 의미와 장소성을 특별히 강조하고자 하는 것이다.

3. 나혜석의 안동 시절 독립운동과 주체적 여성의식의 정립

1) 3·1운동 전후 민족의식의 형성과 독립운동의 실천

나혜석의 민족의식 형성은 가족 구성원으로로부터의 영향과 일본 유학 시절 여성운동에 참여했던 경험에서 비롯되었다고 할 수 있다. 부친 나기정은 구한말 민족 언론 『황성신문』에 기부를 하고 수원 지역의 국채보상운동을 주도했으며, 근대 교육운동에 적극적인 관심을 갖고 두 아들의 일본 유학과 두 딸의 진명여학교 진학 등을 추진했던 선각자였다. 하지만 경술국치 이후 일제 치하에서 여러 차례 관료를 지내면서 식민지 정책에 적극적으로 저항하지 못하는 한계를 지닌 인물이기도 했다. 모친 최시의 역시 "知識이 超人하고 時宜를 略鮮하야 對人婦女하면 敎育을 指導하고 婦人會를 組織하야 慈善方針을 硏究함애 壹府가 稱頌한다더라"[14]라고 소개될 정도로 당시로서는 개명(開明)한 여성이었다. 두 오빠 나홍석과 나경석은 나혜석의 민족의식 형성에 직접적인 영향을 끼쳤는데, 나홍석은 1920년대 중반부터 친일 단체에 가담하

---

14) 「一家敎育(雜報)」, 『황성신문』, 1908. 12. 23. 이하 나혜석의 가족사에 대해서는 황민호의 「나혜석의 독립운동과 관련 인물들」, 『나혜석연구』 제6집, 나혜석학회, 2015. 6, 84~112쪽 참고.

는 명백한 한계를 보이면서도 1920년대 후반에는 재만조선인대회 봉
황성(鳳凰城) 대표로 참석하여 조선인들의 권익 보호에 앞장섰으며, 만
주사변 전후로는 조선농민들의 농사 관련 문제를 조선총독부와 협의하
는 등의 실질적인 활동을 했다. 나혜석에게 가장 많은 영향을 끼친 사
람은 둘째 오빠 나경석인데, 그는 일본 유학 시절 아나키즘 사상에 토
대를 두고 조선인 노동자들의 생활을 향상시키기 위한 사회운동에 참
여했으며, 3·1운동이 발발하자 만주와 국내를 연결하는 활동을 하다가
안동에서 검거되어 경성지방법원에서 옥고를 치르기도 했다. 또한
1920년대 봉천 지역을 중심으로 활동하면서 망명 중인 독립지사들을
돕는 일에 적극적으로 나섰던 것으로 확인된다. 하지만 1930년대 중반
에 이르러서는 여느 지식인들과 마찬가지로 일제에 협력함으로써 만주
국 국민으로서의 충성을 강조하는 변절을 했다는 점에서 결정적 한계
를 지니고 있기도 하다.

　이처럼 1920년대 전반기까지만 하더라도 나혜석의 가족은 근대적
지식을 바탕으로 독립운동과 교육운동 등에 헌신했던 수원 지역의 대
표적인 민족주의자들이었다. 이러한 가족들의 근대 의식과 실천적 활
동을 직접적으로 보고 배운 나혜석은, 일본 유학 시절부터 식민지 조선
의 근대화와 민족의식 그리고 여성해방론 등에 깊은 관심을 갖고 여성
유학생 조직을 중심으로 다양한 활동을 펼쳤다. 이 가운데 〈조선여자
유학생친목회〉 기관지 『여자계』와 〈조선유학생학우회〉 기관지 『학지
광』을 통한 활동은 특별히 주목해서 살펴볼 필요가 있다.[15) 『여자계』
2호(1918. 3. 22.)에 발표한 나혜석의 대표 소설 「경희」[16), 『학지광』 3호

---

15) 당시 두 매체에 글을 발표한 필자와 글의 제목은 황민호, 위의 글, 96~99쪽 〈표 1〉,
　　〈표 2〉에 잘 정리되어 있다.

(1914. 12.)에 발표한 산문 「이상적 부인」[17] 등은 당시 나혜석의 근대적 의식을 집약적으로 보여주는데, 이 두 단체와 매체를 통한 활동은 일본 유학 시절 나혜석의 민족의식 형성과 근대적 여성의식 정립에 직접적인 영향을 주었다. 특히 「이상적 부인」에서 『부활』의 여주인공 '카쥬샤'와 『인형의 집』의 여주인공 '노라'와 함께 '히라쓰카 라이초[平塚らいてう]', '요사노 아키코[与謝野晶子]' 등 『세이토』[18] 동인들을 언급한 데서 알 수 있듯이, 일본 유학 시절 나혜석의 여성의식 형성에 가장 많은 영향을 준 사람은 "원래, 여성은 태양이었다. 진정한 인간이었다"[19]라

---

16) 「경희」는 나혜석의 자전소설이라고 볼 수 있다. 일본 유학생 경희는 방학을 맞이하여 귀국하여 집안일을 도우며 당시 사회의 '신여성'에 대한 편견을 불식시키고자 노력한다. 그러나 아버지가 결혼을 강요하면서 "계집애라는 것은 시집가서 아들딸 낳고 시부모 섬기고 남편을 공경하면 그만이니라"고 하자, 경희는 "그것은 옛말이에요, 지금은 계집애도 사람이라 해요, 사람인 이상에는 못할 것이 없다고 해요, 사내와 같이 돈도 벌 수 있고, 사내와 같이 벼슬도 할 수 있어요. 사내가 하는 것은 무엇이든지 하는 세상이에요"(이상경 편, 앞의 전집, 100쪽)라고 당차게 말하는 여성이다. 나혜석은 이 글에서 조선의 현실 속에서 고뇌하는 신여성의 입장을 자신의 처지와 관련하여 사실적으로 그려줌으로써 당시의 여성 문제를 정확히 보여주고 있다. 이송희, 「신여성 나혜석의 민족의식과 민족운동」, 『여성연구논집』 제17집, 신라대학교 여성문제연구소, 2006. 4, 185~ 186쪽 참조.

17) 『학지광』 투고는 문필가로서 나혜석의 존재를 알리는 계기가 되었는데, 「이상적 부인」은 근대적인 사조를 수용한 현실인식을 잘 보여준다. 이 글에서 나혜석은 "이상적 부인이라 할 부인은 없다"는 전제 하에 "혁신으로 이상을 삼은 여성"으로 『부활』의 여주인공 카츄샤, 『인형의 집』의 여주인공 노라 등을 언급한다. 이를 통해 "나는 현재에 자기 일신상의 극렬한 욕망으로 영자(影子)도 보이지 아니하는 어떠한 길을 향하여 무한한 고통과 싸우며 지시한 예술에 노력코저 하노라"(이상경 편, 앞의 전집, 183~185쪽)라며 예술을 통한 여성운동에 투신할 것을 다짐했다. 김형목, 「역사학계에서 나혜석 연구 동향과 과제」, 『나혜석연구』 제1집, 나혜석학회, 2012. 12, 136쪽 참조.

18) 『세이토』는 근대 일본 사회에서 처음으로 여성지식인들만으로 구성되어 만든 여성문예 잡지이다. 『세이토』의 여성들은 구태의연한 구시대의 남성 중심적인 관습과 사상에 대한 타파와 여성의 자아확립을 주장하려고 일어섰다. 그녀들은 스스로를 '신여성'이라고 자칭하였다. 잡지 『세이토』는 신여성론, 정조론, 낙태논쟁, 모성보호론 등의 여성의 성에 대한 담론을 숨김없이 꺼내어 놓았고, 불같은 뜨거운 논쟁으로 여성의 '성'에 대한 가치관을 재구축하였다. 한일근대여성문학회 역, 『세이토』, 어문학사, 2007, 3쪽.

고 부르짖은 히라쓰카 라이초였다고 할 수 있다.[20]

　이처럼 일본 유학 시절 유학생 조직을 통한 여성운동의 실천은 나혜석으로 하여금 3·1운동에 가담하는 결정적 계기가 되었다. 나혜석은 동경유학생들이 중심이 되었던 1919년 2·8독립선언의 연장선상에서 〈조선여자유학생친목회〉 회원들과 함께 3·1운동에 참가하였고, 부인단체를 조직하여 조선독립을 전개한다는 방침에 따라 결성된 여성단체에서 간사를 맡아 개성과 평양을 오가며 자금모집을 하는 등 적극적인 활동을 이어나갔다. 그리고 이러한 활동으로 인해 일본 경찰에 체포되어 투옥되었다가 1919년 8월 증거불충분으로 풀려나기도 했다. 이후 나혜석은 결혼 등의 일신상의 변화와 화가로서의 본업에 충실하겠다는 이유로 3·1운동에 함께 참여했던 김마리아, 황애시덕이 조직한 비밀여성조직인 〈대한민국애국부인회〉에는 참여하지 않았다. 하지만 이것은 독립운동을 실질적으로 수행하기 위해 일본 경찰로부터 자신의 신분을 보호할 정치가 필요하다는 현실적 이유에서 비롯된 일종의 위장 혹은 트릭이 아니었을까 짐작된다. 실제로 나혜석이 1920년대 들어 결혼생활에 전념하면서 화가로서의 작품 활동에 집중한 것은 사실이지만, 1921년 남편 김우영이 안동영사관 부영사로 부임하여 안동으로 이주하고 나서 의열단을 비롯한 중국 내 독립운동을 지원하는 중요한 역할을 비밀리에 수행했음을 간과해서는 안 된다. 이러한 나혜석의 독립운동 지원 활동에서 특히 주목해야 하는 것은 의열단의 제2차 대규모 국내

---

19) 히라쓰카 라이초, 「원래 여성은 태양이었다」, 한일근대여성문학회 역, 위의 책, 41쪽.
20) 당시 『세이토』에 번역 수록된 엘렌 케이의 「연애와 결혼」은 신여성으로서의 올바른 자각과 사회적 관습에 저항하는 근대적 여성의식을 확고하게 보여주었다는 점에서 나혜석의 여성의식 정립에 결정적인 계기로 작용했다고 할 수 있다. 이에 대한 자세한 내용은 문정희, 「여자미술학교와 나혜석의 미술」, 윤범모 외, 『나혜석, 한국 근대사를 거닐다』, 푸른사상, 2011, 54~61쪽 참조.

총공격 또는 암살 파괴 계획으로 대규모 국내 폭탄 반입을 시도한 '황옥 사건'[21]이다. 이 일로 총독부에 불려가 조사를 받기도 했던 나혜석의 남편 김우영은 당시 이 사건을 다음과 같이 회고했다.

> 그때 국경을 오고 감에 있어 우리 독립운동자에게 여간만 불편한 것이 아니었다. 나는 직간접적으로 이런 동포들에게 커다란 편리를 마련해 주었다.
>
> 그리고 우리 집에는 이런 과객이 늘 있었다. 나는 그들의 이름들을 낱낱이 외울 수는 없으나 그때 기억되던 모모라는 이름들도 물론 본 이름을 바꾼 것들이었다. 황옥이라든지 김시현이라든지 하는 이름 있는 분들은 그래도 잘 기억하였다. 그때 일본 벼슬아치들이 겁을 집어먹게 한 것은 의열단의 폭발탄이었다. 아마 오늘의 원자탄에 견줄 만큼 그때 모두들 무서워하였다.
>
> 경기도 경찰부 황이란 사람이 가끔 청년 서너 명을 데리고 북경을 왔다 갔다 하더니 이 황군은 의열단에 들어서 그때 북경 근처에서 독일 기사(技師)를 시켜 만든 폭탄을 서울로 갖고 가 총독부 그 밖에 모모한 관청을 부술 작정이었다.
>
> 나는 이 계획을 황군에게 듣고 그 동행인 청년들에게 더욱 공경함을 나타내 보였다. 그 까닭은 나라와 겨레를 위하여 목숨을 바칠 갸륵한

---

21) 이 사건은 1922년 7월부터 고려공산당원이자 의열단원인 이현준이, 상해와 북경, 안동 (중국 단동)과 경성을 내왕하며 김원봉, 장건상, 김지섭, 황옥의 연락책을 맡아 추진한 것이다. 1922년 황옥은 공산주의 선전과 폭탄 반입을 협의하여 홍종우에게 폭탄 반입의 중계지로 조선일보 안동지국을 설치하도록 했고, 황옥은 이들과 같이 의열단의 국내 폭탄 반입을 실행했다. 이때 안동 주재 일본영사관 부인 나혜석은 이들에게 편의를 제공하고 임무 수행을 적극적으로 지원하는 역할을 했다. 해방 직후 박태원은 김원봉의 구술과 신문자료를 바탕으로 의열단의 역사를 기록으로 남겼는데, 당시 나혜석의 의열단 지원이 얼마나 중요한 일이었는지를 분명하게 언급했다. 『약산과 의열단』, 깊은샘, 2000, 203~206쪽. 이하 '황옥사건'에 대한 자세한 내용은 황용건, 「나혜석과 황옥사건」, 『나혜석연구』 제6집, 나혜석학회, 2015. 6, 113~144쪽 참조.

사람들이기 때문이었다.[22]

김우영의 회고는 1953년에 작성된 것이고, 해방 직후 반민특위에
체포된 전력으로 볼 때, 이 글은 자신의 친일협력을 변명하려는 의도에
서 작성된 것이라는 혐의를 벗어나기는 어려울 듯하다. 당시 안동 지역
에서 독립운동을 지원하는 실질적인 역할은 자신의 부영사 지위를 이
용해 나혜석이 주도한 것이었음에도 불구하고, 이에 대한 직접적인 언
급은 전혀 없고 독립운동가들의 활동에 대한 경외심으로 의열단 활동
의 위험성을 인지하고 있었음에도 암묵적으로 그들을 도왔다는 자신의
역할만을 특별히 강조하려는 의도가 역력하다.[23] 물론 당시 나혜석의
독립운동 지원은 일본의 감시와 통제를 피할 수 있는 최적의 조건이었
던 안동영사관 부영사라는 김우영의 지위가 없었다면 사실상 불가능한
일이었다. 상해임시정부에서 설립한 안동교통국과 이륭양행의 역할이
점점 위축되어 가는 상황에서 김우영과 나혜석의 존재는 독립운동가들
에게 더욱 안전한 비밀창구가 되기에 안성맞춤이었기 때문이다. 1920
년대 안동에서 김우영과 나혜석의 역할이 아주 특별했다는 사실을 공
통적으로 말하고 있는 여러 애국지사들의 글[24]에서 이러한 사실을 분

22) 김우영, 「회고」, 『나혜석연구』 제6집, 나혜석학회, 2015. 6, 177~178쪽.
23) 실제로 나혜석은 구미여행 중에 김우영의 친일 문제로 인해 여러 차례 한인사회로부터
냉대를 받았음을 말한 바 있다. '사람의 가치'를 중요시 여긴 나혜석과는 달리, 김우영은
'잘 먹고 잘 지내는 것'이 중요하다는 지극히 현실추수적인 태도를 드러냈다는 것이다.
프랑스 파리에서 나혜석이 최린과의 연애를 하게 된 이유도 '친일파'로 한인 사회에서
배척 받는 김우영에 대한 실망감도 중요한 계기가 되었을 것이라는 시각도 있다. 이상
경, 「기억과 기록 사이에서 나혜석 말하기」, 『나혜석연구』 제9집, 2016. 12, 175쪽.
24) 한국독립운동사연구소, 『유자명수기, 한 혁명자의 회억록』, 국학자료원, 1999; 유석현,
「잊을 수 없는 사람들」, 『한국경제신문』 1986년 11월 6일; 정화암, 『어느 아나키스트의
몸으로 쓴 근세사』, 자유문고, 1992.

명하게 확인할 수 있다. 이는 당시 의열단, 상해임시정부 등을 비롯한 독립운동사에서 나혜석의 위치가 얼마나 중요했는지를 보여주는 상당히 의미 있는 증언과 기록이 아닐 수 없다.

2) 안동 지역 이주민들에 대한 교육 운동과 여성 운동의 실천

앞에서 살펴봤듯이 나혜석에게 안동은 일본 유학 시절 여학생 조직 활동에서부터 3·1운동 참가에 이르는 과정에서 형성된 민족의식이 독립운동의 실천으로 구체화 되는 역사적 장소로서의 의미를 지녔다. 물론 나혜석에게 민족의식을 통한 독립운동은 주체적인 것이었다기보다는 조력자로서의 역할에 머무르는 한계를 지녔다고도 볼 수 있다. 즉 계급의식에 바탕을 둔 여성해방론을 실현하기 위해서는 민족의식의 올바른 정립과 독립운동의 실천이 선결되어야 한다고 보았던 것이지, 투철한 민족의식에 기반하여 독립운동을 지원하거나 직접적으로 가담하는 의지적인 실천이었다고 보기에는 다소 무리가 따르는 것이다. 당시 나혜석이 근대 문명의 차원에서 일본의 발전과 중국의 낙후된 현실을 대비하는 노골적인 태도를 드러내거나, 서구 사회에 대한 맹목적 동경에 바탕을 두고 근대적 여성관을 확립하는 데 치중했다는 데서 이러한 의구심이 사실로 받아들여질 여지가 많기 때문이다.[25] 국경지

---

25) 이런 점에서 이상경은 "중국 땅인 안동현에서 6년을 살았지만 나혜석의 글에는 의외로 중국인이 나오지 않는다"라는 점을 주목하면서, 당시 나혜석이 중국에 대한 왜곡된 시선과 일본을 넘어 서구 사회의 여성들의 생활에 대한 동경을 드러내는 서구주의자로서의 면모를 지니고 있음을 언급하고 있다. 이는 안동부영사의 부인이라는 지위가 나혜석에게 식민지 조선인으로서 안동 지역에서 살아가는 '경계인'의 의식을 갖게 하지 못했다는 데 이유가 있다고 보았다. 이상경, 「만주에서 나혜석의 글쓰기 : 경계(境界)와 경계(警戒)」, 『나혜석연구』 제5집, 2014. 12, 53~56쪽 참조.

대를 책임지는 부영사의 부인으로서 독립운동을 측면에서 지원하는
것도 물론 중요한 일이었지만, 그보다 더 시급한 현실적인 문제는 안동
지역에 이주하여 살아가는 여성들의 의식 변화와 생활 안정에 주력하
는 것이라고 생각했던 것도 이러한 근본적 문제의식에서 비롯된 것이
었다고 할 수 있다. 따라서 나혜석의 안동 시절에서 무엇보다도 주목해
야 하는 것은 여성들의 의식 개혁을 위한 교육 운동과 여성운동에 실질
적으로 앞장섰다는 사실이다. 여자야학의 설립과 부인친목회 등의 조
직은 바로 이러한 문제의식을 구체적으로 실천하기 위한 제도적 토대
를 마련하기 위함이었던 것이다.

　나혜석에게 안동 시절은 자신의 인생 전체에 걸쳐 절정기에 해당하
는 시기였다고 해도 과언이 아니다. 결혼 이후 비교적 안정된 생활 속
에서 문학과 미술 창작에 전념할 수 있었고, 독립운동과 여성운동 등
다방면에 걸쳐 자신의 역할을 최대한 발휘할 수 있었던 때였다. 이러한
나혜석의 열정과 노력은 6년 남짓의 안동 시절 동안 그곳 지역 사회
구성원들에게 적지 않은 감화를 주었던 것으로 보인다. 남편이 부영사
를 그만두고 안동을 떠나 부산 동래에 잠시 머물다가 구미여행을 목적
으로 다시 안동을 찾았을 때의 일을 회고하는 나혜석의 글을 보면, 안
동 시절에 대한 자신의 생각과 당시 그곳 사람들의 나혜석 부부에 대한
평가가 어떠했는지를 알 수 있다.

　　대구와 경성서 잠깐 거쳐서 23일 아침에 곽산(郭山)역에서 사매(舍妹)
　지석(芝錫)이 승차하자 다시 남시(南市)역에서 다시 남행열차로 가게 되
　었습니다. 남시까지 안동 조선인회 대표 한 사람의 출영이 있었고 신의
　주에서 안동 조선인 회장과 우리집에 있는 학생이 승차하였습니다. 오전
　11시에 안동역에 도착하니 조선 사람, 일본 사람 80여 명의 출영이 있어

모두 손이 으스러져라 하고 붙잡아 흔들며 진정으로 반기어 주었습니다.
여관은 안동 호텔로 정하였습니다.

안동은 기왕 6개년간 재근하던 곳이라 눈에 띄는 이상한 것은 없었으
나 좀체 다시 못 올 줄 알았던 곳이 9개월 만에 오게 되니 길가에 서
있는 버드나무까지 반가웠습니다. 중국 인력거꾼은 아직도 나의 얼굴을
잊지 않고 벌떼같이 인력거를 몰고 달려들었습니다. 실로 안동현과 우리
와는 인연이 깊은 곳입니다. 소위 관리생활로 들어선 초보가 여기요,
사회상으로 사업이라고 해본 데도 여기요, 개인적으로 남을 돌아본 데도
여기입니다. 인심에 대한 쓴맛 단맛을 처음으로 맛보아 온 곳이 여기입
니다. 사교 상에 좀 익숙해진 것도 이곳이며 성격상으로 악화해진 것도
이곳입니다.[26]

나혜석이 안동에서 여성운동을 실천하기 위해 첫 번째로 한 일은
1922년 3월 여자야학을 설립한 것이었다. 당시 신문보도에는 "우리 조
선여자를 위하여 열심 진력하는 나혜석 여사는 금번 당지 팔번통 태성
의원 내에 여자 야학을 설립하고 매주 3일간 오후 7시부터 10시까지
지도하여 입학지원자가 날로 많다더라."[27]라고 기록하고 있는데, 당시
안동으로 이주한 조선인 숫자가 급격히 늘어나는 상황임에도 불구하고
취학 아동들이 정식학교에 입학하지 못하여 제대로 된 교육을 받을
수 없었던 모순된 현실을 타개하기 위한 것이었다. 특히 안동으로 이주
한 조선인들 가운데 학교에 가지 못하는 여학생과 성인 여성들을 중점
대상으로 삼아 여성들의 문맹퇴치를 하려는 데 가장 중요한 목적이
있었다. 안동 이주 조선인들의 부인들을 대상으로 계몽과 친목을 도모
하기 위해 1926년 3월 〈안동현부인친목회〉를 조직한 이유도 바로 여기

---

26) 나혜석, 「구미시찰기」, 이상경 편, 앞의 전집, 301~302쪽.
27) 「나혜석 여사, 안동현에 여자야학 설립」, 『동아일보』, 1922년 3월 22일.

에 있다. 즉 당시 나혜석은 안동 지역에서 생활하는 부녀자들의 인식 전환이 무엇보다도 중요하다는 판단하에 부인문제 강연회 등을 개최하고 「생활개량에 대한 여자의 부르짖음」을 1926년 1월 25일부터 1월 30일까지 『동아일보』에 연재하는 등 여성의 의식 개혁을 위한 실천을 가장 시급한 과제로 삼고 있었던 것이다.[28]

> 요사이 남녀 문제를 말하는 중에 여자는 남자에게 밥을 얻어먹으니 남자와 평등이 아니요, 해방이 없고, 자유가 없다고 흔히들 말합니다. 이는 오직 남자가 벌어오는 것만 큰 자랑으로 알 뿐이요, 남자가 벌 수 있도록 옷을 해 입히고 음식을 해 먹이고, 정신상 위로를 주어 그만한 활동을 주는 여자의 힘을 고맙게 여기지 못하는 까닭입니다. 이같이 여자의 반감을 일으키는 것보다 여자 자신이 반성하는 것밖에, 의식주에 대한 남녀 간의 문제는 오직 곁에서 보는 사람들에게 조소거리밖에 아니 될 것입니다. 우리 가정 살림살이가 좀처럼 개량이 되지 못하는 것은 이와 같이 남자가 자기만 일하는 줄 알고, 자기만 잘난 줄 알며, 따라서 여자를 위해 주지 않고, 고맙게 여겨 주지 않는 가운데 불평이 생기고 다툼이 생기며, 남편은 어디까지든지 강자요 우자(優者)며, 부인은 어디까지든지 약자요 열자(劣者)로 되고 보니 여기에 무슨 살아가는 맛을 볼 수 있겠습니까.[29]

인용문에서 나혜석은 여성들 스스로가 의식의 변화와 개혁을 이루어내지 못하면 결코 살림살이가 개량되지 못한다는 점을 강조하면서, 이를 시정하기 위해서는 무엇보다도 남편은 우자(優者)고 여자는 열자(劣者)라는 식의 불평등한 구조를 바꾸는 것이 중요하다고 역설했다.

28) 김주용, 「만주 안동지역 한인사회와 나혜석」, 『나혜석연구』 제5집, 나혜석학회, 2014. 12, 26~27쪽 참조.
29) 나혜석, 「생활개량에 대한 여자의 부르짖음」, 이상경 편, 앞의 전집, 276~277쪽.

특히 조선에서의 궁핍한 삶을 피해 안동을 비롯한 만주 지역으로 이주한 조선인들 가운데 여성이라는 존재는 남성의 책임 아래에 복속되어 있는 소극적이고 수동적인 존재였다는 점에서, 이러한 안동 지역 여성들이 봉건적 남성사회의 굴레에서 벗어나야 한다는 사실을 주체적으로 일깨움으로써 적극적인 사회 참여 활동을 유도하고 여성의 경제적 자립을 이끌어내는 데 실질적인 역할을 하고자 했다. 따라서 나혜석은 〈부인친목회〉 내부에 편물강습 등 직업 교육을 담당하는 부서를 설치하고, 부인상점과 생산조합을 조직하는 계획을 세웠으며, 조선인 자녀들을 위한 교육환경 개선을 위해 안동보통학교 교사 신축에도 관여하는 등 안동 지역 교육 운동과 여성운동에 헌신하는 실천적 노력을 아끼지 않았다.[30] 이러한 나혜석의 실천적 면모는 안동 시절 발표한 문학작품과 미술 작품에도 그대로 반영되어 있는데, 작품의 주제와 제재 대부분이 주체적 여성의식의 확립에 초점이 맞추어져 있어 삶과 예술의 온전한 일치를 지향했음을 뚜렷하게 보여준다.

3) 문학과 미술 창작을 통한 주체적 여성의식의 정립

나혜석이 중국 안동으로 이주한 후 발표한 글은 소설 「원한」(『조선문

---

30) 당시 안동 부인친목회의 활동에 대해 『동아일보』는 다음과 같이 소개했다. "조선여자들은 외지에 나와서까지도 너무 약하고 수동적이며 벌적이어서 아무런 회합이 없으며, 활기가 없으므로 여자해방을 부르짖으며 사회적으로 활동코저 1926년 3월 15일에 여성운동에 선구자 나혜석 여사의 발기로 순전한 구식 가정부인 30인으로 창립되었는데 한편으로 지식을 보급하려고 강연, 강습 등을 개최하며 한편으로는 직업 부인을 목적으로 저축부를 두어서 매삭 2원씩 자기네들이 벌어서 저축하기로 되어 있어 수백여원에 달하였으며 장차 이러서 부인상점이나 혹은 어떤 조합 같은 것을 세우려고 하며 편물강습을 설하고 나여사가 손수 가르치시다가 현재 동경으로 이주하게 된 관계로(후략)". 『동아일보』 1927년 5월 1일; 김주용, 앞의 글, 27쪽에서 재인용.

단」 1926. 4.), 시 「중국과 조선의 국경」(『시대일보』 1926. 6. 6.) 등의 문학 작품, 「모된 감상기」(『동명』 1923. 1. 1.~1. 21.)를 비롯하여 비평, 대담, 독자의 소리, 미술작품 제작 과정 등을 담은 산문이 16편이 있다.[31] 또한 미술 작품으로는 조선미술전람회 1회 입선작 「농가」를 비롯하여 「봉황산」(2회 입선작), 「천후궁」(5회 특선작) 등 10편 정도가 현재 알려져 있다.[32] 이처럼 나혜석은 안동부영사 부인이라는 안정적인 생활에 기반을 두고 예술 활동이든 정치 활동이든 사회 활동이든 여성의식의 변화와 실천을 이끌어 내는 다양한 활동을 적극적으로 수행했다고 할 수 있는데, 특히 자신의 삶과 예술이 지향하는 궁극적 목적이었던 여성의 의식 개혁과 구조적 모순을 타개하는 데 초점을 맞추고 있었다는 사실을 주목할 필요가 있다.

「원한」은 남성 중심적 봉건 사회를 살아가는 식민지 조선 여성의 불우하고 불평등한 운명을 "이씨"라는 여성의 삶을 따라가며 이야기하고 있다. 부잣집 무남독녀로 태어난 이씨는 조혼 풍습에 따라 부모들끼리 맺은 혼인 약속에 순종하여 네 살 어린 "철수"라는 남자와 결혼하게 되는데, 어린 남편은 철이 없고 주색에 빠져 있을 뿐 남편과 가장으로서의 노릇은 전혀 하지 않다가 결국 기생의 품에서 술병으로 쓰러져 3년을 앓다가 스물도 되지 않은 나이에 죽어 버린다. 그 결과 이씨는 스물세 살이라는 어린 나이에 청상과부가 되고 마는데, 시아버지 "김승지"의 친구인 "박참판"의 욕정에 희생당해 셋째 첩이 되는 어처구니없는 운명까지 짊어지게 된다. 그런데 이 또한 얼마 지나지 않아 어린

---

31) 자세한 제목과 서지 목록은 이상경, 「만주에서 나혜석의 글쓰기 : 경계(境界)와 경계(警戒)」, 위의 글, 39~40쪽 참조.
32) 이상경, 앞의 전집, 66~71쪽 참조.

여학생에 빠진 박참판에게 다시 외면당하는 지경에 이르게 되고, 결국 이씨는 박참판의 큰마누라의 몸종과 같은 처지로 전락하여 풍병 수발과 집안일에 온갖 고생을 하다가 일 년 만에 그 집을 나와 홀로 장사를 하며 겨우 살아가는 것으로 끝을 맺는다. 이처럼 이 소설은 남성적 욕망과 봉건적 질서에 의해 철저하게 희생당한 채 살아가야만 했던 당시 여성들의 보편적 일생을 담고 있다. '원한'이라는 제목에서 직접적으로 제시하고 있듯이 오로지 남성에 의해 여성들의 삶이 결정되어 버리는 구조적 모순과 차별을 "이씨"라는 한 여자의 일생을 통해 비판적으로 보여주고자 한 것이다.[33)]

이런 점에서 나혜석은 남성 중심적 봉건 사회의 폐습을 비판하고 무너뜨리기 위해서는 무엇보다도 여성의 각성이 필요하다는 일관된 생각과 태도를 지니고 있었다. 심지어 그는 여성의 굴레에서 신성의 영역으로 여겨지던 '모성의 신화'마저 깨뜨려야 할 것으로 인식했다는 점에서 당시로서는 너무도 파격적인 행보를 보였다. 게다가 이러한 모성성에 대한 태도가 자신의 경험에 근거한 것이었다는 점에서, 봉건적 남성 중심의 시선에 길들여진 보수적 사회에서 쉽게 용인될 수 없는 커다란 장벽에 부딪칠 수밖에 없었다.

나는 내 자신을 교양하여 사람답고 여성답게, 그리고 개성적으로 살

---

33) 이에 대해 이상경은, "술자리에서 자식의 혼약을 맺는 아버지들의 무책임함, 남자의 방탕을 남자다움으로 묵인하는 습관, 과부로 사는 여자의 외로움, 강간을 당하고도 여자만 도덕의 피해자가 되는 일방적 윤리구조 등을 문제로 삼았다"는 점에서, 나혜석은 "여성 일방에게만 지킬 것이 강요되는 정조, 성폭행을 당한 여성이 오히려 사회의 도덕적 비난이 두려워 폭행당한 사실을 숨기고 자신을 폭행한 사람의 노예가 되어야 하는 불합리"의 문제를 사회적으로 제기한 것이라고 평가했다. 이상경, 『인간으로 살고 싶다』, 한길사, 2000, 280쪽, 433쪽.

만한 내용을 준비하려면 썩 침착한 사색과 공부와 실행을 위한 허다한
시간이 필요하였었다. 그러나 자식이 생기고 보면 그러한 여유는 도저히
있을 것 같지도 않으니 아무리 생각하여도 내게는 군일 같았고 내 개인적
발전상에는 큰 방해물이 생긴 것 같았다. (중략)

　나는 자격없는 모(母) 노릇하기에는 너무 양심이 허락지 아니하였다.
마치 자식에게 죄악을 짓는 것 같았었다. 그리고 인류에게 대하여 면목
이 없었다. 그렇게 생각다 못하여 필경 타대(墮胎)라도 하여 버리겠다고
생각하여 보았다. 법률상 도덕상으로 나를 죄인이라 하여 형벌하면 받을
지라도 조금도 뉘우칠 것이 없을 듯싶었다. (중략)

　그러므로 나는 '자식이란 모체의 살점을 떼어가는 악마'라고 정의를
발명하여 재삼 숙고하여 볼 때마다 이런 걸작이 없을 듯이 생각했다.[34]

　이 글은 나혜석 자신의 경험에 토대를 두고 여성의 입장에서 어머니
가 된다는 것, 즉 임신과 출산 그리고 육아로 인해 여성들이 겪게 될
일들과, 어머니라는 존재가 됨으로써 여성적 주체로서의 정체성을 잃
어버리고 마는, 그래서 여성으로서 느껴야 할 감정과 환희를 잃어버린
채 살아가야 하는 여성들의 보편적 현실에 대한 비판적 성찰을 담고
있다. 하지만 "자식이란 모체의 살점을 떼어가는 악마"라는 극단적인
대비에서 드러나듯이, 자식과 어머니의 관계를 적대적 관계로 표면화
한 방식은 당시 사회의 관습으로는 절대 받아들일 수 없는 심각한 발언
이 되지 않을 수 없었다. 물론 이러한 나혜석의 관점은 자식의 탄생이
라는 신성한 과정이 오로지 여성에게만 고통이 강요되는 현실이 되고
마는 것에 대한 비판적 문제 제기에 초점을 두고 있었음을 간과해서는
안 된다. 즉 가부장적 모순에 맞서 싸워야 할 여성적 주체로서 모성성

---

34) 나혜석, 「모된 감상기」, 이상경 편, 앞의 전집, 224, 230쪽.

이라는 왜곡된 신화를 강요하는 현실에 그대로 종속되는 것은, 불평등한 남성 중심적 봉건성을 그대로 묵인하는 결과가 된다는 점에서 절대로 수용할 수 없었던 것이다. "자격없는 모(母) 노릇하기에는 너무 양심이 허락지 아니하였다"는 말에서, 식민지 조선을 살아가는 보편적인 여성의 일생에 내재된 구조적 모순과 불합리에 대한 올바른 자의식을 가져야 한다는, 그래서 주체적 여성의식의 올바른 실천을 위해서라도 "자격없는 모"가 되어서는 안 된다는 분명한 자각을 보여주고자 했던 것이다.

이러한 나혜석의 여성의식은 일본 유학 시절부터 이미 형성된 것이었고, 결혼 이후 중국 안동에 정착하여 안정적으로 살아갈 수 있는 여건이 마련됨으로써 더욱 분명하게 자리 잡았다. 미술 작품 창작에서도 이러한 의식은 그대로 반영되어 1922년 조선미술전람회가 시작되자 여성을 중심 제재로 삼아 그림을 그리는 데 주력했는데, 안동 지역 농촌을 배경으로 노동하는 여성의 모습을 그린 「봄」, 「농가」, 여성 혹은 민속과 관련된 소재를 선택하여 여성의 원형적 상징과 신화적 여성성에 관심을 기울인 「낭랑묘」, 「천후궁」에서 이러한 사실을 확인할 수 있다.

> 3월 초순부터 미전 출품을 목적한다는 것보다 무엇이 될지 모르는 희망으로 우선 천후궁을 그리기 시작하였다.
> 천후궁의 내력은 이러하다. '천후낭랑(天后娘娘)을 받든다'는 것이었으니 이는 해신(海神)의 이름으로 천비(天妃)라고도 칭한다.
> 송조(宋朝) 포전(蒲田)의 인(人)으로 임원(林原)의 제(第) 육녀(六女)가 유시(幼時)부터 신이(神異)가 있었다. 그 형이 해상으로 장사하러 다닐 때에 왕왕 폭풍에 조난을 하였다. 그러자 그녀는 눈이 멀어서 신을 불러 구함을 구하다가 20세인 꽃다운 나이를 최후로 죽고 말았다. 그

후 종종 해상에 영험이 출현하므로 바다를 건너는 사람들이 다 숭제(崇祭)하여 기도를 하면 즉시로 풍랑이 잦아진다고 한다.

명(明)의 영락(永樂) 중에는 봉(封)하여 천비라 하고 묘(廟)를 경사(京師)에 세우고 후에 이르러 격(格)을 진(進)하여 천후라 칭하였다. 이러한 내력을 참고하여 그 기분을 묘사해 내려고 하였다.[35]

미술사적 측면에서 보면 나혜석의 안동 시절 그림은 일본의 구로다 세이키[墨田淸輝]의 영향으로 추정되는데, 건축물 위주의 인상주의적 풍경화가 두드러진 특징에서 이러한 특징이 잘 드러난다. 「낭랑묘」가 세밀한 터치에 명암 대비가 뚜렷하고, 변화 있고 복잡한 면 구성으로 건축미를 살린 고궁화라는 점, 「천후궁」이 정문인 원형을 근경으로, 중문을 중경으로, 천후궁 본전을 원경으로 삼아 탄탄한 구성미를 보인다는 점에서 이러한 풍경화의 특징을 충분히 보여준다. 또한 천후궁 그림을 위해 오가던 중국인 거리를 담은 「지나가(支那街)」에서 전형적인 중국 거리의 풍경을 담아냈다는 점에서도 당시 나혜석의 화풍이 풍경화에 얼마나 집중했었는지를 짐작할 수 있다.[36]

하지만 이러한 나혜석의 그림에서 기교나 형식이라는 미술사적 측면보다 더욱 중요한 문제는 주체적 여성의식의 실천이라는 주제와 내용이 작품을 통해 어떻게 의미화되었는지를 이해하는 데 있다. 「낭랑묘」의 '낭랑'은 원래 황후를 의미했는데 황후를 포함한 고귀한 부인을 일컫는 존칭으로 의미 확대가 이루어진 것으로, 만주 지역에 205개 60개소에 이를 정도로 생활 속에 자리 잡은 민간신앙의 대상이었다. 특히 아이 갖기를 원하는 여성들은 낭랑 앞에서 향을 피워 공양을 할

---

35) 나혜석, 「미전출품 제작 중에」, 이상경, 앞의 전집, 285쪽.
36) 박영택, 「한국 근대미술사에서 나혜석의 위치」, 윤범모 외, 앞의 책, 32~33쪽 참조.

낭랑묘(1925년, 제4회 3등 입상)　　　천후궁(天后宮, 1926년, 제5회 특선)

정도로 당시 여성들에게 출산 기원의 특별한 의미를 가진 중요한 대상
이었다. 「천후궁」 역시 여성의 신성성을 기리고자 한 데서 창작된 것으
로, 나혜석은 그림에 대한 설명에서 자연과 인간의 삶을 관장하고 안전
을 지켜주는 대상인 천후라는 여성을 내면화함으로써 "그 기분을 묘사
해 내려고 하였"음을 직접적으로 말하고 있다. 즉 「천후궁」은 우리나라
의 '효녀심청' 설화와 유사한 이야기를 바탕으로 삼고 있는 건축물이고
효부(孝婦)를 기리는 사당이라는 점에서, 당시 나혜석이 여성과 건축물
의 관련성을 계속해서 그림의 주제로 삼았다는 사실을 주목할 필요가
있는 것이다.

이처럼 안동 시절 나혜석의 미술 작품은 무엇보다도 '여성'을 중심에
두고 창작되었다. 즉 여성을 주제로 한 그림의 내용에 대해 직접 자세
한 해설을 하고 있는 데서 알 수 있듯이, 그림 속 건축물과 여성의 이야
기를 통합적으로 바라보려는 창작 의도가 역력히 드러난다. 이러한 주
제 의식은 앞서 언급한 소설 「원한」의 여성 주인공이 겪어야만 했던
참혹한 일생과도 연결되는 공통적인 문제의식을 담고 있는 것으로, 나
혜석은 이와 같은 건축물에 담긴 여성의 이야기를 그림을 통해 형상화
함으로써 봉건적 가부장제 사회에서 여성의 희생이 지닌 참된 의미에

대한 문제의식을 일깨우고자 했던 것이다.

4. 맺음말

나혜석은 1921년부터 1927년까지 만 6년 동안 결혼 생활의 대부분을 중국 안동에서 보냈다. 안동영사관 부영사인 남편의 지위로 인해 경제적으로든 사회적으로든 가장 여유롭고 안정적인 생활을 할 수 있었고, 국경도시 안동을 거점으로 봉천, 집안, 통화, 하얼빈 등 만주 지역을 자유롭게 넘나들면서 근대적 여성의식에 토대를 둔 문학과 미술 작품 창작에 매진했다. 물론 이러한 예술 창작 활동은 여자야학 설립, 여자친목회 조직 등 여성의 권익을 보호하고 개혁하는 일과 결코 무관하지 않았다는 점에서, 여성운동과의 밀접한 연관 속에서 나혜석의 문학과 미술을 평가하는 초점화된 문제의식이 요구된다. 또한 식민지 시기 조선과 중국을 오가는 관문으로서의 국경도시 안동의 장소성에 입각하여 독립운동을 하는 애국지사들의 비밀 활동을 지원하거나 그들의 신변 안전을 도와주는 역할도 적극적으로 수행했다는 사실도 특별히 주목해야 한다. 이러한 독립운동의 실천은 일본 유학 시절에서 3·1운동에 이르는 시기에 형성된 민족의식에 기반한 것으로, '황옥사건'과 같은 의열단 활동을 비롯하여 상해임시정부가 안동에 설치한 임시교통국의 역할을 일정 부분 함께 수행하는 등 1920년대 조선의 독립운동에 상당히 중요한 역할을 담당했다고 할 수 있다.

하지만 이러한 나혜석의 정치적 활동을 오로지 민족의식에서 발현된 주체적인 행보였다고 보기에는 석연찮은 부분이 많다. 국경도시 안동의 장소적 의미에 대한 자신의 생각을 남긴 것으로는 「중국과 조선의

국경」이라는 시 작품이 유일한데, 이 시에서 나혜석이 바라보는 안동
의 모습은 대륙 침략의 관문이라는 역사적 시각보다는 동양 제일의
명물이라는 근대 문명적 시각에서 안동 철교의 의미를 강조하는 데
초점을 맞추고 있다. 즉 일본 신사, 영사관, 공원, 시가지, 음식점 등
건물이나 장소의 외적 모습에 대한 감탄의 시각이 두드러질 뿐, 이러한
장소를 식민지 현실과 연관 짓는 어떤 생각도 구체적으로 보이지 않는
다는 점에서, 당시 나혜석에게 안동은 정치적 의미보다는 근대적 문명
을 지향하는 장소로서 더욱 큰 의미를 지녔을 것으로 짐작된다.

> 북경(北境)에 있는/ 평북도/ 벌건 연와(煉瓦)의/ 도청은/ 시가도 새로
> 운/ 신의주/ 동으로 보이는 백마산/ 서으로 내리면 개암포(開巖浦)/ 언
> 덕으로 닫는/ 압록강/ 겨울은 골짜기/ 눈 위에/ 베어낸 재목이/ 미끄러
> 내려와/ 강은 얼어서/ '소리' 닫는다/ 사람의 왕래도 자유스럽다/ 이백
> 리 남는/ 자신천(莿新川)/ 이 내의 한 겹으로/ 지나(支那)의 나라/ 천
> (川)의 은혜로/ 살아가는 사람/ 삼국(三國) 통하여/ 기백만/ 기러기와
> 비둘기도/ 조석으로/ 뗏목 짱구는/ 섬을 짓는다/ 개폐(開閉) 자유의 철
> 교는/ 동양의 일(一)로/ 부르도다./ 이 다리 넘으면/ 안동현/ 산에 뚜렷
> 한/ 영사관/ 서편에는/ 오모자산(烏帽子山)/ 동으로 보이는/ 원보산(元
> 寶山)/ 산으로 가는/ 진강산(鎭江山)/ 명산(名産) 물으면/ 이가다야기/
> 구상(丘上)에 높이 있는/ 태신궁(太神宮)/ 가운(家運)의 행복을/ 빌고
> 빈다./ 옮겨다 심은/ 꽃도 있고/ 사쿠라가 피면 만주의 일(一)/ 한 잔
> 먹자고/ 이름조차 좋은/ 스미레속/ 유량지조(由良之助)/ 마루고에/ 태
> 양루(太陽樓)[37]

37) 나혜석, 「중국과 조선의 국경」, 『시대일보』 1926. 6. 6; 이상경, 「만주에서 나혜석의
글쓰기 : 경계(境界)와 경계(警戒)」, 앞의 글, 46~48쪽.

신의주에서 안동으로 건너가는 기차에서 바라본 안동의 풍경을 건물과 장소를 중심으로 소개하고 있는 인용시에서 알 수 있듯이, 나혜석에게 국경도시 안동은 풍경의 대상일 뿐 일본이 식민지 조선을 넘어 대륙 침략의 발판으로 삼고자 했던 제국주의적 장소로서의 시각은 전혀 보이지 않는다. 자신이 독립운동을 지원하는 과정에서도 경험했듯이 당시 안동철교는 조선 사람들에게 엄청난 긴장감을 조성하는 아주 위험한 곳이었다는 사실을 누구보다도 잘 알면서도, 이러한 조선인들이 안동에서 마주하는 정치적 현실을 조금도 의식하지 않은 채 오로지 풍경으로만 안동의 모습을 바라보고 있을 따름인 것이다. 물론 이러한 태도는 안동부영사의 부인이라는 자신의 신분으로 인해 다른 사람들과는 달리 중국과 조선의 국경이라는 경계 의식을 전혀 갖지 않아도 되었기 때문이다. 즉 나혜석에게 신의주와 안동을 오가는 장소 감각은 그저 자유로운 일상의 한 풍경에 지나지 않았으므로, 여느 조선인들이 느끼는 경계인으로서의 불안감과 위기의식을 전혀 의식하지 못했던 것이다.

그런데 이러한 나혜석의 의식과 태도를 단순히 안동부영사의 부인이라는 신분적 이유 탓으로만 돌리는 것은 다소 문제가 있다. 중국과 일본을 바라보는 데서 느꼈던 근본적인 내면 의식의 차이와 서구 사회에 대한 동경을 공공연하게 드러냈던 사실에서, 안동을 바라보는 나혜석의 의식에서 문명과 반문명이라는 자본주의적 시각이 무엇보다도 중요한 부분을 차지했음을 부정할 수 없기 때문이다. 또한 1920년대 나혜석에게 가장 중요한 문제의식은 여성적 계급의식에 있었고, 민족의식에 바탕을 둔 독립운동은 이를 온전히 실현하기 위한 근본적 토대를 마련하기 위함이었다는 사실도 간과해서는 안 된다. 이런 점에서 나혜석의 삶과 예술 그리고 문학을 이해하는 데 있어서 '안동'이라는 장소성은 여러 가지 문제적인 시각을 열어준다. 따라서 앞으로 나혜석 연구는 1920년대 '안동'의 장소성이 지닌 정치적·사회적 의미를 중심에 놓고, 그 이전과 이후에 드러난 연속성과 차이성을 면밀히 살펴볼 필요가 있다. 이 글이 나혜석의 삶과 예술에서 '안동'을 특별히 주목하고자 했던 이유도 바로 여기에 있다.

신동엽과 1960년대

한일협정과 베트남 파병 문제를 중심으로

1. 65년 체제와 한국문학

1960년대 한국문학은 4월혁명으로부터 시작되었다. 이 명제는 한국전쟁 이후 이승만 정권의 부정부패에 저항하는 혁명의 목소리가 1950년대를 송두리째 전복시킴으로써 1960년대의 새로운 시대정신을 보여주었고, 이러한 혁명의 정신으로 무장한 새로운 세대가 한국문학의 변화와 혁신을 이끌어냄으로써 1960년대 한국문학은 1950년대와는 전혀 다른 새로운 미학과 실천을 동시에 열어나갔음을 의미한다. 한국전쟁 이후 모든 것이 폐허가 된 파산된 근대성 위에 새로운 형이상학을 세우려 했던 전후(戰後) 모더니즘의 세계가 4월혁명의 광풍을 맞고서 모순된 역사와 현실에 직접적으로 맞서는 리얼리즘의 정신으로 재편되기에 분주했던 것이 바로 1960년대 문학인 것이다. 따라서 1960년대 한국문학은 혁명 이전과 이후의 경계를 뚜렷이 구별함으로써 소위 전후 모더니즘에 기반한 구세대의 문학을 지워나갔던 신세대의 리얼리즘적 성취를 특별히 주목하였다. 결국 1960년대 한국문학은 4월혁명을 전제하지 않고서는 어떤 설명도 불가능한, 그래서 1960년대 문학은 곧 4월혁명 문학이라는 도그마가 1960년 한국문학을 논의하는 절대적인 기준이 되어 왔던 것이 사실이다.

물론 4월혁명이 가져온 한국문학의 성취에 대한 이러한 인식은 전혀 잘못된 평가라고 할 수는 없다. 실제로 1960년대 문학이 4월혁명 이후 보여준 변화는 너무도 뚜렷했고, 이러한 변화가 1970~80년대로 이어지는 우리의 어두운 역사와 현실에 맞서는 참여 문학의 시대를 열어내는 중요한 교두보가 되었음은 틀림없는 사실이기 때문이다. 하지만 이러한 문제의식에서 자칫 간과하고 있는 것이 4월혁명은 그 역사적·문학적 의의에도 불구하고 1960년대 초반 5·16 군사쿠데타에 의해 미완의 혁명이 되고 말았다는 점이다. 그렇다면 이러한 4월혁명의 시대정신이 1960년대의 현실에서 어떻게 지속적으로 이어졌는가에 대한, 즉 5·16 이후의 역사적 상황에 4월혁명의 정신이 어떠한 대응양상을 보여주었는가에 대한 실증적인 이해가 더욱 중요한 과제로 남는다. 다시 말해 1960년대가 4월혁명으로 시작된 것은 분명한 사실이라 하더라도 4월혁명의 역사적 의의만을 도그마화 하는 데 급급할 것이 아니라, 4월혁명의 시대정신이 1960년대 전반에 걸쳐 어떤 실천적 면모를 보여주었는가에 대한 구체적인 접근이 뒤따라야 하는 것이다.

이러한 문제의식에서 무엇보다도 주목해야 할 지점이 바로 1965년이다. 1965년은 한일협정과 베트남 파병이 이루어진 해라는 점에서 1965년 이전과 이후의 경계에는 4월혁명 이전과 이후의 뚜렷한 구분조차도 미처 담아내지 못한, 즉 아시아의 패권을 둘러싼 미국의 신제국주의 정책이 야기한 동아시아의 국제정치적 문제가 깊숙이 은폐되어 있었다. 따라서 한일협정, 베트남 파병 등의 역사적 사건들은 4월혁명이 아닌 5·16 이후의 정치적 상황을 전제하지 않고서는 설명이 불가능한 문제였다는 점에서, 이에 맞서는 1965년 이후의 문학적 대응 양상은 1960년대 아시아 그리고 미국을 이해하는 세계사적 문제의식 안에서

논의될 필요가 있다. 이처럼 '65년 체제'를 주목하여 1960년대 문학을
새롭게 접근한다면, 4월혁명의 자장 안에 갇혀 동어반복을 넘어서지
못했던 1960년대 한국문학 연구의 새로운 가능성을 열어낼 수 있을
것이다.

5·16 이후 박정희 정권은 군정(軍政)에서 민정(民政)으로 겉옷만 갈
아입고 반공주의를 민족주의, 성장주의와 결합시키는 경제적 근대화
정책을 추진하는 데 집중했다.[1] 이를 위해서 그들은 아시아에서 베트
남의 공산화를 막으려는 미국의 전략적 이해에 적극적으로 동참함으로
써 한일 청구권 문제를 경제 원조의 방식으로 해결하는 데 합의를 했
다. 그리고 1965년 6월 국회를 통해 이러한 합의를 명문화한 한일기본
조약을 통과시켰고, 8월에는 합의를 전제로 약속했던 베트남 파병동의
안마저 국회의 동의를 얻어 통과시켰다. 표면적으로 보면 이러한 결과
는 식민지 청산을 둘러싼 한국과 일본 간의 직접적 이해관계에 따른
것처럼 보이지만, 협상의 배후에는 아시아에서 패권을 장악하고자 했
던 미국의 정치외교적 전략이 강력하게 작동하고 있었던 것이 엄연한
사실이다. 즉 미국은 아시아에서 자본주의와 공산주의의 양극화가 심
화되고 있음을 철저하게 경계하면서, 이와 같은 냉전 상황에 대응하는
외교 전략을 효율적으로 구축하기 위해서는 한국과 일본의 우호협력이

---

[1] 박정희의 근대화 정책에 중요한 이론적 모델이 된 로스토우의 '제3세계 근대화론'은,
  근대화를 통해 일국 내부에서 공산주의 혁명을 막고자 하는 데 핵심이 있었다는 점에서
  박정희의 민족주의와 자연스럽게 만날 수 있었다. 그는 저개발국가의 일차적 과제를
  경제 성장으로 보고, 민주주의와 성장주의가 배치되는 경우 민주화를 경제성장 이후의
  문제로 상정해야 한다고 주장했다. 즉 제3세계 근대화 과정에서 나타나는 불안정은
  공산주의의 침투를 초래할 수 있으므로, 민주주의보다 경제 성장을 우선 추진함으로써
  그 과정에서 민족주의가 국민 통합의 힘으로 이용될 수 있다고 본 것이다. 박태균, 「로
  스토우 제3세계 근대화론과 한국」, 『역사비평』 제66호, 2004년 봄호, 144~151쪽 참조.

절대적으로 필요하다고 보았던 것이다. 따라서 박정희 정권은 이러한 미국의 아시아 패권주의에 적극적으로 동조함으로써 경제적 근대화의 세부 정책인 경제개발 5개년 계획을 실현할 수 있는 경제 원조를 일본으로부터 얻어내고자 했다. 이는 5·16 이후 계속되는 국가의 혼란과 불안을 안정시키기 위해서는 경제적 근대화에 박차를 가하는 것이 무엇보다도 필수적이라는 정치적 계산이 깔려 있었기 때문이다. 이처럼 1965년 한일협정과 베트남 파병은 동전의 양면과 같은 것으로, 아시아에서 공산주의의 영향력이 점점 커지는 것을 극도로 경계한 미국의 외교 전략이 한국과 일본을 압박한, 사실상 미국의 전략적인 아시아 패권 정책에서 비롯된 결과였음에 틀림없다.

이런 점에서 4월혁명으로부터 시작된 1960년대 문학의 시대정신은 '1965년 체제'를 특별히 주목하지 않을 수 없었다. 해방 이후 20년이 지났음에도 불구하고 일본이라는 식민지 주체가 미국으로 그 이름만 바뀌었을 뿐, 여전히 미국과 소련을 중심으로 한 아시아 패권주의가 제국의 논리로 횡행하는 국가적 현실에 대한 분노와 저항의 목소리가 그 어느 때보다 확산되었던 시기가 바로 1965년이다. 당시『사상계』,『청맥』등을 비롯한 진보적인 잡지에서는 한일협정과 베트남 파병에 은폐된 미국의 신식민지 전략을 강도 높게 비판하는 데 집중했다.[2]

2) 한일기본조약이 조인되기 직전에 발행된『사상계』1965년 6월호는 '韓日회담의 破滅的 妥結'을 특집으로 하여 기본조약, 어업협정, 재일교포의 법적 지위 문제, 청구권 문제, 무역협정의 불합리성에 대해 비판했고, 7월 13일 긴급증간호『新乙巳條約의 解剖』를 발간하여 한일협정을 구한말 '을사조약'과 같은 것으로 평가하고, 각 분야 전문가들이 한일협정의 문제점을 비판한 글을 게재하였다.(김려실,「『사상계』지식인의 한일협정 인식과 반대운동의 논리」,『한국민족문화』제54집, 부산대학교 한국민족문화연구소, 2015. 2, 183~184쪽)『청맥』역시 1965년 12월호에 〈현대 우방론〉이라는 특집을 마련하여 우방 개념의 재검토와 강대국과 약소국의 우방 정책을 비교하면서 우방으로서의 미국과 일본을 고찰하였다. 한국을 둘러싼 정치, 경제, 군사, 외교적 상황이 모두 바뀌

또한 이와 같은 현실이 식민의 역사를 제대로 청산하지 못한 과오에서 비롯되었다는 점을 분명하게 자각함으로써, 일본에서 미국으로 이어지는 신식민지 현실에 맞서는 과거사 청산 운동과 반미 시위 등을 더욱 확대해 나갔다. 1965년 이후 한국문학이 미국과 소련 중심의 냉전체제에 맞서는 제3세계의 연대와 실천을 주목함으로써 신제국주의에 종속되어 가는 1960년대 우리 사회 내부의 식민성을 비판하는 목소리를 두드러지게 드러낸 이유도 바로 여기에 있다. 직접적으로든 우회적으로든 1965년 체제가 안고 있는 국제정치적 모순에 대응하는 1960년대 한국문학의 주체적 방향성을 실천적으로 보여주고자 한 것인데, 최인훈의 「총독의 소리」[3], 김정한의 문단 복귀[4]는 이러한 시대정신을 반영한 대표적인 성과였다고 평가할 수 있다.

이와 더불어 동시대에 가장 주목해야 할 문인으로 이 글의 연구 대상인 신동엽을 언급하지 않을 수 없다. 그는 일본에 의한 식민지와 미국이 주도하는 신식민지가 연속적으로 이어지고 있음을 누구보다도 예리

있는데 한국 외교는 준전시 한미우호, 한일유대강화를 고집해 공산국 일반에 무차별로 적대적이며 중립국에 무심하다고 평가하면서, 한국 외교는 '자신의 위치'와 '진정한 주체 감각'이 결여되었음을 비판했다.(김주현, 「『청맥』지 아시아 국가 표상에 반영된 진보적 지식인 그룹의 탈냉전 지향」, 『상허학보』 제39집, 상허학회, 2013. 10, 326쪽)

3) 이 작품의 창작 배경에 대해 최인훈은, "한일협정이라는 해방 후 정치사회사의 새 장을 여는 사건에 대한 한 지식인의 충격과 혼란과 위기의식을 폭발적으로 내놓기 위해서"였다고 말했다. 「나의 문학, 나의 소설작법」, 『현대문학』 1983년 5월, 298쪽.

4) 이상경은 김정한의 문단 복귀를 1965년에 이루어진 한일협약과 베트남 파병에서 촉발된 것이라고 보면서, 1969년 발표된 「수라도」를 통해 일본군 위안부 문제에 처음으로 주목한 김정한의 안목이 획기적이라는 점을 높이 평가했다.(이상경, 「한국문학에서 제국주의와 여성」, 강진호 편, 『김정한』, 새미, 2002, 227~250쪽 참조) 또한 김재용도 김정한이 1966년에 작가 활동을 재개한 것은 합일협정의 체결과 밀접한 연관을 가지고 있고 그 배후에 미국의 동아시아 정책이 있었다는 점에서, 이러한 문제의식에서 일제의 폭압적인 식민주의 지배를 드러내기 위해 1966년 김정한은 문단 복귀를 했다고 보았다.(김재용, 「반(反) 풍화(風化)의 글쓰기」, 『작가와사회』 2016년 겨울호, 79~92쪽 참조)

하게 간파함으로써, 이러한 제국주의 논리가 음험하게 작동하는 1965
년 체제에 저항하는 반외세 민족주의의 시적 가능성을 찾는 데 주력했
다. 따라서 그는 민족의 자주성과 주체성을 올바르게 지켜내지 못한
반민족적 역사와 현실에 대한 비판적 문제의식으로 식민과 제국의 현
실을 극복하는 대안적 사회 건설을 꿈꾸었다. 신동엽의 시가 아나키
즘[5] 원리에 바탕을 둔 유토피아적 낭만성을 드러낸 이유도 이와 같은
제국주의를 넘어서고자 하는 비판적 현실 인식에서 비롯되었다고 할
수 있다. 그렇다면 그에게 있어서 1965년 체제는 어떠한 문학적 양상으
로 구체화되어 나갔던 것일까? 이 글은 신동엽이 1960년대 문학의 자
장 안에서 이와 같은 문제 제기에 대해 어떤 입장을 보였고, 또한 자신
의 작품을 통해 이러한 문제의식을 어떻게 실천적으로 구체화했는지를
분석하는 데 주된 목적이 있다.

2. 한일협정과 신식민주의

신동엽은 1960년대 우리 시의 현실에 대해 "西歐風 衣裳學에 열중한
나머지 제 육신의 성장에 신경을 쓰지 않았"다고 비판하면서, "무자각
한 事大的 批評家 및 천박한 技巧批評家들은 그만 입을 다물거나 아니

---

5) 아나키즘은 어원적으로 '지배와 권력의 부재'에서 유래하는데, 인간에 의한 인간의 지배
를 부정하고 이런 지배를 뒷받침해 주는 권력기구를 부정하는 것이 그 본질이다. 특히
국가권력을 부정하고, 공동체의 질서를 확립하고, 인간 본래의 자유를 회복하자는 목표
때문에 '무정부주의'로 번역되기도 한다. 신동엽의 무정부주의는 이웃에 대한 사랑, 평
등, 개인적 자유로 이루어지는, 무엇보다도 자연의 질서 그대로의 원시공동체 사회를
이상화하는 것으로 구체화되어 나타난다. 김준오, 『신동엽 - 60년대 의미망을 위하여』,
건국대학교출판부, 1997, 25쪽, 104쪽.

면 탈피의 아픔을 치러야 할 때다. 西歐風 一色으로 칠해진 재즈層 하늘에 五穀이 무르익을 까닭이 없다. 우리의 검은 땅을, 그리고 그 평야에서 〈人間精神〉을 찾으려고 노력하라."⁶⁾고 엄중하게 경고했다. 또한 "우리 詩人들은 조국의 위치에 대한 상황의식 없이 마치 洪水에 떠내려가는 거품처럼 盲目技能者가 되어 사치스런 언어의 유희만 흉내 내고 있"고, "영문학 숭상의 비평가나 詩人들은 지난 22년간 기회 있을 때마다 모든 지면을 총동원하여 歐美式 잣대로 한국문학을 재단"하여 "영국의 아무개 詩人, 프랑스의 아무개 비평가, 미국의 아무개 씨 등의 글 귀절들을 신주 모시듯 인용"⁷⁾하는 데 혈안이 되었음을 신랄하게 비판했다. 이처럼 신동엽은 4월혁명의 정신으로부터 시작된 1960년대 문학이 서구를 맹신하는 식민성에 빠져 구미 중심의 생경한 문학 이론이나 국적불명의 기교를 남발하는 것을 철저하게 경계했다. 따라서 그의 문학적 세계관은 해방 이후에도 제대로 청산하지 못한 식민성의 과감한 척결에 가장 큰 문제의식을 두었다. 그가 한일협정이 이루어진 1965년을 무엇보다도 주목해서 바라본 이유도 바로 여기에 있다. 식민의 유산을 그대로 이어받은 식민지 권력들이 자신들의 과오를 스스로 청산하기는커녕 오히려 더욱 권력화된 제국주의적 속성으로 민중들의 삶을 피폐하게 만들고 있음을 직시했던 것이다. 즉 식민지 지배에 대한 일본의 진정한 사과와 피해자와 그 가족들에 대한 물질적·정신적 보상에 대한 국민적 합의를 먼저 이루어내지도 않은 채, 오로지 미국의 아시아 패권 전략에 편승해 경제적 근대화를 추진하기 위한 자본을 얻어

---

6) 신동엽, 「詩와 思想性 – 技巧批評에의 忠言」, 『신동엽전집』, 창작과비평사, 1997, 379~380쪽.
7) 신동엽, 「8월의 文壇 – 낯선 外來語의 作戲」, 위의 책, 383쪽.

내는 데만 혈안이 되었던 박정희 정권의 반민족적이고 반민주적인 행태를 결코 묵과할 수 없었던 것이다.

이런 점에서 신동엽은 식민지로부터 해방되었음에도 불구하고 미국과 유럽 중심의 서구적인 것에 매몰되어 버린, 또 다른 식민성에 사로잡힌 1960년대 한국문학의 모습을 냉소적으로 바라보았다. 특히 1965년 이후 한일협정과 베트남 파병에서 명확하게 드러났듯이, 미국이라는 제국주의에 의해 또다시 종속되어 버린 1960년대 신식민지 현실을 강하게 비판했다. 따라서 그는 민족의 자주성과 주체성을 올바로 세우지 못한 채 여전히 강대국의 힘에 의해 짓눌리고 억압당하고 있는 "주린 땅"을 살아가는 우리 민족의 현실을 어떻게 극복할 것인가에 대한 대안을 찾고자 했다. 즉 "두 코리아의 주인은 우리가 되"어야 한다는 점을 무엇보다도 강조함으로써 "무슨 터도 무슨 보루(堡壘)도 소제(掃除)해버리"[8]는, 그래서 식민의 유산으로부터 이어진 분단의 상처를 극복하는 "완충(緩衝)" 지대를 마련해야 한다고 보았던 것이다. 그리고 이러한 분단 현실은 미국의 신제국주의 논리에 의해 철저하게 이용당한 결과라는 사실을 분명하게 인식함으로써, 1960년대 한국문학은 반제국, 반식민의 문학적 지향을 더욱 구체적으로 실천하는 방향성을 찾아야 한다고 주장했다.

1965년 한일협정은 경제 원조에 의한 식민지 청산과 미국 중심의 세계 질서를 용인하는 아주 심각한 문제점을 안고 있었다. 이는 아시아에서 미국이 주도하는 반공 블록 형성에 한국과 일본 간의 협정이 절대적으로 기여하는 기형적인 모양새가 되었다. 경제 원조라는 허울로 식

---

8) 신동엽, 「주린 땅의 지도(指導) 원리」, 강형철·김윤태 엮음, 『신동엽 시전집』, 창작과비평사, 2013, 35쪽.

민의 세월을 모조리 덮어버리겠다는 박정희 정권의 몰상식의 배후에는
아시아에서 공산주의에 대응하는 자본주의의 견고한 결집을 구축하려
는 미국의 음험한 전략이 더욱 중요하게 작동하고 있었기 때문이다.
따라서 신동엽은 1960년대 한국문학이 "문화제국주의라는 가면"을 쓰
고 있는, 그래서 "일제에서 미제로 이어지는 제국주의 본질"을 답습하
고 있는 신식민지 국가 현실을 극복하는 방향으로 나아가야 한다는
점을 무엇보다도 강조했다. 1965년 이후 그의 시가 "미군정이 친일의
잔존 세력을 어떻게 이용했으며, 1960년대를 지배한 속도와 개발의
논리가 그들과 얼마나 긴밀히 관련을 맺고 있었는지"[9]에 대해 집요하
게 천착한 이유도 바로 이러한 시대정신에서 찾을 수 있다.

> 오늘은 바람이 부는데,/ 하늘을 넘어가는 바람/ 더러움 역겨움 건드리
> 고/ 내게로 불어만 오는데,// (중략)// 바람은 부는데,/ 꽃피던 역사의
> 살은/ 흘러갔는데,/ 폐촌(廢村)을 남기고 기름을/ 빨아가는 고층(高層)
> 은 높아만 가는데.// (중략)// 바다를 넘어/ 오만은 점점 거칠어만 오는
> 데/ 그 밑구멍에서 쏟아지는/ 찌꺼기로 코리아는 더러워만 가는데.//
> (중략)// 동학(東學)이여, 동학이여./ 금강의 억울한 흐름 앞에/ 목 터진,
> 정신이여/ 때는 아직 미처 못다 익었나본데.// 소백(小白)으로 갈거나/
> 사월이 오기 전,/ 야산으로 갈거나/ 그날이 오기 전, 가서/ 꽃창이나
> 깎아보며 살거나.
> ─「삼월」 중에서(『신동엽 시전집』, 362~365쪽; 『현대문학』, 1965년 5월호.)

1964년은 한일회담 반대 투쟁이 고조되어 4월혁명의 정신이 다시
불붙었던 해였다. 『사상계』를 비롯하여 학계와 종교계의 재야 지도자

9) 이경수, 「'국가'를 통해 본 김수영과 신동엽의 시」, 『한국근대문학연구』 제6권 1호, 한국
근대문학회, 2005. 4, 133~134쪽 참조.

들이 〈대일굴욕외교반대 범국민투쟁위원회〉를 결성하여 대중 강연과
지면 기고 등을 통해 한일회담 반대 투쟁에 앞장섰고, 4월혁명 이후
성장한 대학생들도 이러한 시대의 흐름을 주도하며 지식인 사회의 비
판적 목소리에 적극적으로 동참했다. 하지만 박정희 군사 정권은 6
·3계엄령을 선포하여 이를 무력으로 진압함으로써, 5·16에 의해 좌절
되었던 4월혁명 때와 마찬가지로 또다시 혁명의 정신은 좌초되고 말았
다. 그러나 그 불씨마저 쉽게 꺼뜨릴 수는 없어서 1965년 한일협정
비준반대 투쟁으로 혁명의 불꽃은 다시 활활 타올랐는데, 당시 신동엽
은 〈한일협정 비준반대 재경 문학인 성명서〉(1965년 7월 9일)에 서명함
으로써 반외세 민족 자주의식을 더욱 확고하게 표방했다. 인용시 「삼
월」은 바로 이때의 문제의식을 담은 작품으로, "폐촌"과 "고층"의 대비
에서 선명하게 드러나듯이 "바다를 넘어" 건너온 자본주의가 "꽃피던
역사의 살"을 "더러움 역겨움"으로 오염시켜 버린 신식민지 현실을 비
판적으로 담아냈다. 또 다시 "찌꺼기로 코리아는 더러워만 가는" 현실
을 정직하게 바라봄으로써 1965년 한일협정이 우리에게 남긴 치욕의
역사에 대응하는 올바른 역사 인식을 강조하고자 했던 것이다. 즉 국내
의 매판세력과 외세의 강압으로 인해 국가는 점점 더 오염되어 가고,
민중들의 삶은 "오원짜리 국수로 끼니 채우고", "쪽지 잡히고/ 아사(餓
死)의 깊은 대사관 앞"을 걸어가야만 하는 굴욕적 현실에 분개하지 않을
수 없었던 것이다. 같은 시기에 쓴 「초가을」(『신동엽 시전집』, 366~367
쪽; 『사상계』, 1965년 10월호)에서도 "이 빛나는/ 가을/ 무엇하러/ 반도의
지붕밑, 또/ 오는 것인가……"라는 질문의 방식으로, 식민의 상처가
채 아물지도 않은 자리에 한일협정이라는 또 다른 식민의 그늘이 짙게
드리워지는 신식민지 현실을 강한 어조로 비판하였다.
　이러한 부조리한 현실에 맞서는 신동엽의 저항이 궁극적으로 지향

한 세계는 바로 "동학"이었다. "동학"의 정신으로 무장하여 미국에 의해서 주도되는 아시아 패권주의를 무너뜨리는 강한 결기를 다지고자 했던 것이다. "사월이 오기 전,/ 야산으로 갈거나/ 그날이 오기 전,/ 가서/ 꽃창이나 깎아보며 살거나."에서처럼, 4월혁명으로 계승된 반외세 민족주의의 동학혁명 정신으로 신식민주의로 변질되어 가는 1960년대의 역사적 모순에 맞서 투쟁할 것을 결의했던 것이다.

> 술을 많이 마시고 잔/ 어젯밤은/ 자다가 재미난 꿈을 꾸었지.// 나비를 타고/ 하늘을 날아가다가/ 발아래 아시아의 반도/ 삼면에 흰 물거품 철썩이는/ 아름다운 반도를 보았지./ 그 반도의 허리, 개성에서/ 금강산 이르는 중심부엔 폭 십리의/ 완충지대, 이른바 북쪽 권력도/ 남쪽 권력도 아니 미친다는/ 평화로운 논밭.// (중략)// 그 중립지대가/ 요술을 부리데./ 너구리 새끼 사람 새끼 곰 새끼 노루 새끼 들/ 발가벗고 뛰어노는 폭 십리의 중립지대가/ 점점 팽창되는데./ 그 평화지대 양쪽에서/ 총부리 마주 겨누고 있던/ 탱크들이 일백팔십도 뒤로 돌데.// (중략) 한 떼는 서귀포 밖/ 한 떼는 두만강 밖/ 거기서 제각기 바깥 하늘 향해/ 총칼들 내던져버리데.// 꽃 피는 반도는/ 남에서 북쪽 끝까지/ 완충지대./ 그 모오든 쇠붙이는 말끔히 씻겨가고/ 사랑 뜨는 반도,/ 황금이나 타작하는 순이네 마을 돌이네 마을마다/ 높이높이 중립의 분수는/ 나부끼데.
>
> ─「술을 많이 마시고 잔 어젯밤은」 중에서
> (『신동엽 시전집』, 388~390쪽; 『창작과비평』, 1968년 여름호)

인용시는 반외세 민족주의의 자주정신을 견고하게 정립하기 위해서는 무엇보다도 남과 북으로 분리된 한반도의 통일이 전제가 되어야 한다는 것을 말하고 있다. "완충" 혹은 "중립"으로 표현된 "평화지대"는 지금은 비록 "술을 많이 마시고 잔" 날의 꿈같은 일일지도 모르지만,

"개성에서/ 금강산 이르는" 동서와 "서귀포"와 "두만강"으로 이어진 남북이 모두 "완충지대"가 된다는 것은 바로 한반도의 통일에 더욱 가까이 다가가는 감격스런 일이 아닐 수 없다. 이러한 꿈속의 일이 현실이 될 수만 있다면 "총부리"도 "탱크"도 "총칼"도 반도의 바깥, 즉 외세를 향해 방향을 돌리는 반외세 자주정신의 실현이 비로소 가능해지는 것이다. 그렇게 되면 미국이든 소련이든 강대국의 논리에 의해 분단된 우리 역사의 상처를 근본적으로 씻어낼 수 있고, 더 이상 미국에 의해서 주도된 한일협정과 같은 굴욕을 그대로 받아 안는 굴욕은 절대 발생하지 않을 것으로 확신했던 것이다. 신동엽의 이러한 완충 혹은 중립에 대한 인식은 1960년대 진보적 지식인 사회에서 제기된 '중립화 논의'[10]에 힘입은 바 큰 것으로 짐작된다. 미국 중심의 냉전 체제에 깊이 침윤되어 버림으로써 정작 아시아 국가의 제3세계적 연대에 대해서는 무관심하거나 스스로 소외를 자초한 박정희 정권의 실정(失政)에 대한 강한 비판이 '중립'의 시대정신을 불러왔다고 할 수 있는 것이다. 그가 "사월도 알맹이만 남고/ 껍데기는 가라."고 외쳤던 것은 바로 이러한 시대정신의 순수성을 지켜내고자 한 시적 열망이었으며, 그 결과 "두 가슴과 그곳까지 내논/ 아사달 아사녀가/ 중립(中立)의 초례청 앞에서/ 부끄럼 빛내며/ 맞절"(「껍데기는 가라」, 『신동엽 시전집』, 378쪽; 『52인 시집』, 1967년)하는 통일을 세상을 열어낼 수 있다고 확고하게 믿었던 것이다.

이상에서 살펴봤듯이 1965년 한일협정은 사실상 한국 내부의 문제에 국한된 것이 아니라 미국에 의해서 주도된 아시아의 패권 전략이 초래한 여러 가지 문제점을 남겼다. 또한 식민의 역사에 대한 올바른

10) 오창은, 「결여의 증언, 보편을 위한 투쟁 – 1960년대 비동맹 중립화 논의와 민족적 민주주의」, 『한국문학논총』 제72집, 한국문학회, 2016. 4, 5~39쪽 참조.

청산을 이루어내지 못한 채, 식민의 기억을 경제 원조로 청산하려는
국가적 기획이 반일과 반미의 정서를 더욱 심화함으로써 민족 감정에
악영향을 미치기도 했다. 하지만 이미 미국 주도로 형성되어 갔던 아시
아 외교 정책에서 한국과 일본은 전위부대로서의 역할을 충실히 수행
하는 종속성을 드러내기에 급급했다. 여기에는 아시아의 냉전 체제에
서 한국과 일본이 그 역할을 분담해 줌으로써 베트남전쟁을 효율적으
로 대비할 수 있을 거라는 미국의 신제국주의 전략이 숨어 있었다. 즉
한국이 군사적 지원을, 일본이 경제적 지원을 분담함으로써 미국은 베
트남전쟁에서의 승리를 이루어낼 수 있고, 그 결과 베트남을 교두보로
아시아의 공산화가 확산되는 것을 막아낼 수 있다는 치밀한 계산이
전제되어 있었던 것이다. 이처럼 한일협정은 사실상 미국의 베트남전
쟁을 대비하기 위한 전략적 수순이었다고 해도 과언이 아니다. 1965년
한일협정과 베트남파병 문제를 동일선상에서 이해하고 접근해야 하는
이유도 바로 여기에 있다.[11]

3. 베트남 파병과 신제국주의

신동엽은 1960년대 우리 사회가 근대화라는 명목으로 자본주의 경
제 논리를 앞세움으로써 인간의 근원과 본질을 위협하는 심각한 모순
에 직면하고 있다고 보았다. 1965년 한일협정이 개발 독재라는 정치의
후진성과 물신주의를 조장하는 산업사회의 폐단을 초래하게 될 것을

11) 전재성, 「1965년 한일국교정상화와 베트남 파병을 둘러싼 미국의 대한(對韓)외교정
책」, 『韓國政治外交史論叢』 제26집 1호, 한국정치외교사학회, 2004. 8, 63~89쪽 참조.

심각하게 우려했던 것이다. 이는 분업화, 전문화, 개별화의 강조로 이어지면서 자본과 문명을 독점하기 위한 권력관계가 형성되고, 급기야는 지배/피지배로 구별되는 갈등과 분열을 조장하는 권력화된 현대사회가 만연하게 된다는 것이다. 신동엽은 이러한 세계를 '차수성 세계(次數性 世界)'로 명명하고 이를 극복함으로써 원래의 공동체적 세계인 '원수성 세계(原數性 世界)'로 되돌아가야 한다고 보았다. 그리고 이러한 공동체의 회복을 위해서 우리 사회가 진정으로 추구해야 하는 길이 바로 '귀수성 세계(歸數性 世界)'라는 것이다. 이러한 유토피아적 이상 사회를 다시 이루어내기 위해서는 '전경인(全耕人)'적 삶의 실천이 절대적으로 요구되는데, 분업화, 전문화를 강조함으로써 사실상 총체성을 잃어버린 현대 문명사회를 통합하는 전인적(全人的) 인간의 모습을 구현하고자 했던 것이다.[12] 이는 서구 문명에 종속된 1960년대 근대화의 모순에 대한 근본적 비판으로, 동양적 정신주의와 민중을 주체로 한 민족주의를 결합시킨 새로운 사상적 거점을 마련하겠다는 선언적 의미를 지니고 있다. 이러한 세계 인식을 가장 실천적으로 보여준 우리 역사의 사건으로 신동엽이 주목한 것이 바로 앞서 언급한 '동학'이다. 그에게 동학은 종교적 사상의 차원으로서도 유효한 의미를 지니지만, 그보다도 민중의식의 참다운 구현이라는 실천적 차원에서 더욱 의미 있는 운동성을 지닌 것으로 인식되었다. 즉 서구 열강에 맞서 민족의 주체적 투쟁을 보여주었던 반외세 민족해방운동으로서 동학의 저항성과 민중성이, 신제국주의의 위협이 점점 더 거세지고 있는 1960년대 우리 사회가 지향해야 할 이정표와 같은 것이 되어야 한다고 보았다.

이런 점에서 신동엽은 1965년 한일협정의 신식민주의를 등에 업고

---

12) 신동엽, 「詩人精神論」, 앞의 책, 359~371쪽 참조.

신제국주의의 전위부대를 자처하며 떠나는 박정희 정권의 베트남 파병을 절대 용인할 수 없었다. 당시 박정희 정권은 베트남 파병을 통해 대미협상력을 강화함으로써 경제원조와 군사원조를 확대시키는 계기로 삼고자 했다. 5·16 쿠데타 정권이라는 취약한 정통성을 극복하기 위해서는 무엇보다도 경제발전이라는 가시적인 성과가 필요했으므로, 베트남 파병이라는 냉전 체제의 특성을 잘 활용하면 신흥공업국으로의 발판을 만들 수 있을 것이라고 판단했던 것이다. 이에 대해 신동엽은, 제국과 식민의 세월을 온갖 고통 속에서 살아온 우리 스스로가 군국주의에 동조하여 또 다른 식민지를 개척하는 미국의 전쟁에 참여한다는 것은 결코 있을 수 없다는 단호한 태도를 보였다. 베트남 파병은 우리의 역사적 상처를 스스로 부정하고 왜곡하는 자기모순의 극단을 자행하는 것이라는 점에서, 아시아의 냉전 체제를 더욱 완고하게 구축하려는 미국의 신제국주의 정책에 절대 동참해서는 안 된다는 아주 완고한 입장을 표명했던 것이다.

그날이 오기까지는 끝이 없을 것이다./ 숭례문 대신에 김포의 공항/ 화창한 반도의 가을 하늘/ 월남으로 떠나는 북소리/ 아랫도리서 목구멍까지 열어놓고/ 섬나라에 굽실거리는 은행(銀行) 소리// 조국아 그것은 우리가 아니었다./ 우리는 여기 천연히 밭 갈고 있지 아니한가.// 서울아, 너는 조국이 아니었다./ 오백년 전부터도,/ 떼내버리고 싶었던 맹장(盲腸)// 그러나 나는 서울을 사랑한다/ 지금쯤 어디에선가, 고향을 잃은/ 누군가의 누나가, 19세기적인 사랑을 생각하면서// 그 포도송이 같은 눈동자로, 고무신 공장에/ 다니고 있을 것이기 때문에.// 그리고 관수동 뒷거리/ 휴지 줍는 똘마니들의 부은 눈길이/ 빛나오면, 서울을 사랑하고 싶어진다.// 그러나, 그날이 오기까지는.
 －「서울」 중에서(『신동엽 시전집』, 408~410쪽; 『상황』, 1969년 창간호)

인용시에서 화자는 지금의 현실을 살아가는 "우리"와 "조국'"의 실체를 철저하게 부정한다. "~아니다"라는 단호한 목소리의 반복에 담긴 부정적 현실인식에는 "그날이 오기까지는 끝이 없을 것"이라는, 즉 외세에 영합하는 제국주의와는 절대 타협하지 않을 것이라는 명백한 선언이 담겨 있다. 「조국」에서도 화자는 "무더운 여름/ 불쌍한 원주민에게 총쏘러 간 건/ 우리가 아니다", "그 멀고 어두운 겨울날/ 이방인들이 대포 끌고 와/ 강산의 이마 금 그어놓았을 때도/ 그 벽(壁) 핑계 삼아 딴 나라 차렸던 건/ 우리가 아니다"(『신동엽 시전집』, 403~405쪽; 『월간문학』, 1969년 6월호)라는 강한 부정을 드러냈는데, 이러한 화자의 부정적 어조는 1960년대 신동엽의 시 의식이 무엇을 지향하고 있었는지를 여실히 보여주는 것이 아닐 수 없다. 해방 20년이 지난 1960년대에 와서도 "월남으로 떠나는 북소리"와 "섬나라에 굽실거리는 은행 소리"와 같은 신식민주의적 태도가 여전히 우리 사회의 중심부를 관통하고 있다는 사실을 도저히 용납할 수 없었던 것이다. 그렇다고 해서 그는 "떼내버리고 싶은 맹장"과 같은 이러한 조국 혹은 서울의 식민성을 무조건 외면하거나 부정하고만 있을 수도 없는 노릇이었다. 비록 식민의 그늘을 온전히 벗어나지 못한 불구성을 여전히 갖고 있었지만, 그곳에는 아직도 "고향을 잃은/ 누군가의 누나"가 "고무신/ 공장에 다니고 있을 것"이고, "휴지 줍는 똘마니들의 부은 눈길이/ 빛나"고 있는 현실을 외면할 수 없었기 때문이다. 이들 가난한 민중의 삶을 결코 부정하거나 저버릴 수는 없었으므로, 그는 여전히 "나는 서울을 사랑한다", "서울을 사랑하고 싶어진다"라고 말하고 있는 것이다.[13] 이와 같은 부정과

---

13) 신동엽의 아내 인병선의 말에 의하면, '가난'에 대한 관심은 신동엽의 시에서 일종의 '집념'과 같은 것이었다.(「일찍 깨어 고고히 핀 코스모스」, 구중서 편, 『申東曄』, 온누리, 1983, 214쪽 참조) 가난에 대한 집념이 있었기에 그가 민중과 민족을 발견할 수

긍정의 모순과 충돌은 마지막 행인 "그러나, 그날이 오기까지는"이라
는 여운 속에 모두 응축된다. "그러나"와 "그날" 사이에 놓인 쉼표는
사실상 베트남파병의 대가로 일본으로부터 경제 원조를 받은 1960년
대 신식민주의 현실에 대한 절망과, 반외세의 정신을 되찾는 그날에
대한 간절한 희망이 내적 긴장을 형성하고 있음을 보여준다. 군국주의
에 봉사하는 베트남파병과 근대화에 사로잡힌 자본의 식민성 그리고
이러한 모순의 현실에 철저하게 희생당하고 소외당하는 민중들의 노동
현실을 올바르게 직시함으로써, 반봉건 반외세의 저항성이라는 1960
년대 우리 시가 지향해야 할 참여 정신을 총체적으로 보여주고자 했던
것이다.

　사실 1960년대 아시아에서 베트남의 공산화를 막고자 했던 미국의
냉전 수행 전략은, 식민지 시기 일본이 주도했던 대동아공영권이 미국
에 의해 다시 재현된 것이라고 해도 크게 틀린 말은 아닐 것이다. 즉
미국을 비롯한 서양 세력에 맞서 아시아의 주권을 수호하겠다는 그럴
듯한 명분을 내세웠던 대동아공영권이, 그 주체가 일본에서 미국으로
바뀌었을 뿐 사실상 달라진 것은 없었다고 해도 과언이 아닌 것이다.
이러한 미국의 아시아에서의 신제국주의[14] 정책이 냉전 체제하에서 베
트남전쟁의 승리를 위해 한국과 일본의 국교정상화를 강력하게 추진한
결정적 이유가 되었기 때문이다. 따라서 신동엽은 이러한 미국의 신제

있었고, 무정부주의와 동양적 정신주의에 바탕을 둔 전경인의 대지사상을 갖게 되었으
며, 동학사상에 기반한 반봉건, 반외세의 민중적 민족주의 시정신을 견지해나갈 수 있
었다.
14) 베트남전쟁을 통해 드러난 미국의 신제국주의가 세계문학에 미친 영향이 얼마나 큰지를
보여주는 기획으로, 베트남전쟁을 제재로 한 오키나와, 일본, 대만, 미국, 아프리카의
대표작을 소개한 〈베트남전쟁과 세계문학〉(『지구적 세계문학』, 2017년 봄호 특집)을
주목해서 읽어볼 필요가 있다.

국주의 전략을 무너뜨릴 만한 강력한 사상과 무기가 필요하다고 보았
는데, 제국의 지배에서 벗어나기 위해 지배 권력의 타도를 부르짖었던
아나키즘의 정신이 1960년대 우리 사회가 지향해야 할 가치가 되어야
한다고 생각했다. 아나키즘의 정신이야말로 '민족적 순수성의 회복'15)
을 지향하는 것이며, 동학사상에 근원적 토대를 둔 유토피아적 형상으
로서의 '원수성 세계'로 돌아가는, 즉 '귀수성 세계'의 진면목을 보여주
는 궁극적인 가치라고 판단했던 것이다. 그의 시가 이상주의적 낭만성
의 가능성을 견지하면서 유토피아적 세계에 대한 창출을 통해 지배/피
지배의 대립과 갈등으로 점철된 세계사적 모순을 극복하는 일관된 지
향성을 보여 준 것은, 바로 이러한 아나키즘의 정신으로 무장한 1960년
대 우리 사회의 변화와 혁신에 대한 강한 열망에 가장 큰 이유가 있었던
것이다.16)

　　스칸디나비아라던가 뭐라구 하는 고장에서는 아름다운 석양 대통령
이라고 하는 직업을 가진 아저씨가 꽃리본 단 딸아이의 손 이끌고 백화점
거리 칫솔 사러 나오신단다. 탄광 퇴근하는 광부들의 작업복 뒷주머니마
다엔 기름 묻은 책 하이데거 러쎌 헤밍웨이 장자(莊子) 휴가여행 떠나는
국무총리 서울역 삼등대합실 매표구 앞을 뙤약볕 흡쓰며 줄지어 서 있을

---

15) 신경림, 「역사의식과 순수언어 – 신동엽의 시에 대하여」, 구중서·강형철 편, 『민족시
　　인 신동엽』, 소명출판, 1999, 34쪽.

16) 신동엽의 이러한 시의식은 그의 등단작인 「이야기하는 쟁기꾼의 大地」에서부터 확인할
　　수 있다는 점에서 1960년대에 와서 형성된 것은 아니다. 이는 그의 초기 시세계에서부터
　　일관되게 제기된 문제의식으로, "보다 큰 집단은 큰 체계를 건축하고,/ 보다 큰 체계는
　　보다 큰 악을 양조(釀造)"하므로 "국경이며 탑이며 일만년 울타리며/ 죽가래 밀어 바다
　　로 몰아넣어라"(『신동엽 시전집』, 56~77쪽; 『조선일보』, 1959년 1월)고 했음을 주목할
　　필요가 있다. 이처럼 신동엽은 국경, 국가, 집단, 체계, 조직 등은 권력과 위계를 만들고
　　결국에는 식민과 제국의 논리마저 합리화하게 된다는 점에서 반드시 청산해야 할 대상
　　이라고 보았다.

때 그걸 본 서울역장 기쁘시겠소라는 인사 한마디 남길 뿐 평화스러이
자기 사무실 문 열고 들어가더란다. 남해에서 북강까지 넘실대는 물결
동해에서 서해까지 팔랑대는 꽃밭 땅에서 하늘로 치솟는 무지갯빛 분수
이름은 잊었지만 뭐라군가 불리우는 그 중립국에선 하나에서 백까지가
대학 나온 농민들 트럭을 두 대씩이나 가지고 대리석 별장에서 산다지만
대통령 이름은 잘 몰라도 새 이름 꽃 이름 지휘자 이름 극작가 이름은
훤하더란다 애당초 어느 쪽 패거리에도 총 쏘는 야만엔 가담치 않기로
작정한 그 지성(知性) 그래서 어린이들은 사람 죽이는 시늉을 아니하고
도 아름다운 놀이 꽃동산처럼 풍요로운 나라, 억만금을 준대도 싫었다
자기네 포도밭은 사람 상처 내는 미사일기지도 탱크기지도 들어올 수
없소 끝끝내 사나이나라 배짱 지킨 국민들, 반도의 달밤 무너진 성터
가의 입맞춤이며 푸짐한 타작 소리 춤 사색(思索)뿐 하늘로 가는 길가엔
황토빛 노을 물든 석양 대통령이라고 하는 직함을 가진 신사가 자전거
꽁무니에 막걸리병을 싣고 삼십리 시골길 시인의 집을 놀러가더란다.
　　　　　　　　　　　　　　　　　　　　　　　　－「산문시(散文詩) 1」 전문
　　　　　　　(『신동엽 시전집』, 398~399쪽; 『월간문학』, 1968년 11월 창간호)

　　1960년대의 현실적 상황으로 미루어볼 때 신동엽의 유토피아적 세
계가 관념적 차원의 추상성을 넘어서지 못했다면 지나치게 이상적이고
당위적인 모델만을 제시한 것에 불과하다는 평가를 받았을지도 모른
다. 하지만 그는 "스칸디나비아"라는 구체적인 장소성을 제시함으로써
이상과 현실의 간극을 좁히는 실재성에 직접적으로 다가가고자 했다.
"중립국"으로 명명된 이곳에서는 "대통령"이든 "국무총리"든 "광부"든
"농민들"이든 그 어떤 직업과 계층을 막론하고 온전히 평등한 위치에서
서로를 바라보고 이해하고 하나가 된다는 점에서 정말 예사롭지 않은
곳이다. 이곳에서는 "총 쏘는 야만"도 "사람 죽이는 시늉을" 하는 "어린
이"도 "미사일기지도 탱크기지도 들어올 수 없"으므로, 오로지 그들의

삶과 일상과 소소한 행복이 넘쳐흐르는 "평화스"럽고 "풍요로운" 곳이
되는 것은 너무도 당연한 이치다. "황토빛 노을 물든 석양 대통령이라
고 하는 직함을 가진 신사가 자전거 꽁무니에 막걸리병을 싣고 삼십리
시골길 시인의 집을 놀러가"는 풍경에서, 강대국이 약소국을 침범하고
그들을 식민화하는 데 혈안이 된 제국주의 대통령의 모습을 떠올린다
는 것은 사실상 불가능하다. 이런 점에서 신동엽은 1960년대 후반 이
시를 통해 그가 지향했던 '중립 사상'의 구체적 현실화를 모색했던 것이
고, '스칸디나비아'라는 실재적 장소성을 '민주사회주의 체제로서의 강
렬한 상징'[17]으로 보편화시키고자 한 것으로 이해할 수도 있다. 다시
말해 이와 같은 실재적 지명과 구체적 생활세계의 형상화는 신동엽이
추구했던 아나키즘의 형상적 특징인 유토피아적 낭만성을 1960년대적
의미로 현재화한 것으로 볼 수도 있는 것이다.

　1965년 박정희 정권은 한일협정의 반민족적 성격에 대해서는 사실
상 크게 개의치 않았다. 오히려 한일협정의 결과인 일본의 경제 원조에
내재된 신식민주의적 성격을 조국의 근대화를 위해 필요불가결한 진통
정도로 인식하면서, 이보다 더 중요한 문제는 베트남 파병을 통해 미국
의 원조를 이끌어내고 군사정권을 지지하는 미국의 우호적 태도를 확
인하는 친미적 성향을 노골적으로 드러냈다. 비록 신식민주의적 성격
을 지니고 있다하더라도 국가 발전을 위해서는 불가피한 선택이고, 그
과정에서 파생하는 민주주의의 왜곡과 노동자들의 희생은 어쩔 수 없
는 결과로까지 합리화하기에 급급했던 것이다. 따라서 박정희 정권은
미국의 아시아 정책에서 언제나 그 앞자리에 서서 미국의 뜻을 가장

---

17) 박대현, 「1960년대 중립 사상과 민주사회주의」, 『1960년대 한국문학, 동아시아 그리고
　　세계문학』, 원광대학교 프라임 인문학 진흥사업단 글로벌동아시아 문화콘텐츠 교실
　　콜로키엄 자료집, 2017년 2월 3일, 67쪽.

잘 대변하고 적극적으로 수행하는 역할을 서슴지 않았다. 이것이 경제적 근대화를 위한 한국적 민주주의의 실현이라고 착각했기 때문에 동아시아의 신질서가 미국에 의해 주도되고 재편되는 것에 대해 어떤 부정도 하지 않았던 것이다. 그 결과 한미관계는 더욱 견고해졌지만, 미국의 아시아 패권은 곧 한국의 참여가 있어야만 가능한 악순환이 지금까지도 한미동맹이라는 이름으로 버젓이 자행되어 왔다. 일본의 경우 오키나와[18]가 태평양전쟁 당시 미군의 전초기지였던 역사적 과오를 제대로 청산하지 못한 채 아직도 전쟁의 후유증에 신음하고 있듯이, 한반도의 남쪽 곳곳에서도 동아시아의 평화라는 명목으로 여전히 미군 기지가 그 자리를 꿋꿋이 지키고 있는 데서 이러한 신제국주의의 실상을 그대로 확인할 수 있다.

하지만 인용시에서 시적 주인공들은 "억만금을 준대도" "자기네 포도밭은 사람 상처 내는" 일에 동참하도록 만들지 않겠다고, 그래서 "싫었다"라고 강한 부정을 서슴지 않는다. 미국의 세계 지배를 위해 아시아, 아프리카, 태평양 지역 등의 제3세계 국가들이 자신들의 땅과 삶과 목숨을 내어주는 일을 결코 당연시해서는 안 된다는 반제국주의적 태도를 분명하게 보여주고자 하는 것이다. 따라서 신동엽은 "꼬지 마라./ 솔직히 얘기지만/ 그런 총 쏘라고/ 박첨지네 기름진 논밭,/ 그리고 이 강산의 맑은 우물/ 그대들에게 빌려준 우리 아니야.// 벌 주기도 싫다/ 머피 일등병이며 누구며 너희 고향으로/ 그냥 돌아가주는 것이 좋겠어."(「왜 쏘아」, 『신동엽 시전집』, 433~437쪽.)라고 당당하게 말한다. 이러

---

18) 미국의 신제국주의 정책이 아시아에서 관철된 지역 중의 하나가 오키나와이다. 일본의 미군기지 중 70% 가까운 수가 오키나와에 집중되어 있는 현실은 신제국주의로서의 미국을 상상하지 않을 수 없게 한다. 이에 대한 자세한 논의는, 김재용, 「오키나와에서 본 베트남전쟁」, 『역사비평』 2014. 5, 233~252쪽 참조.

한 완고한 저항과 대결 의식을 갖지 못한다면 결국 제3세계의 현실은 강대국의 식민지 자본 시장으로 전락하여 식민지 민중들의 삶은 더욱 피폐해지게 될 것임에 틀림없기 때문이다. 따라서 신동엽은 "비 개인 오후 미도파 앞 지나는/ 쓰레기 줍는 소년/ 아프리카 매 맞으며/ 노동하는 검둥이 아이"(「수운(水雲)이 말하기를」, 『신동엽 시전집』, 386~387쪽; 『동아일보』, 1968년 6월 27일)를 동질적으로 바라보는 제3세계 민중들의 연대의식이 반드시 필요하다고 보았다. 이런 점에서 신동엽은 일제 36년이라는 식민의 세월을 견뎌왔으면서도 경제 원조의 대가로 미국의 베트남전쟁에 참전한 우리의 자기모순에 대한 진정성 있는 자기성찰이야말로 65년 체제 이후 우리 시가 결코 외면해서는 안 되는 시적 과제임을 강조했다. 1965년 이후 그의 시가 베트남 파병에 깊숙이 은폐되어 있는 미국의 아시아 패권주의의 위험성을 직접적으로 환기시키는 데 집중했던 것은 바로 이러한 문제의식에서 비롯된 것이다. 다시 말해 그는 자신은 물론이거니와 독자들 혹은 민중들에게 신제국주의의 위협이 거세게 몰아쳤던 1960년대 우리 역사에 대한 주체적이고 자주적인 해답을 찾아 나갈 것을 강력하게 요구했다고 할 수 있다.

4. 1960년대, 신동엽, 그리고 아시아

서두에서 밝혔듯이 1960년대는 4월혁명의 시대였다. 혁명이 지나간 자리에 문학도 역사도 진정으로 올바른 세상을 위해 무엇을 어떻게 해야 할 것인지를 진지하게 고민하고 성찰하는 새로운 시대정신을 열어갔다. 하지만 그 혁명의 시대정신은 이승만에서 박정희로 이어진 우리 정부의 실정(失政)과 그에 따른 민중들의 억압과 고통 그리고 민주주의의 왜곡과 실종이라는 국가주의 내부의 문제에 지나치게 매몰되어 있었던 것은 아닌지 깊이 성찰할 필요가 있다. 1950년대와 뚜렷하게 구별되는 1960년대의 시대정신이 4월혁명의 역사성에 깊이 뿌리박고 있는 것은 엄연한 사실이지만, 5·16에 의해 혁명은 무너져 버림으로써 1960년대 내내 미완의 상태로 그 정신을 이어갔음을 주목해야 하는 것이다. 즉 이러한 혁명의 정신이 1960년대의 시대정신으로 지속적인 의미를 갖게 된 데는 '1965년'이라는 체제가 보여준 세계사적 문제의식이 아주 중요한 역할을 했음을 간과해서는 안 된다. 물론 신동엽은 1960년 4월혁명을 "알제리아 흑인촌에서/ 카스피 해 바닷가의 촌 아가씨 마을에서"(「아사녀(阿斯女)」, 『신동엽 시전집』, 345~347쪽; 『학생혁명시집』, 1960년 7월) 일어난 혁명, 즉 알제리 민족해방투쟁과 터키 학생봉기 등 제3세계 민족운동과 연결 지음으로써, 4월혁명의 시대정신을 제3세계적 인식으로 심화하는 반외세 민족주의 정신을 1960년대 내내 일관되게 갖고 있었다. 그러므로 이러한 문제의식이 65년 체제로부터 비판적으로 이끌어낸 최초의 시각이라고 보기는 어렵다. 다만 한일협정과 베트남 파병으로 구체화된 식민과 제국의 논리가 신동엽에게 있어서 이와 같은 문제의식을 더욱 심화화고 확장하는 결정적 계기로 작용한 것은 분명한 사실이다.

1965년은 한일협정 체결과 이에 따른 국회의 동의를 거쳐 한일국교 정상화가 이루어진 해이다. 식민의 올바른 청산을 제대로 이루어내지 못했음에도 불구하고, 한국과 일본은 당사자 간의 진정한 이해와 합의에 바탕을 두지 않은 채 미국의 아시아 패권 전략에 의해 협정을 타결하는 신제국주의에 협력하고 말았다. 그리고 이러한 한일협정의 이면에는 냉전 체제가 더욱 강화되는 세계사의 흐름에서 아시아에서 베트남의 공산화를 반드시 막아야 한다는 미국의 아시아 패권 정책에 적극적

으로 동참하기 위한 베트남 파병에 대한 동의가 이미 전제되어 있었다
는 사실을 반드시 유념해야 한다. 1960년대 4월혁명의 시대정신을
1950년대와의 차별을 강조하는 국내적 시각을 넘어서 아시아의 패권
을 둘러싼 국제주의적 시각으로 확장해서 바라봐야 하는 이유도 바로
여기에 있다. 다시 말해 1960년대 혁명의 시대정신은 단순히 '1950년
/1960년'이라는 경계에서 비롯된 차이를 주목하는 데 머무를 것이 아
니라, '1965년 이전과 이후'를 주목함으로써 아시아의 냉전 구도에 대
한 국제정치적 역학 관계의 대응 양상에 초점을 두고 새로운 문제 제기
를 할 필요가 있는 것이다.

　이런 점에서 1960년대 신동엽의 시는 반외세 반봉건의 동학정신에
바탕을 둔 아나키즘의 시적 구현에 가장 중요한 방향성을 두었다. 그는
박정희 정권이 국가주의를 앞세워 추구하는 아시아 외교 전략과 이를
통해 경제 원조를 이끌어내는 식의 신식민주의 태도를 결코 용납할
수 없었다. 또한 경제적 근대화라는 명분에만 혈안이 되어 민중의 억압
과 노동의 소외를 당연시하는 박정희 정권의 반민주적 양상, 즉 이러한
근대화가 경제적 민주화로 가는 불가피한 과정이라고 왜곡하는 민주주
의의 파괴를 서슴지 않는 것을 묵과할 수 없었다. 이러한 박정희식 근
대화 정책이 극단적인 양상으로 치달아 식민과 제국의 기억을 다시
현재화한 것이 바로 1965년 한일협정과 베트남 파병이었다. 박정희
정권의 이 두 가지 정책은 해방 이후 식민지 잔재의 올바른 청산을
이루어내지 못한 1960년대 우리 사회의 민낯을 그대로 보여주는 결정
적 사건이 아닐 수 없었다. 신식민주의 논리로 아시아를 재편하겠다는
미국의 신제국주의 전략에 적극적으로 동참하는 굴욕적 정책은, 여전
히 우리들에게 식민지를 살아가고 있는 것이나 다름없다는 자괴감을
심어주기에 충분했다. 따라서 1965년 이후 신동엽은 바로 이러한 1965

년 체제의 모순과 불합리를 넘어서는 주체적이고 자주적인 우리 시의 방향을 찾는 데 무엇보다도 주력했다. 따라서 1960년대 신동엽의 시는 동학과 아나키즘에 기초한 반외세 민족주의 정신에 입각하여 강대국의 논리에 희생되지 않는 중립화된 사상을 담아내고자 했다. 이런 점에서 한일협정과 베트남 파병 문제의 시적 구현은, 1960년대 4월혁명의 시대정신이 5·16으로 좌절된 미완의 혁명을 어떻게 다시 실천적인 운동으로 확산시켜 나갔는지를 보여주는 의미 있는 성과이다. 65년 체제에 주목하여 1960년대 신동엽의 시를 다시 읽어야 하는 중요한 이유도 바로 여기에 있다.

제5부

한국문학사의 재인식과
정전의 재정립

1960~80년대 재일 종합문예지 『한양』 게재 문학작품의 서지적 연구

1. 머리말

1960~80년대 재일 종합문예지 『한양』에 게재된 문학작품은 시, 소설, 희곡, 비평, 수필 등 전 장르에 걸쳐 수천 편에 달한다. 주요 필진은 한국 문인 60%, 재일조선인 문인 40% 정도로 대략 추정되는데, 재일조선인의 경우 필명을 사용하여 정확히 누구인지를 판명하기 어려운 경우가 많아 한국 문인과 재일조선인 문인의 분포를 현재로서는 명확하게 예측하는 것이 불가능하다. 『한양』은 1962년 3월 1일 창간하여 1984년 3월 1일 통권 177호까지 발간되었으므로 잡지에 수록된 문학작품의 양과 문인들의 수는 실로 방대하다. 또한 『한양』은 일본 동경에서 발행되었음에도 불구하고 1960~80년대 한국문학과 직간접적 교류를 이어갔음은 물론이거니와, 한국문학과 재일조선인문학의 교섭에도 상당히 많은 영향을 미쳤다. 지금까지 조사된 결과에 따르면 시 1,474편, 소설 372편, 평론 261편이 『한양』에 게재되었고, 1970년대 중반 '문인간첩단 사건'[1]으로 한국과의 직접적인 연계가 끊어지기 전까지 국내의 시

---

1) 이에 대한 자세한 내용은, 장백일, 「세칭 문인간첩단 사건」(한국문인협회 편, 『문단유

인, 소설가, 평론가들이 상당히 많은 작품을 발표했다. 잡지의 발간 주기는 창간호인 1962년 3월호부터 1969년 7월호까지는 월간으로 발간되다가 1969년 8·9월호부터는 격월간으로 발간되어 1984년 3·4월호로 종간되었다.

『한양』은 1960년대 '반공'을 국가 이념으로 내건 박정희 정권의 폭압적 정치로 인해 언론과 문필의 자유를 봉쇄당한 한국 문인들에게 상당히 중요한 언로(言路)의 역할을 한 잡지였다. 잡지의 발행 장소가 일본 동경에 있다 보니 상대적으로 국가 검열 체계를 피해 비교적 자유로운 글쓰기가 가능한 창작의 통로가 될 수 있었던 것이다. 그 결과 당시 한국의 정치 사회적 현실에 비판적이었던 진보적 문인들이 국내에서는 발표하기 어려웠던 문학작품을 게재하는 중요한 매체로 활용했고, 국내의 검열과 탄압으로 인해 금지되었던 기 발표작들을 재수록 형식으로 다시 게재하는 의미 있는 창구로서의 역할을 하기도 했다. 이 때문에 『한양』에 수록된 작품들은 1960년대 이후 한국의 정치 사회적 모순에 비판적이었던 참여 문학의 전모를 이해하는데 있어서 절대 제외되어서는 안 되는 중요한 문학사적 결과물이라는 점에서 아주 특별한 의미가 있다. 하지만 1974년 '문인간첩단 사건'과 같은 조작된 공안 사건에 휘말린 이후부터는 국내로의 반입이 금지되었고, 그 이전까지 국내로 들어왔던 대부분의 잡지도 불온서적으로 폐기되거나 소실되어 최근까지 텍스트의 전모를 확인하기는커녕 잡지의 기본적인 서지사항 조차 정확히 알기 어려웠던 것이 사실이다.

이러한 문학사적 소외와 결락에 대한 비판적 문제의식을 출발점으

사」, 월간문학출판부, 2002), 한승헌, 「『한양』지 사건의 수난」(『장백일 교수 고희기념 문집』, 대한 2001), 임헌영, 「74년 문인간첩단 사건의 실상」(『역사비평』, 1990년 겨울) 참조.

로 본고는 1960~80년대 재일(在日) 종합문예지『한양』에 게재된 문학
작품의 서지 사항을 체계적으로 정리하고 분류하는데 가장 초점을 두
고자 한다. 우선, 시, 소설, 평론 분야를 중심으로 장르별, 작가별 작품
의 구체적 현황을 개관하고, 이를 토대로 발표 작품의 주제 및 소재
그리고 시대적 특성과 의미 등을 개괄적으로 정리하고 분석할 것이다.
이러한 기초적 연구는 1960~80년대 한국문학사와 재일조선인문학사
의 외연을 확장하는 토대 연구로서의 중요성도 아울러 지니고 있다.
또한 한국문학과 재일조선인문학이라는 각각의 지점에서『한양』의 문
학사적 의미를 이해하는 토대 위에서 1960~80년대 한국문학사와 재일
조선인문학사의 교섭과 영향을 비교 분석하는 종합적 연구의 방향을
제시할 수도 있을 것으로 기대된다. 이를 위해서는 1960~80년대 재일
종합문예지『한양』이 한국문학과 재일조선인문학에서 차지하는 문학
사적 위상과 의미에 대해서 우선적으로 논의할 필요가 있다. 이는 한민
족문학사의 소외와 결락을 메우는 일인 동시에 1960~80년대 한국문학
사의 전개에서 참여 문학의 형성 과정과 특징을 총체적으로 이해하는
데도 상당히 중요한 의미를 지니고 있음에 틀림없다.

2. 재일 종합문예지『한양』과 한국문학, 재일조선인문학

1960년대는 1920년대에 이어 다시 '동인지 문단 시대'가 찾아왔다고
해도 과언이 아닐 만큼 대략 50여 종이 넘는 동인지들이 창간되어 활발
한 활동을 벌여나갔다. 이는 4월혁명 이후 지식인의 현실참여가 매체
의 증가로 이어진 시대 상황과 밀접하게 연관되는데, 5·16 이후 그
수가 격감하기 전까지 이러한 매체의 확대 현상은 뚜렷하게 지속되었

다.[2] 1960년대 이후 출간된 문예지와 동인지 그리고 문학 관련 종합교양지를 대략적으로 살펴보면, 『한양』, 『산문시대』(1962), 『세대』, 『신춘시』, 『비평작업』(1963), 『청맥』, 『문학춘추』, 『신동아(복간)』(1964), 『정경연구』(1965), 『창작과비평』, 『사계』, 『한국문학』, 『현대시학』, 『문학』(1966), 『월간문학』, 『월간중앙』(1968), 『68문학』, 『상황』(1969), 『문학과지성』, 『다리』, 『현대시조』(1970) 등이 있다. 이러한 동인지와 문예지 가운데 상당수는 20~30대 소장 문인들이 주축이 되어 〈한국문학가협회〉, 〈자유문학자협회〉 등을 비롯한 여러 문학 단체의 통합으로 결성된 〈한국문인협회〉[3]의 정치적 한계와 보수적 태도를 비판적으로 혁신하는 진보적 성향을 강하게 드러냈다. 특히 1966년 창간된 『창작과비평』은 1970년 창간된 『문학과지성』과 더불어 한국문학사에 본격적인 계간지 시대를 열었던 상징적 매체라는 점에서 1960년대 이후 한국문학사에서 참여와 진보의 계보를 설명하는 중심적 위치에 항상 있었던 게 사실이다. 하지만 이러한 『창작과비평』의 위상은 그 이전의 『한양』과 『청맥』[4]에 대한 철저한 문학사적 배제가 결정적 근거가 되었

---

2) 이에 대한 자세한 논의는, 이용성, 「한국 지식인 잡지의 이념에 대한 연구」, 한양대 박사논문, 1996 참조.

3) 5·16 쿠데타로 정권을 잡은 군사정부는 1961년 6월 17일 포고령 제6호를 공포하여 기존의 모든 정치, 경제, 사회, 문화, 예술 단체들을 해산시켰고, 12월 5일 공보부와 문교부 초청으로 해체 이전의 각 단체 대표 30여 명을 불러 모아 문화예술 단체의 단일화를 강력하게 촉구했다. 그 결과 이미 문단을 떠나 문단 파벌과 무관한 70대의 전영택을 이사장으로, 〈자유문학자협회〉 회장 김광섭과 〈한국문학가협회〉 대표 김동리를 부이사장으로 내세운 〈한국문인협회〉가 창립되었다. 이처럼 〈한국문인협회〉는 박정희 정권이 내건 문화예술 단체 통합 정책에 이끌려 형성된 문인 단체이다. 홍기돈, 「김동리와 문학권력」, 문학과비평연구회, 『한국 문학권력의 계보』, 한국출판마케팅연구소, 2004, 147~148쪽 참조.

4) 『청맥』은 1964년 8월 발행인 겸 편집인 김진환과 주간 김질락, 편집장 이문규에 의해 창간된 사상 교양 종합지로, 실상은 재정을 담당했던 김종태(김질락의 삼촌)가 〈통일혁명당〉 창당을 준비하는 과정에서 남한의 지식인들을 규합하고 민중들의 의식을 변화시

다는 사실을 결코 간과해서는 안 된다. 즉 1960년대 이후 우리나라
참여 문학의 정점이 된 『창작과비평』의 역사는, '문인간첩단', '통일혁
명당' 등 공안 사건에 연루되어 일시에 금기의 영역이 되어버린 『한양』
과 『청맥』의 단절이라는 문학사적 사건과 절대 무관할 수 없는 것이다.
결국 우리의 참여 문학은 1966년 『창작과비평』 이전의 전사(前史)를
복원할 필요가 있는데, 그 출발점에 재일 종합문예지 『한양』이 있었다
는 사실을 반드시 기억할 필요가 있는 것이다. 결국 1960년대 이후
한국문학사와 재일조선인문학사는 『한양』에 수록된 문학작품을 통해
그 교섭과 영향 관계를 실증적으로 이해함으로써 문학사의 소외와 배
제를 극복하는 자료적 토대를 확장해야만 하는 것이다.

한국문학사에서 『한양』이 갖는 위상과 의미는 1960~80년대 보수
우익 정권과 시대의 모순에 맞선 비판적 지식인의 목소리를 일관되게
담아내는 참여 문학의 성격을 뚜렷하게 표방했다는 데 있다. 이러한
『한양』의 성격은 「창간사」에서도 명확히 드러나는데, 식민과 제국의
역사를 완전히 극복하지 못한 채 분단 현실을 더욱 공고히 하는 조국의
역사적 상황을 직시하면서 비판적 지식인의 목소리를 올곧게 담아내는
정론(正論)으로서의 역할을 충실히 담당하고자 했던 것이다.

　　우리 조국은 내우외환의 진통을 겪고 있다. 그러나 그것이 조만간 출
　　산의 환희로 바뀔 것은 틀림없는 일이다. 사람들은 후진의 낡은 옷을

키려는 정치적 의도에서 만든 잡지였다. 하지만 1950~60년대에 대학을 다니면서 후진
한국의 경제건설과 사회개혁을 고민했던 대부분의 필진들은 이러한 『청맥』의 조직적
성격에 대해서는 전혀 알지 못했다. 이런 점에서 『청맥』은 합법적인 매체에 비합법적
조직이 결합한 잡지로, 분단과 6·25에 의해서 파괴된 진보적 내지는 사회주의적인 맥을
잇는 거의 첫 번째 잡지라는 평가를 받기도 했다. 하상일, 『1960년대 현실주의 문학비평
과 매체의 비평전략』, 소명출판, 2008, 82~83쪽 참조.

벗어버릴 것이며, 자유의 노래는 울릴 것이며, 우리 수많은 해외교포들
도 바로 그 조국의 품에 안주의 새터를 찾을 것이다. 우리의 **뼈**를 어찌
이국의 한줌 흙속에 섞어버리랴. 그처럼 그리던 조국이 우리를 포근히
안아줄 것이어늘…… 조국의 운명에 우리의 운명을 더욱 굳게 더욱 깊이
연결시키자.

　　바로 이러한 뜻에서 이제 우리는 여기 있는 교포 인사들과 힘을 모아
잡지 『한양』을 창간한다. 題하여 『한양』이라 함은 그 이름이 곧 조국을
상징하는 정다운 이름이기 때문이다. 거기에 한국의 오늘이 있고 거기에
한국의 내일이 있기 때문이며, 한국의 과거도 또한 거기에 있었기 때문
이다. (중략)

　　미 군정과 이승만 정권, 장면 정권, 그리고 오늘의 혁명정부 – 이렇게
한국의 무혈 군사혁명, 이렇게 한국은 아우성치며 달려가고 있다. 그
많은 역사의 장마다 갈피갈피 숨은 이야기는 끝이 없고, 그 많은 이야기
속에 조국은 고동치고 있다.

　　잡지 『한양』은 이에 무심할 수 없는 우리 겨레의 양식이 될 것이며,
고동치는 조국의 넋을 담은 국민들의 공기로 될 것이다. 우리는 고담준
론(高談峻論)을 즐겨 하지 않으며 허장성세에 끌리지 않고 조국의 번영
에 이바지하는 하나의 고임돌로 자기의 사명을 다할 것이다.[5]

　창간 선언에서 분명하게 확인할 수 있듯이 『한양』은 한국전쟁이 남
긴 폐허 속에서 방황하고 있는 민중들과 지식인들에게 4월혁명의 시대
정신으로 당면한 민족 현실에 대한 비판과 새로운 각성을 촉구하는데
주된 목표가 있었다. 따라서 『한양』은 4월혁명 이후 한국의 정치경제
적 상황에 적극적으로 대응하는 태도와 입장을 견지함으로써, 당시 정
부에 비판적이었던 진보적 지식인들이나 청년 문인들의 논문이나 비평

5) 「창간사」, 『한양』 창간호, 1962년 3월, 8~9쪽.

을 통해 모순된 시대 현실에 맞서는 저항 담론을 형성해 나갔다고 할 수 있다. 이러한『한양』의 정신은 잡지의 제목이 지닌 상징성을 통해 명시적으로 밝혔듯이, 조국의 운명을 걱정하고 조국의 미래를 새롭게 열어나가는 데 동참하려는 재일조선인으로서의 디아스포라적 정신과도 깊이 연결되어 있었다. 이러한 사실은『한양』을 한국문학사의 차원을 넘어 재일조선인문학사의 범주로까지 확장해서 바라보는 중요한 근거가 되는데,『한양』을 재일조선인문학의 차원에서 한국문학과의 영향과 교섭에 주목하여 집중적으로 살펴보고자 하는 이유도 바로 여기에 있다.

재일조선인문학사에서『한양』의 문학사적 의의는 1960~80년대 재일조선인 사회의 이데올로기 형성과 담론적 실천에 있어서 상당히 중요한 역할을 담당했다는 사실에 있다. 하지만 177호까지 발간되는 20여 년 동안 엄청난 분량의 문학작품이 발표되었음에도 불구하고, 지금까지 재일조선인문학사는『한양』게재 문학작품들을 특별히 주목하지도 않았을 뿐만 아니라 재일조선인문학사의 내부로 편입시켜 체계적으로 정리하려는 어떤 노력도 하지 않았다. 이러한 사실은 남북의 대립과 갈등을 그대로 답습하고 있다고 해도 과언이 아닌 재일조선인 사회의 이원화된 이데올로기 상황이 가장 큰 이유가 되었을 것으로 충분히 짐작된다. 이에 덧붙여 일본 문학 내부의 소수자 문학으로 재단되었던 재일조선인문학의 편협한 범주 설정과도 밀접한 관련이 있는데,『한양』의 작품이 한글로 발표되었다는 점과 주제와 재재의 대부분이 재일조선인의 생활보다는 한국의 정치와 역사에 대한 메타적 성격을 강하게 지니고 있었다는 결과가,『한양』의 문학작품을 재일조선인문학의 범주 안에서 논의하고 평가하는 데 상당한 걸림돌로 작용했다는 사실을 결코 간과해서는 안 된다. 결국『한양』은 한국문학사의 내부에서는 반공 정부의 이데올로기적 통제로 인해, 재일조선인문학사의 외연 확장이라는 점에서는 민족과 이념 그리고 언어적 차별로 인해 제대로 된 문학사적 위상과 의미조차 정립하지 못한 채 철저하게 소외되고 배제되어 있었다.

또한 『한양』이 지금까지 주목받지 못한 이유 중 하나로, 『한양』이 민단 내에서도 좌파의 위치에 있었다는 사실을 기억할 필요가 있다. 특히 『한양』은 조총련계 매체가 아닌 민단계 매체였음에도 민단 안에서도 배제되어 있었는데, 이는 『한양』이 1970년대 중반 이후 민단 오사카 지부나 '한학동', '한청' 등 좌파적 성향의 단체와 결부되어 있었기 때문이다. 즉 『한양』은 조총련계도 아니고 민단 내에서도 배제당한 단체와 결부되어 있어, 이후 영향력을 급격히 상실하게 됨으로써 현재 재일조선인문학사에서도 크게 두드러지지 못하게 되었다고 할 수 있다. 그 결과 한국문학과 재일조선인문학의 교섭과 영향이라는 『한양』의 특수성은 지금까지도 제대로 규명될 수도 없었고, 1960~80년대 한국문학은 시대에 대한 비판과 저항의 목소리를 가장 진정성 있게 담아낸 참여 문학의 중요한 부분을 송두리째 잃어버린 채 한국문학사의 모순과 단절을 그대로 승인하는 잘못된 결과를 초래하고 만 것이다.

따라서 이 글은 1960~80년대 『한양』 게재 문학작품의 기본적 서지사항을 정리하는 기본적인 토대 위에서 한국문학사와 재일조선인문학사의 재구성과 외연 확장을 모색하는 데 가장 우선적인 연구 목표를 두었다. 총 177권에 이르는 방대한 분량을 시, 소설, 비평을 중심으로 작품별, 작가별, 장르별로 목록화하고, 세부적인 주제와 제재의 특성 및 장르별, 작가별 문학사적 의미를 개괄적으로 정리하는 데 집중했다. 그 결과의 전모는 분량과 내용이 너무 방대하여 이 글에서 모두 다룰 수 없어 별도의 자료로 정리해두었음을 미리 밝혀두면서, 이 가운데 핵심적인 사항을 〈표 1~3〉으로 요약·정리하여『한양』의 서지사항을 개괄적으로 소개하고, 발표된 문학작품의 주제와 제재를 중심으로 그 특징과 의미를 간략히 정리하는 방식으로 논의하고자 한다.

3. 장르별, 작가별 발표 작품 현황 개관

1) 시

1962년 3월 창간호부터 1984년 3월 종간호(177호)까지『한양』에 시를 발표한 시인은 241명, 발표한 작품 편수는 1,474편이다. 이 가운데 한국의 시인들은 127명이고 재일조선인 시인이 114명으로 추정된다.[6) 물론 재일조선인으로 추정되는 인원은 한국의 시인들로 확정된 문인을 제외한 전체 인원으로, 확실한 재일조선인 시인으로 추정되는 30명 정도 외에는 재일조선인 시인으로의 여부를 판단하기가 쉽지 않은 것이 사실이다. 또한『한양』에는 1974년 문인간첩단 사건 이후 미국·캐나다·스위스·프랑스 등 해외 교민 시인들의 수도 많이 있어서, 114명은 재일조선인 시인을 포함한 해외 교포 시인들 전체를 가리키는 수라고 보는 것이 현재로서는 타당할 것으로 판단된다. 20여 년에 걸쳐 양적으로든 질적으로든 엄청난 성과를 남겼음에도 불구하고 한국문학과 재일조선인문학 양 측면에서 모두 주목받지 못했다는 사실은 우리 문학사의 빈틈을 여실히 보여주는 결과가 아닐 수 없다.『한양』게재 시인 중에서 10편 이상 작품을 발표한 시인의 명단과 주요 작품을 정리

---

6) 이에 대한 자세한 논의는, 손남훈,「『한양』게재 재일 한인 시의 주체 구성과 언술 전략」, 부산대 박사논문, 2016 참조.

하면 〈표 1〉과 같다. 이 외에 발표 편수는 적지만 국내의 주요 시인을 보면, 고은 4편, 구상 6편, 김남조 3편, 박성룡 7편, 박이도 3편, 서정주 2편, 신동집 3편, 유치환 2편, 장만영 3편, 장호 4편, 정공채 5편, 정훈 6편, 조병화 5편, 조태일 8편, 조종현 6편, 홍윤숙 4편, 황금찬 2편, 그리고 김구용, 김수영, 신동문, 신동엽, 신석초, 유안진, 이근배, 이성 부 등이 각 1편을 발표했다. 발표 시인들의 면면을 보면 좌우의 이념적 편향성에 크게 얽매이지 않고 당시 두드러지게 활동했던 주요 시인들 상당수가 『한양』과 직간접적으로 인연을 맺었던 것으로 확인된다. 다 만 국내 문인의 경우 1974년 '문인간첩단 사건'으로 『한양』이 불온서적 으로 통제되기 이전까지로만 한정되고, 재일조선인 시인의 경우에는 이후에도 광주민주화운동을 비롯한 한국의 정치사회적 사건들에 대한 직접적 비판을 담은 참여시를 일관되게 발표했음을 알 수 있다.

〈표 1〉 주요 시인 명단과 주요 작품명, 총 발표 편수

(가나다 순, 10편 이상 발표 시인)

시인	주요 작품명	편수
경련	憧憬, 다리, 달빛, 소년, 겨울, 포플라, 어머니 조국이여, 4월아!, 못가는 9만리에!, 서라벌 천년, 故國詩抄, 조국, 어머니, '8.15'여, 어머니 나라, 조국이여!, 낙동강, 동작동에서, 열무김치, 광주의 소년, 불 – 故 전태일 어머니에게, 딸들 – 싸우는 동일방직, 방림방적 여공들에게, 고향집 문턱, 우리의 불길 – 4.19의거 23돌에	153
고원	부끄러운 집 앞길에서, 남녘 構圖, 어머니, 판문점, 팔월공화국, 여공의 火葬, 다시 동일방직 쪼깐이 딸에게, 洋洋한 한양	26
김남석	山火, 햇불의 광장에서, 勳章있는 무덤에, 사월은, 팔월은, 8월의 노래, 현해탄, 부두를 등진 보리밭에서, 길은 하난데	21
김리박	얼, 정월, 오는 해 다짐, 노래, 한길, 思祖, 四舞歌	15
김성호	향수, 벙어리 시인의 윤리, 2세, 슬픔의 곡, 울분, 편지, 상실의 팔월, 재회 – 남북적십자회담에 부쳐, 그러나 다시 일어서야 할 광주여!	18
김승신	광주는 고발한다!, 무등산의 꽃묶음, 메아리, 우리의 대오, 넋이여	13
김어수	석류, 강, 산도라지, 가을이 오는 어귀에서, 치술령, 오후에 흐르는 강	10

김용호	찬란한 깃발을 - 학생의 날에, 조국에게, 간다 거리에서, 현해탄을 사이에 두고, 팔월의 노래, 배꼽의 고향, 이또 히로부미에게, 동경의 보신탕 집에서, 새해의 기원, 이완용에게, 한 마리의 거미가	22
김윤	광장의 결의, 4월이 오면, 고목, 古城터전에서, 새로운 날을 위하여 - 또 8.15를 맞으며, 그리움, 팔월은, 어머니, 배역의 거리에서, 청자, 촉석루 -「歸鄕詩抄」에서, 하나의 결심, 바위, 바람과 구름과 태양	54
김인숙	나의 고향은, 시혼, 오라! 정의의 편에, 친구여, 살아남은 친구여!, 민주의 어머니, 별아 - 광주의거 1주년을 맞이하여, 아아! 5월이여	17
김찬	박군의 새끼, 편두통 - 전두환, 김재규의 유령, 미국에 시집간 사내들	10
김정숙	이별, 비취빛 얼, 향수, 달과 가야금, 추일, 강강수월래, 한강풍경	16
김지하	민중의 소리, 오행, 잊지 말아라, 대화, 소묘, 스무살, 역전, 여름	13
김지향	걸인, 불춤, 탄생, KOREA, 그 팔월, 팔월의 어머니, 그 팔월의 소리	12
박두진	광야행, 한밤에, 오늘 새삼 알겠다 - 1964년 3.1절에, 4월을 시로서 노래하기에는 아직, 진달래꽃 이맘때, 세종로에서, 4월의 꽃과 피	25
박보운	기, 오월의 연가, 피, 사향의 곡, 화병기, 꽃잎에 그리는 무늬	11
박봉우	팔월의 꽃 - 그날의 애국자로 돌아가자, 조국의 하늘에게만은, 해방 이십년, 고향의 창, 독립 3월, 4.19묘지, 백두산, 너와 나는 하나의 민족이다, 언제 모두 만날거다, 우리가 부를 노래는 무엇인가	15
박일동	사월은, 고무신, 신라 항아리, 돌과 장검 -「4.19혁명 기념탑」에 부치어, 민중, 민족대단결, 4월의 혈흔, 조국 통일 안오자, 어머니 나라, 마산 사람들, 4.19여 - 4.19 스무돌에 부치어, 봄의 역사, 광주의 햇불, 전두환에게, 어느 한 囚人, 인간의 영토, 4.19의 증언	113
박일송	골목안 풍경, 고사목, 동해일출, 기원, 황혼의 노래, 메밀꽃, 제주도에서, 갈대밭에서, 어떤 길목에서, 산비둘기, 하늘 아래서, 현대시	24
박정온	3월을 위하여, 어떤 봄날에, 봄은 喪章을 달고, 밤을 견디고, 팔월의 마음, 먼 산하여, 4월의 눈 - 다시 4.19에, 얼굴에서	14
신석정	지옥, 장미 옆에서, 그런 날은 언제나 올까, 어린 봄의 노래, 동화, 동박새, 바람, 한톨의 밀알을 지니고, 나랑 함께, 나비처럼	25
안장현	지금은, 1963년, 어둠 속에서도, 벽을 헐어라, 부산(2), 소묘, 방	14
양상경	민족의 봉화, 창공을 바라보면서, 민족의 봄, 문은 열리었다 - 7.4성명을 듣고, 민족의 大願, 메아리 - 남북회담의 성공을 빌면서	11
양성우	노예수첩, 겨울 공화국, 빈 논밭에 허수아비로, 바람, 노래, 우리는 열 번이고 책을 던졌다, 잡목시대, 일기, 저녁 한강, 영등포 산조, 밥을 위하여, 꽃 꺾어 그대 앞에, 우수, 신랑이 문밖에 와서, 쓴잔을 마시며	18
윤동호	느티나무, 씨앗의 노래, 창, 추석 날에, 곡, 종, 동경통신, 염원, 다시 사월은 오는가, 어머니들에게, 광화문 네거리에서, 囹圄의 밤, 雨雷	40

이복숙	無春, 수술대 위에서, 이국병상, 생각이 나면, 참선의 마음	10
이설주	13계단, 조국의 장 2제, 새 태양이 보내는 아침, 민족의 소망, 종점, 해장국, 남대문, 대한문, 동대문, 바닷가에서, 사할린에서 온 편지	13
이유진	새장 옆에서 - 유신감옥 속의 젊은이들을 생각하며, 우리 모두 병사처럼, 우리 다시 일어나세 - 4.19세대에게, 광주학생혁명찬가, 광주 이후, 조국, 지금은 겨울입니다, 헌시, 역사 앞에서, 통일송	17
이인석	신화, 잃어버린 나를 찾을 때마다, 이날에 모여 우리들을 본다 - 다시 3.1 날에, 증언, 모두가 모두 자라며 변한다, 변화, 바다	31
이종석	바닷가에서, 이 땅의 흙 한줌, 한강의 인상, 팔월의 나무, 영등포 굴다리 지대, 기원, 잃어버린 오돌또기, 사랑의 노래, 초가집	10
이태극	백마강에서, 晉州小吟, 내 산하에 서다, 삼월의 노래, 시장풍경	14
정영훈	4월의 광장, 교단, 삼한사온, 임 그리는 창가에서, 해당화, 한강, 해변풍경, 아라까와 언덕을 걸으며 - 동경 荒川에서, 유랑지대 - 북해도에서, 제삿날, 조국의 영광, 소녀의 역사, 고향에의 서정, 4월의 초혼, 광복 25주년!, 사랑하라 동포여!, 김주열의 말 - 4.19 열다섯돌에, 산 불길 - 옥중에 있는 전태일의 어머니에게, 서승 형제의 어머니에게	147
최승범	全州迎春記, 등반, 東大寺에서, 새아침의 눈 속을, 元旦에	15
한성	마음은 불길이 되어, 수난민족의 기수들에게 - 6.3을 회고하면서, 나무 - 광복절 33돌을 맞으며, 4.19 기념탑, 8월의 태양, 총 그림자, 자유광주의 불길 - 광주민중봉기 참가자들에게 바치어, 역사는 피바다를 넘어	28

2) 소설

1962년 3월 창간호부터 1984년 3월 종간호까지 『한양』에 작품을 발표한 소설가는 78명, 발표한 작품 편수는 372편이다. 이 가운데 실명이 아닌 필명으로 활동하며 소설을 발표한 문인이 상당수 있어서 국내소설가와 재일조선인 소설가를 명확하게 구분하는 것은 지금으로서는 현실적으로 어렵다. 『한양』 게재 소설가 중에서 2편 이상 발표한 소설가의 명단과 주요 작품을 정리하면 〈표 2〉와 같다. 이 외에 국내에서 활동한 주목할 만한 소설가와 발표 작품을 보면, 방영웅의 「농촌 아이」, 선우휘의 「갚을 수 없는 밤」, 손소희의 「저축된 행복」, 송상욱의 「너는 무엇을」, 신상웅의 「어떤 해후」, 오유권의 「소란」, 유현종의 「목

민심서초」, 이문구의 「간이역」, 이범선의 「황혼의 기도」, 정을병의
「남해 그 모랫섬 전설」, 한말숙의 「출발의 주변」 등이 있다. 시 분야와
마찬가지로 발표 소설가들의 면면을 보면 이념적 편향성과는 무관하게
한국에서 활동하는 주요 소설가들 상당수가 작품을 발표했음을 알 수
있다. 다음 장에서 자세히 살펴보겠지만 그 내용에 있어서도 한국의
정치사회적 문제에 대한 비판을 담은 참여시적 경향이 뚜렷했던 시
분야와는 달리, 신화적이고 민속적인 공동체성에 입각하여 민족적 정
체성을 서사화하는 이야기를 더욱 초점화하고 있음을 특별히 주목할
필요가 있다.

〈표 2〉 주요 소설가 명단과 주요 작품명, 총 발표 편수

(가나다 순, 2편 이상 발표 소설가)

소설가	주요 작품명	편수
강금종	혈맥, 流轉, 주막골사람들, 서글픈 해후, 슬픈개가, 그 여자의 경우, 낙조, 後悔, 혈육	9
김경식	落日, 당랑의 전설, 지도	3
김송	집이야기, 청화백자, 정자나무 옆에서, 흉가, 백석고개, 無能者, 유산, 모자를 눌러쓰고, 불광동, 웅덩이 속에서 양반전, 兩班傳, 부러진 頌德碑, 다시 만났을 때, 고분이, 사월, 테리이의 실종, 석굴암	19
김아연	병원일지, 가호적, 거래	3
김준용	그늘진 대지 1편 ~ 9편	9
김철수	아버지와 아들, 아내, 금부처, 어머니의 눈, 떠나온 사람들, 골목대장, 박교장, 탈피, 염왕 진노하다(연재소설 8편), 그녀의 경우, 여의주, 망향, 건널목, 춘봉이, 뇌성, 비창, 극한점에서, 어느날 아침에, 아버지	26
김학만	길, 해마다 봄이 오면, 파멸 1회 ~ 8회, 운명	11
김학영	안개속에서, 굼뜨기, 과거, 山밑의 마을	4
남정현	혁명이후, 탈의기, 風土病	3
문신수	언어수련기, 고향땅	2
만기	애꾸, 3病監沒落, 기러기의 여인, 壁이야기	4
박경남	사표, 때때옷, 3월, 눈물, 교실, 최기사, 탈춤, 밤손님	8

박영일	봄비, 길, 그날밤, 첫눈, 취직전말, 인물화, 종점에서, 입학시험, 가난한 사람들, 새로 온 여교원, 길, 지옥, 담요, 땅의 고백, 夜話, 逆說, 돌떡, 물새들, 우체부, 해바라기, 노인, 산마루에서, 실향민, 여행길에 있는 일, 먹구름, 회오리바람(제1회 ~ 제3회), 다시 술을 마시게 된 이야기	33
박용숙	충무로가 있는 풍경, 新型 아파아트, 젊은 그들, 太忠臣傳, 간이사, 간이사(중), 간이사(하), 굼장이 구진천	8
박일송	느티나무 전설, 산하	2
박종단	출국전야, 무등산 기슭에서, 병든 깃발, 정혜	4
승지행	人間疎外, 이포리 이야기, 손 진노하다, 손 진노하다(하), 세코날, 土地	6
신석상	회색의 서울, 어떤 신문사주변	2
심재언	친산, 겨울	2
오찬식	追懷, 風波三代, 풍파삼대, 양반전	4
유승규	열연은 계속되고, 백서, 백서(하)	3
윤정규	계마사설, 어떤 사임	2
윤행묵	외로운 더욱 외로운	1
이경희	종을 치는 여인, 닭, 風土, 空轉, 어떤 遺産, 보리피리, 미행, 막다른 골목	8
이순학	곡, 설령, 집이야기, 도둑놈, 백합, 야간응급센터, 외과의 유영배씨	7
이재환	산울림, 해오라기	2
이창수	표적, 윤노인, 불씨(1~5), 달맞이, 저류	9
이택	소, 효자들	2
임수일	상처, 백의의 수기	2
정 철	어느 하루, 백자의 탄식, 단애, 새끼손가락, 너 자유를 만끽하라, 어머니와 아들, 사장님과 비서, 메쓰, 뻐국새, 당골마을에서, 해화, 산상에 있는 소년, 생활의 아침, 벽, 고마운 아저씨, 못 잊을 세월	20
조정래	點의 回線, 타이거메이져	2
천승세	물꼬, 麥嶺	2
최음규	회심	1
표문대	金守凡小傳	1
하근찬	섬 엘레지, 특근비와 팁, 우산, 기울어지는 강, 주록기	5

3) 비평

1962년 3월 창간호부터 1984년 3월 종간호까지 『한양』에 비평을 발표한 평론가는 65명, 발표한 작품 편수는 261편이다. 이 가운데 한국에서 활동한 평론가로 김병걸, 김우종, 구중서, 신동한, 이선영, 임헌영, 임중빈, 장백일, 정태용, 홍사중 등이 주목되고, 재일조선인 평론가로는 김순남, 장일우, 윤동호 등의 이름을 기억할 필요가 있다. 그리고 일본의 비평가로 한국문학 연구자로 이름을 널리 알린 오오무라 마쓰오가 『조선문학사』에 대한 서평을 게재하기도 했다. 『한양』에 2편 이상의 평론을 발표한 비평가의 명단과 주요 비평을 정리하면 〈표 3〉과 같다. 발표 평론의 성격을 대략적으로 살펴보면, 일본 동경에서 재일조선인들에 의해 발간된 매체의 특수성에도 불구하고 재일조선인 문학작품을 대상으로 삼은 것은 거의 없고 한국의 문학작품을 대상으로 쓴 비평이 대부분이다. 특히 재일조선인 비평가 김순남, 장일우의 경우 『현대문학』, 『자유문학』 등 국내 잡지에도 비평을 발표했다는 점에서, 전체적으로 『한양』의 비평은 발표 지면만 일본에 있었을 뿐 한국문학 전반에 대한 깊은 이해를 바탕으로 한 사실상 한국문학 비평이었다고 할 수 있다. 이런 점에서 1960년대 이후 『한양』의 비평은 1964년 『청맥』, 1966년 『창작과비평』, 1969년 『상황』 등으로 이어지는 한국 현실주의 문학비평의 출발점으로서 중요한 비평사적 의의를 지니고 있다.[7] 다만 시와 소설과 마찬가지로 비평의 경우도 실명이 아닌 필명으로 발표된 경우가 많아서, 김순남, 장일우를 비롯하여 재일조선인으로 알려진 여러 비평가들의 면면이 국내에서 활동한 비평가들이 1960

---

7) 이러한 관점의 비평사적 논의는, 하상일, 『1960년대 현실주의 문학비평과 매체의 비평 전략』, 앞의 책 참조.

년대 이후 공안정국의 검열과 위험을 피해 가명으로 활동했던 것은
아닐까 하는 의구심을 현재까지도 명확하게 해소하지 못하고 있는 것
이 사실이다.[8]

〈표 3〉 주요 비평가 명단과 주요 작품명, 총 발표 편수

(가나다 순, 2편 이상 발표 비평가)

비평가	주요 작품명	편수
김병옥	김립 시의 웃음과 슬픔, 민요와 전설 – 강강수월래, 시가를 통해 본 애국정신, 민족의 존엄을 지킨 시가들, 시가를 통해 본 애국정신	8
김사엽	우리문학의 특질, 상대가요와 향가, 〈國文學十二講〉	12
김성일	作家의 眼光과 「휴우먼」, 민족적주체와 한국문학, 자유만복의 열쇠, 소설의 흥미와 문제의식	4
김영일	한국 영화(1)~(5)	5
김성호	노예수첩(해설), 죽창을 다듬는 민중의 시인들 – 민영, 이성부, 김준태, 양성우, 대설 『남』연재에 부쳐, 고원시집 『미루나무』	4
김순남	신세대에 대한 재론, 문학의 주체적 반성-한 국문학도의 변, 성격창조의 원리-작품에서 성격은 핵이다, 설화문학의 재음미, 월광을 밟으며-이범선씨의 「월광곡」을 읽고, 「나무들 비탈에 서다」에 대한 나의 소감, 문학건설과 휴머니즘, 니힐과 진실, 지성과 생활, 작가의 윤리, 사실과 리얼리티, 작품과 비평의 시점, 稻香文學에 대한 소고, 한국평단의 반성, 작품과 애정의 윤리, 지성의 착란, 현실 묘사와 작가 정신, 전후 한국소설의 여인상, 韓國短篇小說의 氣象圖, 셰익스피어와 時代精神, 現代詩와 主體精神, 韓國的인 것과 文學語, 憑虛文學의 吟味, 시대와 시인, 희곡문학에서의 인간상, 고발과 증언의 자세, 김유정의 문학적 표정, 작가의 휴머니즘, 애정의 모랄과 소설, 묘사정신과 성실성, 폐쇄된 문학세계의 극복, 인간성격과 문학	99

---

8) 필자는 일본 동경의 지인들을 통해 『한양』과 관련된 실증적 확인을 시도했으나, 당시 이 잡지에 관여했던 몇몇 분들의 경우 원고 발표 외에 『한양』의 필자들에 대한 구체적인 정보는 전혀 알지 못했다. 『한양』과 관련된 모든 상황을 알고 있는 유일한 사람이 발행인 겸 편집인이었던 김인재인데, 직접 만나 당시 상황과 필자들의 면면에 대해 확인을 했으나 끝끝내 침묵으로 일관하여 지금으로선 그 실체를 전혀 알 길이 없다. 지금으로서는 당시 『한양』에 시, 소설, 비평을 발표한 상당수의 고정 필자들은 필명으로 활동한 국내 문인일 가능성을 완전히 배제할 수는 없을 것 같다.

	정신, 황야의 지성과 '트기문학', 연극중흥의 주변, 현대시와 대중성, 퇴폐와 침묵의 극복, 순수와 참여의 대결, 韓國文學과 農村, 생활의 미학, 시대착오의 미학, 역사의식과 현대성, 사일구와 한국문학, 시정신의 향방, 소설의 빈곤, 작가와 작품세계, 리얼리즘 소고, 시대감각과 시인, 전환기에 처한 한국문학, 시와 시인, 역사소설과 현대성, 비극의 고발, 고발문학의 도표, 70년대를 사는 한국저항문학 - 시를 중심으로, 작가와 문학의 현대성 - 하근찬 문학의 변모, 증언의 시, 저항의 노래 - 시인 양성우를 논함, 순수와 참여의 대결, 주체의식과 한국문학 - 60~70년대의 한국문학의 소묘, 작가정신과 창작, 한국문학의 단면도, 사이비평론의 독성	
김용호	영광은 젊은 사자들에게, 金笠의 시와 풍자정신	2
김우종	작가와 현실, 농촌과 문학, 純粹의 自己欺瞞, 긍정적 인간과 대화정신, 民族文學의 새 次元, 변모하는 한국문단, 한국문단의 근황	7
김천석	李光洙를評함, 崔南善을評함	2
김학현	「님」과 중생 -만해 한용운의 세계-, 한과 민족적 저항	2
구중서	「허생전」, 「춘향전」, 「홍길동전」, 「심청전」, 작가와 역사의식, 하반년의 한국문단, 「금오신화」, 「자유종」	8
문철호	신시대의 의지	1
박봉우	김소월과 진달래꽃, 상화의 시와 인간, 시인과 민족	3
신동한	내용과 형식에 관한 覺書, 작가와 생활, 비판의 방향	3
신상인	한말 애국시가의 음미(1), (2), (3), 문화와 전통, 언어와 사회	5
윤동호	현실투시의 각도, 詩聖 「단테」를 생각하며, 시인과 패배정신, 「참여」재론 - 건전한 비평자세를 위하여, 분노의 시, 항거의 노래 -, 장기표 작 「민중의 소리」를 중심으로, 현실과 문학의 얼굴, 시대와 시가, 오판하지 말라-김양수의 「80년도 작단」을 읽고, 광주의 교훈	9
이준석	「신세대에 대한 재론」을 읽고, 세익스피어 소고, 테에마와 탐구의 논리, 닳아지는 살들」의 의식과 감상, 민주의 거화	5
임동권	한국민요의 향토적 특질, 향토애를 읊은 민요	2
임헌영	7·4성명과 한국문학의 과제, 한국문학의 경제정치의식, 『바람과 구름과 장미』(서평)	3
임중빈	문학과 인간의 모랄, 객관적 상황과 문학, 事實과 直觀	3
장백일	귀향에의 설계, 오늘의 빈곤-한국문단의 근황, 동인지와 그 비평 문학혁신, 새 주제의 탐구, 잘못된 接木, 海圖없는 航路 --九六五年, 上半期 詩壇에 부친다-, 한국시인의 국적	8
정영훈	시인의 얼굴, 사월의 시	2

장일우	현대시의 음미-그 난해성에 대한 일고찰, 현실과 작가, 시의 가치-다시 현대시의 난해성에 대하여, 소월의 시와 자주정신, 반성과 전망-1962년 한국문단 소감, 한국문학의 새로운 전망, 현대시와 시인, 시대와 신인작가, 한국소설의 두 측면, 한국 현대시의 반성, 현실과 작품의 논리, 농촌과 문학, 무지의 모험-이어령씨의 비평안, 시인 박두진을 논함, 순수의 종언, 참여문학의 특성, 문학의 허상과 진실, 시대정신과 한국문학	21
정태용	신인작가에 대한 기대, 작가와 주체의식, 新風이 없는 新人들, 知性과 良心과 勇氣와, 무정의 근대성	5
홍사중	한국문학의 오늘의 과제, 작가와 현실, 젊은 작가와 정치감각, 통속소설의 윤리, 한국문학의 새로운 전망	5

4. 『한양』 게재 문학작품의 제재 및 주제의 특징과 의미

1) 시

『한양』 게재 문학작품 전반이 그러하듯 시문학은 한국의 정치사회적 현실에 직간접적으로 연계된 참여시로서의 특성이 두드러졌다. 또한 재일조선인으로서의 자기 정체성과 민족적 특수성을 구현하는 제재 및 주제의 방향성도 핵심적인 주제와 제재를 이루었다. 특히 일본에서 발간된 다른 재일조선인 매체와는 달리 한국어를 사용했고, 보수와 진보를 아우르는 폭넓은 필진 구성으로 인해 특정 이데올로기나 국가정책을 일방적으로 옹호하거나 비판하는 편향된 시각이 아닌 다양한 관점에서의 균형적인 목소리를 담아냈다. 따라서 『한양』은 한국문학 담론의 확장은 물론이거니와 재일조선인의 세대적 정체성을 넓히는 종합적인 성격을 동시에 보여주었다. 결국 『한양』은 남북으로 이원화된 이데올로기적 경직성을 그대로 재현했던 재일조선인 사회의 정치적 긴장을 넘어서, 한국과 일본 거주 조선인들의 민족적 정체성을 결집시키는 구심점 역할을 담당했다는 점에서 아주 특별한 의미가 있다. 이러한 사실에 주목하여『한양』 게재 시의 제재 및 주제적 특성과 의미를 한국문학과 재일조선인문학으로 구분하여 개괄적으로 정리하면 다음과 같다.

1960년대 이후 한국문학에서『한양』 게재 시가 지닌 특징과 의미를 살펴보면, 조국의 정치사회적 상황에 대한 문학적 대응으로서의 참여적 성격이 뚜렷했음을 알 수 있다. 물론 이러한 측면은 박정희 정권의 조국 근대화 프로젝트에 대한 비판적 문제의식과 밀접하게 연관되는데, 국내의 검열 강화로 발표하기 어려웠던 정치사회적 쟁점에 대한 직접적인 비판을 주제와 제재로 삼은 것이 많아서 국가 정책이나 정치적 사건에 대한 긍정적인 시선보다는 부정적 평가가 대세를 차지했다. 이러한 비판적 담론의 확대는 1974년 문인간첩단 조작 사건으로 이어져 매체에 대한 검열과 통제는 더욱 강화될 수밖에 없었고, 그 결과 1974년 이후 국내와의 공식적인 교류와 연계는 사실상 끊어진 채 재일조선인을 중심으로 해외 교포들의 목소리를 담은 제한적 역할을 감당하게 되었다. 즉 1974년 이후『한양』은 미국·캐나다·스위스·프랑스 등 해외 교포 시인들도 적극적으로 끌어안으려 함으로써, 재일조선인을 중심으로 하되 해외 교포 시인들의 목소리도 폭넓게 담아내려 했다고 할 수 있다. 하지만 이와 같은 한계 상황에도 불구하고『한양』은 그 이후에도 지속적으로 국내의 정치사회적 상황에 적극적으로 개입하거나 민족적 정체성에 바탕을 둔 보편적인 담론을 생산하는 방향으로 나아갔다. 따라서 국내와의 소통과 교류에 대한 비판적 긴장을 유지하면서 재일조선인을 대변하는 공적 매체로서의 독자적 위상도 특별히 강화해 나갔다는 점에서 한국문학과 재일조선인문학 양 측면에서 상당히 중요한 의미를 지닌 매체라고 평가할 수 있다.

　이러한 문제의식으로 한국문학에서 『한양』이라는 매체가 지닌 의의
를 살펴보면, 1960년대 이후 박정희 정권의 경제적 근대화 정책과 미국
주도의 대외 정책에 종속되어 버린 신제국주의적 태도에 대한 비판을
직접적으로 담은 작품들을 대거 게재했다는 사실에 있다. 특히 4월혁
명, 7·4남북공동성명, 광주민주화운동 등 1960년대 이후 국내의 주요
역사적 사건에 대한 진보적 지식인의 목소리를 담은 시적 형상화가
주된 경향을 이루었다. 대체로 이러한 경향의 시 작품은 당시 국내의
정치 상황으로서는 거의 발표가 불가능한 금기의 영역이었다는 점에
서, 일본 동경이라는 매체의 지리적 여건은 국내의 시인들에게 자신의
목소리를 가감 없이 담아내는 우회적 통로 역할을 하기에 충분했던
것이다. 이 외에도 해방, 독립, 한국전쟁, 통일 등 조국이 걸어온 지난
역사에 대한 비판적 성찰과 백두산, 판문점 등 한반도의 특정 장소가
지닌 민족적 의미에 대한 역사적 재인식, 고향, 어머니, 감옥 경험 등
개개인의 삶 속에 자리 잡은 수난의 역사에 대한 체험적 목소리를 담은
시가 대부분을 차지했다.
　이와 같은 주제와 제재를 담은 시적 목소리는 재일조선인의 입장에
서도 크게 다르지 않았다. 다만 개인의 정서에 밀착된 시 장르의 특성
상 조국을 떠나 해외에 거주하는 디아스포라적 시각에서 고향과 조국
에 대한 근원적 그리움을 계절, 사물, 장소 등의 상징적 매개물을 통해
형상화한 작품이 더욱 많은 부분을 차지한다는 점에서 국내 시인들과
는 다소 차이점을 드러냈다. 하지만 이러한 서정적 지향 역시 식민과
분단으로 이어진 역사적 상처와 고통의 중심으로부터 단 한 번도 벗어
나지 못했던 재일조선인의 수난사를 그대로 함축하고 있음을 간과해서
는 안 되는데, 남북 분단만큼이나 공고해져 버린 재일조선인 사회의
이데올로기적 갈등과 대립에 대한 비판의식이 깊숙이 내재되어 있음을

반드시 기억할 필요가 있다. 즉 자연과 일상의 풍경에 침잠하는 내면성
에는 재일조선인으로서 겪어야만 했던 불우한 역사적 현실을 극복하기
위한 근원적 지향성이 담겨 있는데, 이러한 서정성의 세계는 전통지향
성을 표면화한 것인 동시에 조국에 대한 비판적 역사의식을 담은 상징
적인 태도를 함축하고 있기도 하다는 사실을 특별히 주목할 필요가
있는 것이다. 아마도 『한양』이 당시 한국의 진보적 시인들에게 많은
지면을 제공했던 이유도 재일조선인 시인들의 정치적 태도나 입장과
일치되는 점이 많았기 때문이었을 것으로 짐작된다. 결국 재일조선인
의 입장에서 『한양』 게재 시의 제재 및 주제의 특성과 의미 역시, 한국
의 검열과 통제로부터 일정하게 거리를 두는 자유로움 속에서 국내
시인들보다 더욱 강한 어조로 박정희 정권의 정치, 경제, 외교 정책의
실정에 대한 신랄한 비판을 담아냈음을 분명하게 확인할 수 있다.

2) 소설

그동안 『한양』 게재 소설 작품에 대한 논의는 시, 비평에 비해 상대적
으로 소략하게 진행되었다. 텍스트 확보의 어려움도 물론 있었겠거니와
발표된 작품의 수가 방대하고 장르의 특성상 분량도 만만치 않아 전모를
확인하는 일이 결코 쉽지 않았다. 게다가 국내 작가의 경우 작품 발표에
대한 기본적인 서지사항도 몰랐던 것이 대부분이어서, 『한양』 게재 소
설에 대한 목록 조사와 같은 기본적인 연구조차 진행되기 어려웠던
것이 사실이다. 대체로 『한양』에 발표된 소설의 주제 및 제재는 재일조
선인의 생활사를 다룬 것과 재일조선인으로 살아가는 비판적 지식인의
목소리를 담은 것으로 구분되지만, 두 가지 경향 모두 재일조선인의
장소적 한계를 넘어서 국내의 정치사회적 상황에 대한 비판에 초점을

두고 있었다는 점에서는 공통점이 있었다. 그 결과 『한양』의 소설은 국내 작가들과의 활발한 교류를 통해 박정희 정권의 검열 체계로부터 조금은 비켜선 자리에서 당시 가장 첨예한 현실적 쟁점들을 담론화하는 문제적 작품 발표의 장으로서의 역할을 담당했다고 할 수 있다.

이처럼 『한양』의 소설은 국내의 정치경제학적 상황을 비판하는 지식인의 목소리를 서사화하는 데 치중했다. 1960년대 이후 한국 사회가 안고 있었던 근본적 모순으로 절대적 빈곤을 주목하고, 근대화 정책의 허위성과 이중성으로부터 비롯된 실업의 문제를 비판하면서 농업 중심의 공동체성과 근대화을 지향하는 역설적 문제의식을 드러냈다. 즉 『한양』의 소설적 지향은 공업화 정책으로 일관하는 맹목적 근대화론에 맞서 한국 사회의 농촌과 농민의 현실에 바탕을 둔 농업 중심의 근대화를 추구하는 방향성을 담론화했던 것이다.[9] 이러한 중농주의 서사의 확장은 궁극적으로는 한국 사회의 민주적 개혁이라는 지향성을 내재하고 있는 것으로, 식민과 분단의 유산을 이어받은 친일의 역사를 넘어서는 민주 회복에 대한 서사적 지향성과 연속적으로 이어져 있었다. 이러한 문제의식에서 4월혁명, 한일협정반대 등 한국 사회의 정치적 쟁점에 대한 비판적 서사화를 『한양』 소설의 핵심적인 주제와 제재로 삼았던 것이다.

재일조선인 소설의 경우에는 식민지 종주국 일본에서 살아가는 생활인으로서의 상처와 고통에 근본적 문제의식을 두고, 이를 극복하는 궁극적 지향성으로 민족의식에 대한 분명한 자각과 식민과 분단의 역사를 안고 살아가는 재일조선인의 현실적 상황에 대한 비판적 성찰을

---

9) 이에 대해서는, 고명철, 「민족의 주체적 근대화를 향한 『한양』의 진보적 비평정신」, 민족문학연구소, 『영구혁명의 문학'들'』, 국학자료원, 2012 참조.

담아내는 데 주력했다. 재일조선인 문학 전반이 그러하듯, 일본 내의
소수자로서 겪어야만 했던 불평등과 차별, 그리고 일본에서 태어나고
자란 재일 1세대와 달리 일본인으로서의 생활이 더욱 익숙하고 자연스
러운 재일 3세대 이후의 세대적 차이에서 비롯된 갈등 양상 등 재일조
선인 사회가 당면한 현실적 문제들에 대한 문제적 서사의 지점을 보여
주었다. 하지만 이러한 세대적 차이는 민족을 전유하는 방식의 갈등을
보여주는 것일 뿐 민족이라는 근본적 문제에 대한 자기성찰을 내재하
고 있다는 점에서는 공통점이 더욱 많다. 즉 이러한 세대 간의 갈등은
일본 내에서 민족이라는 자기 정체성의 문제를 어떤 방식으로 실현할
것인가에 대한 서로 다른 시각을 쟁점화한 것이란 점에서, 재일조선인
소설만의 독특한 주제 의식과 제재적 특성을 보여주는 중요한 방향성
을 지니고 있었던 것이다.

3) 비평

시, 소설 분야와 달리『한양』의 비평을 정리하는 데 있어서 한국
비평가와 재일조선인 비평가를 구분하는 것은 사실상 큰 의미가 없다.
『한양』의 비평 대부분이 1960년대 이후 한국문학 작품을 텍스트로 삼
은 한국문학 비평이라는 점에서 재일조선인 문학작품을 대상으로 한
독자적인 비평을 거의 찾아볼 수 없기 때문이다. 이러한 사실은『한양』
이 재일조선인 문학잡지로서보다는 한국문학과의 연계와 소통을 더욱
중요시한 매체였다는 점을 분명하게 말해주는 것이 아닐 수 없다. 물론
재일조선인 비평가의 개별성에 주목하여 재일조선인 비평의 독자성을
중점적으로 살펴보는 것은 충분히 가능한 일이다. 다만 아직까지 재일
조선인문학 연구가 시, 소설 등의 작품 중심으로 진행되는 단계에 머물

러 있어서, 비평으로서의 독자성과 전문성을 특별히 쟁점화하는 데는 현실적 한계가 뚜렷한 것이 사실이다. 따라서 그동안 『한양』의 비평 텍스트를 대상으로 삼은 비평사 연구에서 표면적으로 재일조선인 문학 비평 연구라는 독자성을 특별히 부각하기보다는, 한국 현대문학 비평 사의 연속성이라는 관점에서 1960년대 이후 한국문학사의 빈틈을 메 우려는 통시적 계보 정리에 초점을 두었다. 즉 『한양』 게재 비평 연구 는 앞으로 한국 현대문학 비평사 연구의 중요한 자료로서 한국문학사 구성의 외연을 확장하는 데 필수적으로 요구되는 미발굴 비평 텍스트 로서 상당히 중요한 의의를 지닌다고 평가할 수 있는 것이다. 이런 점 에서 『한양』의 비평은 재일조선인 문학비평의 성격과 특징을 이해하는 차원에서는 물론이거니와, 1960년대 이후 국내 비평가들이 국가의 검 열과 통제를 피해 자유로운 비평적 글쓰기의 가능성을 열어갔던 진정 성 있는 담론의 장이었다는 점에서 아주 특별한 의미를 지니고 있음에 틀림없다.

　『한양』의 비평은 김순남, 장일우, 윤동호를 중심으로 한국문학 작 품에 대한 시의적인 작품론이나 작가론, 그리고 한국의 고전문학 작품 이나 연극을 대상으로 단편적인 소개나 정리를 하는 데 주력했다. 장 일우는 주로 시문학을 중심으로 한국 시단의 문제점과 올바른 방향성 에 대한 명확한 자기 입장을 표명했는데, 대체로 1960년대 이후 우리 시문학이 생활 현실과 동떨어진 관념적 추상에 머물러 있을 뿐만 아니 라 표현 방식에 있어서도 현실도피적 취향을 공공연하게 드러내고 있 음을 강하게 비판했다. 그리고 이에 대한 대안으로 4월혁명 시의 가능 성을 주목하면서, 현대시는 알기 쉽고 명확하고 진실한 시가 되어야 한다는, 그래서 난해한 모더니즘 시에 대한 비판과 리얼리즘에 입각한 시의 중요성을 무엇보다도 강조했다.[10] 이런 점에서 장일우는 민족공동체의 생활감정과 주체성을 탐색한 김소월의 시와 현실의 리얼리티를 로맨티시즘의 역사적 상상력으로 이끌고 간 시인으로 박두진을 높이 평가했다.

장일우와 달리 김순남은 소설 텍스트 중심으로 한 평론을 주로 발표했는데, 현실도피적이고 폐쇄적인, 그래서 영원성과 순수성을 문학의 본질로 내세운 1960년대 이후 한국의 보수주의 문학론에 대해 신랄하게 비판했다. 그 결과 고고한 상아탑에 머물면서 민족의 역사적 현실과 시대적 역할을 외면하고 환상과 관념의 세계에 탐닉해버린 전후 소설가들의 관념적 유폐를 전면적으로 부정했다. 이러한 태도는 시대 정신에 입각한 지성인으로서 문학인이 가져야 할 기본적인 책무를 방기한 것인 동시에 역사와 현실 앞에서 문학인으로서 가져야 할 최소한의 윤리마저 부정한 결과라는 것이다. 따라서 참여 문학은 한국의 당면 현실과 밀접한 연관 속에서 이를 집요하게 탐색하고 성찰하는 일관된 태도를 지녀야 한다는 점을 무엇보다도 강조하면서, 문학과 현실의 단절을 회복하는 새로운 방향성으로부터 순수문학 비판과 참여 문학의 성격을 더욱 정교하게 가다듬을 필요가 있다고 주장했다.

이처럼 『한양』의 비평은 민족적 주체성과 특수성에 기반하여 재일 조선인으로서의 정체성과 한국문학의 시대정신에 주목하는 비평적 실천을 모색하는 데 집중했다. 이러한 문제의식은 박정희 정권의 반공

---

10) 이러한 문제의식은 당시 김수영이 갖고 있었던 생각과 일치되는 부분이 많다. "최근 2, 3년 동안에 『한양』지를 통해 들어온 젊은 평론가들의 한국에 대한 공격을 나는 퍽 재미있게 읽었다. 그 중에서도 장일우 씨의 시에 대한 비평은 나로 하여금 시에 대한 많은 반성을 하게 했다. 일본과 문학적 교류를 할 수 있다는 거리에서 오는 매력 이상으로 국내의 평론가들이 지연상으로 할 수 없는 솔직한 말을 많이 해준 매력에 대해서, 나는 그의 숨은 공적을 높이 평가한다." 김수영, 「생활현실과 시」, 『김수영전집 2 - 산문』, 민음사, 1981, 190쪽.

이데올로기 강화와 문단 제도의 정치적 종속성을 넘어서는 문학의 윤리적 주체를 새롭게 정립하는 것이었다. 따라서 당시 국가의 검열과 통제로부터 비교적 자유로울 수 있었던 일본 동경 소재 잡지라는 이점을 최대한 활용하여, 한국의 정치사회적 상황에 대한 직접적인 대응과 이에 대한 비판적 성찰로서의 비평의 가능성과 문제의식을 특별히 강조하는 데 초점을 두었다. 결국 『한양』의 비평은 1960년대 이후 한국문학 비평 담론의 중요한 출발점이자 거점으로, 국내의 억압적 정치 현실이 감당할 수 없었던 당대의 주요 쟁점들을 비교적 자유롭게 드러내는 비판적 지식인의 목소리를 담아냈다는 점에서 특별한 의미가 있다.

5. 맺음말

1960~80년대 『한양』 게재 문학작품은 발행 기간, 발표 작품, 참여한 문인 등 양적으로든 질적으로든 한국문학사를 재구성하는 데 있어서 상당히 중요한 의미를 지녔다. 10여 년전부터 이러한 『한양』의 중요성을 인지하고 지금까지 여러 논의가 진행되었으나, 방대한 자료의 정리에서부터 작품의 정확한 조사에 이르기까지 직접 확인해야 할 사항이 만만치 않아서 단편적인 연구에 머무를 뿐 종합적이고 집중적인 논의가 이루어졌다고 보기는 어렵다. 특히 한국문학과 재일조선인문학의 연속성과 관련성 속에서 『한양』의 내외적 관계에 대한 접근은 발간 경위, 필진, 국내와의 교류 경로 등 정확한 사실 확인의 어려움이 있어 여전히 미궁 속에 있는 것이 대부분이다. 이러한 현실적 한계 때문인지 최근에 와서 『한양』 연구는 다시 외곽으로 내밀려 거의 논의되지 않고 있어서, 1960년대 이후 한국문학사의 외연 확장에 필수적인

텍스트임을 감안할 때 정말 문제가 아닐 수 없다. 본고는 바로 이러한 문제의식으로『한양』연구의 재확산을 모색하려는 데 목적을 두고, 그동안 확인이 어려웠던 자료 목록을 정확하게 제시하고 이를 토대로 장르별, 작가별 세부 연구와 한국문학사와 재일조선인문학사의 교섭 양상을 주목하는 문학사적 연구도 아울러 진행하고자 했다.

우선, 통권 177호에 이르는『한양』전체 목차를 바탕으로 시, 소설, 비평 분야 발표 작품을 정확하게 확인하고, 그 결과를 전체 목차, 작가별, 장르별로 정리하여 기본 연구 자료를 완성했다. 방대한 자료를 모두 망라할 수 없는 논문의 한정된 지면으로 본고에서는 시는 10편 이상, 소설과 비평은 각각 2편 이상 발표한 시인, 소설가, 비평가의 주요 작품을 간략하게 정리하여 소개하는 것으로 대신했다. 이를 통해서 각 장르별 주요 제재 및 주제의 특성 및 의의를 개괄적으로 살펴보았고, 주요 작가의 면면을 확인함으로써 당시 한국문학과 재일조선인문학의 교류에 대한 이데올로기적 지형도 대략적으로 확인할 수 있었다. 아마도 본격적인 논의는 각 장르별 세부 연구에서 그 주제와 제재의 특성을 발표 작품을 통해 면밀히 분석하는 과정에서 체계적으로 정리될 수 있을 것으로 판단되고, 이를 통해 한국문학과 재일조선인문학의 공통점과 차이점 그리고 각각의 문학사 서술과 통합문학사 서술의 가능성도 제시할 수 있을 것이다. 본고의 후속 작업은 이상의 결과를 토대로 시, 소설, 비평 분야 장르별 연구, 주요 시인, 소설가, 비평가의 개별 연구, 한국문학과 재일조선인문학의 교섭과 영향에 대한 연구 등 다양한 논의로 확장할 것이다. 이러한 연구 결과는 한국문학사와 재일조선인문학사의 빈틈을 메우고 문학사의 연속성을 새롭게 구축함으로써, 1960년대 이후 한국문학사 연구의 가능성을 폭넓게 확산하는 중요한 계기가 될 수 있을 것으로 기대된다.

1960~80년대 재일 종합문예지
『한양』과 한국문학의 교섭

1. 머리말

1960~80년대 재일 종합문예지 『한양』(1962~1984)은 한국의 정치, 경제, 사회, 문화 전반에 걸쳐 다양한 필자들의 논문과 논설을 게재했고, 4월혁명, 광주민주화운동, 재일조선인 차별 문제, 김지하 석방 투쟁 등 한국과 재일조선인의 역사적이고 사회적인 쟁점에 대한 비판적 목소리를 가감 없이 드러내는 정론지로서의 성격을 지녔었다. 창간사에서부터 "조국의 번영에 이바지하는 하나의 고임돌로 자기의 사명의 다할 것"[1]이라고 분명하게 밝혔듯이, 1960년대 이후 4월혁명의 시대정신에 바탕을 두고 정치 경제적으로 타락하고 부패했던 박정희 정권에 대한 비판과 민족 현실의 모순에 대한 각성을 촉구하는 진보적 성격을 드러냈던 것이다.[2] 그 결과 『한양』은 1974년 '문인 간첩단 사건'에 연

---

1) 「창간사」, 『한양』 창간호, 1962년 3월, 9쪽.
2) 이러한 성격은 〈한양사〉에서 출간한 세 권의 논설집에 일목요연하게 잘 정리되어 있다. 여기에 수록된 글들은 모두 특집의 주요 내용을 모은 것으로, 『한양』의 시대정신과 역사의식을 선명하게 보여준다. 『민족의 존엄』(1972), 『민족지성의 길』(1974), 『血路를 헤쳐』(1977) 참조.

루되어 불온서적으로 낙인찍혔을 뿐만 아니라[3], '통일혁명당 사건'으로 강제 폐간된 『청맥』(1964~1967)[4]과 마찬가지로 1966년 창간된 『창작과비평』의 전사(前史)로서 진보적 매체의 역사적 연속성을 강제로 삭제당하고 말았다.[5] 한국문학사의 측면에서도 1960년대 이후 현실주의 문학과 참여문학의 양적 확대와 질적 우수성을 담보하는 다양한 문학작품이 발표되었던 매체였음에도 불구하고, 정치사회적 검열과 제약

---

3) 유신정권에 의해 조작된 '문인간첩단 사건'으로 『한양』은 1970년대 중반부터 국내로의 유입이 금지되었고, 임헌영, 이호철 등은 국가보안법과 반공법 위반으로 고초를 겪기도 했다. 그러나 당시 『한양』은 조총련계가 아닌 민단계로부터 자금을 지원받은 잡지로, 일본 소재 한국 공보관 전시대에 꽂혀 있을 정도였으므로 반국가적인 잡지로 볼 근거는 전혀 없다. 창간 2주년 기념호인 1964년 3월호를 보면, 〈재일본대한민국거류민단 중앙총본부〉 명의의 축하 광고는 물론, 『현대문학』, 『자유문학』, 『女像』, 『新思潮』, 『新世界』, 『女苑』 등의 국내 잡지와 『한국경제』, 『연합통신』 등 국내 언론의 축하 광고가 게재되었고, 이헌구(『자유문학』 편집인), 최석채(『조선일보』 논설위원), 한태수(한양대 법정대학장), 이정규(성균관대 교수), 최재희(서울대 교수) 등 국내 유력 인사들의 축하글이 게재되었다. 이런 점으로 미루어볼 때 『한양』은 발행과 편집을 맡은 김인재와 〈한양사〉 사장인 김기심 등의 개인적인 인맥을 통해 '민단'과 연계하여 한국과 교류를 했을 뿐 북한과의 직접적인 연결고리는 찾을 수 없다. 그럼에도 불구하고 이러한 사건이 날조 조작되었던 것은, 당시 유신정권에 반대한 몇몇 문인들을 억압하기 위한 박정희 정권의 정치적 음모에 『한양』이 철저하게 희생당한 결과였다고 할 수 있다. '문인 간첩단 사건'에 대한 자세한 논의는, 임헌영, 「74년 문인간첩단 사건의 실상」, 『역사비평』 1990년 겨울호, 283~301쪽; 장백일, 「세칭 문인간첩단 사건」, 한국문인협회 편, 『문단유사』, 월간문학출판부, 2002, 57~61쪽 참조.

4) 발행인 겸 편집인 김진환과 주간 김질락, 편집장 이문규에 의해 1964년 8월 창간된 사상 교양 종합지로, 실상은 재정을 담당했던 김정태(김질락의 삼촌)가 통일혁명당의 창당을 준비하는 과정에서 남한의 지식인들을 규합하고 민중들의 의식을 변화시키려는 정치적 의도에서 만든 잡지였다. 하지만 대부분의 필진들은 『청맥』의 이러한 조직적 성격에 대해서는 전혀 무지했고, 내부 구성원 전체가 통일혁명당의 구성원도 아니었다. 그럼에도 불구하고 통일혁명당 사건 이후 『청맥』에 글을 싣거나 참여했다는 이유만으로 심한 고통을 겪을 수밖에 없었던 현실은 당시 한국 사회의 어두운 단면을 그대로 보여주는 것이 아닐 수 없다. 하상일, 「1960년대 『청맥』의 이데올로기와 문학담론」, 『리얼리즘'들'의 혼란을 넘어서』, 소명출판, 2011, 14~15쪽.

5) 이에 대한 자세한 논의는 하상일, 『1960년대 현실주의 문학비평과 매체의 비평전략』, 소명출판, 2008 참조.

으로 인해 그 실체를 정확히 확인할 수 없어서 문학사의 외연 확장과 의미 부여가 사실상 불가능하기도 했다. 이런 점에서 『한양』 게재 문학 작품의 발굴 및 정리는 1960~80년대 한국문학사의 숨겨진 실체를 확인하고 그 빈틈을 메우는 아주 중요한 기초 자료서의 의미를 지닌다. 특히 『한양』 창간이 이루어진 1962년부터 '문인 간첩단 사건'에 연루되기 전인 1974년까지 한국의 주요 시인, 소설가, 비평가들이 발표한 작품 목록을 살펴보면, 당시 군사독재의 검열과 억압으로부터 일정하게 벗어나 있는 자유로운 목소리를 그대로 확인할 수 있다는 점에서 상당히 중요한 의미가 있다. 따라서 본고는 이에 대한 기초적인 정리 작업을 통해 1960년대 이후 한국문학의 외연 확장을 하고자 함은 물론이거니와, 당시 일본 동경에서 발간된 『한양』이 한국문학과 어떻게 교섭하며 영향을 주고 받았는지에 대해서도 대략적인 과정을 정리해 보고자 한다.

이를 위해 본고에서는 우선 필자의 이전 연구성과인 『한양』 게재 문학작품 전체의 서지 목록[6]을 토대로 재일조선인 혹은 해외 한인 문학으로 명확하게 확인되는 경우를 제외하고 한국문학 작품으로 특정할 수 있는 별도의 서지사항을 시, 소설, 비평 및 산문으로 구분하여 세부적으로 정리하였다.[7] 장르별로 보면 시는 113명의 시인이 455편, 소설은 36명의 소설가가 95편, 비평, 산문(수필)은 75명의 비평가와 학자,

---

6) 하상일, 「1960~80년대 재일(在日) 종합문예지 『한양』 게재 문학작품의 서지적 연구」, 『한민족문화연구』 제74집, 한민족문화학회, 2021. 6 참조.

7) 본고에서는 제한된 분량으로 대표적인 것만 우선 밝혀두고, 『한양』에 개재된 한국문학 작품 가운데 시, 소설, 비평 및 산문의 전체 목록 및 작가별 서지사항은 별도의 자료로 정리하여 보고할 예정임을 미리 밝혀 둔다. 자료 목록은 〈재일 종합문예지 『한양』 게재 문학작품(시, 소설, 비평, 기타) 목록〉, 〈『한양』 게재 한국문학 작품 현황 및 필자 소개〉로 구성되어 있다.

문인이 218편을 게재했다. 그리고 한국문학 전반에 대한 좌담 및 특집으로 〈좌담 : 한국문학의 근황 : 김팔봉, 정비석, 김남조, 이한직(재일), 강상구(재일), 1967년 4월호〉, 〈좌담 : 신극 60년의 이모저모 : 이두현, 차범석, 신영(재일), 이라, 김양기, 1969년 2월호〉, 〈특집 : 김지하의 문학의 밤 : 고원, 지학순, 백낙청, 백기완, 함세웅, 박태순, 1974년 3.4월호〉, 〈대담 : 한국문학의 이모저모 : 백철, 김사엽, 1973년 1월호〉 등을 마련하여 한국문학에 대한 깊이 있는 논의와 문제의식을 보여주었다. 하지만 이러한 한국문학 작품 게재는 '문인 간첩단 사건'의 결과로 1974년 1월호에 박봉우, 신동집, 이성부 등의 시, 유승규의 소설이 게재되는 것을 마지막으로 중단되고 말았다. 1975년 2·3월호에 김지하의 「민중의 소리」가 게재되는 것을 시작으로 다시 한국문학 작품이 소수 발표되지만, 대부분 '김지하 석방 투쟁'과 관련된 기획[8]으로 재수록의 형식에 그치고 있어 한국문학 현장과의 직접적인 교섭으로 보기는 어렵다. 이후 발표된 양성우의 시와 전태일을 추모하는 특집[9] 등도 모두 이와 같은 기획에 의한 작품 재수록에 해당하므로, '문인 간첩단 사건' 이후 『한양』과 한국문학의 직접적인 교류는 사실상 단절되었다고 볼 수 있다. 따라서 본고에서 집중적으로 논의하고자 하는 1960~80년대 『한양』과 한국문학의 교섭과 영향은 1962년 창간부터 1970년대

---

8) 「고행 – 1974」, 『동아일보』 연재 수기 재수록 ; 1975년 4~5월호), 「진오귀」(희곡 ; 1975년 8~9월호), 「오행」(장시 ; 1975년 10~11월호), 「금관의 예수」(희곡 ; 1971년 1월호), 「김지하씨 법정 투쟁 기록」(1976년 8~9월호, 10~11월호), 「김지하의 세계 : 민족 시인의 '한'과 투쟁」(좌담, 김학현 외, 1977년 2~3월호), 김지하의 미발표시 11편(1977년 2~3월호), 「김지하씨를 내놓아라」(고은, 1978년 11~12월호)

9) 「노동자의 불꽃 – 전태일」(고은, 경련 외, 1978년 5~6월호), 「영화 〈어머니〉의 제작을 끝마치고」(좌담 : 김경식 외, 1979년 1~2월호), 「이소선 여사의 메시지 – 〈어머니〉 상영에 부쳐」(1979년 1~2월호)

초반까지에 국한될 수밖에 없음을 미리 밝혀둔다.

2. 『한양』 게재 한국문학 주요 작품 및 작가 현황

1) 시

『한양』에 게재된 한국문학 작품 가운데 시를 정리해보면 113명의 시인이 455편을 발표한 것으로 확인된다.[10] 발표 작품 전체를 소개하기에는 제한된 지면 사정상 어려움이 있어서 10편 이상 시를 발표한 시인과 1960년대 이후 한국 시문학사에서 중요하게 언급할 만한 시인의 작품을 중심으로 선별하여 〈표 1〉로 정리하였다. 처음 시를 발표한 시인은 〈한양사〉의 발행인인 김기심과 동향인 평안북도 원산 출신 구상으로, 1962년 7월호에 「大行寺得吟」을 발표한 것을 시작으로 모두 6편이 게재되었다. 시 이외에 「민단의 생태」(1962년 8월호), 「明日 없는 明日」(1962년 9월호), 「민족 독본의 역할」(창간 2주년 축하글, 1964년 3월호) 등을 지속적으로 게재했는데, 실제로 구상은 김기심과의 특별한 인연으로 『한양』 창간 직후 한국문학과의 교류에 있어서 실질적인 가교 역할을 담당했던 것으로 추정된다. 『한양』에 가장 많은 시를 발표한

---

10) 손남훈은 『한양』에 시를 발표한 한국 시인들의 수가 127명이라고 정리했는데(「『한양』 게재 재일 한인 시의 주체 구성과 언술 전략」, 부산대 박사논문, 2016, 30~31쪽), 이는 시인들의 신상정보에 대한 정확한 확인이 어려운 경우가 많아서 현재로서는 부정확하다고 볼 수밖에 없다. 필자는 『한국현대문인대사전』(권영민 편, 아세아문화사, 1991)을 비롯하여 여러 문학 관련 사전을 통해 국내 문인으로 정확히 확인할 수 있는 경우로만 한정하였는데, 이러한 통계 역시 앞으로 새롭게 확인되는 사항에 따라 수정될 수밖에 없는 것이 사실이다. 이하 소설, 비평 분야의 경우에도 마찬가지로 앞으로 『한양』에 문학작품을 게재한 문인들에 대한 실증적 조사와 연구가 구체적으로 이루어질 필요가 있다.

국내 시인은 이인석으로 시 30편, 시극 3편을 게재했는데, 이인석은
〈국제펜클럽〉 한국본부 사무국장을 역임했고 〈한국문인협회〉의 전신
인 〈자유문학자협회〉로부터 문학상을 수상했던 인연이 『한양』으로 이
어진 것으로 보인다. 실제로 『한양』의 필자 상당수가 〈국제펜클럽〉,
『자유문학』, 『현대문학』 등과 밀접한 관련을 맺고 있었는데, 이러한
보수적 문단과의 인적 교류는 『한양』의 필자 구성에 있어서 핵심적인
요인이 되었고, 『한양』의 작품 경향에 있어서도 참여시 계열과는 다른
전통 서정시 계열의 한 흐름을 뚜렷이 형성했다고 할 수 있다.

    세부적인 장르 구성에 있어서는 시, 시조, 장시, 시극, 동요 등 다양
한 장르의 작품이 게재되었는데, 한국 시조 시단의 대표적 시인인 김상
옥, 이태극, 조종현, 최승범 등의 작품이 발표되었고, 윤석중의 동요가
게재되었으며, 이동순의 장시 「검정버선」과 김소영의 「태백산맥」이
발표되었다. 『한양』에 발표된 시의 대체적인 경향은 자연에 대한 탐색
을 바탕으로 화자의 내면에 집중하는 서정시 계열과 인간 존재에 대한
근원적 탐색이라는 추상적이고 관념적인 성격이 한 흐름을 형성하는
데, 이러한 지향성은 김남조, 김정숙, 김지향 등 여성 시인들의 작품에
서 두드러지게 확인할 수 있다. 이처럼 『한양』에 발표된 시는 '문인
간첩단 사건'이라는 외적 사건을 겪었던 매체라는 사실과는 어울리지
않게 전반적으로 고향과 자연을 노래하는 보수적이고 전통적인 경향이
우세했다고 볼 수 있는데, 이러한 결과는 한국 전후문학의 특징이라고
할 수 있는 보수 문예 조직과의 친연성이 크게 영향을 미친 데 따른
결과였던 것으로 추정된다. 하지만 이와는 전혀 달리 『한양』의 논설이
나 비평적 성격이 지향하는 정치사회적 현실에 대한 신랄한 비판적
목소리도 중요한 한 축을 차지했음을 간과해서는 안 되는데, 1960년대
이후 국내의 검열 체계로부터 일정 부분 자유로울 수 있었던 매체의

성격상 현실주의 시문학의 뚜렷한 흐름을 엿볼 수 있다는 점에서 중요
한 의미가 있다. 고은, 김규동, 김지하, 문병란, 박두진, 박봉우, 신동
엽, 신석정, 양성우, 이성부, 조태일 등의 시에서 바로 이러한 시적
경향을 표방한 1960년대 이후 리얼리즘 시의 진면목을 확인할 수 있다.
특히 박두진이 「曠野行」 등 24편, 신석정이 「슬픈 서정」 등 25편[11],
박봉우가 「8월의 꽃」 등 15편을 발표하여 『한양』의 주요 시인으로 부각
된다는 사실을 주목할 필요가 있다. 또한 김지하, 양성우의 경우는 '문
인 간첩단 사건' 이후에도 재수록 형식으로 계속해서 시를 발표했고,
〈한양사〉에서 시집도 출간했다는 사실을 특별히 기억할 필요가 있다.
이들에 대한 세부적인 시인론이 『한양』과 연관지어 앞으로 구체화된다
면 1960년대 이후 한국 시문학사의 외연 확장은 물론이거니와, 검열과
통제로부터 일정하게 벗어난 당시 현실주의 시문학의 생생한 현장성을
직접적으로 확인하는 중요한 의미가 있을 것으로 판단된다.

〈표 1〉 『한양』 게재 한국 주요 시인별 작품 목록 및 발표 편수

이름	작품명	편수	비고
고 은	山莊尋訪	1	
구 상	大行寺得吟, 무 밭에서, 나는 혼자서 알아낸다, 祕儀, 情景, 失鄕 三章	6	한국 시인 첫 발표 작품(62. 7)
김구용	어둠은	1	
김규동	望鄕 詩抄, 고독한 우리들의 8월	2	
김남석	山火, 風車, 횃불의 광장에서, 3월의 合掌, 훈장있는 무덤에, 4월은, 부두를 등진 보리밭에서, 8월은, 현해탄, 산에 꽃은 저마다, 8월의 노래, 역설 外	21	현대시인협회, 자유시인협회

---

11) 전라북도 부안의 〈석정문학관〉에는 『한양』의 청탁서가 전시되어 있는데, 신석정에게
이루어진 청탁의 경위를 자세히 알 수 있다면 당시 『한양』과 국내 문인들과의 관계를
밝혀내는 데 중요한 단서가 될 것이다. 문학관 전시물에는 19편의 시를 게재했다고 되어
있으나, 필자가 『한양』을 직접 확인한 결과 총 25편의 시가 게재되었다.

김남조	고독이란 이름의 공원, 이상한 아침 음악, 꽃샘 눈	3	
김상옥	三行詩 長短形 – 안개, 강설, 도장	3	시조
김소영	봄을 찾아서, 장미의 계절, 北海抒情, 나비와 거미, 어린이를 위한 시, 꽃피는 마을, 풀, 서정시에는 맞지 않는 시대, 기다림, 태백산맥(장시) 外	17	
김수영	파자마 바람으로	1	
김어수	강, 산도라지, 가을이 오는 어귀에서, 내일의 연가, 치술령, 오후에 흐르는 강 外	10	시조
김정숙	別離, 비취빛 얼, 향수, 포도, 달과 가야금, 강강수월래, 잡초, 눈보라, 한강 풍경, 신록의 풀숲에서 外	16	〈현대문학〉 등단
김지하	민중의 소리(장시), 五行(장시), 미발표시 11편(잊지 말아라, 새 소리, 대화, 소묘, 한송이 박꽃, 스무살, 驛前, 꽃잽이, 여름, 금대리 고새, 은골), 南(대설) 外	재수록 다수	〈김지하전집〉(한양사) 발간
김지향	미소, 걸인, 불춤, 탄생, 아! 조국, 8월의 어머니, 청소부, 눈치 보는 골목, 그 8월의 소리 外	13	〈자유문학〉 편집부 근무
문병란	옥중의 文友에 드리는 시	1	
박두진	曠野行, 氷原歌, 4월을 시로 노래하기에는 아직도, 진달래꽃 이맘 때, 북한산 인수봉, 가슴이 뜨거우면, 4월의 꽃과 피, 봄편지, 옛날에, 이 노래 하늘까지 外	24	
박보운	旗, 噴水의 內譯, 5월의 연가, 發聲抄, 思鄕의 曲, 꽃잎에 그리는 햇무늬, 花瓶記, 과정 外	11	〈자유문학〉 등단
박봉우	8월의 꽃, 조국의 하늘에게만은, 도시의 가슴엔, 해방 20년, 고향의 창, 독립 3월, '하나'의 조국과 돌잔치, 4.19묘지, 백두산, 우리가 부를 노래는 무엇인가 外	15	
박재삼	밤바다에서, 無題	2	
박정온	내일, 노래, 3월을 위하여, 어떤 봄날에, 생활, 얼굴에서, 밤을 견디고, 먼 산하여 外	13	
서정주	漢陽好日, 무제	2	
신동문	내 노동으로	1	
신동엽	서귀포	1	
신동집	만추, 겨울 스케치	2	
신석정	슬픈 서정, 지옥, 장미 옆에서, 그런 날은 언제 올까, 춘향전 서시, 어린 봄의 노래, 異國 같은 거리에서, 瀟湘八景歌 연작 8편, 동박새, 바람 外	25	

신석초	病吟抄	1	
안장현	지금은, 1963년, 어둠 속에서도, 벽을 헐어라, 편지(1), 방, 소묘, 턴넬 공사장, 부산(2) 外	14	〈한글문학〉 발행 및 편집인
양성우	노예수첩, 양성우 시초(겨울 공화국, 빈 논밭에 허수아비로, 바람, 노래, 내가 살고 있는 것이 실수가 아니라면) 外	17	〈노예수첩〉 (한양사) 발간
유안진	산	1	
유치환	바람 높은 날은, 봄 2제	2	
윤석중	소, 겨울 발소리	2	동요
이근배	조국	1	
이동순	검정버선(장시)	1	
이설주	책, 삼십계단, 새 태양이 보내는 아침, 민족의 소망, 종점, 해장국, 남대문, 대한문, 동대문, 사할린에서 온 편지, 바닷가에서, 江燕 外	13	
이성부	희망	1	
이인석	사다리의 인형(시극), 신화, 잃어버린 나를 찾을 때다, 가슴에 하늘을, 낮익은 얼굴, 개나리꽃, 진정한 목소리가 들려야 할 때다, 깃발을 올려라(시극) 外	30 시극 3	국제펜클럽 한국본부사무국장
이태극	부름있어, 백마강에서, 망부석, 내 산하에 서다, 떠나 살면, 3월의 노래, 시장 풍경, 진달래의 생애 外	18	시조
장 호	정말 아는 것일까, 立春詩帖, 破墓記, 새벽을 가는 사람들	4	
장만영	시인의 고향, 낡은 鏡臺, 푸른 별	3	
정한모	羈旅記(抄)	1	
조병화	조국, 내일 어느 자리에서, 가을, 별, 외출	5	
조종현	얼어붙은 강물, 산도 가람도 자라는구나, 넋이 우는 낙동강, 태극기 복판에 꽂고, 鄕愁, 罷産	6	〈자유문학〉 시조 심사위원
조태일	서울의 街路樹는, 아침 戀歌, 다시 鋪道에서, 美人 이야기, 당신들은 지하에 누워서 말한다, 봄 소문, 국토 27, 국토 28	8	
최승범	全州迎春記, 登攀, 奈良詩抄 5편, 새아침의 눈속을, 元旦에, 秋日集, 봄에 부치는 노래, 農樂, 萬歲를 가꾸는 소리, 一日集, 春日	15	시조
한찬식	旗	1	〈자유문학〉 등단
황명걸	'땅' 유감	1	〈자유문학〉 등단

2) 소설

『한양』에 게재된 한국문학 작품 가운데 소설을 정리해보면 36명의 소설가가 97편을 발표한 것으로 확인되는데, 이들 가운데 5편 이상 작품을 발표한 소설가와 1960년대 이후 한국 소설문학사에서 중요하게 평가되는 소설가의 작품을 중심으로 정리하면 〈표 2〉와 같다. 가장 많은 작품을 발표한 소설가는 김송인데, 시 분야에서와 마찬가지로 『자유문학』 주간을 맡았던 이력이 크게 작용한 것으로 보인다. 강금종, 박용숙, 오찬식, 이동희 등의 발표 편수가 다른 소설가들에 비해 다소 많은 점도 『자유문학』으로 등단했다는 사실에 가장 큰 이유가 있었던 것으로 여겨진다. 한국 소설가 가운데 처음으로 『한양』에 소설을 발표한 작가는 선우휘로, 1963년 1월호에 게재된 「갚을 수 없는 빚」[12]이다. 그리고 천승세는 두 편의 소설과 함께 희곡 「滿船」을 발표했고, '문인 간첩단 사건'으로 옥고를 치렀던 이호철의 경우에는 수필 3편을 발표하기는 했지만 소설은 단 한 편도 발표하지 않은 것으로 확인된다.[13]

---

12) 필자가 확인한 바로는 『선우휘문학선집 1~5』(황순원, 김성한, 이어령 편, 조선일보사, 1987)에 수록되지 않은 작품으로 〈선우휘 작품 총 목록〉에도 빠져 있어 선우휘의 소설 가운데 새롭게 알려지는 작품으로 추정된다.

13) 이호철이 '문인 간첩단 사건'에 연루된 것은 당시 『한국문학』에 연재 중이던 소설 「역려(逆旅)」 때문이 아니었을까 짐작된다. 이 작품은 1970년대 한일 관계와 남북 관계를 문제적으로 담은 소설로, 1965년 한일협정 이후 변화해야 할 한일 관계의 방향을 새로운 세대의 관점에서 제시함으로써 국가주의가 아닌 개인의 주체적 인식 문제로 접근했다는 점에서 특별한 의미가 있다. 이호철이 작품 연재 도중 구속되어 10개월 복역했고 출옥 이후 1975년 2월부터 다시 연재를 하여 작품을 완성했다. 이 때문에 가족서사였던 원래의 서사구조가 간첩서사로 급격히 바뀌는 양상을 초래했는데, 이는 '문인 간첩단 사건'을 겪은 이호철의 경험이 직접적으로 반영된 것으로, 한일 관계에 깊이 침윤되어 있는 남북 관계의 복잡한 양상을 새로운 서사 구조로 변형시킨 결과였다. 이에 대한 자세한 내용은, 오창은, 「만들어진 '악'과 분단서사의 굴절 – 이호철의 「역려」론」, 『어문론집』 제74호, 중앙어문학회, 2018. 6, 165~197쪽 참조.

이호철과 함께 검거된 정을병의 경우에도 「남해 그 모랫섬 전설」 1편만이 게재되었다는 데서도 알 수 있듯이, 1970년대 공안 사건의 허위와 날조가 문학작품의 이념성을 떠나서 문인들을 어떻게 억압하고 통제했는지 그 실상을 그대로 확인하게 한다.

전후 소설가로 선우휘, 이범선, 하근찬에 이어 1960년대 이후 진보적이고 현실주의적인 성격을 드러낸 작가로 방영웅, 윤정규, 이문구, 조정래 등이 주목되는데[14], 이들의 경우 발표 편수는 소략하지만 『한양』이 표방했던 정치사회적 문제의식과 소설의 지향점이 일정 부분 유기적으로 결합하는 새로운 방향성을 열어주었다는 점에서 의미가 있다. 즉 1960년대 이후 한국의 정치경제적 상황을 비판하는 지식인의 목소리를 담은 『한양』의 매체사회학적 위상을 서사적으로 실천하는 가능성을 보여주었다고 할 수 있는 것이다. 즉 4월혁명의 시대정신 고양, 한일협정 반대 등의 시사적 성격을 소설의 주요 제재와 주제로 담아냈다는 점에서, 1960년대 이후 한국 소설사의 현실주의적 측면을 충실히 반영했다고 평가할 수 있다. 물론 『한양』에 발표된 소설 전체의 성격과 이러한 특성은 다소 괴리된 측면이 있는 것이 분명 사실이다.

---

14) 필자는 최근 몇 년간 하근찬, 윤정규, 조정래 등을 비롯해 『한양』에 소설을 발표한 소설가들의 작품 원전에 대한 요청을 여러 차례 받았다. 『한양』에 게재된 이들의 소설이 그동안 전집 작업에 누락되어 있는 것이 대부분이어서, 작가 연구나 새로운 전집 작업에 필수적인 자료로서 확인이 필요한 사항이기 때문이었다. 한국문학 연구자의 한 사람으로 이러한 자료는 발굴이나 소지의 주체가 누구이든지 간에 사유물이 아니라 공공재라는 생각을 반드시 가져야 한다고 생각한다. 따라서 의미 있는 연구나 전집 발간을 진행하는 연구자들이 있다면 이러한 자료를 적극적으로 공유하여 후속 연구의 가능성을 열어나갈 필요가 있다. 이러한 자료 공유로 이루어진 대표적인 성과로, 황국명 외, 『의인 윤정규의 아카이빙 구축을 위한 자료수집 및 기초연구』(2020)가 있고, 현재까지 1~3권, 9권(상/하) 등 총 5권이 발간된 『하근찬전집』(산지니, 2021)의 이후 작업에서도 『한양』 게재 소설 5편이 수록될 예정이다. 이런 점에서 이들 작가 외에도 『한양』 게재 한국 소설가에 대한 전면적인 정리와 연구가 진행될 필요가 있다.

즉 『한양』 게재 소설가들의 면면을 보면 이념적 편향성과는 무관한 전후 보수 문단의 정통성에 기반하여 작품 활동을 했던 소설가들이 더욱 두드러졌다고 볼 수 있는데, 민속이나 신화에 기대어 민족적 정체성을 서사화하는 전통적 경향이 뚜렷했던 이유도 바로 여기에 있다. 이런 점에서 『한양』의 소설을 정치사회적 논조에만 무게를 두고 1960~70년대 참여문학이나 현실주의 문학의 영향 속에서만 읽어내고 의미부여를 하는 것은, 1960년대 이후 한국 사회의 이데올로기적 성격에 치우쳐 부분적인 측면을 전면화하는 오류를 초래할 수도 있음을 경계할 필요가 있다.

〈표 2〉 『한양』 게재 한국 주요 소설가별 작품 목록 및 발표 편수

이름	작품명	편수	비고
강금종	血脈, 流轉, 주막골 사람들, 서글픈 해후, 슬픈 凱歌, 그 여자의 경우, 落照, 후회, 血肉	9	〈자유문학〉 등단
김 송	집 이야기, 靑畫白磁, 凶家, 백석고개, 정자나무 옆에서, 無能者, 모자를 눌러쓰고, 불광동, 웅덩이 속에서, 양반전, 부러진 頌德碑, 다시 만났을 때 外	18	〈자유문학〉 주간
남정현	혁명 이후, 脫衣記, 風土病	3	
박용숙	충무로가 있는 풍경, 新型 아파트, 젊은 그들, 太忠臣傳, 簡易史, 궁장이 仇珍川	6	〈자유문학〉 등단
방영웅	농촌 아이	1	
선우휘	갚을 수 없는 빚	1	한국 소설가 첫 발표 작품(63. 1)
승지행	세코날, 土地, 인간소외, 利浦里 이야기, 손 진노하다	5	
신상웅	어떤 邂逅, 바다와 겨룬 사나이	2	
오찬식	追懷, 風波三代, 양반전	3	〈자유문학〉 등단
윤정규	繫馬辭說, 어떤 辭任	2	
이동희	風土, 空轉, 보리피리, 尾行, 막다른 골목	5	〈자유문학〉 등단

이문구	簡易驛	1	
이범선	황혼의 기도	1	
정을병	남해 그 모랫섬 전설	1	
조정래	点의 面線, 타이거 메이저	2	
천승세	물꼬, 麥嶺, 滿船(희곡)	3	
하근찬	섬 엘레지, 特勤費와 팁, 雨傘, 기울어지는 강, 酒綠記	5	
한말숙	출발의 주변	1	

3) 비평 및 산문(수필)

『한양』에 게재된 한국문학 작품 가운데 비평 및 산문(수필)을 정리해
보면 75명의 저자가 225편을 발표한 것으로 확인되는데, 이들 가운데
5편 이상 글을 발표한 경우와 1960년대 이후 한국문학사에서나 한국
지성사에서 중요하게 거론되는 저자의 작품을 중심으로 정리한 것이
〈표 3〉이다. 1960년대 이후 한국문학 현장에 대한 신랄한 비판을 담은
비평은 물론이거니와 한국의 고전문학에 관한 소개와 비평, 한국과 재
일조선인 사회의 정치사회적 현실에 대한 비판적 논조를 담은 산문,
한국의 민속, 신화 등에 대한 소개와 정리를 통한 민족 정체성 제고
등 다양한 주제와 제재의 글이 발표되었다. 1960년대 이후 게재된 비평
분야에 한정하여 정리하면, 구중서, 김병걸, 김우종, 백낙청, 신동한,
이선영, 임중빈, 임헌영, 정태용, 홍사중 등이 필자로 참여했는데, 전
후 비평과는 확연하게 구별되는 새로운 세대의 현실주의적 목소리를
담은 문학비평이 대세를 이루었다. 산문과 수필의 경우에는 김동리,
김성동, 김정한, 안수길, 오영수, 이호철, 정비석, 조정래 등 소설가의
글이 다수 게재되었는데, 자연을 바라보는 개인의 심경을 담담하게 토
로한 경수필의 성격을 지닌 글에서부터 당대의 정치사회적 현실에 대

한 비판적 성격을 담은 날카로운 논설에 이르기까지 그 내용적 범주는
다양하게 구성되어 있다. 국문학자로는 김사엽, 양주동, 임동권, 최현
배 등이 주목되는데, 고전문학과 국어학의 대중화를 의식한 글을 주로
발표한 것으로 확인된다. 이 외에도 문익환, 지학순, 함세웅 등 진보적
종교인의 현실 비판적 성격의 글과 천경자의 예술에 관한 수필 등이
발표되었고, 박정희 정권에서 겪은 개인적 경험을 담은 윤이상의 수필
도 발표되어 특별히 주목된다.

　『한양』의 비평을 정리하는 데 있어서 재일조선인 비평가 장일우,
김순남을 제외하고 논의하는 일은 사실상 크게 의미가 없다고 해도
과언이 아니다. 두 비평가의 글은 양적 측면에서도 『한양』 전체의 비평
에서 절반 이상을 차지하거니와, 1960년대 이후 한국문학에 대한 탁월
한 식견으로 당시 검열과 통제로 인해 한국 비평계 내부에서는 쉽게
발언하지 못했던 비판적인 내용을 가감 없이 게재함으로써 1960년대
이후 한국 현실주의 문학비평의 수준을 한 단계 높였다고 평가할 만하
다. 또한 장일우, 김순남은 『자유문학』, 『현대문학』 등 국내 매체에도
비평을 발표했을 정도로 당시 한국문학에 대한 깊이 있는 인식과 통찰
을 보여주었다는 점에서, 이들이 중심이 된 『한양』의 비평은 발표 지면
만 일본 동경에 있었던 것일 뿐 실질적으로는 한국문학 작품을 주된
텍스트로 삼은 한국문학 비평이었다고 해도 크게 무리는 아닐 것이
다.[15] 하지만 이 두 비평가의 신상정보를 현재로서는 전혀 알 수가 없어
서 한국문학 비평의 영역에서 전적으로 다루는 것은 사실상 한계가

---

15) 필자가 1962년 창간된 『한양』의 비평을 1964년 창간된 『청맥』, 1966년 창간된 『창작과
　　비평』, 1969년 『상황』 등으로 이어지는 1960년대 현실주의 문학비평의 출발점으로 보
　　는 이유도 바로 이러한 문제의식에 기반을 두고 있다. 하상일, 「1960년대 현실주의 문학
　　비평과 매체의 비평전략」, 앞의 책 참조.

있다. 이들이 비평 텍스트로 삼은 대상이 재일조선인 문학에 관한 것이
아닌 1960년대 이후 한국문학 작품이 대부분이었다는 점에서 분명 한
국문학 비평의 영역에 속한다고 볼 수 있지만, 그 실체를 정확히 파악
하기 전까지는 재일조선인으로 활동하면서 한국의 문학적 현실에 깊숙
이 개입한 아주 특이한 사례로 정리해두는 것이 적절한 판단이 아닐까
생각한다. 이처럼 1960년대 이후 『한양』과 한국문학의 교섭을 이해하
는 데 있어서 비평 분야는 가장 중요하고 직접적인 영향력을 지니고
있다고 할 수 있다. 따라서 시, 소설 분야와 마찬가지로 『한양』 게재
비평과 산문 및 수필 등 한국 문인들과 관련된 글들의 서지 정보에
대한 실증적 확인과 비평가들의 신상에 대한 정확한 조사와 정리가
후속적으로 이루어질 필요성이 있다는 점에 대해 거듭 강조하지 않을
수 없다.

〈표 3〉 『한양』 게재 한국 주요 비평가 및 저자별 작품 목록 및 발표 편수

이름	작품명	편수	비고
고 은	김지하 씨를 내놓아라, 다시 동일방직 쪼깐이 딸에게	2	산문
구 상	민단의 생태, 明日 없는 明日, 민족독본의 역할(창간 2주년축하)	3	산문
구중서	文弱亡國, 고전감상-허생전/춘향전/홍길동전/심청전, 한국의 고전-귀의성, 금오신화, 자유종, 배추 묘, 작가와 역사의식, 下半年의 한국문단	11	수필, 고전비평, 비평
김동리	滿月, 저물어가는 뜰에서, 樂天說	3	수필
김병걸	옥중의 김지하에게, 문학의 역사적 사명, 작가와 사회적 책임	3	산문, 비평
김사엽	우리말과 日語, 李朝文學과 歌謠, 한국의 고전-정철과 송강가사, 名時調 百選(연재), 우리 속담의 다양성, 고려조의 가요문학(1~5), 국문학12강(1~12) 外	29	고전비평
김상옥	충무시의 자연과 인물	1	산문
김성동	廣大 또는 菩薩	1	

김소운	三誤堂雜記(1~6), 三誤堂漫筆, 三誤堂雜記-서울 考現學(1~2), 三誤堂雜記-'써어비스' 動物誌, 똥개천, 三誤堂閑話-常識의 한계, 고마운 '惡妻'들	13	수필
김우종	문학과 副業, 작가와 현실, 농촌과 문학, 순수의 자기기만, 민족문학의 새 차원, 해인사 여행기, 변모하는 한국 문단, 한국 문단의 근황 外	12	수필, 산문, 비평
김정한	말살된 주체의식	1	수필
문익환	옥중서신	1	수필
박봉우	김소월과 진달래꽃, 尙火의 詩와 人間, 제주도기행, 시인과 민족	4	산문, 비평
박태순	전세계 지식인 문학인에게	1	비평
박화성	현재 한국 여류문단의 一瞥, 8.15 前後	2	비평, 수필
백기완	민족통일과 김지하의 혁명의지	1	산문
백낙청	민족문학과 지하의 시	1	비평
백 철	지식인으로서의 일본인, 東과 西의 유우머	2	수필
송 면	열하나의 의견, 다뉴브강의 멜로디, 생활인의 양면, 교포자녀의 교육문제, 拙著의 푸념 外	10	수필, 산문
송건호	재일교포의 언어생활, 서점산책, 한국 언론의 정통성	3	수필, 산문
신동한	내용과 형식에 관한 각서, 작가와 생활, 비판의 방향	3	비평
안수길	'샤부샤부'와 '사바사바'	1	수필
양주동	國史上의 멋진 '연애'들, 아리랑 考說, 臥遊山水記, 정초의 鄕思, 隨感 2제, 姓名設 2제, 한국의 고전-신라가요의 우수성 外	17	고전비평, 수필
오영수	봄비	1	수필
윤병로	새해 문턱에서, 大自然 속의 혈맥	2	수필
윤이상	回首錄-醉漢과 自轉車, 누구를 위하여 '민주'를 하는가, 나와 박정희, 선생의 辯, 반눈 감은 이승만, 國籍이라는 것, C大使의 편지, 해방직후 통영에서 外	17	수필, 산문
이오덕	이발소	1	수필
이선영	작가와 역사의식	1	비평
이우종	현대시조에 대한 小考	1	비평
이은상	諧謔의 동양적 특성	1	비평
이태극	한국 시조문단의 근황, 焦點	2	비평, 수필
이헌구	비약의 제3년을(창간2주년 축하)	1	산문

이호철	민중과의 해후, 역사 속의 인물들, 文友에게	3	수필, 산문
임동권	향토애를 읊은 민요, 3월의 風俗, 4月令, 觀燈놀이, 6月令, 7月令, 민요에서 본 한국인의 氣質, 5月令-단오일, 한국 민요 연구의 현황	8	고전비평, 수필
임중빈	문학과 인간의 모랄, 속물근성, 객관적 상황과 문학, 사실과 직관	4	비평, 수필
임헌영	〈바람과 구름과 태양〉(서평), 7.4성명과 한국문학의 과제, 한국문학의 경제정치의식	3	비평
장덕순	암흑기의 문학, 矛盾數題	2	비평, 수필
정비석	정신자세, 한국 의상과 한국 여성	2	수필
정태용	작가와 주체의식, 新風이 없는 신인들, 지성과 양심과 용기와, 〈무정〉의 근대성	4	비평
조연현	'상식'에 대하여, 書齋新築記, 8.15와 나	3	산문, 수필
조윤제	잃어버린 養士의 정신	1	수필
조정래	轍環, 일본인 관광객에게	2	수필
조종현	낭만의 鄕愁, 봄은 미소에서 오는가	2	수필
주섭일	한국 지식인의 행동	1	산문
지학순	김지하를 우리와 함께	1	산문
차범석	유행가, 望鄕	2	수필
천경자	고갱과 타히티	1	수필
최승범	신재효의 인물과 문학, 吾悲爾樂	2	고전비평, 수필
최현배	말과 겨레	1	수필
함세웅	전세계 크리스찬들에게	1	산문
홍사중	한국문학의 오늘의 과제, 작가와 현실, 젊은 작가와 정치감각, 통속소설의 윤리, 한국문학의 새로운 전망, 요새는 재미가 좋습니까	6	비평, 수필

3. 『한양』과 1960년대 이후 한국문학의 교섭

1) 민족적 정서의 내면화와 현실 비판의 시대정신

1962년 창간 이후 『한양』은 국내외에서 활동하는 다양한 시인들의

작품을 게재하여 한민족의 정체성과 문화적 연대감을 확장하는 중요한
매체로서의 역할을 담당했다. 일본 동경에서 재일조선인이 중심이 되
어 발간한 매체였다는 점에서 가장 근본적으로는 조국에 대한 향수와
민족적 정서에 바탕을 둔 미학적 방향성을 지니고 있었지만, 1960년대
이후 한국의 정치사회적 현실에도 민감하게 대응하는 참여시의 경향도
뚜렷이 보여주었다. 특히 한국 문단과의 실질적 교류에 있어서는 박정
희 정권의 실정에 직간접적으로 대응하는 비판적 현실 인식에 토대를
둔 한국의 많은 시인들이 작품을 게재했다. 당시 공안 정국의 검열과
통제로 한국 내에서는 자유롭게 시를 발표할 수 없었던 국내의 시인들
에게 『한양』은 상당히 중요한 언로(言路)로서의 역할을 했다고 할 수
있는 것이다. 물론 『한양』에 시를 게재한 시인들의 대부분은 문협 정통
파에 가까운 보수적 성향을 지니고 있었다는 점에서, 『한양』의 시 세계
전반을 1960년대 이후 참여시의 경향과 무조건 일치시켜 평가하는 것
은 무리가 따른다. 다만 재일조선인 중심의 매체라는 특수성과 일본
동경에서 발간되었다는 지역적 사정 등이 한국 시단의 다양한 목소리
를 편견 없이 수용하는 열린 매체로서의 성격을 가능하게 했다는 점에
서 특별한 의미가 있다.

　『한양』 게재 시의 전반적 특징은 조국이라는 장소성에 바탕을 두고
민족적 정서와 향수를 담은 시, 자연에 대한 관조와 성찰을 담은 전통
서정시, 4월혁명을 비롯한 한국의 정치적 상황에 대한 비판적 현실
인식을 담은 시, 시조, 동요, 시극, 장시 등 시 장르의 다양성 확대
등으로 크게 구분할 수 있다. 첫째, 조국을 제재로 삼은 시의 경우는
특정한 장소와 대상을 매개로 화자의 현재적 위치와 관련된 미적 거리
를 미학적으로 형상화한 작품이 대부분이다. 즉 조국이라는 장소성에
기반하여 민족적 정서나 자기 정체성의 강조로 심화되는 다소 정형화

된 이미지와 주제를 반복적으로 드러낸 경우가 많다. 이러한 특성은 재일조선인들을 대상으로 하는 매체의 특성을 고려한 결과로 보이는데, 국내의 시인들 가운데 식민지 시절 유학 등으로 실제로 일본에 거주했던 경험이 있는 시인들의 경우 더욱 두드러진 모습을 보였다. 또한 여성 시인들의 경우 민속놀이나 전통 악기 등을 제재로 삼아 조국과 고향에 대한 향수를 서정적으로 형상화한 작품이 많았는데, 이러한 경향 역시 재일조선인들을 주된 독자로 상정하고 있는 매체의 특성을 반영하여 민족적 정서를 환기하려는 의식적인 노력의 결과였다고 할 수 있다. 이처럼 조국이라는 장소성에 토대를 둔 『한양』의 시적 지향은 자연스럽게 두 번째 특징인 자연과 인간의 교감에 바탕을 둔 전통 서정시 계열로 이어졌다. 물론 이러한 시적 특징은 『한양』만의 특성이라고 보기는 어렵고 당시 『자유문학』, 『현대문학』 등의 순문예지가 보여주었던 보수적 성향과도 연결되는데, 1960년대 한국 사회의 정치적 곤경과 모순을 의식적으로 회피하거나 이로부터 우회하려는 순수문학 지향을 드러낸 것으로 이해할 수 있다.

    1960년대 이후 『한양』 게재 시에서 가장 주목할 만한 것은 세 번째 특징으로 4월혁명의 시대정신에 바탕을 둔 비판적 리얼리즘 계열 작품인데, 한국문학과의 교섭과 영향에 있어서 가장 두드러진 성과를 보여주는 것으로 평가할 수 있다. 특히 조국의 내우외환에 긴밀하게 대응하면서 비판적인 목소리를 표방했던 『한양』의 창간 정신과도 가장 부합하는 것이었고, 재일조선인 시인들의 역량만으로는 감당하기 어려웠던 잡지의 내적 한계를 내실화하는 데 있어서도 중요한 역할을 했다. 김지하 구명 운동에 적극적으로 참여한 것도 바로 이러한 문제의식에서 비롯된 것이었고, 문병란, 박두진, 박봉우, 신동엽, 양성우, 이성부 등 당시 우리 시단의 대표적 참여 시인들의 작품을 대거 수록한 것도 이와 같은 맥락에서 이해할 수 있다. 대체로 시의 주제는 박정희 정권이 국가 정책으로 내세운 경제적 근대화의 반민중적이고 반민주적인 폐해, 미국을 중심으로 한 아시아 패권주의에 철저하게 종속되어 버린 사대주의적 태도 등을 비판하는 데 집중되었다. 또한 이러한 국가 정책이 민중의 억압과 과도한 희생으로 이어졌다는 점에서 60~70년대 박정희 정권의 폭압적 권력화와 광주민주화운동과 같은 역사적 문제에 대한 진보적 지식인으로서의 비판적 목소리를 담는 데 초점을 두었다. 이런 점에서『한양』에 게재된 현실주의 경향의 시들은 1960년대 이후 한국 리얼리즘 시문학의 중요한 자산으로, 1970년대 순수참여논쟁의 중심에서 참여문학의 실천적 기반을 더욱 확고히 하는 데 있어서도 의미 있는 자료적 가치를 지니고 있음에 틀림없다.

마지막으로 시조, 동요, 시극, 장시 등의 장르 확대를 보여주었다는 점에 대해서도 특별히 주목할 필요가 있다. 한국의 현대시조 시단을 대표하는 김상옥, 이태극, 최승범, 조종현 등의 작품이 수록되었다는 사실만으로도『한양』게재 시조의 질적 우수성과 당시 한국 시조 시단과의 아주 긴밀한 연관 관계를 짐작하게 한다. 이처럼 민족적 형식으로서 시조 장르에 대한 지속적인 관심을 표명한 것은 전통 서정의 계승을 통해 재일조선인의 자기 정체성을 지켜나가려는 노력을 반영한 결과이거니와, 비평과 연계하여 한국 고전시가의 미학적 전통과 형식적 자질에 대한 학술적 탐구도 병행했다는 점에서『한양』과 시조의 관계에 대한 집중적인 연구가 후속 작업으로 이어질 필요가 있다고 판단된다. 또한 한국 동요의 대표적 시인인 윤석중의 작품과 한국의 시극 장르를 개척한 것으로 평가되는 이인석의 시극 3편이 게재된 것도 상당히 중요한 문학사적 의미를 지닌다. 그리고 역사적 현실에 대한 시적 응전으로서 장시의 기능과 역할을 주목한 점도『한양』의 두드러진 시적 유산이

아닐 수 없다. 장시의 확대는 당대의 독자와의 관계를 충실히 고려한
것으로, 1960년대 이후 역사적 모순의 심화에 따른 서사 정신의 확대가
요구되는 시점에 가장 유효한 장르로서의 성격을 시의 형식에 담아낸
것으로 볼 수 있다. 이런 점에서 『한양』에 게재된 김지하의 장시 「민중
의 소리」, 대설 「남」을 비롯하여 김소영의 「태백산맥」, 이동순의 「검정
버선」 등은 1960년대 이후 한국 시문학사에서 장시의 위상과 의미를
새롭게 정립한 의미 있는 성과로 평가하기에 충분하다.

2) 경제적 공업화의 허위성 비판과 민주주의 회복에 대한 열망

그동안 『한양』 게재 소설에 대한 연구는 재일조선인 소설가의 작품
에 집중되어 재일한인 생활사 소설이나 재일 지식인들의 문제의식이라
는 관점에서 제한적으로 논의되었던 것이 대부분이었다.[16] 『한양』에
대한 연구가 시와 비평에 상대적으로 초점을 두고 있었다는 사실까지
염두에 둔다면, 『한양』 게재 한국 소설에 대한 연구는 상당히 소략하게
논의가 이루어졌다고 해도 과언이 아니다.[17] 하지만 『한양』에 발표된
소설의 양적 측면이나 소설가들의 면면을 보면 1960년대 이후 한국
소설사에서 아주 문제적인 의미를 포함하고 있었음을 확인할 수 있다.
그럼에도 불구하고 지금까지 정치적, 지리적 이유로 인한 자료 확보의
제한성이라는 결정적 한계에 묶여 제대로 된 논의를 하지 못했을 뿐만

---

16) 이헌홍, 「에스닉 잡지 소재 재일한인 생활사 소설의 향상과 의미」, 『한국문학논총』 제
47집, 한국문학회, 2007, 111~162쪽; 한승우, 「『한양』지에 드러난 재일지식인들의 문
제의식 고찰」, 『어문논집』 제36집, 중앙어문학회, 2007, 247~268쪽.
17) 주목할 만한 연구성과로 고명철의 「1960년대 『한양』에 실린 소설의 문제의식 ─ 『한양』
의 매체사회학적 위상을 중심으로」(『한국문학이론과비평』 제46집, 한국문학이론과비
평학회, 2010, 73~100쪽)가 있다.

아니라, 한국 문단에서 활발한 활동을 했던 주요 소설가의 경우에는 해당 작품이 『한양』에 게재되었다는 사실과는 무관하게 이미 개별적으로 논의되었던 터라 『한양』과의 연관성에 대해서는 크게 주목하지 못했던 것으로 판단된다. 물론 『한양』 게재 소설을 한국문학과 재일조선인 문학으로 양분하여 논의하는 시각은 한국문학의 교섭과 영향을 특별히 주목하기 위한 편의적인 방편일 뿐 바람직한 접근 방법은 아닌 듯하다. 실제로 『한양』 게재 소설의 주제와 제재를 살펴보면, 재일조선인으로 살아가는 생활인으로서의 애환과 일본의 정책적 차별이라는 인권 문제와 재일조선인으로서 한국의 현실을 바라보는 비판적 지식인의 목소리를 서사화하는 데 집중했다는 점에서, 『한양』의 소설에서 한국과 재일조선인의 경계는 뚜렷하지 않고 오히려 모호한 측면이 있는 작품이 많다고 할 수 있기 때문이다. 결국 『한양』의 소설은 이러한 경계의 지점을 정확히 읽어내고 분석하는 데서 여느 매체와는 다른 특이점을 찾을 수 있다. 또한 1960년대 이후 한국문학의 교섭과 영향을 이해하는 데 있어서도 이러한 경계의 지점에 대한 문제의식을 가장 핵심적인 쟁점으로 부각하지 않으면 안 된다.

1960년대 이후 한국문학과의 영향 속에서 『한양』의 소설 전체를 대략적으로 살펴보면, 1960년대 한국 사회의 경제적 불균형과 극심한 빈곤의 문제를 중심축으로 삼은 민중의 현실적 고통을 다룬 서사와, 4월혁명 전후의 정치적 질서에 대한 비판적 인식에 바탕을 둔 민주적 혁명의 가능성에 대한 서사가 중심을 이룬다. 다만 『자유문학』 출신이 다수를 이루었던 시 분야와 마찬가지로 이러한 비판적 서사의 양상은 『한양』의 일반적 소설 경향이라고 할 수는 없다. 즉 『한양』의 창간 무렵부터 1970년대 초반까지는 1950년대 이후 문협 정통파 중심의 구세대 문학이 신세대 문학으로 재편되는 과도기적 상황에 있었으므로, 개인의 신변이나 민속적 제재, 향토적 배경과 가족 서사에 국한된 보수적이고 전통적인 서사의 양상이 대세를 이루고 있었고, 이러한 정형화된 이야기로부터 벗어나 역사와 현실에 대한 참여의 성격을 뚜렷이 표방하는 젊은 작가들의 활약이 조금씩 두드러지는 모습을 보여주었던 시기였던 것이다. 『자유문학』 출신이지만 한국 사회의 뿌리 깊은 제국주의를 신랄하게 비판한 남정현의 소설과 민중의 입장에서 기득권 세력에 대한 저항의 가능성을 제기한 방영웅의 소설 게재는 바로 이러한 변화된 시대정신을 반영하고자 했던 『한양』의 지향성을 엿볼 수 있게 한다.

첫째, 1960년대 한국의 경제적 근대화의 허위성을 파고들어 절대 빈곤의 문제에 주목하고, 박정희 정권의 공업화 정책에 맞서 농촌과 농민의 현실에 주목하는 농업의 근대화를 중요한 주제로 삼고 있다는 점에서 상당히 문제적이다. 이는 1960년대 한국 사회의 권력화가 초래한 구조적 모순에 대한 비판을 전제한 것으로, 경제적 궁핍과 절대 빈곤 그리고 실업 등의 경제적 불평등의 근본 원인이 개인의 문제가 아닌 사회적 혹은 국가적 차원의 문제라는 사실을 강조한 것이다. 천승세, 김송, 강금종, 이동희 등의 소설에서 이러한 문제의식은 농촌 현실과 연관 지어 부각되는데, 박정희식 산업화 혹은 공업화 정책이 지닌 근대화의 맹목성과 허구성을 비판적으로 경계하면서 민중의 현실에 가장 기본적인 바탕을 둔 민주주의의 가능성을 새롭게 열어나가야 한다는 것을 소설의 궁극적 방향으로 삼았다고 할 수 있다. 이러한 방향성은 『한양』에 게재된 시론(時論)의 상당수가 농업 정책의 문제에 대한 비판적 시각에 초점을 두었다는 사실과도 밀접하게 관련을 맺는다는 점에서, 『한양』과 1960년대 농업 정책의 관련성에 대한 사회학적 연구도 충분히 논의되어야 할 과제가 아닌가 생각된다.[18]

둘째, 1960년대 한국의 정치적 사건을 쟁점적으로 부각함으로써 한국 사회의 민주 회복에 대한 열망을 직접적으로 드러냈다. 이러한 주제와 제재는 대체로 한국 정부에 대한 비판적 시각을 전면화함으로써 결국에는 공안 정국의 조작에 휘말리는 '문인 간첩단' 사건의 빌미가 되기도 했다. 4월혁명 전후로 발생했던 3.15부정선거와 5.16군사쿠데타 그리고 박정희 정권이 경제적 근대화를 달성하기 위해 미국과의 은밀한 거래에 의해 획책된 한일협정 등 1960년대 한국의 정치적 상황에 대한 거침없는 비판을 서사화했는데, 오찬식, 김송, 남정현 등의 소설에서 이러한 문제의식이 직접적으로 반영되어 있다. 특히 남정현의 「혁명 이후」는 박정희 정권의 군정에 대한 신랄한 풍자로, 당시 한국 내부에서는 절대 금기시되었던 내용을 소설화한 것이란 점에서, 『한양』 게재 소설의 민주주의 회복에 대한 열망을 온전히 확인하게 하는 가장 문제적인 작품이라고 평가할 만하다. 물론 이러한 한국의 국가적 상황과 정치적 쟁점에 대한 문제 제기는 한국 소설가들에게만 국한된 것은 아니었고, 당시 재일조선인 소설가들의 상당수도 동일한 시대정신을 담은 비판적 서사의 가능성을 확장해 나갔다. 이는 1960년대 이후 한국 소설사가 『한양』이라는 매체를 반드시 주목해야 하는 결정적 이유가 되거니와, 이러한 재일조선인 소설가들의 의식 속에서 '재일'이라는 자신들의 현실적 문제만큼이나 시급하고 중대한 문제가 조국의 민주주의 회복에 있었다는 사실을 『한양』을 통해 분명하게 보

---

18) 대표적인 몇 편만 언급하면 다음과 같다. 박형태, 「농업생산과 토지이용 문제」, 『한양』, 1964. 12; 박형태, 「농업증산과 관개사업」, 『한양』, 1965. 5; 정현종, 「한국의 자립 안정 농가 조성문제」, 『한양』, 1965. 8; 임경암, 「한국의 도시와 농촌」, 『한양』, 1967. 10; 박영철, 「미국 원조와 한국농업」, 『한양』, 1967. 11; 김경진, 「한국경제와 농업 생산」, 『한양』, 1968. 6.

여주고자 했음을 알 수 있다.

3) 현실 참여의 논리와 리얼리즘의 옹호

『한양』과 1960년대 이후 한국문학의 교섭과 영향을 살펴보는 데 있어서 가장 문제적인 장르는 비평이다. 이는 당시 『한양』의 시대정신이나 비판의식이 한국 사회의 모순적 현실에 초점을 두고 있었다는 사실과 직접적으로 연계되기에 용이한 비평 장르의 특성에 결정적인 이유가 있다. 또한 시적 형상화나 서사적 구성이라는 미학적 장치를 통해 1960년대 한국 사회의 검열과 통제를 우회하거나 이로부터 거리를 두는 최소한의 상황조차 불가능한 한국 내의 현실에서, 일본 동경에서 발간한 『한양』이라는 지면은 자유로운 비평적 글쓰기의 장을 열어주기에 충분했기 때문이기도 했다. 따라서 당시 4월혁명의 시대정신을 견지한 한국의 비평가들 상당수는 국내의 지면을 통해서는 쉽게 말할 수 없었던 문학적 쟁점들을 거침없이 발언하는 장으로 『한양』을 선택했고, 이러한 비평적 증언들은 1960년대 이후 한국 비평사의 살아있는 목소리로서 당시 한국문학의 현실과 문제점을 가장 객관적으로 논리화했다고 할 수 있다. 게다가 비평의 형식이 아니더라도 한국의 주요 문인들이 수필과 산문의 형식으로 정치사회적 모순에 대한 다양한 입장을 표명하면서, 권위적이고 권력화된 정치가 강제로 억압한 문학의 상처와 고통에 맞서는 동지로서의 저항 의식과 연대 의식을 모색하기도 했다. 물론 다른 장르와 마찬가지로 『한양』 게재 비평 및 산문 역시 현실에 대한 참여의 성격만으로 이루어진 것은 분명 아니었다. 한국을 대표하는 고전문학자들이 재일조선인을 비롯한 해외 한민족문화권의 민족의식 고양을 위해 고전자료들을 쉽게 정리하고 소개하는 글을 발표하기도 했고, 개인사적 경험에 기반하여 자신의 심경을 고백하거나 자연에 대한 감상을 토로한 전형적인 수필도 다수 발표했음을 확인할 수 있다.

1960년대 『한양』의 비평은 1950년대 전후문학의 관념성에 대한 비판을 기치로 문학의 자율성과 독립성을 주장하는 순수문학론의 허위성을 비판하는 데 초점을 두었다. 이는 참여문학의 실체를 사회주의문학 혹은 경향문학으로 재단해 버리는 순수문학론의 경직된 논리를 정면으로 반박하는 것으로, 소위 문단 권력을 장악하고 있었던 문협 정통파의 이념적 굴레로부터 과감하게 벗어나 혁신을 이루려는 4월혁명 세대의 비평 정신을 표방한 것이다. 어떤 목적성과 사상성을 갖지 않은 채 사회 현실을 외면하거나 차단해버린 문학으로서의 순수성이란 논리는 사실상 실체가 없는 것으로, 소위 순수문학론자들의 실상이란 것이 겉으로는 순수를 내세우면서도 정작 그들의 개인적 행보는 정치 권력의 하수인으로 문단 권력을 행사하려는 기만과 허위의 수사학을 드러내고 있다는 사실을 강하게 비판했다. 김우종, 홍사중, 장백일 등의 비평에서 이러한 문제의식이 가장 선명하게 부각되는데, 이와 같은 논리는 당시 『사상계』와 같은 한국 내에서 발간된 진보적 잡지에서도 동일한 문제의식을 가졌었다[19]는 점에서, 1960년대 이후 『한양』의 비평 정신은 한국 현실주의 문학비평사의 지향점과 일치된다고 할 수 있다. 이와 같은 순수문학 비판은 현대시의 난해성과 언어적 기교주의 비판으로 이어지면서 모더니즘론의 공과에 대한 비판적 문제 제기로 확대되었고, 1960년대 한국문학이 추구해야 할 미학적 방향으로 리얼리즘론의

---

19) 대표적인 평론으로, 조동일, 「순수문학의 한계와 참여」(『사상계』 1965년 10월호)가 있다.

새로운 가능성을 제기하는 양상으로 심화되었다.

『한양』의 리얼리즘론은 무엇보다도 생활 현실의 반영에 가장 중요한 근거를 두고 있었다. 문학의 참된 가치는 생활의 이상을 실현하는 것이고, 사회의 구조적 모순과 불의에 맞서 참다운 인간 사회의 모습을 구현하는 생활의 진실을 구현하는 데 있다고 보았던 것이다. 즉 이러한 생활 현실의 충실한 반영이야말로 리얼리즘의 핵심적인 미학적 조건이 되어야 한다고 강조하면서, 리얼리즘론의 원론적 성격에 주목하여 재현적 진실과 리얼리티의 관계를 해명하는 데 집중했다. 1960년대 한국 사회의 구조적 모순을 외면한 채 권력의 시선에 맞추어 생활 현실을 거짓으로 조작하거나 미학적 장치를 통해 가공적 진실의 허위성을 남발하는 당대의 문학을 과감하게 혁신하고자 했던 것이다. 따라서 시대와 역사의 모순을 정직하게 반영함으로써, 이러한 부당한 현실과 맞서 싸우려는 리얼리즘의 정신과 실천적 방향을 갖추는 것이 비평의 올곧은 방향성이 되어야 한다고 보았다. 신동한, 임중빈, 구중서, 정태용의 비평에서 이와 같은 리얼리즘론이 집약적으로 구체화되었고, 이들의 비평은 『한양』 창간 10주년을 기념하기 위해 발간된 비평 선집[20]을 통해서도 일목요연하게 확인할 수 있다.

1960년대 한국문학의 전통론에 대한 비판적 견해를 제기했던 비평가들에 맞서 '한국적인 것'에 대한 올바른 탐색과 비평의 주체성을 강조했던 점도 『한양』 게재 비평의 두드러진 쟁점이었다. 1962년 『사상계』를 중심으로 제기되었던 한국문학의 세계화를 주제로, 유종호, 백철 등이 한국적 혹은 전통적인 것이 곧 후진적이고 전근대적이라고 했던 주장에 맞서, 이들의 전통론이 서구적 시각에 경도된 사대주의라고 신

---

20) 김인재 편, 『시대정신과 한국문학』, 한양사, 1972년 7월 1일.

랄하게 비판하면서 전통 논의에 있어서 가장 중요한 것은 '주체의식'이라는 점을 강조했던 것이다. 즉 1960년대 전통에 대한 인식은 당시 한국의 정치적 상황과 밀접하게 연관되어 있었다는 점에서, 설령 한국 사회의 후진성이나 전근대성의 측면이 일정 부분 존재한다고 하더라도 이를 주체성의 관점에서 비판적으로 극복할 수 있는 대안적 가능성을 찾아야지 맹목적 근대주의에 매몰되어 무조건 부정하거나 폄하하는 방식이 되어서는 안 된다는 것이었다. 이러한 태도는 결국 한국 비평 정신의 빈곤을 그대로 보여주는 것으로, 1960년대 한국문학은 이와 같은 사상과 정신의 결여를 극복하는 올곧은 방향성을 지녀야 한다는 사실을 분명히 했다는 점에서 특별한 의미가 있다.

4. 맺음말

1960~80년대『한양』게재 문학작품은 시, 소설, 비평, 수필, 희곡 등 전 장르에 걸쳐 수천 편에 달하는 방대한 양적 규모를 지니고 있다. 주요 필자는 한국과 재일조선인, 그리고 일본 외에 여러 국가에 거주하는 재외 한인들까지 포함하여 한민족문화권 전체를 아우르는 다양한 문인들이 참여하였고, 1960년대 한국 정치의 억압과 통제로 인해 자유로운 목소리를 차단당한 지식인과 문인들의 억눌린 의식을 진정성 있게 담아내는 공기(公器)로서의 역할을 수행했다고 할 수 있다. 특히 1960년대 박정희 정권의 감시와 검열로 인해 작품 발표의 한계에 직면해 있었던 여러 문인들에게 현실 참여와 비판적 글쓰기의 장을 제고해주는 중요한 도구로서의 기능도 담당해주었다. 그 결과『한양』게재 시, 소설, 비평 등은 1960년대 이후 한국문학사의 빈틈을 메워주는 풍

부한 자료로서의 가치를 지녔을 뿐만 아니라, 역사와 시대에 맞서 문학의 정치성을 고양한 현실주의 문학의 연속성을 이해하는 데 있어서도 중요한 문학사적 의미가 있다.

　이러한 문제의식으로 본고에서는 1960년대 『한양』 게재 한국문학 작품의 현황을 시, 소설, 비평 및 산문으로 크게 구분하여 작품 편수, 주요 작가, 작품 목록 등을 정리하는 데 우선적인 목표를 두었다. 『한양』 게재 문학작품 가운데 재일조선인 작가로 명확하게 확인되는 경우는 제외했으며, 1962년 창간부터 1974년 '문인간첩단 사건' 이전까지 한국에 거주했던 시인, 소설가, 비평가들이 『한양』을 통해 추구하고자 했던 시대정신과 문제의식을 개략적으로 정리하고 그 의미를 탐색하는 방향성을 찾는 데 주력했다. 1962년부터 1984년에 이르는 동안 월간, 격월간 등으로 간행된 『한양』의 규모만큼이나 발표된 작품과 작가의 수가 방대하여, 본고에서는 각 장르별 혹은 작가별 세부적인 사항에 대한 논의로까지는 심화하지 못하고 전체적인 개관을 통해 앞으로의 연구 방향성을 찾는 데 초점을 두었다. 이에 대한 견해를 크게 두 가지 정도 밝히는 것으로 후속 논의의 장을 열어가는 출발점으로 삼고자 한다.

　첫째, 『한양』 게재 한국문학 작품에 대한 시인론, 소설가론, 비평가론 등의 세부적인 연구가 진행될 필요가 있다. 시는 박두진 24편, 신석정 25편을 비롯하여 박봉우 15편, 양성우 17편, 이태극 18편, 최승범 15편, 소설은 김송 18편, 강금종 9편, 비평은 구중서 11편, 김우종 12편 등 『한양』에 다수의 작품을 발표하고 있어서, 이들과 『한양』의 관계를 바탕으로 작품 세계에 대한 집중적인 논의를 전개할 필요가 있다. 또한 김지하의 경우는 각계각층의 구명 운동과 관련된 여러 글들이 수록됨과 동시에 재수록 작품, 〈한양사〉에 발간한 『김지하전집』, 장시, 담시

등의 장르가 재일 시인들에게 미친 영향 등 여러 면에서 흥미로운 연구
가 진행될 근거가 있다. 뿐만 아니라 수필, 산문의 경우에도 윤이상이
17편을 발표하고 있고, 김사엽, 양주동 등 고전문학 연구자의 글과 송
면 등 불문학자의 글 등이 상당 수 수록되어 있어서 『한양』 연구의
진폭은 상당히 넓다고 하지 않을 수 없다.

둘째, 『한양』의 〈특집〉을 중심으로 1960년대 한국 사회에 대한 지식
인들의 비판적 논설을 집중적으로 검토할 필요가 있다. 『한양』은 문학
작품에 중심이 있었다기보다는 조국의 번영과 주체성 확립을 기원하는
재외 한인들의 목소리를 담은 종합지로서의 성격이 더욱 뚜렷했다. 따
라서 재일조선인 지식인 사회가 1960년대 이후 한국의 정치경제적 현
실을 바라보는 냉정한 비판과 바람직한 방향성을 제시하기 위한 실천
적 문제의식을 담은 논설이 〈특집〉 등의 형식으로 지속적으로 발표되
었다. 4월혁명, 광주민주화운동 등의 정치적 사건에서부터 철학, 종
교, 사상 등에 이르기까지 우리 민족의 정체성을 올바르게 지켜나가기
위한 다양한 분야의 목소리를 게재하는 정론지로서의 역할을 충실히
감당했다고 평가할 수 있다. 또한 이러한 논의는 1960년대 한국 사회가
검열과 통제로 인해 자유롭게 개진할 수 없었던 문제의식을 어떠한
편견과 왜곡 없이 게재했다는 점에서, 당시 한국의 현실을 객관적으로
이해하는 데 있어서도 『한양』은 아주 중요한 실증적 자료로서의 의미
를 지니고 있다고 평가할 수 있다.

1960~80년대 재일 종합문예지 『한양』과 재일조선인문학의 영향

1. 머리말

1960~80년대 재일 종합문예지 『한양』은 1962년 3월 일본 동경에서 창간되어 1984년 3월 통권 177호까지 발간되었다. 정치, 경제, 사회, 문화 전반에 걸쳐 다양한 글이 발표되었는데, 문학 분야에 한정하더라도 『한양』에 게재된 작품의 수는 시, 소설, 수필, 평론 등 전 장르에 걸쳐 수천 편에 달하고, 글을 발표한 문인의 경우에도 국내외를 막론하고 상당히 많은 참여가 이루어진 것으로 확인된다.[1] 창간사에서 밝힌 잡지의 성격을 보면, 식민의 역사를 제대로 극복하지 못한 채 분단 현실을 초래한 조국의 역사적 상황을 비판적으로 성찰하는 지식인의 목소리를 담은 정론지(正論誌)였음을 알 수 있다. 특히 4월혁명의 시대정신을 바탕으로 민족과 국가가 당면한 모순된 현실에 대한 비판과 각성을 촉구하는 데 주된 목표가 있었는데, 그 결과 1960년대 당시 한국의 진보적 지식인들과 4월혁명 세대들이 주축이 되어 시대의 모순에 맞서

---

[1] 이에 대한 자세한 사항은, 하상일, 「1960-80년대 재일(在日) 종합문예지 『한양』 게재 문학작품의 서지적 연구」, 『한민족문화연구』 제74집, 한민족문화학회, 2021. 6. 30, 47~78쪽 참조.

는 저항 담론을 형성하는 양상이 두드러졌다.

　이러한 『한양』의 논조로 인해 조총련이 아닌 민단 혁신계가 주축이
된 잡지였음에도 불구하고 1974년 '문인간첩단 사건'[2]에 연루되어 한
국으로의 잡지 반입이 금지되고 교류마저 끊어지는 상황에 처하기도
했다. 『한양』은 일본에서 발간된 잡지였지만 한국의 정치경제적 상황
과 사회문화적 현실에 대한 비판적 개입에 적극적이었다. 당시 한국의
상황은 군사 정권 수립 이후 공안 정국의 조성으로 시대의 모순에 맞서
정론직필(正論直筆)을 하는 것이 원천적으로 불가능했다는 점에서, 정
치사회적 금기를 넘어서 비판적 담론을 자유롭게 개진할 수 있었던
『한양』은 국내외의 진보적 지식인들에게 정권의 눈치를 보지 않고 소
신껏 자신의 견해를 피력할 수 있는 중요한 언로(言路)의 역할을 담당했
다고 할 수 있다.

　『한양』의 전체적 지형을 논의하는 데 있어서 1974년 문인간첩단 사
건은 아주 결정적인 분수령이 된다. 1962년부터 1974년까지 『한양』은
일본에서 발간됨에도 불구하고 주요 필진 상당수가 한국에 거주하는
지식인, 문인들이 중심을 이루고 있었다.[3] 하지만 1974년 문인간첩단
사건 이후 『한양』이 불온서적으로 낙인찍혀 한국으로의 유입이 사실상

---

2) 임헌영, 「74년 문인간첩단 사건의 실상」, 『역사비평』, 1990년 겨울호, 283~301쪽; 장
　백일, 「세칭 문인간첩단 사건」, 한국문인협회 편, 『문단유사』, 월간문학출판부, 2002,
　57~61쪽 참조.
3) 『한양』은 한글 잡지였으므로 일본 내에서 작가층과 독자층을 확보하는 일이 쉽지 않았
　다. 따라서 창간 이후 『자유문학』, 『현대문학』 등 한국의 주요 잡지와 협력하여 필진을
　확보했고, 한국에 판매망을 구축하여 잡지 발간에 따른 경제적 문제를 해결하고자 했다.
　실제로 『한양』은 1964년 5월 서울 충무로에 한국지사를 설립하는 등 한국과의 교류를
　적극적으로 모색했다.(『한양』 1964년 5월호, 247쪽) 또한 1967년 동경에 지사를 설립한
　『현대문학』과도 교류를 했는데, 『한양』에 50여 편의 시를 발표할 정도로 활발한 활동을
　했던 시인이 당시 지사장이었던 김윤(본명 김동일)이었다.

금지됨에 따라, 한국의 지식인과 문인은 『한양』에 글을 발표할 수 있는 경로 자체를 차단당하고 말았다. 1962년 창간 이후 계속해서 월간지 발간 방식을 지켜오다 1969년 8·9월호부터 격월간으로 발간하게 되는 등 재정적 어려움을 겪고 있었던 상황에서 공안 사건에까지 연루되었으니, 한국의 작가와 독자를 주요 대상으로 삼았던 『한양』으로서는 잡지 발간의 지속을 위해서 특단의 조치를 내리지 않을 수 없었다. 이때부터 『한양』은 재일조선인뿐만 아니라 전 세계에 거주하는 재외 한인 사회 전반으로 필자의 영역을 넓혀 갔다. 한국에만 의존해서는 안 되는 현실적 상황을 타개하기 위해서 재일조선인 지식인과 문인을 주요 필진으로 본격화함은 물론, 미국, 캐나다, 서독, 프랑스 등 일본 외에 거주하는 재외 한인들에게까지 잡지의 문호를 개방하는 적극적인 변화를 모색했던 것이다.[4]

이러한 사실에 주목하여 본고는 『한양』과 한국문학의 교섭을 주제로 한 선행 연구[5]에 토대를 두고, 『한양』이 발간된 일본 내에서의 영향, 즉 『한양』이 재일조선인문학에 끼친 영향과 그 지형을 세부적으로 살펴보는 후속 연구에 초점을 두고자 했다. 이를 위해 우선적으로 『한양』에 게재된 재일조선인 작품에 대한 서지사항을 시, 소설, 비평 및 산문

---

4) 『한양』은 해외교포들이 발행하는 각종 잡지, 신문 등에 광고를 내어 『한양』의 존재를 해외교포들에게 적극적으로 알렸다. 또한 「해외교포출판물소개」라는 코너를 만들어 『해외한민보』(미국, 1976년 6·7월호), 『주체』(서독, 1976년 6·7월호), 『통일조국』(프랑스, 1976년 6·7월호), 『국민의 소리』(미국, 1976년 10·11월호), 『구국향군보』(미국, 1977년 2·3월호) 등을 소개했다. 이러한 해외 교류의 결과 송두율, 윤이상 등 재외 지식인과 학자, 고원, 김인숙, 이세방, 최연홍, 황갑주 등 한국에서 등단하여 해외에서 활동하고 있는 문인들의 글을 게재할 수 있었다. 손남훈, 「『한양』 게재 재일 한인 시의 주체 구성과 언술 전략」, 부산대 박사논문, 2016, 44~45쪽 참조.

5) 하상일, 「1960–80년대 재일(在日) 종합문예지 『한양』과 한국문학의 교섭」, 『한민족문화연구』 제77집, 한민족문화학회, 2022. 3. 31, 7~42쪽 참조.

으로 구분하여 세부적인 사항을 목록으로 정리했다.[6] 장르별로 보면 시는 총 1,474편 가운데 재일조선인 시인은 30여 명이 631편을 발표한 것으로 추정된다. 그리고 일본을 제외한 재외 한인의 수까지 포함하면 그 숫자는 더욱 많아서 100명에 가까운 문인이 1,000편 이상의 시를 발표한 것으로 짐작된다. 소설은 30여 명이 150여 편을, 비평과 산문은 30여 명이 180여 편을 『한양』에 게재한 것으로 추정된다. 물론 이들 가운데 『한양』의 주요 필자는 소수로 한정되는데, 시의 경우 경련 153 편, 김리박 13편, 김윤 54편, 박일동 113편, 윤동호 41편, 정영훈 147 편, 소설의 경우 김철수 17편, 김학영 6편, 박영일 33편, 박경남 10편, 박종서 6편, 이순학 6편, 정철 23편(장편 연재의 경우 횟수와 상관없이 1편 으로 정리), 비평과 산문의 경우 김순남 99편, 윤동호 10편, 장일우 21편 으로 확인된다. 다만 『한양』 게재 문인들 가운데 재일조선인의 경우 실체가 정확히 밝혀지지 않은 사람이 대부분이거니와, 필명을 사용한 경우도 많아서 동일인 여부를 판단하는 것 자체가 현재로서는 불명확 한 상태이다. 따라서 이러한 통계는 대략적인 추정일 뿐 정확한 결과로 보기 어려운 점이 있음을 밝혀둔다. 본고는 이들 가운데 장르별로 작품 발표 수가 많은 문인을 중심으로 그 현황을 개략적으로 정리하고, 그 토대 위에서 재일조선인으로 확인된 문인의 작품을 중심으로 재일(在 日)의 성격과 작품 세계의 방향 및 주제 등을 논의함으로써, 1960~80 년대 『한양』 게재 재일조선인문학의 영향을 전체적으로 정리하고 분석 하는 데 초점을 두었다.

---

6) 세부적인 작품 목록과 주요 필진은 〈『한양』 게재 재일 문학작품 현황 및 필자 소개〉라는 별도의 자료로 정리했음을 밝혀 둔다. 이는 선행 연구 자료 목록인 〈재일 종합문예지 『한양』 게재 문학작품(시, 소설, 비평, 기타) 목록〉, 〈『한양』 게재 한국문학 작품 현황 및 필자 소개〉를 통해 파악한 한국 문인을 제외한 경우를 포괄적으로 정리한 것이다.

2. 『한양』 게재 재일조선인문학 주요 작품 및 작가 현황

1) 시

『한양』에 처음 시가 게재된 것은 창간호(1962년 3월호)에 재일조선인 시인 경련의 시 3편(「동경」, 「다리」, 「달빛」)이다. 1962년 7월호에 와서야 한국의 시인 구상의 「大行寺得吟」이 게재되었는데, 그 이전까지는 정영훈 김병옥, 김교환 등의 재일조선인 시인의 작품만으로 『한양』의 시단이 구성되었다. 이후 1974년 1월호까지는 박봉우의 「기다리는 그날 앞에 동지여」, 이성부의 「희망」 등 한국 시인의 작품을 다수 게재했지만, 1974년 2·3월호부터 한국 시인의 작품은 수록되지 않았고 재일조선인 시인으로만 지면을 구성했다. 이러한 결과는 1974년 문인간첩단 사건의 영향으로 한국과의 직접적인 교류가 차단되었기 때문이다. 1975년 2월 김지하의 「민중의 소리」를 비롯하여 양성우의 시와 문병란, 조태일, 고은 등의 글이 게재되었지만, 이는 한국에서 쟁점이 되었던 시와 산문을 재수록하는 형식에 불과했다. 결국 『한양』은 1974년을 경계로 그 이전에는 재일조선인 시인과 한국 시인이 함께 시를 게재했고, 그 이후에는 재일조선인 시인과 일본 외에 거주하는 재외 한인 시인들의 작품으로 시단을 구성했음을 알 수 있다.

『한양』 창간 이후 지속적으로 100편 이상의 시를 발표한 재일조선인 시인은 경련, 정영훈, 박일동이다. 이들의 실체에 대해서는 현재까지도 정확히 알려진 바가 없지만 재일조선인 시인으로 활동했다는 사실은 당시 한국의 신문에 소개된 기사 등을 통해서도 확인된 바 있다.[7]

---

7) "日本에서 교포들이 내고 있는 교양잡지 『漢陽』에 詩를 발표해온 국내 및 在日僑胞 詩人들이 새로 「漢陽詩苑」이란 同人誌를 꾸민다. 이달 안으로 서울에서 創刊號를 낼

대체로 이들을 중심으로 한 몇몇 소수의 시인들이『한양』게재 재일조선인 시문학의 총체적 성격을 드러내는 핵심적인 활동을 했다고 할 수 있다. 즉 이들은『한양』의 편집진들과 아주 밀접한 관계를 유지하면서『한양』의 시문학에서 재일조선인의 시적 지향과 주제 의식을 실천적으로 구현하는 중심 역할을 담당했던 것이다.

다음으로『한양』의 시문학에서 중점적으로 논의해야 할 시인은 김윤이다. 그는 총련계 시인이 아님에도 불구하고 한글로 시 창작을 한 특이한 이력을 지녔는데,『현대문학』동경 지사장을 하면서 한국과 재일조선인 시단을 연결하는 일을 맡으면서 자연스럽게『한양』과의 교류가 깊어진 것으로 판단된다.[8] 1950년대 초반 전시연합대학 시절 부산에서『신작품』[9]동인 활동을 하다가 1951년 한국전쟁 중에 일본으로 건너가 명치대학 농학부를 졸업하고 민단 중앙본부 선전국장 및 기관지『한국신문』편집국장을 역임하는 등 대표적인 민단 지도자 가운데 한 사람이었다.[10] 이러한 그의 민단에서의 활동 이력과 한국과의 교류

　　예정. ▲同人－庚連(在日), 김남석, 김어수, 김용호, (중략) 鄭英勳(在日) ……."「『漢陽詩苑』곧 創刊」,『경향신문』1965년 2월 3일, 5면. 손남훈,「『한양』게재 시편의 변화과정 연구」,『한국문학논총』제70집, 2015. 8, 143쪽에서 재인용. 그런데 이후『한양』은『경향신문』에 기사화된 '한양시원' 동인지 발단소식이 오보임을 뒤에 밝힌 바 있어 사실 관계에 대한 엄밀한 확인이 필요한 것으로 보인다.

8)　실제로 필자가『한양』의 전모를 확인할 수 있었던 것도 김윤의 조언이 있어 가능했다. 2006년 1월 일본 동경 소재 화광대학 도서관 서고에『한양』전권이 보관되어 있음을 알려준 사람이 바로 김윤 시인이다.

9)　한국전쟁기 부산 지역에 설치된 전시연합대학에 다녔던 대학생들이 중심이 되어 발간한 동인지로 고석규, 천상병, 송영택, 김재섭, 김소파, 이동준 등이 동인으로 활동했다. 김윤은 2집에 본명인 김동일로「호수」, 3집에「나무」, 4집에「가을」을 발표했고, 5집부터는 명단에서 이름을 찾을 수 없는데 그 무렵 일본으로 건너간 것으로 보인다. 현대문학사에서『멍든 계절』(1968),『바람과 구름과 태양』(1971) 두 권을 발간했다. 하상일,「1960년대『한양』소재 재일 한인 시문학의 성격과 의미」,『한국문학과 역사의 그늘』, 소명출판, 2008, 155~156쪽 참조.

등에 비추어 볼 때, 『한양』을 북의 지도노선을 따르는 총련계 잡지임에
도 민단계로 위장하여 발간되었다는 식의 프레임을 씌운 문인간첩단
사건은 명백히 조작된 공안 사건임에 틀림없다. 『한양』이 당시 민단계
인사들 가운데 박정희 정권에 비판적이었던 비주류가 주축이었던 것은
사실이지만, 이들이 친북 노선을 드러냈다거나 북쪽과 접촉하여 자금
을 받았다는 식의 공소 사실은 말 그대로 억측이 아닐 수 없는 것이다.

　『한양』에 발표된 시문학의 세부적인 하위 장르 구성을 보면, 김리박
의 장편 서사시조, 김명식의 장편 담시, 김영의 시조, 김철과 김잔의
담시 등 다양한 형식의 작품이 게재되었다. 이는 한국의 역사적 상황에
대응하기 위해 서사성의 강화를 표방한 결과로 보이는데, 1970년대
김지하 담론을 주요 쟁점으로 다루었던 『한양』의 기획과 무관하지 않
은 것으로 판단된다. 『한양』은 문인간첩단 사건 이후 한국 시인들의
작품 발표가 전혀 불가능한 상황에서 김지하의 장시, 희곡, 수기, 법정
투쟁 기록, 김지하 시집 발간 등 김지하 관련 기획을 연속적으로 게재
했고, 1974년 3·4월호에서는 〈김지하 문학의 밤〉(고원, 지학순, 백낙청,
백기완, 함세웅, 박태순)이라는 특집을 게재하는 등 재일조선인 시단에
김지하의 사상과 문학을 접목시키고자 했음을 알 수 있다. 이러한 사실
은 한국 사회의 모순된 현실에 맞서는 저항적 주체로서 김지하가 지닌
상징성을 재일조선인 시문학의 정체성이나 지향성과 결부시키고자 한
의도에서 비롯된 것으로 이해된다.

　이상의 주요 경향과 사실을 바탕으로 『한양』 게재 재일조선인 시인
작품 목록 및 발표 편수를 개략적으로 정리하면 〈표 1〉과 같다. 시 분야

---

10) 하상일, 「재일 디아스포라의 실존과 비판적 현실인식—김윤론」, 『재일 디아스포라 시문
　　학의 역사적 이해』, 소명출판, 288~316쪽 참조.

의 경우 작품 및 발표 시인의 수가 방대하여 본고에서는 우선 10편 이상을 게재한 시인의 주요 작품 목록을 소개한다는 점을 밝혀 둔다.

〈표 1〉『한양』게재 재일조선인 시인 작품 목록 및 발표 편수

이름	작품명	편수
경련	동경/다리/달빛/겨울/그리움/사랑/현해탄/봉선화/어머니조국이여/기다림/팔월-그날은/문/우울/황혼/冬風/세배/교실/기적소리/항구여/대춘부/해곡/강산도/사월아!/다듬이 소리/못가는 구만리/바다와 소년/내 아들이 걸어가야 할 땅은/일석의 변/고백/산/접동새/호주/한 수인에 대한 이야기 外	153
김리박	4월 진혼가/장편서사시조 얼/정월/가을/오는 해 다짐/가는 밤과 오는 아침/노래/한길/이태수 군을 추도하며/사조 外	13
김성호	푸념/이방에서/지새는 밤마다/망령은 가시지 않았다/슬픔의 곡/울분/새날의 아침에/도정/3세의 우울/나도 당신과 같이/헤매는 이리/우중우심/문패/편지/상실의 8월/재회/그러나 다시 일어서야 할 광주여!/김대중/동포야/그 청년 이야기/은은한 불빛/아우에게/아침은 오는가 外	28
김승신	(시초)광주는 고발한다/무등산 꽃묶음/살아서도 죽어서도/메아리/우리의 대오/피안은 멀어도/성스런 싸움/땅위에 내 나라가/넋이여/이름없는 용사들의 무덤 앞에/충고/세계의 눈초리	12
김윤	광장의 결의/나의 여정은/편지/새해를 맞아/내가 나일 수 있는/4월이 오면/또 새해를 맞으며/한 어머니의 노래1/참다운 내일은/춘아/바다/나의 노래/하나의 선물/8월은/어머니/외로운 묘비/바람과 구름과 태양/글소리/배역의 거리에서/고발의 길/청자/촉석루/아픔을 견디는 날 外	54
김잔	박군의 새끼/유신과 쓰레기통/편두통-전두환/김재규의 유령/미국에 시집간 사내들/양피/급류/(담시)대한민국/귀양살이/쥐띔박질/추심	11
박일동	무희의 죽음/4월은/광장/대합실/고무신/征婦怨/기원/편지/신라 항아리/메아리/동물시초/밀어/노도/시인의 말/황현/벗을 보내며/돌과 장검/선언/그림엽서 등짝에 적는 시/문/외세는 물러가라/해 솟는 벌에서/귀환자/4월의 혈흔/자주/저주/정원수/진통/3,4월의 봄바람/재판정에서 外	113
윤동호	느티나무/시절의 장/씨앗의 노래/접호몽/한치의 뜨락/참나무/코끼리/원숭이/망아지/이른 아침/창/8월/淚如雨/청포묵/아기/추석날에/철쭉꽃/곡/종/구업/낙엽의 왜 우노?/고병/아이들아/풍자/동경통신/청개구리/수리바위/염원/산2제/풍물도/다시 4월은 오는가/시/광화문 네거리에서 外	41

정영훈	4월의 광장/교단/임 그리는 창가에서/해당화/한강/유랑시조/'돌아온' 날/한양부/호수/뱃고동 소리/눈이 내린다/제삿날/열원/달굿이/벼랑길/호들기/새벽의 장/조국의 영광/소녀의 역사/기/자유/무자리 코리언의 노래/오욕된 나날을 두고/산/고향에의 서정/들국화/무궁화/군마도/4월의 초혼 外	147

2) 소설

『한양』에 소설을 발표한 재일조선인 소설가는 31명이고 작품 수는 140여 편으로 추정된다. 시 분야와 마찬가지로 게재된 작품 가운데 명확하게 한국 소설가의 작품이라고 확인된 경우는 제외했으나 그 실체를 정확히 알 수 없는 경우는 일단 재일조선인 소설가로 판단하였다. 이 가운데 일본이 아닌 재외 한인 지역에서 활동하는 소설가도 있을 것으로 추정되므로 사실상 통계에 큰 의미를 부여하기에는 어려운 측면이 있음을 밝혀둔다. 『한양』 게재 소설 분야에서 가장 주목해야 할 재일조선인 소설가는 김철수, 김학영, 박영일, 박경남, 정철 등이다. 특히 김철수가 17편, 박영일이 33편, 정철은 23편을 발표했다는 점에서 『한양』을 통해 재일조선인 소설의 경향과 흐름을 이해하는 데 이 세 소설가의 작품이 가장 핵심적인 부분을 차지한다고 할 수 있다. 그 동안 『한양』에 대한 연구가 시와 비평을 중심으로 한 매체 연구에 집중되어 상대적으로 소설 분야에 대한 정리와 분석은 미진한 상태에 머물러 있는 것이 사실이다.[11] 그 결과 개별 작품에 대한 분석이나 주요 작가에 대한 작가론적 접근도 전무한 상태이다. 앞으로 『한양』 연구에 있어서 재일조선인 소설가를 대상으로 한 개별 작품 연구와 작가론이

---

11) 조총련계 잡지인 『문학예술』과 민단계 잡지인 『한양』에 발표된 재일조선인 소설 전체를 정리한 논문으로, 지명현, 「재일 한민족 한글 소설 연구」(홍익대 박사논문, 2015)가 있다.

활성화되어야 『한양』 게재 재일조선인 소설 연구의 전체적인 지형과 특성을 제대로 이해할 수 있을 것이다. 본고의 자료 목록은 이를 위한 기초적인 토대로서 후속 연구를 위한 길잡이 역할에 도움이 될 수 있을 것으로 기대된다.

　『한양』에 발표된 첫 소설은 창간호에 게재된 정철의 「어느 하루」이고, 한국 소설가의 작품이 처음으로 게재된 것은 1963년 1월호에 선우휘의 「갚을 수 없는 빚」이다. 한국의 시가 처음 게재된 것이 1962년 7월이었음을 감안할 때 소설의 경우 한국 필자를 섭외하는 과정에 더 큰 어려움이 있었던 것으로 보인다. 선우휘의 소설이 게재된 1963년 1월호에 한국의 비평가로 장백일의 「귀향에의 설계」도 처음 게재되었는데, "솔직히 말해서 작품의 질도 질이지만 작품의 수 또한 소수에 불과할 것"이라고 하면서 "바로 이것이 〈한양〉 지의 애로인지도 모른다"라는 『한양』의 소설 전반에 대한 냉정한 진단을 내렸다.[12] 실제로 선우휘의 소설이 발표되기 전까지 재일조선인 소설가 가운데 김철수, 박영일, 정철 외에 『한양』에 소설을 발표한 경우는 전혀 없었다. 시와 비평 등 다른 장르의 경우도 마찬가지였지만, 일본에서 한글을 사용하여 잡지를 발간한다는 사실 자체가 처음부터 작가와 독자가 극소수로 제한될 수밖에 없는 한계가 역력했다. 결국 『한양』은 잡지 발간은 일본에서 하지만 실제 독자층은 한국에서 찾아야 하는 난관에 봉착할 수밖에 없었는데, 그 결과 『한양』의 재일조선인 소설은 전반적으로 재일조

---

12) "〈한양〉 지의 作壇은 정철씨 박영일씨 그리고 김철수씨 등 이들이 독무대를 이루고 있으니 말이다. 이제 이들의 演技(작품)는 사실 싫증도 났지만 좋든 싫든 〈한양〉 지는 이들의 작품 만을 앞으로도 우리에게 계속 보여줄 수밖에 별도리가 없다면 이는 하나의 슬픈 일이 아닐 수 없다고 본다. 하루 속히 어떤 대책이 강구되어야 하지 않을까." 『한양』 1963년 1월호, 190쪽.

선인의 삶을 주요 제재로 삼기보다는 한국의 역사적 현실과 사회구조
적 모순에 대한 비판에 더욱 집중하는 경향이 두드러졌다.

물론『한양』도 1960년대 초반까지는 총련계 소설과 마찬가지로 재
일조선인의 차별적 현실에 대한 비판을 담은 작품을 게재하기도 했다.
김철수의 소설이 대개 그러했는데, 1960년대 재일조선인이 일본에서
살아가면서 겪어야만 했던 애환을 고발하는 주제에 초점을 두었다. 이
와는 달리 정철, 박영일, 박경남의 경우에는 주로 한국의 비민주적 현
실에 대한 비판을 중심 주제로 삼은 작품을 발표했는데, 낙후된 시민
경제, 부당한 정치 권력, 노동자의 처우에 관한 문제, 반미주의적 태
도[13] 등 당시 한국의 진보적 소설가들의 작품에 반영된 주제 의식과
크게 다르지 않은 양상을 보였다. 이런 점에서『한양』의 재일조선인
소설은 발표 매체와 장소만 일본이었을 뿐 1960~80년대 한국소설의
지형을 확대한 결과라고 해도 크게 무리는 아닐 것이다.『한양』게재
재일조선인 소설 가운데 특이한 점은 김학영의 작품으로, 그는 대부분
의 소설을 일본어로 창작하여 일본 문단 내부에서도 중요하게 언급되
었는데,『한양』에 한글로 발표한 소설이「안개 속에서」,「끔뜨기」등
6편에 이른다는 점이다. 그의 소설에서 한글과 일본어의 차이가 지닌
의미에 대해 논의하는 것은 재일조선인 소설에서 언어의 문제를 이해
하는 중요한 과제가 될 것으로 판단된다.[14]

이상의 주요 경향과 사실을 바탕으로『한양』게재 재일조선인 소설
가 작품 목록 및 발표 편수를 개략적으로 정리하면 〈표 2〉와 같다.

---

13) 이에 대한 자세한 논의는 지명현, 앞의 논문 참조.
14) 이에 대해서는 박정이,「金鶴泳『漢陽』の「韓國語」作品をめぐつて」,『일어일문학』제
　　23집, 2004. 8, 185~194쪽 참조.

전체 목록 가운데 3편 이상(장편 연재의 경우 1편으로 정리) 게재한 소설가의 주요 작품 목록을 중심으로 정리한 것임을 밝혀 둔다.

〈표 2〉『한양』 게재 재일조선인 소설가 작품 목록 및 발표 편수

이름	작품명	편수
김준용	그늘진 대지(장편 연재 9회)	1
김철수	아버지와 아들/아내/금부처/새끼 손가락/떠나온 사람들/골목대장/박교장/탈피/염왕 진노하다(장편 연재 8회)/그녀의 경우/여의주/못잊을 세월/건널목/비창/극한점에서/어느날 아침에/아버지	17
김학영	안개 속에서/굼뜨기/과거/산밑의 마을/길/해마다 봄이 오면	6
김학만	파멸(장편 연재 8회)/운명	2
박영일	길/그날 밤/첫눈/취직전말/인물화/종점에서/입학시험/가난한 사람들/새로 온 여교원/길/지옥/담요/딸의 고백/야화/역설/돌떡/물새들/수처부/춘봉이/해바라기/노인/악몽/산마루에서/실향민/여행길에 있는 일/먹구름/회오리바람(4회)/다시 술을 마시게 된 이야기/전문도로/사양/끝나지 않은 이야기/요한나	33
박경남	사표/때때옷/새로운 점묘/3월/눈물/서울 포스트/교실/최기사/탈춤/밤손님	10
박종서	출국전야/6월/무등산 기슭에서/편지/병든 깃발/정혜	6
이순학	설령/집이야기/도둑놈/백합/야간응급센터/외과의 유영배씨	6
정철	어느 하루/백자의 탄식/斷崖/새끼 손가락/너 자유를 만끽하라/어머니와 아들/메쓰/뻐꾹새/당골마을에서/해화/산상에 있는 소년/생활의 아침/벽/진짜와 가짜/고마운 아저씨/심산에 피는 꽃/망향/석등/다방/장고머리/최씨와 며느리/뇌성	23

3) 비평 및 산문

그동안 『한양』에 대한 연구는 비평 분야를 중심으로 가장 활발하게 논의되었다. 특히 1960년대 현실주의 문학비평의 형성과정에서 『한양』은 『청맥』(1964년 창간), 『창작과비평(1966년 창간)』의 전사(前史)로서 진보적 비평가들이 한국 사회의 모순에 대해 자유롭게 의견을 개진하

는 대표적인 잡지로서의 비평사적 의의를 지녔었다.[15] 그 결과 김우종, 장백일, 임중빈, 구중서, 홍사중, 김병걸, 신동한, 임헌영, 정태용 등 1960~70년대 한국 평단의 젊은 평론가들의 비평이 다수 게재되었다. 따라서 비평의 경우에 한정한다면 『한양』을 재일조선인문학의 범주 안에서만 분석하고 정리하는 일은 다소 적절치 않은 측면이 있다. 그만큼 『한양』의 비평은 일본이라는 지역적 상황과 무관하게 1960년대 4월 혁명의 시대정신에 바탕을 두고 한국문학에 대한 비판적 시각을 일관되게 견지했음을 주목해야 한다.

『한양』의 재일조선인 비평은 장일우, 김순남 두 비평가에 의해 주도되었다고 해도 과언이 아니다. 장일우는 창간호부터 1965년 초반까지 주로 시 분야를 중심으로, 김순남은 창간부터 종간 무렵인 1984년 초까지 소설 분야를 중심으로 거의 고정 필자로 활동했다. 장일우가 21편, 김순남이 99편을 발표할 정도로 『한양』의 비평 전체를 아우르는 핵심 비평가였는데, 한국의 주요 잡지에도 평론을 발표하는 등 1960년대 이후 국내외적으로 아주 활발한 비평 활동을 펼쳤던 것으로 확인된다.[16] 시, 소설의 경우와 마찬가지로 이 두 비평가의 실체에 대해서도 현재까지 전혀 알려진 바가 없는데,[17] 김수영을 비롯한 한국의 문인들

---

15) 이에 대한 자세한 내용은, 하상일, 『1960년대 현실주의 문학비평과 매체의 비평전략』, 소명출판, 2008 참조.

16) 장일우, 「한국적인 것과 전통적인 것」, 『자유문학』 1963년 6월호; 김순남, 「주체적 입장에서 본 전통문제 – 본국문단(本國文壇)에 붙이는 말」, 『현대문학』 1964년 1월호. 장일우, 김순남의 비평에 대해서는, 「장일우의 문학비평」, 「김순남의 문학비평」(하상일, 『리얼리즘'들의 혼란을 넘어서』, 케포이북스, 2011) 두 편의 글을 참조할 것.

17) 필자는 2000년대 중반 몇 차례 일본 동경을 방문하여 『한양』과 직간접적으로 연결되어 있었던 재일조선인 문인들을 만나 장일우, 김순남에 대해서 탐문해 보았으나 이들의 실체를 정확하게 아는 사람은 아무도 없었다. 이러한 사정은 한국 문단 내부의 사정도 마찬가지여서 『한양』으로 인해 고초를 겪었던 임헌영, 이호철 두 분에게도 문의했을

은 이 두 비평가의 이름이 본명이 아닌 필명일 가능성을 염두에 두면서 당시 한국문학에 정통한 비평적 시각과 시대와 타협하지 않는 정론적 성격의 비평을 높이 평가했다.[18] 이 두 비평가 외에 김성호 3편, 김성일 4편, 김학현 3편, 신상인 5편, 윤동호 10편, 이준석 3편 등이 『한양』 게재 재일조선인의 주요 평론으로 언급할 만하다. 이 가운데 윤동호는 「현실투시의 각도」, 「'참여' 재론 – 건전한 비평자세를 위하여」, 「조국 통일과 문학」 등의 평론을 발표했는데, 장일우, 김순남과 마찬가지로 문학과 현실의 관계를 중심에 놓고 1960년대 이후 한국문학에 대한 비판적 참여의식을 실천적으로 보여주었다.

『한양』 게재 재일조선인 비평에 나타난 특이성은 재일조선인 작가 와 작품에 대한 평론이 사실상 전무하다는 점이다. 거의 모든 비평이 한국의 작품이나 작가를 대상으로 하고 있고, 한국의 문학적 현실에 대한 비판적 관점을 드러낸 것으로 일관되어 있다. 또한 한국의 고전문 학 작품이나 연극을 대상으로 한 개략적인 소개와 김지하, 양성우의 시집에 대한 서평 등이 발표되었다. 비평적 성격을 지닌 산문의 경우에

때 전혀 알지 못한다는 대답을 들었다. 또한 2006년 『한양』의 발행인 겸 편집인이었던 김인재를 동경에서 직접 만나 『한양』 전반에 대해서 문의했지만, 당시 김인재는 무슨 이유에서인지 『한양』과 관련된 모든 기억에 대한 증언을 거부했었다. 아마도 이러한 사정은 1974년 문인간첩단 사건으로 겪어야만 했던 여러 사건들과 결코 무관하지 않은 것으로 판단된다.

18) 장일우가 『자유문학』 1963년 6월호에 발표한 평론에 대해 "본 원고는 재일교포의 유일 한 월간지인 『한양』지를 통해 눈부시게 활동하시는 교포평론가 장일우 씨의 특별기고 다. 이미 국내외 신문지상을 통해서도 알려진 바이지만 그의 논점은 철저하게 사회적인 데에 특색이 있다."라고 소개했다.(『자유문학』 1963년 6월호 편집자주) 그리고 김수영 도 1964년 발표한 「생활현실과 시」에서 "장일우 씨의 시에 대한 비평은 나로 하여금 시에 대한 많은 반성을 하게 했다. 일봉과 문학적 교류를 할 수 있다는 거리에서 오는 매력 이상으로 국내외 평론가들이 地緣上으로 할 수 없는 솔직한 말을 많이 해준 매력에 대해서, 나는 그의 숨은 공적을 높이 평가한다."라고 말했다.(『김수영전집 2 – 산문』, 민음사, 1981, 190쪽)

는 재일조선인이 발표한 것으로 특별히 언급할 대상은 없고, 고원, 윤이상 등 일본 외에 거주하는 재외 한인들의 산문을 게재한 점이 눈에 띈다. 문학비평에 한정하지 않고『한양』전반의 비평적 성격을 확장해 보면, 매호〈특집〉에 게재된 논설에서 한국 사회 전반에 대한 비평적 성격의 글이 다수 발표되었음을 확인할 수 있다. 이러한 글 대부분은 『한양』의 발행 및 편집 전반을 주도했던 김인재에 의해 기획되었는데, 그가『한양』에 게재된 논설 가운데 주요 글을 모아 발간한『民族의 尊嚴』(1972),『民族 知性의 길』(1974),『血路를 헤쳐』(1977)를 보면『한양』의 논조와 주제 그리고 잡지의 방향 등을 집약적으로 이해하는 데 도움이 된다.[19]

이상에서 확인된 사실과 잡지의 특성에 대한 이해를 바탕으로『한양』게재 재일조선인 비평가 및 산문을 발표한 필자의 작품 목록 및 발표 편수를 개략적으로 정리하면〈표 3〉과 같다. 비평과 산문의 경우 시, 소설에 비해 발표 작품 수가 많지는 않으므로, 일단 재일조선인으로 분류된 경우에 한하여 편수와 관계없이 발표 목록 전체를 정리했음을 밝혀둔다.

〈표 3〉『한양』게재 재일조선인 비평가 및 필자 작품 목록 및 발표 편수

이름	작품명	편수
경련	하이네에 대한 각서	1
김성호	지하의 시와 사랑과 혁명/노예수첩 해설/죽창을 다듬는 민중의 시인들(상)(하)/대설 남 연재에 부쳐	4

19) 이 가운데『민족의 존엄』에 수록된 목록과 글의 성격에 대해서는, 손남훈,「『민족의 존엄』에 나타난 민족 주체성 담론과 정치 비판의 논리」,『한민족문화연구』제80집, 한민족문화학회, 2022. 12. 참조.

김순남	신세대에 대한 재론/문학의 주체적 반성/성격 창조의 원리/설화문학의 재음미/月光을 밟으며/〈나무들 비탈에 서다〉에 대한 나의 소감/문학건설과 휴머니즘/니힐과 진실/지성과 생활/작가의 윤리/사실과 리얼리티/창작의 기점/〈첨단예술〉 시비/작품과 비평의 시점/도향문학에 대한 소고/한국 미술의 시대정신과 민족성/한국평단의 반성/작품과 애정의 윤리 外	99
김병옥	김립 시의 웃음과 슬픔	1
김명진	시를 통해 본 4.19	1
김사강	김지하의 의지	1
김석춘	(서평)〈김지하시집〉/〈피안의 가〉를 읽고	2
김시형	문학의 고행과 새 연대의 갈망	1
김천석	최남선을 평함/이광수를 평함	2
김성일	작가의 안광과 휴우먼/민족적 주체와 한국문학/〈자유만복〉의 열쇠/소설의 흥미와 문제의식	4
김학영	끝없는 미로	1
김학현	'님'과 중생/'풀이' 사상과 김지하/한과 민족적 저항	3
박문상	민족문학 소묘	1
박일동	늙어 더욱 왕성해진 시정신	1
박태정	민중의 지향과 한국연극의 현황	1
신상인	고시조의 여운/한말 애국시가의 음미(1)/한말 애국시가의 음미(2)/한말 애국시가의 음미(최종)/문화와 전통	5
심재헌	시문학과 현대성	1
유영묵	〈수련〉과 〈속초행〉에 대하여	1
윤동호	현실투시의 각도/시성 '단테'를 생각하며/시인과 패배정신/조국통일과 한국문학/참여 재론/분노의 시, 항거의 노래/시대와 시가/오판하지 말라/광주의 교훈/다산 시가의 의미	10
이준석	〈신세대에 대한 재론〉을 읽고/테마와 탐구의 논리/〈닮아지는 살들〉의 의식과 감각	3
이기창	노예수첩을 읽고서	1
정영훈	지상의 시와 지하의 시/시인의 얼굴	2
장일우	그 작품과 나/현대시의 음미/현실과 작가/시의 가치/女流新人의 詩源/소월의 시와 자주정신/반성과 전망/한국문학의 새로운 전망/현대시와 시인/현대와 신인작가/한국소설의 두 측면/한국 현대시의 반성/현실과 작품의 논리/농촌과 문학/시인 박두진을 논함/순수의 종언/참여문학의 특성/동리문학을 논함/문학의 허상과 진실/시대정신과 한국문학 外	21

추용태	현대시의 반성	1
최익환	〈금강〉의 시간	1
하상두	민족연극 소고	1

3. 『한양』과 1960~80년대 재일조선인문학의 영향

1) 조국에 대한 양가적 인식과
재일조선인으로서의 민족정체성 구현

『한양』 소재 재일조선인문학의 특징과 주제 의식을 이해하는 데 가
장 중요하게 살펴볼 문제는, 해방 이후에도 조국으로 돌아가지 못하고
일본에 남아 살아야만 했던 재외 거주 민족으로서의 자기 정체성 확립
에 관한 것이다. 이러한 민족정체성의 문제는 재일조선인 1세대에서부
터 지금에 이르기까지 가장 본질적인 토대로서의 의미를 지니고 있지
만, 최근에 와서는 급격한 시대 흐름에 따른 젊은 세대의 의식 변화와
일본 거주자로서의 현실적인 문제 상황이 더욱 중요하게 부각됨에 따
라 상당한 혼란이 가중되고 있다. 따라서 재일조선인문학에 반영된 민
족정체성의 성격을 규명하는 데 있어서 민족이나 국가와 같은 당위적
이고 관념적인 차원으로만 일률적으로 접근하는 것은 민족주의의 과도
한 폭력이 될 위험성도 있음을 경계할 필요가 있다.

재일조선인의 정체성은 대체로 저항적, 민족적, 재일적, 실존적[20]이

---

20) 이소가이 지로는 이 네 가지 특징을 다음과 같이 설명했다. 저항적 아이덴티티는 식민지
지배의 역사를 주체로 하고 그것을 고발하는 데서 구현되는 것이고, 민족적 아이덴티티
는 조국(조국의 상황)으로의 귀일 감정과 통일 지향에 따라 규정되는 것이며, 재일적
아이덴티티는 일본 국가와 사회가 초래하는 부조리에 대항함으로써 방향지어지는 것이
고, 실존적 아이덴티티는 인간 존재를 내면적으로 추구함으로써 찾게 되는 것이다. 『在

라는 네 가지 양상으로 구분할 수 있는데, 『한양』의 경우 저항적이고 민족적인 성격이 상대적으로 두드러진 측면이 있다. 물론 이 네 가지 성격은 재일조선인문학에서 명확하게 구분되는 것이라기보다는 혼재되거나 미분화된 상태에서 복합적이고 중층적인 양상을 드러낸다고 보는 것이 더욱 타당하다. 따라서 재일 1~2세대의 경우 저항적이고 민족적인 성격이, 그 이후 세대는 재일적이고 실존적인 성격이 우세한 경향이 있다는 점에서, 민족정체성의 문제는 재일조선인 사회의 역사적 변화를 반영한 현재 상황과의 밀접한 연관 속에서 논의될 필요가 있다. 세대를 거듭하면서 재일조선인 사회 내부에서도 민족이나 국가보다는 일본에서 살아가는 '재일'의 현실에서 자신의 위치와 존재를 성찰하는 '실존'의 문제가 더욱 중요하게 부각되었기 때문이다. 이런 점에서 『한양』 게재 재일조선인 시문학은 고향 상실에 따른 조국에 대한 근원적 그리움을 내면화한 역사적이고 민족적인 성격과, 조국의 역사적 현실에 대한 참여문학으로서의 비판적 거리를 드러내는 양가적 특성을 지니고 있다. 또한 재일조선인으로서 민족정체성을 구현하는 근원적 성찰뿐만 아니라 자연을 통한 자기성찰과 실존적 인식도 아울러 지니고 있음을 주목해야 한다.

　해방 이후 조국으로 귀환한 재일조선인 수는 전체 200만 명 가운데 3/4 정도인 150만 명 정도였다. 나머지 50~60만 명 남짓은 조국으로 귀환을 포기하거나 일시 귀국했다가 다시 일본으로 돌아가 재일조선인 사회를 형성했다. 그토록 열망했던 조국 광복을 맞이했음에도 불구하고 조국으로 돌아가지 못하고 일본에 정착했던 이유는, 당시 조국의

日'文學論」, 新幹社, 2004, 65~66쪽.(김환기 편, 「식민 제국과 재일 조선인 문학의 조망」, 『재일 디아스포라 문학』, 새미, 2006, 123쪽에서 재인용)

불안정한 정치적 상황과 경제적 궁핍에 따른 삶의 전망이 극도로 불투명했기 때문이다. 따라서 재일조선인의 의식 속에는 조국이라는 고향을 상실한 데서 비롯된 근원적 그리움의 세계가 가장 본질적인 정서로 내면화되지 않을 수 없었다. 해외에 거주하는 동포로서 조국에 대해 느낄 수 있는 근원적인 정서는, "조국과 떨어져 살아온 생활의 체험을 통하여 사무치게 느끼는 조국의 귀중함에 대한 뜨거운 감정 정서"이고 "어머니 조국에 대한 한없는 그리움과 그 품에 안기고 싶은 열화 같은 지향으로부터 흘러나오는 감정 정서"[21]인 것은 너무도 당연하다. 서정시의 본질적 세계관이 자신이 처한 현실에 대한 자기반성을 토대로 근원으로 돌아가려는 욕망에 있다고 본다면, 근원으로서의 고향을 잃어버린 주체로서의 재일조선인이 자기 정체성을 회복하기 위해 조국 혹은 고향을 지향하는 것은 가장 이상적인 세계에 대한 동경을 표상한 것으로 이해할 수 있는 것이다.[22] 경련의 「못 가는 구만리에!」(1963. 6.), 김윤의 「편지」(1965. 4.), 정영훈의 「고향에의 서정(1)」(1966. 3.) 등에서 이러한 재일조선인의 의식과 내면을 확인할 수 있다.

하지만 이러한 근원적 고향으로서의 조국이 당면한 실제 현실은, 시적 주체로서의 재일조선인이 지향하는 이상적이고 당위적인 장소가 되지 못했다는 점에서 주체의 분열이 발생한다. 해방 직후 재일조선인

---

21) 손지원, 「조국을 노래한 재일조선인시문학 연구(1)」, 『겨레문학』 창간호, 2000년 여름호, 64~65쪽.

22) 작품에 대한 세부적 분석은 지면 관계상 구체적으로 서술할 수 없어서, 이에 대한 개별적 논의는 각 주제별 후속 연구에서 자세한 논의를 할 것임을 밝혀두고자 한다. 이와 관련된 주제를 드러내는 작품으로 다음과 같은 것이 있다. 경련(「현해탄」, 「기적소리」, 「조국」, 「어머니」, 「조약돌」, 「어머니 나라」, 「낙동강」), 정영훈(「유랑시초」, 「제삿날」, 「사향보」), 박일동(「기원」, 「메아리」, 「소곡」), 박기원(「꽃의 사투리」), 김윤(「새해를 맞아」, 「가을」, 「그리움」, 「봄바람」, 「어머니」), 윤동호(「淚如雨」)

문단이 이념에 의해 양분되었던 것과 마찬가지로, 한국전쟁을 거쳐 분
단 상황이 고착화된 조국의 현실 역시 동일성의 근원적 세계를 담아낸
고향 표상과는 전혀 다른 이질적이고 분열적인 양상을 노골화했기 때
문이다. 따라서 『한양』의 시문학은 고향에 대한 근원적 그리움을 형상
화하면서도 조국의 역사적 현실에 드러난 구조적 모순을 준엄하게 비
판하는 양가적 목소리를 드러낼 수밖에 없었다. 특히 『한양』이 창간된
무렵인 1960년대는 4월혁명의 시대정신이 정점에 달했던 때였고, 박
정희 군사 정권에 의해 혁명의 정신이 퇴락해 가는 상황에서 민족 통일
과 민주화에 대한 열망이 처참하게 무너지는 현실을 마주했던 때였다.
따라서 『한양』의 시문학은 재일조선인으로서 조국의 내우외환에 맞서
는 태도를 창간 정신으로 내세움으로써 비판과 저항으로서의 참여 정
신을 실천하는 데 가장 중요한 목표를 두었다. 경련의 「4월아!」(1963.
4.), 박일동의 「4월은」(1964. 4.), 정영훈의 「4월의 초혼」(1968. 4.) 등
4월혁명 담론의 시적 형상화는 바로 이러한 문제의식을 전면화한 것이
라고 할 수 있다.[23]

　조국에 대한 양가적 인식이 중심 주제를 이루었던 초기 재일조선인
시문학과는 달리, 재일 2세대 이후로 넘어가면서부터는 일본에 거주하
는 재일조선인으로서 민족정체성의 확립에 대한 근원적 고민과 일본
사회의 차별에 어떻게 대응할 것인가와 같은 현실적인 문제에 대한
직접적인 고발의 성격이 두드러졌다.[24] 따라서 재일조선인으로서 겪게

---

23) 『한양』에서 이러한 경향을 지닌 시를 대략 열거하면 다음과 같다. 경련(「침묵의 시」,
　「팔 없는 소녀」), 신재헌(「4·19의 용사들에게」, 「해방을 맞던 날」), 박일동(「광장」, 「기
　도」), 박기원(「몸부림치는 태극기」), 김윤(「사월이 오면」), 황명동(「해협」)
24) 재일조선인 2세대 소설가인 김학영의 말은 이러한 문제의식을 가장 선명하게 보여준다.
　"나는 내가 조선인이면서 거의 일본인과 다름없는 심정으로 주위를 보고 듣고 경험하며
　살아가고 있다. 내 안의 조선인 의식은 항상 관념으로서의 민족의식이었지 실제 느낌으

되는 민족정체성의 혼란과 그에 따른 내적 갈등을 부각하는 방향으로 구체화되었는데, 그 결과 생존을 위해 일본어를 선택함으로써 조국의 언어를 의도적으로 외면했던 이중언어 사용의 혼란, 재일조선인으로서의 일상적 현실과 민족정체성을 지키고자 하는 당위적 신념 사이의 균열과 부조화가 시적 쟁점으로 부각되었다. 박일동의 「말」(1964. 2.), 윤동호의 「씨앗의 노래」(1964. 3.), 김윤의 「내가 나일 수 있는……」(1966. 2.) 등의 시가 이러한 경향을 지닌 작품이다.[25]

마지막으로 역사, 민족, 조국과 같은 재일조선인이 처한 외적 현실에 바탕을 두면서도 개인의 실존이라는 내면적인 세계를 더욱 중시하는 시문학을 주목할 필요가 있다. 이는 역사적 주체를 전면화하는 데 전략적으로 유효한 소설의 경우와 달리, 자기성찰의 대상으로서 개인적 주체를 더욱 초점화하는 시의 장르적 성격에도 가장 잘 부합하는 경우이다. 특히 재일조선인으로서 자신이 발 딛고 서 있는 바로 그 장소로부터 실존적 인식을 이끌어내는 과정을 담아냈다는 점에서, 기존의 재일조선인 시문학과는 다른 차원에서 시의 현실적 변화를 주목한 것으로 이해할 수 있다. 이러한 경향은 재일조선인 3세대 이후로 넘어가면서 더욱 구체적으로 나타났는데, 서정시의 본질에 바탕을 두면서 자연을 통한 자기성찰과 내적 의지를 형상화하는 방향성을 드러냈다. 정영훈의 「눈이 내린다」(1963. 3.), 윤동호의 「철쭉꽃」(1967. 5.), 김윤의 「春芽(Ⅱ)」 등의 시가 이에 해당한다.[26]

로서의 의식은 아니었다.” 「얼어붙은 입」, 『金鶴泳作品集成』, 作品社, 1986, 30쪽.

25) 이 외에도 다음과 같은 작품이 이러한 경향을 지니고 있다. 경련(「다듬이 소리」, 「거울 앞에서」), 정영훈(「자유」), 윤동호(「한치의 뜨락」), 황명동(「그 얄궂은 생물」), 김성호(「삼세의 우울」), 김윤(「거기로의 합창」)

26) 이 외에 다음과 같은 작품이 같은 경향을 지닌다. 정영훈(「바위」, 「추일단상」), 경련(「冬豊風」, 「고백」, 「산」, 「고원시초」)

  사실 『한양』 전반에 나타난 시문학의 성격은 역사와 현실에 대한 저항성의 측면보다는 서정시의 본질에 입각한 내면 지향의 시들이 더욱 많다는 점을 간과해서는 안 된다. 물론 민족적이고 역사적인 차원에서 재일조선인문학을 인식하고 규정하는 태도가 가장 본질적인 관심의 방향이 되는 것은 당연하다. 하지만 이러한 시적 경향을 과도하게 강조하거나 지나치게 전면화함으로써 서정적 지향의 시문학을 재일조선인 시문학의 주변부적 경향으로 소외시킨 측면이 없지 않은지에 대해서도 충분히 성찰할 필요가 있다. 이런 점에서 앞으로 『한양』 게재 재일조선인 시문학에 대한 연구는 개인적 주체와 역사적 주체가 만나는 지점에서 서정시의 장르적 본질에 바탕을 둔 순수서정의 세계에 대해서도 폭넓게 아우르는 전면적인 논의가 있어야 할 것으로 판단된다.

2) 재일의 실존에 대한 인식과 한국의 주체적 근대화를 위한 방향성 제고

  『한양』 게재 재일조선인 소설의 주제와 방향은 크게 두 가지 정리될 수 있는데, 첫째는 재일조선인으로서 일본에 거주하면서 겪어야만 했던 차별적 현실에 대한 비판이고, 둘째는 한국 사회가 안고 있는 타락한 현실에 서사적으로 대응하는 양상이다. 또한 둘째 경향과 연관 지어 미국이라는 외세에 의한 분단 현실을 넘어 통일을 지향하는 목소리를 직접적으로 서사화했음도 주목해야 한다. 전자의 경우는 '재일'이라는 생활의 조건에서 경험할 수밖에 없는 실제적 문제들로부터 빚어진 갈등과 대결, 소외와 차별 등의 양상을 경험적 서사의 차원에서 전개한 것이고, 후자의 경우는 1974년 문인간첩단 사건 이후 한국과의 교류가 차단된 상태에서 한국의 이념적 왜곡과 근대화 정책의 허구성에 대한 비판에 초점을 둔 것이다.

『한양』은 창간 이후 1960년대 전반까지는 총련계의 작품 경향과 크게 구분되지 않는 방향에서 일본 내에 거주하는 재일조선인의 생활을 서사화하는 데 집중했다.[27] 대체로 재일조선인으로 살아가는 불평등과 차별에 주목함으로써, 이로 인해 겪게 되는 재일조선인의 곤경과 수난의 상황에 초점을 두었던 것이다. 김철수의 「아버지와 아들」(1962. 4.), 「금부처」(1962. 7.) 등이 대표적인 소설인데, 해방 이후 조국으로 귀환했지만 정치적 혼란의 가중과 경제적 궁핍으로 다시 일본으로 밀항을 선택할 수밖에 없었던, 그래서 또다시 이산(離散)의 아픔을 경험해야만 했던 재일조선인의 역사적 상황과, 그에 따른 일본 사회의 구조적 차별과 멸시를 직접적으로 고발하는 작품이다. 또한 재일조선인을 식민 통치를 받았던 열등하고 가난한 민족이라고 멸시하는 일본인의 왜곡된 인식으로, 금부처 도난 사건의 진범인 일본인이 검거되었음에도 계속해서 부당하고 억울한 피해를 짊어져야만 했던 극심한 차별의 양상을 서사화했다. 이처럼 『한양』의 초기 발표작들은 대체로 재일조선인의 생활과 현실을 제재로 삼아 부당한 차별과 멸시, 편견 등 재일조선인을 향한 반인권적이고 불평등한 일본 사회의 태도에 대한 비판을 중심 주제로 삼았다.

『한양』 게재 소설의 경우 시와 비평 분야에 비해 필자를 확보하는 데 어려움이 컸던 것으로 짐작된다. 일본 내에서 발간된 한글 잡지였으므로 당시 한글로 소설을 발표할 만한 재일조선인 소설가가 많지 않았다는 현실적 이유가 가장 크게 작용했을 것이다. 더군다나 문인간첩단

---

27) 재일조선인이 자신들의 삶을 이야기의 중심 서사로 구성한 소설을 '생활사소설'로 명명하고 그 주제적 특성을 정리한 논문으로, 이헌홍의 「에스닉 잡지 소재 재일한인 생활사소설의 양상과 의미」(『한국문학논총』 제47집, 한국문학회, 2007. 12, 111~162쪽)가 있다.

사건 이후로는 한국 소설가들의 작품 자체가 게재 불가능한 상황이었
으므로, 1970년대 중반부터 종간호까지 매호 소설 1편을 게재하는 데
그치는 상황이 계속되었다.[28] 그리고 1970년대 후반부터 『한양』은 재
일조선인의 생활사보다는 조국의 정치사회적 현실에 대한 비판을 담은
작품을 주로 발표했다. 이러한 소설 경향은 『한양』이 일본에서 발간된
다는 지리적 이점으로 한국의 현실과 비판적 거리를 확보할 수 있었기
때문이다. 따라서 『한양』은 1960년대 이후 박정희 정권의 근대화 정책
이 안고 있는 구조적 병폐와 제국주의적 모순에 대한 비판을 과감하게
수행했는데, 서구식 근대화 담론을 맹목적으로 추구하는 한국의 정치
경제적 현실을 비판적으로 성찰함으로써 한국의 주체적 근대화를 이루
어내는 실천적 담론의 장을 지향했다고 할 수 있다. 이와 같은 소설
경향은 『한양』의 소설가 가운데 가장 대표적인 박영일, 정철 등이 주도
했는데, 박영일의 경우 1960년대 초반 「길」(1962. 5.)에서 비민주적인
정권에 맞서 일어났던 4월혁명을 제제로 삼은 데서, 정철의 경우에도
「단애(斷崖)」(1962. 6.)에서 4월혁명과 5.16 군사쿠데타를 제재로 삼았
다는 점에서 1960년대 초반부터 이미 중요한 소설적 주제였음을 알
수 있다. 그리고 1970년대 김철수의 「아버지」(1977. 9~10.), 김학만의
「해마다 봄이 오면」(1977. 11~12.) 등에서 긴급조치에 대한 비판으로 이
어졌고, 1980년대에 이르러 박종서의 「출옥전야」(1980. 7~8.), 박경남
의 「삼월」(1980. 9~10.) 등에서 비상계엄 조치에 대한 비판 등으로 점점
세부적인 사건을 제재로 하는 구체적인 서사의 양상을 보였다.

　　낙후된 경제로 인해 한국 사회가 처한 생활의 어려움과 궁핍한 삶의

---

28) 『한양』은 1974년 1월호(115호) 이후 종간호(177호)까지 다섯 호(119, 146, 154, 155,
　　156호)를 제외한 나머지 호에서 한 편의 소설을 게재했고, 한 편의 소설도 게재하지
　　않은 경우(124, 125, 126, 130, 131호)도 있었다. 지명현, 앞의 논문, 104쪽.

조건을 다룬 소설도 다수 발표되었는데, 김철수의 「아내」(1962. 6.)를 시작으로 정철의 「새끼 손가락」(1962. 8.), 박영일의 「그날 밤」(1963. 1.) 등에서 도시 빈민으로 살아가는 절대 빈곤의 문제와 고학생, 여성노동 자, 가난한 농민 등 한국 사회의 경제적 곤궁으로 인한 민중의 열악한 현실을 담은 작품을 게재했다. 또한 이러한 경제적 모순이 초래한 사회의 부조리와 타락한 현실에 대한 비판도 전면적으로 부각했는데, 정철의 「메쓰」(1963. 3.)에서 자본과 물질이 인간의 생명보다 더 우선시되는 병원의 모습을 통해 한국 사회의 자본화가 지닌 문제점을 고발하고, 박경남의 「최기사」(1982. 3~4.)에서 노동 현장의 부당 해고 문제를 통해 인간보다 돈을 중시하는 가치관이 만연되어 가는 자본주의 사회의 단면을 드러냈다. 이러한 노동 문제는 1960년대 박정희 정권의 근대화 정책의 이면에 놓인 한국 사회의 타락을 가장 잘 보여주는 것으로, 김철수의 「어느 날 아침에」(1977. 2~3.), 김학만의 「파멸」(1978. 3~4./ 5~6.)에서 중공업 중심의 정책이 가져온 폐단과 영세상공업자의 도산 등 당시 한국의 경제정책이 지닌 모순을 비판하는 소설로 구체화되었다. 결국 이러한 노동의 문제는 도시화에 따른 농촌공동체의 붕괴로 이어질 수밖에 없었는데, 『한양』의 소설은 바로 이러한 농촌 문제를 서사화하는 데도 중요한 방향성을 갖고 있었음을 주목할 필요가 있다.[29]

1970년대 이후 『한양』의 소설에서 미국의 신제국주의 비판을 통한 통일 지향을 구체화한 점도 중요하게 살펴볼 필요가 있다. 이러한 문제의식은 식민과 분단 문제와도 관련이 있어서 친일 청산을 통한 올바른

---

29) 『한양』 소설에서 빈곤의 극복과 중농주의 서사의 정치성을 다룬 논문으로, 고명철, 「1960년대의 『한양』에 실린 소설의 문제의식」, 『한국문학이론과비평』 제46집, 한국문학이론과비평학회, 2010. 3, 197~223쪽 참조.

민족정체성의 확립이라는 주제 의식과도 이어지고, 분단된 조국의 화합과 통일의 가능성을 차단하는 재일조선인 내부의 조직적 갈등 문제를 첨예하게 다루었다는 점에서도 의미를 찾을 수 있다. 미국인이 저지른 범죄를 알면서도 묵인하는 경찰의 태도, 미국 유학생을 통해 유색인 차별이 공공연한 미국 사회에 대한 비판, 미국인 사장이 운영하는 공장에서의 한국인 여성노동자의 투쟁, 미국에 입양된 한국인 이야기, 미군 주둔 지역 주민들과의 갈등 등 반미적인 주제의식을 전면화했는데, 박영일의 「요한나」(1977. 1.), 박경남의 「때때옷」(1979. 9~10.), 박종서의 「정혜」(1984. 1~2.), 이창수의 「달맞이」(1984. 3~4.) 등이 이러한 경향을 담은 소설이다. 또한 민족주체성을 강조하는 역사적 인식 위에서 민족의 화합과 통일을 지향하는 신념과 올바른 자세를 역설한 김학만의 「운명」(1979. 11~12.), 해방 이후 더욱 권력화되었던 친일파의 삶을 통해 친일 청산의 문제를 실제적으로 접근한 정철의 「사장님과 비서」(1963. 1.), 재일조선인으로서 민족정체성을 지키려는 다짐을 내면화한 김철수의 「여의주」(1965. 8.) 등의 작품이 있다.

이상에서처럼 『한양』의 소설은 1970년대를 경계로 그 전반에는 일본에서 살아가는 재일조선인으로서 겪어야만 했던 민족적 차별에 대한 비판과 민족정체성의 확립이라는 주제의식을 중심으로 전개되었고, 1970년 중후반부터는 재일조선인 내부의 문제보다는 한국의 정치경제적 현실이 안고 있는 구조적 모순에 대한 비판에 초점을 두었다. 또한 이러한 한국에 대한 비판은 미국의 신제국주의 정책과도 직접적으로 연결된다는 점에서, 한국 사회 내부에 깊숙이 개입한 미국의 반인권적이고 불합리한 태도에 맞서는 비판을 두드러지게 소설화했다. 이러한 『한양』의 소설적 문제의식은 당시 한국의 소설가들이 우리의 정치경제적 현실에 대해 가한 비판과 거의 같은 맥락에 있었다고 할 수 있다.

그만큼 『한양』의 소설 담론은 재일조선인이 안고 있는 현실적 문제에 대한 천착과 거의 동등하게, 한국 사회의 내부를 비판적으로 들여다보는 관점을 무엇보다도 중요한 주제 의식으로 삼았던 것이다. 『한양』 게재 소설은 정철, 박영일, 김철수 등 특정 필자에 한정된 한계는 뚜렷하고, 이들의 소설이 지닌 내적 역량이 한국 소설가에 비해 상대적으로 뒤떨어지는 것도 분명 사실이다. 하지만 문인간첩단 사건으로 표면화된 한국 사회의 이념적 경직성으로부터 비교적 자유로운 비판적 거리를 확보할 수 있었다는 점에서, 1960~80년대 한국 소설을 문학사적으로 이해하는 데 상당히 중요한 의미를 지녔다고 평가할 수 있다.

3) 전통의 주체적 인식과 참여문학의 논리

1960년대 한국문학 비평에서 전통의 문제는 '한국적인 것'의 의미를 탐색하는 데 초점을 두었다. 즉 한국문학의 형성과 발전 과정을 논의하는 데 있어서 전통의 중요성과 의의를 도외시한 채 오로지 서구적인 것과의 연관 속에서만 이해하려는 시각에 대한 비판적 성찰을 담았다. 시문학의 경우에 한정해서 볼 때도 현대시의 형성과정이 서구 자유시의 형식에 많은 영향을 받은 것은 분명하지만, 시의 기본 형식인 운율이나 어법 등에서는 한국 시문학의 전통을 비판적으로 계승한 측면도 있음을 전면 부정해서는 안 된다는 것이. 따라서 『한양』의 비평은 이러한 문제의식 속에서 도대체 '한국적인 것'이란 무엇인가에 대한 근본적 문제 제기를 통해 서구적인 근대성을 넘어서는 전통의 주체적 인식을 쟁점화했다. 이는 1962년 『사상계』 문예임시증간호에 게재된 유종호의 「한국적이라는 것」, 백철의 「세계문학과 한국문학」을 비판적으로 검토하는 바탕 위에서 제기된 것이다. 유종호는 전통 개념의 발원지가 엘리엇의 '역사적 의식'에 연원하고 있음을 밝히고, 우리 문학의 경우 이러한 역사의식을 바탕으로 한 문학 풍토가 이루어지지 못한 전통 단절의 상태에 있다고 보았다. 따라서 그는 '한국적' 혹은 '전통적'이란 것의 의미를 대체로 '후진적' 혹은 '전근대적'이란 것으로 파악하고, 이러한 낙후성을 극복하기 위해서 서구의 선진문학을 수용해야 한다고 주장했다. 그리고 백철은 노벨문학상이 문학의 수준을 결정하는 절대 적 기준임을 전제한 상태에서 한국문학과 일본문학을 비교하면서, 우 리 현대문학 50년사를 볼 때 작품 수준의 빈곤성이 두드러지므로 '한국 적인 것'에 대한 탐색은 '세계적인 것'과 어떻게 교섭하느냐가 중요하다 고 말했다.

이러한 전통단절론에 대해 장일우는 "서구의 것이라면 무조건 좋다 고 하는 사대주의자들"의 견해라고 강한 어조로 비판했다. 즉 전통의 문제는 무엇보다도 '주체적'인 태도에서 찾아야 할 문제이고 "創新이 없는 전통은 '낡은 것의 재생'"에 불과하므로, 전통을 올바로 이해하기 위해서는 고전과 전통에서 비롯되는 '전승(傳承)'의 의미를 중요하게 생각해야 한다는 것이다.[30] 김순남의 경우에도, "한국문학이 '자기'를 지니지 못하고 민족정신을 체현하지 못한 것"은 "우리의 전통을 상실한 데 연유가 있다"고 하면서, "전통의 이해에서 핵은 주체성"이고 "주체 성을 상실한 문학은 그것이 민족문학에 포함될 수 없다"[31]라고 보았다. 따라서『한양』의 비평은 '전통=주체=민족성'이라는 등식을 통해 전통 의 문제를 민족문학이 갖추어야 할 정신적인 토대로 인식했다. 이러한

---

30) 장일우,「한국적인 것과 전통적인 것」,『자유문학』1963년 6월호. 손세일 편,『한국논쟁 사 Ⅱ』, 청람문화사, 1978, 240쪽에서 재인용.
31) 김순남,「문학의 주체적 반성」,『한양』1962년 4월호, 140~141쪽.

문제의식은 재일조선인 비평가로서 민족정체성의 혼란을 극복하기 위
한 근본적인 자세를 확립하려는 것으로, 전통에 대한 주체적 인식을
통해 민족문학의 심화와 확대 그리고 1960년대 이후 한국문학의 바람
직한 방향성을 제시한 것으로 이해할 수 있다. 식민과 분단을 넘어 근
대화라는 당면 과제를 수행해야 했던 1960년대 상황에서 주체성의 문
제는 민족, 자주, 통일, 자립이라는 민족주의 이념에 기초한 한국적
특수성의 문제와 결부되어 있다고 판단했기 때문이다. 결국『한양』의
비평은 재일조선인의 입장에서 민족정체성의 문제를 가장 중요한 쟁점
으로 부각할 수밖에 없었다. 또한 법고창신(法古創新)의 작가 정신을
강조함으로써 서구 중심의 문학관에 바탕을 둔 순수문학론과 모더니즘
문학론의 허위성을 비판하는 데 초점을 두었다. 그 결과『한양』의 비평
은 리얼리즘론에 입각하여 현실과 사회에 대한 비판과 저항을 담은
참여문학론을 심화하는 방향으로 확장되어 갔다.

  이처럼『한양』의 비평에서 모더니즘에 대한 비판은 전통에 대한 문
제의식과 연결된다. 1960년대 이후 모더니즘의 유행은 당대 사회와
생활에 밀착된 문제점을 도외시한 채 서구의 것만을 맹목적으로 추종
하는 편향된 모습을 보임으로써 현대시의 불행을 초래했다는 것이다.
즉 "모더니즘에 의한 전통의 파괴"로 인해 "주지적 모더니즘이 시의
하늘을 뒤덮고 있는 현상"[32]이 만연되었고, 이러한 모더니즘의 추구는
민족적 특수성을 상실한 전통 단절의 태도를 극단화함으로써 1960년
대 이후 한국 시문학의 모더니즘은 주체성을 잃어버린 서구 지향성의
폐단을 그대로 노출하고 있음을 비판했다. 따라서 당대의 역사적 상황
과 현실에 토대를 둔 리얼리즘의 옹호와 민족주체성에 기초한 비판적

---

32) 장일우,「한국문학의 새로운 전망」,『한양』1963년 3월호, 130~131쪽.

전통론의 중요성을 무엇보다도 강조했다. 작가의 책임과 의무는 역사와 현실을 어떻게 수용하느냐의 문제와 직결되어 있으므로, 작품의 예술적 가치를 규명하는 데 있어서 가장 중요한 문제는 사회적 진실에 입각한 사상성과 윤리성을 정립하는 데 있다는 것이다. 이러한 정신과 태도는 사회와 역사의 모순에 작가로서 어떻게 대응할 것인가라는 작가 의식의 확립과 연결되는데, 이는 『한양』의 비평에서 작가의 현실참여라는 실천적 문제의식으로 구체화 되었다고 할 수 있다.

이런 점에서 『한양』의 비평에서 참여문학의 논리는 순수문학 비판으로 이어진다. 작가의 성실성은 현실에 대한 예술적 해답에서 찾을 수 있다고 보고, 문학이 현실과 유리된 자족적 실체로서 독립성을 지녀야 한다는 순수문학론자들의 논리를 부정하는 것이다. 당시 순수문학론자들은 참여문학=경향문학 혹은 사회주의문학이라는 식의 편협한 사고에 빠져 있었는데, 이러한 편향된 견해는 당시 한국문학의 주류를 형성했던 문협정통파의 사상과 이념을 그대로 대변하는 것이었다. 따라서 『한양』은 순수문학론이야말로 역사와 현실로부터 도피하려는 정치적인 산물이므로 가장 비순수하고 타락한 기만의 수사학이라고 직설적으로 비판했다. 결국 『한양』은 "사월의 거세찬 파도는 한국문학에서도 크나큰 전환을 가져왔다. 그것은 독재의 그늘 밑에서 민중을 깔보며 민족을 멀리하던 '관권문학'의 머리 위에 뇌성벽력을 내려쳤으며, 한국문학의 구석구석에 억눌려 있던 민주주의 민족문학의 새 싹들을 소생시켰다"[33]라고 하면서, 순수문학론을 앞세운 전후세대의 문학관에 맞서 4월혁명의 정신에 바탕을 둔 참여문학론의 기수와 같은 역할을 자임했다.

---

33) 김순남, 「4·19와 한국문학」, 『한양』 1971년 4~5월호, 230쪽.

이처럼 『한양』의 비평은 한국문학의 전통에 대한 주체적 인식을 토대로 리얼리즘론에 입각한 현실주의 비평 정신을 표방하면서 1960년대 이후 참여문학의 비평사적 계보를 형성했다고 평가할 수 있다. 특히 재일조선인으로서 '한국적' 혹은 '민족적'인 것에 대한 천착을 통해 4월 혁명 이후 급변하는 새로운 문학 지형을 선도하는 비평 담론을 실천적으로 제기했다는 점에서 비평사적으로 상당히 중요한 의미를 지닌다. 더군다나 1960년대 이후 한국의 상황이 검열과 억압을 노골적으로 드러내어 정론으로서의 비평 활동이 사실상 불가능한 상태였음을 염두에 둘 때, 한국 내부에서 제기된 비평 담론이 현실적으로 감당하기 어려웠던 당대의 주요 쟁점들을 거침없이 쟁점화했다는 점에서 1960년대 이후 한국 비평사의 흐름을 이해하는 결정적인 근거가 되기도 한다. 『한양』의 비평 역시 다른 장르와 마찬가지로 재일조선인에 한정할 때 장일우, 김순남 두 비평가에게 절대적으로 의존한 한계는 명확하지만, 1960년대 이후 『청맥』, 『창작과비평』, 『상황』 등과 함께 한국 현실주의 비평사의 계보를 형성하는 문제적 비평 담론을 생산했다는 점에서 비평사적 의의는 아주 크다고 할 수 있는 것이다.

4. 맺음말

본고는 1960~80년대 재일종합문예지 『한양』에 게재된 문학작품에 대한 전반적인 서지 정리를 기초 자료로 삼아 1960~80년대 한국문학과의 교섭 양상을 이해하고, 이러한 결과를 바탕으로 1960~80년대 재일조선인문학의 영향을 비교문학적으로 연구하는 데 주된 목표를 두었다. 이러한 연구 방향은 한국문학의 범주와 외연을 동아시아적 시각으로 확장하려는 시도로, 한국문학의 지형을 일본, 중국을 비롯한 동아시아의 문학 지형과 통합적으로 바라봄으로써 당대의 실체적 진실에 더 가까이 다가가고자 한 것이다. 특히 재일조선인 사회의 경우 식민과 분단 시대를 살아온 한국 사회의 현실과 사실상 역사를 같이했다는 점에서, 재일조선인문학의 형성에서 이러한 역사적 상처가 미친 영향이 실제적으로 구현된 문학적 결과라는 점을 특별히 주목하고자 했다. 따라서 본고는 1960~80년대『한양』과 재일조선인문학과의 관련성을 밝히는 데 초점을 두고, 민단과 총련으로 이원화된 재일조선인문학의 대립적 양상 속에서『한양』이 차지하는 문학사적 위상과 의의를 정리하고 분석하는 데 초점을 두었다.

『한양』에 문학작품을 발표한 재일조선인 문인들의 실체를 명확하게 확인하는 것은 현재로서는 불가능한 측면이 많다. 더군다나『한양』의 필자 상당수가 필명이거나 동일인이 두 개 이상의 이름으로 작품을 발표하기도 했으므로, 이들을 한 사람의 재일조선인 문인으로 규정할 수 있는 근거도 현재로서는 명확하지 않다. 따라서 재일조선인 문인이라는 한정된 범주 안에서 텍스트를 선정하고 확정하는 작업은 시작부터 커다란 난관에 부딪힐 수밖에 없었다. 당시『한양』에 문학작품을 발표한 문인들의 전기적 사실을 구체적으로 증언해 줄 사람이 전무하고, 설령 있다 하더라도 당시의 사정을 사실 그대로 전할 수 있는 정치적 여건이 아직은 완전히 확보되지 않았기 때문이다. 이런 점에서 본고는『한양』에 문학작품을 발표한 문인 가운데 명확하게 국내 문인임을 알 수 있는 경우와 일본 외에 거주하는 재외동포 문인인 경우를 제외하고는 일단 재일조선인 문인으로 추정하고 연구 대상에 포함시켜 논의했다. 특히 이들의 문학작품 가운데 재일조선인으로서의 자기 정체성(identity)을 주요 제재나 정서로 삼고 있는 것을 우선적인 연구 대상으로 삼았음을 밝혀둔다.

지금까지 『한양』 연구는 시, 소설, 비평 등 장르별 연구, 비평사의 계보를 중심으로 한 매체 연구 등으로 잡지의 전체적인 지형을 논의하는 방향으로 진행되어왔다. 그동안의 연구를 토대로 앞으로 『한양』 연구는 재일조선인 문인 가운데 경련, 정영훈, 박영일 등의 시인, 정철, 김철수, 박영일 등의 소설가 등에 대한 개별 작가론과, 4월혁명 담론, 광주 담론, 김지하 담론 등의 주제론, 시, 소설, 비평 각각의 작품에 주목하는 작품론 등 세부적인 차원에서 『한양』의 지형을 탐색하는 논의가 이어질 필요가 있다. 물론 『한양』에 게재된 작품이 당시 한국 문인들이 발표한 작품에 비해 질적으로 우수하지도 않고 제재나 주제의 측면에서 다양성이 상대적으로 부족한 점은 분명 있지만, 1960~80년대 한국 사회가 안고 있는 구조적 문제를 검열이나 외압 등과 같은 외적 통제와 간섭으로부터 일정 부분 자유로운 위치에서 쟁점화했다는 점에서 문제적인 작품으로 평가하기에 충분하다. 따라서 본 연구를 통해 정리된 1960~80년대 『한양』 게재 재일조선인 문학작품 목록을 기초 자료로 삼아 앞으로 개별 시인론, 소설가론, 비평가론 등의 후속 연구를 이끌어냄으로써, 한국문학사의 외연을 더욱 확장하고 그 의미를 종합적으로 탐색하는 세부적인 논의가 계속해서 이어질 필요가 있다. 사실 『한양』이라는 텍스트를 종합적으로 접근하고 이해하는 데 한국문학과 재일조선인문학의 구분은 연구의 편의를 위한 경계일 뿐 문학사적으로는 통합적 시각이 더욱 요구된다. 이런 점에서 1960~80년대 『한양』은 1960년대 이후 한국문학사의 재인식과 재구성을 위해서도 전면적으로 검토하고 분석해야 할 중요한 매체임을 반드시 기억해야 할 것이다.

북한의 근대시 정전화 작업에 나타난 의미

『현대조선문학선집』(1987~)의 《1920년대 시선(1)~(3)》,
《1930년대 시선(1)~(3)》을 중심으로

1. 식민지 문학 유산의 주체적 평가

북한은 1987년 『현대조선문학선집 1 – 계몽기소설집(1)』 출간을 시작으로 새로운 문학선집 발간을 통해 근대문학의 정전화 작업을 추진했다. '편찬위원회'가 1권 머리말에서 밝힌 〈간행사〉에 따르면, "1900년대 계몽기문학으로부터 시작"해서 "소설, 시문학뿐 아니라 희곡, 영화문학, 가극대본, 평론, 예술적 산문, 아동문학 등 다양한 문학 종류로 구성되며 그 규모는 100권 정도"로 계획했다. 1957~61년 간행되었던 『현대조선문학선집』(총 16권)의 확장판으로, 북한의 문예 정책 변화와 그에 따른 문학사의 재구성 등 이후 달라진 북한 문학의 흐름을 반영하여 수록 작가의 양적 규모에 있어서 상당한 확대가 이루어졌고, 부르주아문학으로 반동시 되거나 항일혁명문학의 선동성에 미치지 못하는 비판적 사실주의 계열 문학과 〈카프〉 이후 순수문학 계열 작품에 대해서도 그 공과를 면밀히 따져 수록하는 등 작가 선정에 있어서 이전과는 비교할 수 없을 정도의 유연성을 보여주었다는 데 특별한 의미가 있다.

이러한 북한 문학계의 인식 변화는 "민족문화예술유산을 주체적 립

장에서 바로 평가하여야 한다"는, 즉 "민족고전문학예술유산에서 진보
적이며 인민적인 것을 현대적미감에 맞게 비판적으로 계승발전시켜야
한다"는 "력사주의적원칙과 현대성의 원칙"[1]을 적용한 결과로 판단된
다. 따라서 『현대조선문학선집』(1987~)에서는 "개개의 유산을 해당 시
기의 사회력사적조건과의 련관속에서 공정하게 분석평가하고 다룬다
는것"과 "모든 문제를 시대적요구와 인민의 지향에 맞게 풀어나간다는
것"[2]을 원칙으로 삼았음을 알 수 있다. 물론 이러한 원칙에는 '복고주
의'와 '민족허무주의'에 대해서는 철저하게 경계한다는 입장이 전제되
어 있는데, 민족문화유산을 복원한다는 이유로 시대적 요구와 계급적
원칙을 무시한 계승이 이루어져서는 안 된다는 것과 민족의 봉건적
폐습에 대한 부정적 태도에 압도되어 문학적 유산마저 무조건 외면하
는 방향이 되어서도 안 된다는 것이다. 특히 후자의 문제에 대한 비판
적 인식이 새로운 정전화 작업을 추진하는 데 있어서 가장 중요한 문제
의식이 되지 않았을까 짐작되는데, 주체적 입장에서의 공정한 평가가
중요한 것이지 식민지 유산으로 남아 있는 작가나 작품의 외적 환경이
나 작가적 태도 그 자체를 이유로 외면하거나 부정해서는 안 된다는
것이다. 그 결과 『현대조선문학선집』(1987~)에서는 이전과는 확연히
다른 양적 확대가 가능했고, 부르주아 문예로 비판받았던 많은 작품들
이 그 공과를 정확히 따지는 방식으로 대거 수록되는 변화를 가져올
수 있었던 것이다.

이러한 선집 구성의 확대와 변화는 1986년 출간된 『조선문학개관
1~2』(정홍교, 박종원, 류만, 사회과학원출판사, 1986. 11. ; 인동, 1988. 12.)에

---

1) 김정일, 『주체문학론』, 조선로동당출판사, 1992, 73쪽.
2) 김정일, 위의 책, 74쪽.

서 이미 그 영향을 확인할 수 있는데, 한용운이 처음으로 문학사에 수
록된 것을 비롯하여 이인직, 이광수, 심훈, 이효석, 최남선, 김억 등의
문학적 의의가 처음으로 인정되었다는 사실에서 알 수 있다.[3] 당시
『조선문학개관』의 출간 경위에 대해서는 『조선중앙년감』(조선중앙통신
사, 1987)에서 밝혔듯이, "우리 나라 문학 발전의 력사를 주체의 방법론
에 기초하여 새롭게 체계화하기 위한 학계적인 연구 사업이 활발히
진행되였"던 것으로, "문학사 서술의 기초 공정으로 되는 자료 발굴의
수집이 힘있게 추진"된 결과였다. 또한 당시 열린 국제학술대회에서
북한 문학계의 태도 변화를 감지할 수도 있었는데, "1986년 8월, 북경
대학 제2차 조선학 국제 토론회가 열렸을 때 사회과학원 문학연구소
김하명 소장은 변절 이전의 이광수를 우리들도 평가한다"[4]라고 말한
데서, 1986년을 경계로 북한의 근대문학사 인식은 상당히 큰 변화가
있었음을 알 수 있다. 따라서 1986년부터 본격화된 북한 문학계의 인식
변화가 『조선문학개관』으로 기본적 틀이 정리되고, 이에 따른 구체적
인 작품 수집과 정리로 『현대조선문학선집』의 정전화 작업이 새롭게
추진된 것으로 판단된다.[5]

....

3) 이에 대한 자세한 내용은 유문선, 「북한에서의 만해 한용운 문학 연구」, 『어문연구』
　제34권 제2호, 한국어문교육연구회, 2006, 183~208쪽 참조.
4) 오오무라 마스오, 「북한의 문학선집 출판 현황」, 『한길문학』 1999년 6월호, 286~287쪽.
5) 『조선문학개관』 이전의 중요한 성과로 『조선 근대 및 해방전 현대소설사 연구』(은종섭,
　전2권, 김일성종합대학출판사, 1986. 7.)가 있는데, 이 책이 1986년을 전후로 북한 문학
　의 인식 변화를 가져오는 출발점이 되었다는 시각도 있다. 또한 『현대조선문학선집』
　1권이 간행된 이후 1991년 6월 출간된 『조선문학사』 총15권 가운데 제7권 '19세기
　말~1925년'이 선집과 긴밀하게 연관된 결과라고 평가되기도 한다. 즉 1986년을 경계로
　한 북한 문학사의 변화된 인식이 작품의 정전화 작업은 『현대조선문학선집』으로, 문학
　사 기술로는 『조선문학사』로 실현되었다는 것이다. 유문선, 「최근 북한 근대문학사 인
　식의 변화」, 『민족문학사연구』 제35권, 민족문학사연구소, 2007. 12, 429~430쪽 참조.

이러한 사실에 바탕을 두고 본고에서는 『현대조선문학선집』 가운데 13~15권 《1920년대 시선(1)~(3)》과 26~28권 《1930년대 시선(1)~(3)》을 대상으로 북한 근대시의 인식 변화와 정전화 작업의 의미를 살펴보고자 한다. 이 여섯 권의 시집에는 해방 이전 북한 시문학의 전모가 그대로 반영되어 있는데, 대략 120여 명의 시인과 1,750여 편의 시를 수록하고 있다. 남한의 문학사와 비교하여 함께 높이 평가하는 대상이 있는가 하면, 반대로 남한과는 달리 북한의 문학사가 철저하게 배제하고 있는 대상도 있다. 또한 『현대조선문학선집』 이전까지만 하더라도 북한문학사에서조차 전혀 언급되지 않았던 시인이 새롭게 수록된 경우도 있고, 남한에서는 전혀 알려지지 않은 다수의 시인들이 선집의 주요 대상으로 평가되고 있음도 알 수 있다. 따라서 북한 근대시의 정전으로 집대성된 여섯 권의 시집에 나타난 전체적인 의미를 분석한다면, 남북한 근대 시문학사의 빈틈과 차이를 읽어내는 중요한 단서를 찾아낼 수 있을 것이다. 이는 남북한 통일 시문학사 정립에서 가장 민감하게 고려해야 할 논쟁적 지점을 확인하는 계기가 될 뿐만 아니라, 앞으로의 문학사 구성에 있어서 가장 중요한 작업인 서로의 빈틈을 메우고 차이를 조정하는 중요한 길잡이가 될 것임에 틀림없다.

2. 『현대조선문학선집』 13~15권 《1920년대 시선(1)~(3)》

『현대조선문학선집』(1987~)의 《1920년대 시선(1)~(3)》에 독립적인 항목으로 수록된 시인은 1권 15명, 2권 5명, 3권 30명으로 총 60명이다. 이들 가운데 『현대조선문학선집(1957~61년)』(이하 『선집 57~』로 표기)에도 수록되었던 시인은 11명에 불과한데, 김소월, 이상화, 조명희,

박팔양, 김창술, 류완희, 박세영, 박아지, 조운, 송순일, 김주원 등이
다. 이처럼 새 선집에는 작품의 양적 측면은 물론이거니와 대상 시인의
범위도 상당히 확대되었음을 알 수 있다. 특히 이후 여러 차례 발간된
북한의 문학사에서조차 전혀 언급되지 않았던 시인들이 대거 수록되었
는데, 이광수, 오상순, 김동명, 변영로, 이장희, 백기만, 김명순, 홍사
용, 노자영, 정지용, 이은상, 심훈, 이병기, 신석정 등이 주목된다. 이
러한 변화는 앞서 언급한 대로 식민지 문화유산에 대한 무조건적 배격
이 아닌 주체적인 평가를 통해 그 공과를 비판적으로 분석함으로써,
1920년대의 문학을 더 많이 발굴하고 정리해야 한다는 김일성의 교시
에 결정적인 이유가 있다. 이에 따라 "작가와 문학작품을 공정하게 평
가하기 위하여서는 작가의 출신성분이나 가정환경, 사회정치생활경위
를 문제시하면서 편견을 가지고 대하는 일이 없어야" 하고, "작가의
출신과 사회생활경위가 복잡하다 하여도 우리 나라 문학예술발전과
인민의 문화정서생활에 이바지한 좋은 작품을 썼다면 그 작가와 작품
을 아끼고 대담하게 내세워주어야 한다"[6]는 원칙에 입각하여, 1920년
대 시가 문학의 부정적 측면에 대해 완고했던 이전의 비판적 입장을
수정함으로써 객관적이고 유연한 태도로 시인과 작품에 대한 전면적인
재평가를 한 결과라고 볼 수 있다.

　1권에 수록된 시인 가운데 『선집 57~』에 수록되었던 시인은 아무도
없다. 이는 1910년대에서 1920년대 초반으로 이어지는 시문학에 대한
북한 문학계의 태도 변화가 상당히 크다는 사실을 그대로 보여준다.
70년대 후반에 와서 신채호, 김형원 정도가 북한의 문학사에서 언급되
었고, 앞서 언급한 1986년을 경계로 한용운이 문학사에서 처음으로

---

6)　김정일, 위의 책, 83쪽.

다루어졌다는 사실을 생각할 때, 주요한, 이광수를 비롯한 1920년대 초반의 시를 한 권에 망라한 것은 상당히 이례적인 일이 아닐 수 없다. 그동안 1920년대 시문학에 대해 북한 문학계의 태도가 극도로 부정적이었던 것은, 1917년 러시아 10월혁명과 1919년 3.1운동의 영향으로 민족주의 운동이 공산주의 운동으로 급격한 변화를 이루었음에도 노동자, 농민 중심의 계급주의적 인식에 부응하지 못하는 부르주아 문예의 다양한 양상이 지배적으로 드러난 시기가 1920년대라고 판단했기 때문이다. 게다가 이 시기 소위 진보적인 시문학으로 언급할 수 있는 작품의 경우에도 당대 현실을 표층적으로 비판하는 데 머무르는 비판적 사실주의 계열과, 현실에 대한 부정과 새로운 세계에 대한 동경이 허무적이고 감상적이고 퇴폐적인 낭만주의적 경향으로 치우쳐, 이전까지 북한 문학계에서는 이에 대한 부정적 평가가 지배적이었기 때문이다. 『선집 57~』에서 1920년대 초반 신경향파 문학(초기프롤레타리아문학)의 단점을 비판적으로 극복했다고 평가한 〈카프〉(후기프롤레타리아문학) 중심의 근대시 정전 확정에 초점을 두었던 이유도 바로 여기에 있다. 이러한 관점에서 볼 때 1권의 변화에서 가장 주목되는 시인으로는 한용운, 주요한, 이광수를 들 수 있다.

　한용운의 시는 1920년대에 41편, 1930년대에 29편 총 70편이 수록되었다. "평생 불교와 인연되여있는 것으로 하여 그의 시는 종교적인 관념의 세계에 안받침되어 있다"는 부정적인 측면을 전제하면서도, "시인의 반일애국정신과 저항의식은 직선적으로 표출되여있는 것이 아니라 사랑하는 《님》에 대한 한 녀인의 련정세계를 통하여 상징적으로 깊이있게 제시되고 있다"[7]는 긍정적인 평가를 하고 있기도 하다.

---

7)　리동수, 「1920년대 시문학사조와 다채로운 시형상」, 『현대조선문학선집 13 : 1920년대

그리고 한용운의 대표작 「님의 침묵」에서 '님'과의 이별이 지닌 상징성을 "사랑하면서도 리별을 강요당해야 하는" "모순"의 상황으로 파악하고, 이를 "자유를 억제하고 불행을 들씌우는 당대 환경에 의하여 야기된 것"[8]이라는 역사적 시대 의식을 내포한 형상으로 해석했다. 결국 한용운의 시에서 상징적으로 형상화된 대상은 시인이 추구한 사상의 근본을 담은 것으로, 반일애국정신에 토대를 둔 진보적 시문학의 방향성을 지닌 것으로 본 것이다. 한용운의 시의 근본 바탕이라고 할 수 있는 불교적 세계관의 관념적인 특성과 사랑을 매개로 한 애상적이고 낭만적인 정조에 대한 표면적인 평가로부터, 이러한 그의 시의 상징성이 궁극적으로 지향하는 세계관의 진보성에 대한 평가로 시야의 확대가 이루어졌다고 할 수 있는 것이다.

주요한의 시는 31편이 수록되었는데, 내용적 측면보다는 형식적 측면에서 계몽기 시가로부터 근대 자유시 발전을 이끌었던 공로를 인정하는 방향에서 시인의 의의를 평가했다. 즉 "그의 창작은 우리 나라 현대시가형식개척에 기여하였다는 점에서 의의를 가지고있으나 그가 활동하던 당시 활발해지고있던 계급문학건설에 외면하고있었으며 따라서 그의 시 세계 역시 생활과 밀착되지 못하고 근로인민대중의 감정 정서와 멀리 떨어져있었다는 점에서 본질적인 약점을 가지고 있다"[9]는 것이다. 이와 달리 이광수의 시는 "비교적 생활과 밀착되여있고 체험이 진실하여 민족적인 정취가 짙게 풍길뿐아니라", "서구의 그 어떤 사조의 영향이나 모방과도 인연이없이 민족의 얼을 고수하는 정신으로 씌

시선(1)』, 문예출판사, 1991, 22~23쪽.(이하 이 책에서 인용한 경우는 선집 번호, 인용 쪽수만 밝히기로 함)

8) 리동수, 위의 글, 24쪽.

9) 리동수, 위의 글, 28쪽.

어져있어 감상적, 상징적, 퇴폐적인 흔적을 거의 찾아볼수 없다"[10]라고 고평되고 있다. 하지만 이러한 그의 초기 시의 긍정적 측면에도 불구하고 「민족개조론」을 발표한 이후 그의 변절과 그에 따른 작품의 훼절을 분명하게 적시함으로써 그 한계를 명확하게 밝히고 있다.

이처럼 1920년대 초반 선집 작업은 1910~20년대 작품들을 새롭게 발굴해야 한다는 김일성의 지침에 따라 비판적 사실주의 시문학과 낭만주의 시문학의 공과를 비판적으로 소개함으로써, 그 한계를 뛰어넘고자 했던 신경향파 문학과 카프 문학의 의의를 더욱 강조하기 위한 방향으로 정전 대상의 확대를 이루어 나갔다. 즉 1920년대 시문학은 여러 동인지의 창간 등 문학적 경향과 색채에 있어서 다양한 면모를 드러냈는데, 자연주의적이고 퇴폐적인 부르주아 시문학에 맞서 진보적인 시문학의 본질과 지향성을 지켜내고자 했던 시기였다는 양면적인 특성을 주체적으로 평가하고자 했던 것이다. 따라서 "이 시선에 실린 시가작품들은 또한 창작가들의 세계관적 제한성과 일제통치사회의 영향으로 말미암아 자연주의적이며 감상주의적이며 퇴폐주의적인 부르죠아창작방법의 잔재와 요소들을 다분히 가지고 있으며 그 영향에서 벗어나지 못하고 있었다"는 객관적 사실에 대한 평가를 전제하면서, "이상과 같은 부족점들을 주체의 관점에서 판단하고 대하여야 하며 오늘의 시점에서 참고적으로 보아야 할 것"[11]이라고 근대시 정전화 작업의 방향성과 그에 따른 문학사 재구성의 근본 방침을 제시했다고 할 수 있다.

2권에 수록된 5명의 시인 가운데 『선집 57~』에 수록되었던 시인은

10) 리동수, 위의 글, 28쪽.
11) 리동수, 위의 글, 33쪽.

김소월이 유일하다. 이후 출간된 북한의 문학사에서도 김억이 소개되었을 뿐 김명순, 홍사용, 노자영의 경우는 이번 선집에 처음으로 수록되었다. 수록 편수에 있어서도 김소월이 9개의 항목으로 나누어 그의 시론 「초혼」을 포함하여 156편이 수록된 반면, 김억 46편, 김명순 13편, 노자영 21편 그리고 홍사용은 5편 수록된 것에 불과하다. 이처럼 2권은 사실상 김소월에 대한 전면적인 정리와 평가에 집중되었다고 해도 과언이 아니다. 게다가 2권의 해설로 수록된 류만의 「《1920년대 시선》(2)에 대하여」[12] 역시 거의 대부분을 김소월에 대한 평가에 할애하고 있어서 김소월론(論)이라고 해도 크게 틀린 말이 아닐 듯하다. 아마도 특정 이념과 경향에 치우치지 않으면서도 잃어버린 조국 혹은 고향에 대한 사랑과 민족적 특성에 기반한 전통 율격 등을 바탕으로 이별의 정한과 그리움의 보편적 정서를 노래한 그의 시 세계가 북한 문학계의 이념적 논란이나 시빗거리로부터 비교적 자유로웠던 데 가장 큰 이유가 있지 않았을까 짐작된다.

이런 점에서 김소월은 "1920년대 우리 나라 사실주의대표적시인이며 민요풍의 시창작으로 현대자유시문학발전에 기여한 서정시인의 한 사람"으로 높이 평가되면서, 그의 시세계는 "조국의 자연과 민족적풍습, 고향과 향토에 대한 사랑, 잃어진것에 대한 애모, 사랑과 리별, 그리움 등 인생의 하많은 사연을 정서적으로 깊이 파고들어 노래"[13]한다고 평가했다. 물론 이러한 평가는 1920년대의 시대 상황에 대한 올바

---

12) 류만은 이 글에서 2권에 수록된 김소월의 작품에 대해, 해방 후 우리나라에서 출판된 『김소월시전집』과 『현대조선문학선집 (2)』(1957~61년)에 실린 김소월의 시작품들 외에 새로 많은 시를 더 찾아서 모두 160여 편의 시와 그의 유일한 시론인 『시혼』을 묶었다고 밝혔다. 『14권』, 13쪽.

13) 류만, 위의 글, 13쪽.

444 제5부 한국문학사의 재인식과 정전의 재정립

른 인식, 즉 "로농계급의 혁명적성장과 전진하는 시대를 바로 보지도, 따라서지도 못한채 당대 현실의 어둡고 답답한 일면에 파묻혀 있었"[14] 다는 명백한 한계를 전제하고 있다. 그럼에도 불구하고 사실주의적 세계 인식과 민요풍의 시 세계에 대해서만큼은 1920년대 진보적 시문학의 한 정점이었음을 인정하고 있는 것이다. 따라서 그의 시에서 지배적인 요소로 나타나는 '자연'을 '생활적'인 장소성으로 파악하여 민족의 생활과 관습의 반영으로 이해함으로써, 그의 시에 나타난 시어와 표현이 이러한 향토적 정서와 민족적 감정을 잘 형상화했다고 보았다. 그리고 이러한 민족적 정서가 상실된 구체적인 대상으로 조국과 고향의 현실을 직시함으로써, 잃어버린 것에 대한 애절한 그리움과 이별의 정서를 비애의 감각과 울분의 감정으로 토로하는 궁극적인 세계 지향을 보여주었다고 평가했다.

이처럼 내용적 측면에서 김소월이 지닌 의의뿐만 아니라 형식적인 측면에서도 1920년대 근대시의 틀을 갖추는 데 크게 기여한 것으로 보았다. 즉 민족적 감정과 향토적 정서를 담아내는 시적 장치로 민요조의 전통적 율조를 도입한 것과 우리 민족의 고유어가 지닌 아름다움을 잘 살리는 시어의 유기적인 결합은 민족시인으로서의 면모를 유감없이 보여주기에 충분했다는 것이다. 따라서 그의 시 세계가 지닌 한계인 노동 계급에 대한 계급적 인식과 민중의 요구에 직접적으로 대응하는 실천성의 부재는, "세계관적협애성과 사회계급적처지와 생활환경"에서 비롯된 당시로서는 불가피한 결과였다고 옹색한 변명을 대신 해주기도 한다. 즉 궁벽한 향촌에서 성장한 탓에 현실을 올바르게 인식할 수 있는 여건이 갖추어지지 않은 데서 비롯된 결과라고 하면서 김소월

---

14) 류만, 위의 글, 14쪽.

시의 한계를 감싸 안는 소극적 비판의 모습에 머물렀던 것이다. 그 결과 "김소월은 자기의 시문학에서 1920년대의 시대정신을 응당하게 노래하지 못하였지만 조국을 빼앗기고 짓눌려사는 우리 인민의 고통과 불행, 념원을 소박한 민족적률조에 담아 노래한 것으로 하여 1920년대 사실주의시문학발전에서 뚜렷한 지위를 차지하는 대표적인 시인"[15]으로 평가했다.

김억은 1920년대 시문학에 "퇴폐적인 풍조를 끌어들이고 류포시키는데서 장본인의 한사람"[16]으로 악평되면서도, "민요조의 전통적인 률조에 정서를 담아 노래함으로써 20년대 서정시의 민족적형식을 살리는데 기여하였다"[17]는 데서 의의를 부여했다. 즉 김억의 시에 대한 평가는 전반적으로 부정적인 측면이 우세함에도 불구하고, 그의 시에 대한 부정적 측면만을 부각하기보다는 공과를 균형적으로 이해하려는 방향을 보여준다. 게다가 1920년대 『백조』 동인들에게 두드러졌던 감상적 낭만주의의 한계를 명확하게 지적하면서도 홍사용, 노자영의 시를 처음으로 선집 대상에 포함시킨 것에서도, 감상적이고 추상적인 세계 인식으로 "심각한 사상미학적결함들과 문제성"을 지닌 것으로 평가한 김명순의 시를 수록한 것에서도, 이전과 확연히 달라진 선집 편찬의 방향을 확인할 수 있다. 다. 즉 1920년대 시가 가진 부정적 측면을 정확히 인지하고 이를 "비판적견지"[18]에서 그 공과를 종합적으로 읽어내는 반면교사의 역할도 선집이 앞으로 수행해야 할 과제라는 점을 분명하게 인식했던 것으로 판단된다.

---

15) 류만, 위의 글, 29쪽.
16) 류만, 위의 글, 29쪽.
17) 류만, 위의 글, 33쪽.
18) 류만, 위의 글, 34~37쪽 참조.

3권은 그동안 북한 문학계에서 1920년대 시문학의 핵심적인 대상으로 평가되어 온 시인들의 작품이 수록되었다. 〈카프〉를 중심으로 정리된 『선집 57~』에도 수록된 이상화, 조명희, 박팔양, 박세영 등을 핵심 대상으로 하면서도 정지용, 이은상, 심훈, 이병기, 신석정 등의 시가 처음으로 소개되었다는 데서 특별한 의미가 있다. 대체로 1920년대 진보적 시문학의 전모를 폭넓게 정리했다고 평가할 만한데, 〈카프〉 계열의 외연을 조금 더 넓혀 동반자 계열 시인들과 비판적 사실주의 계열 시인들을 두루 포괄하였음을 확인할 수 있다. 이는 "〈카프〉 문학에 대한 평가와 처리를 공정하게 하여야 한다"는, 즉 "〈카프〉의 작품에는 비판적사실주의작품도 있고 사회주의적사실주의작품도 있다"는 사실에 대한 새로운 검증이 필요하다는 인식에서 비롯된 것이다. 다시 말해 "어떤 문학작품이 사회주의적사실주의문학인가 아닌가 하는 것은 사상예술적으로 완벽한가 완벽하지 못한가 하는 문제가 아니다. 같은 하나의 창작방법에 기초한 작품가운데는 사상예술적으로 완벽한것도 있고 그렇지 못한것도 있다. 문제는 그 창작원칙과 사상적경향이 어떠한가 하는데 있다"[19]는 김정일의 주체문학론에 근거를 둔 결과이다. 따라서 〈카프〉 이전의 〈신경향파〉 문학이나 사회주의적 사실주의의 전 단계인 비판적 사실주의 시문학의 사상성 자체를 부정하거나 외면해서는 안 된다는 관점에서 선집 수록 대상의 확대가 이루어진 것으로 볼 수 있다.

3권에서 특별히 주목할 시인으로는 그동안 북한 문학계가 집중적으로 논의했던 〈카프〉 계열 시인들은 일단 논외로 하고, 이번 선집에 처음으로 수록된 정지용, 이은상, 심훈, 이병기, 신석정이 있다. 심훈

---

19) 김정일, 위의 책, 77~79쪽 참조.

은 동반자 계열 시인으로, 정지용은 비판적 사실주의 계열 시인으로 분류하고 있는데, "당대 현실을 계급적견지에서 날카롭게 해부하고 재현하지는 못하였으나 현실모순을 깊이 파악하고 비판하는 립장을 취하였으며 빼앗긴 향토와 조국에 대한 애착과 그리움의 감정을 직접적 또는 간접적 방법으로 표현함으로써 민족적 긍지와 자부심, 민족주의적애국주의정신을 고취하고 있다"[20]라고 평가했다. 특히 북한 문학계에서 심훈이 처음으로 소개되었다는 것은 상당히 문제적인 지점이 아닐 수 없는데, 1930년대 이후 북한 문학계의 방향성에서 짐작할 수 있듯이 1920년대 〈카프〉와의 실제적 관계와 구체적 활동 양상 그리고 항일혁명문학을 핵심으로 하는 북한 문학사의 전개 과정과는 다소 어긋난 방향을 보였기 때문이었던 것으로 짐작된다. 이와 같은 북한 문학계의 완고하고 폐쇄적인 입장이 이번 선집을 통해 일정 부분 유연하게 변화됨으로써, 앞으로 남북한 통일 문학사의 정립이나 남북이 공동으로 추진해야 할 정전 재구성 작업에 일정 부분 통로를 열어주었다는 점에서 큰 의미가 있다.

3권에서 가장 눈여겨볼 시인은 정지용이다. 남한의 경우에도 그의 북한행을 둘러싼 논란이 거듭된 데다 1988년에 이르러서야 해금 조치가 이루어졌다는 사실을 생각할 때, 90년대에 이르러서야 정지용에 대한 본격적인 소개가 이루어진 북한의 관점을 선뜻 이해하기는 힘들다. 여기에는 크게 두 가지 이유가 있었을 것으로 짐작되는데, 첫째는 1920~30년대 〈카프〉와 대척점에서 순수문학을 표방한 〈구인회〉 활동을 했다는 사실과, 둘째는 이를 기반으로 형식주의적이고 기교주의적인 모더니즘 문학에 편승했다는 사실에서, 북한 문학계는 프롤레타리

20) 리동수, 「〈카프〉 시문학의 출발점에서」, 『15권』, 40쪽.

아 문학의 대립항으로 정지용의 문학적 활동이 지닌 부정적 측면을 비판적으로 보았기 때문으로 여겨진다. 그런데 이번 선집에서는 정지용의 이러한 양면성을 모두 적시하면서, 1920년대 시에 반영된 민족적이고 향토적인 측면을 새롭게 평가하고자 했다. 즉 그의 대표작 「향수」에 대해, "고향과 향토에 대한 절절한 사랑과 그리움의 감정은 그것을 빼앗은 략탈자에 대한 저주와 증오의 감정을 동반한다"라고 하면서, 정지용의 시세계가 "고향을 빼앗긴 사람들의 설움과 그리움에 모대기는 인정세계를 엿보게 한다"라고 평가한 것이다. 이에 반해 그의 모더니즘 시 가운데 「카페 프란스」에 대해서는, "이국땅 어느 한 카페에 앉은 나라도 집도 없는 식민지 연약한 한 인테리의 서글픈 체험을 노래하고 있다"라고 그 의미를 일정 부분 인정하면서도 "추상적인 상징과 외래어의 람발 등으로 난해한 인상을 남기고 있다"[21]라는 부정적 평가도 서슴지 않고 있다. 빼앗긴 향토에 대한 그리움과 자유를 잃어버린 설움과 분노를 담은 이은상, 신석정의 시를 새롭게 수록한 것도 향토적이고 민족적인 것에 대한 의미 부여이고, 이병기의 시조에 대한 소개도 민족적 형식으로서의 시조가 지닌 공과에 대한 북한 문학계의 새로운 고민을 담은 결과로 파악할 수 있을 듯하다.

3. 『현대조선문학선집』 26~28권 《1930년대 시선(1)~(3)》

『현대조선문학선집』(1987~)의 《1930년대 시선(1)~(3)》에 독립적인 항목으로 수록된 시인은 1권 41명, 2권 20명, 3권 27명 총 87명으로,

---

21) 리동수, 앞의 글, 43~45쪽.

1920년대에 비해 수적으로 상당히 많지만 각각의 수록 작품의 수는 상대적으로 많지 않다. 이들 가운데『선집 57~』에도 수록되었던 시인은 10명에 불과해서, 이번 선집 작업을 통해 엄청나게 많은 시인이 정리 소개되었음을 알 수 있다. 물론 이들 가운데는 남한 문학사에서는 전혀 언급되지도 않고 알려지지도 않은 시인들이 대부분이어서 남북 근대시 정전의 차이는 30년대에 와서 더욱 격차가 있음을 확인할 수 있다. 이는 김일성의 항일무장투쟁에 고무된 시를 가장 의미 있는 결과로 판단하는 북한 문학계의 사정과 관련되어 있는데, "1930년대 〈카프〉 문학은 항일혁명투쟁의 영향밑에 그에 대한 인민의 뜨거운 공감과 지지성원을 반영하는데로 지향하였다"[22]라고 할 정도로, 〈카프〉 중심에서 항일혁명문학으로 그 중심이 이동한 데서 비롯된 결과였다. 또한 1930년대는 〈카프〉 검거와 해체에 따른 진보적 시문학의 위기와 그에 따른 부르주아 반동 시문학의 경향이 뚜렷해졌다고 평가함으로써, 전반적으로 1920년대에 비해 문학적 수준과 진보적 성격이 퇴색되었다고 보는 시각이 일반적이었던 데서도 그 이유를 찾을 수 있다. 그 결과 남한 문학계에서는 중요하게 다루었던 모더니즘 문학과 순수문학에 대해서 부정적으로 일관했던 편향된 시각이 지배적이었던 것이다. 《1920년대 시선(1)~(3)》이 1910년대 후반에서부터 1920년대 후반까지, 《1930년대 시선(1)~(3)》이 1930년대에서 1940년대 광복 이전까지를 다루고 있는데, 두 시기를 아우르는 시인들에 대한 문학사적 평가에서 한용운, 류완희, 김창술 등에 대해서는 대체로 부정적 입장을, 조명희, 박팔양, 박아지 등에 대해서는 전반적으로 긍정적인 입장을 표명한 것도 그동안 북한 문학계가 1920년대 시문학과 비교하여 1930년대 시

---

22) 류만, 「《1930년대 시선》(1)에 대하여」, 『26권』, 19쪽.

문학에서 강조하고자 했던 점이 무엇이었는지를 충분히 짐작하게 한
다. 즉 〈카프〉 해산 이후 일제의 탄압이 가속화되는 외적 상황 속에서
검열과 탄압을 의식해 추상화되고 상징화되는 경향이 뚜렷했던 시기가
1930년대였다는 점에서, 계급의식과 선동성이 강화되었던 3.1운동 이
후 전면화된 1920년대 시의 진보성을 상당 부분 잃어버렸다고 판단한
것이다. 《1930년대 시선(1)~(3)》에서 항일무장투쟁에 대한 지지와 공
감을 표명한 이찬, 김조규 등의 시가 더욱 주목받았던 이유도 바로 여
기에 있다.

　　1권에서 눈에 띄는 시인은 정지용, 오장환, 장만영, 김달진, 박남수,
박두진, 서정주, 조지훈 등이다. 이들 모두 『선집 57~』에는 수록되지
않았고, 이후 발간된 북한 문학사에서도 전혀 언급되지 않다가 이번
선집에 처음으로 수록되었다. 정지용을 제외하고는 수록 편수도 한 자
리에 불과할 정도로 아주 소략하여 북한 문학계에서 높이 평가되었다
고 보기는 어렵지만, 남한 문학사에서 중요하게 다루는 시인임을 감안
할 때 북한 문학의 정전으로 진입했다는 사실 자체만으로도 상당히
중요한 의미가 있다. 다만 이들을 선집에 수록하는 선택과 배제의 논리
가 어떤 기준에 의해서 이루어졌는지에 대해서는 여전히 의문이 남는
다. 서정주와 같이 남한 문학계에서도 친일 논의로 뜨거운 대상에 대해
서는 외적 환경에 치우치지 않고 폭넓게 정전을 확보하겠다는 의도로
수록된 데다, 〈시인부락〉을 중심으로 전개된 초기 활동에 초점을 두어
김달진, 오장환 등의 시도 함께 수록했음을 확인할 수 있다. 그런데
〈청록파〉 시인 가운데 박두진, 조지훈은 수록하면서 박목월은 제외한
이유가 무엇인지는 모호하다. 해방 이후 이 세 시인의 문학 활동에서
역사와 현실에 대한 태도의 차이가 뚜렷이 구별되었다는 데 근거를
두었다면, 식민지 시대의 제한적 환경을 인정하는 실증적 입장에서 그

이유의 행보에 대해서는 비교적 유연한 입장으로 광범위한 선택을 한 다른 시인들에게 적용한 원칙과는 상당히 어긋난다. 또한 1920년대 후반 소련으로 망명한 이후 경험한 사회주의를 바탕으로 생활의 진실에 토대를 둔 사실주의의 높은 경지를 보여주었다고 평가한 조명희에 대해서는 일찌감치 그 의의를 인정했으면서도, 봉건적 계급에 대한 비판과 민중들의 애환을 노래하다 소련으로 건너가 사회주의적 기치를 내건 오장환의 경우는 모더니스트로서의 면모를 보여 이번 선집에서 처음으로 소개하게 된 데 대해서는 여러 의문이 남는 게 사실이다.

　정지용에 대해서는 향토적이고 민족적인 정서에 기반한 민요풍의 시로 진보적 시단을 장식한 시인으로 평가했던 1920년대와는 달리, "1930년대에 와서 그는 〈시문학〉, 〈구인회〉에 관계하면서 순수문학 경향으로 기울어졌으며 추상적이며 형식주의적인 시를 적지 않게 썼다"고 하면서, "언어구사솜씨로 시를 다루는 기교적인 면이 두드러져 시에 대한 리해와 정서적공감을 약화시키고 있다"[23]는 부정적인 평가를 내렸다. 그리고 오장환은 "농촌생활세태가 진하게 풍기고" 있는데, "고유한 의미에서의 농촌정서의 표상은 안주고 흐린 날, 찌그러진 집, 이그러진 얼굴, 수심깊은 마음의 농촌생활의 음영이 표상된다"는 점에서 "최하층 생활에 대한 묘사"를 통해 민중의 현실을 반영한다고 평가하면서도, "추상적이며 상징적인 형상의 흔적"[24]이라는 모더니즘적 성격에 대해서는 부정적인 입장을 분명하게 밝혔다. 이처럼 1권은 광복 전 시가 유산을 적극적으로 찾아내야 한다는 김일성의 교시에 충실하기 위해 시인의 수적 확대는 이루어냈지만, 전반적으로 1920년대 시에

---

23) 류만, 위의 글, 23~24쪽.
24) 류만, 위의 글, 24~25쪽.

비해 작품의 수준이나 시인의 사상성에 있어서 부정적인 평가를 내린 것이 대부분이었다. 즉 "항일무장투쟁의 승리적진전으로 조국광복의 서광이 비쳐오는 현실적요구에 따라서 못하였으며 반일투쟁정신의 계급의식을 반영하는데서 많은 제한성을 나타내였"고, "시가 쉽게 리해할 수 없게 추상적이며 형식주의적으로 씌여진 약점도 적지 않다"[25]라고 평가한 것이다.

2권에서는 〈카프〉와 항일혁명문학 중심으로 평가되어 온 1930년대 이후 북한의 시문학에 대한 변화를 더욱 뚜렷이 확인할 수 있다. 수록 시인 가운데 박세영, 권환만이 『선집 57~』에 수록되었고, 그 외 시인들은 이번 선집에 모두 처음으로 소개되었다. 이찬의 경우에도 70년대 후반부터 북한의 문학사에서는 언급이 되었지만 선집에 수록된 것은 처음으로, 앞서 언급한 대로 1930년대 발표한 항일무장투쟁을 제재로 한 그의 시를 높이 평가한 결과가 반영된 것으로 보인다. 이 외에 처음으로 수록된 시인으로 그동안 북한 문학계가 〈카프〉 해산 이후 순수문학과 모더니즘 문학에 대한 철저한 배제로 사실상 언급할 수 없었던 윤곤강, 김영랑, 박용철, 김상용, 유치환, 김광균, 김기림 등이 있고, 20년대 시선에서 이미 소개되었던 신석정 그리고 백석과 이육사를 주목할 필요가 있다. 백석의 경우에는 월북 이후 그의 문학적 행보에 있어서 여러 정치적인 이유로 배제되었다가 복권된 측면이 있는 듯한데, 이육사의 경우 일제하 대표적인 저항 시인으로 논의되는 남한 문학계의 상황과 비교할 때 어떤 이유로 인해 지금까지 배제되었는지 의문으로 남지 않을 수 없다.

신석정에 대해서는 역사와 현실에 대한 비판적 인식을 지녔다고 평

---

25) 류만, 위의 글, 29쪽.

가하면서도 1930년대《시문학》활동에서 드러난 순수문학 지향이 그
동안 부정적 평가 요인으로 작용했다. 그의 시에 형상화된 자연이 "시
대와 현실과 인간의 운명과 삶에 대하여 생각하는" "일정한 시대감정을
표현"했음에도 불구하고, "식민지시대의 시대상황과 시인의 세계관적
제한성으로 하여 그 사상감정을 표현하는데도 시들이 보다 지향되지
못한 것은 그의 시의 한계점"이라고 부정적 평가를 내린 것이다. 이는
당시 〈카프〉의 계급적 인식과는 다른 관점에서 민족적 울분을 노래한
시인들에 대한 양면적 태도가 분명하게 드러난 결과로 판단된다. 따라
서 이번 선집에서는 그동안 이러한 시의 부정적 측면만을 노골적으로
부각함으로써 북한 문학의 정전으로 삼을 수 없었던 점을 지양하고,
모든 자료를 망라하여 그 공과를 객관적으로 따져 긍정적인 측면과
부정적인 측면을 동시에 알리겠다는 편찬 지침과 의도에 부합하고자
했음을 알 수 있다. 김영랑, 박용철, 김상용의 시가 수록된 것도 이러한
맥락이 반영된 결과라고 할 수 있다. "1930~40년대 전반기의 현실의
암흑을 폭로하면서 새날에 대한 지향을 일정하게 보여준 작품도 있지
만 적지 않은 작품들은 당시 시대적상황과 진보적작품창작에 대한 일
제의 가혹한 탄압 그리고 작가들의 세계관적 제한성으로 하여 인민대
중의 요구를 옳게 반영하지 못했다"[26]라는 양면적 태도에서, 이전에
비판적으로 평가하여 선집의 대상으로 삼을 수 없었던 시인들이 대거
수록되는 결과를 가져올 수 있었던 것이다.

　백석의 경우에는 그의 북한에서의 행적과 작품 활동에 대해서 남한
학계에 이미 알려진 바가 많아 그동안 북한 근대시 정전에 편입되지
못한 이유를 충분히 짐작하고도 남음이 있다. 이번 선집에서도 고작

---

26) 류만, 「《1930년대 시선》(2)에 대하여」, 『27권』, 22쪽.

5편 수록하고 있는데, 민족적인 것이 말살되어 갔던 시기에 민족적 풍속과 생활 이야기를 독특한 운율과 시어를 통해 담아냈다는 점에서 진보성과 민족성을 지켜낸 시인으로 평가했다. 그리고 김광균, 김기림, 윤곤강의 시에 대한 소개는 1930년대 모더니즘의 공과에 대한 평가라는 점에서 의미가 있다. 그동안 북한 문학계에서 모더니즘은 퇴폐주의적이고 반동주의적인 문학으로 사실주의 문학의 대척점에 있는 아주 부정적인 대상으로 취급되었다. 즉 문학예술의 사상 교양적 기능을 부정하고 죽음, 공포, 허무, 방탕 등 신비주의적이고 감상주의적인 극단의 세계를 조장하는 악습을 유포했다고 비판한 것이다. 이러한 기교주의적이고 형식적인 파괴성을 가장 극단적으로 드러낸 시인으로 이상을 철저하게 부정하고 있는 이유도 바로 여기에 있다. 그렇다면 이번 선집에서 1930년대 모더니즘 시 운동을 주도했던 김기림을 비롯한 몇몇 시인들의 작품이 수록된 이유를 어떻게 이해해야 할까. 김기림에 대해 소설도 쓰고 평론도 쓴 사람이라고 소개할 뿐 그의 시를 수록한 이유에 대해서는 전혀 언급하고 있지 않아 명확히 알 수 없지만, 정지용의 경우에서처럼 〈구인회〉 활동을 〈카프〉의 대척점에 놓인 순수문학 활동으로 평가한 점을 볼 때 모더니즘의 극단이라는 관점은 일단 유보하고, 그들의 작품 가운데 시대정신을 바탕에 깔고 있는 순수문학의 운동 측면에서 일정 부분 수용하고자 했던 것으로 판단된다.

이육사의 시는 13편이 수록되었는데, 해설에서 어떤 논평도 하지 않은 데다 이후 간행된 북한의 문학사에서도 여전히 언급하지 않고 있어서 그 이유를 정확히 파악하기 어렵다. 〈카프〉와 직접적으로 연관되지 않은 점과 봉건적 유교 의식에 토대를 그의 민족주의적 경향이 계급주의적 민중성을 지향하는 북한 문학의 방향성과 맞지 않다는 이유 때문일지도 모르겠다. 그렇다면 일제의 탄압에 맞선 독립운동의 일

환으로 이루어진 그의 시 세계 전반에 나타난 항일의식과 국공합작과
연관된 그의 중국 활동 전모에 대한 이해 등 남한의 학계에서 이미
현실 참여의 대표적 시인으로 평가되어 온 사실에 대해서는 전혀 그
의의를 평가하지 않은 것일까. 3권에 수록된 윤동주의 시 세계를 높이
평가하는 것과 견주어도, 아나키즘으로부터 출발해 사회주의적 지향
을 드러낸 이육사의 시를 주목하지 않는 북한 문학계의 태도에는 이해
하기 힘든 부분이 상당히 많다.

　3권에서는 남한 문학계에 소개된 시인으로 안용만을 제외하고는 거
의 알려지지 않은 북한 시인들이 대부분이다. 『선집 57~』에 수록된
시인으로도 송순일이 유일하고, 북한 문학사에서 그동안 언급한 시인
으로 김조규, 리원우, 김우철, 김소엽, 이용악 정도에 머무르는 걸 보
면 3권의 수록 시인들은 대부분 이번에 처음 소개된 것으로 확인된다.
이러한 결과는 30년대 후반에서 40년대로 이어지는 선정 대상 기준을
고려할 때 일제 말의 상황에서 진보적 시문학의 기치를 명확하게 내세
운 시인을 찾기가 쉽지 않은 데 결정적 이유가 있었다고 보인다. 그에
따라 1930년대 〈카프〉 해산 이후 북한 시문학이 김일성의 항일무장투
쟁에 대한 선전 선동으로서의 항일혁명문학에 중심을 두고 있었던 현
실적인 배경이 크게 작용했을 것으로 판단된다. "〈카프〉 출신의 문인
들이 감옥에 끌려가거나 산간벽지로 쫓겨가고있을 때 항일혁명대오안
의 지식인들과 함께 북부국경지대의 작가들과 중국본토의 적색구역,
사회주의쏘련에서 활동하던 우리 나라의 망명작가들은 조선공산주의
운동과 민족해방위업에 적극적으로 이바지하는 참신하고 전투적인 혁
명문학을 창조하였다"[27]라는 김일성의 입장에 전적으로 기댄 결과로

27) 류만, 위의 글, 12쪽.

볼 수 있는 것이다.

　3권에서 주목해야 할 시인으로 김광섭, 노천명, 김종한, 이용악, 조벽암, 신석초 그리고 양적으로 가장 많은 작품을 수록하고 있는 윤동주가 있다. 이용악은 백석과 함께 남한에서는 대표적 해금 시인이었던 것과는 달리『선집 57~』에는 수록되지 않았을 뿐만 아니라 한용운의 경우와 마찬가지로 1986년을 경계로 문학사에 처음으로 소개되었다는 사실이 의외가 아닐 수 없다. 고향과 조국을 잃어버린 유랑민의 설움과 고통을 형상화하여 일제하 민중들이 겪은 상처와 불행을 담았다는 점에 대해서는 긍정적인 평가를 하면서도, 1930년대의 혁명적 진취성을 보여주지 못했다는 점에서 사상성의 결여를 비판적 요인으로 삼았던 게 아닌가 싶다. 또한 백석, 신석정 등의 시를 평가한 데서도 드러나듯이, 향토와 조국에 대한 애절한 사랑을 풍물이나 풍속에 기대어 개인의 내면으로 침잠함으로써 시대적 요구에 부응하지 못하는 소극적 태도를 보였다는 점에서 높게 평가되지는 못한 것으로 생각된다.

　3권에서 가장 의미 있게 평가된 시인은 바로 윤동주이다. 다른 시인들의 경우 10편 내외의 소략한 작품이 수록된 반면, 윤동주의 시는 61편이 수록되어 있어 양적으로도 가장 많은 비중을 차지한다. 윤동주의 시 역시 이번 선집에서 처음으로 소개되었는데, "1930년대에 이어 1940년대 초를 진보적인 시로 이어주는 시인이 한사람"으로 평가했다. "일제의 식민지파쑈통치가 절정에 달하였던 1940년대초에 들어서면서 그는 식민지청년의 설움과 울분을 안고 조국의 운명을 걱정하며 암흑을 헤쳐나아갈 투지와 리상을 불태우면서 간고한 환경속에서 시를 썼"는데, "당시 적지 않은 시인들이 식민지통치의 암흑속에서, 우울과 절망과 방황속에서 헤여나지 못하고있을 때 하늘과 별을 우러러 보며 비운에 찬 조국의 운명을 걷정하면서 참된 삶을 갈망하고 그 길에서 투지를 가다듬은 애국적시인이라고 말할 수 있다"[28]는 것이다. 이러한 평가에는 일제 말 소위 암흑기로 불렸던 문학 지형에서 친일과 변절 그리고 자연과 내면세계로 빠져들어 저항적 면모를 사실상 잃어버린 1930년대 후반에서 해방 직전까지의 문학적 경향에 대한 철저한 반성의 목소리가 내재되어 있음에 틀림없다. 일제 말의 엄혹한 현실로 인해 민족적이고 애국적이며 진보적인 시 창작의 가능성이 심각하게 억압받고 통제되었다는 사실을 인정하면서도, 이에 굴복하거나 변절한 기성 시인들의 모습과는 정반대로 조국과 민족에 대한 투철한 사명감을 잃지 않은 시대정신을 유감없이 보여준 윤동주의 시는 그 자체로 의미 있는 결실로 보기에 충분하다는 것이다. 북한의 근대시 정전화 작업이 식민지 시대의 공과에 대한 객관적인 평가를 통해 후속 세대들에게 교육의 자료로서의 가치도 지녀야 한다고 보았다는 데서 윤동주의 시사적 의의는 더욱 크다고 하지 않을 수 없다.

4. 선택과 배제의 논리, 남북한 문학사의 균열과 통합

이상에서 『현대조선문학선집』 가운데 13~15권 《1920년대 시선(1)~(3)》과 26~28권 《1930년대 시선(1)~(3)》의 의미를 개략적으로 정리해 보았다. 앞서 언급한 대로 이전에 출간된 『선집 57~』에 비해 질적으로든 양적으로든 상당히 확장된 결과로, 지금까지의 남한의 시문학 논의와 견주어볼 때도 그 빈틈과 차이가 상당히 메워졌다는 점에서 엄청난 진전을 보였다고 평가할 만하다. 하지만 모든 문학사 기술이 그러하듯

---

28) 류만, 「《1930년대 시선》(3)에 대하여」, 『28권』, 25~27쪽.

과거의 유산 가운데 선택된 사실에 대한 기록이라는 점에서, 무엇을 선택하고 배제했는가에 따라 문학사적 기술의 진정성과 정당성은 달리 평가될 수밖에 없다. 더군다나 남북으로 갈라진 분단 상황에서 남북한 문학사의 격차를 줄여나가야 하는 역사적 당위성 앞에서 선택과 배제의 논리와 기준이 객관적인 근거에 부합하지 못한다면 결과적으로는 문학사마저 정치적인 부산물로 전락하고 만다. 따라서 남북한 문학사의 재구성은 문학작품의 정전화 작업을 통일된 기준에 입각하여 수행함으로써 생산적인 토론을 이끌어가는 지속적인 과정과 노력이 요구된다. 이를 위해서 남한에서는 북한의 정전화 작업이 어떻게 이루어지고 있는지, 그 성과가 지난 시절의 결과물과 비교할 때 어떤 변화를 보였는지에 대해 면밀한 분석과 정리가 필요하다. 본고는 이러한 목적을 염두에 두고 가장 최근에 북한에서 정전화된 근대시 선집 6권에 수록된 시인과 작품에 대한 의의를 밝힌 해설을 중심으로 그 대략적인 윤곽을 확인한 데 의미가 있다. 이러한 과정에서 남은 몇 가지 문제를 제기하는 것으로 논의를 마무리하고자 한다.

　첫째, 여섯 권에 수록된 100여 명의 군소 시인들을 어떻게 평가할 것인가에 대한 문제이다. 이 선집은 중요 시인들을 독립적인 항목으로 설정하여 작품을 정리하고 있는데, 여섯 권 가운데 세 권에서 109명의 시인 142편을 별도로 소개하였다. 물론 이들의 수록 작품 수가 적다는 사실이 북한 문학사에서 중요하게 거론되지 않았다는 것을 의미하는 것은 아니다. 오히려 독립 항목으로 제시되었다 하더라도 아직까지 북한 문학사 안에 편입되지 못한 시인이 있는 반면, 군소 시인이라도 로초생, 월양, 월파생, 한사배, 권파, 전맹, 적포탄, 최화숙, 서창제, 김정환, 박영호, 방인희 등이 90년대 이후 출간된 북한 문학사에 포함되어 있다는 점에서 작품의 수나 시인의 이름만으로 그 경중을 단정하기는 어려운 것이 사실이다. 그리고 이러한 결과는 1930년대 항일무장투쟁의 선전선동성과 북한 문예이론의 중요한 근거인 인민성에 바탕을 둔 것이라는 점에서도 쉽게 판단할 문제는 아닌 듯하다. 다만, 이러한 시인들의 면면이 작품의 형상화가 지닌 질적 우수성을 담보해야만 하는 남한 문학의 정전에 대한 인식과는 상당한 거리가 있다는 점이 중요한 문제로 남는다는 점을 지적해 두지 않을 수 없다.

둘째, 북한에서 독립 항목으로 설정하여 중요하게 거론되는 시인임에도 아직까지 남한 문학사에서 거론되지 않는 시인들에 대한 재평가가 필요하다. 리일, 류도순, 강영균, 변종호, 김창술, 류완희, 박아지, 송순일, 김해강, 류운향, 류창선, 진우촌, 한정동, 김삼술, 류재형, 리흡, 민병균 등 그 수는 상당히 많다. 1930년대 이후 항일혁명문학에 대한 평가에 의해 북한에서 거론되는 시인은 일단 논외로 하더라도, 김창술, 류완희, 박완희, 박아지, 송순일, 김해강, 이호 등과 같은 〈카프〉 계열의 시인들에 대한 평가가 남한에서 전무한 이유에 대해서는 새로운 논의가 필요하다. 남북한 문학사가 현실적으로 보여주고 있는 이러한 차이와 빈틈을 메우려는 노력이 이루어지기 위해서는, 이번 선집에서처럼 북한의 근대시 정전화 작업에 나타난 유연성을 확보하려는 전향적인 태도와 마찬가지로, 남한의 근대시 정전화 작업에서도 북한에서 중요하게 다루어지는 시인들에 대한 전면적인 재검토가 필수적으로 요구되는 것이다.

셋째, 북한의 근대시 정전화 작업에서 선택과 배제의 기준이 좀 더 분명하게 제시될 필요가 있다. 정치적인 이유로 김기진과 임화 등이 철저하게 배제되고 있는 사실은 일단 그렇다 치더라도, 본론에서 언급했던 것처럼 남한의 문학사에서조차 북한과의 관련성으로 인해 해금 조치가 미루어졌던 시인들조차 이번 선집에 이르러서야 수록된 사실

과, 1930년대 〈카프〉 해산 이후 모더니즘 문학의 형식주의적 창작 방향
에 대한 비판에도 불구하고 김기림, 김광균 등 일부는 수용하고 이상은
인정하지 않는 태도는 남한 문학계의 실상과도 상당히 어긋난다는 점
에서 첨예한 논의가 필요하다. 또한 순수문학 운동에 대해서도 김영랑,
박용철, 정지용, 신석정 등 〈시문학파〉 시인들은 그 공과를 엄밀히 따
져 수록하고 있으면서도 〈청록파〉 시인 가운데 박두진, 조지훈은 수록
하고 박목월은 아예 언급조차 하지 않는 근거에 대해서는 전혀 알 수
없다. 일제 말 친일 행적을 보였더라도 그 이전의 초기 시가 가진 의의
가 인정된다면 수용했던 이광수, 서정주의 경우에 비추어봐도 선집의
대상을 선정하는 데 있어서 적용한 선택과 배제의 기준에 모호한 측면
이 너무도 많다. 이에 반해 대표적 저항 시인으로 알려진 이육사의 경
우는 이번 선집에 십여 편의 작품을 처음으로 수록하면서도 이후 출간
된 북한의 문학사에는 포함되지 않았다는 점에서, 북한 문학사에서 이
육사에 대한 평가의 기준에 대해서도 상당한 의문이 남지 않을 수 없
다. 앞으로 남북한의 공통적인 정전화 작업에서 선택과 배제의 논리와
기준에 대한 객관적이고 일관성 있는 시각이 확보되어야 하는 것이
가장 중요하다고 판단되는 이유도 바로 여기에 있다.

초출일람

제1부 김정한과 동아시아

식민지의 연속성 비판과 동아시아적 시각의 확장 : 김정한의 미발표작 「잃어버린 산소」와 일제 말의 '남양군도(南洋群島)'
(『한민족문화연구』 제61집, 한민족문화학회, 2018. 3. 31.)

김정한 소설과 아시아 : 베트남, 오키나와, 남양군도
(『한민족문화연구』 제68집, 한민족문화학회, 2019. 12. 31.)

김정한 소설에 나타난 '남양군도(南洋群島)'의 제국주의와 폭력의 양상
(『비교문화연구』 제59집, 경희대학교 비교문화연구소, 2020. 6. 30.)

김정한 소설의 소수자 의식과 동아시아 민중 연대
(『탐라문화연구』 제67호, 제주대학교 탐라문화연구원, 2021. 7. 31.)

김정한 소설에 나타난 일본 인식
(『비평문학』 제82호, 한국비평문학회, 2021. 12. 31.)

제2부 김시종과 '재일' 그리고 '분단'

김시종과 '재일'의 시학
(『국제한인문학연구』 제24호, 국제한인문학회, 2019. 8. 31.)

김시종의 '재일'과 제주 4·3의 시적 형상화
(『한민족문화연구』 제65집, 한민족문화학회, 2019. 3. 31.)

분단 극복과 통일 지향의 재일조선인 시문학 : 김시종의 시를 중심으로
(『국제한인문학연구』 제27호, 국제한인문학회, 2020. 8. 31.)

제3부 심훈과 중국

심훈과 항주
(『현대문학의 연구』 제65호, 한국문학연구학회, 2018. 6. 30.)

심훈의 상해 시절과 「동방의 애인」
(『국학연구』 제36집, 한국국학진흥원, 2018. 7. 31.)

제4부 경계의 지점에서 바라본 한국문학

해방 이후 김동인의 소설과 친일 청산을 위한 자기합리화
(『철학·사상·문화』 제30호, 동국대학교동서사상연구소, 2019. 6. 30.)

나혜석과 중국 안동(安東)
(『국학연구』 제39집, 한국국학진흥원, 2019. 7. 31.)

신동엽과 1960년대 : 한일협정과 베트남 파병 문제를 중심으로
(『비평문학』 제65호, 한국비평문학회, 2017. 9. 30.)

제5부 한국문학사의 재인식과 정전의 재정립

1960~80년대 재일(在日) 종합문예지 『한양』 게재 문학작품의 서지적 연구
(『한민족문화연구』 제74집, 한민족문화학회, 2021. 6. 30.)

1960~80년대 재일(在日) 종합문예지 『한양』과 한국문학의 교섭
(『한민족문화연구』 제77집, 한민족문화학회, 2022. 3. 30.)

1960~80년대 재일(在日) 종합문예지 『한양』과 재일조선인문학의 영향
(『한민족문화연구』 제82집, 한민족문화학회, 2023. 6. 30.)

북한의 근대시 정전화 작업에 나타난 의미 : 『현대조선문학선집』(1987~)의 《1920
년대 시선(1)~(3)》, 《1930년대 시선(1)~(3)》을 중심으로
(『남북의 문학적 통합과 정전』, 한국문화예술위원회, 2021. 11. 27.)

하상일

문학평론가, 동의대학교 국어국문학과 교수

부산대학교 대학원 국어국문학과에서 「1960년대 현실주의 문학비평 연구」로 문학박사 학위를 받았다. 1997년 『오늘의 문예비평』으로 비평 활동을 시작했으며, 『작가와 사회』 편집주간, 『비평과 전망』, 『내일을 여는 작가』 편집위원을 역임했고, 현재 『오늘의 문예비평』 편집인 및 편집주간, 『신생』 편집위원으로 활동하고 있다.

지은 책으로 평론집 『타락한 중심을 향한 반역』, 『주변인의 삶과 시』, 『전망과 성찰』, 『서정의 미래와 비평의 윤리』, 『생산과 소통의 시대를 위하여』, 『리얼리즘'들'의 혼란을 넘어서』, 『뒤를 돌아보는 시선』이 있고, 학술서 『1960년대 현실주의 문학비평과 매체의 비평 전략』, 『재일 디아스포라 시문학의 역사적 이해』, 『한국문학과 역사의 그늘』, 『한국 근대문학과 동아시아적 시각』, 『문학으로 세상을 읽다』, 『문학비평의 이론과 실제』가 있으며, 엮은 책 『고석규 시선』, 『최일수 평론선집』, 『조동일 평론선집』, 『신채호 수필선집』이 있고, 인문 여행서 『상하이 노스탤지어』 등이 있다. 고석규 비평문학상, 애지문학상, 설송문학상, 부산작가상, 심훈학술상 등을 수상했다.

트리콘 세계문학 총서 **7**

세계문학으로서의 한국문학

2023년 9월 22일 초판 1쇄 펴냄
2025년 1월 15일 초판 2쇄 펴냄

지은이 하상일
펴낸이 김흥국
펴낸곳 도서출판 보고사

책임편집 황효은
표지디자인 김규범

등록 1990년 12월 13일 제6-0429호
주소 경기도 파주시 회동길 337-15 보고사
전화 031-955-9797 **팩스** 02-922-6990
메일 bogosabooks@naver.com
http://www.bogosabooks.co.kr

ISBN 979-11-6587-572-5 94810
      979-11-5516-700-7 세트
ⓒ 하상일, 2023

정가 28,000원